펜타메로네

테일 오브 테일스

Pentamerone

펜타메로네

잠바티스타 바실레 지음 | 정진영 옮김

책세상

차례

둘째 날

셋째 날

넷째 날

다섯째 날

일러두기

1. 이 책은 잠바티스타 바실레Giambattista Basile가 나폴리 방언으로 집필하여 사후인 1634~1636년 출간된 *Lo cunto de li cunti overo lo trattenemiento de peccerille(Il pentamerone)*를 우리말로 옮긴 것이다.

2. 번역 대본으로는 나폴리 방언의 영역으로는 최초의 완역본인 버턴 경Sir Richard Francis Burton의 *Pentamerone or, Tale of Tales*(London : Henry and Co., 1893)를 사용했다. 그리고 발췌본이자 축약본인 테일러John Edward Taylor의 *Pentamerone, The Story of Stories*(London : Macmillan and Co., 1848)와 크로체Benedetto Croce의 이탈리아어 번역본을 저본으로 영역한 펜저Norman N. Penzer의 *The Pentamerone of Giambattista Basile*(London : Macmillan and Co., 1932)를 참고했다.

3. 모든 주는 옮긴이의 주이다.

4. 본문의 삽화는 테일러의 번역에 기반한 발췌본 *Stories from the Pentamerone*(London : Macmillan and Co., 1911)에 수록된 워릭 고블Warwick Goble의 삽화 32점 중 일부를 선별해 실은 것이다.

프롤로그

    찾지 말아야 할 것을 찾는 사람들은 결국 그것이 자기가 원하던 것이 아님을 알게 된다는 적절한 옛 속담이 있다. 이것은 원숭이가 장화를 신어보다가 결국 장화에 갇혀 꼼짝 못 하게 되는 사례에서 분명해진다. 또 무일푼의 하녀가 신발도 신어보지 못한 주제에 왕관부터 쓰려 하는 것도 마찬가지다. 그러나 인과응보, 즉 모든 악행은 벌을 받기 마련이니, 사악한 방법으로 남의 것을 빼앗은 자는 결국 다음 운명의 수레바퀴에서는 똑같이 당하는 입장이 된다. "더 높이 오를수록 더 낮게 떨어진다"라는 말처럼.

    옛날에 발레 펠로사('울창한 계곡')의 왕이 있었는데, 그의 딸 초차 공주는 예언자 자라투스트라나 우는 철학자 헤라클레이토스처럼 한 번도 웃는 모습을 보이지 않았다. 오직 이 외동딸만 보고 살아가던 왕은 딸의 우울을 걷어내기 위해 온갖 방법을 다 써봤다. 공주를 웃게 만들려고 죽마 타는 광대, 굴렁쇠 묘기자, 곡

예사, 유명 가수 루지에로, 저글러, 차력사, 춤추는 개, 도약하는 원숭이, 술 먹는 당나귀, 무녀 루차 등을 불러왔다. 그러나 이 모든 것이 시간 낭비에 불과해, 명의 그릴로의 의술로도 사르데냐의 약초로도 그녀의 입꼬리조차 들어 올리지 못했으니, 그것은 심지어 공주의 가슴에 칼을 꽂는다 해도 불가능할 일이었다.

결국 불행한 아버지는 뭔가 결정적인 시도를 해보고 싶으나 딱히 묘수가 떠오르지 않는 상황에서 왕궁 대문 앞에 커다란 기름 분수를 만들라고 지시했다. 분수를 지나가는 행인들이 기름에 옷을 버릴세라 귀뚜라미처럼 폴짝거리고 염소처럼 펄쩍펄쩍 뛰고 토끼처럼 깡총거리면서 미끄러지고 서로 부딪치다 보면 혹여 공주가 그 모습을 보고 웃지 않을까 해서였다.

분수가 완성되자, 초차는 격자창 앞에 서서 시무룩하게 밖을 내다보았다. 어느 날 한 노파가 질항아리를 들고 분수로 오더니, 스펀지를 기름에 적셨다가 짜는 방식으로 항아리에 기름을 채우기 시작했다. 한데 노파가 이렇게 기름을 채우고 있을 때 왕궁의 시동 하나가 돌을 던졌고, 질항아리가 그 돌에 맞아 박살이 나고 말았다. 할 말을 참거나 몸을 사리거나 하는 성격이 아닌 노파는 시동을 향해서 이렇게 말했다. "에잇, 쓸모없는 놈, 멍청한 놈, 머릿속에 똥만 든 놈, 오줌싸개, 미친놈, 기저귀도 못 뗀 놈, 교수대의 밧줄 같은 놈, 똥개 새끼! 하이고, 저 벼룩 같은 놈 기침하는 거 보소! 에라, 풍이나 맞아라. 네놈 엄마가 너 뒈졌다는 소식을 듣겠구나. 5월 축제도 못 보고 죽을 놈! 카탈루냐 용병의 창을 맞을 놈! 피 한 방울 새나가지 않게 밧줄에 칭칭 감겨 죽을 놈! 천

가지 병에 걸릴 놈! 네놈의 돛은 바람에 갈기갈기 찢어지고 네놈이 뿌리는 씨는 다 말라버릴 게다! 이 불한당, 비렁뱅이, 개자식, 양아치야!"

수염도 채 나지 않은 분별없는 시동은 노파의 이 걸쭉한 욕설을 듣고서 똑같이 받아쳤다. "그 시궁창 냄새 나는 입 좀 다무시지. 이 마귀할멈, 흡혈 마녀, 어린이 살인마, 거지발싸개, 등신 같은 할망구야." 이렇게 허를 찔린 노파는 더욱더 분개해, 그동안 애써 유지하던 침착함과 평정심을 잃고서 분연히 무대의 장막을 걷어 올려 거칠고 울창한 산골 장면을 보여주니, 전원극에서 실비오가 "가서 너의 뿔 나팔로 사람들을 깨우라"라고 말할 법한 상황이었다. 이 광경을 보고 있던 초차가 어찌나 웃어대는지 거의 기절할 지경이었다. 웃어대는 초차를 본 노파는 더욱 격분해서 그녀를 노려보며 소리쳤다. "꺼져! 너는 캄포 로툰도('둥근 들판')의 왕자가 아니면 남편을 절대 맞지 못할 것이다!" 이 말을 들은 초차는 할멈을 불러 그것이 욕인지 저주인지 물었다. 그러자 노파가 대답했다. "알아둬. 내가 말한 왕자는 타데오라는 이름의 기막히게 잘생긴 남자지. 요정의 저주로 인해 삶의 끝에 이르러 지금은 도시 성벽 외곽의 무덤에 누워 있어. 묘비에 의하면, 어떤 여자든 무덤 갈고리에 걸려 있는 물통을 사흘 안에 자신의 눈물로 채우면 왕자가 되살아나 그녀의 남편이 된다는군. 하지만 로마에서 눈물의 분수가 됐다는 에게리아도 아니고 사람이 눈물로 한 말(약 18리터)이나 되는 물통을 채운다는 건 불가능해. 이것이 내가 너에게 내린 저주야. 나를 조롱하고 웃음거리로 만든 대가로 내가 너를 두고 하늘에 빌었어." 노파는 이렇게 말한 뒤, 매를 맞을까 봐 냉큼 달아났다.

초차 공주는 노파의 말을 곰곰이 생각해보았다. 그렇게 생각의 물레를 돌리고 또 돌리면서 수없이 의심을 되새기다가 결국에는 우리의 판단력을 가리고 이성을 어둡게 만드는 정열이라는 것에 휘말리게 됐다. 그리하여 그녀는 아버지의 보물 창고에서 금화를 한 줌 챙겨 왕궁을 몰래 빠져나갔고, 걷고 또 걸어간 끝에 어느 요정의 성에 다다랐다. 그리고 요정에게 자신의 사연을 들려주었다. 요정은 어린 나이와 미지의 대상에 대한 맹목적인 사랑이라는 두 개의 힘에 떠밀려 거기까지 온 아름다운 아가씨에게 연민을 느꼈다. 요정은 공주에게 소개장을 써주면서 역시 요정인 자신의 언니에게 가보라고 했다. 그리고 온갖 축복을 빌어주었다. 다음 날 아침, 요정은 공주에게 예쁜 호두 한 알을 주면서 말했다. "얘야, 이걸 소중히 간직했다가 아주 절실한 순간에 깨뜨리거라." 공주는 소개장과 호두를 가지고 다시 길을 떠나 두 번째 요정의 성에 도착했고, 그곳에서도 따뜻한 환대를 받았다. 그리고 다음 날 아침, 두 번째 요정 역시 다른 요정 언니에게 보내는 소개장과 함께 밤 한 알을 주면서 첫 번째 요정과 똑같은 충고를 했다. 공주는 또다시 길을 떠나 세 번째 요정의 성에 도착했고, 역시나 따뜻한 환대를 받았다. 다음 날 아침, 공주가 떠나기 전에 세 번째 요정은 개암 한 알을 주면서 동생 요정들과 똑같은 충고를 했다.

초차는 받은 선물들을 간직한 채 여러 도시와 마을을 지나고 여러 바다와 강을 건너며 칠 년을 보낸 끝에 지치고 초췌한 모습으로 드디어 캄포 로툰도에 도착했다. 도시 안으로 들어가기 전, 그녀는 수정 눈물을 뿜어내는 반암 분수 아래쪽에서 대리석 묘를 발견했다. 그녀는 묘에 걸려 있는 물통을 가져가, 플라우투스의 〈메나에크무스 형제〉*에 나오는 구절들을 분수와 주거니 받거니 하며 계속해서 물통에 머리를 숙이고 있었다. 그러자 이틀이 채 되지 않아 물통은 손가락 두 마디 정도만 남기고 눈물로 채워졌다. 이제 손가락 두 마디 높이만 더 채우면 물통이 눈물로 가득 차게 될 것이었다. 그러나 우느라 지친 초차는 졸음을 이기지 못하고 두 시간 가까이 깊은 잠에 빠졌다. 그때 귀뚜라미 다리처럼 가느다란 다리를 가진 어떤 여자 노예가 그곳에 나타났다. 그녀는 종종 물을 길으러 그곳에 왔는데, 어디서나 회자되는 묘비의 내용을 잘 알고 있었다. 그녀는 열심히 우는 초차를 발견하고 한참 동안 숨어서 물통이 차기를 기다렸고, 이제 그것을 훔칠 기회만 엿보고 있었다. 그리고 초차가 잠들자마자 그 기회를 놓치지 않고 초차의 손에서 민첩하게 물통을 채 가더니, 거기에 눈을 대고 몇 번 눈물을 짜낸 끝에 물통을 가득 채웠다. 물통이 가득 차는 순간, 왕자가 긴 잠에서 깨어나듯이 흰 석관 속에서 나와 그 검은 몸의 여인을 껴안았다. 그러고는 그녀를 자기 왕국으로 데려가, 웅장한 축연과 불꽃놀이 속에서 아내로 맞았다. 한편, 잠을

---

* 플라우투스의 희극. 시라쿠사 상인의 쌍둥이 아들 메나에크무스와 소시크레스가 서로 뒤바뀌어 일어나는 소동을 그린 작품이다.

깬 초차는 이내 무덤이 열려 있는 것을 보게 되었고, 자신의 희망과 함께 물통이 사라진 것을 알고서 차라리 죽음의 세관에 영혼의 짐을 풀어놓으려고 했다. 그러다가 결국, 그 잘못을 되돌릴 방법도 없고 희망의 물통을 제대로 지키지 못한 자기 자신을 탓할 수밖에 없다는 것을 깨달은 그녀는 다시 길을 떠나 그 왕국에 도착했다. 왕국에서 축연이 열렸고 왕자가 훌륭한 아내를 맞았다는 소식을 접한 초차는 단번에 무슨 일이 벌어졌는지 짐작할 수 있었고, 두 개의 검은 것이, 검은 잠과 검은 노예가 자신을 나락으로 떨어뜨렸다고 한탄했다. 모든 동물이 그렇듯이 그녀 또한 죽음에 저항하면서 왕궁 맞은편에 있는 집에 머물렀다. 그 집에서는 자신의 우상인 왕자를 볼 수는 없었지만, 자신이 그토록 갈망하는 왕자가 사는 집의 벽 정도는 볼 수 있었다.

그러던 어느 날, 언제나 검은 노예 주변을 박쥐처럼 팔랑거리며 돌아다니던 타데오가 초차를 보게 되었다. 타데오는 초차를 본 순간, 자연이 하사한 최고의 선물이자 미의 도박판에서 확실한 승부수인 그녀에게서 독수리처럼 번득이는 눈을 떼지 못했다. 낌새를 챈 노예는 야단법석을 떨었고, 임신한 몸으로 왕자를 이렇게 겁박했다. "창가에서 물러서지 않으면 이 배를 때려서 왕손을 죽이겠어요." 그러자 자식을 사랑하는 타데오는 바람 앞의 나뭇잎처럼 떨었고, 아내를 노엽게 하지 않으려고 창가에서 물러났다. 육체에서 영혼을 떼어내는 심정이었다. 초차는 타데오의 그림자라도 보겠다는 미약한 희망마저 모두 사라지자 그 갈급한 순간에 어떻게 해야 할지 갈피를 잡지 못했다. 그러다가 요정에게 받은 세 개의 선물을 기억해냈고, 그중에서 호두를 깼다. 그러자 호두에서 인형만 한 크기의 아주 작은 남자가 나오더니, 창턱으로 올라가 유명 가수인 콤파르 비온도의 목소리로 트릴, 워블, 장식음 등의 기교를 부리며 노래를 부르기 시작했다. 페칠로와 치에코 디 포텐자 같은 기라성 같은 가수들을 압도하는 가창력이었다. 우연히 이 모습을 보고 노래를 들은 노예는 그것을 가지고 싶어 안달이 나서 타데오에게 말했다. "저 창에서 노래하는 요물을 가질 수 없다면 이 배를 때려서 어린 왕손을 죽이겠어요." 이 노예에게 별다른 저항 없이 끌려다니던 타데오는 즉시 초차에게 사람을 보내 그것을 팔 의향이 있는지 물었다. 초차는 자신은 장사꾼이 아니지만 왕자님이 원한다면 경의를 표하는 공물로서 바치겠다고 대답했다. 왕자는 출산 때까지 아내의 비위를 맞추고 싶었기 때문에 초차의 제안을 받아들였다. 그로부터 나흘 후 초차는 밤을 깼고, 이번에는 거기서 열두 마리의 황금 병아리를 거느린 암탉이 나왔다. 초차는 병아리와 암탉을 창턱에 올려놓았다. 이를 본 노예는 어떻게든 그것들을 가지고 싶어서, 타데오를 불러 초차의 창문을 가리키며 말했다. "저 닭과 병아리를 가져오지 않으면 이 배를 때려서 어린 왕손을 죽이겠어요." 이 못된 여자가 함부로 해도 그냥 받아들이던 타데오는 이번에도 초차에게 사람을 보내 그 멋진 닭을 팔겠다면 얼마든 달라는 대로 주겠다고 말했다. 초차의 대답은 전과 똑같았다. 그것을 선물로 가져갈 순 있으나 사려 한다면 시간 낭비라는 것이었다. 왕자는 다른 선택지가 없었고, 필요 때문에 분별력을 억누를 수밖에 없었다. 그리하여 그 근사한 닭과 병아리들을 강탈하듯 가져오면서 그 여인의 관대함을 무척 놀라워했다. 여자들은 천성적으로 너무 탐욕적이어서 인도에 있는 금괴를 전부 가져도 만족하지 못하기 때문이었다. 그런데 또 나흘이 지난 뒤 초차는 개암을 깼고, 거기서 금실을 잣는 인형이 나왔다. 상상을 초월하는 놀라운 물건이었다. 그것을 창턱에 올려놓자마자 노예가 혹해서 타데오를 불러 말했다. "저 인형을 사 오지 않으면 이 배를 때려서 어린 왕손을 죽이겠어요." 타데오는 자기 등에 올라타 있는 아내가 무례하게 굴어도 그러려니 했으나, 이번에는 차마 초차의 인형을 구하러 사람을 보낼 수가 없어서 자기가 직접 그녀를 찾아가기로 결심했다. "자기 자신보다 더 좋은 전령은 없다", "뭔가를 원한다면 직접 가고, 원하지 않는다면 다른 사람을 보내라", "물고기를 먹고 싶다면 엉덩이를 물에 적셔야 한다" 같은 속담들을 떠올리면서 말이다. 그는 임신한 아내의 욕심 때문에 인형까지 요구하는 자신의 뻔뻔함에 대해 수없이 용서를 구했다. 초차는 이 모든 시련의 원인인 왕자가 지금 눈앞에 있다는 사실에 황홀했다. 그러나 그의 애원을 쉽게 들어주지 않으려고 애썼으니, 그렇게 함으로써 추한 노예에게 빼앗긴 그를 조금이나마 더 오래 보고 싶어서였다. 마침내 그녀는 다른 선물과 마찬가지로 인형을 주었으나, 그에 앞서 노예가 인형을 보고 이야기를 듣고 싶어 하게 해달라고 빌었다. 돈 한 푼 들이지 않고 인형을 손에 넣은 타데오는 초차의 친절에 크게 놀라서, 많은 호의에 대한 보답으로 자신의 왕국과 목숨을 주겠다고 했다. 그러고는 왕궁으로 돌아와 아내에게 인형을 주었다.

노예가 인형을 품에 안고 놀기 시작하자마자 인형은 디도 앞에 아스카니우스의 모습으로 나타난 큐피드처럼 그녀의 가슴에서 이야기를 듣고 싶다는 욕구가 활활 타오르게 만들었다. 이 욕구를 억누를 수 없었던 노예는 혹시나 욕구불만으로 자신의 입을 만지기라도 해서 아기가 잘못될까 봐 두려웠다. 산모가 욕구불만이 심해지면 그 대상이 되는 물건 따위가 태아의 신체의 일부가 된다는 미신 때문이었다. 노예는 남편을 불러 말했다. "사람들이 내게 와 이야기를 들려주지 않는다면 이 배를 때려서 어린 왕손을 죽이겠어요." 타데오는 3월에 유행하는 매독처럼 성가신 이 문제를 해결하려고 왕국의 여인들은 모월 모일에 전부 왕궁으로 모이라는 포고를 내렸다. 지정된 날, 달의 여신 디아나가 새벽을 깨워서 곧 태양이 행진할 거리를 장식하라고 지시하는 시간, 여인들이 모두 지정된 장소에 모였다. 그러나 타데오는 아내의 변덕을 달래주자고 그들을 붙잡아두는 건 적절치 않다고 생각했고, 더욱이 많은 군중을 보고 있자니 숨이 막혀서, 왕국에서 가장 노련하고 달변인 이야기꾼 열 명만 가려 뽑았다. 그렇게 뽑힌 여인들은 다음과 같았다. 절름발이 체차, 등 굽은 체카, 혹부리 메네카, 코쟁이 톨라, 곱사등이 포파, 침 흘리는 안토넬라, 곰팡내 출라, 사팔눈 파올라, 옴쟁이 촘메텔라, 투박한 야코바. 이렇게 열 명을 명단에 적은 후 다른 여인들은 모두 돌려보냈다.

열 명의 여인과 노예가 캐노피 아래서 일어나 천천히 왕궁의 정원으로 향했다. 그곳엔 잎이 무성한 나뭇가지들이 서로 뒤엉켜

있어서 햇볕이 파고들지 못했다. 그들은 덩굴로 덮인 천막 아래 자리를 잡았다. 그곳의 한복판에서는 분수가 물을 뿜고 있었다. 모두가 자리를 잡자, 조신들에게 화술을 가르쳐온 교사의 입장에서 타데오가 이렇게 말했다. "고귀한 여인들이여, 이 세상에서 다른 이의 행함에 대한 이야기를 듣는 것보다 즐거운 일은 없다. 위대한 철학자 아리스토텔레스는 나름의 이유를 들어, 멋진 이야기를 듣는 것이 인간의 가장 큰 행복이라고 말했다. 이야기를 듣노라면 근심과 슬픔이 사라지고 수명이 늘어나기 때문이다. 이야기를 듣고 싶은 욕구 때문에 직공이 일터를 떠나서, 상인이 거래를 그만두고서, 변호사가 소송을 팽개치고서, 상점 주인이 가게 문을 닫고서 뜬소문과 험담과 허풍을 듣기 위해 이발소와 재담꾼을 찾는다. 그래서 나는 이야기를 듣고 싶은 우울한 충동에 사로잡혀 있는 아내를 대신해 사과하노라. 만약 그대들이 기꺼이 왕자비의 욕구를 채워주고 나의 바람까지 들어주고자 한다면, 왕자비가 출산하기 전까지 사오 일 동안 너희는 즐거이 지낼 수 있을 것이다. 각자 하루에 한 개의 이야기를, 요컨대 늙은 여인들이 아이들을 위해 해주는 그런 이야기를 하면 된다. 우리는 늘 같은 장소에서 만나 배불리 먹은 후에 이야기를 시작할 것이고, 그날그날 왕궁의 신하들이 나와 막간극을 벌이는 것으로 끝을 맺을 것이다. 그리하여 우리의 삶은 즐겁게 지나갈 것이고, 슬픔은 모두 망자들이 짊어지게 될 것이다." 이 말들을 들은 여인들이 모두 공손히 고개를 숙여, 타데오의 명을 받들겠다는 뜻을 비쳤다.

그러는 동안 식탁이 차려지고 음식이 나와 모두가 먹기 시작

했다. 음식을 다 먹자 왕자는 절름발이 체차에게 이야기의 포문
을 열라고 손짓했다. 체차가 일어나 왕자와 왕자비에게 공손히
인사한 뒤 이야기를 시작했다.

Tale of Tales

———❦———

첫째 날

———❦———

Pentamerone

오그르 이야기

마릴리아노의 익살스러운 혀짤배기 안투오노는 천치바보라고 어머니한테 쫓겨난다. 그는 한 오그르* 밑에서 일을 하게 되는데, 그가 집에 가고 싶어 할 때마다 오그르는 선물을 하나씩 챙겨준다. 그러나 그는 번번이 여인숙 주인에게 사기를 당하다가, 결국 오그르가 준 곤봉으로 여인숙 주인의 무지를 벌주고 속임수를 쓴 것에 대해 속죄하게 만든다. 그리고 그는 자기 자신과 가족을 부자로 만든다.

운명의 여신은 맹목적이라고 말하는 사람은 유명한 가수이자 만담가인 란차보다 더 박식한 사람일 것입니다. 운명의 여신은 콩밭 매는 신세를 면치 못할 사람을 끌어올려 주고 누구보다

---

* 유럽 민담과 동화에 등장하는 거인으로 성격이 포악하고 사람을 잡아먹기도 하는데, 샤를 페로의 〈장화 신은 고양이〉로 많이 알려졌다. 어원은 이탈리아어 orgo이며, 여성형은 오그레스다.

고귀한 사람을 땅바닥에 패대기치기 때문이지요. 지금부터 그 이야기를 해보겠나이다.

옛날 옛적에 마릴리아노 마을에 마셀라라는 선량한 여자가 살았습니다. 그녀에게는 미혼인 딸 여섯과 너무도 바보맹추라서 눈싸움조차 못하는 아들 하나가 있었습니다. 그녀는 하루도 빠짐없이 아들에게 이렇게 말했습니다. "이 식충이 같은 놈, 왜 집에 있는 거냐? 꺼져, 이 사고뭉치야. 너 때문에 잠도 못 잔다. 말썽만 일으키는 식충이. 인형처럼 사랑스러운 내 아기가 걸신들린 돼지새끼로 바꿔치기된 게 틀림없어." 그러나 마셀라가 아무리 이렇게 말해도 안투오노는 그저 휘파람만 불어, 앞으로도 개과천선의 여지가 없음을 보여주었습니다. 그러던 어느 날, 마셀라는 비누 없이 아들의 머리를 감기면서 혹시 머리에 좋은 영향을 줄까 싶어 밀대로 박박 문질렀고, 뜻밖에 화끈거림과 아픔을 느낀 안투오노는 어머니의 손에서 빠져나와 부리나케 도망쳤습니다. 만 하루를 걸은 안투오노는 별들이 빼꼼히 모습을 드러내기 시작할 즈음, 꼭대기가 구름에 닿을 정도로 아주 높은 산의 기슭에 도착했습니다. 미루나무가 늘어선 길을 따라가니 부석浮石으로 이루어진 동굴이 나타났고, 동굴의 입구에 오그르가 앉아 있었습니다. 세상에, 어찌나 흉측하게 생겼던지! 머리는 인도 호박보다 컸고, 이마는 혹투성이였고, 눈썹은 하나로 붙어 있었고, 눈은 비뚤어졌고, 납작코에 콧구멍은 용광로 같았고, 입은 화덕 같았고, 그 입에서 멧돼지 어금니 같은 두 개의 어금니가 튀어나와 있었습니다. 털북숭이 가슴과 물레처럼 생긴 팔, 안짱다리에 거위처럼 평발. 한마디로, 쳐다보는 것도 무서울 만큼 섬뜩한 괴물이었지요. 간단히 말해서 늙은 악마와도 같아서, 영웅 롤랑*도 두려움에 벌벌 떨고 국민 영웅인 스칸데르베그도 무서워 부들거리고 가장 뛰어난 레슬링 선수도 창백하게 질릴 정도였습니다. 그러나 추한 외모 같은 건 신경도 쓰지 않는 안투오노는 오그르를 향해 고개를 까딱하고 이렇게 말했습니다. "주인님, 안녕하세요. 필요한 거라도 있나요? 제가 가려는 곳은 여기서 얼마나 먼가요?" 자신을 향한 멍청한 질문들을 듣고 있던 오그르는 웃음을 터뜨렸습니다. 그 익살스러운 짐승이 재미있어서였지요. 오그르는 이렇게 말했습니다. "나의 종이 되겠느냐?" 그러자 안투오노가 대답했습니다. "월급을 얼마나 주실 건가요?" 오그르가 대답했습니다. "마음을 다해 나를 섬긴다면, 우리 사이에 돈 때문에 싸울 일은 없을 것이다." 그 말이 옳다고 생각한 안투오노는 거기 남아서 오그르를 섬기기로 했습니다.

먹을 것은 많았고 할 일은 거의 없었지요. 그렇다 보니 나흘 후 안투오노는 좋은 환경 속에서 자신이 터키 사람처럼 건장해졌음을 알게 되었습니다. 그는 수소처럼 살이 찌고 수탉처럼 용감해졌으며, 바닷가재처럼 안색이 붉어졌고, 마늘처럼 싱싱하고 밤알처럼 반들반들해졌습니다. 그러나 이 년 가까이 지나자 즐거운 생활이 슬슬 지루해지기 시작하더니, 그는 집을 떠올리면

• 중세 및 르네상스기의 유럽 문학작품에서 샤를마뉴의 12기사 중 수석기사로 등장하는 전설의 인물.

서 슬픔과 비탄에 잠겼습니다. 향수병이 너무 깊어서 몸도 처음처럼 초췌해졌습니다. 안투오노의 코와 뒷모습만 보고도 그의 깊은 속마음까지 훤히 꿰뚫어 볼 수 있는 오그르가 그를 면전에 불러서 이렇게 말했습니다. "나의 안투오노야, 네가 큰 그리움으로 향수병에 걸려서 혈육을 한 번 더 보고 싶어 한다는 걸 알고 있다. 내 몸의 일부처럼 너를 아끼기에 여행을 허락하니 즐거이 다녀오너라. 여행길 고되지 않게 이 당나귀를 타고 가거라. 다만 당나귀를 향해 '나귀야, 똥을 누어라!'라고 말해서는 절대 안 되니 조심해라. 그랬다간 후회하게 될 것이다."

안투오노는 인사도 제대로 안 하고서 당나귀에 올라타 길을 떠났습니다. 그런데 백 보도 가지 않아 당나귀에서 내리더니 소리를 지르기 시작했습니다. "나귀야, 똥을 누어라!" 이 말이 입에서 떨어지기 무섭게 당나귀가 똥을 누기 시작했는데, 진주와 루비, 에메랄드와 사파이어, 다이아몬드가 쏟아져 나왔고 그 크기가 전부 호두만 했습니다. 안투오노는 입을 쩍 벌린 채 이 광경을 지켜보았고, 당나귀의 귀한 배설물에 큰 기쁨을 느꼈습니다. 그리고 안장에 다는 주머니를 풀어 보석들을 넣은 다음, 다시 당나귀에 올라타 여인숙이 나올 때까지 계속 길을 갔습니다. 여인숙에 이르러 당나귀에서 내린 안투오노가 여인숙 주인에게 맨 처음 한 말은 이랬습니다. "이 당나귀를 단단히 묶어두고, 좋은 것을 먹이세요. 그런데 당나귀에게 '나귀야, 똥을 누어라!'라는 말을 했다간 크게 후회할 테니 조심하세요. 그리고 이 주머니를 안전하게 보관해주세요." 교활함이 부족하지 않은 여인숙 주인은 이 말을 듣고서, 또 안장주머니 속에서 반짝이는 보석들을 보고서 호기심을 주체하지 못했고, 안투오노가 금지한 말의 의미가 무엇인지 알고 싶어 안달이 났습니다. 그래서 안투오노에게 푸짐한 저녁 식사와 포도주를 대접하고서 그가 잠들어 크게 코를 골 때까지 기다렸지요. 그러고는 마구간으로 가서 당나귀에게 말했습니다. "나귀야, 똥을 누어라!" 그 소리를 들은 당나귀는 또다시 금은보화로 이루어진 똥을 눴습니다. 이 배설물을 본 여인숙 주인은 당나귀를 바꿔치기해 안투오노를 속이기로 마음먹었습니다. 안투오노를 자기 손에 놀아나는 바보천치로 여긴 여인숙 주인은 그를 상대로 개똥벌레를 호롱불이라고 속이기는 간단한 일이라고 생각했지요.

아침이 밝아 여신 오로라가 붉은 모래로 가득한 요강을 비우기 위해 동쪽 창문에 나타나자, 잠에서 깬 안투오노는 눈을 비비고 기지개를 켜고 연신 하품하고 방귀를 뀌어대다가 여인숙 주인을 불러서 말했습니다. "어서 와요, 친구. 계산서가 쌓일수록 우정은 길어지는 법! 우리끼리는 친구로 지내고, 지갑끼리는 서로 싸우게 합시다. 계산서를 가져다주세요. 돈을 낼 테니." 계산서를 보니, 빵 값도 포도주 값도 수프 값도 고기 값도 바가지였고, 마구간 비용은 5, 숙박료는 10, 건강을 유지했으니 15라는 식이었지요. 돈을 지불한 안투오노는 보석 대신에 부석이 가득 들어 있는 안장주머니를 단 채로 당나귀를 타고 고향 마을로 향했습니다. 그는 집에 도착하기도 전에 소리치기 시작했습니다. "빨리요, 엄마. 빨리. 우린 부자예요. 수건과 침대 시트를 펼쳐놓으세요. 금은보화를 쏟아놓을 테니까요." 어머니는 너무 좋아서, 여섯 딸의 침구를 넣어두는 커다란 궤짝을 열고 침대 시트를 전부 꺼내 바닥에 펼쳐놓았습니다. 안투오노는 그 위로 당나귀를 끌고 가 소리를 지르기 시작했습니다. "나귀야, 똥을 누어라!" 그는 또 외치고, 또 외치고, 성이 찰 때까지 외쳤습니다. "나귀야, 똥을 누어라!" 그러나 당나귀는 그 말을 알아듣지 못했고, 그냥 음악 소리쯤으로 여기는 것 같았습니다. 그가 세 번, 네 번 같은 말을 반복했으나 마이동풍이었지요. 당나귀가 고집을 피운다고 생각한 안투오노는 단단한 막대를 가져와 당나귀를 마구 때렸고, 그 불쌍한 짐승은 결국 누르스름한 배설물을 하얀 침대 시트 위에 쏟아내기 시작했습니다. 부자가 된다는 기대에 부풀었다가 배설물만 보게 된데다 온 집 안에 진동하는 악취에 비참해진 마셀라는 당연히 격분해 몽둥이로 안투오노의 어깨를 후려쳤습니다. 그녀는 안장주머니 속의 부석까지는 보지 못했는데, 안투오노가 이 화끈한 환대에 또다시 부리나케 줄행랑을 친 탓이었지요. 오그르는 예상보다 빨리 돌아온 안투오노를 보게 됐습니다. 그러나 오그르는 마법사여서 안투오노에게 무슨 일이 벌어졌는지 이미 알고 있었습니다. 오그르는 여인숙 주인에게 속아 보물로 가득한 당나귀를 똥으로 가득한 당나귀로 바꿔 온 안투오노를 한심하고 쓸모없는 놈, 멍청이, 얼간이, 병신, 무뇌아라고 매섭게 혼냈습니다. 안투오노는 이 모욕을 묵묵히 참아내지 않을 수 없었고, 다시는 그 누구도 자신을 비웃지 못하게 하리라 다짐했습니다.

다시 일 년이 지났고, 안투오노는 예전처럼 그리움을 느껴 다시 혈육을 보고 싶어 했지요. 얼굴은 밉상이지만 마음은 다정한 오그르는 다녀오라고 허락했고, 근사한 냅킨을 주면서 이렇게 말했습니다. "이걸 네 어머니에게 갖다 줘라. 당나귀 때처럼 멍청하게 굴지 않도록 조심해. 집에 도착할 때까지 '냅킨아, 펼쳐라'라고 말하거나 '냅킨아, 접어라'라고 말해선 안 돼. 이런 말을 했다가는 큰 불행이 닥치고 모든 걸 잃게 될 테니까. 이제 가거라. 속히 다녀오너라." 그렇게 안투오노는 길을 떠났습니다. 그런데 동굴에서 그리 멀리 가지 않아 그는 냉큼 냅킨을 땅바닥에 놓고 이렇게 말했습니다. "냅킨아, 펼쳐라." 그러자 냅킨이 펼쳐지면서 눈이 휘둥그레질 만한 보물들이 나타났습니다. 그것을 본 즉시 안투오노는 또 이렇게 말했습니다. "냅킨아, 접어라." 그러자 모든 보화가 그 안에 담겼습니다. 안투오노는 예전에 들렀던 여인숙에 도착해 주인에게 말했습니다. "이 냅킨을 안전한 곳에 보관해주세요. 그리고 '냅킨아, 펼쳐라. 냅킨아, 접어라'라는 말은 하면 안 되니 조심하세요." 세상 물정에 밝고 교활한 여인숙 주인은 "그럽시다"라고 대답했습니다. 그러고는 안투오노에게 넉넉한 식사와 포도주를 주고 그가 곤히 잠들 때까지 기다렸습니다. 이윽고 여인숙 주인이 냅킨을 가져다가 말했습니다. "냅킨아, 펼쳐라." 그러자 냅킨이 펼쳐지면서 눈이 휘둥그레질 만한 온갖 보물들을 보여주었습니다. 그는 비슷한 냅킨을 가져와 안투오노의 냅킨과 바꿔치기했습니다.

아침에 일어난 안투오노는 여인숙 주인에게 고마움을 전하고 집을 향해 떠났습니다. 그리고 집에 도착해 어머니를 보자마자 소리쳤습니다. "이번에는 진짜예요, 엄마. 이 가난과 작별하게 될 거라고요. 조금 있으면 뭐든 필요한 건 전부 살 수 있는 돈이 생길 테니까요." 그는 이렇게 말하고는 냅킨을 바닥에 놓고 소리쳤습니다. "냅킨아, 펼쳐라." 그러나 아무리 외쳐도 헛일이었습니다. 마침내 소용이 없다는 것을 깨달은 그는 어머니를 쳐다보며 말했습니다. "허, 이번에도 여인숙 주인한테 속았네. 하지만두고 봐. 그자와 나, 일대일이니까. 그자는 태어나지 않는 게 좋았을 텐데. 마차 바퀴에 깔리는 게 나을 텐데. 내가 그 여인숙에들렀을 때 도둑맞은 보석과 당나귀와 냅킨에 대한 앙갚음으로그곳을 산산조각 내지 않는다면, 내 집에서 가장 좋은 가구들을잃어도 좋아!" 또다시 멍청한 소리를 들은 어머니는 노발대발하면서 말했습니다. "꺼져버려, 이 지긋지긋한 놈아! 목을 부러뜨리기 전에 어서 가버려. 꼴도 보기 싫다. 당장 꺼져. 이 집은 불타버렸다고 생각해라. 나는 네놈이라는 혹을 떼어버리고, 아예 아들이 없다고 생각할 테야."

냉대를 당한 안투오노는 번개를 보았기에 천둥이 칠 때까지 기다리지 않았습니다. 도둑놈처럼 고개를 숙이고 발뒤꿈치를 들고서 오그르의 거처로 향했고, 아주 조용히 돌아오는 그를 보고 있던 오그르는 또 한 번 호되게 꾸짖었습니다. "내가 왜 네놈을 죽여버리지 않는지 모르겠구나. 얼간이, 금수, 똥구멍 같은 놈. 사적인 일까지 전부 까발리고 다니는 비카리아의 포고꾼 같은 놈.* 속에 든 것은 다 게워내, 병아리콩 하나도 제대로 간수하지 못하는 놈. 여인숙에서 입만 다물고 있어도 아무 일 없었을 텐데. 네놈은 팔랑개비 같은 세 치 혀로 내가 준 행복을 깨뜨렸어."

불운한 안투오노는 잔뜩 움츠러든 채 비난을 전부 받아들였고, 조용히 오그르를 섬기면서 다시 삼 년을 살았습니다. 그동안 자신이 백작이 되는 상상만큼이나 집 생각을 많이 했지요. 시간이 지날수록 향수병이 도지고 집에 가고 싶은 마음이 강해져서 그는 주인에게 허락을 구했습니다. 내심 이 얼간이를 없애버리고 싶었던 오그르는 쾌히 허락하면서, 안투오노에게 섬세하게 깎은 철퇴를 주고 이렇게 말했습니다. "이 철퇴를 가져가 나를 기억해라. 하지만 '철퇴야, 올라가라'라고 말하거나 '철퇴야, 내려가라'라고 말하지 않도록 조심해. 나는 네가 죽기를 바라지 않으니까." 안투오노는 그 선물을 받고 대답했습니다. "평안하십시오. 저도 철이 들었고, 이젠 암수 몇 쌍이 있어야 수소 세 마리가 나오는지 압니다! 저는 이제 아이가 아닙니다. 누구든 이 안투오노를 속이려면 먼저 자기 팔꿈치에 키스부터 해야 할걸요." 이 말을 듣고 오그르가 대답했습니다. "일꾼을 칭찬하는 것은 일의 결과다. 말은 여자의 것이고 행동은 남자의 것이다. 두고 보자꾸나. 귀가 닳도록 내가 말했으니, 경고를 받았으면 대비를 해야 하는 법." 주인이 이렇게 계속 말을 이어가는 동안에 안투오노는 슬그머니 고향으로 내뺐습니다. 그러나 1킬로미터도 가지 않아 이렇게 말

• 비카리아는 나폴리 인근의 법원들이 밀집해 있던 지역이다. 이 작품에서 비카리아의 포고꾼은 트럼펫으로 포고를 알리는 사람이자 비밀을 알고 있는 사람으로 묘사된다.

했습니다. "철퇴야, 올라가라." 하지만 그 말을 하지 않는 게 좋았을 겁니다. 곧바로 철퇴가 솟구치더니 안투오노의 어깨를 사정없이 내리쳤는데, 그 속도가 하늘에서 떨어지는 우박보다도 빨랐습니다. 너무 부당한 일을 당한 이 불운한 사내가 다시 이렇게 말했습니다. "철퇴야, 내려가라." 그제야 철퇴는 때리는 것을 멈추었습니다. 대가를 치르고 교훈을 얻은 그가 혼잣말을 했습니다. "그놈이 도망치려다간 불구가 될 거야. 이번만큼은 이 철퇴를 놓치지 않겠어. 악몽의 밤을 보낼 그놈은 아직 잠자리에 들지 않았으렷다!" 이런 말을 하면서 여인숙에 도착한 그는 극진한 환영을 받았습니다. 이 돼지껍데기가 또 선물을 줄 것이 분명했으니까요.

안투오노는 여인숙에 들어서자마자 주인에게 말했습니다. "이 철퇴를 안전한 곳에 보관해주세요. 그리고 큰 화를 당하지 않으려면 철퇴를 향해 '철퇴야, 올라가라'라는 말을 하지 않도록 조심하세요. 내 말을 새겨들어, 나중에 무슨 일이 생겨도 날 탓하지 마세요. 난 미리 확실히 충고했으니까." 여인숙 주인은 세 번째 물건을 받아 들고 내심 쾌재를 부르면서 안투오노에게 많은 음식과 최고급 포도주를 주었습니다. 그리고 안투오노가 잠이 든 것을 확인하자마자 철퇴를 집어 들고는 아내까지 불러서 이렇게 말했습니다. "철퇴야, 올라가라." 그러자 곧바로 철퇴가 여인숙 주인 부부의 어깨를 전광석화처럼 무차별로 내리치면서 맡은 바 임무를 다했습니다. 부부는 끔찍한 곤경에 처했음을 깨닫고 도망치면서 큰 소리로 안투오노를 불렀고, 그동안 철퇴는 그들을 이리저리 따라다니며 매질을 계속했습니다. 잠에서 깬 안투오노는 예상대로 마카로니가 치즈에 곤두박질치고 브로콜리가 돼지비계에 처박히는 아수라장을 지켜보다가 주인 부부에게 말했습니다. "둘 다 매를 맞다가 죽는 수밖에 없어요. 당신들이 나한테서 훔쳐 간 것을 돌려주지 않으면 말이죠." 이미 호되게 당한 여인숙 주인이 소리쳤습니다. "내가 가진 거 다 줄 테니 이 악마한테서 구해줘." 그는 안투오노의 호의를 얻기 위해, 훔쳐 간 것들을 전부 내놨습니다. 안투오노는 잃었던 것들을 손에 넣자마자 말했습니다. "철퇴야, 내려가라." 그러자 철퇴가 멈추었습니다. 안투오노는 당나귀와 냅킨과 금은보화를 가지고 어머니가 있는 집으로 향했습니다. 그리고 집에서 당나귀의 엉덩이 실험극을 공연하고 완벽한 냅킨 실험을 선보인 후, 배불리 먹고 당당하게 살았습니다. 또한 누이들을 전부 결혼시키고 어머니를 부자로 만들어주었지요. 그러니 다음과 같은 옛말이 맞는가 봅니다.

"신은 광인과 아이를 돕는다."

도금양

미아노의 한 시골 아낙이 도금양 한 그루를 심는다. 왕자가 그 나무와 사
랑에 빠지고, 나무에서 아름다운 요정이 나온다. 왕자는 도금양 안에 요
정을 남겨두고 나무에 작은 종을 단다. 아무도 없을 때 못된 유녀遊女들
이 왕자의 방에 들어와 질투를 느끼며 그 나무를 만져보다가, 밖으로 나
온 요정을 죽인다. 돌아와 그 불행한 사태를 알게 된 왕자는 슬픔에 사경
을 헤맨다. 그러나 이상한 모험을 통해 요정이 되살아나고, 왕자는 유녀
들을 죽이라 명한다. 그리고 요정을 아내로 맞는다.

체차가 이야기를 하는 동안, 쥐 죽은 듯한 침묵이 흘렀다. 그
러나 체차가 말을 끝내기 무섭게 좌중이 시끄러워지기 시작하
니, 당나귀의 똥과 마법의 철퇴에 대한 수다로 모두가 입을 다물
지 않았다. 누군가는 그런 철퇴만 하나 있으면 도둑질이 없어질
것이고 정신 차릴 사람들도 꽤 있을 거라고 말했다. 이런저런 말

이 오간 후 왕자가 체카에게 이야기를 계속하라고 명하자 그녀
가 입을 열었다.

  이 땅에서 저주받은 여인들 때문에 얼마나 많은 손해와 파괴
와 파멸이 생기는지를 생각해본 사람이라면, 뱀의 시야에서 벗
어나는 것보다 부정한 여인을 피해 도망가는 것에 더욱더 주의
할 것입니다. 또한 매음굴의 찌꺼기들로 자신의 명예를 실추시
키지 않을 것이고, 죄악의 병원에 목숨을 저당 잡히지 않을 것이
며, 서푼의 가치도 없는 창녀들 때문에 재산을 탕진하지 않을 것
입니다. 그런 여자들로 인해 얻게 되는 것은 오로지 혐오와 분노
를 달랠 환약뿐이니 지금부터 그런 나쁜 족속들의 손아귀에 놀
아났던 어느 왕자에 대한 이야기를 들려드리겠습니다.
  미아노라는 마을에 한 쌍의 부부가 살았는데, 그들에겐 자식
이 없었습니다. 부부는 아이를 갖게 해달라고 신에게 빌고 또 빌
었지요. 특히 아내는 늘 이렇게 말했습니다. "아, 신이시여, 제가
이 세상의 어떤 것에 빛을 줄 수만 있다면, 그것이 도금양의 나뭇
가지라고 해도 상관하지 않겠나이다." 이 똑같은 기도로 어찌나
하늘을 성가시게 만들었던지 결국엔 여자의 배가 불러와 점점
커지더니, 아홉 달 후 여자는 한 생명을 낳았습니다. 그런데 산파
의 손에 안긴 것은 어여쁜 아기가 아니라 도금양 나뭇가지 하나
였습니다. 여자는 큰 애정을 가지고 그 가지를 예쁜 화분에 담아
아침저녁으로 정성스레 돌봤습니다. 그러던 어느 날, 사냥을 나
온 왕자가 그곳을 지나갔습니다. 아름다운 도금양 가지에 반한

왕자가 주인에게 전령을 보내, 원하는 대로 값을 치를 테니 자기에게 나무를 팔라고 청했습니다. 수없이 거절하고 항의하던 여자는, 큰 대가에 혹하기도 하고 좋은 약속에 설득되기도 하고 위협에 겁을 먹기도 하고 애원에 마음이 약해지기도 해서 결국엔 왕자에게 나무를 넘겼습니다. 그러면서, 자기가 아이보다 더 사랑한 것이고 자신의 속으로 낳은 소중한 것이니 잘 보살펴달라고 간청했지요. 왕자는 몹시 기뻐했고, 나무를 자기 침실의 발코니에 가져다 놓고 직접 물을 줘가며 정성껏 돌봤습니다.

그러던 어느 날, 왕자가 촛불을 끄고 침대에 누웠으나 잠이 오지 않았습니다. 주위는 온통 잠에 빠져서 고요했는데, 그때 침실 안에서 움직이는 부드러운 발소리가 들렸습니다. 발소리가 침대를 향해 점점 다가오기에 왕자는 그것이 지갑을 노리는 시동 아니면 작은 도깨비일 거라고 생각했습니다. 그러나 악마가 와도 겁먹지 않는 용감한 청년인 왕자는 잠자는 척하면서 무슨 일이 벌어지는지 지켜보았습니다. 그런데 가까이 다가온 누군가가 살며시 만지는 느낌이 들었고, 바로 그때 왕자가 그 손을 살포시 잡았습니다. 뭐랄까 보들보들하고 부드러운 느낌의, 벨벳 같은 살결이었습니다. 그것은 피리새의 깃털보다 더 부드럽고 섬세했으며, 튀니지산 양모보다 더 보들보들하고 담비의 꼬리보다 더 유연했습니다. 틀림없이 요정일 거라고 생각한 왕자가 문어처럼 와락 그녀를 껴안았습니다. 그리하여 그들은 '벙어리 참새', '무릎 속 돌멩이' 같은 아이들 놀이를 하면서 이리 뒹굴고 저리 뒹굴며 밤을 새웠지요. 그러나 그녀는 먼동이 트기 전에 일어

나, 달콤함과 호기심과 놀라움에 흠뻑 빠져 있는 왕자를 남겨두고 사라져버렸습니다. 이런 즐거움은 일주일 동안 계속되었습니다. 왕자는 별들이 그에게 비처럼 뿌려준 이 행운의 정체가 무엇인지, 또 달콤함과 사랑을 가득 싣고 자신의 침대에 정박 중인 이 배가 과연 어떤 배인지 알고 싶어 안달이 났습니다. 그래서 어느 날 밤, 그 미녀가 도망치지 못하게 그녀의 머리카락 한 줌을 자기 팔에 묶어놓고는 신하를 불러 촛불을 밝히라고 명했습니다. 왕자의 눈앞에는 공주이자 아름다운 꽃이고 경이로운 여성이자 또 다른 사랑의 여신 비너스가 있었습니다. 왕자는 귀여운 여인, 눈부신 비둘기, 모르가나 요정, 황금 가지를 보았습니다. 마음을 훔쳐 가는 도둑, 매의 눈, 보름달 같고 작은 비둘기 같은 얼굴, 왕에게나 어울리는 매혹적인 여인, 보석을 보았습니다. 정말로 그는 자신이 보고 있는 존재로 인해 정신을 차릴 수 없었고, 그녀를 계속 쳐다보면서 이렇게 말했습니다. "아, 비너스여, 이제 몸을 숨겨도 좋아요. 아, 헬레네여, 트로이로 돌아가요. 크레우사*여, 피오렐라**여, 그대들의 아름다움은 내 곁에 있는 미녀에 비하면 보잘것없습니다. 나는 태양과 왕관에 버금가는 가치를 지니고 자긍심으로 가득한 이 우아한 여인의 아름다움에서 흠 하나 찾아낼 수 없습니다. 아, 잠의 신이여, 그대의 양귀비 진액을 이 아름다운 보석의 눈에 풀어서 잠들게 해주오. 그러나 나는 잠

---

* 아테네의 공주로, 아폴론과의 사이에 이온을 낳았다.
** 기욤 드 블루아Guillaume de blois가 12세기 중반에 쓴 《마르코와 피오렐라의 비극》에 등장하는, 한때 유명했던 러브스토리의 주인공이다.

들지 않고 깨어서 이 아름다움의 환희를 음미하게 해주오. 나를 꽁꽁 묶고 있는 이 아름다운 머리 타래! 나를 불사르는 아름다운 눈! 크나큰 즐거움을 준 이 달콤한 입술! 나를 위로해주는 이 아름다운 가슴! 나를 꼭 붙잡고 있는 이 아름다운 손! 자연의 기적을 만드는 그 어느 작업장에서 이토록 완벽한 자태를 빚어냈단 말인가? 인도의 그 어느 곳에서 이 머리칼을 금실로 수놓았단 말인가? 에티오피아의 그 어느 곳에서 이 이마를 상아로 치장했단 말인가? 석류석으로 이 눈동자를 대체한 곳은 또 어디인가? 티레의 어느 곳에서 이 얼굴을 진홍 물감으로 물들였는가? 동양의 어느 곳에서 이 치아를 진주로 만들었는가? 이 목과 가슴을 덮고 있는 희디흰 눈은 또 어느 산에서 가져왔는가?" 왕자는 이렇게 말하면서 덩굴손처럼 여자를 안았습니다. 그가 여자의 목을 꼭 껴안고 있는 동안 잠에서 깬 여자가 몸을 떨며 나지막이 한숨지었습니다. 그녀에게 홀려 있던 왕자가 말했습니다. "아, 나의 사랑, 어둠 속에서 사랑의 신전 같은 당신을 보고 나는 정신을 잃을 뻔했어요. 그런데 지금 당신이 그 신전에 불을 밝혔으니 나는 또 어떻게 될까요? 오, 고귀한 눈이여, 별빛에 버금가는 휘영청한 눈길로 내 심장을 태워 구멍을 냈군요. 오로지 신선한 달걀 같은 그대만이 그 상처를 치료할 수 있어요. 그대, 아름다운 의사여, 당신으로 인한 상사병 때문에 나의 밤은 낮이 되고 당신의 아름다운 빛이 지독한 열병처럼 내 속을 태웠으니, 부디 이런 나를 불쌍히 여겨줘요. 그대의 손을 내 심장에 대봐요. 심장의 박동을 살피고 약을 처방해요. 아니, 약은 필요 없어요. 제발 그대의 달

콤한 입술로 키스해줘요. 목숨이 달려 있다 해도 나는 당신의 손
으로 하는 것이 아닌 다른 치료는 원하지 않습니다. 감미롭고 아
름다운 당신의 진심으로, 당신의 이 혀끝으로 나는 좋아지고 자
유로워질 겁니다." 여자는 이 말을 듣고 발그레 상기되어 대답했
습니다. "왕자님, 과찬의 말씀입니다. 저는 왕자님의 노예이니,
지엄하신 전하를 위해서라면 기꺼이 저 자신을 던지겠나이다.
그리고 제겐 큰 행운이 있으니, 바로 저 토분에 심어진 도금양입
니다. 저 도금양은 월계수 가지가 되어 살처럼 부드러운 마음, 너
무도 큰 고귀함과 미덕을 품은 마음의 휴식처가 되었습니다." 이
말을 듣고 마음이 수지양초처럼 녹아내린 왕자는 다시금 여인을
껴안고 키스한 뒤 두 손을 내밀며 말했습니다. "맹세컨대 그대는
나의 아내가 될 거예요. 그대는 나의 여왕이 될 거예요. 그대는
내 삶의 방향을 결정하고 내 마음의 열쇠를 갖게 될 거예요." 이
후 두 사람은 계속 즐거움을 만끽했습니다. 함께 잠자리에서 일
어났고 함께 음식을 먹었습니다. 이렇게 닷새쯤 지나갔습니다.
그러나 운명의 여신은 유희의 파괴자이고 결혼의 방해꾼이며 늘
사랑의 발길을 가로막는 장애물이었으니, 어느 날 왕자는 이 왕
국에 출몰하는 커다란 멧돼지를 잡으러 나가야만 했습니다. 그
래서 마음의 3분의 2는 아내 곁에 남겨둔 채 아내와 떨어져 있어
야 했지요.

　왕자는 자기 목숨보다 더 아내를 사랑했기에, 세상의 어떤 아
름다움과 사랑도 아내와 견줄 수 없다는 것을 알았기에 애간장
이 녹고 마음이 타들어 갔습니다. 헤어짐은 쾌락의 바다에 불어

닥친 태풍 같고, 사랑의 즐거움에 쏟아붓는 장대비 같고, 연인의 기쁨이라는 버터가 가득한 냄비에 떨어지는 거미줄 같았던 것입니다. 헤어짐은 물어뜯는 독사 같고, 좀먹는 나방 같고, 쓰디쓴 쓸개 같고, 삶을 지치게 만들고, 정신을 불안하게 만들고, 마음을 의심하게 만드는 얼어붙는 냉기 같았던 것입니다. 왕자는 요정을 불러 말했습니다. "여보, 나는 이삼 일 동안 떠나 있어야 해요. 당신과 떨어져 있는 슬픔이 얼마나 큰지는 신만이 알 거예요. 사냥을 하러 가 있는 동안 이 슬픔을 견딜 수 있을지 모르겠어요. 그래도 가야만 해요. 아바마마를 실망시켜서는 안 되니까요. 그래서 당신을 떠나 있어야만 해요. 부디 나에 대한 사랑을 간직하고 저 토분에 들어가서, 내가 돌아올 때까지 나오지 말아요." 요정이 대답했습니다. "그럴게요. 저는 당신이 바라는 것을 거부할 수도 없고 거부할 마음도 없으니까요. 그러니 마음 편히 다녀오세요. 저는 당신의 뜻을 받들 것입니다. 다만 한 가지 청하옵건대, 떠나시기 전에 도금양 가지 끝에 비단실로 작은 종 하나를 매달아 주세요. 그리고 돌아오셨을 때 실을 당겨 종을 울리시면, 제가 밖으로 나와 마마를 뵙겠나이다." 왕자는 그렇게 한 뒤에 신하를 불러 말했습니다. "이리 오너라. 내 말을 똑똑히 들어라. 매일 밤 내가 여기 있는 것처럼 잠자리를 정돈하라. 또한 저 도금양에 물을 주고, 나무에 아무 일 없도록 각별히 마음 써라. 내가 나뭇잎의 수를 세어놨으니, 하나라도 없어졌다가는 너를 용서치 않겠다." 이렇게 말한 왕자는 말을 타고 길을 떠났습니다. 멧돼지를 사냥하러 가는 사냥꾼이라기보다 도살장으로 끌려가는 양처럼 슬픔에 가득 차서.

한편 왕자가 가까이했던 일곱 명의 유녀들은 왕자가 냉담해졌고 더는 자신들에게 애정이 없음을 알아챘고, 자신들이 설 자리가 없어지자 왕자에게 자신들과의 옛정을 잊게 하는 새로운 정인이 생긴 것은 아닐까 의심했습니다. 그래서 그 여자를 찾아내려고 혈안이 되어서, 건축업자에게 큰돈을 주고 왕자의 침실로 연결되는 지하 통로를 만들었습니다. 통로가 만들어지자마자, 그들은 진상이 무엇인지, 자신들의 자리를 빼앗고 돈줄을 차단해버린 음녀가 누구인지 알아내는 데 착수했습니다. 그러나 왕자의 침실에는 아무도 없었고, 주위를 둘러봐도 눈에 띄는 것이라고는 아름다운 도금양 한 그루뿐이었지요. 그들은 저마다 나뭇잎을 땄고, 그중 가장 어린 유녀가 작은 종이 매달려 있던 가지 끝을 꺾었습니다. 그러자 곧바로 종이 울리더니, 왕자가 왔다고 생각한 요정이 모습을 드러냈습니다. 흙투성이의 음탕한 여자들은 이 아름다운 요정을 보자마자 득달같이 달려들어 마구 할퀴어댔습니다. "감히 우리의 희망을 산산이 부서뜨린 것이 바로 네년이로구나. 왕자님의 사랑을 빼앗아 간 창녀, 감히 제 발로 우리 손아귀에 들어오다니 대단한 년이네. 오냐, 환영해주마! 넌 이제 죽었어! 네 엄마가 너를 낳지 말았어야 해! 주제넘는 짓을 하다니, 이번엔 진짜 끝장을 내주겠어. 네년이 용케 살아남는다 해도 태어난 걸 후회하게 될 거다." 그들은 철퇴로 요정의 머리를 세게 때렸고, 요정의 시신을 다섯 조각으로 토막 내 하나씩 가져갔습니다. 그러나 이 잔인한 행동을 하는 데 끼지 않은 제일 어린 유녀는 금발 한 타래밖에 가져갈 것이 없었습니다. 마침내 유녀들은 왔던 길로 돌아갔습니다.

왕자의 분부대로 잠자리를 준비하고 나무에 물을 주러 온 시종은 그 사건 현장을 목격하고 두려움에 초주검이 되었습니다. 시종은 토막 난 손과 치아를 집어 들고 남아 있는 살과 뼈를 모은 뒤에 바닥에서 피를 닦아냈습니다. 수습한 시신의 일부를 토분 속에 묻은 후, 나무에 물을 주고 잠자리를 준비하고는 침실 문을 잠갔습니다. 그러고는 열쇠를 문 밑에 두고, 걸음아 나 살려라 하며 그 나라를 빠져나갔습니다.

사냥을 마치고 돌아온 왕자가 비단 줄을 잡아당겨 종을 울렸습니다. 그러나 종을 계속 울려도 요정은 아무런 응답이 없었습니다. 그는 방 안으로 들어가 발코니로 달려갔습니다. 도금양의 잎들이 다 떨어져 나간 것을 본 그는 크게 울부짖기 시작했고, 참담히 흐느끼면서 소리쳤습니다. "나는 얼마나 불운하고 비참한가! 나를 속인 자가 누구냐? 이 왕자를 망치고 짓뭉개는 자가 누구냐? 아, 잎을 잃은 도금양이여! 오, 나의 요정이여! 아, 암담한 내 생이여! 내 즐거움이 연기로 사라졌구나! 내 기쁨은 식초로 변했구나! 불운한 나, 콜라 마르치오네여, 이제 어쩔 것인가? 이 도랑을 건너뛰어라. 이 곤경을 벗어나라! 너는 그 모든 좋은 것들로부터 버림받고도 자결하지 않느냐? 너는 보물을 전부 잃고도 살고자 하는가? 생의 모든 기쁨을 잃고도 생을 끝내지 않는 이유는 무엇인가? 그대여, 어디 있는가? 어디 있는가, 나의 도금양이여? 그 어떤 흉악한 손이 그대의 아름다운 머리를 망쳐놓았는가? 저주스러운 사냥, 그것이 이 크나큰 상실의 원인이었으니! 아! 나는 버려졌고 남은 날들은 피폐해졌다. 생명 없이 살아간다는 것은 불가능한 일. 사랑 없이는 두 발을 뻗는 것 말고는 아무것도 할 수 없구나. 잠을 자도 기력을 회복할 수 없을 것이고, 음식은 독이 될 것이며, 삶과 기쁨은 사라졌다." 왕자의 흐느낌과 비탄은 길가의 돌까지 측은히 여길 정도였습니다. 먹지 못하고 자지 못하던 그는 병이 들어서, 혈색은 누레지고 입술의 붉은빛은 하얗게 변했습니다.

그런데 마법에 걸린 요정이 시종에 의해 토분에 묻힌 살과 뼈에서 다시금 형태를 취하기 시작하더니 잠시 후에는 전과 똑같은 모습이 되었습니다. 그녀는 사랑하는 왕자가 슬픔에 빠져서 병든 스페인 사람 같은, 아니 도마뱀이나 누룩 같은 혈색이 된 것을 보고 가슴이 미어졌습니다. 그래서 화분에서 나와, 희미한 각등에서 새어 나온 흐릿한 불빛처럼 콜라 마르치오네의 시야에 들어왔습니다. 그러고는 그를 안고 이렇게 말했습니다. "힘내세요, 왕자님. 힘내세요. 슬픔을 떨쳐버리고 그만 우세요. 눈물을 훔치고 화를 누그러뜨리세요. 행복한 얼굴을 보여주세요. 보세요, 매춘부들이 저의 머리를 깨고 티폰이 자기 형 오시리스에게 한 것처럼* 저의 육신에 만행을 저질렀지만, 저는 이렇게 살아 있고 여전히 아름답잖아요."

---

* 티폰은 이집트 신화에 등장하는 세트를 지칭한다. 그는 형인 오시리스의 왕관을 탐하여 형을 죽이고 시체를 열네 토막으로 자른다.

설마하고 고개를 든 왕자는 기사회생했습니다. 혈색과 온기가 돌아왔고, 기력도 회복했습니다. 천 번의 애무와 위무와 유희가 있은 후에 왕자는 요정에게 무슨 일이 있었는지 전부 말하라 했습니다. 시종에게 아무런 잘못이 없다는 말을 듣고서 왕자는 그를 불러들였습니다. 그리고 부왕의 허락하에 연회를 열라 시종에게 말하고 요정과 결혼했습니다. 왕자는 왕국의 귀족들을 전부 초대하면서, 착한 요정을 학대했던 일곱 독사들도 반드시 연회에 참석하라고 명령했습니다. 그리고 하객들이 배불리 먹었을 때 왕자가 한 사람씩 붙잡고 요정을 가리키며 말했습니다. "이토록 아름다운 여인에게 해코지를 한 자들은 어떤 대가를 치러야 하겠는가?" 그럴 때마다 모든 이들이 요정의 눈부신 아름다움에 황홀해했습니다. 연회에 참석한 사람들이 왕부터 시작해 모두 한마디씩 했습니다. 교수형에 처해야 한다는 둥, 형거刑車로 죽여야 한다는 둥, 여러 의견이 나왔지요. 결국 일곱 독사들이 말할 차례가 되었습니다. 이런 토론이 그들에게 즐거울 리 없었으나, 아직까지 그들은 자신들을 기다리고 있는 불길한 밤에 대해서 꿈도 꾸지 못하고 있었습니다. 포도주 잔이 도는 곳에서 진실이 드러나듯, 음녀들은 사랑의 기쁨을 올올이 구현한 이 보석처럼 아름다운 왕자비라면 설령 그녀를 만지기만 했더라도 만진 자를 똥통에 처박아야 한다고 말했습니다. 음녀들이 자기 입으로 선고를 내린 셈이었고, 그러자 왕자가 말했습니다. "너희 스스로가 원인을 논했고, 너희 스스로가 선고를 내렸구나. 이제 남은 것은 너희가 내린 선고를 이행하는 것뿐이다. 네로의 심장과 메두사의 잔인함으로 이 우아한 자태와 아름다운 용모를 고기 썰듯 토막 낸 것이 바로 너희니까. 고로 신속히 행하라. 꾸물거릴 시간이 없다. 저것들을 널따란 공중변소에 처박고, 거기서 죽게 하라." 왕자의 명령은 즉시 이행되었고, 유녀 중에서 왕자의 시종과 결혼한 막내만이 구제되고 큰 지참금을 하사받았습니다. 왕자는 곧 도금양의 아버지와 어머니에게 사람을 보내 여생을 안락하고 풍족하게 보낼 수 있는 자금을 전달했습니다. 왕자와 요정은 함께 행복하게 살았고, 그 지옥의 딸들은 모진 고문 속에서 생을 마침으로써 다음과 같은 옛 속담이 진리임을 증명했습니다.

"절름거리는 염소도 앞을 막는 것이 없으면 어떻게든 갈 길을 간다."

세 번째 여흥

페루온토

페루온토는 나무하러 숲에 갔다가 햇볕 아래 잠들어 있는 세 여인을 발견한다. 그는 여인들을 친절히 대했고, 그 대가로 부적을 얻는다. 공주가 그를 보고 비웃자, 그는 공주에게 자기 애를 갖게 된다는 저주를 건다. 이 저주는 실현되는데, 이를 알게 된 왕이 그와 공주와 아기를 모두 술통 속에 넣어 바다로 던져버리라고 명령한다. 그러나 부적 덕분에 위기를 모면한 페루온토는 나중에 잘생긴 남자로 변해 왕이 된다.

모두가 이야기를 듣고 즐거워했다. 그리고 왕자가 행복해지고 사악한 여자들이 벌을 받았다는 것에 아주 흐뭇해했다. 이번에 이야기할 사람은 메네카였다. 재잘거리던 사람들이 조용해지자 메네카가 다음과 같은 이야기를 시작했다.

선행은 결코 길을 잃지 않습니다. 친절의 씨를 뿌리는 사람은 누구나 합당한 보상을 받고, 사랑의 씨를 뿌리는 사람은 누구나 그 대가로 사랑을 받지요. 고마워할 줄 아는 사람에게 베푼 호의는 결코 헛된 것이 아니고, 고마움은 선물을 낳습니다. 이런 예들이 인간 세계에서 계속 일어납니다. 제가 지금부터 하려는 이야기에서도 그 예를 만나게 될 겁니다.

카소리아 마을의 시골 아낙인 체카렐라에게 페루온토라는 아들이 있었는데, 그 아이는 이 세상에서 가장 멍청하고 가장 추하게 생긴 피조물이었습니다. 그렇다 보니 이 불행한 어머니는 늘 슬픔에 잠겨 있었고, 아무짝에도 쓸모가 없어서 개의 가죽만큼도 가치가 없는 그 아이를 낳았던 그날, 그 시간을 저주했습니다. 이 불운한 여인은 목 놓아 울곤 했으나, 바보 아들은 어머니를 위해 작은 일이라도 할 생각을 하지 못했지요. "엄마가 말하고 있잖아"라든가 "엄마가 말했잖아"를 수없이 반복하면서 목이 쉬도록 잔소리를 하고 일장연설을 하던 여인은 어느 날 아들을 숲에 보내 나무를 해 오게 하려고 이렇게 설득합니다. "뭐라도 좀 먹어야지. 나무를 해 오거라. 내가 뭐라도 만들 준비를 할 테니까. 도중에 길 잃지 말고 곧장 돌아오너라. 그래야 뭐라도 해 먹어 목숨을 부지할 거 아니냐."

페루온토는 길을 떠났고, 형제들과 함께 행진하는 수도승처럼 걸었습니다. 계란 위를 걷듯이 갈까마귀의 걸음으로 가면서 자신의 발걸음 수를 세었습니다. 마침내 실개천이 흐르는 숲의 어느 지점에 도착하니, 가까운 풀밭에 젊은 여자 셋이 쏟아지는 햇볕을 고스란히 받으면서 돌을 베개 삼아 곤히 잠들어 있었습니다. 페루온토는 세 여자가 활활 타오르는 불길 속의 분수 같아서 왠지 측은한 생각이 들었습니다. 그래서 가지고 간 도끼로 나뭇가지를 잘라서 볕을 가리는 정자 같은 것을 만들어주었지요. 그가 분주히 일하는 동안에 젊은 여인들(요정의 딸들)이 잠에서 깨어 페루온토의 마음씨가 친절하고 착하다는 것을 알게 되었습니다. 그래서 감사의 표시로 그에게 원하는 것은 무엇이든 가질 수 있는 부적을 주었지요.

계속 길을 간 페루온토는 수레가 있어야만 가져갈 수 있을 정도로 나무를 잔뜩 했습니다. 나무를 들고 갈 수 없다는 것을 깨달은 그가 나뭇단 위에 앉아서 이렇게 말했습니다. "이 나뭇단이 나를 싣고 집까지 가면 좋지 않을까?" 그런데 어럽쇼, 나뭇단이 유럽 최고의 종마라는 베시냐노 집안의 말처럼 달리기 시작하더니 왕궁까지 가는 게 아니겠습니까. 왕궁 앞에 도착해서는 나뭇단이 빙빙 돌고 날뛰면서 구불구불 달리는 바람에 페루온토는 사람들이 귀가 먹을 정도로 고래고래 소리를 질렀습니다. 바스톨라 공주의 시중을 들던 젊은 시녀들이 창밖을 내다보다가 이 놀라운 광경을 목격하고는 다급히 공주를 불렀습니다. 공주는 곁눈질로 창밖에서 나뭇단과 난리를 떨고 있는 괴상망측한 남자를 보고는 뒤로 나자빠질 정도로 웃어댔습니다. 이 뜻밖의 상황에 시녀들이 소스라치게 놀랐는데, 바스톨라 공주는 천성적으로 워낙 우울한 사람이라서 공주가 웃는 모습을 본 적이 거의 없었기 때문이었지요. 고개를 든 페루온토는 자기를 향해 웃어대는 여자들을 보고 말했습니다. "바스톨라는 내 아이를 갖게 될 거야!"

이렇게 말한 페루온토가 떨어지지 않게 나뭇단에 두 발을 단단히 갖다 대자 그 즉시 나뭇단이 움직여, 소리치며 따라오는 아이들을 뒤에 달고서 순식간에 집에 도착했습니다. 어머니가 재빨리 문을 닫지 않았다면 페루온토는 아이들이 던진 돌에 맞아 죽었을 겁니다.

한편, 바스톨라 공주는 뭔가 거북하고 불안한 느낌이 들고 월경이 없자 자신이 임신했음을 알게 되었습니다. 그리고 술통만하게 배가 불러올 때까지 최대한 그 난처한 입장을 숨겼습니다. 이윽고 공주의 상태를 알게 된 왕은 당연히 격노했고, 섬뜩한 악담을 퍼부은 후에 궁전 회의를 소집했습니다. "모두 알다시피, 짐의 명예가 실추되었소. 공주가 자신의 오욕 아니 내 오욕의 역사를 기록할 풍부한 소재를 제공했다는 것도 다 알고 있을 것이오. 이미 공주는 거동이 불편할 정도로 배가 불러서 짐을 불편하게 만들고 있소. 그러니 조언들 해보시오. 짐이 어떻게 해야 좋을지. 생각건대, 공주가 근본도 모르는 족속을 낳게 내버려두느니차라리 죽이는 것이 나을 듯하오. 공주로 하여금 출산의 고통보다는 죽음의 고통을 느끼게 하고 싶소. 이 세상에 나쁜 씨를 내놓느니 차라리 이 세상을 하직하게 만들겠소." 그러자 사태 처리에 있어서 식초보다는 기름을 사용하는 데 익숙한 대신들과 고문들이 이렇게 아뢰었습니다. "공주마마는 큰 벌을 받아 마땅하고, 전하를 능욕했으니 의당 칼로 베어야 합니다. 그러나 지금 공주마마와 배 속의 아기씨를 벤다면, 이 치욕의 원인을 제공했고, 전하 앞에 코르넬리우스 타키투스를 데려다놓고 티베리우스의 정치

학을 가르치게 만들었으며,* 전하께 꿈에도 꾸지 못할 파렴치한 짓을 한 악인은 진실의 문을 빠져나가 무사히 도망칠 것입니다. 그러하오니 이 치욕의 원인을 밝혀낼 때까지 사태를 지켜보심이 좋겠습니다. 그 후 가장 적절한 방법을 생각해보고 해결해도 늦지 않습니다."

이 조언을 들은 왕은 이치에 맞는 말이라고 여겨 흡족해했고, 분노를 거두면서 말했습니다. "사태를 지켜보기로 합시다." 하늘의 뜻대로 그 시간이 찾아왔습니다. 그리 힘들이지 않고, 산파의 첫 일성에 따라 공주가 몸에 힘을 주자 곧 황금 사과 같은 두 사내아이가 튀어나왔습니다. 진노해 있던 왕은 대신과 고문들을 불러 말했습니다. "공주가 출산했소. 공주를 죽일 때가 됐소." 그러자 최대한 시간을 끌려던 늙은 현자들이 대답했지요. "아니 되옵니다. 아기씨들이 클 때까지 기다려 아버지를 가려내야 합니다." 신하들에게 부당한 인상을 주고 싶지 않았던 왕은 어깨를 으쓱해 보이고는 그들의 의견을 조용히 받아들였습니다. 그리고 공주의 아들들이 일곱 살이 될 때까지 참을성 있게 기다렸다가 다시금 신하들을 불러 조언을 구했습니다. 조언은 이러했습니다. "전하께서 공주마마로부터 그 협잡꾼의 정체를 알아내지 못하셨으니, 이제 저희가 직접 그 오점을 제거할 때가 되었습니다. 대규모 연회를 준비토록 명하시고, 왕국의 귀족과 신사를

---

* 제정 로마 시대의 최고 역사가로 꼽히는 타키투스는 로마의 제2대 황제인 티베리우스를 폭군이라고 혹평했다. 문맥상 자신을 혹평한 역사가로부터 가르침을 받는 왕의 수모를 빗댄 것으로 보인다.

전부 참석시키십시오. 그리고 혈육의 본능에 따라 아이들이 가장 가까이 대하는 자가 누구인지 주의 깊게 지켜봐야 합니다. 그자가 틀림없이 아비일 테니, 그 즉시 그자를 까마귀 똥처럼 치워버리면 됩니다." 왕은 그 조언에 흡족해했습니다. 왕은 연회를 열라 이르고 사람들을 초대했습니다. 그리고 모두가 배불리 먹은 후에 한 줄로 서서 아이들 앞을 지나가게 했습니다. 그러나 아이들은 알렉산드로스의 사냥개가 토끼를 거들떠보지 않았듯이 아무에게도 별다른 관심을 보이지 않았습니다. 왕은 격노해 입술을 깨물었습니다. 왕은 좋은 신발을 신고 있었지만, 신발이 너무 꽉 끼어서 홧김에 발을 구르자 몹시 고통스러웠습니다. 신하들이 이렇게 조언했습니다. "전하, 진정하소서! 힘을 내소서. 이른 시일 내에 또다시 연회를 열어 이번에는 귀족이 아니라 하층민들을 초대하겠나이다. 여자들은 언제나 최악의 남자에게 끌리는 법이니까요. 귀족과 명문가 사람들 사이에선 찾을 수 없었으니, 어쩌면 칼 장수나 빗 장수 같은 잡상인들 속에서 전하의 분노를 산 씨앗의 제공자를 발견할 수 있을지도 모릅니다." 그 조언에 만족한 왕은 두 번째 연회를 준비하라 명했습니다. 그리고 백치, 부랑자, 악한, 불량배, 말썽꾼, 자객, 무위도식자, 흉한, 시체의 옷을 구해다 파는 헌 옷 장수 등등, 나막신을 신은 사람은 전부 연회에 참석하라고 포고를 내렸습니다.

연회에 평민들을 초대한다는 포고를 들은 체카렐라는 페루온토에게도 가보라고 채근하기 시작했습니다. 그녀는 성화 끝에 아들을 설득하는 데 성공했고, 페루온토가 연회장에 들어서자마자 잘생긴 두 아이가 그에게 뛰어와 진드기처럼 달라붙더니 그를 껴안고 뽀뽀를 퍼부었습니다. 이 모습을 본 왕은 드디어 왕가의 불순물의 정체를 알아채고는 수염을 잡아 뜯었습니다. 일확천금과도 같은 왕국의 부마 자리가 보기만 해도 속이 울렁거리는 그 오싹한 괴물에게 돌아가다니 울화통이 치밀었지요. 덥수룩한 머리, 올빼미의 눈, 앵무새의 코, 농어의 입까지 가관인데다 맨발에 누더기 차림이었고, 피오라반테의 연금술 책을 읽지 않고도 그의 됨됨이와 방귀 냄새까지 훤히 알 만했지요. 왕은 무겁게 한숨짓고 말했습니다. "이렇게 생긴 걸 본 사람이 있는가? 공주가 대체 무슨 생각으로 이런 바다괴물과 사랑에 빠졌을꼬? 어쩌다가 저런 털북숭이와 잠자리를 같이했을꼬? 아, 수치스럽고 눈멀고 부정한 것 같으니! 이게 무슨 둔갑술인가? 돼지와 암소가 짝을 짓는 꼴이니, 그럼 나는 숫양이란 말인가? 그런데 나는 왜 망설이고 있는가? 무슨 생각을 하고 있는가? 저들로 하여금 잘못의 무게를 느끼게 하고, 마땅한 처벌을 받게, 그대들이 판결한 대로 형벌을 받게 해야지. 꼴도 보기 싫으니 저들을 짐의 안전에서 끌어내라."

대신들은 의논 끝에 공주와 범인을 두 아이와 함께 술통에 넣어 바다에 던져버리기로 결정했습니다. 그러면 왕의 손에 피를 묻히지 않고도 공주 가족을 죽일 수 있으니까요. 형이 선고되자마자 사람들이 술통을 가져왔고 네 사람을 그 속에 넣었지요. 그런데 그들이 술통 속에 갇히기 직전, 서럽게 흐느끼던 바스톨라 공주의 시녀들 중 몇몇이 잠시라도 연명하라고 그 커다란 술통

속에 건포도와 말린 무화과를 넣어주었습니다. 이윽고 뚜껑이 닫힌 술통은 운반되어 바다에 던져졌습니다. 술통은 바람이 부는 대로 흘러갔지요. 한편, 처량히 흐느끼던 바스톨라 공주는 눈물을 흘리며 페루온토를 보고 말했습니다. "바쿠스의 요람이 우리의 무덤이 되다니, 이 얼마나 불운한가! 누가 내 몸을 농락했기에 이 술통에 갇히게 되었는지 그것만이라도 알면 좋겠구나! 아! 이유도 목적도 모른 채 슬픈 죽음을 맞아야 하다니. 이 잔악무도한 놈, 말해보아라. 대체 무슨 요술을 부렸기에 나를 이렇게 만들고 이 술통 속에 갇히게 했느냐? 말해보아라, 대체 어떤 악마의 꾐에 빠졌기에 나를 이토록 비참하게 만들었느냐?" 페루온토는 공주의 말에 한동안 귀를 기울이다가, 못 들은 척 시치미를 떼고 이렇게 대꾸했습니다. "어쩌다가 이런 일이 벌어졌는지 알고 싶다면, 건포도와 무화과를 조금 주세요." 무슨 말이라도 듣고 싶었던 공주는 건포도와 무화과를 각각 한 움큼씩 건네주었지요. 허기를 채운 페루온토는 세 여자와 어떤 일이 있었는지, 또 어떻게 나뭇단을 타고 공주의 창문 아래를 지나가게 됐는지, 공주가 웃음을 터뜨리기에 어떻게 자기 아이를 임신하라고 주문을 걸었는지 자세히 이야기했습니다. 이 말을 듣고 용기를 얻은 바스톨라 공주가 말했습니다. "그렇다면 왜 우리가 이 통 안에서 죽어야 하느냐? 왜 이 통을 멋진 배로 만들어달라고 빌지 않느냐? 그렇게만 되면 우리는 이 위기에서 벗어나 안전한 항구에 도착할 텐데." 페루온토가 대답했습니다. "알고 싶으면 무화과와 건포도를 주세요." 바스톨라 공주는 축제 때 어부로 변장한 여자들이 사

탕을 갈고리에 매달아 던지듯이, 그의 입을 열어 말을 낚으려고 곧바로 그의 식탐을 해결해주었지요. 페루온토는 공주가 원하는 대로 주술을 걸었습니다. 그러자 곧바로 통이 배로 변했으니, 항해 준비가 완벽하게 끝난 상태였고 선원들도 대기 중이었습니다. 선원들이 저마다 닻줄을 당기고, 돛을 펼치고, 키를 잡고, 망대에 오르고, "이물을 돌려!"라고 소리치고, "전진!"이라는 외침과 함께 트럼펫을 불고, 포를 발사하는 등 바삐 움직이는 것이 보였습니다. 바스톨라는 그 배를 타고 달콤한 바다를 항해하고 있었습니다.

달이 해와 왔다 갔다 놀이를 하는 시간, 바스톨라가 페루온토에게 말했습니다. "잘생긴 양반, 이 배가 왕궁으로 변하게 해달라고 빌어요. 그럼 우린 좀 더 안전할 거예요. 바다를 찬양하되 육지를 벗어나지는 말라는 말도 있잖아요." 그러자 페루온토가 대답했습니다. "원한다면 그렇게 할게요. 무화과와 건포도를 주세요." 공주는 곧바로 그가 달라는 것을 주었습니다. 먹을 것을 다 먹은 페루온토가 주문을 외자 배는 온갖 장식이 가득하고 부족함 없이 너무도 호화로운 아름다운 궁전으로 바뀌었습니다. 얼마 전까지만 해도 속수무책으로 죽음을 앞두고 있었던 공주는 어느새 세상에서 가장 높은 지위의 여성이 되어 여왕처럼 섬김을 받고 애원을 듣고 있는 자신을 발견했지요. 그래서 이 행운을 보장받고 싶은 마음에, 페루온토에게 잘생기고 세련된 외모를 가지라고, 그래서 둘이 함께 즐거이 지내자고 간청했습니다. "황제를 친구로 두는 것보다 돼지를 남편으로 두는 게 더 낫다"라는 말이 있긴 하지만, 만약 페루온토가 외모를 바꿀 수만 있다면 공주는 그것을 가장 큰 행운으로 받아들이겠다고 말입니다. 그러자 페루온토는 또 이렇게 대답했습니다. "그렇게 하고 싶으면 무화과와 건포도를 주세요." 바스톨라는 즉시 건포도와 무화과를 주어 그의 주문을 이끌어냈지요. 주문을 외자마자 그는 참새에서 피리새로, 오그르에서 나르키소스로, 흉한 가면에서 잘생긴 젊은이로 변했습니다. 이 변형을 지켜본 바스톨라는 기쁨에 못이겨 그를 부둥켜안고 행복의 달콤한 주스를 맛보았습니다.

한편, 잔인한 처벌을 명한 날 이후로 의기소침해 있던 왕은 그의 원기를 회복시키려는 신하들의 간청으로 사냥을 하러 나갔습니다. 그런데 밤이 되어 어둠이 급습하자 왕은 멀리 페루온토의 궁전 창문에서 불빛이 비치는 것을 보고 신하들을 그곳으로 보내 묵어 갈 수 있는지 물었습니다. 그러자 그곳에 머물면서 유리잔을 깨는 것은 물론이고 요강까지 산산조각 내도 좋다는 답변이 왔습니다. 왕은 초대를 받아들여서, 계단을 올라 궁전 안으로 들어갔지요. 그런데 아무리 이 방 저 방 가봐도 두 아이 말고는 사람이 아무도 없었습니다. 두 아이는 왕의 곁을 떠나지 않고서 계속 "할바마마! 할바마마! 할바마마!" 하고 말했습니다. 왕은 몹시 이상히 여겼고, 몹시 놀랐습니다. 지친 왕이 탁자 옆에 앉으니, 보이지 않는 손들이 탁자에 흰 식탁보를 깔고 여러 종류의 음식 접시를 내왔습니다. 귀여운 두 아이가 쉬지 않고 시중을 드는 가운데 음식을 먹고 훌륭한 포도주를 마시니 왕의 신분에 부족함이 없었습니다. 그뿐만 아니라 고기를 먹는 동안에는 콜라시오네*와 탬버린 악단이 뼛속까지 녹아드는 감미로운 음악을 연주했습니다. 식사를 마치자 금사 직물로 만든 침대가 홀연히 나타났고, 왕은 부츠를 벗고 잠자리에 들었습니다. 신하들도 모두 다른 방에 차려진 백 개의 식탁에서 배불리 먹은 뒤 역시 잠자리에 들었지요.

날이 밝자마자 왕은 떠날 준비를 했고, 두 아이도 함께 데려가려고 했습니다. 그때 바스톨라와 그녀의 남편이 나타나 왕의 발치에 엎드려 용서를 빌면서 그간의 일을 소상히 아뢰었습니다. 왕은 금지옥엽 같은 두 손자와 남자 요정 같은 사위를 얻게 된 것을 알고는 번갈아가며 그들을 얼싸안았습니다. 그러고는 모두를 데리고 왕국으로 돌아가 성대한 축연을 베풀고, 이 커다란 수확을 기뻐하라 명했습니다. 이 축연은 여러 날 계속되었고, 왕은 근엄하게 이렇게 혼잣말을 했습니다.

"인간이 제안하고, 신이 결정한다."

• 만돌린과 비슷하게 생긴 고대의 현악기.

네 번째 여흥

바르디엘로

어머니를 수없이 골탕 먹이던 거친 성품의 바르디엘로는 어느 날 팔려고 가지고 나갔던 옷을 잃어버린다. 그런데 미련하게도 조각상한테서 옷을 돌려받으려 하다가 부자가 된다.

신기한 사건들이 나오고 다른 이야기들만큼이나 훌륭했던 메네카의 이야기가 끝날 때까지 청중은 꼼짝도 하지 않고 귀를 기울였다. 이어서 왕자의 명령에 따라 톨라의 차례가 되었다. 톨라는 뜸 들이지 않고 바로 이야기를 시작했다.

만약 자연이 동물들을 옷을 입어야 하고 음식을 사야 하는 존재로 만들었다면 네 발 달린 종족은 멸망했을 것입니다. 하지만 동물들은 먹을 것을 수확하는 농부가 없어도, 그것을 사는 구입자가 없어도, 그것을 요리하는 요리사가 없어도, 그것을 썰어 주는 푸주한이 없어도 어려움 없이 먹을 것을 찾아냅니다. 또한 동물들의 살가죽은 그 자체로 눈과 비를 막아줍니다. 천을 파는 상인이 없어도, 옷을 만드는 재단사가 없어도, 팁을 구걸하는 심부름꾼 소년이 없어도 말입니다. 그러나 자연은 지능을 지닌 인간에게는 이런 특권을 주지 않았으니, 인간은 원하는 것을 스스로 얻기 때문입니다. 이것이 흔히 똑똑한 사람은 가난하고 멍청한 사람은 부자인 이유입니다. 지금부터 제가 들려드리는 이야기에서도 이런 예를 만날 수 있습니다.

아프라노의 그란노니아는 뛰어난 분별력과 판단력을 지닌 여성이었으나, 그녀의 아들 바르디엘로는 그 마을을 통틀어 가장 멍청하고 우둔한 얼간이였습니다. 그럼에도 불구하고 그란노니아는 눈에 콩깍지가 씌어서, 없는 것을 보는 어머니의 눈으로 아들이 세상에서 가장 잘생긴 사람이라도 되는 양 아들을 금이야 옥이야 끔찍이 예뻐했습니다.

그란노니아는 씨암탉 한 마리를 키웠는데, 좋은 병아리를 얻어서 괜찮은 수익을 내는 것이 그녀의 유일한 희망이었습니다. 어느 날, 일이 있어 외출하게 된 그녀가 아들을 불러 말했습니다. "예쁜 내 아들아, 엄마가 하는 말 잘 들으렴. 저 암탉을 잘 지켜보아라. 만약 암탉이 일어서서 할퀴고 쪼고 한다면, 한눈팔지 말고 저것을 닭장 뒤로 몰아가야 한다. 안 그랬다가는 달걀이 식을 것이고, 그리되면 달걀도 병아리도 얻을 수 없단다."

"걱정 마세요. 저는 귀머거리가 아니에요." 바르디엘로가 대답했습니다. 그러자 어머니가 말했습니다. "아, 한 가지 더. 애야,

저기 찬장에 단지가 하나 있는데 그 속에 독성 물질이 가득 들어 있단다. 추한 죄악의 꾐에 빠져 저 단지를 만져서는 안 된다. 순식간에 정신을 잃게 될 테니까."

바르디엘로가 대답했습니다. "절대 안 만져요! 독 같은 건 관심 없거든요. 그래도 엄마가 현명하게 경고를 해주셨네요. 제가 어쩌다가 저 단지를 만지게 됐다면, 아마 그 속에 든 것을 다 먹어버렸을 테니까요." 그렇게 어머니는 외출을 했고, 바르디엘로는 집에 남았습니다. 시간을 허비하지 않으려고 마당으로 간 바르디엘로는 과일을 훔치러 오는 좀도둑을 잡기 위해서 구덩이를 판 뒤 나뭇가지와 흙으로 덮었습니다. 한창 일을 하고 있는데 암탉이 닭장에서 뛰쳐나오는 것이 보였습니다. 그가 소리를 지르기 시작했습니다. "쉿, 쉿! 이쪽으로! 저쪽으로!" 그러나 암탉은 꼼짝도 하지 않았습니다. 암탉이 고집을 부린다고 생각한 바르디엘로는 "쉿, 쉿" 소리를 지르다가 발을 구르기 시작했습니다. 발을 구르다가 암탉을 향해 모자를 집어 던졌고, 그다음엔 곤봉을 던져서 암탉의 머리를 정통으로 맞히고 말았습니다. 암탉은 금세 바닥에 뻗어버렸습니다.

일이 이렇게 되어버린 것을 보고 바르디엘로는 어떻게 하면 잘못을 바로잡을 수 있을까 궁리했습니다. 그는 달걀이 식지 않게 하려고, 부득불 자기가 달걀을 깔고 앉아 품으려 했습니다. 그러다가 그의 몸무게에 달걀이 깨지는 바람에 오믈렛 천지가 되어버렸습니다. 자기가 한 짓에 절망한 그는 벽에 머리를 찧으려고 했습니다. 그러나 크나큰 슬픔이 배고픔으로 바뀌면서 배 속이 꼬르륵거리자 그는 결국 암탉을 잡아먹기로 결심합니다. 그래서 털을 뽑은 암탉을 쇠꼬챙이에 꽂은 뒤, 불을 세게 피워 굽기 시작했습니다. 닭이 다 구워지자, 바르디엘로는 해야 할 일들을 차례차례 이행했습니다. 낡은 궤짝 위에 깨끗한 천을 깔았고, 큰 병을 꺼내 가지고 포도주를 채우기 위해 지하실로 내려갔습니다. 그런데 병에 포도주를 담으려는 순간, 집 안에서 말발굽이 덜그럭거리는 것 같은 큰 소리가 들렸습니다. 놀랍게도 커다란 수고양이가 암탉을 물고 달려가는 것이 보였습니다. 그리고 또 다른 고양이가 조금만 달라고 거세게 울어대며 그 뒤를 쫓아가는 것이었습니다.

바르디엘로는 이 재난을 바로잡기 위해 사슬 풀린 사자처럼 고양이를 쫓았습니다. 그런데 너무 서두르는 바람에 포도주 통 꼭지의 마개를 열어놓은 채로 놔두었습니다. 집 안 구석구석을 뒤져서 결국 암탉을 되찾았으나, 포도주 통은 완전히 바닥을 드러내고 말았습니다. 지하실로 돌아와 텅 빈 포도주 통을 바라보고 있자니, 마치 눈구멍으로 영혼이 새어 나가 영혼의 통이 바닥나는 것 같았습니다. 그러나 판단력이 돌아왔고, 이 실수를 만회할 계획이 떠올랐습니다. 어머니가 사태를 눈치채지 못하도록, 밀가루 자루를 가져다가 바닥에 흐르는 포도주를 밀가루를 탈탈 털어 덮었습니다. 그러나 그날 있었던 안 좋은 일들을 꼽아보고 자기가 저지른 멍청한 실수를 되짚어보니 어머니의 사랑을 잃을 것이 분명하다고 생각되었기에, 그는 살아서는 어머니를 만나지 않겠다고 결심했지요. 그래서 절인 호두가 들어 있는, 요컨대 그의 어머니가 독이 들어 있다고 한 단지를 가져다가 거기 담긴 것을 바닥이 드러날 때까지 먹었습니다. 배가 부르자 그는 화덕 속에 몸을 숨겼습니다. 한편 외출에서 돌아온 어머니는 한동안 문을 두드려도 아무도 나오지 않자, 발로 문을 박차고 들어가 소리 높여 아들을 불렀습니다. 아무 대답이 없자, 어머니는 뭔가 나쁜 일이 벌어진 거라고 생각했습니다. 그래서 점점 더 울먹이면서 큰 소리로 외쳐댔습니다. "바르디엘로! 바르디엘로! 내 말 안 들리니? 갑자기 배가 아파서 못 뛰어오는 거니? 목이 아파서 대답을 못하는 거니? 나쁜 놈, 어디에 있어? 못된 놈, 어디에 숨었어?" 소란과 욕설을 듣고 있던 바르디엘로는 마침내 가여운 목소리로 소리쳤습니다. "여기요! 화덕 속에 있어요. 하지만 어머니는 두 번 다시 절 보고 싶지 않을 거예요!" "왜?" 불쌍한 어머니가 말했습니다. "제가 중독됐거든요." 아들이 대답했지요. "아이고! 아이고!" 그란노니아가 소리쳤습니다. "어쩌다가 그랬어? 왜 자살을 하려고 한 거냐? 너에게 독을 준 게 누구야?" 바르디엘로는 자기가 저지른 일들을 차례차례 말했고, 그래서 더는 세상의 웃음거리가 되고 싶지 않아 죽으려 한다고 말했습니다.

아들의 이야기를 들은 이 불쌍한 여인은 슬프고 비참해졌고, 아들의 머리에서 우울한 기분을 쫓아버리기 위해 분주히 움직이고 많은 말을 했습니다. 아들을 한없이 사랑했기에 사탕과자를 주면서 아들의 머리에서 절인 호두 단지 생각을 지우려고 했지요. 절인 호두는 독이 든 것이 아니라 오히려 위장을 회복시키는 데 좋은 것이라고 설득했습니다. 그녀는 그렇게 상냥한 말로 달래고 수도 없이 쓰다듬어주면서 아들을 화덕 밖으로 꺼냈습니다. 그러고는 좋은 옷을 한 벌 주면서 가서 팔아 오라고 했지요. 사람들과 흥정할 때 말을 너무 많이 하지 말라고 주의를 주면서요. "쳇, 쳇!" 바르디엘로가 말했습니다. "나한테 맡겨줘요. 어떻게 하는지 안다고요. 걱정 마요." 그는 이렇게 말한 뒤, 옷을 가지고 나가 나폴리 시를 누비면서 소리쳤습니다. "옷 사세요! 옷 사세요!" 그러나 사람들이 "무슨 옷이지?"라고 물을 때마다 그는 "댁은 손님이 아니군요. 말이 너무 많아요"라고 대답했습니다. 또 누가 "얼마니?"라고 물으면 그는 상대방의 귀가 멍멍할 정도로 수다를 떨어댔습니다.

그러다가 우연히 그는 도깨비 때문에 버려진 어느 집 마당에서 석고상 하나를 보게 됐습니다. 여기저기 돌아다니느라 피곤하고 지친 그는 돌무더기 위에 털퍼덕 주저앉았습니다. 그런데 약탈당한 마을처럼 집에서 아무런 인기척이 없자, 놀라고 당황한 그는 석고상을 향해 이렇게 말했습니다. "이봐 친구, 이 집에는 아무도 안 사나?" 바르디엘로는 잠시 기다려보았습니다. 석고상이 아무 대답도 안 하자, 그는 퍽 과묵한 사람이라고 생각했지요. 그래서 이렇게 말했습니다. "친구, 이 옷을 사겠나? 자네한테 싸게 팔겠어." 그는 여전히 말이 없는 석고상을 쳐다보다가 외쳤습니다. "진짜로군! 드디어 임자를 찾았어! 자, 이 옷을 받고 살펴본 뒤에 살 건지 말 건지 말해줘. 내일 돈을 받으러 올 테니까." 바르디엘로가 이렇게 말한 뒤 앉았던 자리에 옷을 두고 떠나자, 우연히 그곳을 지나가던 사람이 이게 웬 횡재냐 하며 그 옷을 가

져가 버렸습니다. 바르디엘로가 옷 없이 빈손으로 돌아와 어머니에게 자초지종을 말하자, 기절초풍한 어머니가 이렇게 말했습니다. "언제 정신을 차릴 거니? 엄마를 속이려 들다니, 생각이 있는 거니? 아니다, 이게 다 내 잘못이다. 처음부터 매를 들었어야 하는데 너무 오냐오냐 했으니까. 인정 많은 의사가 상처를 치료할 수 없게 만들어버린 꼴이구나. 우리가 정말로 심각한 일을 당할 때까지 너는 계속해서 어 어미를 골탕 먹이겠지!" 그러자 바르디엘로가 대답했습니다. "엄마, 진정하세요. 상황이 보이는 것처럼 그렇게 나쁜 건 아니에요. 엄마는 돈밖에 몰라요. 엄마는 내가 바보라서 자기가 무슨 짓을 하고 다니는지도 모른다고 생각하죠? 내일은 아직 오지 않았어요. 기다려봐요. 내가 얼마나 일을 잘하는지 알게 될 테니까요."

다음 날, 아침이 밝아 밤의 어둠이 태양의 경관에게 쫓겨 갔을 때, 바르디엘로는 석고상이 서 있는 집의 마당으로 가서 말했습니다. "안녕, 친구! 나한테 빚진 푼돈을 줄 수 있겠나? 어서 옷값을 달라고!" 그러나 묵묵부답인 석고상을 보고 바르디엘로는 돌멩이 하나를 집어 들어 석고상의 가슴을 향해 힘껏 던졌습니다. 어찌나 세게 던졌는지 석고상에 금이 가더니, 오히려 그 덕분에 바르디엘로의 병이 낫게 됐지요. 석고상의 일부가 부서졌는데, 그러자 그가 석고상 안에서 금화가 가득한 항아리 하나를 발견했기 때문입니다. 그는 두 손에 항아리를 들고 전력을 다해 허겁지겁 집으로 달려와서는 크게 외쳤습니다. "엄마, 엄마! 이거 봐요! 빨간 루핀을 엄청 많이 가져왔어요. 너무 많아! 너무 많아!" 금화를 본 어머니는 바르디엘로가 이 일을 곧 세상천지에 까발리게 되리라는 것을 알 수 있었고, 그래서 아들에게 치즈를 좀 사야 하니 문 앞에서 치즈 장수를 기다리고 있으라고 말했습니다. 대식가인 바르디엘로는 냉큼 문 앞에 자리를 잡고 앉았지요. 그러자 어머니는 위쪽 창문에서 삼십 분이 넘도록 건포도와 마른 무화과를 쏟아부었습니다. 그것을 본 바르디엘로는 소리쳤습니다. "엄마, 엄마! 바구니 좀 가져와요. 그릇 좀 주세요! 통이랑 양동이 좀 빨리요! 비처럼 쏟아지니 우린 금세 부자가 되겠어요." 그는 그것들을 실컷 먹고 잠이 들었습니다.

어느 날, 일꾼 두 명이 땅바닥에 떨어져 있는 금화 하나를 발견하고서 서로 가지려고 다투었습니다. 그때 지나가던 바르디엘로가 말했습니다. "빨간 루핀 하나 때문에 싸우다니 진짜 얼간이들일세! 나로 말하자면, 그런 거 하나쯤은 바늘만큼도 가치가 없지. 왜냐하면 그게 한가득 들어 있는 단지를 찾아냈으니까." 일꾼들은 그 이야기를 듣고 눈이 휘둥그레져서 귀를 쫑긋한 채 바르디엘로를 찬찬히 살펴보았습니다. 그리고 금화를 언제 어디서 발견했느냐고 물었지요. 바르디엘로는 이렇게 대답했습니다. "건포도와 마른 무화과가 비처럼 쏟아질 때 어떤 궁전에서, 어떤 벙어리 남자의 몸속에서 발견했지." 나중에 이 말을 들은 판사는 놀라서 바르디엘로를 빤히 쳐다봤습니다. 그러나 곧 사태를 파악하고 바르디엘로를 위한 가장 합당한 판결로서 그를 정신병원에 보내기로 결정했습니다. 그러므로 아들의 멍청함은 어머니를 부자로 만들고, 어머니의 기지는 아들의 어리석음을 고치는 치

료책을 찾아낸 셈이었지요. 이로써 다음과 같은 말이 분명해집
니다.

"배는 유능한 손으로 조종될 때 바위에 부딪치지 않는다."

벼룩

생각 없는 왕이 벼룩을 키우는데 그것의 몸집이 양보다 더 커진다. 그래서 왕은 벼룩을 죽여 가죽을 벗기라고 명하고, 누구든 그 가죽이 어떤 동물의 것인지 맞히는 자에게 공주를 시집보내겠다고 제안한다. 한 오그르가 가죽의 냄새로 동물을 알아맞히고 공주를 아내로 데려간다. 그러나 공주는 어느 노파의 일곱 아들이 도와준 덕분에 일곱 번의 시련을 극복하고 자유를 찾는다.

왕과 노예는 바르디엘로의 무지에 크게 웃었고, 이런 아들의 멍청한 행동을 미리 예상하고 그의 멍청함을 고쳐준 어머니의 판단력을 칭찬했다. 이번에 이야기할 사람은 포파였다. 모든 청중이 조용해지기를 기다렸다가 그녀가 이야기를 시작했다.

분별력 없는 결단은 돌이킬 수 없는 재앙을 가져옵니다. 바보처럼 행동하고 현자처럼 후회하니, 아우토몬테의 왕에게 바로 이런 일이 벌어졌습니다. 왕은 전례 없는 우둔함 때문에 자신의 딸과 자신의 명예를 크나큰 위기에 빠뜨리는 치명적인 실수를 저지르고 맙니다.

아우토몬테의 왕은 벼룩에 물렸는데, 기막히게 재빨리 그것을 붙잡았습니다. 그런데 벼룩의 생김새가 어찌나 멋지고 탄탄한지 벼룩을 손톱으로 짓이겨 죽이는 게 온당치 않은 일로 느껴졌습니다. 왕이 벼룩을 병에 넣어서 친히 자신의 피를 먹여 키우니 벼룩의 몸이 나날이 자랐습니다. 벼룩의 집을 몇 차례 바꿔가며 일곱 달이 지났을 때는 벼룩이 양보다도 더 커져 있었습니다. 그러자 왕은 벼룩의 껍질을 벗겨 그 가죽을 무두질했습니다. 그러고는 이 가죽의 정체를 알아맞히는 사람을 공주와 결혼시키겠다는 포고를 내렸습니다. 이 포고가 알려지자, 세상 도처에서 사람들이 자신의 운을 시험해보려고 모여들었습니다. 어떤 사람은 그 가죽이 괴물 고양이의 것이라 하고, 어떤 사람은 살쾡이의 것이라 하고, 어떤 사람은 악어의 것이라 하는 등 제각각이었습니다. 그러나 이는 모두 진실과는 거리가 멀었고, 아무도 정답을 맞히지 못했습니다. 그런데 세상에서 가장 흉측하게 생긴 한 오그르가 이 시험에 참가했으니, 아무리 용감한 사람이라도 그 모습을 보면 벌벌 떨다가 기절을 할 정도였습니다. 오그르는 가죽을 한번 훑어보고 킁킁 냄새를 맡더니 이내 정답을 말했습니다. "이 가죽은 왕벼룩의 것이오."

오그르가 정답을 맞혔음을 알게 된 왕은 약속을 지키기 위해 포르치엘라 공주를 불러오라 했습니다. 포르치엘라는 온통 우유와 장미로만 빚어낸 것 같았고, 너무도 아름다워서 보는 이의 혼을 빼놓았습니다. 왕이 공주에게 말했습니다. "애야, 너는 포고의 내용을 알 것이고, 이 아비가 어떤 사람인지도 알 것이다. 아비는 상대가 왕이든 걸인이든 한번 약속하면 반드시 지키는 사람이다. 아비의 가슴이 무너져 내리지만 약속을 했으니 지켜야 한다. 너라는 상금이 저런 괴물에게 주어질 줄 그 누가 상상했겠느냐? 나뭇잎 하나도 하늘의 뜻이 있어야 떨어지는 법이니, 이 결혼 또한 전적으로 하늘의 뜻이라고 믿자꾸나. 그러니 인내심을 발휘해, 아비의 말을 거역하지 말거라. 아비의 심장이 너는 행복하리라 말하고 있구나. 평범한 돌이 보석이 되는 경우가 종종 있으니 말이다." 이 슬픈 말을 듣고서 눈빛이 흐려지고 안색이 창백해진 포르치엘라는 멍하니 입을 벌리고 다리를 부들거렸습니다.

금방이라도 정신을 잃을 것만 같던 공주가 울음을 터뜨리고 왕에게 말했습니다. "제가 무슨 불충을 저질렀기에 이런 벌을 받는 것입니까! 제가 아바마마에게 어떤 불경을 저질렀기에 저를 저 괴물에게 주시는 것입니까! 가련한 포르치엘라. 두꺼비의 목구멍에 들어가는 신세로구나. 그것도 아버지의 뜻에 따라. 너는 늑대한테 끌려가는 불쌍한 양이로구나! 이것이 정녕 아버지가 자식에게 품은 애정이란 말입니까? 이것이 저를 영혼의 즐거움이라고 부르셨던 아버지가 저에게 보여주는 사랑이란 말입니까? 아버지의 피와 살로 만들어진 저를 아버지의 심장에서 이런 식으로 떼어놓으려 하십니까? 그렇게 저를 소중히 여기신다면서 기어이 저를 눈 밖으로 내치려 하십니까? 아바마마, 아, 잔인한 아버지! 아버지는 사람이 아닙니다! 필시 범고래가 아버지를 낳고 살쾡이가 아버지에게 젖을 먹였을 거예요. 아니, 그것도 아니지요. 바다 동물도 육지 동물도 모두 새끼를 사랑하니까요. 자식에게 불리한 일을 하는 건 오로지 아버지뿐이에요. 자식을 미워하는 건 오로지 아버지뿐이라고요! 이런 험한 꼴을 당하다니, 차라리 어머니가 나를 목 졸라 죽였더라면, 나의 요람이 무덤이 되었더라면 좋았을 것을. 포대기가 올가미였더라면, 내 목에 달아준 작은 호루라기가 맷돌이었더라면 좋았을 것을. 내 옆에 앉아 있는 이 괴물의 눈에 띄어서, 하르피아*의 손길이 내 몸을 쓰다듬게 하고 곰의 사타구니에 끼이고 돼지 주둥아리의 키스를 받느니, 차라리!"

포르치엘라가 말을 계속하려 했으나 왕이 격분해 소리쳤습니다. "그만큼 화냈으면 됐다. 진정해라. 그래 봐야 소용없어. 입을 다물어라. 입만 열면 막말이로구나! 닥치고 찍소리도 하지 마라. 표독스럽고 수다스럽구나! 내가 하는 일은 무엇이든 옳다. 아비를 가르치려 들다니! 겨자 냄새가 고약하니 입을 다물라. 내가 너에게 손을 댔다간, 머리칼 한 올 남겨놓지 않을 테니까. 너의 이로 이 땅을 갈게 만들 테니까! 사내를 조롱하고 아버지에 대한 도리를 저버리려거든 내 똥 냄새나 맡아라! 입에서 젖비린내도 가시지 않은 계집아이가 감히 나의 뜻을 거스르겠다는 것이냐?

• 그리스 신화에 나오는 괴조. 머리와 상반신은 추녀인데 새의 날개를 가졌다.

어서 저자의 손을 잡고 당장 여기서 나가라. 건방지고 뻔뻔한 너의 얼굴을 한시라도 더 보고 싶지 않다."

자신이 곤경에 처한 것을 안 가여운 포르치엘라, 그녀의 얼굴은 사형 선고를 받은 사람 같았고, 그녀의 눈은 헛것을 보는 것 같았으며, 그녀의 입은 쓰디쓴 약을 먹은 것 같았고, 그녀의 마음은 단두대에 머리를 올려놓은 사람 같았습니다. 그녀가 오그르의 손을 잡자, 그는 수행원 한 명 없이 그녀를 끌고 숲으로 향했습니다. 나무들이 왕궁처럼 막아서서 햇빛을 가렸고, 어둠 속에서 시냇물이 돌에 부딪쳐 지절거렸습니다. 맹수들은 통행료를 내지 않고 마음대로 돌아다녔고, 사람이라면 길을 잃지 않는 한 결코 들어오지 않을 수풀 속을 유유히 지나갔습니다. 청소하지 않은 굴뚝처럼 어두운 곳에 도착하자 오그르의 집이 나타났습니다. 집은 온통 오그르가 잡아먹은 사람들의 뼈로 장식되어 있었습니다. 기독교인은 상상도 할 수 없는 불안과 공포, 심장이 오그라들고 설사가 나오고 속이 뒤집히는 기분, 불쌍한 포르치엘라는 이런 것을 전부 경험했지요. 한마디로 그녀의 혈관에 피 한 방울 남아 있지 않았다는 표현이 딱 어울릴 것 같아요. 하지만 이것은 그다음에 겪은 일에 비하면 아무것도 아니었습니다. 공주는 전채로 죄수들이 먹는 병아리콩을 먹고 후식으로는 사형수들이 먹는 누에콩을 먹었습니다. 사냥을 나갔던 오그르는 잡아 죽인 사람의 토막 난 사지를 들고 돌아와 이렇게 말했습니다. "여보, 이것 봐. 내가 당신을 돌보지 않았다느니 하는 불평은 못할걸. 당신들이 먹는 빵과 비교해도 손색이 없는 음식이잖아. 마음껏 먹

WARWICK GOBLE.

고 나를 사랑해줘. 하늘이 무너져도 당신을 굶기지 않겠어." 가여운 포르치엘라는 임신부처럼 헛구역질을 하다가 고개를 돌려버렸습니다.

이 모습을 본 오그르가 소리쳤습니다. "돼지한테 달콤한 사탕을 던져주는 격이네. 그래도 괜찮아. 내일 아침까지 꾹 참고 있어. 멧돼지 사냥에 초대받았으니 내가 몇 마리 잡아올게. 그럼 내 친척들을 다 초대하고 크게 잔치를 벌여 우리의 결혼을 축하하자고." 오그르는 이렇게 말하고 숲으로 향했습니다. 혼자 남은 포르치엘라는 창가에 서서 생각에 잠긴 채 한숨지었습니다.

우연히 그쪽으로 지나가던 노파 하나가 너무도 배가 고파서 포르치엘라에게 먹을 것 좀 달라고 사정했습니다. 그러자 불행한 공주가 말했습니다. "할머니, 내가 사람을 죽여서 토막 내어 집에 가져오는 괴물의 손아귀에 붙잡혀 있다는 걸 누가 알까요? 내가 어떻게 그런 역겨운 것을 보고 참고 있는지 모르겠어요. 지금은 세례를 받은 사람들 중에서 가장 비참한 삶을 살고 있지만, 이래 봬도 공주로서 유복하게 자랐고 풍요롭게 살았답니다." 말을 하던 공주가 마치 과자를 빼앗긴 어린아이처럼 울기 시작했습니다.

이 모습을 보고 마음이 약해진 노파가 포르치엘라에게 말했습니다. "힘내요, 예쁜 아가씨. 지금 행운을 만난 거니까 우느라 예쁜 얼굴 망가뜨리지 말아요. 이곳을 떠날 수 있게 내가 도와줄게요. 자, 내 말 들어봐요. 나한테 아들이 일곱 있어요. 거인 같은 아들들이라오. 마세, 나르도, 콜라, 미코, 페트룰로, 아스카데오,

체코네. 모두 로즈메리 약초보다 더 강한 마법을 지니고 있어요. 마세는 땅에 귀를 대면 반경 50킬로미터 내에서 일어나는 모든 소리를 들을 수 있어요. 나르도는 침을 뱉어서 거대한 비누 거품 바다를 만들어내죠. 콜라가 작은 쇳조각 하나를 집어 던지면 그 일대가 날카로운 면도날로 가득해져요. 미코가 작은 막대를 던지면 울창한 숲이 솟아나고요. 페트룰로가 물 한 방울을 떨어뜨리면 거센 강을 만들 수 있지요. 아스카데오가 굳건한 탑을 세우고 싶으면 그냥 돌 하나를 집어 던지면 돼요. 체코네는 쇠뇌를 어찌나 정확하게 쏘는지 2킬로미터 밖에 있는 암탉의 눈알도 맞힐 수 있지요. 아가씨의 사정을 알면 전부 딱하게 여길 예의 바르고 친절한 아이들이니, 그 아이들의 도움을 받아 오그르의 손아귀에서 아가씨를 구해줄게요. 아름답고 매력적인 아가씨가 악귀에게 잡아먹히다니 안 될 일이지요."

"지금보다 더 좋은 기회는 없을 거예요. 남편의 사악한 그림자가 멀리 나가서 오늘 저녁까지 돌아오지 않을 테니, 도망칠 시간이 충분해요." 포르치엘라가 대답했습니다.

"오늘 저녁엔 안 돼요. 내가 사는 곳이 멀어서요. 하지만 내일 아침엔 아들들을 데려와 아가씨를 곤경에서 구해줄게요." 노파는 이렇게 말한 뒤 길을 갔고, 마음이 가벼워진 포르치엘라는 곤히 잠들었습니다. 그런데 새들이 "해님 만세!" 하고 시끄럽게 울어대는가 싶더니, 어느새 노파가 일곱 아들과 함께 그곳에 와 있었습니다. 이윽고 그들은 포르치엘라를 에워싸고서 도시를 향해 떠났습니다. 그러나 팔백 미터쯤 갔을까, 마세가 귀를 땅에 대더니 소리쳤습니다. "쉿, 조심. 놈이야. 오그르가 집에 돌아왔어. 아내가 없어진 걸 알고는 모자를 겨드랑이에 끼고 우리를 쫓아오고 있어." 이 말을 듣자마자 나르도가 땅에 침을 뱉어서 비누 거품 바다를 만들었습니다. 사방이 온통 비누 거품인 것을 발견한 오그르는 집으로 달려가 왕겨 자루를 가져다가 뿌린 뒤 그 첫 번째 장애물을 무사히 건넜습니다. 마세는 땅에 또다시 귀를 대고 소리쳤습니다. "네 차례다. 놈이 오고 있어." 그러자 콜라가 쇳조각 하나를 땅바닥에 던졌고, 순식간에 면도날 들판이 솟았습니다. 이 새로운 장애물에 맞닥뜨린 오그르는 집으로 달려가 머리에서 발끝까지 철갑으로 무장하고 돌아옴으로써 이 난국을 헤쳐나갔습니다. 마세는 또다시 귀를 땅에 대보고 소리쳤습니다. "일어서! 일어서! 전투 준비! 전투 준비! 오그르가 엄청 빨리 다가오고 있어!" 그러자 작은 막대를 들고 대기하고 있던 미코가 곧바로 어마어마한, 너무 울창해 통과할 수 없는 숲을 일으켰습니다.

이 난관을 맞닥뜨린 오그르는 옆에 차고 있던 큰 칼을 움켜잡더니 미루나무며 참나무며 소나무며 밤나무 들을 양옆으로 베기 시작했습니다. 이렇게 너덧 번 칼을 휘둘러 숲을 쓰러뜨리고는 아무 탈 없이 빠져나왔습니다. 토끼처럼 계속 귀를 쫑긋하고 있던 마세가 큰 소리로 또 외쳤습니다. "이렇게 서 있으면 안 돼. 오그르가 금방 따라붙을 거야." 페트룰로가 이 말을 듣고는 작은 분수에서 물을 한 줌 받아다가 땅에 흩뿌렸습니다. 그러자 눈 깜짝할 사이에 물을 뿌린 자리에 커다란 강이 솟았습니다.

이 새로운 장애물을 본 오그르는 홀딱 벗은 뒤 옷을 머리에

이고 헤엄쳐 강을 건넜습니다. 구멍만 있으면 거기다 귀를 갖다 대보던 마세가 오그르가 다가오는 소리를 듣고 외쳤습니다. "상황이 나빠지는걸. 오그르가 얼마나 빠르게 오고 있는지는 하늘만 알 거야. 정신 바짝 차리고 폭풍에 대비하자. 안 그러면 우린 다 끝장이야." 그때 아스카데오가 말했습니다. "두려워 마. 내가 저 흉악한 괴물한테 본때를 보여줄 테니까." 그가 이렇게 말한 뒤 조약돌 하나를 땅에 던지자 곧바로 탑이 솟구쳐 올랐고, 그들은 모두 그 안에 몸을 숨기고 문을 잠갔습니다.

그들이 안전하게 숨어 있는 것을 알게 된 오그르는 집으로 달려가서 포도밭의 일꾼이 쓰는 사다리를 어깨에 메고 탑으로 돌아왔습니다. 오그르가 다가오는 소리를 들은 마세가 소리쳤습니다. "이제 곧 희망의 불씨도 꺼져버릴 거야. 오그르가 오고 있는데 우리한테 남은 건 체코네 하나뿐이니. 게다가 놈은 잔뜩 화가 나 있다고! 아! 이 심장 뛰는 것 좀 봐. 느낌이 불길해!"

그러자 체코네가 말했습니다. "겁쟁이 같으니. 이 쇠알이 놈을 맞히나 못 맞히나 보기나 하라고." 체코네가 이렇게 말할 때 오그르가 나타나서 사다리를 타고 탑을 오르기 시작했습니다. 체코네는 오그르를 겨냥해 쇠뇌를 발사했고, 오그르는 배가 나무에서 떨어지듯 땅으로 떨어져 대자로 널브러지고 말았습니다. 그러자 체코네가 탑 밖으로 나가서 늘 지니고 다니는 커다란 칼로 마치 치즈 자르듯이 괴물의 머리를 잘랐습니다. 그들은 득의만면하여 괴물의 머리를 가지고 왕에게 갔습니다. 공주를 오그르에게 준 것을 수없이 후회하던 왕은 공주를 되찾게 되자 크게 기뻐했습니다. 얼마 안 있어서 왕은 공주에게 잘생긴 남편을 찾아주었고, 공주를 비참한 상황에서 구해낸 일곱 형제와 그들의 어머니에게 큰 재물을 하사했습니다. 그러고도 왕은 단순한 변덕 때문에 포르치엘라를 그런 위험에 빠뜨렸던 것에 대해 두고두고 뉘우쳤습니다.

"늑대의 알을 찾아다니고 빗살이 열다섯 개인 빗으로 머리를 빗는 것처럼."

황당무계한 사람들이 저지르는 실수가 얼마나 큰 것인지 생각지 못했다고 말이지요.

고양이 첸네렌톨라

체촐라는 여자 가정교사의 사주를 받아 계모를 죽인 뒤 아버지를 설득
해 가정교사와 결혼시킨다면 자신이 사랑받을 거라고 믿지만, 기대와
달리 부엌으로 보내지고 만다. 하지만 여러 모험을 겪은 후에 요정들의
도움으로 왕을 남편으로 맞는다.

청중은 석상처럼 침묵에 잠긴 채 벼룩 이야기를 경청했고, 이
야기가 끝나자마자 한목소리로 왕이 혈육이자 왕국의 후계자를
위험에 빠뜨리다니 참 우둔한 행동이라고 말했다. 모두가 할 말
을 하고 나자 안토넬라는 다음과 같은 이야기를 시작했다.

악의의 바다에서 질투는 늘 구명부이 대신에 탈장을 가져옵
니다.* 질투 때문에 사람들이 바다에 빠지기를 바랄 때, 질투하
는 사람 자신도 물에 잠기거나 암초에 부딪치고 맙니다. 일부 시

기 어린 여인들에게 벌어지는 일처럼 말이지요. 지금부터 그 이야기를 해보겠습니다.

옛날에 홀아비인 제후가 살고 있었습니다. 그는 하나뿐인 딸을 너무 애지중지해서, 다른 사람은 그의 안중에 없었습니다. 그는 딸을 위해 여자 가정교사를 두고서 사슬 세공과 뜨개질, 레이스 뜨는 법을 가르치게 했습니다.

가정교사는 제자에게 이루 말할 수 없는 애정을 기울였습니다. 얼마 후 제후는 아내를 맞았는데, 하필 성품이 못된 여자여서 아름다운 의붓딸을 냉대와 경멸로 대했습니다. 계모에게 얼마나 심하게 괴롭힘을 당했던지 불행해진 어린 공주는 가정교사에게 이렇게 불평했지요. "아, 나를 살갑게 대해주고 사랑해주는 선생님이 엄마라면 좋았을걸!" 공주에게 계속 이런 말을 듣다가 결국 그 말을 듣는 걸 좋아하게 된 가정교사는 악마의 꾐에 빠져서 아이에게 이렇게 말했습니다. "네가 내가 시키는 대로 한다면 나는 네 엄마가 될 거야. 그러면 너는 내게 눈에 넣어도 안 아플 만큼 소중한 존재가 되겠지." 가정교사가 몇 마디 덧붙이고 말을 끝내려는데 공주인 체촐라가 불쑥 말했습니다. "말을 끊어서 죄송하지만, 선생님이 나를 사랑한다는 걸 잘 알아요. 그러니 말은 그만하고, 우리의 소원을 이룰 방법이 무엇인지만 알려주세요. 글로 써서 서약하라면 그렇게 할게요." 그러자 가정교사가 대답했습니다. "내 말 잘 들어라. 너는 눈처럼 흰 빵을 갖게 될 거야. 전

• 질투가 탈장을 일으킨다는 속설이 한때 광범위하게 퍼져 있었다고 한다.

하께서 사냥을 나가시면, 계모한테 먼 곳에 보관 중인 커다란 궤짝 속에 들어 있는 오래된 옷을 입고 싶다고 말해. 무엇보다도 네가 누더기 입은 꼴을 보고 싶어 하는 계모는 그 자리에서 허락하고 그 궤짝을 찾으러 갈 거야. 그러고는 너한테 뚜껑을 들고 있으라고 하겠지. 너는 시키는 대로 뚜껑을 들고 있다가, 계모가 궤짝 속에서 옷을 찾고 있을 때 그 뚜껑을 떨어뜨려서 계모의 목을 부러뜨리는 거야. 그러면 전하는 너를 기쁘게 하는 일이라면 심지어 위조 화폐를 만드는 것도 마다하지 않으실 거야. 그리하여 전하께서 널 예뻐하실 때, 나를 아내로 맞으시라고 네가 전하께 애원하는 거지. 그러면 너는 축복을 받고 행복해질 거야. 너는 내 인생의 여왕이 될 테니까."

가정교사의 말을 들은 후 그것을 실행에 옮기기까지, 공주는 시간이 너무도 더디게 느껴졌습니다. 그 일이 실현된 것은 한참이 지나서였지요. 계모의 예기치 못한 죽음을 애도하는 기간이 끝나자, 공주는 아버지에게 자기 가정교사와 결혼한다면 아주 행복할 거라고 말하기 시작했습니다.

제후는 처음엔 귀담아듣지 않았습니다. 그러나 공주가 계속 말하고 조르기에 결국엔 진지하게 귀를 기울였습니다. 마침내 제후는 카르모시나라는 이름의 이 가정교사를 아내로 맞았고, 왕국 전역에서 성대한 피로연을 열라고 명했습니다. 신부와 신랑이 서로 장난을 치면서 즐거운 시간을 보내는 동안, 체출라는 왕궁의 한 창가에서 밖을 내다보고 있었습니다. 그때 주변을 날아다니던 비둘기 한 마리가 맞은편의 낮은 벽에 앉더니 사람의 목소리로 이렇게 말했습니다. "원하시는 것이 있으면 사르데냐 섬에 사는 요정들의 비둘기에게 전하세요. 그러면 소원을 이루실 거예요."

새 계모는 대여섯 날 동안은 어린 공주를 어루만져주고 예뻐했습니다. 식탁에서 가장 좋은 자리에 앉히고 가장 좋은 음식을 주고 가장 좋은 옷을 입혔지요. 그러나 얼마 지나지 않아서 그녀는 체촐라가 자신을 위해 무슨 일을 했는지를 잊었고(아, 사악한 왕비 속에 깃든 영혼은 얼마나 고약한지!), 그동안 숨겨왔던 자신의 친딸 여섯 명을 데려왔습니다. 딸들이 계부인 제후의 환심을 사기 위해 어찌나 교묘히 수완을 발휘했던지 제후는 친딸인 체촐라에 대한 사랑과 애정을 모조리 잊고 말았습니다. 그리하여 체촐라는 자기 방에서 부엌으로, 높은 단 위에서 낮은 벽난로 앞으로, 실크와 귀한 옷에서 조잡한 옷으로, 제왕의 홀에서 쇠꼬챙이로 추락했습니다. 거처만 바뀐 것이 아니라 이름도 '고양이 첸네렌톨라'로 바뀌었습니다. 그러던 어느 날, 그녀의 아버지인 제후는 자기 영지와 관련된 일 때문에 사르데냐 섬에 다녀와야 했습니다. 그는 떠나기에 앞서 여섯 의붓딸—음페리아, 칼라미타, 시오렐라, 디아만테, 콜롬비나, 파스카렐라—에게 돌아올 때 어떤 선물을 사다 줄까 하고 물었습니다. 제각각 좋은 옷, 머리를 치장할 보석, 피부를 위한 화장품과 향유, 오락을 위한 이런저런 노리개, 과일, 꽃을 말했습니다. 제후는 마지막으로 경멸감을 드러내며 친딸을 향해 말했습니다. "너는 무엇을 바라느냐?" 그러자 체촐라가 대답했습니다. "바라는 건 없습니다. 다만 아버님이 저를 대신해서 요정들에게 안부를 전해주셨으면 해요. 그리고 요정들에게 저한테 뭔가를 보내달라고 부탁해주세요. 만약 아버님이 저의 청을 깜빡하신다면, 있던 자리에서 앞으로도 뒤로도 꼼짝도 못 하실 겁니다. 부디 저의 말을 기억해주세요. 약속을 어기시면 화가 있을 거예요." 제후는 사르데냐를 향해 떠났고, 용무를 다 끝낸 후에 의붓딸들이 갖고 싶어 하는 물건들을 구했으나 체촐라의 청은 까맣게 잊고 말았지요. 그는 왕국으로 돌아오기 위해 배에 올랐습니다. 그러나 배는 앞으로도 뒤로도 움직이지 않았고, 계류장에 달라붙어 있는 것만 같았습니다. 낙담한 선장은 밤이 되자 기진맥진해서는 누워 잠들어버렸습니다. 그런데 꿈에서 요정이 나타나 선장에게 말했습니다. "그대의 배가 왜 항해를 할 수 없는지 알잖아요? 제후가 딸과의 약속을 지키지 않고 배에 올랐기 때문이에요. 의붓딸들과의 약속은 기억하면서 친딸의 청은 잊어버리고 말이에요." 잠에서 깬 선장은 제후에게 꿈에 대해 말했지요. 제후는 실수를 인정하고 곧장 요정들의 동굴로 찾아가 자신의 딸을 그들에게 소개하면서 딸에게 뭔가를 보내달라고 부탁했습니다. 그 말을 듣고 미모의 젊은 여인이 동굴 밖으로 나오더니, 친절하게도 기억해주었다며 제후의 딸에게 고마움을 표했습니다. 그리고 자신이 보내는 선물을 체촐라가 마음에 들어 했으면 좋겠다고 말했습니다. 그러면서 제후에게 대추야자 한 그루와 곡괭이, 황금 양동이, 비단 헝겊을 주었는데, 이것들 중 하나는 나무를 심기 위한 것이고 나머지는 키우기 위한 것이었습니다. 제후는 그 선물에 놀라워하면서 요정과 헤어졌고, 배를

타고 귀국길에 올랐습니다. 집에 도착한 제후는 의붓딸들에게 각각 원하는 것을 나눠 주었고, 마지막으로 친딸에게 요정의 선물을 건넸습니다. 선물을 받고 크게 기뻐한 체출라는 크고 예쁜 화분에 대추야자를 심고서 아침저녁으로 물을 주고 비단 헝겊으로 닦아주었습니다. 이렇게 나흘이 지나자 나무가 보통 여자의 키만큼 자라더니, 어느 날 아침 나무에서 요정이 나와 말했습니다. "무엇을 하고 싶은가요?" 공주가 대답했습니다. "이 궁전에서 나가고 싶어요. 하지만 내 의붓자매들이 알아서는 안 돼요." 그러자 요정이 말했습니다. "밖에 나가서 즐거운 시간을 보내고 싶으면 그때마다 대추야자로 와서 이렇게 말해요.

나의 대추야자는 키가 크고 황금색
작은 황금 곡괭이로 흙을 파고
작은 황금 양동이로 물을 주고
비단 헝겊으로 닦아주고
너의 옷을 벗어서 내게 입혀줘.

그리고 당신이 옷을 벗을 때는 마지막 구를 바꿔서 이렇게 말하면 돼요. '나의 옷을 벗겨 네가 입어'."

어느 날, 왕이 성대한 연회를 베풀었습니다. 가정교사의 딸들은 멋진 옷에 보석과 리본으로 치장하고, 멋진 신발을 신고, 장미 꽃다발로 향기를 내면서 연회장으로 갔습니다. 그들이 떠나자마자 체출라는 대추야자 앞으로 가서 요정이 알려준 시구를 낭송

했습니다. 그러자 곧 그녀는 여왕처럼 차려입은 모습이 되어 말에 올라탔고, 열두 명의 시종이 뒤를 따랐는데 모두가 호화롭고 멋진 차림을 하고 있었습니다. 체촐라는 의붓자매들이 먼저 가 있던 곳으로 향했고, 그녀의 정체를 모르는 의붓자매들은 질투심에 죽을 지경이었습니다. 그러나 운명에 따라 그곳에 온 왕이 체촐라를 보고 반해버렸고, 가장 믿음직한 신하를 보내 그 아름다운 여인이 누구이고 어디에 사는지 알아보게 했습니다. 왕의 신하는 곧 공주를 뒤따라갔습니다. 그러나 미행을 눈치챈 체촐라는 금화 한 움큼을 집어 던졌고, 그러자 왕의 신하는 공주를 뒤쫓는 건 까맣게 잊은 채 금화를 줍기에 바빴습니다. 체촐라가 이런 일에 쓰려고 미리 대추야자에게 금화를 부탁해놓았던 것이지요. 그래서 체촐라는 무사히 거처로 돌아와 요정이 가르쳐준 대로 옷을 벗었습니다. 궁전으로 돌아온 마녀 같은 의붓자매들은 체촐라를 골릴 요량으로 연회에서 있었던 일과 자신들이 한 일과 본 것들에 대해 수다를 떨어댔습니다. 한편, 신하는 돌아가 금화 한 줌 때문에 여인을 놓쳤다고 말했고, 왕은 신하가 돈 몇 푼에 자신의 기쁨을 앗아 가버렸다고 노발대발했습니다. 그러나 이번만은 용서해줄 테니, 다음 연회에서는 기필코 그 여인을 미행해 그 아름다운 새의 정체를 밝혀내라고 말했지요.

다음 연회가 열리자, 화려하게 차려입은 의붓자매들은 오욕의 체촐라를 아궁이 앞에 남겨두고 연회장으로 갔습니다. 모두 가버리자, 체촐라는 대추야자 앞으로 달려가 익숙한 주문을 외었습니다. 그러자 소녀들이 앞으로 나왔는데, 누구는 거울을, 누구는 향수를, 누구는 고데기를, 누구는 빗을, 누구는 머리핀을, 누구는 옷을, 누구는 목걸이를, 누구는 꽃을 들고 있었습니다. 그들이 체촐라를 신부처럼, 태양처럼 눈부시게 치장했고, 여섯 필의 말이 끌고 마부가 여럿 딸린 마차에 오르게 했습니다. 그녀는 제복 입은 하인들과 시동들의 수행을 받으면서, 앞서 연회가 열렸던 바로 그 장소에 도착했습니다. 체촐라는 의붓자매들의 가슴속에 이전보다 더 큰 놀라움과 질투를 일으켰고, 왕의 마음속에는 더 큰 사랑과 더 매서운 불길을 지폈습니다. 그녀가 연회장을 떠나자 이전의 그 신하가 그녀를 미행했습니다. 그녀는 이번에는 진주를 비롯한 보석들을 한 움큼 집어 던졌고, 신하는 그냥 버리기에는 너무도 귀한 그 보석들을 줍고 싶은 유혹을 떨칠 수 없었습니다. 그 덕에 공주는 거처에 도착할 시간을 벌었고, 평소처럼 옷을 벗었습니다. 빈손으로 돌아온 신하에게 왕이 말했습니다. "선왕들의 이름을 걸고 맹세하건대, 네가 다음에도 그 아름다운 여인의 정체를 밝혀내지 못한다면 기필코 네가 기른 수염의 수만큼 매질을 할 것이다."

세 번째 연회 날이 찾아왔습니다. 의붓자매들이 모두 떠났고, 체촐라는 대추야자 앞으로 가서 주문의 시구를 외었습니다. 그녀는 곧 호화찬란한 모습으로 변해 황금 마차에 올라탔고, 수많은 하인과 시동과 수행원을 거느렸습니다. 그리하여 의붓자매들의 가슴에 더 커다란 질투심을 일으켰습니다. 이번에는 왕의 신하가 마차를 바짝 따라붙었습니다. 가까이 미행하는 신하를 본 공주가 마부에게 말했습니다. "속도를 높여라." 그러자 말들은 주변의 사물을 식별하기 어려울 정도로 빠르게 달렸고, 이 거센 질주의 과정에서 공주의 슬리퍼 한 짝이 마차에서 떨어졌습니다. 나는 듯한 마차를 쫓아갈 수 없었던 신하는 슬리퍼 한 짝을 집어 들고 돌아와 왕에게 자초지종을 아뢰었습니다. 왕이 슬리퍼를 받아 들고 말했습니다. "토대가 이리도 아름다운데 그 위에 세운 건물은 또 얼마나 아름다우랴? 아름다운 촛대에 나를 불태우는 촛불이 꽂혀 있구나! 삼발이에 올린 저 아름다운 주전자가 내 생명을 삶고 있구나! 저 섬세한 실로 엮은 사랑의 그물에 내 영혼이 사로잡혀 있구나! 그대를 안고 싶소. 나무를 가질 수 없다면 그 뿌리를 숭배하리다. 기둥머리를 가질 수 없다면 초석에 입을 맞추리다. 흰 발 하나를 가두었던 이 신발, 이것이 지금은 까맣게 그을린 내 심장의 족쇄로구나. 내 삶의 폭군인 그녀가 너를 딛고 서니 조금은 키가 더 커졌겠구나. 나의 삶이 그녀를 생각하고 원할수록 더욱더 달콤해지는 것처럼!" 이렇게 말한 왕은 비서를 부르더니, 다음 연회에 왕국의 모든 여성들을 초대한다는 포고를 내리게 했습니다.

그날이 왔습니다. 세상에나, 연회가 얼마나 성대하던지, 얼마나 즐겁고 신이 나던지, 게다가 음식까지! 과자, 파이, 로스트, 민스미트, 마카로니, 라비올리! 군대를 먹이고도 남을 만큼 양도 많았지요. 여자들은 전부 왔습니다. 귀족과 평민, 부자와 빈자, 노파와 소녀, 기혼녀와 미혼녀, 미녀와 추녀를 막론하고 전부요. 왕은 값비싼 옷을 차려입고서, 슬리퍼가 맞는지 한 사람씩 신어보게 하여 자신이 찾는 여인을 만나기를 바랐습니다. 그러나 원하는 여인을 찾지 못하자 자포자기의 심정이 되었습니다. 마침내 왕은 쥐 죽은 듯 침묵이 흐르는 가운데 이렇게 말했습니다. "내일 다시 모이시오. 그대들이 진정 과인을 생각한다면, 단 한 명의 여자도 집에 남겨두지 마시오." 그러자 제후가 말했습니다. "제게는 딸이 하나 있는데, 언제나 부엌 아궁이를 지키고 있습니다. 남의 주의를 끌 만한 가치가 없고, 이런 자리에 어울리지 않는 아이이기 때문이지요." 이에 왕이 말했습니다. "내일은 그 딸을 초청 명단의 제일 위에 올려놓기로 하자." 그렇게 모두 연회장을 떠났고, 다음 날 모두가 다시 모였습니다. 카르모시나의 딸들뿐 아니라 체촐라도 왔지요. 체촐라를 본 왕은 자기가 찾는 여인이 바로 그녀임을 알아봤으나 모르는 척했습니다.

연회는 어제보다 더 호화로웠고, 모두가 배불리 먹고 나자 왕이 또 슬리퍼를 신어보게 했습니다. 그런데 체촐라의 차례가 되기 무섭게 슬리퍼가 자석에 쇠붙이 붙듯이 그녀의 발에 딱 들어맞았지요. 깜짝 놀란 왕은 체촐라를 부둥켜안고서 높은 자리에 앉히고는 왕관을 씌워주었습니다. 그러고는 모두 체촐라를 왕비로 받들고 복종하라 명했지요. 이 광경에 의붓자매들은 분노와 시샘에 사로잡혔고, 증오의 대상을 계속 보고 있을 수가 없어서 조용히 어머니의 거처로 향했습니다. 그들은 은연중에 이렇게 자인했답니다.

"하늘의 명령을 거스르는 것은 미친 짓이다."

상인

첸초는 왕자의 머리를 깨뜨리고 고국을 떠나 도망친다. 그는 피에르데 신노('정신 줄을 놓은') 왕의 딸인 공주를 용에게서 구해내고, 여러 모험 끝에 공주는 그의 아내가 된다. 한 여인에 의해 마법에 걸린 그는 동생인 메오 덕분에 그 주문에서 벗어나지만, 질투심 때문에 동생을 죽이고 만다. 그러나 메오의 결백을 알고는 약초로 그를 되살려낸다.

체출라의 행운에 듣는 이들은 전부 뼛속까지 감동받았고 하늘의 공평함을 칭송했다. 반면에 계모와 의붓자매들에 대해서는 질투심을 없애버릴 만한 강력한 조치와 처벌이 내려져야 했다고 생각했다. 잠시 이 문제에 관해 속삭임이 오가자, 타데오 왕자가 오른손 검지를 입술에 대고 조용하라는 신호를 보냈다. 좌중은 늑대라도 본 것처럼, 또는 장난치다가 가까이 다가오는 선생님을 본 학생처럼 순식간에 이야기를 멈추었다. 왕자는 줄라에게 이야기를 계속하라고 손짓했다. 출라가 이야기를 시작했다.

　슬픔과 고뇌는 종종 불과 삽처럼 길을 내서 우리를 꿈도 꾸지 못할 행운으로 데려가기도 합니다. 많은 사람들이 비가 오면 머리가 젖는다고 욕하지만 비로 인해 굶주림을 쫓아주는 풍년이 든다는 것을 알지 못합니다. 제가 지금부터 하려는 한 젊은이의 이야기처럼 말입니다.

　나폴리에 안토니엘로라는 부유한 상인이 살고 있었습니다. 그에게는 첸초와 메오라는 두 아들이 있었지요. 형제는 너무 닮아서 누가 누구인지 분간하기 어려울 정도였습니다. 형인 첸초가 왕의 아들과 돌 던지기 놀이를 하다가 그만 왕자의 머리를 맞혀서 다치게 했습니다. 이 불상사를 전해 들은 첸초의 아버지는 이렇게 말했습니다. "잘한다! 참 잘했어. 에라, 이 쓸모없는 놈아, 무슨 짓을 저질렀는지 전국 방방곡곡에 알리고 자랑하지 그러냐, 이 찢어 죽일 놈아. 참 비싼 것도 깨뜨렸다. 왕자님의 머리통을 깼어? 이 염소 같은 놈아, 이 정도 거리면 위험하다 아니다 그런 것도 판단이 안 되냐? 이제 네놈이 어떻게 될 것 같으냐? 나는 네놈의 살가죽 값으로 3센트도 내지 않을 거다. 네놈을 벗겨 요리해봤자 맛도 없을 테니까. 차라리 네놈이 나온 자궁 속으로 다시 들어가 버려라. 네놈이 왕의 분노를 피할 수 있을지 모르겠다. 네놈도 알다시피, 왕의 무력武力은 멀리까지 미친다. 왕이 큰 소동을 일으킬 것이 분명해."

　첸초는 인내심을 갖고 아버지의 말을 끝까지 다 들은 후에 대답했습니다. "아버지, 저는 언제나 집 안에 의사를 들이는 것보다는 법정에 서는 것이 낫다는 말을 들어왔어요. 왕자가 저의 머리통을 깨뜨렸다면 지금보다 나았을까요? 먼저 약을 올리기 시작한 건 왕자라고요. 우리는 어린애들이잖아요. 그리고 싸움을 혼자 하는 것도 아니고요. 이건 처음 저지른 잘못이고, 전하는 공정한 분이세요. 최악의 경우를 생각한다고 해도, 전하께서 과연 제게 그리 심한 벌을 내리실까요? 세상 이치라는 게 있잖아요. 아버지처럼 겁이 많으면 경찰관이 되어야죠." 그러자 안토니엘로가 말했습니다. "전하께서 너를 어떻게 할 것 같으냐? 너를 죽일 수도 있어. 귀양 보낼 수도 있고, 학교 선생님처럼 기다란 막대로 너를 혼쭐낼 수도 있지. 너를 갤리선의 노예로 보낼 수도 있고, 교수대에 세울 수도 있어. 너는 신부의 손을 만지는 대신에 교수형 집행인의 발을 만지게 될 거다. 목숨 걸고 여기 남아 있지 말고 지금 당장 떠나라. 네가 최근에 한 일이든 과거에 한 일이든 아무도 모르게 해라. 새장에 갇힌 새보다는 야생의 새가 더 나은 법이니까. 이 돈 받아. 그리고 마구간에 가서 마법을 걸어둔 말 두 마리 중에 한 마리를 가져가고 역시 마법을 걸어둔 개도 한 마리 가져가라. 여기서 꾸물대지 말고. 쫓기느니 제 발로 최대한 빨리 달아나는 게 낫다. 거꾸로 매달리는 것보다 두 발로 딛고 가는 것이 낫다. 어서 채비해서 떠나지 않으면, 아무리 뛰어난 법학자들도 너를 도와줄 수가 없어!"

첸초는 아버지에게 축복을 빌어달라고 한 뒤에 말에 올라타, 마법의 개를 옆구리에 끼고 도시를 빠져나갔습니다. 그러나 카푸아나 관문을 벗어나자마자 고개를 돌리고 이렇게 말했습니다. "아, 나의 아름다운 나폴리여, 이제 너를 떠나는구나. 너를 다시 볼 수 있을지 그 누가 알랴. 벽돌은 설탕처럼 달고, 벽은 달콤하고 부드러운 반죽으로 이루어진 곳, 돌들은 감로甘露이고, 대들보는 사탕수수며, 문과 창문은 달콤한 케이크인 나폴리여! 아, 아펜니노*여, 너와 헤어지자니 장례식 행렬을 뒤따르는 것처럼 슬프구나! 아, 라르가 광장이여, 너를 멀리하자니 마음이 괴롭구나. 델루르모 광장이여, 너를 떠나가려니 내 영혼이 육신을 떠나가는 것 같구나. 란체레 거리여, 너와 떨어지려니 옆구리에 카탈루냐 용병의 창이 꽂히는 기분이구나. 세상을 통틀어 가장 부유하고 달콤한 항구인 푸오르토**여, 너와 같은 항구를 또 어디서 보랴? 오, 포르첼라 거리여, 너와의 헤어짐으로 내 영혼이 찢어지는구나! 사랑의 누에가 끊임없이 기쁨의 고치를 짓는 초즈***여, 또 다른 너를 볼 수 있을까? 모든 덕망 있는 사람들의 휴식처인 페르투소여, 먹고 잘 곳이 많고 세련된 즐거움이 넘치는 로자여, 라비나로 도로여, 아, 슬프구나! 하염없이 눈물을 흘리지 않고는 너를 떠날 수가 없구나. 메르카토 광장이여, 사고파는 물건만큼이나 슬픔이 가득하구나. 아름다운 키아이아, 너를 떠나면서 가슴에 천 개의 상처를 안고 가련다. 잘 있어라, 달콤한 당근아, 양

- 나폴리 인근의 도시.
- 나폴리 인근의 도시.
- 초즈는 '뽕나무'라는 뜻의 젤시Gelsi라고도 불렸으며, 뽕나무가 많아서 누에를 치던 지역이라고 전해진다.

배추야, 꽃양배추야! 안녕, 소의 내장아, 닭의 내장아! 안녕, 스튜 요리와 냄비 요리야! 안녕, 도시 중의 도시요, 이탈리아의 영광이요, 유럽의 색칠한 달걀이요, 세상의 거울인 나폴리여! 안녕, 모든 미덕의 종착지이자 모든 우아함이 깃들어 있는 도시여! 나는 가서 너의 야채수프를 그리워하는 홀아비로 영원히 남으리. 나는 내 모든 정력과 평화를 남겨둔 이 아름다운 도시를 떠나가네."

이렇게 말한 첸초는 겨울의 눈물과 한여름의 한숨 속에서 여정을 계속했고, 밤이 되어 카스카노 근처의 어느 숲에 이르기까지 한순간도 쉬지 않았습니다. 그 숲에 이르자 튼튼한 탑 아래에서 오래된 집 한 채가 보였습니다. 그는 문을 두드렸으나, 날이 저문 뒤인지라 집주인이 산적을 두려워하여 문을 열려고 하지 않았습니다. 그래서 그는 그 오래된 집의 버려진 별채에서 묵어야 했습니다. 그는 근처 들판에 말을 묶어놓고, 지푸라기를 깔고서 개를 옆에 두고 누웠지요. 그런데 눈을 감는 순간 개 짖는 소리에 화들짝 놀라 일어났습니다. 살금살금 다가오는 발소리가 들렸습니다. 용감한 첸초는 칼을 뽑아 들고 어둠 속으로 뛰어들었습니다. 그러나 싸울 상대가 바람 말고는 아무도 없어서 다시 잠자리에 누웠습니다. 그런데 잠시 후에 누군가가 살며시 자기 발을 잡아당기는 것이 느껴졌습니다. 그는 다시 일어나 칼을 뽑아 들고 외쳤습니다. "누군지 모르겠지만 참 성가시게 하네. 숨바꼭질해봐야 소용없어. 배짱이 있다면 모습을 보여라. 싸우고 싶다면 싸워주지." 그러자 가벼운 웃음소리에 이어 둔탁한 목소리가 들렸습니다. "이리 내려와라, 그럼 내가 누군지 밝히겠다." 이에 첸초가 대담하게 답했습니다. "잠깐 기다려라. 그쪽으로 갈 테니까." 어둠 속을 더듬어 가니 지하실로 내려가는 계단이 나타났습니다. 계단을 내려가자, 희미한 등불에 비친 땅속요정 셋이 보였습니다. 땅속요정들은 서럽게 울면서 소리치고 있었습니다. "이 아름다운 보물을 어떻게 잃을 수 있을까?" 그 모습을 본 첸초도 울면서 슬퍼하기 시작했고, 땅속요정들을 친구로 여겼습니다. 한참을 슬퍼한 뒤에 달이 하늘 높이 떴을 때, 세 땅속요정이 첸초에게 말했습니다. "이 보물을 가져가세요. 이것이 당신 것이라는 신의 뜻이 있었어요. 가져요. 어떻게 사용하는지 알게 될 겁니다." 그들은 이렇게 말한 뒤 사라졌습니다.

작은 틈으로 햇빛이 한 줄기 비치자 첸초는 계단을 찾아 올라가려고 했습니다. 그런데 나가는 길이 보이지 않아서 목청껏 소리를 질렀습니다. 마침 물을 가지러 그 폐허 속으로 들어섰던 탑 주인이 그 소리를 듣고 거기서 뭐 하느냐고 물었습니다. 주인은 거기 보물이 있다는 소리를 듣고 사다리를 가져왔고, 밑으로 내려와 그 보물을 발견하고는 첸초와 나눠 갖고자 했습니다. 그러나 첸초는 아무것도 가지려 하지 않았고, 개를 옆구리에 낀 채 말에 올라 길을 떠났습니다. 얼마 후 그가 도착한 또 다른 숲은 아주 어둡고 음침했습니다. 그는 강변에서 한 요정을 발견했는데, 그늘과 시원함에 반한 그 여자 요정은 뱀의 모습을 하고 숲에서 시간 보내는 것을 좋아했습니다. 그런데 요정은 자기를 죽이려는 몇몇 다른 요정들 때문에 곤경에 처해 있었습니다. 이를 본 첸초가 칼을 뽑아 들고 나쁜 요정들을 죽이고 여자 요정의 목숨과 명예를 구했지요. 그러자 요정이 아름다운 여인의 모습으로 변하더니 첸초에게 고맙다고 말하면서 그의 용기에 경의를 표했습니다. 그리고 고마움을 증명하고 싶다면서 그리 멀지 않은 자신의 궁전으로 그를 초대했습니다. 그러나 첸초는 이렇게 말했지요. "그러지 않아도 됩니다. 아무튼 대단히 감사합니다! 다음 기회엔 당신의 호의를 받아들이겠습니다. 지금은 시간에 쫓기고 있어서 곤란합니다." 그렇게 여인과 헤어진 첸초는 한참을 이동해 어느 왕의 궁전에 도착했습니다. 그곳은 슬픔이 가득해서 보는 이의 마음을 몹시 울적하게 만들었습니다.

첸초는 슬픔의 원인이 무엇인지 물었지요. 사람들이 대답하길, 그 왕국에 머리가 일곱 달린, 세상에서 가장 흉측한 용이 쳐들어왔다는 것이었습니다. 머리마다 볏이 달려 있고 얼굴은 고양이처럼 생겼고 눈에서는 불이 이글거리고 입은 개처럼 생겼다고 했습니다. 그뿐만 아니라 박쥐의 턱과 곰의 앞발, 뱀의 꼬리를 가졌다고 했습니다. 이 용은 날마다 사람을 잡아먹었는데, 그런 짓을 한동안 계속했다고 했습니다. 그리고 이번에는 메네켈라 공주가 이 괴물의 제물로 바쳐질 차례가 된 것이었지요. "그래서 궁전에 슬픔이 가득한 거예요. 이 나라에서 가장 사랑스럽고 우아한 분이 저 흉측한 괴물의 먹이가 돼야 하니 말이에요." 사람들이 이렇게 말했습니다. 첸초가 사람들의 이야기에 귀 기울이고 있을 때 상복을 입은 메네켈라 공주가 나타났습니다. 궁전의 젊은 여인들과 왕국의 모든 여인들이 불운한 공주의 운명을 슬퍼해 저마다 자신의 얼굴과 가슴을 때리고 머리를 잡아 뜯고 통곡하며 공주의 뒤를 따라왔습니다. "어린 공주님이 기쁨과 즐거움을 모두 포기하고 저 끔찍한 괴물에게 잡아먹혀야 한다는 건 상상도 못했던 일이에요. 이 어여쁜 새가 용의 제물이 돼야 한다고 누군가 말했더라도 우리는 믿지 않았을 거예요. 우리는 이 젊고 눈부신 천사가 저 괴물의 배 속에서 죽어가리라고는 상상도 못 했어요." 여인들이 이렇게 울부짖는 동안, 용이 어딘가의 은거지에서 나와 모습을 드러냈습니다. 맙소사, 어쩌나 끔찍하던지! 태양도 무서워 구름 뒤로 숨고, 하늘은 검게 물들었지요. 보는 사람들은 심장이 미라처럼 바싹 말랐고, 온몸이 부들부들 떨렸습니다.

이 광경을 본 첸초는 칼을 들고 앞으로 나가서 용을 베었습니다. 용의 머리 하나가 떨어졌습니다. 그러나 용은 떨어진 머리를 풀밭에 문지르더니 도마뱀 꼬리처럼 도로 붙이는 것이었습니다. 이것을 본 첸초가 말했습니다. "끝까지 해내지 않으면 실패하는 거야." 그러고는 입술을 깨물고 검을 높이 쳐들어 한 번의 강한 일격으로 일곱 개의 머리를 한꺼번에 잘라냈습니다. 머리들은 나무 숟가락에서 떨어진 콩처럼 멀리까지 튀었습니다. 첸초는 머리를 하나씩 붙잡아 혀를 비틀어 떼어내고는 다시 결합하지 못하도록 1.5킬로미터쯤 떨어진 곳으로 가져갔습니다. 그러고는 용이 잘린 머리를 붙이는 데 썼던 약초를 한 움큼 집어서 잘 보관한 뒤에 메네켈라 공주를 궁전으로 돌려보냈습니다. 그러고 나서 잠깐 휴식을 취하려고 여인숙으로 갔습니다.

왕은 공주를 보고 한없이 기뻐했고, 공주가 구출된 과정을 전해 듣고는 왕국 전역에 다음과 같은 포고령을 내렸습니다. "용을 죽인 자는 누구이든 궁전으로 와서 왕명에 따라 공주와 결혼해야 한다." 이 포고령을 접한 어느 교활한 시골뜨기가 용의 일곱 머리를 주워 왕 앞에 내놓았습니다. "저의 용맹으로 메네켈라 공주님을 구했고, 이 손으로 이 왕국을 무서운 파멸로부터 구했나이다. 그 증거로 여기에 일곱 머리가 있나이다. 모든 약속은 빚이옵니다." 이 말을 들은 왕은 왕관을 벗어서 이 어릿광대에게 씌워주었습니다. 어릿광대의 모습이 단두대에 서 있는 좀도둑 같았지요. 이 소식은 들불처럼 방방곡곡으로 퍼져갔고, 첸초의 귀에까지 들어갔습니다. 그는 혼잣말을 했습니다. "나는 참 바보로구나. 행운을 붙잡았다가 놓치고 말았어. 탑의 주인이 보물의 절반을 준다고 했으나, 독일인이 냉수를 대하듯이 관심을 두지 않았어. 요정이 호의를 베풀고자 나를 궁전으로 초대했지만, 당나귀가 음악 소리를 대하듯이 무시해버렸지. 그리고 지금은 왕관의 부름을 받고도 교활한 도둑놈이 나를 사칭하도록 수수방관하고 있구나!" 그는 펜과 잉크와 종이를 찾아서 글을 쓰기 시작했습니다.

피에르데신노 왕의 따님이고 그 어떤 여성보다도 아름다운 보석이신 메네켈라 공주님께.

천만다행으로 제가 공주님의 목숨을 구했건만, 다른 사람이 제 노고의 열매를 취하고 있습니다. 제가 공주님을 위해 싸웠으나 그에 따른 영예는 다른 사람의 몫이 되어 있습니다. 그러니 청하옵건대, 현장에서 저의 행동을 목격하신 공주님께서 전하의 실수를 바로잡아 진실을 알려드리옵소서. 제가 목숨을 걸고 공주님을 구했으니, 다른 사람이 공주님과 결혼하는 걸 허하지 마옵소서. 이렇게 글을 올리오니, 공주님의 위엄으로 저의 용기를 치하해주옵소서. 공주님의 백합처럼 흰 손에 입 맞추며 글을 끝내겠나이다.

일요일에 포트 여인숙에서.

그는 편지를 봉해 개의 입에 물리고 말했습니다. "공주님에게 곧장 달려가 이 서한을 전달하거라. 공주님 외에는 아무도 알아서는 안 되고, 얼굴이 은빛 달처럼 생긴 공주님에게 직접 전해야 한다." 개는 거의 날듯이 궁전으로 향했고, 계단을 올라가 커다란 홀로 들어갔습니다. 거기서 왕이 신랑을 크게 치하하고 있었습니다. 그들은 개를 발견하고 개가 입에 물고 있는 편지를 가져오게 했습니다. 그러나 개는 아무도 가까이 오지 못하게 하면서 공주에게 다가가 편지를 그녀의 손에 올려놓았습니다. 메네켈라가 일어서서 편지를 읽더니, 왕에게 머리를 조아리고는 편지를 건넸습니다. 편지를 읽은 왕은 친위병 몇 명에게, 개를 따라가서 개의 주인을 데려오라 명했습니다.

친위병과 신하들이 여인숙까지 개를 뒤따라갔고, 그곳에서 첸초를 찾아냈습니다. 그리고 왕의 뜻을 전하고 첸초와 함께 왕궁으로 돌아왔습니다. 왕이 그에게 물었습니다. "짐의 곁에서 왕관을 쓰고 있는 이 사람이 일곱 머리를 가져왔거늘, 어찌하여 네가 용을 죽였다고 허풍을 떠느냐?" 첸초가 대답했습니다. "이자는 광대라기보다 사기꾼입니다. 전하께 엄청난 거짓말을 할 정도로 뻔뻔하기 때문입니다. 공주님을 구한 사람이 이 악당이 아니라 저라는 것을 증명할 수 있도록 용의 머리들을 이리 가져오게 하소서. 그 머리들에는 혀가 없을 텐데, 전하의 판단을 돕고자 제가 그 혀들을 가져왔습니다." 첸초는 일곱 개의 혀를 꺼내 왕에게 보여주었습니다. 비열한 시골뜨기는 자신에게 무슨 일이 벌어지고 있는지 잘 알지도 못한 채 석상처럼 꼼짝 않고 서 있었습니다. 메네켈라가 앞으로 나와 말했습니다. "아바마마, 이분이 저를 구했어요." 그러고는 시골뜨기를 향해 이렇게 말했습니다. "에이, 개처럼 역겨운 악당아, 네놈한테 깜박 속아 넘어갈 뻔했구나."

이 모든 상황을 보고 들은 왕은 뻣뻣하게 굳어 있는 시골뜨기의 왕관을 벗겨서 첸초의 머리에 씌워주었습니다. 그리고 그 시골뜨기를 갤리선의 노예로 보내려 했으나, 첸초가 왕에게 간해 오히려 자비를 베풀고 관용과 호의로 악행을 벌하게 했습니다. 왕은 공주와 첸초를 결혼시켰고, 푸짐한 음식과 함께 연회를 베풀어 모두가 배불리 먹었습니다. 연회가 모두 끝나자 신랑과 신부는 향기로운 침실로 향했고, 첸초는 용을 물리치고 얻은 승리의 전리품을 품에 안고서 사랑의 신전으로 들어갔습니다. 그런데 먼동이 터오며 해가 빛의 검을 빼 들고 별들을 쫓아버릴 때 외치는 소리가 들려왔습니다. "물렀거라." 첸초는 옷을 입고 창밖을 내다보았습니다. 맞은편 저택의 창가에 아리따운 여인이 서 있는 것을 본 첸초는 메네켈라를 돌아보며 말했습니다. "맞은편에 정말 아름다운 여인이 있소!" 그러자 공주가 말했습니다. "그래서 원하는 게 뭐죠? 이미 눈으로 봤잖아요? 짓궂은 장난을 치려는 건가요? 충분히 가지지 않았나요? 지금 가지고 있는 것으론 만족할 수 없다는 건가요?" 첸초는 움찔하고는 아무 말도 하지 않았습니다. 그러나 밖에 볼일이 있는 척하면서 궁전을 나와 그 젊은 여인이 있는 저택으로 들어갔습니다. 그녀는 참으로 매력적인 여성이었고, 응결된 우유이자 사탕수수이자 달콤한 반죽이었습니다. 그녀는 눈길을 줄 때마다 천 개의 심장을 사로잡았고, 입을 열 때마다 모든 이의 가슴에 불을 지폈으며, 발을 옮길 때마다 숭배자들의 희망을 짓뭉갰습니다. 그녀는 우아함과 아름다움 외에 마법으로 남자들을 홀리고 꼼짝 못 하게 만드는 마력도 가지고 있었습니다. 첸초도 그녀의 저택에 발을 들여놓기 무섭게 줄에 묶인 조랑말 신세가 되었습니다.

첸초의 동생 메오는 형한테서 아무 소식이 없자 아버지에게 형을 찾으러 가보겠다고 허락을 구했습니다. 아버지는 허락하면서, 장남에게 준 것처럼 차남에게도 말 한 필과 개 한 마리를 주었습니다. 아버지에게 작별을 고한 메오는 형이 갔던 길을 따라가 탑에 이르렀습니다. 탑 주인은 메오를 첸초로 착각하고 기쁨과 애정을 담아 반겨주었습니다. 그리고 퍽 많은 돈을 주었으나 메오는 거절했습니다. 그러나 메오는 탑 주인이 자신을 너무도 극진히 대하는 것으로 미루어 형이 앞서 이곳을 다녀간 게 틀림없다고 믿으며 더 큰 희망을 품었습니다. 시인들에게 적대적인 루나°가 해와 어깨를 나란히 하는 시간에 다시 길을 떠난 메오는 요정의 궁전에 도착했습니다. 요정은 메오를 첸초로 착각하고 크게 반기며 말했습니다. "잘 왔어요, 젊은이. 내 목숨을 구해주신 분." 메오는 요정의 친절에 고마워하면서 말했습니다. "제가 더 머물지 못하더라도 용서해주세요. 급한 일이 있어서요. 돌아오는 길에 다시 들르겠습니다." 형의 흔적을 느끼면서 기쁨에 취한 메오는 형과 같은 길을 따라가 드디어 왕궁에 이르렀습니다.

첸초가 마법에 걸린 날 저녁, 궁전 안으로 들어간 메오에게 관리와 경비병, 시동과 하인이 극진한 예를 갖추고 공주까지 애정 어린 포옹을 하는 것이었습니다. 공주가 그에게 말했습니다. "어서 당신의 아내한테 와요! 아침에 나가더니 저녁에 돌아왔네요. 다른 새들은 전부 먹이를 찾아다닐 때 올빼미는 잠을 자는 법. 여보, 이렇게 오랫동안 어디 있다 오는 건가요? 이 메네켈라●와 그렇게 오랫동안 떨어져 있을 수 있다니요? 당신은 나를 용의 아가리에서 구해주었으나, 이제 여기서 나는 언제나 당신의 두 눈이 나의 거울이 되어주지 않는 한 깊은 의심의 구덩이에 빠지게 됐네요." 영리한 메오는 자기한테 말하는 여인이 다름 아닌 형수라는 것을 곧바로 눈치채고는 이렇게 말했습니다. "너무 오랫동안 나갔다 온 걸 용서하시오." 그러고는 공주를 껴안았고, 함께 식사를 하러 갔습니다. 달이 어미 닭처럼 이슬을 쪼아 먹으라고 별들을 불러 모으는 시간, 두 사람은 잠자리에 들었습니다. 형의 명예를 존중하는 메오는 침대 시트를 둘로 나누어서 형수와 몸이 닿지 않게 했습니다. 이 새로운 상황을 접한 공주는 얼굴이 어

● 달의 여신.

두워지더니 격분하여 말했습니다. "여보, 언제부터죠? 우리가 지금 무슨 게임을 하고 있는 거죠? 우리가 편을 달리하는 논쟁자들인가요? 우리가 서로 전쟁 중인 적들이어서 둘 사이에 참호를 파놓은 건가요? 우리가 두 마리의 이상한 말이라서 여물통을 둘로나눈 건가요?" 열셋까지 세는 법을 알고 있던 메오가 대답했습니다. "사랑하는 여보, 화내지 말아요. 의사의 지시가 있어서 이러는 것이라오. 지나친 부부 관계가 나의 기력을 빼앗을까 봐 의사가 걱정하였소."

세상 물정을 모르는 메네켈라는 그 말을 곧이곧대로 믿고 편히 잠들었습니다. 그런데 밤이 태양에게 쫓겨 갔을 때, 잠에서 깬 메오는 하루 전에 그의 형이 밖을 내다봤던 그 창문 가까이에서 옷을 입기 시작했습니다. 그리고 메오 역시 형 첸초에게 주술을 건 그 여자 마법사를 보게 됐습니다. 그녀를 보고 기분이 좋아진 메오가 메네켈라를 돌아보며 말했습니다. "저 여인은 누구죠?" 그러자 공주가 격분해서 말했습니다. "아! 또 시작이군요. 그럴 거면 우린 끝이에요. 어제도 저 돔발상어 같은 여자를 두고 같은 말을 했잖아요. 당신은 내게 존경심을 보여야 해요. 어쨌든 나는 공주니까요. 당신이 어제 두 머리 독수리처럼 거만하게 군 이유가 있었군요. 이제 알겠어요. 우리의 잠자리 요법이 다른 집에서 열리는 연회 때문이라는 확신이 드네요. 하지만 그게 사실로 드러난다면 내가 가만있지 않을 거예요. 나는 무슨 일이 벌어져도 상관없으니까."

젊은 나이에 비해서 세상을 아는 메오는 아내를 살가운 말로 달래주었습니다. 그리고 아무리 아름다운 여자라도 아내와는 바꾸지 않겠다고, 아내만이 자신의 심장과 마음속에 들어와 있다고 맹세했지요. 이 말에 마음이 풀린 메네켈라는 시녀들을 불러 머리단장과 눈썹 화장을 하고 얼굴에 기름을 바르는 등 온갖 수단을 동원해 남편에게 매혹적으로 보이려고 애썼습니다. 한편 메오는 공주의 말을 토대로 첸초가 마녀의 저택에 있을 것이라고 추측했습니다. 그래서 개를 데리고 그 저택으로 가서, 곧 커다란 홀에 들어섰습니다. 마녀가 그를 보자마자 이렇게 말했습니다. "나의 머리칼아, 저 사람을 꽁꽁 묶어라." 그러자 메오도 기다렸다는 듯이 말했습니다. "개야, 저 마녀를 잡아먹어라." 메오의 개는 주인의 말을 따라, 마녀를 계란 노른자위처럼 삼켜버렸습니다. 메오는 저택의 방을 하나씩 뒤졌고, 마침내 주술에 걸려 있는 형을 발견했습니다. 메오가 개의 꼬리털 몇 가닥을 뽑아서 형을 향해 태우자 형이 깊은 잠에서 깨어났습니다. 동생을 본 첸초는 크게 기뻐하면서 어떻게 여기까지 왔느냐고 물었습니다. 메오는 형을 찾기로 결심하고 여정에 오른 것, 그리고 바로 얼마 전에 도착한 궁전에서 메네켈라가 자기를 형으로 착각한 것과 어쩌다 자기가 그녀와 함께 잠자리에 들었던 것에 대해 말해주었습니다. 이어서 메오가 침대 시트를 반으로 나눠서 잤다는 말을 하려는데 첸초가 동생의 말을 거칠게 막았습니다. 질투의 악마에게 현혹되어버린 첸초는 가까이에 있던 칼을 들어 동생의 목을 잘랐습니다. 소란과 고성을 듣고 왕과 공주가 창문 밖을 내다봤습니다. 그들은 첸초가 자기와 꼭 닮은 누군가의 목을 자른 것을 보고는 그 이유를 물었습니다. 첸초가 대답했습니다. "내 동생을 나로 착각하고 잠자리를 함께한 당신 자신에게나 물어보시오. 나는 그 때문에 동생을 죽였단 말이오."

"아이고! 잘못된 살인과 처벌이 얼마나 많던가요." 메네켈라가 소리쳤습니다. "참 잘했네요! 당신 같은 사람한테 저런 동생이 있었다니. 당신 동생은 어쩔 수 없이 나와 잠자리를 해야 한다는 걸 알고는 침대 시트를 둘로 나누어 서로 몸이 닿지 않게 했어요. 그러니 당신은 동생에게 경의를 표해야 해요." 이 말을 들은 첸초는 자기가 저지른 무서운 실수를 후회하고 또 후회했습니다. 태어나면서 경솔했고 자라면서 아둔했다고 자책하면서 자신의 얼굴을 때리고 머리칼과 수염을 마구 잡아 뜯었습니다. 그런데 불현듯 용이 사용했던 약초가 떠올라서 동생의 목에 그 약초를 문지른 후 머리를 도로 붙여보았습니다. 그러자 곧바로 메오가 건강하고 싹싹한 예전 모습 그대로 되살아났고, 첸초는 기쁨에 겨워 동생을 부둥켜안고는, 얘기를 끝까지 들어보지도 않고 저지른 경솔한 짓에 대해 용서를 구했습니다. 형제는 왕궁으로 돌아왔고, 왕은 안토니엘로와 그의 식솔들을 전부 데려오라고 전령을 보냈습니다. 안토니엘로가 도착하자 그와 왕은 서로 귀한 인연으로 맺어졌고, 안토니엘로는 자신의 아들을 통하여 옛말이 틀리지 않았음을 확인했습니다.

"갈지자로 항해하는 선박이 부두에는 일직선으로 도착한다."

염소 얼굴

한 농부의 딸이 요정의 도움으로 왕비가 된다. 그러나 큰 호의를 베풀어 준 요정에게 고마워하지 않아서 요정은 왕비의 얼굴을 염소 얼굴로 바꿔버린다. 결국 왕비는 왕에게 버림받았을 뿐만 아니라 많은 불행에 시달리게 된다. 그러나 왕비는 한 선량한 노인에게 겸손하게 행동한 덕분에 원래의 얼굴과 왕의 사랑까지 되찾는다.

출라가 이야기를 끝내자 모두가 당연히 만족해하면서 감미로운 내용이라고 생각했다. 다음 차례인 파올라가 이야기를 시작했다.

사람들이 저지른 악행에는 그들을 그렇게 하도록 내몬 원한이나 그럴 수밖에 없는 필연성, 또는 눈을 멀게 한 사랑, 또는 격분 같은 이유가 있기 마련이지요. 배은망덕은 진실 혹은 거짓의 문제도 아니고 그럴듯한 이유도 없는 유일한 악덕입니다. 그래서 그것은 연민의 연못도 마르게 하는 최악의 악덕이지요. 배은망덕은 사랑의 불을 꺼뜨리고 은혜로움으로 가는 길을 막으며, 배은망덕을 저지른 자에게 처벌과 뒤늦은 후회를 가져옵니다. 지금부터 여러분이 듣게 될 이야기처럼 말이지요.

대부분 연년생인 열두 명의 딸을 둔 농부가 있었습니다. 그의 선량한 아내 체쿠차가 해마다 아이를 낳은 셈이지요. 그 가난한 농부는 번듯하게 생계를 꾸리고 싶어서 아침 일찍부터 일을 나갔으나 이마에 구슬땀이 맺히도록 일을 해도 너무 많은 아이들을 배불리 먹이지 못했습니다. 어느 날 그는 꼭대기가 구름에 닿는 어느 산의 기슭에서 땅을 파다가 저편에서 햇빛 한 줄기 비친 적 없는 아주 어둡고 무시무시한 동굴을 보았습니다. 이 동굴에서 몸집이 악어만큼이나 큰 녹색 도마뱀이 나오니, 불쌍한 농부는 겁에 질려 입을 다물지 못한 채, 저 오싹한 동물에게 잡아먹혀서 오늘 이 세상을 하직하겠구나 생각했습니다. 그런데 도마뱀이 가까이 다가와서 말했습니다. "착한 양반, 무서워 말아요. 당신을 해치려고 온 게 아니라 도와주려고 온 거니까." 마사니엘로라는 이름의 이 농부는 도마뱀의 말을 듣고 그 앞에 무릎을 꿇었습니다. "저는 당신의 노예입니다. 제게 먹여야 할 아이들이 열둘 있으니 부디 저를 불쌍히 여겨 인정을 베풀어주십시오." 그러자 도마뱀이 대답했습니다. "나는 당신을 도우러 왔어요. 그러니 내일 아침 당신의 막내딸을 내게 데려와요. 그러면 내가 그 아이를 내 자식처럼 키우고 내 생명처럼 소중히 돌보겠어요."

이 말을 들은 농부는 물건을 훔치다가 걸린 도둑처럼 당황했습니다. 도마뱀이 가장 어리고 여린 딸아이를 원하는 건 잡아먹기 위해서인지도 모른다는 생각에 그는 가슴이 오그라들어서 이렇게 생각했습니다. '막내딸을 주는 건 내 영혼을 주는 거야. 내가 거절한다면 저것이 내 육신을 가져가겠지. 딸을 데려오는 건 내 눈알을 파내는 거야. 내가 이 짐승의 요구를 거절한다면 이 짐승이 내 피를 빨아먹겠지. 그렇다고 수락하면 내 일부를 주는 거야. 그렇다고 거절하면 저것이 전부 가져갈 거야. 어떡하지? 최선의 방법이 뭐지? 최선의 방법이 뭐냐고? 아, 비통하구나. 참 운수 나쁜 날이야! 하늘이 내게 이런 불행의 비를 뿌리다니!'

농부가 갈피를 못 잡는 것을 눈치챈 도마뱀이 말했습니다. "어떡할 건지 결정해요. 내가 시키는 대로 하지 않으면 당신은 무사하지 못해요. 이것이 내 의지이고, 그 의지대로 돼야만 합니다." 도마뱀의 최후통첩에 거절할 방법을 몰랐던 마사니엘로는 슬픈 마음과 누렇게 뜬 얼굴로 집에 돌아왔습니다. 이 모습을 본 체쿠차가 말했습니다. "여보, 무슨 일 있어요? 누구랑 싸웠어요? 누가 당신을 잡아가기라도 한대요? 아니면 당나귀가 죽기라도 했나요?"

마사니엘로가 대답했습니다. "그런 게 아니야. 도마뱀이 무섭게 협박했어. 자기 동굴로 막내를 데려오지 않으면 가만두지 않겠다고. 머리가 핑핑 돌 지경이야. 갈피를 못 잡겠어. 한쪽에선 자식 사랑이 나를 꼼짝 못 하게 만들고, 또 한쪽에선 두려움이 나를 꼼짝 못 하게 만드니. 저 예쁜 렌촐라를 사랑하지만 내 목숨도

귀하거든. 도마뱀에게 막내를 주지 않으면, 그것이 나를 데려갈 거야. 그러니 체쿠차, 어찌하면 좋겠는지 말해봐. 당신이 아무 말 안 하면 난 죽어버릴 거야." 아내가 말했습니다. "여보, 그것이 꼬리가 두 개 달린 도마뱀이어서 우리 집에 행운을 가져다줄지 누가 알아요? 어쩌면 그 도마뱀이 우리의 비참하고 힘겨운 삶을 끝낼 수 있게 도와줄지 몰라요. 독수리의 눈으로 우리 앞에 있는 행운을 알아보고 그것을 붙잡아야 하는데 정작 제대로 보지 못하고 손을 놓고 있는 경우가 얼마나 허다해요. 그러니 도마뱀이 하라는 대로 막내를 데리고 동굴에 가세요. 내 가슴속에서 속삭임이 들려와요. 우리 딸한테 큰 행운이 될 거라고." 마사니엘로는 아내의 충고를 따라서 다음 날 아침 햇빛이 하늘을 비추자마자 막내딸의 손을 잡고 동굴로 갔습니다.

그가 오기를 기다리고 있던 도마뱀이 그를 보자 동굴에서 나와 아이를 건네받고는, 아이 아버지에게 금화가 가득한 자루를 하나 주면서 말했습니다. "이 돈을 가져가 다른 딸들을 결혼시켜요. 그리고 기운 내요. 렌촐라는 엄마 아빠를 찾은 거니까요. 세 배는 더 행복해지고, 큰 행운을 얻을 거예요." 기쁨이 북받친 마사니엘로는 도마뱀에게 고마움을 전하고 도마뱀과 막내딸에게 작별을 고한 뒤, 집으로 돌아와 아내에게 자초지종을 설명하고 금화를 보여주었습니다. 아내는 몹시 기뻐했고, 그들은 얼마 후 딸들을 전부 결혼시켰습니다. 그리고 단둘이 남은 부부는 일상의 노동 속에서 즐거움을 만끽했습니다. 한편 렌촐라가 도마뱀과 단둘이 남게 되자 곧바로 눈앞에 으리으리한 궁전이 솟았고, 그들은 그 안으로 들어갔습니다. 그곳에서 렌촐라는 부족한 것이라고는 없는 여왕처럼 아주 안락하고 호화롭게 살았습니다. 그녀가 개미의 젖을 마시고 싶다고 한다면 그마저 원하는 대로 될 정도였으니까요. 그녀는 공주처럼 먹고 입었고, 백 명의 몸종을 거느렸고, 극진한 보살핌 속에서 늘씬하고 건강한 미인으로 성장했습니다.

어느 날, 왕이 사냥을 나왔다가 숲에서 밤을 맞았습니다. 쉴 곳을 찾지 못한 왕은 주변을 헤매다가 간신히 멀리서 비치는 불빛을 보고 다가갔고, 그 불빛이 웅장한 궁전의 창문에서 새어 나오는 것임을 알게 됐습니다. 왕은 수행원 한 명을 그 대저택으로 보내어 주인에게 하룻밤 묵어 갈 수 있는지 알아보라고 했습니다. 수행원이 왕의 분부대로 궁전 같은 대저택의 문을 두드리자, 도마뱀이 아름다운 부인의 모습을 하고 나왔습니다. 수행원이 그녀에게 왕의 뜻을 전하자 그녀가 말했습니다. "전하께서 천 번을 오셔도 대환영입니다. 빵도 나이프도 부족하지 않습니다."

수행원은 집주인의 답변을 왕에게 전했고, 왕은 수행원을 데리고 지체 없이 그 저택으로 향했습니다. 왕은 이곳에서 진짜 기사처럼 영접받았습니다. 백 명의 시동이 대부호의 장례 행렬에 참가한 것처럼 횃불을 밝히고 왕을 맞이했고, 또 다른 백 명의 시동이 마치 병원에서 수많은 직원이 환자에게 음식을 가져다주듯이 식탁을 펼치고 음식과 마실 것을 날라 왔습니다. 그뿐만 아니라 또 다른 백 명의 시동이 귀가 먹먹할 정도로 음악을 연주했습니다. 렌촐라는 왕에게 연신 술을 가득 따랐고, 왕은 그녀의 술

병에 든 포도주뿐 아니라 그녀의 눈에 든 사랑까지 흠뻑 마셨습니다. 모두가 배불리 먹은 후에 잠자리에 들었고, 렌촐라는 왕을 시중들면서 좋은 뜻으로 그의 양말을 벗기고 웃옷을 벗기니, 왕의 영혼은 그 아름다운 손길로 인해 사랑의 독으로 타들었습니다. 사랑의 갈망과 욕망이 병처럼 심해진 왕은 그것을 치료하지 않고는 살 수가 없을 것 같아서 도마뱀 요정에게 수행원을 보내 렌촐라를 왕비로 맞게 해달라고 간청했습니다. 오로지 렌촐라의 행복만을 바랐던 요정은 흔쾌히 승낙했고, 700만 냥의 금화까지 신부 지참금으로 주었습니다.

왕은 크게 기뻐하면서 렌촐라와 떠날 채비를 했습니다. 그런데 배은망덕한 렌촐라는 요정에게 입은 호의를 전부 잊고서 자신의 행복을 위해 너무도 많은 것을 준 이에게 고맙다는 말 한마디 없이, 살가운 눈길 한 번 주지 않고 왕을 따라나섰습니다. 렌촐라의 배은망덕을 알아챈 요정은 저주의 주문을 걸기 시작했습니다. "배은망덕한 것, 너의 얼굴은 염소의 얼굴로 변할 것이다." 이 주문이 끝나기가 무섭게 렌촐라의 입이 길어졌고, 턱에서 긴 수염이 늘어졌고, 뺨이 팽팽해졌고, 얼굴에서 털이 났고, 곱슬곱슬하고 치렁치렁한 머리칼이 뾰족한 뿔로 변했습니다. 그 변화를 본 왕은 얼이 빠졌고, 대체 무슨 일이 일어난 것인지 영문을 알 수 없었습니다. 비길 데 없이 아름다웠던 렌촐라가 그렇게 변해버린 것에 한숨짓고 슬퍼했으며, 자신의 운명을 한탄하면서 이렇게 울먹였지요. "내 마음을 동여맸던 그 금발은 어디 갔는가? 불꽃 화살을 날리던 그 감미로운 눈동자는 어디 갔는가? 내 영혼을 불사르고 내 영혼을 지배하고 내 심장을 옭아맸던 그 입술은 어디 갔는가? 대체 왜? 나는 염소의 남편, 숫염소가 되어야만 하는 것인가? 그래야만 하는가? 아니, 아니, 염소 얼굴에 내 심장이 반할 수는 없다. 올리브 같은 똥을 싸대는 이 염소를 데리고 다니다간 어디에 가든 전쟁과 불화를 일으키고 말 거야."

이렇게 말한 왕은 자신의 왕궁에 도착하자마자 시녀 한 명을 딸려 렌촐라를 수라간으로 보냈고, 그들 각각에게 아마를 주어 일주일 안에 실을 잣게 했습니다. 시녀는 왕의 명령을 받들어, 빗질한 아마를 실톳대에 올리고 물렛가락을 돌리면서 쉬지 않고 일했습니다. 그래서 토요일 저녁에는 할당량을 끝낼 수 있었지요. 그러나 거울을 보지 않아서 요정의 궁전에 있던 때나 지금이나 자신이 달라진 게 없다고 생각한 렌촐라는 아마를 창밖으로 던져버리고 말했습니다. "왕이 나한테 이런 걸 주다니 다른 꿍꿍이가 있는 거야. 옷이 필요하면 사 입으면 되잖아. 나를 길거리 여자 취급해선 곤란해. 내가 금화 700만 냥을 가져다준 걸 왕이 잊어서는 안 되지. 내가 왕비이지 첩이 아니란 걸 잊어서는 안 된단 말이야. 나를 이런 식으로 대하는 걸 보니 왕은 얼간이로군." 그러나 말은 그렇게 하면서도 정작 토요일 아침이 되었을 때 시녀가 맡은 일을 끝내놓은 걸 보고는, 왕명을 따르지 않은 자신이 화를 당할까 두려워 요정의 궁전으로 향했습니다. 그리고 요정에게 자신이 당한 치욕과 느끼고 있는 두려움을 말했습니다. 요정은 크고 깊은 애정으로 렌촐라를 안아주었고, 실이 가득 담긴 자루를 주었습니다. 그것을 왕에게 가져가 그녀가 얼마나 부지런하고 참한 여자인지 보여주라고 말이지요. 그런데 자루를 건네받은 렌촐라는 고맙다는 말 한마디 없이 왕에게 돌아갔습니다. 요정은 또다시 그녀의 배은망덕에 격분했지요.

한편, 왕은 실을 가져간 후에 개 두 마리를 가져와 아내와 시녀에게 각각 한 마리씩 주고는 잘 키우라고 했습니다. 시녀는 개한테 빵 부스러기를 주는 등 개를 자식처럼 대했습니다. 그러나 렌촐라는 이렇게 말했습니다. "이거 참 고리타분한 생각일세! 내가 지금 터키인이 지배하는 시대에 살고 있는 거야? 개를 빗질하고 개똥까지 치우라고?" 그녀는 이렇게 불평하면서 개를 창밖으로 던져버렸습니다. 그러나 몇 달이 지나서 왕이 개를 찾으러 오자, 렌촐라는 잔뜩 겁에 질려서 또 요정의 궁전으로 달려갔습니다. 그런데 문 앞에서 문을 지키고 있는 노인을 보게 되었지요. 노인이 물었습니다. "누구요? 누구를 찾고 있소?" 렌촐라가 대답했습니다. "염소수염 할아범, 날 모르세요?" 그러자 문지기 노인이 말했습니다. "나더러 염소수염이라고? 도둑이 경관을 뒤쫓는 꼴일세! 구리세공업자가 '내 몸이 더러워지니까 비키시오'라고 말하는 꼴이야. 적반하장도 유분수지. 그래, 나는 염소수염이다. 그러는 너는? 너는 염소수염 반쪽이로군. 주제넘은 짓을 했으니 그런 수모, 아니 그 이상을 당해도 싸지. 어이 건방진 왈패야, 잠깐 기다려. 내가 똑똑히 알려줄 테니까. 너의 헛소리와 무례함으로 어떤 결과를 얻게 되는지 말이야."

노인은 이렇게 말하고 작은 방으로 가서 거울을 가져왔습니다. 그리고 렌촐라 앞에 거울을 놓았지요. 그녀는 자신의 추한 털북숭이 얼굴을 보고는 죽을 듯이 슬퍼했습니다. 리날도가 마법의 방패에 비친 자기 모습을 보고 느꼈던 슬픔도 그녀의 슬픔에는 미치지 못했습니다. 렌촐라가 어쩔 줄 몰라 하는데 노인이 말했습니다. "렌촐라, 네가 농부의 딸이라는 것을 기억해라. 그리고 너를 간절히 원한 요정이 너를 보살피고 사랑해준 덕분에 네가 왕비가 됐다는 것도 잊지 말아야 한다. 그런데 버릇없고 무례한 너는 요정으로부터 그 많은 은혜를 입고도 배은망덕했어. 너는 매정하게도 최소한의 애정이나 사랑도 표현하지 않았어. 그래서 응분의 대가를 치른 거야. 너의 악행이 어떤 결과를 가져왔는지 봐. 네가 어떤 얼굴을 하고 있는지 보라고. 너의 배은망덕으로 인해 네가 지금 어떤 곤경에 처해 있는지 봐. 요정이 네게 저주를 내렸고, 너는 얼굴뿐 아니라 신분도 바뀌었지. 그러니 내가 시키는 대로 해라. 요정에게 가서 발밑에 엎드려, 네 얼굴을 때리고 가슴을 치고 슬피 울면서 용서해달라고 애원해라. 요정은 다정다감하니까 너의 고통을 가엾게 여길 거야." 노인의 충고가 옳다고 생각한 렌촐라는 그가 시키는 대로 했습니다. 렌촐라가 곤경에 처한 것을 본 요정은 그녀에게 입 맞추고 그녀를 보듬어 안았습니다. 그러고는 렌촐라를 원래의 모습으로 돌려놓고 값비싼 옷을 입힌 뒤, 마차를 불러 태워서 많은 수행원과 시동과 하인을 딸려 왕에게 보냈습니다.

왕은 너무도 아름답고 왕비다운 렌촐라의 모습을 보고 그녀를 깊이 사랑했고 아내로서 소중히 여겼습니다. 그리고 가슴을 치면서 이 모든 불화가 그 저주받은 염소 얼굴 때문이었노라 말했고, 그녀에게 고통을 주었던 것에 대해 간절히 용서를 구했습니다. 렌촐라는 겸손하고 인내심이 강하고 감사할 줄 아는 사람이 되었고, 다시금 유쾌하고 즐거워졌지요. 그리고 남편인 왕을 많이 사랑했고 요정을 존경했으며 그녀 스스로 대가를 치른 끝에 다음과 같은 교훈을 얻게 해준 문지기 노인에게 늘 감사했답니다.

"언제나 최선책은 정중하게 행동하는 것이다."

마법의 암사슴

폰초와 칸넬로로는 마법의 힘으로 세상에 나온다. 폰초의 어머니인 왕
비는 칸넬로로를 시샘하여 그의 이마를 다치게 만든다. 칸넬로로는 고
국을 떠나 왕이 되지만 큰 위험에 빠진다. 연못과 도금양의 도움으로 칸
넬로로의 위기를 알게 된 폰초는 그를 구하러 떠난다.

모두가 입을 벌린 채 파올라의 이야기를 경청했고, 겸손은 바
닥에 던지면 던질수록 더 많이 튀어 오르는 공과 같고, 밀어붙이
면 밀어붙일수록 더 거칠게 발길질하는 숫염소와도 같다는 데
의견을 같이했다. 그러나 타데오 왕자는 촘메텔라에게 순서를
이으라고 손짓했고, 이에 그녀는 이야기를 시작했다.

우정의 힘은 위대하여, 우리로 하여금 친구를 위해 기꺼이 고
생과 위험을 감수하게 합니다. 친구를 위해서라면 재물은 지푸

라기 한 올에 불과하고 명예는 연기에 지나지 않으며 목숨은 아무것도 아니지요. 무용담과 역사에도 이런 예가 자주 나옵니다. 오늘 저는 할머니(부디 하늘에서 편히 쉬시기를)한테 듣곤 했던 그런 사례 하나를 여러분에게 이야기하려 합니다. 그러니 귀를 열고 입을 다물고 이야기를 들어보시길.

옛날에 얀노네라는 왕이 있었습니다. 아이를 절실히 원한 왕은 그 소원을 들어줄 신들에게 쉬지 않고 기도를 올렸습니다. 자신의 탄원을 신들이 더 잘 들어주길 바라는 마음에서 거지와 순례자들을 너무도 자비롭게 대해 그들에게 자신의 모든 재산을 나누어 주었습니다. 그러나 이런 선행이 아무런 소용이 없고, 돈을 쓰는 일에 끝이 없다는 것을 알게 된 왕은 왕궁의 문을 꼭 걸어 잠그고 누구든 가까이 오는 사람들에게 쇠뇌를 발사했습니다.

그러던 어느 날, 긴 수염을 기른 한 순례자가 그쪽을 지나가다가, 왕의 마음이 바뀐 것을 몰랐는지 아니면 다른 뭔가를 알고 있어서 왕의 마음을 되돌리려고 한 것인지 어쨌든 얀노네 왕을 찾아가 왕궁에 묵게 해달라고 사정했습니다. 그러나 왕은 험악한 표정과 섬뜩한 격노의 목소리로 순례자에게 말했습니다. "여기가 그대의 유일한 희망이라면, 어둠 속에서 잠들어도 좋다. 좋은 시절은 금방 가고 말아! 새끼 고양이들이 눈을 떴구나! 이제 엄마는 여기 없다!" 늙은 순례자가 왜 심경의 변화가 생겼는지 묻자 왕이 이렇게 대답했습니다. "자식을 얻고자 하는 바람에서 오가는 이들 모두에게 내 재산을 주기도 하고 빌려주기도 하면서 내가 가진 모든 것을 헛되어 탕진했다. 결국 시간 낭비에 불과

함을 알고 다 그만두었다."

그러자 순례자가 말했습니다. "그게 다라면 안심하소서. 당장 왕비님이 임신하게 만들겠습니다. 그렇게 되지 않으면 저의 귀를 자르소서."

"그렇게만 된다면 그대에게 이 왕국의 반을 주겠다." 왕이 말했습니다. 그러자 순례자가 말했습니다. "소인의 말을 잘 들으십시오. 전하께서 건강한 자식을 원하신다면 해룡海龍의 심장을 구하십시오. 그리고 젊은 처녀에게 그 심장을 맡겨 요리하게 하십시오. 젊은 처녀는 그 냄새만으로 배가 불러올 것이고, 요리한 심장을 왕비께 드려 드시게 하면 왕비님도 역시 그 자리에서 만삭의 임신을 하시게 될 것입니다."

"그게 있을 수 있는 일이냐? 솔직히 믿기 어려운 얘기로구나." 왕이 말했습니다.

"기적이 필요한 일이 아니옵니다." 늙은 순례자가 말했습니다. "신화를 읽어보면 들판을 지나가던 유노 여신이 단지 꽃을 쓰다듬는 것만으로 임신을 하고 출산을 합니다."

"그렇다면 당장 용의 심장을 구해 오라 하겠다. 어차피 짐은 더 잃을 것도 없으니까." 그리하여 왕은 백 명의 어부를 바다로 보냈습니다. 어부들은 온갖 낚시 도구와 쓰레그물, 투망, 후릿그물, 새잡이 그물, 낚싯줄을 총동원했지요. 그들은 바다 전역을 누볐고, 마침내 용을 잡는 데 성공했습니다. 그들이 용의 심장을 꺼내 왕에게 가져오자, 왕은 그것을 한 아름다운 시녀에게 주어 요리를 하게 했습니다. 혼자서 문을 걸어 잠그고 요리를 하던 시녀가 용의 심장을 불에 올려놓자 곧 냄비에서 김이 올라왔습니다. 그런데 곧바로 시녀가 임신했을 뿐만 아니라 그 안에 있던 가구들까지 임신한 것처럼 부풀어 오르는 것이었습니다. 그리고 며칠이 지나자 커다란 캐노피 침대는 작은 침대를, 커다란 귀중품 상자는 작은 상자를, 커다란 의자는 작은 의자를, 커다란 탁자는 작은 탁자를, 그리고 요강은 너무 예뻐서 먹고 싶을 정도로 앙증맞은 요강을 낳았습니다. 요리한 심장을 맛본 왕비는 그 즉시 배가 불러오는 것을 느꼈고, 그로부터 나흘 만에 왕비와 시녀는 동시에 각각 건강하고 잘생긴 아들을 낳았습니다. 두 아이는 서로 너무 닮아서 누가 누구인지 구별하지 못할 정도였습니다. 그들은 잠시도 서로 떨어져 있지 못할 만큼 깊은 우애 속에서 무럭무럭 자라났습니다. 이들의 애착이 너무나 강해서 왕비는 조금씩 질투를 하기 시작했습니다. 왕자가 어머니인 자기보다 시녀의 아들을 더 좋아했으니까요. 왕비는 눈엣가시인 시녀의 아들을 제거할 방법을 알지 못했습니다.

그러던 어느 날, 친구와 사냥을 가기로 한 왕자는 자기 방에서 불을 지핀 뒤 총알을 만들 납을 녹이기 시작했습니다. 그런데 뭔가 빠진 것이 있어서 친히 그것을 찾으러 나갔습니다. 그사이 방에 들어온 왕비는 시녀의 아들인 칸넬로로 혼자만 있는 것을 발견하고는 그를 없앨 좋은 기회로 여기고 총알 만드는 뜨거운 주형을 집어서 칸넬로로의 얼굴에 던졌습니다. 주형이 그의 이마에 맞아 흉한 상처를 남겼습니다. 왕비가 또다시 주형을 집어 던지려는 순간 왕자인 폰초가 들어왔습니다. 왕비는 안부가 궁금해 들른 척하면서 폰초를 몇 번 쓰다듬은 뒤 방을 나갔습니다.

　모자를 깊숙이 눌러쓴 칸넬로로는 자신이 다친 것에 대해 폰초에게 아무 말도 하지 않은 채 이마가 타들어 가는 고통을 묵묵히 참고 서 있었습니다. 그러나 총알을 다 만들고 나자 칸넬로로는 폰초에게, 자신이 왕국을 떠나야 하니 허락해달라고 말했습니다. 이 갑작스러운 결심에 소스라치게 놀란 폰초는 이유를 물었습니다. 칸넬로로는 이렇게 대답했습니다. "왕자님, 더 묻지 말아주세요. 그냥 제가 제 심장이고 영혼이며 제 육체의 숨결이고 '산적 소탕' 놀이를 함께 한 핏줄인 왕자님과 헤어져 떠나야만 한다는 걸 이해해주세요. 그럴 수밖에 없으니, 잘 계세요. 절 기억해주세요." 그들은 서로 부둥켜안았고, 칸넬로로는 절망 속에서 자기 방으로 갔습니다. 그러고는 용의 심장을 요리할 때 생긴 갑옷을 입고 검을 찼습니다. 이렇게 완전무장한 그가 마구간에서 말을 꺼내 막 올라타려는데, 울면서 나타난 폰초가 자신을 떠나려거든 최소한 애정의 표시 정도는 남겨달라고, 그래야 상실의 고통을 좀 덜 수 있지 않겠느냐고 말했습니다. 이 말을 들은 칸넬로로가 단검을 빼 들어 땅에 꽂자, 곧바로 그 자리에 멋진 연못이 생겼습니다. 그가 왕자에게 말했습니다. "이것이 제가 남겨드릴 수 있는 가장 좋은 징표입니다. 이 연못의 물을 보면 제가 어떻게 지내는지 아실 수 있을 겁니다. 물이 맑다면 저 또한 맑고 평온한 삶을 살고 있는 거지요. 물이 탁하다면, 제가 곤경을 겪고 있다고 생각하세요. 그리고 연못의 물이 말라버린다면(그런 일이 없기를 바라지만), 제 생명의 등불이 꺼지고 제가 저승으로 가는 노자까지 치렀다고 여기세요!" 말을 마친 칸넬로로가 이번에는 검으로 땅을 내리쳤고, 곧바로 도금양 한 그루가 자라났습니다. 그가 말했습니다. "이 도금양이 싱그러운 녹색을 띤다면, 저 또한 기운이 넘친다고 알아주세요. 도금양이 시들었다면, 이 세상에서의 제 삶도 그리 좋지 않다고 생각하세요. 그리고 만약 완전히 말라비틀어진다면, 이 칸넬로로의 명복을 빌고 애도해주세요." 그들은 서로 껴안았고, 이어 칸넬로로는 여정에 올랐습니다. 머나먼 길을 가면서 일일이 열거하기에는 너무나 많은 일을 겪었습니다. 이를테면 마부들과의 싸움, 여인숙 주인에게 사기를 당한 일, 세관원들의 암살 시도, 음침한 도로에서의 위험, 도적 떼를 걱정하느라 탈이 났던 일 등등이지요. 그는 이러한 여정 끝에 마침내 롱가-페르골라 왕국에 도착했습니다. 마침 거기서 큰 마상 시합이 열리고 있었는데, 승자에게는 공주와의 결혼이 약속되어 있었습니다.

이 시합에 참가한 칸넬로로는 큰 용맹을 떨침으로써, 명성을 얻고자 방방곡곡에서 온 기사들을 모두 물리쳤습니다. 그리하여 그는 페니차 공주와 결혼했고, 성대한 축하연이 열렸습니다. 이렇게 더없는 평화와 평온 속에서 몇 달이 흘러갔습니다.

그렇게 몇 달이 지난 후, 칸넬로로는 마음이 울적해져서 기분 전환 삼아 사냥을 나가고 싶어졌습니다. 그 뜻을 왕에게 아뢰자, 왕은 이렇게 말했습니다. "부마여, 조심하라. 미혹당하지 마라. 현명하게 처신하고 방심하지 마라. 그 숲에는 날마다 모습을 바꾸는 더없이 사악한 오그르가 살고 있으니까. 그것은 늑대가 되었다가 사자가 되고, 수사슴이 되었다가 당나귀가 되는 등 이것인가 싶으면 저것으로 변한다. 천 가지 둔갑술로 불운한 사람들을 홀린 뒤 동굴로 데려가 잡아먹으니, 위험을 자초하지 마라. 자칫 동굴에서 죽게 될 터이니."

태어날 때부터 겁이 없었던 칸넬로로는 왕의 충고를 귀담아듣지 않았습니다. 날이 밝아 햇빛이 밤의 검댕을 깨끗이 쓸어내자마자 그는 사냥을 하러 떠났습니다. 숲에 이르자 두터운 나뭇가지 아래서 검은 그림자들이 햇빛을 등지고 수상쩍게 움직였습니다. 칸넬로로가 다가오는 것을 지켜보던 오그르는 예쁜 암사슴으로 둔갑했고, 이를 발견한 칸넬로로가 곧 암사슴을 뒤쫓기 시작했습니다. 암사슴은 공중제비를 넘으면서 칸넬로로를 이리저리 이끌고 다니다가 마침내 숲의 한복판으로 유인했습니다. 암사슴은 이곳에서 하늘이 금방이라도 무너져 내릴 것 같은 강력한 눈보라를 일으켰습니다. 갑자기 눈앞에 오그르의 동굴이 나타났고 칸넬로로는 그 안으로 피신했습니다. 추위에 온몸이 얼어붙은 그는 동굴 안에 있는 나뭇가지를 긁어모았고, 주머니에서 부시를 꺼내 불을 붙였습니다. 불가에 서서 옷을 말리고 있는데 암사슴이 동굴 입구에 나타나 이렇게 말했습니다. "기사님, 제발 잠시만 몸을 녹이게 해주세요. 추워서 온몸이 떨려요."

다정하고 친절한 성품의 칸넬로로가 말했습니다. "가까이 오너라. 어서."

"그러고 싶지만 기사님이 나를 해칠까 봐 무서워요." 암사슴이 대답했습니다.

"무서워할 거 없어." 칸넬로로가 대답했습니다. "내 말을 믿어."

"제가 들어가길 바라신다면, 저 개들이 물지 않도록 묶어주세요. 그리고 발길질을 하지 않도록 말도 묶어주세요."

칸넬로로는 개들을 묶고 말의 두 다리까지 묶었습니다. 그러자 암사슴이 말했습니다. "이제 마음이 조금 놓이네요. 하지만 기사님의 검을 단단히 묶어두지 않으면 도저히 안으로 들어갈 수가 없어요." 암사슴과 친구가 되고 싶은 칸넬로로는 시골 사람들이 경찰의 주목을 피하기 위해 그러듯이 칼을 묶었습니다. 칸넬로로가 무방비 상태가 되자마자 오그르가 원래의 모습으로 돌아오더니, 칸넬로로를 붙잡아 동굴 맨 안쪽에 있는 구덩이 속으로 던져버렸습니다. 그리고 가둬뒀다가 나중에 잡아먹기 위해 구덩이를 돌로 막아버렸지요.

칸넬로로의 소식이 궁금해 아침저녁으로 도금양과 연못을 찾던 폰초는 나무가 시들고 연못이 탁해진 것을 발견하고는 칸넬로로에게 불행한 일이 닥쳤다고 생각했습니다. 그는 칸넬로로를 구하기 위해 왕과 왕비의 허락도 받지 않은 채 무장을 하고 말에 올라타, 마법의 개 두 마리를 데리고 숲속을 지나갔습니다. 사방을 헤매다가 마침내 도착한 롱가-페르골라 왕국, 그런데 그곳의 모든 사람들이 칸넬로로가 죽었다면서 슬픔에 잠겨 있었습니다. 폰초가 왕궁에 도착하자마자 그를 본 사람들은 칸넬로로가 살아서 돌아왔다고 여겼고, 페니차 공주에게 서둘러 이 희소식을 아뢰었습니다. 황급히 계단을 뛰어 내려온 공주는 폰초를 부둥켜안고 소리쳤습니다. "여보! 대체 지금까지 어디 있다 온 거죠?" 폰초는 이내 칸넬로로가 이 왕국에 왔다가 다시 떠났음을 간파했습니다. 그래서 그는 이 문제를 빈틈없이 파악하고 공주의 말을 취합해 칸넬로로가 갈 만한 장소를 알아내기로 결심했습니다. 그 결과 칸넬로로가 저주받은 사냥 때문에 큰 위험에 빠졌고, 특히 인간에게 잔인하게 군다는 오그르에게 붙잡혔을 공산이 크다고 생각했습니다. 폰초는 아무것도 모르는 척했고, 밤이 되자 침실에 들었습니다. 달의 여신 디아나에게 아내를 만지지 않겠다고 준엄한 서약을 했노라 거짓말을 한 폰초는 둘 사이에 칼집에 든 칼을 놓았는데, 페니차는 이 방책이 싫지 않은 기색이었습니다.

다음 날 아침, 태양이 금박 장식으로 창공을 수놓자마자 폰초는 참지 못하고 침대에서 뛰쳐나왔습니다. 페니차의 애원도 왕의 명령도 그가 사냥을 가지 못하게 막지는 못했습니다. 그렇게 그는 말을 타고 마법의 개들을 데리고 숲으로 갔습니다. 이곳에서 칸넬로로에게 생긴 일과 똑같은 일이 그에게 생겼습니다. 동굴에 들어간 폰초는 칸넬로로의 무기와 개와 말이 꽁꽁 묶여 있는 것을 발견하고 어떤 함정이었는지를 확신했습니다. 그때 암사슴이 역시 폰초에게 무기와 개와 말을 묶으라고 말했으나, 폰초는 개들에게 명령해 암사슴을 갈가리 찢어놓았습니다. 그리고 칸넬로로의 흔적을 찾아 주위를 살피는데 구덩이에서 목소리가 들려왔습니다. 그가 돌을 들어 올리자, 칸넬로로뿐 아니라 괴물이 산 채로 거기에 가두어놓았던 사람들 전부가 빠져나왔습니다. 환호하면서 부둥켜안은 폰초와 칸넬로로는 왕국으로 돌아갔고, 페니차는 이들의 꼭 닮은 외모를 보고 누가 자신의 남편인지 말하지 못했습니다. 칸넬로로가 모자를 벗었을 때에야 이마의 오래된 흉터를 보고 그가 남편임을 알아챘지요. 폰초는 이 왕국에서 즐거이 한 달을 머물렀고, 칸넬로로는 폰초 편에 시녀인 어머니에게 편지를 보내 자신의 왕국을 방문해 자신의 신분 상승을 함께 기뻐해달라고 청했습니다. 어머니는 그의 청을 들어주었습니다. 그러나 그날 이후로 칸넬로로는 사냥개니 사냥이니 하는 말은 일체 들으려 하지 않았고, 이런 말만 되뇌었습니다.

"스스로 대가를 치르고 배우는 자는 불운하다."

살가죽이 벗겨진 여자

로카포르테의 왕은 어떤 늙은 여인의 목소리에 반해버린다. 그리고 손
가락 하나에 속아서 그 노파와 잠자리를 갖는다. 그러나 속임수를 간파
한 왕은 노파를 창밖으로 내던지라고 신하들에게 명령하고, 추락하던
노파는 나무에 대롱대롱 매달린다. 이 모습을 본 일곱 요정이 마법을 걸
어 노파를 아름다운 여인으로 변모시키고, 왕은 그녀를 아내로 맞는다.
노파의 여동생은 언니의 행운을 시샘해 자신도 예뻐지려고 산 채로 껍
질이 벗겨지기를 자청했고, 그 과정에서 숨을 거둔다.

모든 사람들은 촘메텔라의 이야기를 듣고 즐거워했다. 칸넬
로로가 무사한 것과 사냥꾼들에게 잔혹한 만행을 저지른 오그르
가 처벌받은 것을 기뻐했다. 타데오 왕자가 좌중을 향해 조용히
하라고 손짓한 후 야코바에게 여흥의 의무를 다하라 하니 그녀
가 이야기를 시작했다.

우리 여자들은 타고난 저주스러운 허영 때문에 아름답게 보이려는 갈망으로 초상화의 이마에 금칠을 함으로써 전체 얼굴상을 망칩니다. 시들고 처진 피부를 희게 만듦으로써 치아를 망치고요. 또한 팔다리에 밝은 빛을 주려다가 시야를 어둡게 가려버리지요. 이런 노력의 대가를 얻기도 전에 우리의 눈은 어느새 침침해지고 얼굴은 주름지며 어금니는 썩어버립니다. 만약 젊은 여성이 이런 우둔함 때문에 비난받는다면, 젊게 보이고 싶어서 만인의 웃음거리가 되면서까지 스스로를 파괴하는 늙은 여성은 얼마나 더 큰 비난을 받아야 할까요? 여러분이 귀 기울여주신다면 제가 말해보겠습니다.

로카포르테 왕궁 맞은편의 정원에 세상 피조물 중에서 가장 흉측한 몰골의 두 노파가 앉아 있었습니다. 헝클어진 머리카락, 주름진 이마, 쭈글쭈글하고 누런 피부, 붉게 충혈되고 축축한 눈, 침이 흐르는 찌그러진 입, 털이 덥수룩한 가슴. 등은 곱사등이에다 팔은 오그라들었고, 동물의 갈라진 발굽처럼 생긴 발은 절뚝거렸습니다. 그래서 그들은 추한 모습이 햇빛에 스쳐 드러나기라도 할까 봐 왕의 침실 창문 밑 지하 방에 틀어박혀 살고 있었습니다. 이렇다 보니, 왕은 심지어 방귀만 뀌어도 노파들이 구시렁거리는, 그야말로 옹색한 처지에 놓였습니다. 노파들이 이 사소한 일에도 오징어처럼 발끈하면서 불평을 해댔기 때문이지요. 처음에는 위에서 재스민 꽃이 한 송이 떨어져도 머리에 혹이 난다고 했고, 그다음에는 찢어진 종잇조각 하나에 어깨가 탈구됐다고 하더니, 나중에는 흙이 조금 떨어져도 허벅지에 멍이 들었다고 난리였습니다.

왕은 이런 말소리를 듣고서 아래쪽에 절세미인, 더없이 감미로운 꽃이 살고 있다고 짐작했습니다. 이런 생각에 압도되어, 그 기적을 직접 보고 자신의 추측을 좀 더 명확하게 확인하고 싶다는 갈망과 욕망이 온몸 구석구석까지 퍼지고 뼛속까지 스며들었습니다. 그래서 아래를 향해 한숨을 쉬기도 하고, 괜히 헛기침을 하기도 하다가 나중에는 좀 더 용기를 내어 이렇게 외치게 되었지요. "이 세상의 보석이고 광휘고 아름다움인 그대들은 어디에 숨어 있단 말인가? 나오라, 나오라. 그대들 태양이여! 이 왕을 따뜻하게 데워주오. 그대들의 아름다운 자태를 보여주고, 사랑을 파는 가게의 불빛을 보여주오. 그 작고 귀여운 머리를 내미시오. 아름다움의 돈으로 가득한 회계실이여! 모습을 보여주는 데 인색하게 굴지 마오. 이 불쌍한 송골매에게 문을 열어주오. 내게 주고 싶은 것이 있다면 제안을 해주오! 그 달콤한 목소리가 어느 악기에서 나오는지 보게 해주오. 그 딸랑이는 소리가 어떤 종에서 나오는 것인지 보여주오. 그 새를 잠깐만 보여주오. 내가 그 아름다움 중의 아름다움을 보고 음미하지 못하게 거절함으로써 폰토로부터 쫓겨난 양처럼 쓰디쓴 쑥으로 배를 채우게 놔두지 마오." 왕은 이런 식으로 말을 더 많이 했으나, 차라리 찬송가를 부르는 편이 나을 뻔했지요. 노파들이 귀를 막고 있었으니까요. 그런데 이것은 불난 집에 기름을 붓는 격이었습니다.

왕은 욕망이라는 용광로에서 뻘겋게 달구어진 쇠 같았고, 그의 머릿속은 자신이 만들어낸 상상의 여인으로 가득했으며, 심장은 사랑의 갈망에 사로잡혀 있었습니다. 더없이 귀중한 보석들이 숨겨져 있는 상자의 열쇠를 찾아내려고 혈안이 된 사람 같았습니다. 설령 그 상자를 열고 실망하여 죽는 한이 있더라도 말이지요. 그의 한숨과 애원에 침묵만이 흘렀으나 그래도 포기하지 않고 계속해서 빌고 간청했습니다. 드디어 왕의 찬사와 제안에 우쭐해진 노파들은 상의를 하기 시작했습니다. 제 발로 덫에 걸려든 새를 놓치고 싶지 않았으니까요. 그래서 왕이 습관처럼 창가에서 달콤한 열변을 토해내던 어느 날, 노파들은 열쇠 구멍을 통해 감미롭게 속삭이는 목소리로 왕에게 말을 걸었습니다. 여드레 후에 왕에게 한쪽 손의 손가락 하나를 보여주는 크나큰 호의를 베풀겠다고 말이지요.

노련한 군인인 왕은 요새란 차근차근 점령하는 것임을 알기에 그 제안을 받아들였습니다. "일단 취하고 나중에 질문하라"라는 옛말도 있거니와, 자신이 줄기차게 포위 공격을 하고 있는 그 철옹성을 조금씩 정복해나갈 수 있을 거란 희망을 품고서 말입니다. 그렇게 왕은 최후통첩을 받아들이고서 세상의 여덟 번째 기적을 보기 위해 여드레 동안 기다렸습니다.

이때부터 노파들의 유일한 일은 당밀을 엎지른 약사처럼 손가락을 빨아대는 것이었습니다. 약속한 날에 더 매끄러운 손가락을 가진 사람이 왕에게 그 손가락을 보여줄 계획이었기 때문이지요. 그동안 왕은 약속 날짜를 기다리면서 안달이 나 있었습니다. 날을 꼽고 밤을 꼽았으며, 시간을 세고 분을 세고 초를 셌습니다. 좋은 결과를 기대하면서 자신에게 주어진 순간들을 음미하려고 했지요. 해를 향해서는 지름길을 택해 천상의 들을 가로질러 평소보다 일찍 땅에 내려오라고, 그리고 오랜 여정으로 열이 오른 마차에서 말들을 풀어 지친 말들에게 물을 먹이라고 애원했습니다. 그러다가 어느새 밤에게, 어서 어둠을 내려서 자신을 사랑의 도가니 속에 가두어버린, 아직 보이지 않는 그 빛을 보게 해달라고 부탁했습니다. 그러다가는 시간이 자신을 괴롭히려고 목발을 짚고 납 신발을 신은 채 일부러 더디게 굴면서 둘 사이의 계약과 채무를 이행하지 않는다고 화를 내는 것이었습니다. 그래도 한여름의 어느 날 약속한 시간이 찾아왔으니, 왕은 친히 정원으로 내려가 문을 두드리면서 말했습니다. "나오시오. 나오시오." 그러자 두 노파 중에서 더 늙고 더 추하게 생긴 노파가 자신의 손가락이 더 곱고 매끄러운 것을 알고는 열쇠 구멍을 통해 왕에게 손가락을 보여주었습니다. 그것은 왕에게 손가락이 아니라 치명적인 목적으로 그의 가슴을 찌르는 날카로운 창이었습니다. 아니, 창이 아니라 세상에서 가장 무시무시하게 그의 머리를 가격하는 몽둥이였습니다. 하지만 제가 무엇이라고 말해야 할까요? 창 아니면 몽둥이? 그것은 왕의 욕망에 불을 댕긴 성냥이었고, 갈망의 화약에 불을 붙인 도화선이었습니다. 하지만 제가 무엇이라고 말해야 할까요? 창 또는 몽둥이 아니면 성냥 또는 도화선? 그것은 생각의 꼬리에 감춰진 가시였고, 한숨의 소화 불량에서 사랑의 가스를 없애주는 약초였습니다. 왕이 입 맞추고 있는 그 손가락은 실로 제화공의 거친 줄질을 거쳐서 금세공인의 연마기로 만들어낸 것이었지요. 왕이 말했습니다. "오, 달콤함의 저장고여, 붉은색으로 쓴 기쁨의 규정이여, 모든 사랑의 특권을 기록한 증서여. 그래서 나는 고통의 창고요, 고뇌의 가게요, 고문의 세관이라! 그대는 이토록 냉혹하고 잔인하게 나의 하소연에 조금의 동정심도 느끼지 않으니, 이게 과연 있을 수 있는 일인가? 오, 나의 아름다운 연인이여, 이 구멍으로 그대의 손가락을 보여주었으니 이번엔 입술을 거기에 댄다면 우린 행복의 젤리를 맛볼 수 있으리. 오, 그대 아름다움의 강이여, 그대의 일부를 보여주었으니 이번엔 아름다운 자태를 전부 보여주오. 그대여, 매의 눈동자를 드러내고 이 심장을 먹이로 가져가오! 그대의 아름다운 얼굴, 그 보물을 이 변소에 가두고 있는 자가 누구요? 그 아름다운 배를 항구에 억류하고 있는 자가 누구요? 대체 얼마나 큰 권력이기에 매혹적이고 우아한 가젤을 돼지우리에 계속 가두어둔단 말이오? 그 돼지우리에서 나오시오. 그 지저분한 우리에서, 그 구덩이에서 빠져나오시오. 작은 달팽이여, 뛰쳐나와서 그대의 손을 콜라에게 주시오. 그리하여 내가 소중히 여기는 것으로 보상해주시오. 어쨌거나 나는 왕이오. 늙은 오이가 아니란 말이오. 내 맘대로 할 수 있고 하지 않을 수 있소. 그런데 절름발이 불카누스와 매춘부 비너스의 눈먼 가짜 아들이 모든 왕권 위에 군림하면서 나를 그대의 종으로 만들어버렸소. 그러니 부디 내게 아량을 베풀어주시오. 나는 '비너스를 쟁취하는 건 말이 아니라 애무'라는 옛말처럼 할 것이오."

늙은 악마가 어디에 꼬리를 감추는지 잘 아는 늙은 여우이고 고양이이며 약삭빠르고 교활한 그 노파는 윗사람이 뭔가를 원한다는 것은 명령이고 아랫사람이 불복해 주군의 분노를 산다면 파멸이라 생각하고서, 살가죽이 벗겨진 고양이의 목소리로 이렇게 말했습니다. "오, 전하, 아랫것에게 스스로를 낮추려 하시고, 왕좌에서 내려와 물레 앞에 서려 하시고, 왕궁에서 지저분한 우리로 내려오시고, 호화로운 옷 대신에 페티코트를 입으시고, 위대함에서 비참함으로, 전망 좋은 정자에서 지하실로 내려오시고, 멋진 말 대신 당나귀를 택하려 하시다니, 소인은 감히 위대한 왕의 뜻을 거스를 수 없고, 거슬러서도 안 되고, 또 거스를 마음도 없나이다. 그러한즉 군주와 신하 사이에 연을 맺고자 하는 것이 전하의 뜻이라면, 상아 모자이크와 미루나무의 결합, 다이아몬드 상감과 평범한 유리의 결합을 원하신다면 소인은 언제든 전하의 뜻을 따를 것입니다. 다만 간청하옵건대, 소인에 대한 애정의 표시로서 부디 한밤에 전하의 침실에 촛불 하나 없이 들 수 있도록 허해주옵소서. 알몸이 보이는 것을 도저히 견딜 수 없기에 그러하옵니다."

몹시 기뻐한 왕은 그녀의 청을 기꺼이 들어주겠다고 맹세했습니다. 그러고는 악취 나는 노파의 입에 설탕처럼 달콤한 키스를 하고는 그 자리를 떴습니다. 해가 하늘의 들녘을 경작하다가 지쳐 별들을 뿌리고 쉬러 가기까지의 시간이 왕에게는 너무도 길게 느껴졌습니다. 왕은 자신이 경작할 들녘과 자신이 뿌릴 씨앗과 몇 배는 더 클 기쁨만을 생각했습니다. 그러나 밤이 깊어져 모든 약탈자들이 여행자의 호주머니를 털고 외투를 빼앗으려고 활동을 시작하자 왕을 모시기로 한 노파가 어둠 속에서 나타났으니, 머리에서 발끝까지 두꺼운 베일로 뒤덮어 뒤쪽으로 꽉 묶고 있었습니다. 왕의 침실에 도착한 노파는 곧바로 베일을 벗고 침대로 들어갔습니다.

화약 옆의 성냥처럼 위태로이 기다리던 왕은 여자가 다가오는 소리와 침대로 들어오는 소리를 듣고서, 몸에는 향긋한 사향을 바르고 수염에는 향기로운 연고를 바른 뒤 침대로 뛰어들었습니다. 왕이 몸과 수염에 향수를 바른 것은 노파에게 다행스러운 일이었습니다. 그 덕분에 왕은 노파의 고약한 구취와 시큼한 암내와 추한 몰골에서 풍기는 곰팡내를 맡지 못했으니 말입니다. 그러나 팔다리의 맨살이 닿자마자 왕은 속임수를 간파했습니다. 노파의 엉덩이를 만져보니 살집이 없었고, 팔다리는 가늘게 메말라 있었으며, 가슴은 빈 방광처럼 납작했습니다. 왕은 소스라치게 놀랐지만 사태를 제대로 파악하기 위해서 침묵을 지켰습니다. 더는 욕망이 일지 않으니 침묵 속에서 기다리는 것 외에 달리 할 일도 없었지요. 고풍스러운 포실라코 해변에 들어선 줄 알았건만 악명 높은 만드라치오였고, 갤리선으로 항해하는 줄 알았건만 거룻배였습니다.

그러나 노파가 졸음을 이기지 못하고 잠이 들자, 왕은 은으로 상감한 작은 상자에서 가죽 자루를 꺼냈고 그 안에서 작은 등을 꺼내 불을 밝혔습니다. 이부자리 속을 꼼꼼히 살핀 왕은 요정 대신에 하르피아를, 미녀 대신에 광녀를, 비너스 대신에 메두사를 보게 되었습니다. 그 모습에 격노한 왕은 입에 거품을 물고 크게 소리쳐 신하들을 전부 불러들였습니다. 신하들이 왕의 고함을 듣고 옷도 제대로 챙겨 입지 못하고 허둥지둥 달려왔을 때, 왕은 온몸을 마구 흔들면서 말했습니다. "보라, 저 악귀 할망구가 나한테 어떤 속임수를 썼는가를! 젖먹이 어린 양인 줄 알았더니 늙은 버펄로다. 손으로 비둘기를 잡았다고 생각했더니 올빼미다. 왕에게 걸맞은 매혹적인 여인이라 여겼건만, 이 두 손 안에 있는 건 저 역겨운 괴물이다. 에이, 퉤퉤! 게다가 수상쩍은 거래로 사기를 당하는 건 더 나쁜 상황이지! 이런 모욕을 준 것은 저 할망구니, 그 대가를 치를 자 또한 저 할망구다! 고로 저것을 당장 창밖으로 던져버려라!" 이 소리를 들은 노파는 자기를 방어할 요량으로 다가오는 하인들을 발로 차고 깨물면서 그것은 부당한 처사라고 말했습니다. 자기를 이 침실로 오게 한 장본인이 바로 왕이었다고, 그것을 증명하기 위해 백 명의 주술사를 데려오겠다고 항변하면서 특히 이렇게 말했습니다. "늙은 닭으로 만든 수프가 맛있는 법이지요. 새 길이 좋다고 옛길을 버리지 마소서." 그러나 이렇게 말했음에도 노파는 하인들에게 들려 창밖으로 내던져지니, 이것이 그녀의 운명이었습니다. 추락하던 노파는 무화과나무 가지에 머리칼이 걸려, 목이 부러지지 않고 무사한 채로 대롱대롱 매달렸습니다.

태양이 밤에 양도했던 영토를 되찾기 전인 이른 새벽, 몇몇 요정들이 이 정원을 지나갔습니다. 이런저런 안 좋은 일 때문에 말도 안 하고 웃지도 않던 요정들이 나무에 매달려 있는 검은 그림자의 정체를 알아보고는 모두가 뒤로 넘어갈 듯이 웃어댔고, 드디어 풀린 혀로 자신들이 본 광경에 대해 끝없이 수다를 떨어댔습니다. 그리고 그런 즐거움을 준 노파에게 보상을 해주기 위해 각자 노파에게 마법을 걸었습니다. 첫 번째 요정이 말했습니다. "젊어지기를." 그리고 다른 요정들이 연달아 "아름다워지기를", "부자가 되기를", "고결해지기를", "많이 사랑받기를", "행운이 있기를" 하고 주문을 걸었지요. 요정들이 떠난 뒤 노파가 정신을 차리고 보니 금실로 수놓은 벨벳 의자에 앉아 있었습니다. 같은 무화과나무 아래였고, 나무는 뒷면이 금으로 만들어진 녹색 벨벳 캐노피로 변해 있었습니다. 그녀는 열다섯 소녀의 얼굴을 하고 있었는데, 어찌나 아름다운지 다른 미인들은 전부 새틴 구두 옆의 낡은 슬리퍼처럼 보일 정도였습니다. 벨벳 의자에 앉아 있는 이 귀부인과 비교하면 다른 귀부인들은 전부 비렁뱅이처럼 보였습니다. 이 여인이 입을 열어 남자를 유혹하기만 하면 그녀의 곁에 있는 여인들은 누구라도 승산 없는 게임을 하는 셈이었지요. 게다가 그녀는 보석과 금으로 수놓은 값비싼 옷을 차려입었고, 몸을 치장한 꽃들은 허공을 향기로 가득 채우고 있었습니다. 그녀를 에워싼 시종과 시녀, 하인들에 이르기까지 그녀는 어느 모로 보나 여왕 같았습니다.

한편 왕은 담요로 온몸을 감싼 채 낡은 슬리퍼를 신고서 노파가 어떻게 됐나 궁금해하며 창밖을 내다보았습니다. 그런데 상상도 하지 못한 광경을 보고는, 입을 벌린 채 넋을 잃고 그 미녀를 쳐다보았지요. 일부는 어깨에 흘러내리고 일부는 황금 리본으로 묶인 머리칼은 탄성을 자아냈고, 태양마저 시샘하게 했습니다. 심장을 겨냥한 활 같은 눈썹, 눈부신 호롱 같은 눈, 포도를 짜는 기구처럼 육감적인 입. 그 입에서 미의 여신들이 기쁨을 짜 내고 달콤한 포도주를 얻을 것만 같았지요. 왕은 정신 나간 사람 처럼 여인의 장신구와 옷을 쳐다보다가 혼자 중얼거렸습니다. "이게 꿈인가 생시인가? 내가 제정신인가 미친 건가? 나를 때려 이토록 정신없게 만드는 저 포탄은 과연 어디서 날아왔는가? 여 기서 빠져나가지 못한다면 나는 죽고 말 거야! 저 태양이 어떻 게 떠올랐는가? 이 꽃은 어떻게 피었는가? 저 새는 어디에서 태 어나 갈고리처럼 내 소망을 잡아끄는가? 어떤 배가 저 여인을 이 나라로 실어 왔는가? 어느 구름이 저 여인을 비처럼 내려주었는 가? 나를 비탄의 바다에 휩쓸리게 만든 저 아름다움의 격랑은 무 엇인가?"

왕은 이렇게 말하면서 정원을 향한 계단을 뛰어 내려갔고, 젊 어진 노파가 앉아 있는 곳으로 가 그녀의 발아래 몸을 던지고 말 했습니다. "아, 작은 비둘기여, 아름다운 인형이여, 비너스의 수 레에서 날아든 그대 비둘기여, 사랑의 승리여! 그대의 심장이 사 르노 강물에 가라앉지 않았다면, 그대의 귀가 등나무 씨에 막히 지 않았다면, 그대의 눈이 참새의 똥에 가려지지 않았다면, 그대 는 그대의 아름다움이 내 가슴에 집어 던진 이 고통과 고문을 보 고 들을 것이오. 이 잿빛 안색에도, 이 가슴속에서 끓고 있는 잿 물에도 그대가 짐작하지 못한다면, 이 한숨의 불꽃에도, 이 혈관 을 태우는 용광로에도 그대가 헤아리지 못한다면, 부디 그대가 지니고 있는 최소한의 연민과 판단력으로, 나를 묶어버린 금발 에 대해, 나를 태우는 검은 눈동자에 대해, 화살처럼 나를 찌르는 입술의 붉은 곡선에 대해 알아주오. 그러니 연민의 문을 닫지 마오. 자비의 다리를 막지 마오. 동정의 실개천을 마르게 하지 마오. 내가 그대의 아름다운 자태를 가질 자격이 있다는 것을 믿지 않는다면, 최소한 좋은 말로 거절하되 훗날엔 가망이 있음을 알려주고 희망을 갖게 하는 행동만이라도 보여주오. 만약 그대가 그렇게 하지 않는다면, 나는 아주 멀리 떠날 것이고 그대는 두 번 다시 나를 만나지 못할 것이오." 이렇게 가슴속 깊은 데서 나온 말은 젊어진 노파의 마음을 움직여, 마침내 그녀는 왕을 남편으로 받아들였습니다. 이윽고 그녀가 일어서자 왕은 그녀의 손을 잡고 함께 왕궁으로 갔고, 신하들에게 연회를 준비하고 전국의 귀족들을 모두 초대하라 명했지요.

늙은 신부는 여동생을 부르려 했으나, 전령들은 그녀를 찾는 데 큰 어려움을 겪었습니다. 마침내 찾아낸 여동생은 그러나 구슬프게 저어하면서 오지 않으려 했지요. 그녀는 조심스럽게 숨어 있었으나, 결국 전령들이 그녀를 설득해 데려왔습니다. 여동생은 옆에 앉은 언니를 한참 만에야 알아보았고, 드디어 자매는 크게 기뻐했습니다. 그러나 여동생인 노파는 음식이 아닌 다른 굶주림에 속이 타 아무것도 먹을 수 없었습니다. 언니의 젊음과 아름다움을 보자 부러움에 가슴이 터질 것 같아서 그녀는 간간이 언니의 소매를 잡아끌며 이렇게 말했습니다. "어떻게 된 거야? 언니, 대체 어떻게 된 거냐고?" 그러면 언니가 대답했습니다. "지금은 배불리 먹고 얘기는 나중에 하자." 왕은 노파가 무엇을 원하느냐고 신부에게 물었고, 그녀가 그린 소스를 먹고 싶어 한다고 신부가 대답하자, 곧바로 마늘 소스와 후추 뿌린 겨자를 비롯해 입맛을 돋우는 수많은 소스를 대령하라는 왕명이 떨어졌습니다. 그러나 노파에겐 모든 소스가 쓸개즙처럼 쓰기만 했고, 그녀는 또다시 언니의 소매를 잡아당기며 말했습니다. "대체 어떻게 된 거야? 응? 언니야, 제발 어떻게 된 건지 말해줘. 말하지 않으면 창피를 당하게 해주겠어." 언니가 대답했습니다. "조용히 해. 우리한테는 돈보다 더 많은 시간이 있어. 지금은 먹어. 내가 도와줄 테니까. 나중에 말해준다니까." 호기심이 동한 왕은 노파가 무엇을 원하느냐고 신부에게 물었고, 자신이 지푸라기 속에 빠진 병아리처럼 느껴진 신부는 그 난처한 상황에서 벗어나고 싶어서 그녀가 사탕과자를 먹고 싶어 한다고 대답했습니다. 왕은 고기 파이와 푸딩을 비롯해 하늘에서 쏟아지는 비처럼 엄청난 양의 사탕과자를 대령하라고 명했습니다. 그러나 노파는 편안히 있지 못하고 또다시 같은 말을 반복했고, 신부는 동생의 집요함을 견딜 수 없어서 더는 길게 대꾸하고 싶지 않았습니다. "살가죽을 벗겼어." 시샘하던 동생은 이 말을 듣고 조용히 말했습니다. "알았어. 똑똑히 들었으니 나도 내 운을 시험해봐야겠어. 모두가 자기 밥그릇은 가지고 태어난다잖아. 내가 성공한다면, 좋은 시절을 언니만 즐기게 되지는 않을 거야. 나도 내 몫을 마지막 한 방울까지 챙길 테니까." 노파가 이렇게 말하는 가운데 축하연도 끝이 났습니다. 노파는 볼일이 있는 것처럼 꾸미고 이발소로 향했습니다. 그리고 이발사를 뒷방으로 데려가 이렇게 말했습니다. "여기 50두카트가 있어요. 머리부터 발끝까지 내 살가죽을 벗겨준다면 이 돈을 내리다."

이발사는 노파가 미쳤다고 여기고 이렇게 대답했습니다. "에이, 저리 가요. 이상한 말씀 하시는데, 혼자 다니시면 안 되겠어요."

노파는 단호한 표정으로 말했습니다. "미친 건 당신이야. 굴러 들어온 복도 몰라보니까. 50두카트만이 아니고, 일이 성공하면 당신을 큰 부자로 만들어주리다. 그러니 꾸물대지 말고 어서 연장들을 챙겨 와요. 이게 다 당신의 행운이 될 테니." 이발사는 반박도 하고 싸우기도 하면서 한동안 싫다고 버텼으나, 결국에는 될 대로 되라는 식으로, 또는 '손님은 왕이다'는 말에 따라 행동했습니다. 그래서 노파를 의자에 앉히고 그녀의 살가죽을 벗기기 시작했지요. 피가 비 오듯 흘러내렸으나, 노파는 그저 면도를 하는 것처럼 추호의 흔들림도 없었고 이따금 이렇게 말했습니다. "아, 예뻐지고 싶은 여자는 고통을 감수해야지." 이발사는 계속해서 노파를 파멸로 몰아갔고, 노파는 같은 말을 되풀이하며 참았습니다. 그러다가 이발사가 배꼽까지 살가죽을 벗겼을 때, 노파는 기력을 잃고 죽음의 신호처럼 방귀를 뀜으로써 몸소 산나차로*의 다음과 같은 시구를 증명했습니다.

"질투는 질투하는 사람 자체를 파괴한다."

이야기는 끝이 났고, 성가신 학생에게 자리를 비우라고 할 때

• 야코포 산나차로Jacopo Sannazzaro(1458~1530), 이탈리아의 시인.

처럼 이제 해에게는 일몰까지 한 시간의 시한이 주어져 있었다. 왕자는 의상 담당관인 파비엘로와 집사인 야코부초를 불러 그날의 이야기들에 후식을 제공하라고 지시했다. 두 사람은 경찰처럼 신속하게 나타났다. 파비엘로는 검은색의 두꺼운 모직 바지에다 커다란 황동 단추와 허리 뒤쪽으로 벨트가 달린 종 모양의 재킷을 입고 납작한 모자를 귀까지 푹 눌러쓰고 있었다. 반면에 베레모를 쓴 야코부초는 가슴받이가 달린 재킷에다 경망스러워 보이는 흰색 바지를 입고 있었다. 그들은 도금양 뒤에 서 있다가 마치 무대에 올라오듯 앞으로 나와서 다음과 같은 이야기를 들려주었다.

도가니

파비엘로와 야코부초

파비엘로 어딜 그렇게 바삐 가는가? 어이, 야코부초, 어디 가느냐니까?

야코부초 이 짐을 집에 가져가는 중이야.

파비엘로 좋은 건가?

야코부초 당연하지. 최고야.

파비엘로 그게 뭔데?

야코부초 도가니.

파비엘로 그건 어디에다 쓰게?

야코부초 잘 알면서.

파비엘로 어이, 조심해. 가까이 오지 마.

야코부초 왜 그래?

파비엘로 사탄이 네 눈을 멀게 했는지도 모르잖아! 무슨 말인지 알지?

야코부초 알아. 하지만 틀려도 한참 틀렸어.

파비엘로 뭐가 틀렸다는 거야?

야코부초 모르면 조용히 입 다물고 계셔.

파비엘로 자네가 은장이가 아닌 건 알지. 증류주 제조업자도 아니고. 속 시원히 말해봐!

야코부초 파비엘로, 저쪽으로 가세. 자네를 깜짝 놀래주고 싶으니까.

파비엘로 나야 자네가 가자면 어디든 가지.

야코부초 저 차양 밑으로 가세. 옷 속에서 튀어나올 정도로 놀라게 만들어줄 테니!

파비엘로 이봐, 뜸 들이지 말고 빨리. 이러다 숨넘어가겠어.

야코부초 진정해, 이 친구야. 뭐가 그리 급해! 자네 어머니가 자네를 그리 급하게 만드셨나? 이 기계를 잘 살펴보라고.

파비엘로 은을 정제하는 데 쓰는 도가니잖아.

야코부초 맞아. 정확해!

파비엘로 덮어. 사람들이 우리가 이걸로 동전이라도 만들어내는 줄 안다면, 우리는 감옥행이야!

야코부초 그러다 바지에 똥 지리겠네그려! 하지만 걱정 마. 이건 온갖 수작을 동원해서 가짜 동전 몇 개 찍어내고 교수대로 가는 데 쓰는 그런 물건이 아니니까.

파비엘로 그러면 어디에 쓰는 물건인고?

야코부초 이 세상의 물건들을 정제하고 마늘과 무화과를 구별하는 데 쓰는 물건이지.

파비엘로 괴깔을 없애야 할 리넨이 많아서 그런가, 사족이 참 기네그려! 금방 늙는다고. 금방 흰머리가 난다니까!

야코부초 이봐, 이런 물건 사겠다고 눈 하나, 이 하나 내줄 사람은 없어. 이건 한 번만 시도해도 사람이 지니고 있는 결점과 능력, 행운까지 전부 까발리거든. 이것 속에 넣으면 머리가 비어 있는지, 사리 판단력은 있는지, 잡종인지 순종인지 다 알 수 있다니까.

파비엘로 그게 무슨 소리야?

야코부초 내 말 똑바로 들어. 진정하고. 설명을 잘 해볼 테니까. 겉모습이 가치 있어 보이는 것은 모두 착시고, 사람들을 현혹하지. 겉만 대충 닦아보고 긁어봐선 안 돼. 구멍도 내서 속까지 철저히 살펴봐야지. 깊이 따져보지 않는 사람은 딱 좋은 호구지. 이 도가니로 시험해보면 그것이 진짜인지 가짜인지, 알싸한 양파인지 달콤한 고기 파이인지 알 수 있어.

파비엘로 맹세코 신기한 물건일세!

야코부초 일단 얘기부터 들어보고, 놀라는 건 그다음에 하라고. 자, 기적을 듣게 될 테니 깊이 심호흡을 하게. 일단 예를 하나 들지. 하인들의 시중을 받으며 마차를 타고 가는 영주나 백작이나 기사를 보면 자네는 질투와 분노로 폭발할 거야. 여기서 굽실, 저기서 굽실, 모자를 벗어 들고 "저는 나리의 노예입니다"라고 말하기도 하지. 이 모든 게 비단옷과 금은보석을 얻기 위한 행동들이야. 힘 있는 분이 음식을 먹는 동안 사람들은 부채질을 해주지. 심지어 이런 분들은 요강까지 은으로 만들어진 걸 쓴다고! 하지만 이런 허세와 겉모습에 속지 마. 한숨 쉬면서 부러워하지 말란 말일세. 그걸 다 이 도가니에 넣으면, 그 벨벳 안장 아래 곪은 상처가 얼마나 많은지 보게 될 테니까. 꽃과 풀 속에 얼마나 많은 뱀들이 숨어 있는지 알게 될 거라고. 비단에다 금술을 달고 자수를 놓은 변기 뚜껑을 열어보면, 거기서 향기가 나는지 악취가 나는지 알 수 있지. 이런 분들은 대야도 금으로 된 걸 사용하지. 그런데 그 안을 들여다보면 피를 토해놓았을 거야. 맛있는 음식을 골라 먹지만 그 음식에 목이 메지. 자세히 보고 더욱더 신중하게 관찰해보게. 자네가 행운의 선물이라고 생각하는 것은 다름 아닌 천벌이야. 높은 분이 먹이를 준 까마귀가 그분의 눈알을 빼지. 높은 분이 키운 개가 그분을 보고 짖지. 그는 자기를 둘러싸고 있는 적들에게 봉급을 주는데, 그 적들이 바로 그를 산 채로 빨아먹고 그에게 속임수를 쓰지. 이쪽에서는 꾸민 표정과 허풍으로 그를 등쳐먹고, 저쪽에서는 풀무질을 하듯이 그에게 헛된 바람을 집어넣고. 어떤 이는 인자한 척하면서 온갖 더러운 짓을 일삼고, 또 어떤 이는 양의 옷을 입은 늑대처럼 무서운 악의를 품고서 그가 악행과 부정을 저지르도록 획책하지. 어떤 이는 음모를 꾸미지. 어떤 이는 그의 행동을 감시하고, 그에게 슬픔과 고뇌를 가져다주지. 그를 배신함으로써 그가 다시는 평온히 잠들지 못하게 하고, 즐거이 먹지 못하게 하고, 진심으로 웃지 못하게 하지. 그는 식사를 하는 동안엔 시끄러운 잡음에 얼이 빠지고, 잠을 잘 때는 악몽에 시달리지. 그 자신의 오만불손함이 티티오스*의 새처럼 그를 고문하고, 그의 허영은 정작 굶주림에 죽어가는 동안에도 그를 둘러싸고 있는 물과 과일 같은 것이지. 이성이 없는 이성은 익시온**을 묶은 불의 수레바퀴니 그에게 평온을 줄 리 만무하지. 터무니없는 계획들은 오로지 굴러떨어지기 위해 산 정상으로 올리는 시시포스의 돌이지. 그는 상아로 상감하고 금을 장식한 황금 의자에 앉고 발은 문직과 호박단으로 만든 쿠션에 올려놓으며, 바닥엔 터키 카펫이 깔려 있어. 그러나 머리 위에는 날카로운 칼이 머리카락 한 올에 매달려 있으니, 언제나 설사에 걸리고 기생충과 열을 달고 살면서 두려움에 빠져 있지. 결국 장엄함과 웅장함은 헛된 그림자고 쓰레기니, 악당도 왕도 똑같이 작은 땅 좁은 도랑에 묻히지.

파비엘로 지당하신 말씀! 맹세컨대 자네가 말한 것보다 더 나빠. 더 고귀하고 더 높은 분일수록 그분이 느끼는 불행도 더 커지니까. 테라피에나 마을에서 와서 호두를 팔고 다니는 남자가 이렇게 입바른 말을 하더군. "반짝인다고 해서 전부 금은 아니다."

야코부초 또 들어봐. 깜짝 놀랄 거야. 전쟁을 찬양하면서 전쟁이 무엇보다 중요하다고 말하는 사람은 깃발이 오르고 북소리가 들려오면 냉큼 달려가서 입대 지원서를 내지. 그러고는 벤치에

---

* 그리스·로마 신화에 나오는 거인. 제우스의 벌을 받아 독수리에게 영원히 내장을 뜯기는 고문에 처해졌다.
** 그리스·로마 신화에 나오는 인물. 제우스의 아내 헤라를 유혹하려다가 제우스로부터 영원히 굴러다니는 불의 수레바퀴에 묶이는 형벌을 받았다.

놓인 메달 몇 개를 보고는 이미 전쟁터에 나온 것처럼 굴지. 신권으로 돈을 받고는 유대인 옷 가게에서 새 옷을 사고 검을 차니 그 모습이 마치 짐 나르는 노새에 깃털 장식을 하고 안장 방석을 깔아놓은 꼴이야. 한 친구가 그에게 "어디 가?"라고 물으면 그는 거드름을 피우면서 "전쟁터, 전쟁터!"라고 대답하지. 선술집을 돌면서 미리 승리를 외치고, 숙소를 돌면서 보는 사람마다 작별인사를 건네지. 그리고 어찌나 시끄럽게 소란을 떨어대는지 사라센 왕 그라다소도 그를 퇴각시킬 수 없어. 그 한심한 친구를 이 도가니에 넣고 녹여봐! 행복과 허세, 그 모든 게 고난과 고통으로 바뀔 테니까. 추위에 동상을 입고 열에 화상을 입으며, 굶주림에 속이 갉히고 피로에 피똥을 싸고 위험이 언제나 곁에 있지만 그에 대한 보상은 늘 멀리 있지. 고통은 오래가고 행복은 짧으며, 삶은 불확실하고 죽음은 확실하지. 결국엔 고통에 기진맥진해져서 탈영하다가 교수형에 처해지거나 대포알을 맞거나 전쟁 중에 죽거나, 아니면 불구가 되어 나중에 남는 것이라고는 목발이나 옴 치료 연고밖에 없고, 그보다 조금 나은 상황이라고 해봐야 병원에 입원해 보조금을 받는 것밖에 없게 되지.

파비엘로 자네가 썩은 것을 적나라하게 밝혀내니 내가 더 말할 것도 없네. 불쌍한 군인들은 말년을 거지로 살거나 부상자로 사니까.

야코부초 이번엔 자신감이 철철 넘치는 사람에 대해 말해볼까? 공작처럼 으스대면서 걷고, 아킬레우스나 알렉산드로스의 후손이라고 자랑을 해대는 사람 말이야. 하루 종일 족보 얘기를 하고, 밤나무 줄기에서 신성한 떡갈나무 가지가 나왔다고 떠들어대지. 하루 종일 날조된 조상 얘기와 자서전을 쓰면서, 기름을 파는 사람이 그 지역에선 고귀한 신분이라고 주장하지. 양피지에 특권을 써놓고 불에 살짝 그을려 오래된 것처럼 보이게 하고는 그 허세의 그을음을 먹고 살지. 비석을 사고 거기에다 기나긴 운문으로 비문을 새기지. 그리고 작가들에게 글을 써달라고 하지. 이를테면 프란체스코 자체라에게 돈을 주고 짧은 보충 글을 한 편 써달라고 하거나, 필리베르토 캄파닐레에게 교회에 종을 기증했다는 글을 써달라고 하거나, 프란체스코 디피 에트리에게 두세 채의 무너진 집에 토대를 놓아주었다는 글을 부탁하지. 그러나 이 도가니에 넣고 시험해보면, 장광설로 그렇게 자랑하고 최고를 자부하며 화려한 옷을 입은 그의 손에는 아직도 호미질을 하느라 생긴 굳은살이 남아 있지.

파비엘로 자네가 아픈 데를 꼭 집어서 건드리니 할 말이 없군. 정곡을 찔렀어! 아무튼 나는 어느 현자가 한 말을 마음에 새겨두고 있는데, "이 세상에서 신분 상승한 농부처럼 나쁜 것은 없다"라는 말일세.

야코부초 보게, 허세와 꾸밈으로 가득 찬 사람을. 말의 목에 치즈 화환을 걸고 잔뜩 힘을 주면서 가잖아. 풍선을 불고 허튼소리를 해대고, 자기 자랑에 혈안이 되어서 연신 입술에 침을 바르고 발로 장단을 맞추지. 그가 대체 누구인지 알아맞혀 봐. 이렇게 자화자찬에 빠져 있는 사람 말일세. "여봐라, 황갈색 말 아니면 얼룩말을 대령해라! 열두 명의 시종을 호출해라. 혹시 내 조카인 백

작이 한번 달려보고 싶어 하는지 가서 알아봐라. 행정관이 내게
마차를 보내준다고? 오늘 저녁 전까지 금 자수를 놓은 바지가 필
요하다고 일급 재봉사한테 말해라. 그리고 나 때문에 괴로워하
고 있다는 그 부인에게 가서 어쩌면, 더도 말고 덜도 말고 그냥
어쩌면, '내가 그녀를 사랑하게 될지도!'라고 전해라. 하지만 그
를 이 도가니에 넣자마자, 그에게는 동전 한 푼 없을 거야. 다 허
풍이고, 허풍을 떨면 떨수록 그는 더 공허해지지. 언제나 큰돈을
말하지만 실상은 땡전 한 푼 없는 거라. 잘난 체하지만 입에 풀칠
하기도 힘들어. 깃은 빳빳하게 주름을 잡아야 하지만, 지갑은 돈
을 넣고 뺄 일이 없으니 가만둬도 빳빳한 게 주름 하나 없지. 수
염인 줄 알았더니 짧은 살쩍이요, 기둥인 줄 알았더니 이쑤시개
요, 파이인 줄 알았더니 삶은 밤이요, 포탄인 줄 알았더니 화살이
로구나.

파비엘로 말 한번 잘한다! 분석도, 조사도 일품일세! 허풍선이
는 공기주머니와 같다는 옛말도 있잖은가.

야코부초 궁전에서 일하는 사람은 추한 마녀에게 홀려서 허파
에 바람만 잔뜩 들지. 희망으로 부푼 허세 속에서 고기 구운 연기
로 배를 채워가며 비누 거품을 기다리지만 거품은 사라지고 잿
물만 남아. 웅장한 광경에 입을 헤 벌린 채 딱딱해진 빵 한 조각
과 수프와 누더기 옷을 얻기 위해 하인 숙소에서 자유를 팔지만
그 대가가 너무 커! 가짜 금을 얻겠다고 모든 것을 건다면, 사기
와 배신의 미로에 갇히게 되지. 자기도 모르게 기만과 가짜의 심
연에 들어가 있게 되는 거야. 말벌의 침처럼 독한 말이 가득한 세

계 말이야. 일 분 동안 높이 올라갔다가 다음 순간엔 곤두박질치지. 일 분 동안은 주군의 호의를 얻지만 다음 순간엔 주군을 싫증나게 만들지. 가난했다가 부자가 되고, 뚱뚱했다가 호리호리해지지. 개처럼 땀을 흘려가며 열심히 일하고 희생하지. 걷는 대신에 종종걸음 치고 필요하다면 귀에 물을 담아서 나르기까지 해. 하지만 시간과 노동과 생식까지 낭비한 셈이야. 모든 것은 헛되이 끝나버리고, 바다에 내동댕이쳐지니까. 원하는 만큼 많은 일을 할 수 있지만 그런다고 얻는 건 없어. 자신의 희망, 장점, 헌신을 기반으로 계획하고 설계할 수 있으나, 잘못된 방향으로 부는 작은 바람에도 모든 노력이 수포로 돌아가지. 결국 눈앞에서 발견하는 것은 광대와 염탐꾼과 가니메데스*이거나, 난폭하고 질긴 동물이거나 집에 두 개의 출입구를 만든—아내에 빌붙어 사느라 아내의 정부가 드나드는 문을 하나 더 만든—사람이거나 얼굴이 두 개인 사람이지.

파비엘로 이봐 형제, 자네는 나를 새로 태어나게 만들었어! 내가 오랜 시간 학교에서 배운 것보다 이 짧은 시간에 이 자리에서 배운 것이 더 많아. 의사 협회가 언젠가 이런 발표를 한 적이 있지. "궁전에서 일하는 사람은 건초 더미 위에서 죽습니다."

야코부초 자네가 이미 조신들의 실상을 말했군그래. 이번에는 조신보다 더 낮은 계급을 예로 들어보세. 하인들 말이야. 잘생기

---

* 그리스·로마 신화에 나오는 인물. 트로이의 왕자로, 수려한 외모 때문에 납치되어 올림포스에서 신들의 술 시중을 들었다.

고 공손하고 깨끗한데다 무엇보다 가정교육을 잘 받은 하인 말일세. 그는 수없이 굽실거리면서 집 안 청소, 물 긷기, 요리, 옷 정리, 노새 빗질, 설거지를 도맡아 하지. 또 마을 광장에 심부름이라도 보내면 땅바닥에 뱉은 침이 마르기도 전에 돌아오곤 하지. 양손으로 옆구리를 짚고 서 있거나 게으름을 피우거나 하는 법 없이, 유리병들을 닦고 요강까지 비우지. 그래도 증거가 필요해서 그의 충성심을 이 도가니에 넣어 시험해보고 싶다면, 사흘도 지나지 않아서 그가 사기꾼이고 일생 동안 게을렀고 최고의 뚱쟁이에다 농간꾼, 대식가, 도박꾼임이 밝혀질 거야. 그는 돈을 쓰면 지출 내역을 속이고, 노새에게 마초를 준다면 포도나무에서 포도 씨까지 가리지 않고 아무거나 다 주지. 하녀를 더럽히고, 주인의 호주머니를 털지. 그러다가 마지막 한 방을 계획하고 쓰레받기까지 전부 챙겨서 도망가 버리는 거야! 주인이 무슨 일인지 깨달았을 때는 돼지를 묶어둘 기둥까지 다 없어진 뒤야.

파비엘로 참 피부에 와 닿는 얘길세! 교활한 하인을 만나는 건 얼마나 불운하고 불행한 일인가!

야코부초 이번에는 용감한 사람을 예로 들어보세. 그는 용감한 스파르타인 중에서도 최고에다 깡패 두목이지. 폭력배의 우두머리이고 최고의 선동가며 악인들의 대부. 사람들에게 겁을 주면서 자부심을 느껴. 그가 눈알만 부라려도 사람들은 겁을 먹지. 그는 창병처럼, 어깨에 망토를 두르고 모자를 눈까지 푹 눌러 쓰고 옷깃을 세우고 콧수염을 기르고 무섭게 눈을 치켜뜨고 손을 엉덩이에 대고 걸어가. 자랑을 많이 하고 발을 구르고 티끌 하나에도 짜증을 내고 파리와도 기꺼이 싸움을 시작하지. 언제나 깡패들과 함께 다니고, 그가 하는 말이라고는 "없애버려!"가 전부지. 그러면 그의 부하들이 찌르고 자르고 베고 후비지. 뼈를 부러뜨리고 심장, 간, 내장, 콩팥을 꺼내며 으깨고 토막 내. 그가 이런 식으로 허풍을 떠는 걸 듣고 있노라면, 우리 목숨은 다 그의 손에 달린 셈이지. 그의 어떤 부하는 명단을 적고 또 다른 부하는 그 명단에 있는 사람들을 제거하지. 또는 사람들을 볼모로 친인척까지 동원해 마지막 한 푼까지 탈탈 쥐어짜지. 누구는 땅에 묻고 누구는 소금에 절인 고기처럼 만들고 누구는 토막을 내고 누구는 구덩이를 파서 두개골을 쪼개고 다리를 잘라내 묻어버린다네. 하지만 그자의 칼이 아무리 강하고 용맹해 보여도 실상은 피 한 방울 묻혀본 적이 없고 명예 따위는 얻어본 적도 없어. 이 도가니에 넣어보면 보잘것없는 실상이 밝혀지는 거야. 입만 열면 허세 부리는 말인데, 그러한 허세는 심장의 떨림을 숨기고 있지. 눈에는 살기가 있지만 발은 뒷걸음질 치고 있어. 천둥처럼 큰소리를 뻥뻥 치지만 그건 공포에 질린 시시한 허풍일 뿐. 꿈에선 폭력을 행사하고 깨어나면 폭력을 당하지. 정숙한 여인이 벌거벗은 모습을 보이는 걸 수치스러워하는 것처럼 칼날을 보이는 것이 무슨 수치라도 되는 듯이, 칼집에서 칼을 빼는 대신에 욕을 하고 발만 굴러. 겉으로는 험상궂어 보이지만 실상은 공포로 인한 위장 장애에 시달리고 있지. 사자를 잡아먹을 태세지만 정작 잡는 건 토끼. 뭔가 도전을 해도 얻는 건 하나도 없어. 남을 협박해봐야 얻는 건 짜증. 허풍이라는 주사위 도박을 해본들, 언제나 강적들이 즐비하지. 말로는 용감, 실제로는 용졸. 칼집에 손을 대지만 칼을 빼 들지는 않아. 싸움을 찾아다니지만 정작 싸움에서는 뒤로 물러서지. 용기를 보여주기보다는 등을 보이고 꽁무니를 보이기 십상이야. 악한 것이 아니라 약한 거야. 그에게 시비를 거는 사람, 겁을 주는 사람, 앙갚음하려는 사람, 그의 옆구리를 때리려는 사람, 귀를 휘갈기려는 사람, 이를 부러뜨리려는 사람이 늘 있지. 그를 구덩이에 밀어 넣으려는 사람, 그의 목을 조르려는 사람, 그의 입에 피거품을 물게 하려는 사람, 그의 눈알을 뽑으려는 사람, 그를 흠씬 두들겨 패려는 사람도 있어. 돌주먹, 비밀폭력단, 박치기, 폭력배, 발길질 등등 그의 급소를 공격해 꼼짝 못 하게 만들 수 있는 건 수두룩해. 그는 남자답게 말하고 사슴처럼 달려. 침을 뱉어보지만 얻어맞고 멍이 들지. 그가 숫염소처럼 들이받고 팔을 흔드는 걸 보니 무력을 행사하나 보다 생각했다면 오산! 그는 그냥 손을 흔들어 작별인사를 하고는 슬그머니 사라지는 거니까. 그는 말도 없는데 안장 자루를 꽉 움켜쥐고 도망가면서 이렇게 말하지. "내 다리야, 제발 살려다오. 지금 내가 널 올라탔잖아!" 그는 발꿈치가 어깨에 닿을 정도로 달리는데, 마치 토끼가 달리는 것 같지. 날이 넓은 칼은 두 다리를 지탱하는 데 사용하지. 덩치 큰 게으름뱅이처럼 뒤뚱거리다가 냉큼 꽁무니를 빼는 거야. 그러다가 붙잡혀서 감옥엘 간다니까!

파비엘로 그게 바로 객기 부리는 인간들의 실상이지. 야, 자네가 말한 그대로야! 혀로는 뭐든 부수고 벨 수 있다고 떠벌리지만 메추라기보다도 겁이 많고 쓸모없는 녀석들.

야코부초 일 분이면 아첨꾼이 자네를 칭송하고 달 꼭대기에 올려놓지. 그는 자네가 어디를 가든 따라다니면서 낚싯줄과 미끼를 던지고 듣기 좋은 말을 골라서 할 거야. 한마디도 자네와 다른 의견을 말하는 법이 없어. 자네가 오그르 같은 괴물이라 해도, 아첨꾼은 자네를 나르키소스라고 부를 거야. 또 얼굴에 흉터가 있어도 그것은 모반이고 너무도 멋지다고 말할 거야. 자네가 게으름뱅이여도 그는 자네를 헤르쿨레스 아니면 삼손이라고 부를 거야. 자네가 천한 가문 출신이어도 그는 백작의 혈통이라며 자네를 치켜세울걸. 한마디로, 자네를 쓰다듬고 어루만져주는 거야. 하지만 게걸스러운 수다쟁이들의 말을 너무 믿지 마. 그런 자들한테 희망을 걸지도 마. 일 초라도 그들을 믿지 마. 그런 자들이 1센트의 가치라도 있을 거란 생각일랑 말고, 그들이 자네를 마음대로 하게 내버려두지도 말란 말이야. 그냥 이 도가니에 넣어서 시험해보라고. 그러면 그들의 얼굴이 두 개라는 걸 알게 될 거야. 앞에 하나, 뒤에 하나. 얼굴 하나는 밖을 향해 말을 하고 다른 하나는 꿍꿍이를 숨기고 있지. 언제나 얼굴을 꾸미고 있어. 자네를 속이고 훔치고 농간을 부리지. 자네의 눈을 멀게 만든다고. 그들이 기분 좋은 말을 하고 있으면 조심해. 그들이 몰래 만든 폭풍이 곧 자네한테 닥칠 테니까. 그들은 달콤한 미소를 짓고 자네를 물어뜯지. 입에 발린 소리로 자네를 더럽히지. 자네의 머리엔 잔뜩 바람을 집어넣어 부풀게 만들고 자네의 돈지갑에선 바람을 빼 납작하게 만들어. 그들의 목적은 자네의 것을 훔치고 빨아먹는 거야. 칭찬과 자장가와 허황된 이야기라는 사냥개를 데리고 자네의 가슴속에 있는 돈을 사냥하는 거지. 자네한테 허풍을 팔아 챙긴 은화를 가지고 창녀나 선술집을 찾아갈 수 있으니까.

파비엘로 그런 종자들의 씨가 말라버리기를! 가면 쓴 놈들. 겉은 나르키소스이고 속은 악마!

야코부초 이번에는 오고 가는 남자 열이면 열 다 마다하지 않는 여자에 대해 말해보자고. 외모는 작은 인형, 사랑스럽고 화사하지. 비둘기, 부활절 계란, 거울, 보석, 모르가나 요정, 보름달 등등, 그녀를 보면 떠오르는 것들이지. 그림처럼 예뻐서 그녀를 물잔에 넣고 물감을 풀어 마실 수도 있을 것 같지. 사람들의 마음을 훔쳐가 버리는, 군주에게나 어울리는 여자. 그녀는 치렁치렁한 머리털로 자네를 묶어버리고, 눈빛으로 자네의 숨을 멎게 만들고, 목소리로 자네를 녹여버릴 걸세. 그런데 그런 그녀를 이 도가니에 던져 넣어버리면, 와, 어마어마한 불길 보소! 올가미와 함정, 혼란과 뒤엉킴이 수도 없네그려. 그녀는 천 개의 올무를 준비하고, 천 개의 그물을 던지며, 천 개의 책략을 구상하고, 천 개의 함정과 음모, 미끼와 모략, 갱도와 대항 갱도, 엉킴과 풀림을 생각해두고 있지. 갈고리처럼 잡아당기고, 이발사처럼 피를 흘리게 만들고, 집시처럼 속이지. 자네가 천 번을 생각해도 그녀는 버블리 와인 같겠지만, 실상은 오염된 고기일세. 그녀는 말을 하는 동안에 간계를 꾸미고 걷는 동안에 그것을 완성하지. 웃는 동안에 모략을 생각해내고 자네를 어루만지는 동안에 그것을 추잡한 계획으로 구체화하지. 설령 그녀가 자네를 병원으로 보내지 않는다 해도, 어차피 자네는 그녀에게 새 아니면 동물 취급을 받을 걸세. 왜냐하면 그녀의 저주스러운 단도가 자네의 털을 다 뽑아버리거나 살가죽을 벗겨버릴 테니까.*

파비엘로 자네가 말한 것을 종이에 적어서 책으로 내면 권당 여섯 냥은 받겠는걸. 남자들이 왜 평판 나쁜 여자들을 조심해야 하고 그들에게 쉽게 빠져들지 말아야 하는지 좋은 본보기가 될 테니까. 그런 여자들은 가짜 돈이고, 육체와 영혼이 모두 타락했거든.

야코부초 자네가 우연히 요정 같은 누군가가 창가에 서 있는 모습을 발견했다고 치세. 금발은 카치오카발로 치즈 같고 이마는 거울 같고 두 눈은 말을 거는 것 같은, 그런 여자 말일세. 두 개의 슬라이스 햄 같고 두 개의 체리 같은 붉은 입술, 깃발처럼 하늘하늘 눈에 띄는 늘씬하고 굉장히 매력적인 여자. 그녀를 보자마자 자네는 숨이 넘어갈 것 같을 테고, 열망과 절망으로 괴로워하겠지. 멍청하고 한심하기는! 그녀를 이 도가니에 넣고 시험해 봐야지! 그 화려한 아름다움은 변소에 색칠한 것이고, 싸구려 회반죽을 바른 벽이고, 매춘부들이 종종 흉내 내고 치장하는 페라라 요정의 가면이란 게 곧 밝혀질 걸세. 꾸밈없이 드러내는 것이 바로 참모습이니까. 그녀의 금발은 가짜이고, 속눈썹은 난로의 검댕이 묻은 것이고, 얼굴의 홍조는 연단鉛丹과 석회수와 유약을 섞어서 잔뜩 처바른 결과. 멋을 부리고 화장을 하고 장신구를 달

• 털이 빠지거나 살가죽이 벗겨지는 것은 매독의 증상에 속한다.

고 이것저것 덕지덕지 발라대지. 옷가지, 그리고 화장품이 담긴 작은 단지들과 향수병과 분갑 같은 갖가지 용기와 기구들을 보고 있노라면 환자의 상처에 약을 바르고 붕대라도 감으려는 것 같아. 얼마나 많은 결함들이 치마와 페티코트와 보석과 값비싼 옷으로 가려졌을까! 그뿐 아니라 신발에 들어가 있는 깔창과 패드를 빼버리면 그녀는 거인에서 난쟁이로 변해버리지.

파비엘로 자네가 구체적으로 말하니 더 명확해지네그려. 나는 미라로 변해버릴 판이야! 너무 놀라서 정신이 없단 말일세. 친구야, 자네가 내뱉은 말 하나하나가 은화 수십 냥의 가치가 있어. 이런 옛말과도 딱 들어맞잖아. "여자는 밤알과 같다. 겉은 보기 좋으나 속은 썩어 있기 때문이다."

야코부초 이번에는 사고팔고, 선박을 계약하고, 고객을 찾아서 거래를 하고, 간계를 꾸미고 사기를 치고, 세금 징수원에게 뇌물을 먹이고, 물건 한 상자를 사들이고 되팔아서 수십 상자의 돈을 갈고리로 긁어모으는 상인에 대해 말해보세. 상인은 배를 만들고 집을 짓지. 하수구까지 가득 채우고 집을 신부처럼 단장해 백작에 버금가는 화려함을 갖추고 실크와 장식을 마음껏 사용하지. 게다가 하인과 자유민 여성까지 부리니, 모두가 그를 부러워하지. 그러나 그를 도가니에 넣어보니 어찌나 딱한지! 그의 부는 허공에 있고, 행운은 연기 속에 있으니 말일세. 변덕스러운 행운은 바람과 파도에 휩쓸리기 십상. 겉모습은 아름답지만 그건 착시. 상인이 마구처럼 반짝이는 금화에 둘러싸여 있을 때, 작은 실수로 모든 걸 잃기 쉽지.

파비엘로 나는 그런 사람을 수도 없이 알고 있어. 그들은 집을 완전히 말아먹지. 그들의 부는 덧없이 사라져서, 조금 전까지 보이던 것이 다시 보면 보이지 않곤 하지. 그리고 그들이 이 세상에서 하는 일은 삼 대 혹은 사 대까지를 염두에 두지 않은 채 그저 먹을 것을 풍요롭게 남겨놓는 것일 뿐, 유언장은 공허하게 비어 있어.

야코부초 이번에는 연인들일세. 사랑을 위해 시간과 돈을 아낌없이 쓰면서 자기는 행복하다고 믿는 부류들. 사랑의 불꽃과 사슬이 그에겐 달콤하지. 그에게는 아름다움이 중요하기에 그의 가슴을 꿰뚫은 화살마저 달콤한 거야. 그는 사랑하는 이와 헤어진다면 죽어버리겠다고, 도저히 살 수 없을 것 같다고 고백하지. 괴로운 기쁨, 통렬하고 고통스러운 즐거움, 상심과 상실의 쾌락을 사랑이라 부르지. 그는 자신에게 이로움을 주는 음식을 먹지 않고, 무엇보다 중요한 잠도 자지 않아. 잠을 자는 둥 마는 둥, 식욕 없이 음식을 먹는 둥 마는 둥. 돈을 버는 것도 아닌데 사랑하는 연인의 집 밖을 순찰하고, 건축가도 아닌데 허공에 성을 설계하고 건축하며, 사형집행인도 아닌데 끝없이 자신의 생명을 고문하지. 상황이 이런데도 그는 너무도 즐거워하고 점점 살이 쪄. 창이 그를 찌르고 헤집을수록 그의 몸엔 지방이 쌓여. 불이 그를 굽고 삶을수록 그는 파티를 즐기고 신나게 놀지. 그러면서 자신에게 최고의 행운은 사랑의 밧줄에 묶인 것이라고 여기지. 하지만 그를 이 도가니에 넣어보면, 그 기저에는 광기와 소모, 공포와 희망 사이의 끝없는 불확실성, 의심과 낌새 사이의 긴장감이 놓여 있어. 한마디로 일 분마다 울었다가 웃었다가를 반복하는 바실레 씨의 고양이 같은 상태라고. 걸을 때는 길을 잃은 것처럼 흔들흔들 비틀비틀, 말을 할 때는 우물우물 더듬더듬. 시도 때도 없이 방목장에 정신 줄을 풀어놓지. 매 순간 그의 가슴은 누더기처럼 너덜거리고, 얼굴은 방금 세탁한 옷처럼 허옇고, 가슴은 뜨겁고, 영혼은 얼어붙어 있지. 설령 그가 나중에는 그 얼음을 녹이고 사랑하는 연인의 돌을 조금씩 갉아본다 해도, 그녀는 가장 멀리 있을 때 그에게 가장 가깝고 그는 달콤함을 맛보자마자 후회하게 되지.

파비엘로 그런 골칫거리를 만나다니 딱해서 어쩌나! 자기가 놓은 올가미에 발이 걸렸으니 한심한지고. 그처럼 맹목적인 사랑에 빠진 사람은 한 움큼의 즐거움과 한 아름의 고통을 맛보지.

야코부초 그리고 가난한 시인은 많은 시구와 약간의 소네트를 창작하지. 그러고는 종이와 잉크를 엎어버려. 두뇌를 고갈시키고 팔꿈치를 혹사하며 시간을 낭비하는데 그 이유는 딱 하나, 이 세상 사람들이 그를 예언자로 여기기 때문이야. 그는 빙의되어 혼돈 상태에 빠진 사람처럼 돌아다니면서 상상으로 빚어놓은 속임수를 떠올리지. 그는 길거리에서 혼잣말을 하면서 수많은 시구들을 읊어대. "맹렬한 눈동자, 꽃과 잎 위에 놓인 시어, 장례식에서처럼 통곡하는 파도, 교활한 희망의 살아 있는 석류석." "오, 너무도 터무니없는 억측이여!" 그러나 이 시인을 도가니에 넣어 시험해보면 모든 것이 연기 속으로 사라져. "아, 이 얼마나 아름다운 시더냐!" "눈부신 연가여!" 그래 봐야 그냥 숨결과 함께 사라져버리지. 그의 시가 사람들의 입에 오르내리는 동안, 더 많은 시를 창작할수록 그는 더 가난해지지. 그는 자신을 경멸하는 사람들에게 찬사를 보내고, 자신을 괴롭히는 사람들을 치켜세우며, 자신을 잊어버린 사람들을 영원히 기억하고, 자신에게 빵부스러기 하나 주지 않는 사람들을 위해 일하지. 그가 영광을 노래하고 비운을 슬퍼하면서 탕진하는 건 자신의 인생.

파비엘로 시인들을 떠받들던 좋은 시절은 지나갔어! 이 암흑의 시대에서 예술의 후원자였던 마에케나스 같은 분들은 사라지고 없어. 나폴리에서도 다른 어디에서도 월계관은 녹색 채소보다 못한 대접을 받는다니 참 서글프구면.

야코부초 점술가도 사방에서 엄청나게 많은 질문을 받지. 자식을 갖게 될지 묻는 사람, 지금이 좋은 때냐고 묻는 사람, 송사에서 이길지 묻는 사람, 액운이 올지 묻는 사람 등등. 또 사랑하는 여자가 자기를 생각하고 있는지 묻는 남자도 있고, 천둥이 칠지 일식이 생길지 묻는 사람도 있어. 점술가는 척척 대답을 해주고 쏠쏠한 수입을 챙기지. 질문에 대해 반은 영리하게 추측해서 답하고, 나머지 반은 교묘히 지어내서 답하지. 하지만 그를 이 도가니에 넣어서 과연 그가 신묘한 가루약인지 아니면 그냥 밀가루인지 알아보자고. 그는 정사각형을 그려 보이지만 실상은 그보다 더 큰 타원형. 그는 집을 지었다고 하는데 실상은 그 안에 단란함이라고는 없어. 그는 숫자를 보여주면서 추문들을 폭로하지. 별까지 올라갔다가 땅바닥에 엉덩방아를 찧어. 마지막에는 너덜너덜한 옷차림에 바지까지 벗겨지는데, 그제야 우리는 진정한 점술가의 면모를 보게 되는 거야. 구체球體와 아스트롤라베.*

파비엘로 기분이 영 안 좋은데 자네가 또 나를 웃게 만드네. 하지만 옆구리가 찢어질 정도로 웃게 만드는 건 그 점술가들이지. 다른 사람들의 앞날을 알려주면서 정작 자기 자신의 앞날에 대해서는 한 치 앞도 내다보지 못하니까. 별을 응시한답시고 도랑에 처박히는 꼴이지!

야코부초 또 대단한 현자로 자처하는 사람도 있어. 양말에 주름 하나 잡힐까 봐 가지런히 당겨 신고서 말도 가려서 신중하게 하고, 자기가 세상에서 최고라고 여기지. 그와 시에 대해 논해보면, 그가 페트라르카를 능가하지. 철학에 대해서라면, 아리스토텔레스보다 15점은 족히 앞서고. 수학에 대해서라면, 칸토네도 그의 적수가 되지 못해. 병법에 대해서라면, 코르나자로도 꿀리고. 건축술에서는 유클리드도 집으로 돌아가야 할 판이야. 음악에 대해서는 그가 베노사의 잘못을 찾아낼 정도지. 법에 대해서는 파리나초를 꼼짝 못 하게 만들고, 언어에 대해서라면 보카치오도 그에게 쥐똥 취급을 받지. 그는 구주희九柱戲 놀이의 핀 하나만도 못한 신세이면서 사람들에게 사이비 판단과 제안을 일삼지. 하지만 그를 이 도가니에 넣어보면, 결론적으로 그는 책 더미 위에 앉아 있는 얼간이.

파비엘로 그런데도 그렇게 건방을 떨어대다니 고약하네. 좋은 학자는 이렇게 말하곤 하지. "자기가 가장 많이 안다고 생각하는

• 천체를 측정하는 기구로, 이 문장에서는 구체와 더불어 남자의 성기를 연상시킨다.

사람이 가장 무지하다."

　야코부초 연금술과 연금술사는 어떨까? 그는 이미 스스로 만족해하고 행복해하고 있어. 이십 년 혹은 십 년 안에 더 큰 일이 벌어진다고 장담까지 한다고. 증류기로 증류하는 과정에서 발견했다는 엄청난 물건에 대해 말하면서 그 덕에 부자가 될 거라나 뭐라나. 그러나 일단 그를 이 도가니에 넣기만 하면, 그가 잘근잘근 해부되어서 결국엔 그의 연금술이라는 게 얼마나 불순하고 맹목적인 것인지 밝혀지지. 온몸에 기름칠을 하고 자욱한 연기에 갇혀서 유리 시험관 위에 자신의 희망을 올려놓고 연기 속에서 생각과 계획을 구상하지. 불길에 부지런히 풀무질을 하는 동시에 입으로는 결코 오지 않을 것들을 기다리는 사람들의 욕망을 채워주지. 그는 비밀을 사냥하러 갔다가 광인으로 판명되지. 최고의 물질을 찾는 과정에서 자신의 모습을 잃어버리지. 금을 몇 배로 불릴 수 있다고 생각하지만 정작 자신이 가지고 있던 것은 줄어들지. 병을 고칠 수 있다고 생각하지만 자신은 병원에서 말년을 맞지. 수은을 응고시켜 돈 같은 귀중품을 만들어 사용하려다가 그 자신의 인생이 응고되어버리지. 모든 금속을 최상의 순금으로 바꿀 수 있다고 생각하다가 그 자신을 사람에서 싸구려 동전으로 바꾸어버리지.

　파비엘로 그런 걸 사업이라고 하다니 당연히 미친 짓이지! 연금술 때문에 수많은 집들이 거덜 나는 걸 봤거든. 연금술, 그걸로 얻는 건 아무것도 없어. 연금술사는 절실한 희망 때문에 연기와 굶주림 속에서 영원히 떠돌게 되는 거야.

야코부초 그런데 말해보게나. 내 얘기를 더 듣고 싶은가?

파비엘로 자네 얘기를 듣고 싶어서 이렇게 입을 헤 벌리고 서 있잖아.

야코부초 나야 계속해서 말할 수 있지.

파비엘로 그렇다면야 계속 말해보게나.

야코부초 지금 내가 정신만 차릴 수 있다면 그러고말고. 그런데 저녁 시간이 지나버렸어. 배고프니 제정신이 아닐세. 자네가 괜찮다면 우리 가게로 가세. 거기서 뭐라도 좀 먹자고. "빈자의 집에선 결코 빵 껍질이 떨어지지 않는다"고 하지 않던가.

이 막간극은 우아한 동작과 유쾌한 풍자가 곁들여져 청중이 전부 입을 벌린 채 집중하게 만들었다. 귀뚜라미들이 잠자리에 들 시간임을 알리고 있었기에 왕자는 여인들에게 집으로 돌아갔다가 내일 아침에 모여 다시 이야기를 시작하라고 명했다. 그리고 그 자신과 노예 아내도 그들의 침실로 향했다.

첫째 날, 끝

Tale of Tales

———— ⬦ ————

둘째 날

———— ⬦ ————

Pentamerone

첫 번째 여흥

페트로시넬라

한 임신부가 오그레스(오그르의 여성형)의 정원에서 파슬리를 훔쳐 먹다가 들키고 만다. 그녀는 배 속의 아이를 낳으면 오그레스에게 주겠다고 약속한다. 그녀가 페트로시넬라('파슬리')를 낳자, 오그레스가 이 여자아이를 데려가 탑에 가둔다. 한 왕자가 페트로시넬라를 구해 달아나는데, 세 개의 도토리 덕분에 오그레스가 만들어놓은 함정을 무사히 빠져나간다. 왕자의 도움으로 집으로 돌아간 페트로시넬라는 왕자와 결혼한다.

공주가 즐거워하고 좋은 기분을 유지했으면 하는 바람으로 저는 밤을 새웠습니다. 모두가 곤히 잠들고 발소리 하나 들려오지 않을 때, 저는 마음속의 낡은 궤짝과 기억 속의 벽장을 전부 뒤지면서 저의 증조할머니(오, 부디 편히 잠드소서!) 키아렐라 우솔로 부인이 해주셨던 이야기 중에서 오늘 가장 어울릴 듯한 내

용을 골랐습니다. 제가 잘못된 기억의 길로 들어서지만 않는다면 여러분도 만족할 것입니다. 저의 이야기가 여러분의 근심 걱정을 털어내기에는 부족할지 몰라도, 최소한 저의 동료들에게 힘과 표현력이 부족한 저보다는 더 강렬하고 재치 넘치는 이야기로 무대에 올라야겠다는 경각심을 심어줄 순 있을 겁니다.

옛날에 아이를 밴 파스카도차라는 여자가 살았습니다. 파스카도차는 창밖에 있는 오그레스 소유의 정원을 내다보다가 풍성한 파슬리를 보고 한숨지었습니다. 파슬리를 먹고 싶은 욕망은 점점 더 커져서 정신을 잃을 지경이 되었지요. 그 유혹을 뿌리칠 수 없어서 밖으로 나간 파스카도차는 오그레스가 외출할 때를 기다렸다가 정원으로 내려가 파슬리 한 줌을 그러모았습니다.

집으로 돌아온 오그레스는 파슬리 소스를 만들려고 정원에 나갔다가 파슬리를 조금 도둑맞은 것을 알고는 소리쳤습니다. "파슬리를 가져간 놈은 누구든 목을 부러뜨리겠다. 붙잡히기만 해봐라, 이 갈고리에 꿰어 도둑질한 걸 후회하게 만들어주겠다. 그놈을 본보기 삼아서 자기 것을 먹어야지 남의 밥그릇에 숟가락을 들이밀어서는 안 된다는 걸 알려줄 테다."

도둑질을 계속하던 파스카도차는 결국에 현장에서 오그레스에게 붙잡히고 말았습니다. 오그레스는 격분해 고래고래 소리를 질렀습니다. "붙잡고야 말았구나, 이 도둑놈, 날강도야. 내 정원에서 저지른 도둑질의 대가를 치러야지. 거리낌 없이 내 소중한 약초를 훔쳐 갔으니까. 너를 로마로 데려가 속죄하게 만들겠다."

파스카도차는 두렵기도 하고 창피하기도 해서, 자신의 식탐을 채우기 위해서 한 짓이 아니라고 변명하기 시작했습니다. 사탄의 꾐에 넘어간데다, 계속해서 파슬리를 먹고 싶다는 생각에 빠져 있다가는 혹시 배 속의 아이가 얼굴에 파슬리를 뒤집어쓰고 태어나는 건 아닐지 두려워서 훔쳤다고 말이지요. 그녀는 오그레스에게 용서해달라고 간청했고, 오히려 자기 덕분에 오그레스의 눈에 다래끼가 나지 않을 테니 고마워해야 한다고도 말했습니다. 임신부가 원하는 것을 방해하는 사람은 눈에 다래끼가 나거나 눈이 붓는다는 미신이 있으니까요. 오그레스가 대답했습니다. "실없는 소리로 날 떠볼 생각 마라. 네가 낳게 될 아기가 아들이든 딸이든 무조건 나한테 주겠다고 약속해. 그러지 않으면 너는 죽은 목숨이다." 불행한 파스카도차는 자신이 처한 위험에서 벗어나기 위해 오그레스의 말대로 하겠다고 약속했습니다. 그러자 오그레스는 그녀를 무사히 놓아주었지요.

파스카도차는 출산일에 얼굴이 달덩이 같고 보석처럼 아름다운 딸을 낳았습니다. 그런데 아기의 가슴이 파슬리 다발로 이루어져 있어서 산모는 아기 이름을 페트로시넬라라고 지었습니다. 하루가 다르게 무럭무럭 자란 아이가 일곱 살이 되었을 때, 파스카도차는 아이를 학교에 보냈습니다. 오그레스는 아이가 학교에서 돌아오는 길목에 날마다 지키고 서서 이렇게 말했습니다. "엄마한테 가서 약속을 지키라고 말해라." 아이의 말이 되풀이될수록 이 가련한 엄마는 두려움에 진저리를 쳤고, 결국엔 실성한 사람처럼 아이에게 말했습니다. "만약 그 할머니를 만났는데 또 그놈의 약속 얘기를 꺼내거든, '데려가세요'라고 대답하거라."

그리 영리한 편이 아닌 페트로시넬라는 곧 오그레스를 만났습니다. 그때, 또다시 같은 말을 하는 오그레스에게 엄마가 시킨 말을 천진스럽게 내뱉었지요. 그러자 오그레스는 아이의 머리카락을 움켜잡고는, 태양의 말馬들도 그 음산한 어둠 속에서 풀을 뜯기 저어해 들어가려 하지 않는 숲으로 데려갔습니다. 그러고는 마법으로 세운 탑 속에 아이를 가두었습니다. 그 탑에는 문도 계단도 없었고, 있는 것이라고는 작은 창문 하나가 전부였습니다. 오그레스는 바로 이 창문을 통해 견습 선원이 돛대를 오르내리듯이 페트로시넬라의 기다란 머리칼을 사다리 삼아서 드나들었습니다.

그러던 어느 날, 오그레스가 탑에서 나가자 페트로시넬라는 그 작은 창문 밖으로 머리를 내밀고 긴 머리털을 햇빛 속에 늘어뜨렸습니다. 이때 한 왕자가 그곳을 지나다가 깃발처럼 날리는 금발을 보고는 사랑에 빠져버렸습니다. 물결치는 사랑스러운 머리칼 사이로 아름다운 요정의 얼굴을 봤을 때는 그 우아함과 아름다움에 그만 온 마음을 빼앗겨, 그녀에게 요새의 문을 열어달라고 애원도 하고 명령도 했지요. 이때부터 두 사람 사이에는 정중한 인사와 손 키스와 연모의 눈길, 고마움과 제안, 희망과 약속, 선의의 말이 오갔습니다. 이렇게 며칠이 지나는 동안 두 사람은 서로 잘 알게 되었고, 달이 별들과 희롱하는 시간에 만나기로 약속했습니다. 페트로시넬라가 오그레스를 잠들게 한 뒤 연인이 올라올 수 있도록 창밖으로 머리칼을 드리우기로 한 것이지요.

약속 시간이 되자 왕자는 탑의 창문 아래 서 있었고, 페트로시넬라는 머리칼을 드리웠습니다. 왕자가 두 손으로 머리칼을 붙잡고는 말했습니다. "끌어 올려요." 창문 안으로 뛰어든 왕자는 달콤한 사랑의 파슬리 소스를 먹었습니다. 그리고 해가 뜨기 전에 왕자의 말들이 탑 밑으로 달려왔고, 왕자는 올라올 때처럼 황금 사다리를 타고 탑을 내려갔습니다.

이런 만남이 한동안 계속되었고, 결국 오그레스의 친구 하나가 두 사람을 목격하고는 오그레스에게 주의를 주었습니다. 페트로시넬라가 어떤 젊은이와 사랑에 빠졌는데, 자기가 볼 때는 좀 더 진전이 있을 것 같다고 말이지요. 그것을 알 수 있는 이유는 둘 사이의 만남이 잦고 주변에 모기가 날아다니기 때문이라고 했습니다. 두 사람이 5월이 되기 전에 도망칠 거라는 의심이 든다고도 했습니다. 오그레스는 친구의 조언에 고마워하면서 두 사람의 도주를 막겠다고 말했습니다. 한편 오그레스의 친구를 수상쩍게 생각해오던 페트로시넬라가 오그레스와 친구의 대화를 엿듣고 있었는데, 마침 오그레스가 이렇게 말하는 것이 들렸습니다. "내가 주문을 걸어놓아서 페트로시넬라가 도망치는 건 불가능해. 부엌 서까래에 숨겨놓은 도토리를 손에 넣지 않는 한 말이야."

밤이 깊어졌을 때 왕자는 여느 때처럼 창문 아래 와 있었고, 페트로시넬라는 머리칼을 드리웠습니다. 왕자가 올라오자 그녀는 무슨 일이 있었는지 말했습니다. 왕자는 서까래를 뒤져 도토리들을 찾아냈고, 오그레스가 그녀에게 주술을 걸어놓았다는 것

을 알 수 있었지요. 그는 밧줄로 사다리를 만들어 페트로시넬라와 함께 아래로 내려간 뒤 도시를 향해 떠났습니다. 그런데 오그레스의 친구가 그들을 발견하고는 오그레스가 깰 때까지 소리치고 악을 써댔습니다. 페트로시넬라가 도망쳤다는 소리를 전해 들은 오그레스는 연인들이 타고 내려간 사다리를 이용해 그들을 뒤쫓기 시작했습니다. 두 사람은 야생마처럼 쫓아오는 오그레스를 보고는 이제 끝났다고 생각했습니다. 그런데 페트로시넬라가 도토리를 떠올리고는 그중 하나를 땅에 던지니, 곧바로 섬뜩한 모습의 커다란 개 한 마리가 솟구쳐서 무섭게 짖어대는 것이었습니다. 어찌나 무시무시하던지! 개가 집어삼킬 듯이 오그레스에게 덤벼들었습니다. 그러나 악마보다 더 술수에 밝은 오그레스는 주머니에서 빵 한 덩어리를 꺼내 개에게 던졌습니다. 그러자 개는 꼬리를 내리고 화를 누그러뜨렸지요. 오그레스가 다시 연인들을 뒤쫓기 시작했습니다. 거리를 좁혀오는 오그레스를 본 페트로시넬라가 두 번째 도토리를 던졌더니, 세상에, 이번에는 사자가 나타났습니다. 꼬리를 힘차게 휘두르고 갈기를 휘날리며 나타난 사자가 오그레스를 금방이라도 먹어치울 듯이 입을 쩍 벌렸습니다. 그러나 뒤로 물러난 오그레스는 들판에서 풀을 뜯고 있던 당나귀의 살가죽을 벗겨내 뒤집어쓴 채 사자를 향해 돌아왔습니다. 사자는 오그레스를 당나귀로 착각하고는 잔뜩 겁에 질려 도망치고 말았습니다.

두 번째 위기까지 넘긴 오그레스는 또다시 연인들을 뒤쫓았습니다. 발소리가 들려오고 하늘로 솟구친 먼지구름이 보이자,

두 사람은 또다시 오그레스에게 쫓기게 된 것을 알았지요. 한편 오그레스는 사자가 계속 쫓아온다고 생각해 당나귀의 가죽을 벗지 않고 있었습니다. 페트로시넬라가 세 번째 도토리를 던졌고, 이번에는 늑대 한 마리가 튀어나왔습니다. 늑대는 오그레스가 새로운 방어 수단을 취하기도 전에 오그레스를 당나귀로 착각하고 먹어치웠습니다. 그리하여 연인들은 곤경에서 벗어나 왕자의 왕국으로 아주 느긋하게 길을 떠났습니다. 그리고 왕국에 도착한 뒤 왕의 허락을 받아 결혼했지요. 평화와 기쁨이 뒤따랐고, 두 사람은 오랫동안 행복하게 살았답니다. 또한 다음과 같은 옛말이 틀리지 않았지요.

"안전한 항구에서의 행복한 한 시간은 불운한 백 년의 시간을 잊게 만든다."

푸른 초원

왕자는 수정 구름다리를 지나다니면서 사랑하는 넬라와 즐거운 시간을 보낸다. 그런데 넬라의 자매들이 질투해 이 다리를 부서뜨리고, 왕자는 목숨을 위태롭게 하는 중상을 입는다. 넬라는 이상한 상황에서 치료약을 구해 왕자를 낫게 하고, 두 사람은 부부의 연을 맺는다.

모두가 체차의 이야기에 열중했고, 한 시간이 일 초처럼 느껴질 정도로 재미있어했다. 다음은 체카의 차례, 그녀는 다음과 같은 이야기를 시작했다.

똑같은 나무인데 신상神像으로 조각되기도 하고 교수대의 가로 들보로 사용되기도 하고 황제의 의자가 되기도 하고 변기 뚜껑이 되기도 하니, 참으로 이상한 일입니다. 연애편지로 쓰인 종잇조각이 아름다운 여인들의 키스를 받기도 하고 시골뜨기의 밑을 닦는 휴지로 사용되기도 하는 건 더더욱 이상한 일입니다. 이런 일들은 세상에서 가장 뛰어난 점성술사도 어리둥절하게 만듭니다. 마찬가지로 한 어머니에게서 태어난 두 딸, 요컨대 착한 딸과 못된 딸, 근면한 딸과 게으른 딸, 아름다운 딸과 못생긴 딸, 사랑스러운 딸과 질시 어린 딸, 정숙한 딸과 부정한 딸, 행운을 가져오는 딸과 불운을 가져오는 딸도 그러하지요. 반면에 똑같이 인간이라는 점에서 같은 본성을 지니고 있을 수밖에 없답니다. 그러나 이 주제는 더 해박한 사람들에게 맡기기로 하고, 저는 그저 한 어머니에게서 태어난 세 딸의 이야기를 통해 지금까지 한 말에 대한 예를 들어보려 합니다. 이 세 딸은 습관과 품행과 생각이 각기 다른데, 사악한 쪽은 구렁텅이에 빠지고 선한 쪽은 행운을 얻게 되지요.

옛날 옛적에 세 딸을 둔 어머니가 있었는데, 그중 두 딸은 너무도 불운해 되는 일이라고는 없었습니다. 시도하는 일마다 실패했고, 희망은 꺾이어 수포로 돌아갔습니다. 하지만 막내인 넬라는 어머니의 배 속에서부터 행운을 타고났지요. 비너스의 아름다움과 아모르의 열정적인 사랑과 정제된 품행을 타고났습니다. 넬라는 하는 일마다 좋은 결과를 가져왔습니다. 무슨 일이든 일단 시작하면 훌륭하게 끝마쳤지요. 그녀가 춤을 추면 그 동작의 우아함에 모두가 찬사를 보냈습니다.

이 때문에 넬라는 두 언니로부터 심한 질시를 받았고, 그녀를 아는 그 밖의 모든 이들로부터는 사랑을 받았습니다. 두 언니가 넬라를 땅속에 파묻고 싶어 한 반면, 다른 사람들은 그녀를 떠받들고 싶어 했습니다. 이 나라의 왕자는 그녀의 아름다움에 반해서 사랑의 미끼를 던졌고, 드디어 그녀의 마음을 얻어 그녀를 자기 여자로 만들었지요. 그래서 넬라의 엄격한 어머니가 눈치채지 않는 한, 두 사람은 즐거운 시간을 보낼 수 있게 됐습니다. 왕자는 왕궁과 넬라의 침실까지 13킬로미터에 이르는 수정 구름다리를 만들고 넬라에게 모종의 가루를 주면서 말했습니다. "당신의 달콤함으로 나를 한 마리 새처럼 먹이고 싶다면, 이 가루를 손가락으로 집어서 불에 던져요. 내가 즉시 수정 다리를 건너서 은으로 빚은 당신의 얼굴을 보러 올 테니까." 그런 약속을 하고부터 왕자는 단 하루도 빠짐없이 이 수정 다리를 오갔지요. 막냇동생의 행동을 늘 감시하고 있던 두 언니는 이 상황을 지켜보다가 동생과 그녀의 멋진 연인을 떼어놓기로 의기투합했습니다. 그들은 넬라와 왕자의 사랑에 분풀이를 하려고 그 수정 다리를 군데군데 망가뜨려 놓았습니다. 가여운 넬라는 왕자에게 보러 오라는 신호를 보내기 위해 가루를 불 속에 던졌고, 그리하여 여느 때처럼 실오라기 하나 걸치지 않은 알몸으로 다리를 뛰어오던 왕자는 깨진 수정에 차마 볼 수 없을 만큼 중상을 입고 말았습니다. 넬라를 향해 계속 갈 수 없게 된 왕자는 독일인의 너덜너덜한 반바지처럼 온몸이 찢기고 터진 채 왕궁으로 돌아왔습니다. 왕국의 의사들이 전부 불려 왔으나, 수정 다리가 마법으로 만들어진 것이어서 상처가 치명적이었고, 상처를 치료할 수 있는 사람은 어디에도 없었습니다. 왕은 아들의 상황이 절망적임을 깨달았고, 수단과 방법을 가리지 않고 왕자의 고통을 덜어주고 낫게 해

주는 사람은 누구든, 여자라면 왕자와 결혼시키고 남자라면 왕국의 절반을 주겠다는 포고령을 내렸습니다.

사랑의 고통으로 시들어가면서 왕자에 대한 그리움으로 슬퍼하던 넬라는 이 포고령을 듣고서 자기가 무엇을 할 수 있을지 곰곰이 생각하다가, 언니들이 알아보지 못하도록 얼굴과 손을 염색하고 변장한 뒤에 집을 나섰습니다. 왕자가 죽기 전에 얼굴이라도 보고 싶었기 때문이지요. 해가 황금 공처럼 창공의 들판에서 놀다가 서쪽으로 향하고 점점 어둠이 짙어질 때 넬라는 어느 숲에 들어섰는데 거기서 가까운 곳에 오그르의 집이 있었습니다. 무서운데다 사소한 위험이라도 피하고 싶은 마음에 그녀는 나무를 타고 올라갔습니다.

오그르와 그의 아내는 식탁 앞에 앉아 있었는데, 식사를 하면서 신선한 공기를 마시기 위해 창문들을 열어놓은 상태였습니다. 식사를 끝내고 포만감이 들자 그들은 이런저런 얘기를 나누기 시작했습니다. 코앞이라 할 만큼 그들에게서 아주 가까운 나무 위에 있던 넬라는 그들의 이야기를 들을 수 있었습니다. 아내인 오그레스가 남편에게 말하는 소리가 들렸습니다. "털북숭이 자기야, 뭐라도 들은 얘기 없어? 세상 사람들은 무슨 말을 하고 지내?"

오그르가 대답했습니다. "세상 어디 한구석 깨끗한 데가 없어. 모조리 뒤죽박죽이고 뒤틀려 있어."

오그레스가 말했습니다. "알았어, 그런데 뭐가?"

오그르가 대답했습니다. "세상에서 벌어지는 일과 얘기, 혼란들을 다 얘기하자면 엄청나지. 옷이 훌러덩 벗겨질 정도로 펄

쩍 뜰 만한 얘기도 있고. 칭찬받고 대접받는 어릿광대, 크게 존경받는 악당, 후원받는 암살자, 명예를 얻는 겁쟁이, 비호받는 위폐범, 그리고 선하고 훌륭한데도 제대로 평가받지 못하고 무시당하는 사람들. 하지만 이런 얘기들은 아주 짜증 나게 만드니까, 왕자한테 일어난 일만 말해줄게. 왕자는 왕궁에서부터 자기가 사랑하는 어떤 아름다운 여자의 집까지 수정 다리를 만들었어. 그 다리를 오가며 여자와 즐거운 시간을 가졌는데, 왕궁에서 출발할 때 늘 홀딱 벗고 갔지. 그런데, 어쩌다가 그런 일이 생겼는지는 모르겠지만, 아무튼 그 다리를 건너다가 크게 다쳤어. 치료해야 할 상처가 너무 많아서 죽은 목숨이래. 그래서 아들을 끔찍이 아끼는 왕이 포고꾼을 보내, 왕자를 낫게 하는 사람에게 크게 보답하겠다고 약속했어. 그러나 무슨 수를 써도 소용이 없어. 왕이 할 수 있는 일이라고는 상복을 마련하고 장례식 준비를 하는 것뿐이야." 오그르의 말을 듣고 왕자가 어쩌다 병이 났는지 알게 된 넬라는 구슬피 흐느끼며 생각했습니다. '대체 어떤 못된 자가 이런 짓을 한 거지? 나의 달콤한 새가 날아다니는 통로를 부수고 결국 나의 영혼까지 죽이려 한 자가 누굴까?' 그때 오그레스의 말소리가 들려오기에 넬라는 조용히 귀를 기울였습니다. "그 불쌍한 왕자가 죽어야 하다니, 어떻게 그럴 수 있어? 왕자를 낫게 할 방법이 없다고? 약제사들한테 가서 불 속에 뛰어들라고 그래. 의사들한테는 목매달아 자살하라고 그러고. 갈레노스•와

• 그리스 태생으로 고대 로마 시대의 의사.

메수아* 한테는 그동안 받은 돈을 다 돌려주라고 그래. 왕자를 구할 치료법도 못 찾는다니 말이야."

오그르가 대답했습니다. "요런 깜찍한 것, 내 말 들어봐. 의사들은 자연의 한계를 넘어서는 치료약을 구해서는 안 돼. 그게 오일 목욕을 하면 낫는 복통이 아니거든. 장에 가스가 찼을 때처럼 무화과와 쥐똥으로 고칠 수 있는 문제도 아니라고. 약을 먹고 식단을 조절하면 낫는 열병도 아니고 말이야. 고약과 하이페리쿰 오일을 바르면 낫는 흔한 상처도 아니라고. 깨진 수정에 주술이 걸려 있어서 화살촉에 양파즙을 묻힌 것과 같은 효과가 있거든. 상처를 치료할 수 없게 만드는 거지. 왕자의 목숨을 구할 방법은 딱 하나야. 하지만 그게 뭐냐고 내게 묻지는 말아줘. 내가 걱정하는 문제니까."

오그레스가 대답했습니다. "자기야, 말해줘. 나 죽는 꼴 보고 싶지 않으면!"

오그르가 말했습니다. "말할게. 하지만 누구에게도 절대 발설하면 안 돼. 이 집이 망하고 우리 목숨이 날아갈 수 있는 문제니까."

오그레스가 대답했습니다. "걱정 마, 멋쟁이 자기야. 뿔 달린 돼지, 꼬리 달린 원숭이, 눈 달린 두더지가 나오기 전까지는 절대 말하지 않을게."

오그레스가 두 손을 포개고 맹세하자 오그르가 말했습니다.

• 아랍의 의사.

"하늘 아래, 땅 위에 왕자를 죽음의 손길에서 구할 수 있는 방법은 딱 하나야. 우리의 살을 떼어 왕자의 상처에 문지르는 거지. 그렇게 하면 육체의 집을 떠나려 하는 영혼을 못 가게 막을 수 있거든."

넬라는 그들의 대화가 끝날 때까지 엿들으며 기다렸습니다. 그러고는 나무를 내려갔고, 용기를 내어 오그르의 집 문을 두드리며 말했습니다. "세상에서 가장 괴물다운 오그르님과 사모님, 부디 이 보잘것없고 불행한 여인에게 동정심을 베풀어 조금만 적선해주세요. 파멸의 운명에 붙잡히어 고향 땅에서도 멀어져버린 신세로, 그 누구의 도움도 받을 수 없답니다. 이 숲에서 밤을 맞은데다 배가 고파서 죽을 것 같아요!" 그러고는 또 문을 두드렸습니다. 똑, 똑! 오그레스는 성가셔서, 빵 반 조각을 던져주고 그녀를 멀리 쫓아버리고 싶었습니다. 그러나 검은 방울새가 호두를 원하는 것보다, 곰이 꿀을 원하는 것보다, 고양이가 작은 물고기를 원하는 것보다, 양이 소금을 원하는 것보다, 당나귀가 왕겨 가루를 원하는 것보다 더 기독교인 고기를 먹고 싶었던 오그르는 아내에게 이렇게 말했습니다. "저 불쌍한 것을 집 안으로 들이지 뭐. 들판에서 자다가는 늑대한테 갈가리 찢길지도 모르잖아." 그가 계속 고집하자 오그레스는 문을 열어주었습니다. 오그르는 겉으로 자비를 베풀면서 속으로는 여자를 먹어치우는 데네 입이면 되겠다고 계획을 세웠습니다.

그러나 대식가와 여인숙 주인의 계산법은 다른 법이지요. 오그르가 배불리 먹고 술에 취해 잠이 들자, 넬라는 찬장에서 칼을 꺼내 푸주한처럼 오그르를 난도질했습니다. 그리고 그 살덩어리를 단지에 담아가지고 왕궁으로 향했습니다. 그곳에서 넬라는 왕 앞에 나아가 왕자를 치료하겠다고 아뢰었습니다.

왕은 크게 기뻐하며 넬라를 왕자의 침소에 들게 했습니다. 넬라는 오그르의 살로 왕자의 상처들을 빠짐없이 문질렀고, 그러자 뿌려진 물에 불이 꺼지듯 곧바로 상처가 아물기 시작했습니다. 왕자는 물고기처럼 팔팔하고 건강해졌습니다. 이 모습을 본 왕은 아들에게 포고령대로 그 여인을 아내로 맞아야 한다고 말했습니다. 그러나 왕자는 이렇게 대답했습니다. "다른 걸 가지라 하십시오. 저의 몸 안에는 여러 여인에게 줄 마음이 없습니다. 저의 마음은 이미 다른 여인의 것이니까요." 이 말을 들은 넬라가 대답했습니다. "왕자님께 이런 고초를 겪게 한 사람을 마음에 두지 마소서!" 왕자가 대답했습니다. "고초를 준 것은 그녀의 언니들이오. 그들은 대가를 치르게 될 거요!"

"그 여인을 그리도 사랑하시나요?" 넬라가 물었습니다. "내 눈동자보다 더 사랑하오!" 왕자가 대답했습니다. "그렇다면 저를 꼭 안아주세요. 제가 바로 왕자님 마음의 불꽃이니까요!" 그러나 왕자는 몹시 침울한 얼굴로 넬라를 보며 말했습니다. "당신은 불꽃보다는 석탄 같소! 저리 가시오. 나까지 지저분해지기 전에!" 왕자가 자기를 알아보지 못하자 넬라는 깨끗한 물 한 동이를 부탁해 얼굴을 씻었습니다. 그러자 먹구름이 걷히고 해가 드러난 격으로, 왕자는 단번에 넬라를 알아보고 와락 껴안았습니다. 그는 그녀를 아내로 맞아들였고, 그녀의 두 언니를 벽난로 속에 가두어 잿더미 속의 거머리처럼 질투의 오염된 피를 스스로 없애게 했습니다. 이로써 다음과 같은 옛말이 옳다는 것이 입증되었지요.

"악은 반드시 처벌받는다."

비올라

비올라는 언니들의 시샘을 받는데, 한 왕자와 여러 번 희롱을 주고받은
끝에 언니들을 혼내주기 위해 왕자비가 된다.

청자들은 다리의 작은 뼈마디까지 전율을 느꼈다. 그들은 넬
라의 언니들을 혹독한 벌로 다스린 왕자를 축복했고, 많은 어려
움 속에서도 왕자의 사랑을 되찾은 여인의 한없는 사랑에 갈채
를 보냈다. 그러나 곧 타데오가 모두 조용히 하라고 손짓하고는,
메네카에게 순서에 따라 이야기를 하라고 명했다. 메네카는 다
음과 같이 자신의 임무를 시작했다.

질투는 너무도 강한 바람이어서 가치 있는 남자들의 영광을
날려버리고 행운의 비옥한 들판을 파괴합니다. 그러나 마치 천
벌이 내리듯이 이 바람이 여러분의 얼굴을 사정없이 후려칠 것

같은 바로 그 순간, 오히려 이 바람이 여러분을 떠밀어 어딘가에서 기다리고 있을 행복에 더 빨리 닿도록 거들어주는 경우도 비일비재합니다. 지금 제가 들려드리려는 것이 바로 그런 이야기입니다.

옛날에 콜라니엘로라는 올곧고 정의로운 남자가 살고 있었습니다. 그에게는 로사, 가로파나, 비올라라는 세 딸이 있었지요. 그중에서 유난히 아름다운 막내딸은 사람들의 마음에서 근심 걱정을 없애주는 시럽과도 같았습니다. 그래서 치울로네 왕자는 비올라를 향한 사랑으로 마음이 타들었고, 세 자매가 앉아서 일하고 있는 곳을 지나갈 때마다 그쪽을 힐끔거리면서 모자를 벗고 정중하게 이렇게 말하곤 했습니다. "안녕, 예쁜 비올라." 그러면 비올라가 질세라 이렇게 대꾸했지요. "안녕하세요, 우리 왕자님. 저는 지금 왕자님보다 더 많이 일하고 있답니다." 질투에 사로잡힌 언니들이 서로 소곤거리다가 동생에게 이렇게 말했습니다. "너 건방지잖아. 너 때문에 왕자님이 화를 낼 거야." 그러나 비올라는 언니들의 말에 신경 쓰지 않았습니다.

그러자 언니들은 비올라를 골려주려고, 아버지에게 가서 비올라가 무례하고 뻔뻔한 왈패라서 마치 왕자님과 동등한 사람이라도 되는 것처럼 건방지게 말대꾸를 하더라고 일러바쳤습니다. 그리고, 조만간 손을 쓸 수 없을 만큼 기고만장해져서 처벌까지 받게 될 거라고 했지요. 현명하고 선한 콜라니엘로는 비올라를 고모 쿠체판넬라의 집으로 보내어 집안일을 배우게 했습니다. 한편 왕자는 매일 비올라의 집 앞에서 기다렸지만 그녀를 볼

순 없었지요. 그렇게 며칠 동안 왕자는, 어린 새끼들이 있는 둥지를 잃어버리고 슬피 울면서 이 가지 저 가지 날아다니는 나이팅게일 같았습니다. 엿보고 엿듣던 왕자는 열쇠 구멍으로 훔쳐보기까지 하다가 결국 비올라가 어디로 보내졌는지 알아냈습니다. 비올라의 고모 집으로 찾아간 그는 쿠체판넬라에게 이렇게 말했습니다. "부인, 내가 누구인지 알 겁니다. 그리고 내가 무엇을 할 수 있는지, 또 무엇을 소중히 여기는지도 알 겁니다. 이 모든 것은 나와 부인만 아는 것입니다. 반드시 침묵하고 벙어리가 되어야 합니다. 나를 도와줘야 해요. 그 보답으로 원하는 만큼 돈을 주겠소." 늙은 여인이 대답했습니다. "소인이 할 수 있는 건 다 하고말고요. 분부만 내리시면 그대로 따르겠나이다." "부인에게 바라는 건 없어요. 내가 비올라와 키스할 수 있게 허락만 해주시오. 그러면 이 돈을 주겠소." "그런 것이라면, 목욕하는 사람의 옷가지를 빼돌리는 것 말고는 제가 할 수 있는 일이 없겠는걸요. 하지만 소인은 비올라의 순결을 더럽힌다거나 물주전자의 손잡이를 부러뜨린다거나 소인이 직접 추행에 가담해 말년에 불명예를 당한다거나 하는 것은 허락할 수 없습니다. 또한 풀무질도 제대로 못하는 대장장이의 견습생 같다는 평판도 듣고 싶지 않고요. 하지만 왕자님이 기뻐하시는 일이라면 무엇이든 하겠나이다. 뜰에 있는 작은 별채에 가셔서 그곳의 굴뚝에 숨으세요. 소인이 이런저런 심부름으로 비올라를 그곳으로 보내겠습니다. 이렇게 왕자님 손에 옷과 가위까지 쥐여드렸는데, 그것을 어떻게 사용하는지 모르신다면 그건 왕자님의 불찰입니다." 왕자는 노파의 말대로 지체 없이 별채로 가서 몸을 숨겼고, 노파는 옷감을 잘라야 할 것처럼 조카에게 말했습니다. "비올라, 마당에 있는 별채에 가서 줄자 좀 가져오렴." 고모가 시키는 대로 별채로 간 비올라는 그곳에 누군가 숨어 있는 것을 알아채고는 고양이처럼 재빠르게 뛰쳐나왔습니다. 왕자는 쓸쓸한 마음으로 남아서 창피함에 의기소침해져 있었지요. 비올라가 허겁지겁 들어오는 것을 본 노파는 왕자의 계략이 성공하지 못했음을 간파하고 잠시 후 이렇게 말했습니다. "얘야, 별채에 가서 탁자 위에 있는 실꾸리 좀 가져오렴." 비올라는 곧장 별채로 달려갔고, 뱀장어처럼 왕자의 손에서 빠져나왔습니다. 그러나 잠시 후에 노파가 또 조카에게 말했습니다. "착한 비올라야, 네가 가서 가위를 가져오지 않으면 고모가 일을 망치게 생겼구나." 이리하여 비올라는 세 번째로 별채에 들어갔는데, 이번에도 개처럼 잽싸게 빠져나왔습니다. 그러고는 가져온 가위로 고모의 귀를 잘라버리고 말했습니다. "이건 고모의 연애소설을 위한 좋은 선물이에요. 어떤 일이든 대가가 따르게 마련이잖아요. 명예를 저버렸으니 귀를 잃은 거지요. 마음 같아서는 코도 자르고 싶지만, 고모가 저지른 치욕의 악취를 맡아야 하니 참겠어요. 당신 같은 갈보에 포주는 아이들의 타락을 먹어요." 비올라는 고모를 귀가 잘린 채로 내버려두고는 곧바로 자기 집으로 갔고, 왕자는 그야말로 혼자 버려진 꼴이었지요.

하루 이틀이 지났을까, 왕자가 다시금 비올라의 집 앞을 거닐기 시작했고, 비올라가 예전의 자리에 앉아 있는 것을 보고는 예전처럼 말을 걸었습니다. "안녕, 예쁜 비올라." 그러자 비올라는 집사가 대답하듯 곧바로 맞장구쳤습니다. "안녕하세요, 우리 왕자님. 저는 왕자님보다 더 많이 알아요." 그러나 이것을 참지 못한 두 언니는 동생을 없애기 위한 가장 좋은 방법이 무엇인지 서로 의논했습니다. 그들이 생각해낸 것은 집에서 오그르의 마당 쪽으로 난 창문이었습니다. 그들은 이 창문이 가증스러운 동생을 없애는 데 가장 좋은 방법이라고 의견을 모았습니다. 그래서 여왕에게 바칠 태피스트리를 만드는 작업을 하다가 비단 실꾸리를 그 창문 밖으로 떨어뜨리고는 이렇게 소리쳤습니다. "아이고 이걸 어째, 큰일 났네. 비올라가 도와주지 않으면 일을 제때 마치지 못할 거야. 우리 중에서 비올라가 제일 어리고 가벼우니, 비올라가 밧줄을 허리에 감고 내려가 저 실꾸리를 가져올 수 있을 거야." 언니들이 슬퍼하는 모습을 보고 싶지 않은 비올라는 창문 밑으로 내려가겠다고 말했고, 두 언니는 동생을 밧줄을 감아 내려보낸 뒤에 밧줄을 놓아버렸습니다. 차고 습한 환경 때문에 감기를 심하게 앓고 있던 오그르가 마침 마당으로 나오더니 재채기를 하면서 방귀를 뀌었습니다. 방귀가 어찌나 센지 천둥소리 같아서, 그 소리를 들은 비올라가 겁에 질려 비명을 질렀습니다. "엄마야, 사람 살려!" 오그르는 비명을 듣고 주위를 두리번거리다가 등 뒤에서 아름다운 소녀를 발견했지요. 언젠가 한 영리한 학자한테서 들은, 말하자면 스페인 암말이 방귀 때문에 새끼를 뱄다는 얘기가 떠올랐습니다. 그러니까 자신의 방귀가 나무를 채웠으므로 거기서 저 아름다운 소녀가 튀어나온 거라고 생각한 겁니다. 오그르는 큰 애정을 담아서 비올라를 껴안고 말했습니다. "내 딸아, 내 몸의 일부이고 내 숨결이며 내 영혼인 딸아. 방귀 한 번으로 이토록 아름다운 생명체가 태어났다고 하면 누가 믿겠느냐? 감기가 이토록 사랑스러운 불꽃을 낳게 하는 효과가 있다고 하면 누가 믿겠느냐?" 오그르는 부드럽게 이런저런 말을 하면서 비올라를 자기 집으로 데려갔고, 세 요정에게 그녀를 맡겨 잘 돌보게 했습니다. 그리고 비올라를 애지중지해 그녀에게 가장 좋은 것들만 주었지요. 그러나 사랑하는 여인을 볼 수 없는데다 그녀에 관한 소식은 지나간 것이든 새로운 것이든 전혀 듣지 못하게 된 왕자는 크게 상심했고, 많은 눈물로 두 눈이 부어올랐습니다. 왕자는 먹을 수도 없고 잘 수도 없어서, 마음에서 평온이 사라졌습니다. 왕자는 사방으로 수소문했고, 보상을 약속하면서 부하들을 보내 비올라의 행적을 추적했습니다. 그러다가 드디어 그녀의 거처에 관한 소식을 듣게 되었습니다. 왕자는 오그르에게 사람을 보내어 말을 전했습니다. "너도 보면 알겠지만 나는 몹시 아프다. 하루만 너의 정원에서 묵었으면 하니 호의를 베풀어주기 바란다. 여기 궁궐에서는 질식할 것 같고, 그곳에 가 있으면 기운이 날 것 같다." 왕에게 좋은 신하의 예를 갖춰온 오그르로서는 왕자의 사소한 청을 거절할 수 없어서, 방 하나뿐만이 아니라 필요하면 자신의 거처를 전부 사용해도 좋다고, 또한 왕자를 위해서라면 목숨까지 바치겠다고 말했습니다. 왕자는 고마음을 전하고 곧바로 오그르의 거처로 옮겼습니다. 왕자가 묵는 방은 오그르와 비올라가 한 침대에서 잠자는 침실 바로 옆이었습니다. 어둠이 별들과 커튼 치기 게임을 하러 나타났을 때, 왕자는 오그르의 침실 문이 열려 있는 것을 발견했습니다. 여름이라 무더웠고, 오그르는 자신의 편안한 거처에서 신선한 공기를 마시기 위해 문을 열어놓은 것이었지요. 아주 조용히 오그르의 침실로 들어간 왕자는 잠들어 있는 비올라의 옆으로 다가가 그녀를 두 번 꼬집었습니다. 화들짝 놀라 잠을 깬 비올라가 소리쳤습니다. "아빠, 벼룩이 득시글거려요." 오그르는 곧바로 딸과 자리를 바꾸었고, 왕자는 또 한 번 비올라를 꼬집었습니다. 또다시 비올라가 소리를 지르자, 오그르는 하인들을 시켜 침대의 시트와 매트리스를 교체했습니다. 먼동이 틀 때까지 밤새 같은 상황이 되풀이되었습니다. 아침이 되어 태양이 죽지 않고 살아 있음을 과시하고 하늘이 상복을 걷어 가자, 왕자는 집과 정원을 돌아다니다가 대문에 서 있는 비올라를 보고 여느 때처럼 말했습니다. "안녕, 예쁜 비올라." 비올라가 대답했습니다. "안녕하세요, 우리 왕자님. 저는 왕자님보다 더 많이 일하고 있답니다." 그러자 왕자가 이렇게 말했습니다. "아빠, 벼룩이 득시글거려요."

비올라는 이 말을 듣자마자 밤새 벌어진 소동이 왕자의 장난질임을 알아차렸으나, 왕자에겐 아무 말도 하지 않고 요정들을 찾아가 간밤의 일을 설명했습니다. 요정들이 말했습니다. "왕자가 그런 짓을 했다면, 우리는 해적이 해적을 대하고 뱃사람이 갤리선 노예를 대하는 것과 똑같이 그자를 대해주어야겠지. 그 개가 너를 물었다면, 우리는 그 개의 털을 벗길 거야. 그자가 너한테 장난을 친 거라면 우리는 그자한테 더 성가신 장난을 쳐주겠어. 오그르한테 가서 작은 종으로 장식한 슬리퍼를 한 켤레 구해

달라고 해. 나머지는 우리한테 맡기고. 그자한테 톡톡히 갚아줄 테니까." 복수를 하고 싶어 안달이 난 비올라는 오그르한테 가서 요정들이 말한 슬리퍼를 당장 구해달라고 했지요. 그러고는 제 노바 여인처럼 얼굴에 검은 베일을 쓴 비올라와 세 요정이 왕궁 으로 가서 아무도 모르게 왕자의 침실로 들어갔습니다. 왕자가 잠을 청하려는 순간, 요정들이 시끄럽게 소란을 떨었고 비올라 는 발을 굴렀습니다. 비올라의 슬리퍼에 달린 종들이 울리는 바 람에 잠을 깬 왕자는 덜컥 겁이 나서 소리쳤습니다. "엄마야, 사 람 살려!" 비올라와 요정들은 똑같은 소동을 세 차례 벌인 후 집 으로 돌아왔습니다.

아침이 되자, 왕자는 두려움을 가라앉히기 위해 레모네이드 를 비롯해 여러 음료를 마셔야 했습니다. 그래도 평소처럼 아침 산책을 나가, 문간에 서 있는 비올라를 쳐다봤지요. 온몸에 전 율을 느끼게 하는 비올라를 보지 않고는 살 수가 없었으니까요. "안녕, 예쁜 비올라." 비올라가 대답했습니다. "안녕하세요, 우 리 왕자님. 저는 왕자님보다 더 많은 일을 하고 있답니다." 그러 자 왕자가 말했습니다. "아빠, 벼룩이 득시글거려요." 그러자 비 올라도 말했습니다. "엄마야, 사람 살려!" 이 소리를 들은 왕자가 말했습니다. "나랑 장난 한번 잘 쳤네. 내가 졌어. 당신이 이겼어. 당신이 실제로 나보다 더 많이 알고 있군. 당신과 결혼하겠어." 그래서 왕자는 오그르에게 사람을 보내 비올라와 결혼하고 싶다 고 전했습니다. 원래 다른 사람의 소유물에는 손을 대고 싶어 하 지 않았던 오그르는 이튿날 아침에 비올라가 콜라니엘로의 딸이라는 것까지 알게 됐지요. 그리고 이 향기로운 비올라가 악취 나는 방귀에서 태어났다고 믿고 싶었던 자신의 미망도 깨달았습니다. 오그르는 비올라를 친부에게 보내면서 왕자에게 청혼받은 행운을 알려주었습니다. 성대한 축하연과 즐거움 속에서 왕자가 비올라를 아내로 맞으니, 이런 속담이 틀리지 않았나 봅니다.

"아름다운 여인은 장터에서도 결혼한다."

네 번째 여흥

갈리우소

아버지에게 버림받은 갈리우소는 부지런한 고양이 한 마리 덕분에 부자
가 된다. 그런데 고마움을 몰라서 배은망덕하다는 비난을 받는다.

모든 청중이 비올라의 행운을 듣고 기뻐했다. 언니들이 질투
때문에 혈육인 비올라에게 적의를 품고 갖은 방법으로 그녀를
불행하게 만들려 했음에도 비올라는 스스로의 힘으로 높은 지위
에 올랐기 때문이었다. 이번에는 파올라가 아름다운 언어의 금
화로 자신의 임무를 다하기 위해 이야기를 시작할 차례였다. 그
녀는 임무를 다했다.

배은망덕은 녹슨 못과 같아서 나무에 박히면 그 나무를 시들
어 죽게 만들지요. 배은망덕은 또 고장 난 개수대 같아서 온갖 문
제와 말썽이 흘러넘치게 만듭니다. 배은망덕은 또 거미줄과 같

아서 우정의 냄비 속에 떨어지면 우정의 향과 풍미를 잃게 만들지요. 날마다 볼 수 있는 배은망덕의 예는 지금부터 제가 들려드릴 이야기에도 나옵니다.

옛날 나폴리에 한 비참한 노인이 살고 있었는데, 키가 크고 야위고 너덜너덜한 누더기를 걸치고 주름지고 쇠약하여, 마치 벼룩처럼 헐벗은 모습으로 주변을 돌아다니곤 했습니다. 그는 자신의 생명 주머니가 바닥나자, 두 아들 오라치엘로와 피포를 불러 이렇게 말했습니다. "내가 자연에 진 빚을 갚으러 떠날 때가 왔구나. 얘들아, 이제 이 시련의 세상과 고난의 돼지우리를 벗어난다니 더없이 행복하다. 하지만 너희를 산타 키아라처럼 무일푼으로 남겨두고, 거지들이 득시글거리는 멜리토의 오거리에 방치한 채, 옷 한 벌도 남겨주지 못하고, 터럭 한 올 없는 이발소의 세면대처럼 아무것도 남겨주지 못하는 게 마음에 걸린다. 너희를 훈련 교관의 발걸음처럼 가볍고 자두 씨처럼 바싹 마른 상태로 남겨두다니. 너희는 파리가 발에 매달고 갈 만큼도 가진 게 없지. 백 킬로미터를 달려가도 떨어뜨릴 동전 하나 없지. 이게 다 평생 비참하게 산 이 아비의 불운 때문이다. 그럼에도 불구하고 나는 죽음을 앞두고 사랑의 표시로 너희에게 작은 것이나마 남기고 싶구나. 장남 오라치엘로야, 저 벽에 걸려 있는 체를 가져라. 저것으로 입에 풀칠은 할 수 있을 게다. 그리고 막내 피포야, 너는 저 고양이를 가져라. 너희 둘이 이 아비를 기억해주길 바란다." 말을 끝낸 노인은 서럽게 울었고, 두 아들도 따라 울었습니다. 이윽고 노인이 "잘 있거라. 밤이 왔구나"라고 말하고는 눈을 감았습니다.

　오라치엘로는 적선을 받아 아버지의 장례를 치른 후, 생계를 잇기 위해 체를 치러 돌아다녔습니다. 체를 많이 칠수록 돈을 많이 벌었지요. 고양이를 데려간 피포는 이렇게 말했습니다. "봐, 아버지가 나한테 뭘 남겨줬는지? 내 입에 들어갈 것도 없는데, 챙겨야 할 입은 두 개잖아. 뭐 이런 유산이 다 있어! 이런 유산을 받았다는 소릴 어디서 들어보겠어? 차라리 아무것도 안 받는 게 낫지." 그런데 고양이가 이 볼멘소리를 듣고 말했습니다. "한탄할 필요 없어요. 당신은 최고의 행운아니까요. 하지만 당신은 자기가 얼마나 운이 좋은지 모르고 있어요. 나는 당신을 부자로 만들어야 하니 지금 그 일을 시작하겠어요." 이 말을 들은 피포는 고양이에게 고마워하면서 등을 서너 번 쓰다듬었고, 고양이를 믿고 의지하게 됐습니다. 고양이는 슬픔에 빠진 갈리우소*를 몹시 측은하게 여겼고, 태양이 햇빛을 미끼로 밤의 그림자를 낚아 올리는 매일 아침 키아야 해변에 들러서 커다란 금붕어를 노렸습니다. 금붕어를 잡는 날이면 그것을 왕에게 가져가 이렇게 말했지요. "높고 지엄하신 전하의 종이자 저의 주인인 갈리우소가 이 물고기를 전하께 보내며 '위대한 전하께 보잘것없는 선물'이라고 감히 인사를 드리옵나이다." 왕은 선물을 가져온 사람들에게 으레 그러듯이 미소를 머금어 보이고는 고양이에게 말했습니

---

* 여기서 둘째 아들의 이름이 피포에서 갈리우소로 바뀌는데, 이런 실수는 이 작품에서 몇 차례 더 나온다.

다. "내가 모르는 너의 주인에게 가서 고맙다고 전하라." 또 어떤 때는 고양이가 늪지로 가서 사냥꾼들이 빠뜨리고 간 꿩이나 들오리, 자고를 주워다가 왕에게 바쳤습니다. 여러 날을 이렇게 하자, 하루는 왕이 고양이에게 말했습니다. "내가 너의 주인 갈리우소에게 큰 신세를 졌구나. 내가 직접 만나서 고마움을 표하고 뭐라도 답례를 하고 싶구나." 그러자 고양이가 대답했습니다. "저의 주인 갈리우소는 전하와 이 왕국의 번영을 위해서라면 기꺼이 목숨을 바치고자 합니다. 태양이 들녘의 짚더미에 빛을 비추는 내일 아침에 저의 주인은 전하의 뜻을 받들기 위해 전하 앞에 서 있을 겁니다."

아침이 밝자, 고양이가 왕에게 와서 말했습니다. "전하, 갈리우소 영주가 저에게 대신 전하의 문안을 여쭙고, 오늘 아침에 직접 오지 못한 것을 설명드리라 하였습니다. 어젯밤에 영주의 하인 일부가 도망치면서 영주의 옷가지를 전부 가져가는 바람에 옷 한 벌 제대로 남지 않았나이다." 이 말을 들은 왕은 의상 담당관을 불러, 즉시 갈리우소 영주를 위해 왕의 의복 몇 벌을 보내라고 했습니다.

두 시간 후 갈리우소가 고양이의 안내를 받아 왕궁에 도착했습니다. 왕은 치하의 말을 하면서 그를 옆자리에 앉혔고, 나중에는 산해진미가 차려진 연회장으로 데려갔습니다. 음식을 먹는 동안 갈리우소는 주위를 두리번거리며 고양이에게 말했습니다. "야옹아, 내 누더기 옷들을 잘 지켜. 잃어버리면 안 되니까." 고양이가 대꾸했습니다. "쉿, 말조심하세요. 그런 비렁뱅이 물건들 얘기는 꺼내지 말아요." 원하는 것이 있느냐고 왕이 묻자, 고양이가 갈리우소를 대신해 작은 레몬 하나면 족하다고 말했습니다. 그러자 왕은 정원에서 레몬을 한 바구니 가져오게 했습니다. 얼마 후에 갈리우소가 또 자신의 누더기 옷 타령을 하자, 고양이는 다시금 입을 다물라고 말했지요. 이번에도 무엇을 원하는지 왕이 묻자, 고양이는 갈리우소의 가난을 상쇄할 만한 또 다른 구실을 만들어냈습니다.

식사를 끝내고 다양한 화제로 이야기를 나누다가 갈리우소가 먼저 물러가겠다고 아뢰었습니다. 그러자 고양이는 왕과 함께 남아서 갈리우소의 용맹함과 능력과 정확한 판단력에 대해 말했고, 무엇보다 그가 엄청난 부자여서 로마 인근 캄파니아와 롬바르디아에 여러 부동산을 소유하고 있다고도 했습니다. 그래서 공주님의 배필이 될 정도로 가치 있는 사람이라고 말입니다. 그러자 왕은 갈리우소의 재산이 정확히 얼마나 되느냐고 물었습니다. 고양이는 얼마나 많은 동산과 부동산을 소유하고 있는지 그 가치를 계산할 수 없을 정도로 어마어마한 부자라고 대답했습니다. 왕이 왕국 밖으로 신하 몇을 보내어 탐문한다면, 재산이 어느 정도인지 짐작할 수 있을 거라고 귀띔까지 했지요. 갈리우소만 한 부자는 세상 어디에도 없다면서요. 왕은 지체 없이 가장 믿는 부하 몇 명에게 갈리우소에 대한 탐문을 지시했고, 명을 받은 부하들은 고양이를 길잡이 삼아 함께 출발했습니다. 고양이는 음식을 준비시켜야 하니 한발 앞서 가겠노라 양해를 구한 뒤에, 왕국을 벗어나자마자 쏜살같이 달렸습니다. 그리고 도중에 만난 양 떼와 소 떼, 말 떼와 돼지 떼의 목동과 관리인에게 이렇게 말했습니다. "이보시오, 정신들 똑바로 차리시오. 도적 떼가 이 지역을 휩쓸고 있으니, 여러분의 가정과 재산을 무사하게 지키고 싶으면 도적 떼가 왔을 때 여러분이 가지고 있는 모든 재산은 갈리우소 영주의 것이라고 말하시오. 그러면 아무 일 없을 것이오." 고양이는 농장마다 들러 이런 식으로 말했고, 왕의 신하들은 대규모 합창곡처럼 모든 것이 갈리우소 영주의 소유라는 똑같은 말을 듣게 됐지요. 계속 물어보는 것에도 지쳐버린 신하들은 왕에게 돌아와 갈리우소 영주의 재산이 기적 중의 기적일 정도로 어마어마하다고 아뢰었습니다. 그러자 왕은 고양이에게, 만약 이 결혼을 성사시켜준다면 좋은 선물을 하겠다고 약속합니다. 고양이는 동분서주하다가 드디어 결혼을 성사시킨 척하지요. 결혼식에서 왕은 갈리우소에게 공주와 더불어 풍족한 지참금까지 주었습니다. 한 달간의 성대한 축연과 향응이 끝난 뒤 갈리우소는 신부를 데리고 자신의 영지로 가겠다고 말했고, 왕은 이를 허락하고 얼마간 동행하며 그들을 배웅했습니다. 갈리우소는 고양이의 충고대로 땅과 저택을 사놓은 롬바르디아로 향했고, 이곳에서 곧 남작의 지위에 올랐습니다.

생활이 아주 풍족해진 갈리우소는 고양이에게 진심으로 고마워하면서 자신의 삶과 행복과 지위는 모두 고양이에게 빚진 것이라고 말했습니다. 그리고 이 훌륭한 결과는 선친의 재주와 기지보다는 고양이의 능력 덕분이라고 했지요. 그러니 자신의 재산과 목숨은 고양이의 것이나 다름없다고 말했습니다. 그러

면서 약속하기를, 백 년쯤 후에 혹시 고양이가 죽는다면, 고양이를 방부 처리해 황금 항아리에 넣고 그 항아리를 자기 방에 보관함으로써 고양이의 은혜를 가까이서 늘 기억하겠다고 했습니다. 이 허풍을 들은 고양이는 시험해볼 요량으로 그로부터 사흘 후에 정원에서 죽은 척하며 축 늘어져 있었습니다. 갈리우소의 아내가 이 광경을 보고 소리쳤습니다. "여보, 큰일 났어요. 고양이가 죽었어요." 갈리우소가 대답했습니다. "고양이와 함께 액운도 다 사라지기를. 우리를 위해서가 아니라 고양이를 위해서." 아내가 말했습니다. "고양이를 어떻게 해요?" 그러자 그가 말했습니다. "다리 한쪽을 잡고 들어 올려 창밖으로 던져버려." 그가 전혀 예상치 못한 방식으로 보은하는 소리를 듣고서 고양이가 소리쳤습니다. "이게 네 목에서 벼룩을 없애준 나에 대한 고마움이냐? 이게 너를 누더기 옷에서 벗어나게 해준 나에 대한 고마움이냐? 이게 너를 인간쓰레기, 비렁뱅이에서, 또 너덜너덜한 꼴에서 벗어나 출세하게 하려고 거미처럼 부지런히 일한 내게 고마움을 표하는 것이냐? 너덜너덜한 누더기, 넝마를 뒤집어쓰고 벼룩투성이였던 이 못된 놈. 얼간이의 머리를 씻겨줬더니 그 은혜를 이렇게 갚는구나. 내가 너를 위해 한 선행들이 모조리 저주스럽다. 너는 일말의 호의도 베풀 가치가 없는 놈이니까. 나를 위해 황금 항아리를 준비하겠다고! 나한테 멋진 장례를 치러주겠다고! 네 놈이나 어디 가서 땀 흘리며 열심히 일해 그런 대접을 받아라. 다른 이의 희망으로 항아리를 채우다니 참으로 한심하다. 어느 현자가 '당나귀를 재우려 할수록 당나귀는 잠에서 깬다'라고 말했다니, 그것 참 옳구나. 노력할수록 기대할 게 줄어든다는 거야."

갈리우소가 부드러운 말과 맛있는 먹이로 달래며 고양이의 분노를 가라앉히려 했으나, 말을 끝낸 고양이는 펄쩍 뛰어오르더니 달아나 버렸습니다. 고양이는 다시는 돌아오지 않을 마음으로 뒤 한번 돌아보지 않고 달려가며 이렇게 말했다고 합니다.

"신이 그대를 빈자가 된 부자와 부자가 된 빈자로부터 보호하시길."

다섯 번째 여흥

뱀

스타르차-롱가('긴 땅')의 왕은 딸을 뱀과 결혼시켰는데, 그 뱀이 잘생긴 청년이라는 사실을 알아채고는 뱀의 허물을 불태운다. 탈출을 시도하던 뱀은 창문을 깨려다가 머리를 다치고 만다. 청년을 치료하고 싶은 공주는 왕궁을 떠났고, 자기가 치료 효과를 낼 수 있을 거라는 여우의 말을 듣고 가차 없이 그 여우를 죽인다. 그리고 여우의 피와 다양한 종류의 새들의 피를 섞어서 청년의 상처에 바른다. 공주의 남편이 된 청년은 사실 어느 왕국의 왕자임이 밝혀진다.

청중은 선행에 비해 너무도 형편없는 대접을 받은 고양이를 무한히 동정했다. 그러나 고양이 혼자만 이런 배은망덕을 겪는 것은 아니니 위로가 될지 모른다고 생각하는 청자도 있었다. 요컨대 요즘에는 배은망덕이 가정의 악이 되었고, 성병처럼 흔한 질병이 되었기 때문이다. 재산을 모으기도 하고 그중 일부를 까먹기도 하다가 전부 탕진하고는 배은망덕한 종자들을 위해 자신의 삶을 망쳐버리는 사람들도 많다. 손에 황금 잔을 들고 있다고 생각하지만 정작 죽음을 앞둔 자신을 발견하는 곳은 병원이다. 한편 포파가 이야기할 준비를 마쳤고, 좌중은 조용해졌다. 포파가 다음과 같이 이야기를 시작했다.

호기심 때문에 다른 사람들의 일을 궁금해하는 사람은 대부분 도끼로 자기 발등을 찍게 됩니다. 스타르차-롱가의 왕이 그 예가 될 수 있을 겁니다. 그는 자기랑 상관없는 일에 참견하는 바람에 딸의 행복을 망치고 사위까지 창문을 깨다가 머리를 다치게 만들지요.

소송 당사자가 소송에서 이기기를 바라는 것보다, 병자가 냉수 한 잔을 바라는 것보다, 여인숙 주인이 이익을 바라는 것보다 더 아이를 바라는 시골 아낙이 있었습니다. 그녀의 이름은 사파텔라였습니다. 남편은 콜라-마테오라는 정원사였는데, 그가 아무리 밤새 애를 써도 사파텔라는 임신의 징조를 보이지 않았습니다. 그러던 어느 날 남편이 산기슭에서 땔감을 해 왔는데, 집에다 땔감을 부려놓으니 나뭇가지 사이에 귀여운 새끼 뱀이 한 마리 있었습니다. 사파텔라는 그것을 보고 한숨을 길게 내쉬며 말했습니다. "뱀도 제 새끼가 있는데 나는 박복하구나. 남편은 정원사면서 나무 하나 접붙이지를 못하니 쓸모없는 인간이지." 이 말을 들은 뱀이 대답했습니다. "아이를 낳을 수 없다면 나를 가져요. 그러면 당신은 좋은 일을 하는 것이고 스스로도 만족할 거예요. 나는 낳아준 엄마보다 당신을 더 사랑하겠어요." 뱀의 말을 들은 사파텔라는 소스라치게 놀랐으나 잠시 후에 용기를 내어 말했습니다. "네가 애정 어린 말로 원한다고 하니까 너를 내 무릎에서 나온 친자식처럼 받아들이마." 아낙이 뱀을 집 안으로 데려가 들어가 있을 구멍을 마련해주고 매사 크나큰 애정으로 먹이고 기르니, 뱀은 무럭무럭 자라났습니다. 커다란 성체가 된 뱀은 지금까지 아버지로 대해온 콜라-마테오에게 말했습니다. "아버지, 저 결혼하고 싶어요." 콜라-마테오가 말했습니다. "그러면 너와 비슷한 뱀을 찾아 오랴 아니면 다른 종의 뱀을 찾아 오랴?" 뱀이 대답했습니다. "뱀이라니, 그게 무슨 말이에요? 지금 저를 살모사 같은 뱀이랑 짝지어주시겠다는 건가요? 정말 멍청하시네요. 가치 있는 것과 그렇지 않은 것을 구별하지 못하시니. 저는 공주와 결혼하고 싶으니 당장 왕을 찾아가 딸을 결혼시킬 의향이 있는지 물으시고, 뱀 한 마리가 공주를 아내로 맞고 싶어 한다고 말해보세요." 숙맥인 콜라-마테오는 사태 파악을 하지 못한 채 곧장 왕을 찾아가 뱀의 말을 그대로 옮겼습니다. "심부름 온 소인을 나무라지는 마소서. 잘못하면 제가 모래알 숫자만큼 두들겨 맞을지도 모르겠습니다. 뱀 한 마리가 공주님과 결혼하기를 원하기에 제가 대신 인사를 올리고 뱀과 비둘기의 결합이 가능할지 알아보러 왔나이다." 상대가 숙맥임을 알아챈 왕은 그를 쫓아낼 요량으로 이렇게 대답했지요. "가서 뱀에게 고하여라. 왕궁의 정원에 있는 과일들을 전부 황금으로 만든다면 공주와의 결혼을 허락하겠다고." 왕은 이렇게 말하고 웃으면서 콜라-마테오에게 이제 물러가라고 했습니다.

콜라-마테오는 집으로 가서 뱀에게 왕의 답을 전했습니다. 그러자 뱀이 말했습니다. "내일 아침 일찍 이 왕국에서 보이는 과일들의 씨를 모조리 모아다가 왕궁의 정원에 뿌리세요. 그러면 주렁주렁 열린 황금을 보게 될 겁니다." 새벽에 젖은 들판에서 해가 금빛 마당비로 밤그림자들의 잔재를 쓸어내자마자, 콜라-마테오는 뱀의 말에 질문도 반박도 하지 않은 채 바구니를 들고 시장에서 시장을 오가며 배와 복숭아와 버찌와 자두 등등 눈에 띄는 과일은 무엇이든 그것의 씨를 긁어모았습니다. 그리고 왕궁의 정원으로 가서 뱀이 말한 대로 그 씨들을 뿌렸습니다. 그러자 즉시 과실수들이 솟아오르더니, 가지며 잎이며 봉오리며 과일들이 전부 금으로 반짝였습니다. 이 모습을 본 왕은 크게 놀랐고 크게 기뻐했습니다. 뱀이 콜라-마테오를 왕에게 보내어 약속을 이행해달라고 요청하자 왕은 이렇게 말했습니다. "너무 서두르지 말게. 자네 주인으로부터 선물을 하나 더 받아야겠어. 내 딸과 결혼하려면 이 정원의 담장과 땅을 전부 금은보화로 만들어라." 정원사가 돌아가 왕의 말을 전하자 뱀이 말했습니다. "내일 아침, 깨진 병과 접시와 질그릇을 보이는 대로 모아서 정원의 통행로와 담 부근에 뿌리세요. 그러면 곧 시시한 이번 일도 이루어질 겁니다." 밤이 어둠으로 세상의 모든 도둑과 죄인을 보호한 후 새벽 어스름의 부스러기를 모으러 간 시간, 콜라-마테오는 커다란 바구니를 머리에 이고 깨진 항아리, 물병 손잡이, 주전자 뚜껑, 부서진 등잔 조각과 요강 파편, 석판과 각종 손잡이, 온갖 종류의 질그릇 조각까지 모으러 다녔습니다. 그리고 뱀이 시키는 대로 하자, 곧 왕궁 정원의 벽과 통행로가 전부 에메랄드, 석류석, 사파이어, 다이아몬드, 루비, 자수정으로 뒤덮이더니 햇빛 아래서 장님도 볼 수 있을 정도로 밝게 반짝였습니다. 실로 그것을 보는 사람마다 전부 경탄했지요. 놀라움과 황홀경에 빠진 왕은 눈앞의 광경을 믿을 수 없어 했습니다. 뱀이 보낸 콜라-마테오가 세 번째로 찾아와 약속 이행을 요구하자 왕이 대답했습니다. "이 왕궁을 황금으로 만들지 않는다면 지금까지 한 일은 무효다."

콜라-마테오가 왕의 또 다른 변덕을 알리자 뱀이 말했습니다. "가서 몇 가지 초본 식물을 모아서 즙을 낸 뒤에 왕궁의 토대에 문지르세요. 그러면 그 거지 왕이 만족할 겁니다." 콜라-마테오는 뱀의 지시에 따라 부드러운 잎사귀, 작은 무, 오이풀, 쇠비름, 겨자 따위를 모아서 즙을 냈고, 그것을 왕궁의 토대에 문질렀습니다. 그러자 곧바로 왕궁은 무일푼인 천 개의 집을 한꺼번에 큰 부자로 만들 만큼 온통 황금으로 반짝였습니다. 정원사가 또다시 뱀의 뜻을 전하러 왔을 때, 더는 빠져나갈 길이 없는 왕은 어쩔 수 없이 약속을 지켜야 했기에 그란노니아 공주를 불러 말했습니다. "얘야, 너의 배필이 되고 싶다는 자가 있으나 이 아비의 마음에 들지 않아서 도저히 불가능해 보이는 선물과 공적을 요구했더니, 그걸 전부 해내고 말았구나. 그래서 내가 약속을 지켜야 하는데, 부디 아가야, 싫다고 하지 말아다오. 그래야 이 아비가 신뢰를 잃지 않는단다. 내가 어쩔 수 없이 받아들이듯, 너 또한 하늘이 네게 행하는 뜻에 만족하려고 노력해다오." 그러자 공주가 대답했습니다. "아바마마의 뜻대로 하소서. 거역하지 않겠나이다." 왕은 콜라-마테오를 통해 뱀에게 왕궁에 들라고 일렀습니다. 왕명을 전해 받은 뱀은 금은보화로 치장한 네 마리 코끼리가 끄는 황금 마차에 올라 왕궁으로 향했습니다. 그러나 가는 곳마다 백성들이 황금 마차를 타고 행진하는 커다란 뱀을 보고 기겁하며 도망쳤습니다. 뱀이 왕궁에 도착하자 신하들이 전부 줄행랑을 쳤고, 허드레꾼 하나 남아 있지 않았습니다. 왕과 왕비마저 도망쳐 어느 내실에 숨어버렸지요. 그란노니아 공주만 홀로 꿋꿋이 서서 다가오는 뱀을 기다렸습니다. 그때 왕과 왕비가 공주에게 소리쳤습니다. "도망쳐, 그란노니아. 도망치라니까." 그러나 공주는 한 발짝도 움직이지 않고 이렇게 말했습니다. "아바마마께서 정해주신 남편한테서 도망치라니요." 뱀은 방에 들어오자마자 꼬리로 공주의 허리를 휘감고 여러 번 키스했습니다. 겁에 질린 왕은 몸속에서 벌레들이 우글거리는 느낌이 들었고, 그 순간 거머리가 그의 피를 빨았다면 피가 말라붙어서 한 방울도 나오지 않았을 겁니다. 뱀은 공주를 데리고 더 안쪽에 있는 방으로 가서 공주에게 문을 닫으라고 하더니, 허물을 벗고 더없이 잘생긴 청년으로 변했습니다. 머리카락은 곱슬한 금발이었고, 두 눈은 천 번의 탄성을 자아내게 만들었습니다. 그는 신부를 껴안고 사랑의 첫 열매를 수확했습니다. 뱀이 공주와 함께 더 안쪽 내실로 들어가 문을 닫는 것을 본 왕은 왕비에게 말했습니다. "부디 우리 딸의 선한 영혼에 평화가 깃들기를. 우리 딸은 죽었을 거요. 저 증오스러운 뱀이 우리 딸을 계란 노른자위처럼 꿀꺽 삼켜버렸을 거요." 그 방으로 다가간 왕은 공주가 어떻게 됐는지 알고 싶어서 열쇠 구멍으로 들여다보았습니다. 그런데 기품 있고 잘생긴 청년과 바닥에 떨어져 있는 뱀의 허물을 보게 되자, 문을 박차고 왕비와 함께 방 안으로 들어갔습니다. 그러고는 허물을 주워서 난로 속에 집어 던져 불태웠습니다.

그 모습을 본 청년이 울부짖었습니다. "이 몹쓸 개 같으니, 나를 망쳐버렸어." 그는 비둘기로 변신해 창문으로 날아갔습니다. 그러나 창문들이 닫혀 있었기 때문에 유리창에 부딪혀 머리가 깨지고 말았습니다. 심각한 중상이었고, 머리에 상처 없는 부분이 없을 정도였지요. 조금 전까지만 해도 행복했던 그란노니아는 모든 즐거움을 빼앗긴 채, 행복하면서도 불행하고 부유하면서도 가난한 사람처럼 자신의 가슴을 치고 얼굴을 때리며 부모님과 함께 울고 한탄했습니다. 그녀에게 시련이 찾아왔기 때문이고, 독이 그녀의 달콤함을 쓰게 만들었기 때문이고, 그녀를 위한답시고 한 행동으로 오히려 그녀에게 해를 끼친 부모가 운명의 변화를 빚어냈기 때문이었습니다. 왕과 왕비는 이렇게 될 줄 몰랐다며 변명했지요.

밤이 해의 장례식을 위해 하늘의 교수대에 횃불을 밝히러 올 때까지 공주는 조용히 기다렸습니다. 그리고 모두가 잠들었음을 알게 되자 문갑에서 보석과 금을 전부 꺼내고 변장을 한 뒤에 비밀 뒷문으로 빠져나갔습니다. 사랑하는 연인을 찾을 때까지 헤매고 다니겠다는 생각밖에 없었지요. 그렇게 왕국에서 벗어나 달빛에 의지해 길을 가는데, 여우 한 마리가 나타나 길동무를 원하느냐고 물었습니다. 그란노니아가 대답했습니다. "그러면 참좋겠구나. 친구야, 나는 이 지역을 잘 모르거든." 그들은 함께 어느 숲까지 갔는데, 이곳에는 아이들이 소꿉놀이를 하듯이 나무들이 그림자를 드리워서 작은 집과 같은 곳이 만들어져 있었습니다. 오래 걸은 탓에 피곤해진 그들은 분수가 있는 시원한 풀밭의 나무 그늘 아래서 쉬기로 했습니다. 그래서 풀밭에 누워 삶을 위해 자연에 빚지고 있는 휴식의 의무를 다했고, 해가 이글거리는 빛으로 선원과 밀정에게 여정을 계속하도록 신호를 보낼 때까지 뒤척이지도 않고 푹 잠을 잤습니다. 그들은 잠에서 깬 뒤에도 계속 그 자리에 남아서 다양한 새들의 지저귐에 귀를 기울였습니다. 그란노니아는 새들의 노래를 아주 즐겁게 경청했고, 그녀의 기분 좋은 모습을 본 여우가 이렇게 말했습니다. "나처럼 새들이 하는 말을 이해할 수 있다면 훨씬 더 즐거울 텐데요." 이말을 들은 그란노니아는 (여자들은 예외 없이 말이 많은 만큼 호기심도 많기 때문에) 여우에게 새들이 무슨 말을 하는지 알려달라고 부탁했습니다. 그녀가 한참을 부탁하고 애원하도록 내버려둠으로써 호기심을 더 부채질하고 더 중요한 내용인 듯한 인상을 주었던 여우가 마침내 입을 열었습니다. 새들은 아주 잘생기고 우아한 어느 왕자에게 벌어진 큰 불행에 관해 얘기하고 있다고 말이지요. 왕자가 어느 가증스러운 오그레스의 음탕한 욕구를 들어주지 않아서 칠 년 동안 뱀의 모습으로 있어야 하는 저주에 걸렸다고 했습니다. 그리고 칠 년이 거의 다 되어갈 무렵, 왕자는 매력적인 공주를 사랑하게 되어 왕에게 결혼 허락을 구했

답니다. 그리고 첫날밤, 신부와 단둘이 방에 있던 왕자는 바닥에 뱀의 허물을 벗어놓았는데, 신부의 아버지와 어머니가 호기심에 방 안으로 난입해 바닥에 떨어져 있는 허물을 보고는 그것을 불태워버렸지요. 그래서 왕자는 비둘기로 변신해 탈출하려 했으나 유리창에 머리를 부딪혀 심각한 중상을 입었고, 의사들은 왕자의 생명을 포기했답니다. 자신의 슬픈 일이 새들 사이에서 화제가 되고 있음을 알게 된 그란노니아는 그 왕자가 어느 왕의 아들인지, 또 완치 가능성이나 치료약이 있는지 물었습니다. 새들이 왕자의 아버지에 대해 발로네-그로소('큰 계곡')의 왕이라고만 말했다고 여우가 대답했습니다. 그리고 왕자의 머리를 치료해 영혼이 떠나는 것을 막을 비책은 오로지 이 이야기를 하고 있는 바로 그 새들의 피를 상처에 바르는 것뿐이라고 했습니다. 이말을 들은 그란노니아는 여우 앞에 무릎을 꿇고서 부디 친절을 베풀어 그 새들을 잡아달라고, 그 피를 얻게 해달라고 사정했고, 그러면 나중에 그것으로 얻는 이득을 나누어 갖겠다고 말했습니다. 그러자 여우가 말했습니다. "밤이 되어 새들이 잠들 때까지 침착하게 기다리기로 해요. 그런 다음 내가 나무 위로 올라가서 새들을 하나씩 죽이겠어요." 그래서 그들은 젊은 왕자의 잘생긴 외모와 신부의 아버지인 왕의 실수, 그리고 왕자의 불운에 대해 얘기하면서 낮 시간을 보냈습니다. 이런저런 얘기를 하다 보니 어느덧 시간이 갔고, 대지는 밤의 횃불에서 떨어지는 밀랍을 모으려고 검은 마분지 조각을 펼쳐놓았습니다.

새들이 나뭇가지에서 곤히 잠든 것을 본 여우는 살며시 나무 위로 올라갔습니다. 그러고는 피리새, 제비, 참새, 지빠귀, 종달새, 되새, 누른도요, 들새, 올빼미, 까마귀, 까치, 딱새를 한 마리씩 죽였고, 매번 새로 가져간 작은 항아리에 새들의 피를 담아 왔습니다. 그란노니아는 너무 기뻐서 발이 땅에 닿을 새도 없이 폴짝폴짝 뛰었으나 여우가 이렇게 말했습니다. "당신의 큰 기쁨은 한갓 꿈에 지나지 않아요. 새들의 피에 나의 피를 섞지 않으면 아무 소용이 없거든요." 여우는 이렇게 말하고는 도망쳤지요. 모든 희망이 수포로 돌아간 것을 깨달은 그란노니아는 여성의 간교, 즉 간사함과 교활함을 사용하기로 했습니다. "친구야, 나의 여우야, 내가 너한테 큰 빚을 지지 않았다면, 또 이 세상에 다른 여우들이 없었다면, 그땐 네가 지금처럼 행동하는 것이 목숨을 건지는 좋은 방법이 되겠지. 하지만 너도 알다시피 나는 네게 빚을 졌고, 이 숲에는 너 같은 여우들이 많이 있으니 날 믿으렴. 우유가 가득한 통을 소처럼 발로 차버릴 필요가 없잖니. 너는 이미 많은 일을 해냈는데, 가장 좋은 몫을 날려버릴 셈이니? 도망가지 말고 날 믿으렴. 나와 함께 도시까지 가서 왕을 만나자꾸나. 내가 노예처럼 너를 따를게." 여우는 자기 말고 다른 누군가가 여우 짓의 진수를 보여주리라고는 꿈에도 생각지 못했고, 자기보다 더 여우인 여자를 본 적이 없었습니다. 그래서 되돌아와 그란노니아와 함께 걸었습니다. 그러나 그들이 백 걸음도 채 가지 않았을 때 공주는 가지고 있던 막대기로 여우의 머리를 후려쳤습니다. 여우는 그 자리에서 뻗어버렸고, 공주는 여우를 도살해 여우의 피를 항아리 속에 들어 있는 새들의 피와 섞었습니다. 공주는 발로

네-그로소에 도착할 때까지 계속 걸었고, 이 도시의 왕궁을 찾아가 왕자를 치료하겠다고 말했습니다. 그녀를 불러들인 왕은 왕국에서 가장 뛰어난 의사들도 실패한 의술에 도전하는 자가 너무도 젊은 여인이라는 사실에 적잖이 놀랐습니다. 그러나 맡겨봐도 해가 될 것은 없다고 판단한 왕은 시술 과정을 지켜보고 싶다는 뜻을 전했습니다. 그란노니아는 이렇게 대답했습니다. "제가 성공하여 전하께서 치료의 효과를 확인하신다면, 그리하여 전하의 소원을 제가 이루어드린다면, 왕자님과 저의 결혼을 허락하겠다고 약속해주십시오." 왕은 아들이 죽을 거라고 믿었기에 이렇게 대답했습니다. "네가 왕자에게 자유와 건강을 준다면 나는 너에게 자유롭고 건강한 왕자를 주겠다. 내게 아들을 준 사람에게 남편을 주는 것이 그리 큰 선물은 아니니까." 그란노니아 공주는 왕자의 침실로 가서 왕자의 머리에 피를 발랐습니다. 그러자 왕자가 언제 아팠냐는 듯이 곧바로 건강하게 일어서는 것이었습니다.

왕자의 건강한 모습을 본 그란노니아는 왕에게 약속을 지켜달라고 청했고, 왕은 왕자에게 말했습니다. "애야, 네가 죽은 줄 알았는데 이렇게 살아나다니 믿기 어렵구나. 하지만 이 처자가 너를 낫게 한다면, 그래서 내가 건강한 너를 보게 된다면 네가 이 처자의 남편이 될 거라고 약속했단다. 이것이 하늘의 뜻이니, 이 아비가 약속을 지킬 수 있게 해다오. 은혜는 갚아야 하는 빚이란다." 그러자 왕자가 대답했습니다. "아바마마의 뜻에 기꺼이 따르겠습니다. 아버님께 만족을 드리고, 또 제가 아버님을 향해 간직한 큰 사랑을 증명해 보이겠습니다. 하지만 저는 이미 다른 여인에게 사랑의 신의를 주었습니다. 아바마마께서는 저의 약속을 깨라 하지 않으실 겁니다. 이 처자 또한 제가 사랑하는 사람을 배신하고 그릇된 행동을 하라고 조언하지는 않을 것이고, 저는 마음을 바꿀 수도 없나이다." 왕자의 말을 들은 그란노니아 공주는 사랑하는 왕자의 가슴에 자신에 대한 기억이 그리도 깊숙이 아로새겨져 있다는 것을 알고는 이루 형용할 수 없는 기쁨을 맛보았습니다. 두 뺨에 보일 듯 말 듯 홍조가 피어오른 그녀가 말했습니다. "하지만 만약 제가 왕자님의 사랑을 받는 그 젊은 여인을 설득하여 기꺼이 왕자님을 포기하게 한다면, 그래도 저의 청을 거절하실 건가요?" 왕자가 대답했습니다. "그런 일은 있을 수 없소. 나는 그 여인의 사랑스러운 모습을 내 마음에서 결코 떨쳐낼 수 없고, 내 마음속에선 언제나 그 여인이 왕세자비로 남을 것이오. 그녀가 나에 대한 사랑을 간직하든 나를 마음에서 지워버리든 상관없이 나는 언제나 같은 그리움과 사랑과 생각을 품고 있을 것이오. 설령 또다시 목숨을 잃을 위험에 처한다 해도 변함이 없을 것이고, 시련에 처한 내 약속을 거두지도 않을 것이오."

더는 저항할 수 없었던 그란노니아는 변장을 벗어버리고 본연의 모습을 드러냈습니다. 비밀을 걷어내자, 왕자는 그녀를 알아보고는 크나큰 기쁨 속에서 부둥켜안았습니다. 왕자는 아버지에게 그녀가 누구인지, 그가 그녀를 위해 무엇을 했는지를 말했습니다. 그란노니아는 왕자가 떠난 후에 무슨 일이 있었는지, 어떻게 자신이 여우의 비책을 알게 되어 왕자를 치료할 수 있었는지를 설명했습니다. 그러자 왕은 스타르차-롱가의 왕과 왕비에게 전령을 보냈고, 모두의 동의 아래 곧 결혼식과 축하연이 열렸습니다. 그란노니아가 어떻게 여우의 기지를 꺾었는지를 생각하면서 모두가 기뻐했고, 이런 결론을 내렸습니다.

"사랑의 기쁨에는 늘 고통이 곁들여진다."

암곰

로크 아스프라('마른 바위')의 왕은 친딸을 아내로 삼으려 한다. 공주는 한 노파에 의해 암곰으로 변한 뒤에 아버지의 왕궁에서 탈출한다. 어느 왕자가 그녀를 데려가는데, 정원에서 원래의 모습으로 돌아와 머리를 장식하는 공주를 본 왕자는 깊은 사랑에 빠진다. 여러 일을 겪은 후에 공주는 본래의 모습을 되찾고 왕자의 아내가 된다.

모두가 포파의 이야기를 듣고 진심으로 즐거워했으나, 여우를 능가하는 여자의 간교와 아첨을 말하는 대목에서는 뒤로 나자빠질 정도로 웃어댔다. 실제로 여자들은 교활하고, 그들의 간교는 머리카락 한 올 한 올에 스며들어 있다. 사기詐欺는 여자들의 어머니고, 거짓은 여자들의 보모고, 유혹은 여자들의 스승이고, 위선은 여자들의 조언자고, 속임수는 여자들의 친구다. 그래서 여자들은 남자들을 마음대로 요리할 수 있다. 그러나 여기서 잠깐, 자신의 이야기를 시작하고 싶어 안달이 나 있는 안토넬라에게 주목하자. 그녀는 잠시 생각에 잠겨 있는 듯하더니 이윽고 이야기를 시작했다.

　　어느 현자가 적절하게 말했듯이, 쓸개처럼 쓴 명령은 설탕처럼 단 복종을 가져오지 못합니다. 모름지기 명령에 상응하는 복종을 받고 싶다면 정당한 지시를 하고 판단을 올바로 해야 합니다. 부당한 명령은 쉬이 꺾을 수 없는 저항과 반발을 일으키지요. 딸에게 부당한 요구를 함으로써 그녀가 목숨과 명예를 걸고 도망치게 만든 로크 아스프라의 왕에게 벌어진 일처럼 말입니다.
　　옛날에 로크 아스프라의 왕이 살고 있었습니다. 왕비는 미모와 기품과 우아함에서 세상의 모든 여자들을 능가했지요. 그녀는 정말로 아름다움 그 자체였으나, 인생의 절정기에 그만 건강이라는 말에서 떨어져 목숨의 끈이 끊어지게 됩니다. 생명의 촛불이 완전히 꺼지기 직전, 왕비는 남편을 불러 말했습니다. "전하께서 저를 많이 사랑하시는 거 알아요. 그러니 그 사랑의 증거를 제게 보여주세요. 저와 견줄 정도로 아름다운 여자가 아니라면 절대 재혼하지 않겠다고 약속해주세요. 약속하지 않으시면 저는 전하께 저주를 내리고 저세상에서도 전하를 증오하겠어요." 그 누구보다 왕비를 사랑한 왕은 이 유언을 듣고서 울고 한탄하느라 한동안 아무 말도 할 수 없었습니다. 나중에 슬픔을 진정시키고 왕이 한 대답은 이랬습니다. "내가 또 결혼을 생각한다면 통풍에 걸리고 창에 맞을 것이오. 여보, 그런 건 잊어버려요. 내가 다

른 여자를 사랑한다는 건 꿈에도 생각지 마시오. 당신은 내 사랑
의 시작이었고, 내 소망의 조각들도 다 당신이 가져갈 테니까."
왕이 이렇게 말하는 동안, 불쌍한 왕비는 눈을 치뜨며 축 늘어졌
습니다.

왕비의 영혼이 떠나갔음을 알게 된 왕은 하염없이 눈물을 흘
리며 크게 울부짖었고 자신의 얼굴을 때렸습니다. 왕이 통곡하
자 모든 신하들이 곁으로 달려왔고, 왕은 계속해서 왕비의 이름
을 부르며 그녀를 잃은 자신의 운명을 원망했습니다. 머리카락
을 헤집고 수염을 잡아 뜯으며, 이런 큰 불행을 가져다준 하늘의
뜻을 저주했지요. 그러나 왕이라고 남들과 다르지 않았습니다.
쑤시는 팔꿈치의 고통과 아내를 잃은 고통은 둘 다 크지만 계속
되지는 않는 법이지요. 특히 아내를 잃은 고통은 무덤 속에 있기
도 하고, 허벅지 사이에 있기도 합니다. 박쥐들이 돌아다니는 밤
이 오기에는 아직 이른 시간, 왕은 벌써 손가락을 꼽으며 이렇게
말하고 있었습니다. "왕비는 죽고 나는 홀아비로군. 왕비가 남기
고 간 외동딸 말고는 이 슬픈 마음에 아무런 희망도 없구나. 그
러니 아들을 낳아줄 아내가 있어야겠어. 하지만 왕비가 될 여자
를 어디서 찾지? 눈에 보이는 다른 여자들은 전부 마녀 같기만
한데, 죽은 왕비만큼 아름다운 여자를 대체 어디서 만나지? 이
것이 문제로세! 지팡이 하나만 가지고 왕비 같은 여자를 어디서
찾는다지? 종 하나만 가지고 어디서 찾는가 말이야. 나르델라
(왕비여, 부디 영광 속에서 쉬기를)를 만들고 죽인 것도 다 자연인
걸. 아아! 미로에 빠졌구나! 내가 실수로 왕비와 그런 약속을 하

다니! 그래서 뭐? 아직 늑대와 맞닥뜨린 것이 아니니 도망갈 수 있잖아. 어디 보자, 어디 보자, 생각을 좀 해보자. 나르델라를 대신할 여자가 없다는 게 말이 되나? 세상이 나를 저버리다니 말이 되나? 여자 인구가 부족한가? 여자가 멸종이라도 앞두고 있나? 여자의 씨가 마르기라도 한 건가?" 이렇게 말한 왕은 포고꾼을 보내, 세상의 아름다운 여인들은 모두 모여 미를 견주어야 하며 왕은 그중 최고의 미녀를 왕비로 맞으리라는 것을 알렸습니다. 이 소식이 널리 퍼지자 세계 곳곳에서 경쟁에 참가하러 오지 않는 여자가 없을 정도였고, 쭈글쭈글한 노파들까지도 뒷짐 지고 가만있지 않았습니다. 여자들이 이렇게 몰려든 것은 아름다움에 관해서라면 양보할 줄 모르기 때문이었습니다. 바다괴물처럼 생긴 여자도 자신이 흉하게 생겼다고 인정하지 않지요. 모든 여자가 스스로 흔치 않은 미모를 지녔다고 자부합니다. 거울이 실상을 알려준다 해도, 여자들은 있는 그대로 비추지 않은 거울과 그 뒤에 붙은 수은에 문제가 있다고 비난합니다. 어느새 왕국은 여자로 가득했고, 왕은 그들을 일렬로 세운 뒤에 그 줄을 따라 이리저리 오갔습니다. 마치 술탄이 후궁들의 거처에 들어와 자신의 다마스쿠스 칼날을 가는 데 가장 좋은 제노바 숫돌을 찾는 것처럼 말이지요. 왕은 한시도 가만있지 못하는 원숭이처럼 이리저리 오가면서 이 여자를 살펴보고 저 여자를 노려보고 했습니다. 어떤 여자는 눈썹이 가지런하지 않았고, 또 어떤 여자는 코가 길었습니다. 입이 큰 여자, 입술이 두툼한 여자, 키가 너무 크고 비쩍 마른 여자, 키가 작고 기형인 여자, 옷을 너무 껴입은 여자, 옷을 너무 가볍게 입은 여자 등등. 그뿐 아니라 스페인 여자는 피부색 때문에 마음에 들지 않았습니다. 나폴리 여자는 걸음걸이가 마음에 들지 않았고요. 독일 여자는 너무 차갑고 딱딱하게 구는 것 같았습니다. 프랑스 여자는 머리에 든 것이 없었고, 베네치아 여자는 옷감을 칭칭 감은 물레 같았습니다. 결국 왕은 이런저런 이유를 들어 여자들을 전부 쫓아냈습니다. 그렇게 많은 미녀들을 봤는데도 소용이 없자, 왕은 문득 떠오르는 것이 있어서 공주를 보며 이렇게 말했습니다. "이게 무슨 헛수고냐? 내 딸 프레초사가 엄마를 쏙 빼닮지 않았던가? 나는 아름다운 얼굴을 집에 두고서 그걸 찾는답시고 세상 끝까지 갔던 게 아닌가?" 그러고는 딸에게 자신의 소망을 설명했습니다. 그러자 공주는 아버지를 심하게 비난하고 질책했습니다. 딸의 비난에 노발대발한 왕이 말했습니다. "목소리를 낮추고 말을 삼가라. 오늘 저녁까지 이 결혼의 연을 맺겠다고 마음을 정하여라. 그러지 않으면 내가 내릴 수 있는 가장 작은 벌로도 너의 귀를 자르게 될 것이다." 왕의 결심을 듣고 자기 방으로 돌아간 프레초사는 울면서 불행한 운명을 한탄했습니다. 이렇게 그녀가 슬픈 얼굴로 곤경에 처해 있을 때, 평소 그녀에게 연고와 포마드와 화장품 따위를 가져다주던 노파가 다가왔습니다. 노파는 자기보다 먼저 세상을 하직할 것처럼 비참해하는 공주를 보고는 어찌 된 일인지 물었고, 얘기를 다 듣고 나서 이렇게 말했습니다. "힘을 내요, 공주님. 절망하지 말아요. 죽음만 아니라면, 모든 병에는 치료약이 있는 법이에요. 내 말 잘 들어요. 전하께서 오늘 밤에 공주님을 찾아와 수말처럼 굴면(당나귀 쪽에 더 가깝다고 해야겠지만) 이 나뭇조각을 입안에 넣어요. 그러면 공주님은 즉시 암곰으로 변해 도망갈 수 있을 거예요. 전하가 곰으로 변한 공주님이 무서워 그냥 보내줄 테니까요. 그다음엔 저 숲으로 곧장 가세요. 공주님이 태어난 날에 운명의 책에 기록된 바에 따르면, 공주님은 저 숲에서 행운을 만날 거예요. 그리고 본래의 모습으로 돌아가고 싶어지면 입안에서 나뭇조각을 빼세요. 그러면 원래의 모습으로 돌아오니까요." 프레초사는 노파를 껴안고 고마워했고, 하인들에게 일러 노파에게 앞치마 가득히 밀가루와 햄을 주어 돌려보내라고 했습니다. 왕이 영주와 귀족들을 전부 초대해, 태양이 파산한 매춘부처럼 거처를 바꿀 무렵 결혼 피로연이 하객들로 북새통을 이루었습니다. 대여섯 시간이 지나 여흥을 곁들인 풍족한 식사가 끝나자, 왕은 침실로 향하면서 욕망의 회계장부를 기록하고자 신부를 불러오라 명령했습니다. 그러나 곧바로 나뭇조각을 입안에 넣은 공주는 무시무시한 모습의 암곰으로 변하여 왕 앞에 버티고 섰습니다. 공주의 돌변한 모습에 겁이 난 왕은 매트리스 사이에 몸을 처박고 아침이 될 때까지 머리를 들지 않았습니다.

한편 프레초사는 어둠의 그림자들이 모여 어떻게 하면 태양을 골려줄까 모의하곤 하는 숲으로 향했습니다. 그 숲에서 그녀는 다른 동물들과 사이좋게 누웠습니다. 운명의 날, 아쿠아-코렌테('흐르는 물')의 왕자가 그 숲에 사냥을 하러 왔다가 암곰을 보고 몹시 두려워했습니다. 그런데 왕자에게 다가온 암곰이 꼬리를 흔들며 그의 주변을 돌더니, 쓰다듬어 달라는 듯이 머리를 왕자의 손에 가져다 대는 것이었습니다. 이 낯선 광경 앞에서 용기를 낸 왕자가 곰의 머리를 쓰다듬으면서 개를 다루듯 이렇게 말했습니다. "엎드려, 엎드려. 조용, 조용. 꾸꾸꾸, 착한 녀석이네." 곰이 무척 순한 것을 알게 된 왕자는 곰을 왕궁으로 데려와 정원 한쪽에 두고서, 하인들로 하여금 왕족을 대하듯 잘 보살피고 먹이게 했습니다. 그리고 자기가 곰을 보고 싶을 때는 언제든 창문으로 볼 수 있는 위치에서 키우게 했지요.

그러던 어느 날, 어떤 행사가 있어서 궁인들이 전부 외출하고 혼자 남은 왕자는 곰을 떠올리고 창문 밖을 내다봤습니다. 그 순간 주변에 아무도 없다고 생각한 프레초사는 입속에서 나뭇조각을 빼고는 일어서서 금발을 빗질하고 있었지요. 이 아름다운 처녀를 본 왕자는 너무 놀라서 정원을 향해 계단을 뛰어 내려갔습니다. 그러나 왕자의 접근을 눈치챈 프레초사는 곧바로 입속에 나뭇조각을 넣었고, 도로 암곰이 되었습니다. 왕자는 주변을 두리번거렸고, 창문으로 본 여자를 찾을 수 없자 매우 상심하고 침울해졌습니다. 결국 이삼 일 지나서 큰 병을 앓게 되었지요. 왕자는 계속 이런 말을 되뇌었습니다. "아, 곰아. 나의 곰아." 계속되는 이 소리를 들은 왕비는 혹시 곰이 왕자를 물거나 해코지한 것은 아닐까 생각했고, 하인들에게 곰을 죽이라고 명령했습니다. 그러나 하인들은 모두 더없이 온순한 암곰을 좋아했고, 길가의 돌멩이까지도 이 짐승을 좋아할 수밖에 없었습니다. 하인들은 측은함 때문에 곰을 죽일 수 없었습니다. 그래서 곰을 숲에 풀

어주고 돌아와서 왕비에게 곰을 죽였다고 아뢰었습니다. 이 일이 왕자의 귀에 들어가자, 그는 미친 사람처럼 날뛰면서 아픈 몸으로 침대에서 일어나 하인들을 모조리 찢어 죽이려 들었습니다. 그때 하인들이 솔직하게 사실을 털어놓자, 왕자는 말을 타고 나가서 숲속을 뒤지며 암곰을 찾았습니다. 그리고 어떤 동굴에 이르러 드디어 암곰을 발견했지요. 그는 암곰을 왕궁으로 데려와 이번에는 자기 방에 두고 말했습니다. "아, 왕에게나 어울리는 아름다운 처자여, 어찌하여 그 아름다움을 곰 가죽 속에 숨기고 있나요? 아, 사랑의 빛이여, 어찌하여 털북숭이 각등 속에 갇혀 있나요? 나를 이리 대하는 이유가 뭔가요? 내가 서서히 죽어가는 꼴을 보고 싶은가요? 나는 당신의 아름다움에 홀려서 절망으로 죽어가고 있으니까요. 이렇게 나빠진 건강과 병든 몸을 보면 내 말을 믿을 수 있잖아요. 나는 이렇게 피골이 상접했고, 열병에 골수까지 불타고 있고, 심장을 후벼 파는 고통에 시달리고 있어요. 그러니 그 악취 나는 가죽을 벗어버리고 다시 한 번 당신의 아름답고 우아한 모습을 보여줘요. 바구니를 덮은 나뭇잎들을 치워버리고 그 속의 빛나는 과일들을 보여줘요. 이 눈으로 당신의 매력을 음미하는 호사를 누릴 수 있게 그 장막을 걷어줘요. 이토록 빛나는 작품을 황량한 감옥에 가둔 자가 대체 누군가요? 값을 따질 수도 없는 보석을 가죽 자루 속에 밀봉한 자가 대체 누군가요? 당신의 우아한 자태를 보게 해주고, 그 대가로 나의 소망을 전부 가져가요. 사랑하는 이여, 그대만이 내가 겪고 있는 이 신경병을 고칠 수 있어요." 그러나 왕자는 아무리 말해도 소용없고 시간 낭비일 뿐임을 깨닫고는 몸져눕고 말았습니다. 나날이 병세가 악화되더니 결국엔 의사들도 그의 생명을 포기하고 말았습니다. 아들만이 이 세상의 유일한 사랑이었던 왕비는 친히 병상을 지키면서 물었습니다. "세자, 너의 비탄은 대체 어디에서 연유한 게냐? 그 슬픔의 이유가 무엇이냐? 너는 젊고 부자고 사랑받고 있고 위대하다. 그런 네가 무엇을 원하는 게냐? 말을 해라. 숫기 없는 거지만이 빈 주머니로 다니는 법이다. 결혼하고 싶다면 여자를 선택해라. 나머지는 이 어미가 알아서 하마. 뭐든 가져라. 비용은 어미가 내마. 너의 병이 나의 병임을 모르느냐? 너의 맥박과 나의 심장이 하나로 뛰는 것을 모르느냐? 네가 핏줄 속의 열로 타들 때, 이 어미는 그 열로 머릿속이 타든다. 이 늙은 어미를 버티게 하는 힘은 너 하나밖에 없단다. 그러니 아들아, 힘을 내렴. 이 어미에게 힘을 주렴. 이 왕국을 어둠에 빠뜨리지 말아다오. 이 왕궁을 무너뜨리지 말아다오. 부디 이 어미를 죽게 내버려두지 말아다오." 왕자가 이 말을 듣고 대답했습니다. "저 곰을 보는 것 말고는 제게 힘을 내게 하는 것이 없어요. 그러니 다시 저의 건강한 모습을 보고 싶으시다면 저 곰을 이 방에 머물게 놔두세요. 다른 사람이 저를 시중들게 하고 싶지 않아요. 저를 위해 잠자리를 준비하고 음식을 만들고 하는 일을 저 곰이 하는 게 아니라면 싫습니다. 제가 원하는 대로 된다면 저는 며칠 후엔 한결 건강해질 거예요." 왕비로서는 곰에게 요리사와 하녀의 역할을 요구하는 것이 어리석어 보여서, 아들이 정신착란에 빠진 거라고 생각했지요. 그래도 왕비는 아들의 환상을 채워주기 위해서

곰을 데려오라 했습니다. 그런데 곰이 왕자의 침대 곁으로 다가
가더니 앞발을 들고 미약한 맥박을 짚어보는 것이었습니다. 이
모습을 본 왕비는 곰이 순식간에 왕자의 코를 할퀴지는 않을까
두려웠습니다. 그런데 왕자가 곰에게 이렇게 말했습니다. "요 장
난꾸러기, 나를 위해 요리를 하고 나를 먹여주고 돌봐주지 않겠
어요?" 그러자 곰은 그 일을 받아들이겠다는 듯이 고갯짓을 했습
니다. 그래서 여왕은 닭을 몇 마리 가져오게 하고, 왕자의 침실에
있는 벽난로에 불을 붙여 솥을 올리게 했습니다. 곰이 닭 한 마리
를 집어 들어 끓는 물에 데치더니 능숙하게 털을 뽑고 씻어서 절
반은 꼬치구이를 만들었고 나머지 절반은 스튜를 만드는 데 넣
었습니다. 요리가 끝나자, 지금까지 설탕조차 먹지 못하던 왕자
가 음식을 다 먹어치우고 손가락까지 핥았습니다. 식사가 끝나
자 곰이 마실 것을 가져와 왕자에게 건넸는데, 그 동작이 어찌나
우아하던지 여왕이 곰의 머리에 입을 맞출 정도였습니다. 곧이
어 자리에서 일어난 왕자가 의사들을 만나기 위해 응접실로 향
했고, 그곳에서 의사들의 판단을 기다렸습니다. 한편 곰은 침대
를 정돈하고 정원으로 달려가 장미꽃과 오렌지꽃을 한 아름 가
져다가 침대에 흩뿌렸습니다. 곰이 그 밖에도 몇 가지 맡은 일을
너무도 잘해내자 왕비는 속으로 생각했지요. '저 곰은 보물단지
구나. 왕자가 저 짐승을 좋아할 만도 해.' 방으로 돌아온 왕자는
곰이 훌륭하게 일처리를 해놓은 것을 보았고, 그러자 왕자의 가
슴속 불길에 기름이 부어지는 것 같았습니다. 그 전에는 불길이
은은하게 타올랐다면, 이번에는 강렬한 열기를 뿜으며 타올랐지

요. 그래서 왕자가 왕비에게 말했습니다. "어마마마, 저는 저 곰에게 키스하지 않는다면 죽고 말 겁니다." 여왕은 실제로 기절하기 직전의 아들을 보고는 곰에게 말했습니다. "왕자에게 키스해라, 키스해. 예쁜 곰아, 내 불쌍한 아들을 절망 속에서 죽게 두지마라." 곰은 순순히 왕자에게 다가갔고, 왕자가 곰의 뺨을 손으로 잡았으나 제대로 입을 맞추기가 어려웠습니다. 이렇게 입을 대고 애를 쓰는데, 어떻게 된 일인지 프레초사의 입에서 나뭇조각이 빠져나왔습니다. 그리하여 그녀는 세상에서 가장 아름답고 황홀한 자태로 왕자의 팔에 안겼습니다. 왕자는 그런 그녀를 더욱 꼭 껴안으면서 말했지요. "드디어 당신을 잡았어요. 다시는 아무 이유 없이 그렇게 도망가지 말아요." 수줍고 부끄러워서 두 뺨에 사랑스러운 홍조가 피어난 프레초사, 자연 미인 중에서도 가장 아름다운 그녀가 이렇게 말했습니다. "저는 이미 왕자님의 것이에요. 저의 명예를 존중해주신다면, 무엇이든 왕자님이 원하는 대로 하셔도 좋아요." 여왕은 이 매혹적인 처자의 정체에 대해, 또 이런 맹수로 살게 된 연유에 대해 물었습니다. 프레초사는 그동안 겪은 불행을 모두 말했고, 여왕은 그런 그녀를 선하고 지조 있는 여자라고 칭송했습니다. 그리고 여왕은 왕자에게, 그가 프레초사 공주와 결혼해야 자신의 마음이 흡족할 거라고 말했지요. 그 결혼 말고는 바라는 것이 없었던 왕자는 그 자리에서 공주에게 결혼 서약을 했습니다. 두 사람은 왕비 앞에 무릎을 꿇고 축복을 받았고, 성대한 축하연과 더불어 결혼식이 거행되었습니다. 결국 프레초사는 다음과 같은 인간의 판단이 옳음을 증명한 셈입니다.

"선한 일을 한 사람이 언제나 좋은 결과를 얻는다."

비둘기

한 왕자가 어느 늙은 여인의 저주를 받아 큰 곤경에 처하고, 설상가상으로 오그레스의 주술에 걸려 더욱더 어려움을 겪는다. 오그레스의 딸이 부지런히 도운 덕분에 마침내 왕자는 모든 위험에서 벗어나고 둘은 결혼한다.

안토넬라가 이야기를 끝내자, 멋지고 우아한 내용이고 절개를 지킨 여성의 훌륭한 본보기를 보여준다는 요란한 찬사가 이어졌다. 이어서 자기 차례가 된 출라가 이야기를 시작했다.

왕자로 태어난 사람은 누구든 무례한 머슴처럼 굴지 말아야 합니다. 큰 인물은 자신보다 지위가 낮은 사람들에게 나쁜 본보기가 되지 말아야 합니다. 가장 어린 망아지가 마초 먹는 방법을 배우는 대상이 바로 가장 큰 당나귀니까요. 가문과 지위에 걸맞지 않은 행동을 하는 사람들에게 하늘이 많은 곤경과 시련을 내리는 것은 이상한 일이 아닙니다. 한 노파를 불쾌하게 만든 탓에 말파리 유충에 감염되고 죽음과도 같은 곤경에 처한 어느 왕자의 이야기도 마찬가지입니다.

옛날 나폴리에서 아스트로니 방면으로 13킬로미터쯤 떨어진 곳에 무화과나무와 미루나무로 이루어진 숲이 있었는데, 햇빛이 스며들지 않을 정도로 빽빽하고 울창했습니다. 이 숲에 있는 허물어질 듯한 낡은 집에서 한 노파가 살고 있었습니다. 노파는 오랜 세월 동안 무거운 삶의 짐을 지고 살아온 반면 치아가 다 사라져 입안은 가벼웠고, 운과 재산의 수준은 낮은 반면 곱사등은 높이 튀어나와 있었지요. 얼굴에 주름이 많았으나 그 주름 안쪽을 살찌우게 하는 것은 없었고, 머리는 은발로 뒤덮였으나 지갑에는 기운을 돋워줄 만한 은화 한 닢 없었습니다. 그래서 노파는 인근을 돌아다니면서 구걸하여 연명했지요. 그러나 진짜 가난한 사람에게 푼돈이라도 주어지는 것보다 염탐꾼과 아첨꾼에게 두둑한 금화가 주어질 때가 더 많은 법이지요. 그래서 노파가 하루 종일 돌아다녀도 콩 한 접시 얻기도 녹록지 않았으나, 사실 그 지역은 한두 집 빼고는 집집마다 콩이 넘치도록 많았습니다. 실상 낡은 솥에 구멍이 나기 십상이고, 하늘이 깡마른 말에게 파리 떼를 보내기 십상이며, 쓰러진 나무가 도끼를 맞기 십상이지요.

어느 날 노파는 구걸해 온 콩을 씻어서 단지에 넣었습니다. 그러고는 그 단지를 창턱에 올려놓고 불 피울 땔감을 구하러 나갔습니다. 노파가 그렇게 자리를 뜬 동안, 사냥을 나온 나르드 아니엘로 왕자가 노파의 집 앞을 지나가다가 창턱의 단지를 보았습니다. 왕자는 장난을 치고 싶어서, 부하들을 불러 모은 뒤 누가 돌을 던져 그 단지를 정통으로 맞히는지 보자고 했습니다. 그래서 애꿎은 단지를 향해 돌이 날아들었고, 왕자가 서너 번 만에 단지를 정통으로 맞혀 산산조각 냈습니다.

그 재앙이 벌어진 순간에 때마침 집에 돌아온 노파는 울부짖기 시작했습니다. "이 오입쟁이 놈아, 네놈의 딱딱한 뿔로 내 단지를 깨뜨렸다고 자랑질을 해라. 마귀 새끼야, 뒈지고 싶어 환장했구나. 저 멍청한 놈이 때도 아닌데 내 콩들을 땅에 심어놨네그려. 저놈은 내 불행과 결핍은 동정하지 않아도 자기 이익은 중히 여길 테고, 자기 집을 허물지는 않겠지. 머리로 이고 가야 할 것을 발밑에 던져서는 안 되지. 하지만 그냥 보내주겠다. 무릎 꿇고 온 마음을 담아 비나니, 저놈이 오그레스의 딸과 사랑에 빠지기를. 그리고 오그레스의 딸이 갖은 방법으로 놈을 달달 볶아대고 장모 오그레스가 놈을 흠씬 두들겨 패서, 놈이 차라리 죽게 해달라고 울부짖게 되기를. 놈이 오그레스의 딸의 아름다움과 오그레스의 마법에 홀려 꼼짝할 수 없게 되기를. 다시는 짐을 쌀 수 없기를, 그래서 그 오싹한 하르피아의 노예에서 벗어나지 못하고 계속 그곳에 머물러 있기를. 하르피아가 온갖 것을 하라 말라 시키고 명령해 놈을 부려먹기를, 놈에게 빵을 줄 때는 화살로 쏴서 주기를, 그래서 그로 하여금 내 콩을 패대기친 것을 수도 없이 후회하게 하기를."

옛말에 "여자의 저주는 바람에 실려 흩어진다"라고도 하고

"저주받은 말의 털이 빛난다"라고도 했지만, 어찌 됐든 노파의 저주는 하늘의 관문에 닿았습니다. 노파는 계속해서 똑같은 저주의 말을 되풀이했고, 두 시간이 채 되지 않아서 왕자는 부하들과 떨어져 숲의 미로에 갇히게 됐지요. 그때 왕자는 약초와 달팽이를 줍고 있는 한 아름다운 처자와 마주쳤습니다. 여자는 연신 쾌활한 목소리로 같은 노래를 반복하고 있었습니다. "뿔을 내밀어라, 내밀어. 아니면 엄마가 테라스에서 뿔을 다 부술 거야. 그리고 애를 밴다네!" 왕자는 세상에서 가장 귀한 보물들로 가득한 상자이고 하늘이 맡긴 가장 부유한 재산이며 사랑의 최정예 부대가 보유한 무기고와도 같은 여자를 보고 이게 웬일인가 싶었습니다. 수정처럼 맑고 깨끗한 얼굴에서 눈부시게 빛나는 눈동자는 그에게서 천 번의 탄성을 자아냈고, 그의 가슴은 순식간에 큰불처럼 타올라, 벽돌을 구워내고 그 벽돌로 희망의 집을 지을 태세였지요. 그녀 필라도로는 뜸 들이지 않았습니다. 왕자가 잘 생긴 청년이어서 금세 그녀의 가슴을 꿰뚫었기 때문이지요. 둘은 서로 호의를 구하며 눈빛을 탐색했으니, 입은 벙어리였으나 눈은 영혼의 비밀을 알려준다는 비카리아 포고꾼의 트럼펫처럼 많은 말을 하고 있었습니다. 그렇게 그들은 한동안 아무 말도 하지 못했습니다. 마침내 용기를 낸 왕자가 목소리를 가다듬고 말했습니다. "이 아름다운 꽃은 어느 정원에서 피어난 것인가요? 이 우아함으로 가득한 이슬은 어느 하늘에서 떨어진 것인가요? 이 소중한 보물은 어느 광산에서 캐낸 것인가요? 찬란한 사랑의 기쁨인 이 보물을 담고 있으니, 아, 행복한 숲이여, 행운의 야생이여. 빗자루 때문에, 단두대 때문에, 교수대 때문에, 요강 뚜껑 때문에 베이는 일이 없는 숲이여, 나무여. 너희는 오로지 미의 신전 출입문을 만들고 우아함의 집 대들보를 만들고 사랑의 화살을 만드는구나."

"그만하세요, 기사님. 과찬입니다. 그런 찬사는 당신의 훌륭함을 위한 것이지 저를 위한 것이 아니지요. 저는 그래도 저 자신의 가치를 아는 여자랍니다. 구태여 다른 잣대로 젤 필요가 없지요. 제가 아름답든 추하든, 검든 하얗든, 뚱뚱하든 말랐든, 따뜻하든 차갑든, 까칠까칠하든 보들보들하든, 요정이든 인형이든 마녀든, 저는 당신의 노예이니 뭐든 명령에 따를 겁니다. 당신의 늠름하고 멋진 풍모는 제 마음을 가져가 버렸고, 당신의 고귀한 자태는 제 온몸을 사랑의 상처로 아프게 하니, 지금부터 영원히 저는 당신의 노예입니다." 필라도로가 대답했습니다. 그것은 말소리가 아니라 사랑의 상찬賞讚 앞에 앉게 만들고 말에 올라 사랑의 전쟁터로 나가게 부추기는 트럼펫 소리였습니다. 왕자는 필라도로의 손을 잡고서 낚싯바늘처럼 자신의 심장을 채버린 그 하얀 손에 입을 맞추었습니다. 왕자는 정중히 예의를 갖추면서 필라도로의 후작부인 같은, 아니 화가의 팔레트 같은 얼굴을 끌어당겼습니다. 그녀의 얼굴엔 부끄러움의 홍조와 두려움의 선홍색과 희망의 초록색과 욕망의 주홍색이 뒤섞여 있었으니까요. 그런데 계속해서 입맞춤을 반복하려던 나르드 아니엘로는 그만 동작을 멈추고 할 말을 잃었습니다. 이 암울한 삶에서는 역겨움의 찌끼 없이는 포도주도 없고, 불평의 기름기나 치욕의 거품 없이는 수프도 없는 법입니다. 둘에게 가장 즐거운 순간에 바로 필라도로의 어머니가 나타난 것이지요. 그녀는 가장 흉측하게 생긴 오그레스였습니다. 자연은 그녀를 기형의 주형에 넣어 빚었습니다. 머리카락은 마른 나뭇가지로 만든 빗자루 같았으나, 그렇다고 집 안의 거미줄과 먼지를 청소하는 용도가 아니라 마음을 거멓게 그을리는 용도로 만들어진 빗자루 같았습니다. 이마는 공포의 칼을 가는 데 안성맞춤인 제노바의 숫돌을 깎아내 만든 것 같아서 누구든 보는 이를 역겹게 만들었지요. 눈은 혜성 같아서 한 번 흘겨보는 것만으로도 상대의 사지를 벌벌 떨게 하고, 심장을 오그라들게 하고, 영혼을 얼어붙게 하고, 팔에 예리한 통증을 주고, 온몸에서 힘이 빠져나가게 했습니다. 얼굴은 물리적 공포를, 눈은 심리적 공포를, 발걸음은 천둥소리를, 말은 위협을 불러일으켰고요. 돔발상어처럼 커다란 입에는 멧돼지의 엄니 같은 이가 나 있었습니다. 그녀는 노새처럼 입에 거품을 물고서, 갑자기 발작이 일어난 것처럼 멈춰 서 있었는데, 머리에서 발까지 추함의 증류소였고 기형의 병원이었습니다. 왕자는 마르코와 피오렐라의 사랑 이야기를 부적으로 만들어서 외투 안감에 꿰매어놓은 게 틀림없었습니다. 그 모습을 보고도 숨이 멎지 않았으니 말입니다. 오그레스는 손을 뻗어 왕자의 멱살을 잡았습니다. "손들어, 경찰이다, 요놈의 새야!" 그러자 나르드 아니엘로가 소리쳤습니다. "신이여, 저의 증인이 되어주소서. 물러서라, 쓰레기야!" 그러고는 칼날에 늑대가 새겨진 스페인 검의 칼자루를 잡았으나, 늑대를 본 양처럼 얼어붙어 몸이 움직이지 않았습니다. 결국 그는 한 발짝도 움직이지 못하고 한마디도 하지 못한 채 고삐 잡힌 당나귀처럼 오그레스의 집으로 끌려갔습니다. 집에 도착하자마자 오그레스가 말했습니다. "돼지처럼 죽기 싫으면 개처럼 열심히 일해. 자, 첫 번째 일이다. 이 과수원 땅을 전부 갈고 씨를 뿌려. 명심해. 오늘 저녁 내가 돌아올 때까지 일을 끝내놓지 않으면 널 잡아먹겠어." 그녀는 딸에게 집 안 단속을 이른 후, 숲에 사는 다른 오그레스들과 수다를 떨러 나갔습니다.

곤경에 처한 나르드 아니엘로는 눈물을 흘리면서 이 지경이 된 자신의 운명을 한탄했습니다. 그러자 필라도로가 용기를 내라고 위로하면서, 목숨을 걸고라도 그를 돕겠다고 말했습니다. 자기가 너무도 그를 사랑하니 그 집에 오게 된 운명을 탓하지 말라고요. 그는 자신에게 닥친 너무 큰 절망 때문에 그녀의 애정 표현에도 시큰둥한 반응을 보이면서 말했습니다. "내가 슬퍼하는 것은 좋은 말을 타다가 당나귀를 타서도 아니고, 왕궁에 살다가 이 오두막에 머무르게 돼서도 아니오. 최상품 고기로 가득한 연회를 즐기다가 검은 빵 한 조각에 만족해야 하기 때문도 아니오. 신하와 종들을 부리다가 내가 직접 땅을 파게 돼서도 아니고, 제왕의 홀 대신에 곡괭이를 잡아야 하기 때문도 아니오. 막강 군대를 거느린 자부심 강한 내가 흉측한 오그레스를 보고 겁에 질린 나 자신의 모습을 발견하게 돼서도 아니오. 당신이 함께 있어 힘을 주고 당신의 눈길로 위로해준다면 이 모든 불행을 모험으로 여길 수 있어요. 그러나 이 가슴이 너무도 쓰라린 것은 내가 수없이 손에 침을 뱉어가면서 땅을 파야 하기 때문이오. 땅에 침을 뱉는 것조차 경멸하던 내가 말이오. 더욱 나쁜 것은 수소 두 마리가 하루 종일 해도 불가능한 일을 내가 해야만 한다는 것이오. 일을 끝내지 못한다면 나는 당신 어머니의 저녁거리가 될 것이오. 그러나 육체적인 고통은 그리 크지 않을 것이오. 아름다운 당신과 헤어지는 고통이 훨씬 더 클 테니까."

이렇게 말한 왕자는 술통 가득 한숨을 내쉬었고 100파운드 들이 큰 통 가득 눈물을 흘렸습니다. 그러나 필라도로가 그의 눈물을 닦아주면서 말했습니다. "내 목숨과도 같은 사람, 땅을 일구어야 한다고 생각하지 말아요. 사랑의 과수원이라고 생각해요. 그리고 어머니가 당신 머리카락 한 올 건드리지 않을 테니 두려워하지 말아요. 당신 곁에는 필라도로가 있으니 의심하지 말아요. 당신은 모르겠지만, 나는 마법에 걸린 상태예요. 물을 얼게 하고 해를 어두워지게 할 수 있어요. 그 정도 마술로도 충분하니까, 걱정 말아요. 모든 것이 어머니가 시킨 대로 끝나 있을 거예요." 이 말을 들은 나르드 아니엘로가 말했습니다. "지금 한 말처럼 당신이 요정이라면, 세상에서 가장 아름다운 여인이여, 우리 둘이 여기서 도망치면 되잖소? 내가 당신을 지켜주겠소. 나의 왕국에서 당신을 왕비로 만들어줄게요." 그러자 필라도로가 대답했습니다. "도망치기에 적절한 때가 아니에요. 별들이 길조를 띠지 않았으니까요. 하지만 이 시련은 곧 끝날 거고, 우리는 행복해질 거예요."

이런저런 얘기를 하다 보니 낮이 지나갔고, 집으로 돌아온 오그레스가 길에서 딸을 불렀습니다. "필라도로, 머리카락을 내려." 이 집에는 계단이 없어서 오그레스는 항상 딸의 머리털을 붙잡고 오르내렸던 겁니다. 필라도로는 어머니의 목소리를 듣자마자 창문 밖으로 머리카락을 늘어뜨려서 냉혈한을 위해 황금 계단을 놓았습니다. 머리털을 붙잡고 후다닥 올라온 늙은 오그레스는 과수원으로 뛰어갔고, 자신이 시킨 일이 다 끝나 있는 것을 보고는 화들짝 놀랐습니다. 허약한 청년 하나가 그런 중노동을 감당하는 건 불가능해 보였거든요. 그러나 다음 날 아침 해가 갠지스 강에서 자신의 젖은 옷가지를 말리기 위해 나타났을 때, 오그레스는 또다시 외출 준비를 하면서 나르드 아니엘로에게 큰 방에 쌓여 있는 장작 여섯 더미를 가리키며 장작 하나하나를 네 조각으로 잘라놓으라고 말했습니다. 만약 일을 끝내놓지 않으면, 왕자를 잘게 토막 내 아침 식사로 먹겠다고 말이지요. 이 명령을 들은 불행한 왕자는 절망으로 죽을 지경이었습니다. 창백하게 처져 있는 그를 보고 필라도로가 말했습니다. "정말 한심하군요! 당신은 지금 자기 그림자를 보고 무서워하잖아요." 나르드 아니엘로가 대답했습니다. "그러면 저녁까지 여섯 무더기나 되는 장작을 하나하나 네 토막 내는 게 별거 아니란 거요? 아이고! 머잖아 나는 두 동강이 나서 저 흉한 괴물의 배 속을 채워주게 될 거요." 필라도로가 말했습니다. "날 믿어요. 당신은 힘 하나 들이지 않고 장작이 다 잘려져 있는 걸 보게 될 테니까요. 그러니 기운을 내요. 의심과 두려움과 한탄으로 내 영혼을 베지 말아줘요."

태양이 빛의 상점을 닫고 어둠에게 빛을 팔기를 거부하는 시간, 늙은 오그레스가 돌아와 평소처럼 계단을 내리라고 소리치고는 후다닥 올라왔습니다. 그러고는 장작이 다 잘려 있는 것을 보고 딸이 장난을 치는 건 아닐까 의심했습니다. 셋째 날, 오그레스는 세 번째 시험으로서 물을 새로 채우고 싶으니 물 1,000배럴이 들어 있는 수조를 깨끗이 닦아놓으라고 말했습니다. 저녁까지 일을 끝내놓지 않으면 그를 훈제 고기로 만들어 먹어버리겠다고 하면서요.

오그레스가 나가자마자 나르드 아니엘로는 울면서 한탄했고, 필라도로는 일이 점점 더 힘들어지는 것을 느끼고 늙은 오그레스가 이 불행한 청년에게 무거운 시련과 고통의 짐을 지우려고 안달이 난 고집불통이라고 생각했습니다. 그녀는 이렇게 말했습니다. "그만 울고 조용히 해요. 이제 내 은둔의 시간이 끝났으니, 오늘 해가 저녁 기도를 읊기 전에 우리 이 집을 떠나기로 해요. 어머니는 여기서 더는 우리를 보지 못할 거예요. 나는 죽든 살든 당신과 함께 가겠어요." 이 말을 들은 왕자는 뛸 듯이 기뻐하면서 필라도로를 껴안고 말했습니다. "당신은 지친 배에 속력을 더해주는 북풍이오. 당신은 내 희망의 버팀목이오." 어느새 저녁이 되자 필라도로는 과수원 밑에 있는 지하 통로를 찾아냈고, 두 사람은 나폴리를 향해 떠났습니다. 그런데 그들이 포추올로 동굴까지 왔을 때 나르드 아니엘로가 말했습니다. "오 나의 사랑, 당신이 지금처럼 맨발에다 그런 옷차림을 하고 왕궁으로 가는 건 좋은 생각이 아니오. 그러니 이 여인숙에서 잠시 기다리고 있어요. 내가 곧 마차와 말과 신하들을 동원해 당신에게 어울리는 옷을 가지고 올 테니." 그리하여 왕자는 필라도로를 남겨두고 도시로 갔습니다.

한편 밤이 되어 집에 돌아온 오그레스는 평소처럼 불러도 필라도로의 답이 없자 왈칵 의심이 들었고, 숲으로 뛰어가 사다리를 만들었습니다. 사다리를 타고 고양이처럼 올라가 보니, 집의 안팎 위아래 어디에도 사람이 없었습니다. 그래서 이번에는 과수원으로 가 수색하다가 도시로 향하는 비밀 통로를 발견했습니다. 그녀는 머리카락을 쥐어뜯고 자기 얼굴을 때리면서 딸과 왕자에게 저주를 퍼부었습니다. 그리고 왕자가 앞으로 첫 번째 입맞춤을 하는 순간에 필라도로를 까맣게 잊게 해달라고 기도했습니다.

오그레스는 거칠게 혼잣말이나 하게 놔두고, 우리는 왕자의 얘기로 돌아가 봅시다. 왕자가 왕궁으로 돌아가니, 죽은 줄만 알았던 그의 귀환에 모두가 열렬히 환영하면서 뛰어나와 소리쳤습니다. "왕자님이 무사하시다." "왕자님, 어서 오소서." "정말 잘 오셨습니다." "이렇게 돌아오신 걸 보니 정말이지 잘생기셨네." 왕자가 계단을 다 올라가자, 기다리고 있던 어머니가 그를 얼싸안으며 입을 맞추고 말했습니다. "아들아, 내 보석, 내 눈동자야, 대체 어디 있다 온 거냐? 왜 이리 늦어서 우리 모두를 고통스럽게 만든 것이냐?" 뭐라고 대답해야 할지 몰라 하던 왕자는 그간의 불운했던 일들을 말해야겠다고 생각했으나, 어머니에게 입을 맞추자마자 오그레스의 저주에 의해 그동안 겪었던 일들이 깡그리 기억에서 사라졌습니다. 그때 여왕이, 사냥을 좋아해 산과 벌판에서 삶을 허비하고 있는 왕자를 위해 배필을 구해줘야겠다고 말했습니다. 그러자 왕자가 대답했습니다. "좋지요. 저는 어머님이 원하시는 건 뭐든 할 준비가 되어 있습니다." 여왕이 말했습니다. "어미 말을 잘 들으니 착하구나." 여왕은 나흘 정도 후에 신붓감 한 명을 왕궁으로 데려오기로 했습니다. 신붓감은 지체 높은 집안의 규수로 플랑드르 지역에서 이 도시로 왔다고 했습니다. 그리하여 성대한 축연을 준비하라는 어명이 있었습니다.

한편, 필라도로는 낭군이 너무 지체한다고 생각하던 차에 축연 소식을 접했습니다. 그래서 여인숙 사동을 지켜보다가 그 아이가 잠들자, 침대 옆에 벗어둔 아이 옷을 가져다가 변장을 하고 왕궁으로 갔습니다. 왕궁에서는 일손이 부족했던 요리사들이 필라도로를 허드레꾼으로 고용했습니다. 상견례 날이 밝았고, 하늘의 계산대에서 태양이 자연으로부터 하사받아 빛으로 봉인한 허가권을 드러내고 사람들의 눈을 부시게 하는 비밀들을 팔기 시작할 무렵, 신붓감이 피리와 코넷 연주단을 거느리고 나타났습니다. 주연이 펼쳐지자, 고관 귀족들이 자리를 잡았습니다. 포도주 잔이 돌았고, 맛있는 음식들이 상에 올랐습니다. 집사가 필라도로가 직접 만든 커다란 고기 파이를 자르자, 거기서 아름다운 비둘기 한 마리가 날아올랐습니다. 모든 하객이 음식을 먹다 말고 경탄하는 표정으로 그 아름다운 비둘기를 바라보았습니다. 그런데 비둘기가 더없이 가련한 목소리로 왕자에게 말했습니다. "왕자님, 고양이의 뇌를 드셨나요? 필라도로에 대한 사랑을 송두리째 잊어버렸으니 말이에요. 필라도로가 왕자님에게 어떻게 했는지 잊다니요, 이 배은망덕한 사람. 이게 그녀에게 은혜를 갚

는 건가요? 그녀가 왕자님을 오그레스의 손아귀에서 구해주었
잖아요. 그녀의 목숨과 모든 걸 다 왕자님에게 바쳤잖아요. 이것
이 당신에게 열정적인 사랑을 보여준 그 가여운 여인에게 주는
보상인가요? 말해보세요. 한번 준 것을 이리도 쉽게 도로 가져가
는 건가요? 그녀에게 말하세요. 구운 고기 한 점 나올 때까지 이
뼈나 핥으면서 버티라고요. 말 속에 배은망덕이 있고, 은혜에 감
사할 줄 모르고, 갚아야 할 빚은 싹 잊어버리는 그런 남자들의 약
속을 믿다니, 아 불쌍한 여인아. 필라도로는 당신과 함께 이 고기
파이를 만들 줄 알았는데, 지금 보니 당신의 왕궁에서 내침을 당
하는군요. 그녀는 당신과 부부의 연으로 맺어질 줄 알았는데, 당
신은 꽁무니를 빼는군요. 그녀는 당신과 유리잔을 깰 거라 생각
했는데, 지금 보니 요강을 깼군요. 개의치 말고 하던 대로 하세
요. 빚을 부정하는 뻔뻔한 얼굴을 하고 있는 당신, 저 가련한 여
인의 저주가 당신에게 닥칠 거예요. 때가 되면 여성을 기만하고
매도한 대가가 무엇인지, 참으로 선하고 순수한 존재를 속이고,
자신을 위해 온갖 위험을 무릅쓴 사람을 배신한 대가가 무엇인
지 알게 될 겁니다. 그녀는 당신을 제일 먼저 생각했건만, 당신은
그녀를 제일 나중에 생각했어요. 그녀는 당신을 머리 위로 떠받
들었지만, 당신은 그녀를 깔아뭉갰습니다. 그러나 하늘이 눈을
가리지 않았고 신들이 귀를 막지 않았다면, 당신이 그녀에게 저
지른 악행을 알게 될 겁니다. 당신이 전혀 예상치 못한 때에 천둥
번개와 열병과 이질이 당신에게 닥칠 거예요. 이 정도면 됐어요!
배불리 먹고 즐기세요. 당신의 새 신부와 춤추고 기뻐하세요. 그

러는 동안 필라도로는 서서히 죽어가, 당신이 새 삶을 즐기도록 당신을 자유롭게 놓아줄 테니까요." 이 말을 끝으로 비둘기는 창밖으로 날아가 시야에서 사라졌습니다.

왕자는 비둘기의 긴 하소연을 듣고 그 자리에 얼어붙은 듯이 서 있었습니다. 이윽고 정신을 차린 왕자는 그 고기 파이를 언제 누가 만들었는지 물었습니다. 집사는 임시로 고용한 잡일꾼 아이가 만들었다고 아뢰었습니다. 왕자는 그 아이를 불러오라 했고, 소년으로 변장한 필라도로가 불려와 왕자의 발아래 엎드리더니 하염없이 눈물을 흘리며 이런 말을 되풀이했습니다. "제가 왕자님께 어떻게 했는데." 필라도로의 기막힌 미모에 충격을 받은 왕자는 오그레스의 저주에서 풀려났고, 지난 일과 사랑의 서약을 전부 기억해냈습니다. 그래서 필라도로를 일으켜 세우고 옆에 앉혔습니다. 그러고는 여왕에게 자신이 이 아름다운 처자에게 큰 빚을 졌다고 말했고, 그녀가 자신을 위해서 한 일과 자기가 한 결혼 약속에 대해 말했고, 그 약속을 지키는 것이야말로 옳은 일이라고 말했습니다. 세상에서 유일한 즐거움이 아들이었던 여왕은 그를 너무도 사랑하기에 이렇게 말했습니다. "네가 원하는 대로 하렴. 다만 네가 아내로 맞으려 했던 이 여인의 명예와 기품을 더럽히지 않아야 한다." 그러자 예비 신부가 말했습니다. "저에 대해선 신경 쓰지 마소서. 솔직히 말하면, 이곳에 머무는 것이 썩 내키지 않았답니다. 하늘이 돕고 왕자님이 허락하신다면, 저는 고국인 플랑드르로 돌아가고 싶습니다. 거기 가면 나폴리에서 사용되는 유리잔의 원조를 찾아보려고 합니다. 그리고 제 삶의 등불이 꺼지기 전에 그 불빛을 올바른 방법으로 사용해 보고 싶습니다." 왕자는 크게 기뻐하면서 그녀에게 고마워했고, 노련한 선원들로 구성된 선박과 시종들을 제공해 그녀의 고국행을 돕기로 했습니다. 그리고 필라도로를 여왕의 방으로 보내 왕세자빈에 합당한 의복을 갖추게 했지요. 연회는 계속되었고, 모두가 음식을 다 먹은 후에는 식탁들이 치워지고 춤이 시작되어 저녁까지 계속되었습니다. 그리고 대지가 태양의 장례식을 애도하는 분위기로 뒤덮이고 횃불이 등장해 왕궁 구석구석을 밝힐 무렵, 계단에서 요란한 종소리가 들려왔습니다. 왕자가 어머니에게 말했습니다. "저것은 피로연의 즉석 가면무도회가 틀림없습니다. 사실 나폴리의 신사들은 재능이 많아서 필요할 때는 임기응변에 능하니까요." 그런데 이런 얘기를 하고 있을 때 응접실 한복판에 섬뜩한 가면을 쓴 자가 나타났으니, 키가 1미터가 되지 않는 반면 허리둘레는 커다란 술통의 둘레보다 길었습니다. 그 가면이 앞으로 나와 왕자에게 말했습니다. "나르드 아니엘로, 그 돌멩이와 너의 한심한 행동이 불행을 가져왔음을 알아라. 나는 네가 깬 항아리의 주인, 즉 그 노파의 유령이다. 네가 저지른 짓 때문에 나는 굶어 죽었다. 나는 너를 저주했다. 그래서 너는 오그레스의 손아귀에 걸려들었고, 나의 기도는 이루어졌다. 이 아름다운 요정의 힘으로 네가 곤경에서 탈출했으나, 오그레스는 네게 또 다른 주술을 걸었다. 그 시간 이후 네가 첫 입맞춤을 하는 순간 필라도로를 완전히 잊게 된다는 주술 말이다. 그리고 지금 나도 네가 내게 한 해코지를 떠올리며 또 저주를 내리려 한다. '콩을 뿌리는 자는 누구든 뿔을 얻는다'라는 속담이 실현되기를." 이렇게 말한 유령은 연기조차 남기지 않고 순식간에 사라졌습니다.

왕자는 이 말을 듣고 안색이 노래졌고, 이 모습을 본 요정은 이렇게 위로했습니다. "왕자님, 나를 믿어요. 유령의 마술은 힘을 쓰지 못할 거예요. 내가 당신을 그 불구덩이에서 끄집어낼 테니까요." 피로연이 끝나자, 두 사람은 서로의 약속을 확인하면서 침실로 들어갔습니다. 그들은 현재의 즐거움을 더욱 달콤하게 만든 지난 시련을 함께했고, 그래서 이 모진 시련 속에서 다음과 같은 옛말이 맞는다는 걸 알게 됐지요.

"미끄러지고 비틀거려도 넘어지지 않는 사람은 계속 앞으로 나아갈 수 있다."

어린 노예

리사는 장미 꽃잎에서 태어나고, 어느 요정의 저주로 죽는다. 리사의 어머니는 그녀의 시신을 방 안에 놔두고 그녀의 오빠에게 방문을 열지 말라고 이른다. 하지만 시샘 많은 올케가 방 안에 무얼 숨겨놓았나 싶어서 문을 연다. 그런데 방 안에서는 리사가 건강하게 살아 있었고, 올케는 이런 리사에게 노예 옷을 입히고 온갖 만행을 일삼는다. 마침내 리사를 알아본 삼촌이 친척들을 데려오게 하고 성대한 결혼식을 올려준다.

왕자가 말했다. "모든 사람은 실로 자신의 지위에 맞게 행동해야 한다. 왕은 왕답게, 신하는 신하답게, 경찰은 경찰답게. 거지 소년이 왕자처럼 행세한다면 우스꽝스럽듯이, 왕자가 거지 소년처럼 굴어도 마찬가지다." 그러고는 파올라를 돌아보며 말했다. "너의 이야기를 시작하라." 파올라는 입술에 침을 바르고 머리를 긁적거리더니 이내 이야기를 시작했다.

질투는 무서운 병입니다. 머릿속을 뒤집는 것은 현기증이고, 혈관 속을 태우는 것은 열병이며, 사지를 마비시키는 것은 우연적이고 갑작스러운 재난이고, 몸을 축 늘어지게 만드는 것은 이질입니다. 병마는 잠을 앗아 가고 모든 음식의 맛을 쓰게 만들고 평화를 가로막고 수명을 단축시키지요. 무는 것은 독사요, 갉는 것은 나무좀이요, 쓴 것은 쓸개요, 얼리는 것은 눈이요, 구멍 내는 것은 못입니다. 모든 사랑의 즐거움을 앗아 가는 자, 결혼을 파탄 내는 자, 사랑의 신뢰를 무너뜨리는 개, 비너스의 즐거움이 가득한 바다에 끊임없이 몰아치는 태풍은 절대 옳은 일도 선한 일도 하지 않습니다. 지금부터 하는 이야기를 들으면 여러분 모두가 기꺼이 수긍할 겁니다.

옛날 한옛날에 세르바-스쿠라('검은 노예') 남작이 살고 있었습니다. 그에게는 출중한 미모의 여동생이 있었습니다. 칠라라는 이름의 이 여동생은 또래 여자들과 함께 꽃밭에 자주 갔습니다. 그러던 어느 날, 여느 때처럼 꽃밭에 간 여자들은 아름답게 만개한 장미나무를 보고는 누가 장미꽃을 건드리지 않고 장미나무를 뛰어넘을 수 있는지 내기를 하기로 했습니다. 그래서 곧 한 명씩 장미나무를 뛰어넘기 시작했는데, 아무도 완벽하게 뛰어넘지 못했습니다. 드디어 자기 차례가 된 칠라는 조금 더 멀리에서부터 빠르게 달려와 장미꽃을 건드리지 않고 깔끔하게 나무를 뛰어넘었습니다. 다만 장미 꽃잎 하나가 떨어졌는데, 칠라는 재빨리 그 꽃잎을 주워 친구들이 알아채기 전에 삼켜버렸습니다. 그래서 그녀가 내기의 승자가 됐지요.

그로부터 사흘이 채 지나지 않았을 때, 칠라는 임신한 것 같은 증상을 느꼈습니다. 그리고 임신이 사실로 확인되면서 그녀는 슬픔으로 죽을 지경이 되었습니다. 그런 파국을 가져올 그 어떤 행위도 하지 않았다는 걸 그녀 자신이 잘 알고 있었고, 아무리 생각해도 왜 그런 일이 생겼는지 짐작도 할 수 없었으니까요. 그래서 칠라는 친구인 요정들에게 달려가 사정을 말했습니다. 그러자 요정들은 칠라가 삼킨 장미 꽃잎이 임신하게 만들었다고 확신했습니다. 이 말을 들은 칠라는 가능한 한 임신 사실을 숨겼으나 결국 출산일은 오고 말았습니다. 그녀는 아무도 모르게 얼굴이 보름달 같은 딸을 낳아 리사라고 이름 지은 뒤, 요정들에게 보내 키워달라고 부탁했지요. 요정들은 하나씩 아이에게 매력을 선물했습니다. 그런데 마지막 요정이 빨리 아이를 보고 싶은 마음에 달려오다가 그만 다리를 겹질렸고, 이 고통 때문에 아이에게 저주를 내리고 말았습니다. 아이가 일곱 살이 되는 해에 어머니인 칠라가 아이의 머리를 빗기다가 빗을 그대로 놔둔 걸 잊어버리게 될 텐데, 그게 원인이 되어 아이가 죽는다는 것이었지요. 칠 년의 세월이 흘러 실제로 그 저주가 실현되었고, 불쌍한 어머니는 이 크나큰 불행에 절망하여 통곡했습니다. 그러고는 하나가 다른 하나에 들어가는 형태의 수정 상자를 일곱 개 주문해, 아이의 시신을 상자 안에 넣고 저택에서 가장 먼 방에 가져다 놓았습니다. 그리고 상자의 열쇠는 자기 주머니에 보관했지요. 그러나 그녀는 고통과 상심으로 인해 나날이 건강이 악화되었고, 임종을 앞두게 되었습니다. 죽음을 예감한 그녀는 오빠를 불러 말했습니다. "오빠, 죽음이 서서히 다가오는 것이 느껴져. 내 재산을 전부 오빠에게 남기겠어. 유일한 가장으로서 오빠가 한 가지를 엄숙히 약속해줘. 이 저택에서 제일 멀리 있는 방을 절대 열지 않겠다고. 방 열쇠를 오빠에게 맡길 테니 서랍 속에 보관해줘." 오빠는 무척 아끼는 여동생의 부탁대로 약속을 했고, 그녀는 작별을 고하고 눈을 감았습니다.

그로부터 일 년 뒤, 남작은 결혼을 했습니다. 그리고 어느 날 친구들로부터 사냥에 초대받아, 저택을 아내에게 맡기고 떠났습니다. 금단의 방 열쇠는 자신의 서랍에 있으나, 무슨 일이 있어도 그 방을 열지 말라는 당부를 남기고요. 그러나 남편이 떠나자마자 아내는 질투와 호기심(여성이라는 존재의 첫 번째 상속물)에 몸이 달아서, 열쇠를 가져다가 그 방을 열고 말았습니다. 그리고 겹겹이 들어가 있는 일곱 개의 수정 상자 속에서 깊은 잠에 빠진 듯한 아름다운 아이를 발견했습니다. 아이는 또래들처럼 자연스럽게 성장했고, 상자들은 아이의 키에 맞게 길어져 있었지요. 질투 어린 여인은 이 매력적인 아이를 보고 소리쳤습니다. "어럽쇼, 이것 봐라. 감쪽같이 속았네. 이래서 이 방문을 열지 말라고 그렇게 사정했구먼. 이 상자들 속에 넣어두고 숭배하는 이 마호메트의 자식을 내가 볼까 봐." 이렇게 말한 남작의 아내는 아이의 머리채를 붙잡아 아이를 상자에서 끌어냈습니다. 이 과정에서 아이의 머리에 꽂혀 있던 빗이 떨어졌고, 의식을 되찾은 아이가 소리쳤습니다. "엄마, 엄마." 남작 부인은 이렇게 대답했습니다. "오냐, 너한테 엄마 아빠를 선물해주마." 그녀는 노예처럼 처절하게,

방금 아이를 낳은 산모처럼 성이 나서, 독사처럼 표독스럽게 리사의 머리카락을 잘랐습니다. 그러고는 아이를 호되게 쥐어박고 누더기 옷을 입혔는데, 그때부터 날마다 아이의 머리에는 혹이 생겼고 눈에는 멍이 들었고 얼굴에는 생채기가 났고 입에는 비둘기를 산 채로 잡아먹은 것처럼 피가 났습니다. 그러다가 사냥 갔던 남편이 돌아왔고, 아내가 아이를 학대하는 것을 보고 왜 그리 잔인하게 구느냐고 물었습니다. 그러자 아내가 대답하기를, 그 아이는 이모가 보내준 노예인데 어찌나 사악하고 고집스러운지 때리지 않으면 말을 듣지 않는다고 했습니다. 얼마 후 남작이 마을 장에 가면서, 고귀하고 친절한 영주답게 지위 고하를 막론하고 자신의 식솔들 모두에게(고양이마저 빼놓지 않고) 무엇을 사다 줄까 물었습니다. 이것을 사달라 저것을 사달라 바라는 것이 제각각이었고, 마지막으로 노예 소녀의 차례가 되었습니다. 그런데 그의 아내가 기독교인답지 않게 이렇게 말하는 것이었습니다. "입술 두꺼운 이 노예는 그냥 놔두고 어서 다녀오세요. 그냥 내버려두라니까요. 저 추한 짐승이 자기가 대단한 존재인 줄 알게 된다고요." 그러나 친절한 성품의 영주는 노예 소녀에게도 무엇을 사다 줄까 물었습니다. 소녀가 대답했습니다. "인형 하나, 칼 하나, 숫돌 하나요. 만약 깜빡하신다면, 도중에 만나는 강을 건너지 못하실 거예요." 남작은 출발했고, 식솔들이 원하는 것은 전부 샀으나 자신의 조카인 노예 소녀가 사달라고 한 물건들은 깜박 잊고 말았습니다. 도중에 강을 건너게 되었는데, 강에서 돌들이 튀어나오고 산에서 강가로 나무들이 쓸려 내려왔습니다.

공포를 안겨주며 불가사의한 벽이 막아서니 남작은 도저히 강을 건널 수 없었습니다. 마침내 노예 소녀의 말을 기억해낸 그는 길을 되돌아가 세 가지 물건을 산 뒤에 집으로 무사히 돌아왔고, 식솔들에게 선물을 나누어 주었습니다. 리사에게도 원하는 선물을 주었지요. 선물을 받자마자 부엌으로 물러간 리사는 인형을 앞에 두고 그 생명 없는 목상에게 자신의 시련을 얘기하며 통곡했습니다. 그런데 인형이 아무런 반응을 보이지 않자, 칼을 집어 들고 숫돌에 갈면서 말했습니다. "네가 아무 대꾸도 하지 않겠다면, 나는 자살하고 말 거야. 그래서 이 축제를 끝내겠어." 그러자 백 파이프처럼 부풀어 오른 인형이 대답했습니다. "그래, 네 얘기를 들었어. 나는 귀머거리가 아니니까."

이런 상황이 며칠간 계속되었고, 어느 날 남작은 부엌과 벽 하나를 사이에 둔 작은 방에 들어갔다가 노예 소녀의 울음과 말소리를 들었습니다. 누가 얘기를 하고 있나 궁금하여 남작이 열쇠 구멍으로 보니, 리사가 인형을 앞에 두고 있었습니다. 리사는 인형을 향해 자기 어머니가 장미나무를 뛰어넘은 얘기, 장미 꽃잎 하나를 삼킨 얘기, 자기가 태어나기까지의 일과 요정들에게 매력을 하나씩 얻었으나 막내 요정한테는 저주를 받은 일, 엄마가 머리를 빗겨주다가 빗을 머리칼 사이에 꽂아두고 잊어버린 얘기, 자기가 일곱 개의 수정 상자에 넣어져 가장 먼 방에 보관된 얘기, 엄마가 그 방 열쇠를 삼촌에게 맡기고 죽었다는 얘기를 했습니다. 이어서, 삼촌이 사냥하러 간 뒤 외숙모가 삼촌의 당부를 어기고 그 방에 들어갔다가 질투심 때문에 리사의 머리칼을 자르고 리사를 노예처럼 대하며 잔인하게 때린 얘기도 했습니다.
그러고는 울면서 한탄했지요. "인형아, 대답해줘. 아니면 이 칼로
자살하겠어." 리사는 숫돌에 간 칼로 자신을 찌르려 했습니다. 그
때 남작이 문을 박차고 나가 칼을 빼앗고 자초지종을 물었습니
다. 리사가 말을 끝내자, 남작은 그녀를 조카로서 껴안아주었습
니다. 그리고 리사의 거처를 그 저택에서 한 친척의 집으로 옮기
고는, 그동안 리사가 학대를 받아 기력과 건강을 잃었으니 그녀
의 심신을 북돋워주라고 그 집에 당부했습니다. 리사는 다정한
보살핌 속에서 불과 몇 달 만에 여신처럼 아름다워졌고, 남작은
그런 조카를 자신의 저택으로 불러 성대한 축연을 베풀었습니
다. 그리고 내빈들에게 리사를 조카라고 소개한 뒤에 그녀에게
그동안 겪었던 고초에 대해 말해보라고 청했지요. 리사가 외숙
모에게 당한 잔인한 학대에 내빈 모두가 울었습니다. 남작은 아
내의 시기 어린 꼴사나운 행동으로 미루어 그녀는 자신의 배우
자가 될 자격이 없다면서 그녀를 친정으로 돌려보냈습니다. 그
리고 얼마 후 조카인 리사를 그녀가 사랑하는 잘생기고 훌륭한
남자와 결혼시켜주었습니다. 리사는 자신이 겪은 일을 통해 다
음과 옛말을 입증한 셈입니다.

"사람이 아무것도 기대하지 않을 때 하늘은 그에게 온갖 은
혜를 베푼다."

아홉 번째 여흥

맹꽁이자물쇠

물을 길으러 분수로 간 루치엘라는 그곳에서 한 노예를 만난다. 노예는
루치엘라를 으리으리한 궁전으로 데려가 여왕처럼 모신다. 그런데 질투
하는 언니들이 루치엘라에게, 밤마다 어떤 청년이 그녀와 함께 잠을 자
는데 그가 누구인지 확인해보라고 충고한다. 언니들의 말대로 한 루치
엘라는 자기와 함께 잠을 자는 사람이 잘생긴 청년이란 걸 알아내지만,
그 때문에 그 청년의 호의를 잃은 채 궁전에 쫓겨난다. 루치엘라는 정처
없이 헤매다가 만삭의 몸으로 낯선 곳에 도착하는데, 그곳은 바로 연인
의 궁전이다. 그녀는 이곳에서 아들을 낳고 여러 일을 겪은 후에 그의 아
내가 된다.

모두가 리사의 고난을 측은해했고, 그중 네 명은 울어서 눈이
빨개졌으니, 착한 사람의 고통을 보는 것만큼 심금을 울리는 것
은 없기 때문이다. 이번에 이야기의 물레를 돌릴 사람은 촘메텔

라로, 그녀가 이야기를 시작했다.

  시기심에서 비롯된 충고는 언제나 불행의 아버지입니다. 미
소와 잘되길 바라는 표정 이면에 파멸을 가져오는 얼굴이 숨어
있기 때문이지요. 그러니 행운의 머리칼을 손에 쥐고 있는 사람
은 모름지기 그를 무너뜨리기 위해 덫을 놓고 있는 수많은 적들
에 대해 한순간도 경계를 늦춰선 안 됩니다. 언니들의 사악한 충
고를 따랐다가 행복의 계단 꼭대기에서 굴러떨어진 한 여인의
이야기에서처럼 말이지요. 그녀가 굴러떨어지면서도 목이 부러
지지 않은 것은 그나마 하늘이 베푼 자비 덕분입니다.
  옛날에 어머니와 세 딸이 비참함과 부족함에 찌든, 온갖 불운
의 시궁창 같은 집에서 살고 있었습니다. 그들은 목숨을 부지하
기 위해 구걸을 해야 했고, 버려진 양배추를 주워야 했지요. 어느
날 아침, 어느 대저택으로 구걸을 나간 늙은 어머니는 그곳의 요
리사로부터 채소 조금과 이런저런 먹을 것을 얻었습니다. 집으
로 돌아온 어머니는 요리를 하려고 딸들에게 분수에서 물을 좀
길어 오라고 했지요. 그런데 딸들은 서로 네가 가라고 떠넘기기
만 하고 아무도 나서지 않았습니다. 그 모습을 본 어머니가 말했
습니다. "필요한 사람이 직접 하는 수밖에." 어머니의 나이와 체
력으로는 걸음을 옮기기도 힘들었으나 그래도 어머니는 물통을
들고 분수로 가려고 했습니다. 그때 막내딸 루치엘라가 말했습
니다. "물통 이리 주세요. 내가 아주 튼튼하진 않아도 엄마를 위
해서 그 정도 일은 충분히 할 수 있어요. 엄마가 이런 일 하는 게

싫어요." 물통을 건네받은 루치엘라는 도시 외곽에 있는 분수를 향해 걸어갔습니다. 꽃들은 자기 얼굴을 향해 연신 물을 던지는 분수가 무서워 고개를 숙이고 있었지요. 루치엘라는 그곳에서 어떤 잘생긴 노예를 만났습니다. 노예가 말했습니다. "아름다운 아가씨, 저와 함께 가시죠. 여기서 그리 멀지 않은 동굴로 모시고 가서 예쁜 물건들을 많이 드릴게요."

그처럼 친절한 말을 듣고 좋은 대접을 받아본 적이 없었던 루치엘라가 대답했습니다. "기다리는 엄마한테 이 물통을 가져다주고 당신한테 돌아올게요." 집으로 물을 가져간 루치엘라는 엄마에게 구걸하러 다녀오겠다고 말했습니다. 분수로 돌아와 보니 노예가 기다리고 있었고, 두 사람은 공작고사리와 담쟁이덩굴로 뒤덮인 어느 동굴로 향했습니다. 동굴 안으로 들어서자 노예는 그녀를 금이 번쩍번쩍하는 정말 멋진 지하 궁전으로 이끌었습니다. 곧 식탁이 차려지더니 맛있는 음식이 가득해졌습니다. 루치엘라가 음식을 다 먹자, 두 명의 아름다운 여자 노예가 나타나 루치엘라의 누더기 옷을 값비싼 옷으로 갈아입혔습니다. 그리고 밤이 되자 그녀는 침실로 안내되었는데, 그곳의 침대에는 진주와 금으로 수놓은 이불이 깔려 있었습니다. 촛불이 꺼지자마자 누군가 그녀의 곁으로 오더니 함께 잠을 잤는데, 이런 일이 며칠 동안 되풀이되었습니다.

어느 정도 시간이 지나고 나자 루치엘라는 엄마가 몹시 보고 싶었습니다. 그래서 노예에게 말했더니, 노예가 어느 내실로 들어가 누군가와 얘기를 나눈 뒤 금이 가득 든 자루를 가져와 말했습니다. "이걸 어머니께 가져다 드리세요. 길 잃어버리지 않게 조심하시고, 속히 돌아오세요. 다만 아가씨가 어디에 있다 왔는지, 또 어디로 돌아가는지 절대 비밀로 하셔야 합니다." 루치엘라는 집에 돌아왔고, 언니들은 너무도 근사하게 차려입은 동생의 행색을 보고 부러워서 죽을 지경이었지요. 집에 몇 시간 머무른 루치엘라가 이제 가봐야겠다고 말하자 어머니와 언니들이 같이 가겠다고 했습니다. 그러나 루치엘라는 혼자 가겠다며 동행을 거절하고는 바로 그 동굴, 그 왕궁으로 돌아왔습니다. 이후 두 달 동안 조용히 지내던 루치엘라는 또 엄마가 보고 싶어져서 노예에게 말했습니다. 그러자 노예는 이번에도 어머니에게 줄 선물과 함께 루치엘라를 집으로 보내주었습니다. 이런 일이 서너 번 반복되자 루치엘라의 언니들은 더욱더 질투를 했습니다. 결국 이 흉악한 하르피아들은 작당하여, 자신들이 알고 있는 오그레스를 찾아가 루치엘라를 불행하게 만들 방법을 의논하기로 합니다. 그리고 오그레스는 좋은 수를 알려줍니다. 루치엘라가 다시 집에 왔을 때 언니들이 이렇게 말했습니다. "너는 네 행복한 생활에 대해 입을 다물고 있지만, 이 언니들은 너에 대해 전부 다 알고 있다는 걸 명심해. 네가 매일 밤 어떤 잘생긴 청년과 잠자는 거 알아. 거기 있는 사람들이 네가 마시는 음료에 약을 타 네가 정신없이 곯아떨어지게 만든 탓에 너는 그 청년을 한 번도 본 적이 없겠지. 그러나 너를 사랑하는 이 언니들의 충고대로 하지 않으면 너의 행복은 언제나 지금처럼 불완전한 상태로 남을 거야. 어찌 됐든 너는 우리의 혈육이고, 우리는 오로지 너의 행복만을 바란단다. 그러니 밤이 되어 네가 침실로 들어갔을 때 그 노예가 밤에 마실 음료와 입을 닦을 물을 가져오면, 수건을 가져오라고 심부름을 보내. 그가 수건을 가지러 나갔을 때 그 음료를 버리고 밤에 깨어 있도록 해. 그리고 너의 낭군이 깊이 잠들었을 때 이 맹꽁이자물쇠를 열어. 그러면 너의 낭군은 자기도 모르는 사이에 주술에서 풀려나고, 너는 세상에서 가장 행복한 여자가 될 거야." 불쌍한 루치엘라는 벨벳 안장 밑에 가시가 숨겨져 있다는 것을, 또 황금 잔 속에 독이 들어 있다는 것을, 꽃 사이에 독사가 잠자고 있다는 것을 알지 못했습니다. 언니들의 말만 믿고 동굴과 그 안의 저택으로 돌아온 그녀는 밤이 되기를 기다려 사악한 언니들이 시킨 대로 했습니다. 주위가 고요해진 시간, 촛불을 켠 루치엘라는 자기 옆에 누워 있는 백합과 장미처럼 아름다운 청년을 보게 되었습니다. 그리고 그 아름다움에 여러 번 탄성을 발하다가 이렇게 말했지요. "맹세코 그대는 내게서 도망갈 수 없어요. 영원히." 그러고는 맹꽁이자물쇠를 열자, 여자 몇 명이 머리에 많은 양의 실을 이고 나타났습니다. 그중 한 명이 실타래 하나를 떨어뜨렸고, 다정다감한 루치엘라는 자신이 처한 상황을 깜빡 잊고 큰 소리로 말했습니다. "부인, 실이 떨어졌어요." 그 소리에 그만 청년이 잠에서 깨어났습니다. 그는 루치엘라에게 자신의 모습을 들킨 것을 알고는 불쾌하고 화가 나서 곧바로 노예들을 불러, 당장 루치엘라를 예전의 누더기 옷으로 갈아입혀 집으로 쫓아버리라고 명령했습니다.

노예들은 명령을 이행하고서, 창백한 안색과 슬픈 표정으로서 있는 루치엘라를 향해 어서 떠나라고 무례하게 말했습니다. 루치엘라는 어느 쪽으로 가야 할지 몰라 정처 없이 헤매다가, 많은 고생 끝에 불러 오른 배를 안고 토레-롱가('높은 탑')라는 도시에 닿았습니다. 그리고 왕궁의 마구간을 두리번거리면서 짚이 깔려 있어 쉴 만한 곳을 찾았습니다. 궁녀 한 명이 그녀를 발견하고 친절히 대해주었습니다. 출산일이 다가왔고, 루치엘라는 황금 가지처럼 아름다운 아들을 낳았습니다. 아기가 태어난 날 밤, 잘생긴 청년 하나가 산모와 아기가 누워 있는 방으로 들어오더니 아기를 안고 말했습니다. "잘생긴 내 아들, 할머니가 너를 알아본다면 황금 욕조에서 목욕시키고 황금 포대기로 감싸줄 텐데. 수탉이 울기 전에는 나는 절대 너의 곁을 떠나지 않으마." 이 말을 하는 동안 수탉이 울었고, 그는 감쪽같이 사라졌습니다. 산모와 아기를 돌봐주던 궁녀는 매일 밤 어떤 청년이 찾아와 아기를 안고 같은 말을 하다가 수탉의 첫 울음소리에 사라지는 것을 보고는 여왕에게 이런 사실을 아뢰었습니다. 날이 밝아 태양이 명의처럼 하늘의 병원에서 별들을 모두 퇴원시키는 시간, 여왕은 포고꾼을 보내어 도시에 있는 수탉을 전부 잡아 죽이라는(모든 백성이 너무도 잔인하다고 여긴) 명을 내렸습니다. 그 결과 암탉들은 졸지에 과부 신세가 되고 말았지요. 그리고 밤이 되자 여왕은 루치엘라가 머무는 궁녀의 거처로 가, 긴장감 속에서 청년이 나타나기를 기다렸습니다. 같은 시간에 청년이 나타나자, 여왕은 그가 자신의 친아들임을 알아보고 얼싸안았습니다. 오그레스의 저주 때문에 왕자는 왕국에서 멀리 추방되었고, 어머니인 여왕이 알아보고 안아줄 때까지 떠도는 신세가 돼 있었던 것이지요. 어머니의 품에 안기자마자 왕자의 저주는 풀렸고, 슬픈 망명의 시간도 끝이 났습니다. 왕비는 보석처럼 아름다운 손자까지 얻었다는 걸 알게 되었습니다. 루치엘라는 남편을 되찾았고, 얼마 후 막냇동생의 행복과 신분 상승을 알게 된 언니들이 뻔뻔하게도 동생을 방문했습니다. 그러나 그들은 사악한 충고로 동생을 지하 저택에서 쫓겨나게 했듯이 자신들도 왕궁에서 똑같이 문전박대를 당했지요. 그들은 자신들이 저지른 악행의 대가를 치르는 한편 다음과 같은 옛말을 씁쓸히 되새겼답니다.

"질투의 아들은 비탄이다."

열 번째 여흥

친구

콜라 야코보에게는 그에게 아첨하며 빌붙어 사는 친구가 있다. 그는 아무리 애를 써도 이 친구를 떼어낼 수가 없다. 결국 도저히 참을 수 없게 된 그는 꾀를 내고 무례한 말을 퍼부어 친구를 집에서 쫓아낸다.

앞의 이야기는 화자의 매끄러운 화술과 청중의 집중이 어우러져 즐거움을 주는 요소들은 다 갖추고 있었다. 그러나 이야기와 이야기 사이의 짧은 휴식 시간이면 으레 다음 차례의 노예가 초조해서 안절부절못하는지라, 타데오 왕자는 야코바에게 이야기를 시작하라고 지시했다. 그녀는 이야기보따리를 풀어 새로이 청중의 기대를 채워주고자 입을 열었다.

신사숙녀 여러분, 분별력의 부족은 상인으로 하여금 판단력의 자를 손에서 놓치게 하고, 건축가로 하여금 정확성의 척도를 잃게 하며, 선원으로 하여금 이성의 나침반을 잃게 하지요. 무지의 땅 속에 뿌리내린 이 무분별은 수치와 경멸 외에는 어떤 열매도 생산하지 못합니다. 이런 일은 일상에서도 늘 벌어집니다. 제가 지금부터 하려는 어느 뻔뻔한 친구의 이야기도 마찬가지입니다.

옛날에 포멜리아노 출신의 콜라 야코보와 그의 아내인 레시나 출신의 마셀라 체르네키아가 살고 있었습니다. 콜라 야코보는 가진 것이 바다처럼 한없이 많아서 재산이 정확히 얼마나 되는지조차 알 수 없었습니다. 키우는 돼지들은 돈사에서 하루 종일 배불리 먹었습니다. 아이들도 없고 걱정거리도 없는데 돈은 셀 수 없이 많은 그였으나, 한 푼을 아끼려고 150킬로미터를 걸어 다녔고 인색하다 싶을 정도로 검소하게 살면서 돈을 모았습니다. 그런데 그가 아내와 함께 식탁에 앉아 간신히 목숨을 부지할 정도의 빈약한 식사를 하려고 할 때면 어김없이 무일푼의 친구 하나가 나타나, 그의 옆자리에 앉을 때까지 한 발짝도 움직이려 하지 않는 것이었습니다. 몸속에 괘종시계라도 있는지, 치아 사이에 모래시계라도 있는지, 그 친구는 끼니때마다 꼭 나타나 콜라 야코보 부부와 식사를 같이하고, 진드기처럼 달라붙어서 어찌나 염치없이 구는지, 부부는 곡괭이를 휘둘러도 그 친구를 쫓아낼 수가 없었습니다. 그 친구는 부부의 입에 음식이 들어가는 횟수를 세면서 익살스러운 얘기를 함으로써 부부가 하는 수 없이 "조금 들게나"라고 말할 수밖에 없게 만들었습니다. 이 권유에 그는 두말없이 부부 사이에 자리를 잡고는 마치 공격 명령을 받은 사냥개처럼 덤벼들어, 아사 직전의 사람처럼 접시를 순식간에 낚아채 예리한 면도날을 사용하듯이 음식을 잘랐습니다. 늑대의 굶주림과 전광석화의 기민함을 가진 그는 실로 며칠 굶은 사람처럼 게걸스러웠습니다. 그는 두 손을 횡적 부는 사람처럼 사용했고, 눈알을 살쾡이처럼 굴렸으며, 이가 맷돌 같았고, 어떤 음식이건 나눠서 먹는 법 없이 한입에 삼켜버렸습니다. 그리고 배가 불러서 위가 북처럼 커지면 그때는 빈 접시들을 확인하면서 주인 내외의 허락도 구하지 않고 포도주 잔을 들어 바닥이 보일 때까지 단숨에 들이켰습니다. 그러고는 제 볼일을 보러 쌩하고 가버리니, 콜라 야코보와 마셀라는 침울한 얼굴로 남아 있게 되는 것이었습니다. 부부는 밑 빠진 독처럼 먹고 삼키고 비우고 잘라대며 식탁의 음식들을 싹 쓸어버리는 이 친구에 대해 분별력이 없다고 여겼지만, 찰거머리이고 바지에 붙은 똥 덩어리인, 8월의 폭염이고 성가신 날파리이고 말파리인, 탐욕스러운 진드기이고 갈고리인, 끝없이 내야 하는 세금이고 영원한 월세인, 문어발이고 골칫거리인 이 친구를 떼어놓을 방법이 없었습니다. 그들은 단 한 번도 원치 않는 이 불청객 없이 평화롭게 식사를 할 수가 없었습니다.

그러던 어느 날 아침, 드디어 그 친구가 볼일이 있어서 도시 외곽으로 갔다는 소식이 들려왔고, 콜라 야코보는 이 희소식에 기뻐서 소리쳤습니다. "오, 이 한여름을 찬양하라. 오랜만에 역겨운 놈의 방해를 받지 않고 볼과 턱을 움직여 고기 한 점 먹어보고 음식 냄새를 맡아보겠구나! 법원이 지금 내게 파산 선고를 내린 대도 기꺼이 망해주겠어! 이 고약한 세상에서 즐거운 일이라고는 이로 뜯는 것뿐이지. 어서 불을 지펴, 시간이 가고 있잖아. 맛있는 음식을 푸짐하게 차려서 마음껏 먹어보자고." 이렇게 말한 그는 뛰어가서 아주 실한 뱀장어 한 자루와 넉넉하게 큰 병에 든 좋은 포도주를 사 왔습니다. 그의 아내는 맛있는 피자를 만들어 굽기 시작했고, 뱀장어를 튀기는 등 음식 준비를 모두 끝낸 뒤 부부는 식탁에 앉았습니다. 그러나 그들이 막 한입 먹으려는데, 맙소사, 그 기생충 친구가 문을 두드리는 소리가 들리는 게 아니겠습니까. 낙담한 마셀라가 있고 없음에 따라서 그들에게 불행을 주기도 하고 행복을 주기도 하는 그를 보고는 남편에게 말했습니다. "여보, 기쁨이라는 정육점에는 고기도 있지만 불쾌한 뼈다귀도 꼭 있지요. 우리가 푹 잠이 드는 이불 속에는 시련이라는 빈대가 꼭 한 마리 이상은 있기 마련이고요. 기분 좋게 빨래를 널면 빗방울이 떨어지기도 하고요. 이렇게 먹다간 체할 거예요. 음식이 목에 걸려 질식할 거라고요." 그러자 콜라 야코보가 대답했습니다. "식탁을 치워. 음식을 보이지 않게 숨겨. 그런 다음에 문을 열어. 마을이 약탈당해 건질 게 하나도 없다는 걸 알면 그 녀석도 그냥 갈 정도의 분별력은 있을 거야. 그러면 우리한테 저 독이 든 음식들을 맛볼 시간이 생기겠지!" 친구가 계속해서 초인종을 누르는 동안 마셀라는 뱀장어를 찬장 속에, 포도주 병을 침대 밑에, 피자를 매트리스 사이에 숨겼습니다. 한편 콜라 야코보는 식탁 밑으로 들어가, 바닥까지 늘어진 식탁보에 난 구멍을 통해 밖을 살폈습니다.

그런데 그 친구는 열쇠 구멍으로 이 과정을 전부 지켜보고 있었지요. 그리고 문이 열리자마자 퍽 어리둥절하고 놀란 표정으로 들어섰고, 그런 그를 보고 마셀라가 무슨 일이냐고 물었습니다. 그러자 그가 대답했습니다. "밖에서 한참을 걱정스레 기다리는데, 그냥 가라는 건지 까마귀라도 들어올까 봐 그러는 건지 문이 열리지 않더군요. 그런데 뱀 한 마리가 발치에서 스르르 움직이지 않겠어요. 어이쿠, 얼마나 크고 오싹하던지. 가만있자, 제수씨가 찬장 속에 넣어둔 뱀장어만큼 컸을 거예요. 상황이 너무 안 좋아서 온몸을 부들부들 떨며 무서워하고 있다가, 몸을 숙여 이만한, 그러니까 제수씨가 침대 밑에 숨긴 술병만 한 돌을 집어 들었죠. 그걸 뱀의 머리통에 던졌더니, 제수씨가 매트리스 사이에 숨긴 피자처럼 뱀이 납작해집디다. 그 뱀이 죽어가면서 나를 쳐다보는데, 글쎄 그것이 저 식탁 밑에 숨어서 나를 살피고 있는 친구의 눈길 같더란 말입니다. 온몸에서 피가 싹 가시는 것 같아서 꼼짝도 하지 못하고 서 있었지요." 이 말을 들은 콜라 야코보는 더 숨어 있을 수가 없어서, 마치 장난을 치는 것처럼 식탁 밑에서 머리를 내밀고는, 무대에 오르는 배우처럼 소리쳤습니다. "그렇다면 우리가 궁지에 빠진 셈이군. 만약 우리가 자네한테 빚진 게 있다면, 소액 재판 전문인 바그리바 재판소에 고소하게. 우리가 자네의 명예를 훼손했다면, 제카 재판소에 고소하고. 혹시 모욕을 느꼈다면 나의 팔다리를 묶어버리게. 자네가 망상을 품고 있다면, 관장기의 뾰족한 끝으로 그것을 쫓아내게. 우리한테 기대하는 게 있으면, 애들 놀이에서처럼 자네도 여우 꼬리를 들고 우리를 뒤쫓게. 아니면 빚쟁이들이 하는 나폴리 방식대로 우리의 코를 후려치든가. 대체 이게 뭔가? 대체 언제 그만둘 건가? 자네는 여인숙을 점령한 군인들처럼 굴면서 재산을 노리고 우리를 겁박하는군! 손가락 하나면 충분한데 손 전체를 가지려 들다니. 지금 보니 이렇게 소동을 벌여서 우리를 이 집에서 내쫓겠다는 심사가 확실하군그래! 판단력이 없으면 세상을 다 가지려 들지. 자신의 행동을 판단하지 못하는 사람은 다른 사람에 의해 판단을 받는 거야. 자네가 판단할 수 없다면 우리가 해주지. 우리한테는 두개골에 구멍 뚫는 천공기도 있고 밀방망이도 있으니까! 이런 말도 있잖아. '보기 좋은 면상에 보기 좋게 한 방!' 고슴도치도 잠자는 곳이 있으니, 이제 우리가 불행하든 말든 그냥 내버려두게. 오늘 이후로 자네가 이런 수작을 계속한다 해도, 괜한 헛걸음이 될 것이고 부스러기 하나 얻지 못할 거야. 여기서 가져갈 옷도 없을 것이고, 자네한테 어울리는 건 하나도 없을 거야. 자네가 이 푹신푹신한 침대에서 잘 수 있다고 생각한다면, 앞으로 영원히 잠들게 될 거야. 정말이야! 3월에 유행하는 병에 걸릴 수도 있겠지. 이 집이 자네의 썩은 식도를 위해 언제나 열려 있는 여인숙이라고 생각한다면, 언제든 여기 와서 먹으면 된다고 생각한다면, 이제 그만. 앞으로 그런 생각은 집어치워. 헛수고야. 자네를 위한 음식도, 간식도 더는 없어. 자네는 멍청이와 호구를 노리고 바보들을 탐색하면서 풍요의 땅을 발견해내지. 그러니 이제 자네가 왔던 곳으로 돌아가게. 더는 자네를 위한 것이 없고, 자네는 내 우물에서 물도 가져가지 못할 테니까. 이제 이 집을 어렵게 생각해야 될 거야. 자네는 식사 시간 염탐꾼이고 빵 없애는 괴물, 식탁 청소부, 부엌 싹쓸이 빗자루, 냄비 핥기, 대식가이고 자네의 목구멍은 하수도관이야. 자네는 늑대의 게걸스러운 식탐을 지녔고, 위장이 하도 커서 만족을 모르니 당나귀에 버금가지. 배 한 척을 거덜 내고, 왕자가 키우는 애완 곰을 잡아먹고, 티베르 강물이 마르도록 퍼마시고도 배가 차지 않겠지. 그러고는 지역을 옮겨 사방에 그물을 던져놓겠지. 쓰레기 구덩이에서 넝마와 뼈를 골라내고, 물이 넘치는 거리 도랑에서 이런저런 잡동사니를 주워 모으지. 장례식 촛불을 훔쳐 밀랍을 모으고, 배를 채우기 위해서라면 변소 오수관까지 열려고 할 거야. 이 집이 자네한테 불고문 같기를! 모두가 저마다 문제가 있고, 모두가 무슨 옷을 입고 무슨 음식을 먹을지 저마다 분수를 알아. 우리는 파산자도 실패자도 부러진 창도 필요하지 않아. 하늘은 스스로 돕는 자를 돕는 법. 이제 이 집에서 먹어대던 젖을 떼라고, 이 게으르고 쓸모없는 인간아. 일을 해, 일을. 장사를 배우고 자기 인생을 책임지란 말이야!" 종기를 제거한 것 같고 빗질로 깔끔하게 털을 정리한 것 같은 이 일장연설을 들은 비열한 친구는 물건을 훔치다가 붙잡힌 도둑처럼, 길을 잃은 순례자처럼, 난파된 배의 선원처럼, 손님을 잃은 매춘부처럼, 이불에 오줌을 싼 어린애처럼, 온몸이 차갑게 얼어붙고 말았습니다. 그는 입을 다물고 턱수염이 가슴에 닿을 정도로 고개를 푹 숙이고 눈이 젖고 코는 곰팡내를 맡고 이가 차갑고 손이 허전하고 가슴이 무거워진 채 잔뜩 움츠러들어서는, 자신의 물건들을 챙겨서 아주 조용하고 조심스럽게, 천천히,

한마디 말도 없이 집을 떠났습니다. 그는 뒤 한번 돌아보지 않았고, 다음과 같은 경청할 만한 말을 기억해냈지요.

"결혼 피로연에 초대받지 않은 개는 거기에 가면 안 된다. 기어이 갔다가는 매를 맞을 테니까."

친구가 받은 수모에 모든 청중이 크게 웃었다. 청중은 어느새 해가 진 줄도 모르고 있었다. 빛을 너무 낭비해 파산한 해가 문 아래 황금 열쇠를 놔두고 안전한 곳으로 도망간 것이었다. 그때 콜라 암브루오소와 마르키온노가 꽉 끼는 가죽 바지와 능직 재킷을 입고 나와 제2부를 시작하자, 이어지는 유쾌한 막간극을 감상하기 위해 모두가 귀를 쫑긋 세웠다.

염색

콜라 암브루오소와 마르키온노

콜라 암브루오소 마르키온노, 모든 직업을 통틀어 염색 일이 최고야. 누구더라, 주방 보조인지 요리사인지는 모르겠지만, 아무튼 그 사람도 그렇게 말했으니까.

마르키온노 나는 그 말에 반대일세, 콜라 암브루오소. 염색은 지저분한 일이거든. 두 손이 항상 오배자, 황산, 백반으로 물들어 있잖아. 무어인이 유약을 묻히고 다니는 것처럼 말이야.

콜라 암브루오소 정반대지. 염색은 일 중에서 가장 깨끗한 일이야. 깨끗하다고 자부하는 사람에게 딱 맞는 직업이 바로 염색이야.

마르키온노 지금 나더러 염색업이 향수 만드는 일이나 자수 놓는 일이랑 비슷하다는 말을 믿으라는 얘기군! 예끼, 이 사람아,

꺼져. 자네가 틀렸어!

콜라 암브루오소 화덕에 넣고 시험해보는 한이 있더라도 염색 기술이 고귀한 것이라는 걸 자네한테 증명해 보이고 싶네. 요즘에야 전부 염색을 이용하잖아? 사람들이 염색 덕분에 생계를 유지할 뿐 아니라 크게 존경을 받는 거지. 자네가 뱃속에 속임수를 품고 가슴속에 악덕을 품고 있다면, 염색으로 그 어떤 결함이든 가릴 수 있어.

마르키온노 인간의 악덕이랑 모직이나 실크의 염색이 무슨 상관이야?

콜라 암브루오소 자네가 전혀 이해하지 못하고 있는 게 확실하군. 자네는 지금 양말과 낡은 옷을 염색하는 얘기로 알고 있잖아. 내가 말하는 염색은 인디고나 소방 염색과는 완전히 다른 거야. 그건 사람의 얼굴색을 흰색에서 검은색으로 또는 붉은색으로 바꾸는 그런 염색이라고.

마르키온노 무슨 말인지 당최 모르겠군. 자네 말은 뒤죽박죽 헷갈리게 만들 뿐이야!

콜라 암브루오소 이봐, 내 말 잘 들어봐. 내가 염색업자가 되는 방법뿐 아니라 누가 염색을 했는지 알아내는 방법까지 가르쳐줄 테니까. 자네가 이 신기술을 배우면 아주 기쁜 일이 생길 걸세. 바퀴벌레를 고양이처럼 보이게 하는, 그야말로 요즘 똑똑한 사람들 사이에서 유행하는 첨단 기술이라니까. 여기 어떤 삼류 악당이 있다고 치세. 우연히 접하거나 눈에 띄는 것은 싹쓸이하고, 보이는 것은 다 들고 가고, 찾아낸 건 다 챙겨 도망가는 녀석이라고 쳐. 이 염색 기술을 아는 사람들은 이 악당을 좀도둑이니 교활한 불량배니 하는 천박한 호칭으로 부르지 않아. 오히려 판단력을 잘 활용하고 땅속에서 돈을 캐내고 생활력이 강해 밀림에서도 살아남을 수 있고 기회를 놓치지 않는 훌륭한 건달, 항구 주변 지형을 잘 아는 도미 같은 사람, 도가니를 사용할 줄 아는 독창적인 해적, 군중 속에서도 결코 모자를 잃어버리지 않는 사람이라고 부르지. 간단히 말해서, 이 염색 기술로 아주 근사하고 늠름해진 악당은 분별력 있는 남자로 불리게 되는 거야!

마르키온노 와, 그렇게 자세히 말하니까 확실해지네그려. 놀라운 기술인걸! 가난한 사람들을 위한 기술은 아니고, 가감 없이 말해서, 사기를 치고 강도짓을 하는 악당들을 위한 기술이긴 하지만 말일세.

콜라 암브루오소 게으른 변절자, 똥싸개 유대인, 계집애처럼 약하고 겁 많은 놈팡이를 예로 들어보세. 이런 녀석은 금방이라도 심장마비를 일으킬 것처럼 겁을 집어먹고 딱딱하게 얼어버리지. 사시나무 떨듯이 떨면서 언제나 공포의 가는 실을 짜고, 배속에 기생충과 설사를 가득 품고 다니고, 자기 그림자까지 무서워해. 누가 째려보기만 해도 녀석은 기생충 가득한 똥을 지리지. 누가 협박이라도 하면 털 뽑힌 메추라기 꼴로 창백하게 질리고. 말 한마디 못하고 곧바로 도망갈걸. 그리고 행여 누가 칼집에 손만 갖다 대도 녀석은 냅다 줄행랑을 치지. 그러나 이 고귀한 염색을 적용하면, 사람들은 그 녀석을 신중하고 침착하고 존경할 만한 사람이라고 여기게 돼. 길을 갈 때도 측심연測深鉛과 나침반을 사용해 정확하게 걷는 사람 말이야. 꽁무니를 빼는 법이 없고, 현금 거래를 하지 않으며, 법원 주변에는 얼씬도 하지 않는 사람. 자기 일에만 신경 쓰는 침착하고 정확한 사람. 이런 식으로 토끼가 여우로 둔갑하는 걸세!

마르키온노 자기만 화를 면하려는 게 옳은 생각 같군그래. 육필 원고였는지 인쇄된 글이었는지 기억은 안 나지만 어디선가 이런 대목을 읽은 기억이 나. "멋진 도주는 인생 전체를 구할 수 있다."

콜라 암브루오소 이번에는 다른 곳에서 아주 훌륭한 남자, 그러니까 위험을 무릅쓸 줄 알고, 사라센의 용사 로도몬테 못잖은 용기를 지녔고, 영웅인 롤랑과도 주먹질을 하고, 그리스 신화에 나오는 영웅 헥토르와도 치고받는 남자를 한번 보세. 그는 파리가 코 옆으로 지나가게 두지 않고, 말보다는 행동을 앞세우고, 불량배와 폭력 조직의 우두머리들을 모조리 손아귀에 쥐고서 꼼짝 못 하게 하지. 그는 자신의 수족을 잘 부리고 사자의 심장으로 죽음과도 결투를 벌여. 절대 뒤로 물러서는 법이 없고, 언제나 숫양처럼 들이받고. 그러나 이 염색을 적용해보면, 누구나 그를 무례하고 무모하며, 오만하고 저돌적인 사람으로 본단 말이야. 사람들의 눈에 그는 유리처럼 깨지기 쉽고 예민한 미치광이, 악마, 집을 불태우는 화마가 되는 거야. 늘 상대방을 조심하게 만들고, 싸울 거리를 찾아다니고, 이성도 자제력도 없어서 단 하루도 다툼 없이 지나가지 못하는 남자. 이웃들을 불안하게 만들고 길가의 돌맹이까지 도발하는 남자. 간단히 말해서, 훌륭한 역전의 용사가 하찮은 갤리선 노예로 전락하는 셈이지.

마르키온노 쉿! 맞는 말이야. 현명하고 안정된 사람은 칼 없이
도 스스로를 존경받게 만드는 사람이지.

콜라 암브루오소 이번에는 구두쇠야. 배고픔에 시달리면서 허
리띠를 바짝 졸라맨 사람 말일세. 땜장이의 납땜인두처럼 말랐
고 변비에 걸려서 손톱을 물어뜯지. 그는 시에나산 말 같고, 말라
빠진 오렌지, 썩은 코르크, 자두 씨 같아. 야생 능금 속에서 빠져
나온 개미 꼴이고 불행의 본보기인 참 딱한 녀석이지. 잘 놀라는
망아지 같은 이 녀석은 꼬리털 하나 주기 싫어서 발길질부터 해
대지. 야비하고 인색한데다 100킬로미터를 달려도 동전 하나 떨
어뜨리지 않아. 콩 하나를 백 번씩 씹어서 먹지. 아무리 쓸데없는
물건이라도 노끈으로 백 번씩 칭칭 묶어놓고, 먹지 않으려고 똥
을 누지 않아. 하지만 이 염색을 적용하는 즉시 이 구두쇠는 절약
하는 사람, 가진 것을 허투루 버리거나 낭비하지 않는 사람으로
평가받지. 물가에 물건들을 버리지 않고 집 주변에 빵 부스러기
를 흘리지 않는 선량한 사람. 결론적으로 이 인색하기 짝이 없는
사람이 나침반처럼 세밀하고 꼼꼼하다는 평을(주로 하층민들의
평이긴 하지만) 듣게 된다 이 말일세.

마르키온노 에잇, 돈 속에 심장을 넣고 다니는 그런 족속들은
사라져버려라! 그런 인간들은 의사가 처방하지 않은 식이요법을
따르고, 언제나 누더기를 껴입고 다니지. 늘 고생스럽게 살잖아.
스스로 거지나 하인처럼 굴다가 돈에 파묻힌 채 바싹 말라 죽지.

콜라 암브루오소 그런데 동전의 이면에는 흥청망청 낭비하는

방탕아가 있으니, 이번에 얘기해봄세. 이런 작자는 화물선을 비우고 조폐국을 거덜 내지. 밑 빠진 독처럼 가지고 있는 것을 낭비하고, 자기가 얼마나 가지고 있는지 계산조차 하지 않아. 그는 미덕이라고는 아예 없는 수많은 사기꾼과 기식자들에게 둘러싸여 있고, 그들에게 마구 퍼주지. 개돼지들에게 생각 없이 뿌리고 이성 없이 던져주면서 자신은 연기 속으로 사라져버려. 그러나 이 염색을 사용하면, 그는 자기 눈까지 기꺼이 빼주려 하는, 친구 중의 친구요 왕 중의 왕이며 너그럽고 정중하고 통 큰 사람이라는 평판을 얻게 되지. 뭔가 부탁을 받으면 절대 싫다고 말하지 않는 사람 말이야. 이 훌륭한 얼굴로 그는 금고를 비우고 자기 집을 파멸로 이끌지.

마르키온노 그런 작자들에 대해 너그럽다고 말하는 사람은 누구든 순 거짓말쟁이야. 진짜 너그러운 사람은 적절한 시간과 장소를 선택해. 그리고 쓸데없이 괜한 돈을 어릿광대 같은 사람들에게 던져주는 것이 아니라 가난하지만 미덕 있는 사람들에게 돈을 나누어 주지.

콜라 암브루오소 이번엔 포주를 보자고. 배불뚝이에 털북숭이 양 같고, 날뛰는 숫염소 같은 인간 말이야. 출입문이 두 개인 집 같고 코르니토에서 만든 구둣주걱 같은 인간, 사는 곳은 포르첼라. 이런 놈은 오명의 원판이고 과잉의 표상이야. 이놈 역시 염색을 하면 단박에 침착하고 존경스러운 사람으로 통하지. 자기 일에 충실하고 누구와도 잘 지내는 신사 말이야. 그는 모든 사람을 정중하게 대하고, 그의 집은 친구들에게 항상 열려 있지. 그는 격식을 차리지 않고 깐깐하게 굴지도 않아. 빵처럼 맛있고 꿀처럼 달아서 원하는 걸 함께할 수 있는 사람. 동시에 그는 얼굴 한번 붉히지 않고 매춘 장사를 해서 돈을 모으지!

마르키온노 요즘에는 그런 종자들이 잘살더라.

콜라 암브루오소 속세와 담을 쌓고 사는 사람은 깡패와 도둑하고는 아무런 관련이 없어. 그런 사람은 대화를 기피하고, 말썽을 원치 않고, 서너 번씩 설명하는 것도 싫어하지. 평화롭게 살고 자제력이 있지. 그 사람 옆에서 잠을 못 자게 방해하는 이가 없고, 그 사람이 음식을 먹을 때 옆에 앉아서 몇 번 씹는지 세면서 간섭하는 이도 없어. 그러나 그 사람을 염색하면 거칠고 난폭한 사람으로 통하게 되지. 향기도 악취도 없는 매의 똥 같은 사람. 냉혹하고 재미없고 메부수수한 사람. 멋도 없고 사랑도 없는 사람. 야비하고 짐승 같고 별 볼일 없는 사람. 밍밍한 마카로니 같은 사람.

마르키온노 사막에서 홀로 사는 사람은 화나는 일도, 화날 이유도 없으니 얼마나 행복한가! 그런 사람들은 마음껏 떠들어도 돼. 이런 옛말이 딱 들어맞는다니까. "나쁜 사람들과 함께 있는 것보다 홀로 있는 것이 낫다."

콜라 암브루오소 그러나 정반대로 말하고 싶어 하는 사람들도 있지. 친구들과 친형제처럼 지내는 사람들 말이야. 이런 사람은 성격이 좋고 붙임성도 좋아서 상대를 대할 때 싸우는 법이 없어. 한데 염색을 해보세. 믿기지 않겠지만, 그는 다른 사람을 세치 혀로 난도질하고 갈기갈기 찢어댔다가 마음대로 꿰매는 등등 아주 짜증 나는 인간이야. 그뿐 아니라 등 뒤에서 소송을 걸고, 뻔뻔하고 야단스럽고, 심술궂고 건방지지. 눈에 띄는 것엔 뭐든 소금을 뿌리고 냄새나는 곳엔 어디든 코를 들이미는, 중뿔나게 참견하는, 인후통 같은 인간. 이러쿵저러쿵해대는, 에잇, 한심한 놈!

마르키온노 맞아. 게다가 그보다 훨씬 더 나쁜 족속이야! 스페인 사람들이 "지나친 불평은 경멸의 원인이 된다"라고 말하는 걸 보면, 뭘 제대로 아는 사람들이군.

콜라 암브루오소 말을 잘하고, 재치와 설득력이 있고, 이리 쩔러보고 저리 틀어봐도 총명하고, 뭐든 똑 부러지게 대답하는 사람이 있다고 치세. 그 사람을 염색해보면, 그는 그저 재잘거리는 수다쟁이에 하수구 같은 입을 가진 인간에 불과해. 까치보다 더 수다스러워서 귀뚜라미한테도 말을 걸어 가르쳐줄 게 있고, 요정 이야기와 괴물 이야기 같은 시답잖은 소리와 불평불만으로 상대의 귀를 얼얼하게 만들고 머리를 지끈거리게 만들지. 그리고 병아리 엉덩이처럼 생긴 입으로 혀를 놀릴 때마다 상대를 감염시키고 어리둥절하게 만들고 귀먹게 만들지.

마르키온노 이 멍청이의 시대엔 아무리 열심히 노력해도 늘 잘못되기만 해!

콜라 암브루오소 입을 꾹 다문 채 말이 없는 사람이 있다면, 무화과를 먹기 위해 입을 아끼고 끽소리도 내지 않는 사람이 있다면, 이 염색으로 그의 본색을 바꿔버리고 말지. 그래서 그는 안투오노('바보'), 저능아, 멍텅구리, 얼간이, 지옥 불에 던져 넣을 땔감으로 불리고, 억지로 끌려온 신부처럼 늘 딱딱하게 굳어 있지.

이 사람에게 순풍이 불어올 가능성은 없어 보여. 말을 하면 한심해지고, 말을 안 하면 더 나빠지거든.

마르키온노 맞아. 요즘에는 어떻게 처신해야 하는지, 어디서 낚시를 해야 하는지 알 수가 없어. 걸어갈 만한, 잘 다져진 길이 없어. 이 세상에서 어느 길이 올바른 길인지 알아챌 수 있는 사람은 행운아지!

콜라 암브루오소 하지만 이 염색의 효과를 속속들이 설명할 수 있는 사람이 있을까? 그러기까지 족히 천 년은 걸릴 거야. 금속 혀로도 충분하지 않아. 이 염색 기술을 자네 마음대로 사용하게. 언제든지 자네의 본색을 바꾸어놓을 테니까. 어릿광대는 익살스럽고 재미있는 사람이 되고, 염탐꾼은 세계 지도를 잘 아는 사람, 악당은 독창적이고 능란한 사람, 게으름뱅이는 차분한 사람, 대식가는 인생을 즐길 줄 아는 사람, 아첨꾼은 주군의 심기를 잘 헤아리고 기쁘게 만들 줄 아는 유능한 조신, 창녀는 공손하고 고귀한 태도를 지닌 여자, 무식자는 순박하고 존경할 만한 사람이 되는 거야. 그뿐 아니라, 아니, 이 정도면 됐어! 궁전에서 비열한 사람들은 기쁨에 겨워 좋아하고 선량한 사람들은 자신의 운명을 한탄하는 게 놀라운 일도 아닐세. 그들의 본색이 염색에 의해 가려져 주군들이 제대로 보지 못하기 때문이지. 그래서 이 사람을 저 사람으로 착각하게 되고, 늘 그래왔듯이 선인은 악인이 되어버리지.

마르키온노 조신들은 참 딱한 사람들이야. 차라리 어머니 배 속에 있을 때 죽는 게 나았을걸! 태풍은 늘 불어오는데, 그들은 절대로 항구를 찾을 수 없어.

콜라 암브루오소 궁전은 오로지 악인들을 위한 곳이야. 선인들을 차고 밀고 내쳐서 가능한 한 멀리 쫓아버리지. 하지만 이 얘기는 이쯤에서 그만하세. 간지러운 곳을 아무리 긁어도 내일도 모레도 간지럼은 멈추지 않으니까. 태양이 숨바꼭질을 하고 있으니 이만 줄이고 우리의 수고를 아껴두세. 그래야 또 다음 저녁에 활약할 거 아닌가.

콜라 암브루오소가 입을 다물자 동시에 태양도 하루를 마감했다. 그리하여 내일 아침에 새로운 이야기로 무장한 채 다시 모이기로 약속하고 모두 이야기와 식욕으로 가득 차서 각자의 집으로 돌아갔다.

둘째 날, 끝

셋째 날

칸네텔라

칸네텔라는 마음에 드는 남편감을 찾지 못한다. 그녀는 지은 죄 때문에 오그르의 손아귀에 잡혀 불행한 삶을 살아간다. 그러다가 그녀의 아버지 밑에서 일하는 열쇠장이에게 극적으로 구출된다.

여성분들이여, 밀가루로 만든 빵보다 더 좋은 빵을 찾는 건 어리석은 일입니다. 결국에는 버린 것을 그리워하기 마련이니까요. 각자 정직하고 정당하게 얻은 것에 만족해야 합니다. 모든 것을 잃은 사람이라면 누구든, 나무 우듬지 위를 걷는 사람이라면 누구든, 발아래 위험이 가득한 만큼 머리에 광기가 가득합니다. 지금부터 제가 하려는 이야기에 등장하는 어느 공주의 경우가 바로 그랬지요.

옛날 옛적에 벨-푸오조('아름다운 언덕')라는 왕국에 상여꾼이 장례식을 기다리는 것보다 더 자식을 기다리는 왕이 있었습니다. 결국 왕은 여신 세렌가에게, 딸을 하나 점지해준다면 갈대로 변신한 그 여신을 기리는 의미에서 딸의 이름을 칸네텔라라고 짓겠노라 맹세했습니다. 그가 오랫동안 기도하고 간청하자 여신이 그의 청을 들어주었습니다. 왕비 렌촐라가 예쁜 딸을 낳았고, 왕은 약속한 대로 이름을 지었습니다. 공주가 무럭무럭 자라서 키가 갈대만 해졌을 때 왕이 말했습니다. "얘야, 너는 하늘의 축복을 받았단다. 네가 벌써 떡갈나무만 하게 키가 자랐으니, 왕족의 후손을 도모하기 위해 네 미모에 걸맞은 배필을 찾아야겠다. 나는 나 자신보다 더 너를 아끼고, 네가 좋아하는 일이라면 뭐든 해주고 싶단다. 그러니 말해보렴. 어떤 남편을 맞이하면 좋겠는지. 어떤 사람이 마음에 들겠니? 학식이 깊고 지혜로운 사람이니, 아니면 무인이니? 젊었으면 좋겠니, 아니면 좀 나이가 들었으면 좋겠니? 피부가 검은색? 흰색? 아니면 붉은색? 건장한 남자가 좋으냐, 아니면 골풀 바구니에 들어가는 포도 가지만큼 아담한 남자가 좋으냐? 날씬한 남자가 좋으냐, 아니면 황소만큼 덩치가 큰 남자가 좋으냐? 네가 골라보거라. 아비는 너의 선택을 따르겠다." 부왕으로부터 이런 제안을 받은 공주는 디아나 여신에게 자신의 처녀성을 맹세할 수 있으며, 앞으로도 남편을 맞지 않겠다고 대답했습니다. 그러나 왕이 재촉하고 애원하자 결국 이렇게 말했지요. "아바마마의 크나큰 사랑을 저버리고 싶지 않아 아바마마의 뜻을 따르겠어요. 하지만 세상에 둘도 없는 딱 하나뿐인 남편감을 찾아주세요." 이 대답을 들은 부왕은 크게 기뻐하면서 그러겠다고 약속했습니다. 그리고 아침부터 저녁까지 창가에 서서 지나가는 남자들을 이리저리 살펴보았습니다. 그러던 중 잘생기고 유쾌한 어떤 남자가 눈에 띄어 공주에게 말했습니다. "칸네텔라, 어서 이리 오너라. 창밖을 봐. 저 젊은이가 너의 요구 조건에 들어맞는지 살펴봐."

칸네텔라는 그 젊은이를 위층으로 불렀고, 왕은 성대한 연회를 준비하라 일렀습니다. 더 바랄 것이 없을 정도로 온갖 음식이 나왔습니다. 음식을 먹고 있는데 젊은이의 입에서 아몬드가 한 알 떨어졌고, 젊은이는 몸을 숙여 재빨리 그것을 주운 뒤 식탁보 밑에 넣었습니다. 연회가 끝나고 젊은이는 돌아갔습니다. 그가 간 뒤에 왕이 공주에게 말했습니다. "그 젊은이가 마음에 드니?" 칸네텔라가 대답했습니다. "다시는 그자가 저의 눈앞에 나타나지 않게 해주세요. 촌스러운 시골뜨기 같은 녀석이에요. 그렇게 키가 크고 덩치가 산만 한 사람이 입에서 아몬드를 떨어뜨리다니요!" 이 대답을 들은 왕은 다시 창가로 가서 지켜보았고, 또 한 명의 잘생긴 청년을 찾아냈습니다. 그리고 이번에도 공주를 불러 마음에 드는지 물었습니다. 칸네텔라는 그 청년도 위층으로 초대해야겠다고 말했습니다. 그래서 왕은 또 한 번의 연회를 열라고 지시했고, 젊은이는 음식을 배불리 먹고 돌아갔습니다. 왕이 이번 젊은이는 어떠냐고 묻자 공주가 대답했습니다. "제가 저런 한심한 사람하고 뭘 해야 하죠? 외투를 벗는 데도 최소한 두 명의 시종이 도와줘야 하는 사람인데요." 그러자 왕이 말했습니다. "그게 다라면 별문제 아니구나. 그건 제값을 치르지 않으려고 꼬투리를 잡는 격이다. 나를 위해 억지로 선택할 필요는 없다. 너

스스로 결심해야 한다. 아비는 너를 결혼시켜 이 나라의 적통을 이을 강한 후손을 얻고 싶으니까." 왕의 분노를 접한 칸네텔라가 대답했습니다. "사실을 말씀드리자면, 존경하는 아바마마, 제 느낌에는 아바마마께서 바다에서 괭이질을 하시는 것 같고 손가락을 틀리게 꼽으며 셈을 하시는 것 같아요. 저는 절대로 그 누구의 뜻에도 굴복하지 않겠어요. 그 사람이 황금 머리와 황금 이를 가지고 있지 않다면요." 공주가 당나귀처럼 고집이 센 것을 알아챈 불행한 왕은, 도시 전체에서 누구든 자신이 공주의 배우자감으로 어울린다고 생각하는 사람은 왕궁으로 오라는 포고령을 내렸습니다. 그 사람이 칸네텔라 공주를 아내로 맞게 될 것이고, 나중에는 왕의 자리에 오를 것이라고 했지요.

그런데 왕에게는 쇼라반테라는 모진 적수가 하나 있었습니다. 쇼라반테는 어찌나 흉하게 생겼던지 그 모습을 벽에 그려놓으면 아무도 쳐다보지 못할 정도였습니다. 왕의 포고령을 접한 쇼라반테는 마법에 능한 영리한 주술사답게 조력자들을 소환해, 자신을 황금 머리와 황금 이를 가진 사람으로 만들라고 명령했습니다. 조력자들은 너무 무리한 명령이라 따르기 어렵다면서, 차라리 그에게 더 멋지고 사용하기도 편한 황금 뿔을 주면 어떻겠느냐고 했습니다. 그러나 마법과 주술을 앞세운 쇼라반테의 강압에 못 이겨 결국엔 그의 요구대로 해주었습니다. 20캐럿의 금으로 이루어진 머리와 치아를 갖게 된 그는 왕의 창가 쪽으로 왔다 갔다 했고, 왕은 자신이 찾는 남자를 발견하고는 공주를 불렀습니다. 그 남자를 보자마자 공주가 말했습니다. "저 사람이에요. 제가 손으로 직접 빚어서 만든다고 해도 저 사람보다는 못할 거예요." 왕이 사람을 보내 만나보기를 간청했고, 궁으로 들어온 쇼라반테는 일을 서두르고자 하는 기색을 보였습니다. 왕이 말했습니다. "잠시 기다리게. 그리 서둘지 말고. 등에 불이라도 붙었나! 물건을 저당 잡으려는 유대인처럼 서두르는구먼. 엉덩이에 수은이 묻었나, 항문에 나뭇조각이라도 박혔나! 진정하게. 자네에게 돈 가방도 주고, 시중들 신하들도 주고, 물론 자네가 아내로 맞아주었으면 하는 내 딸도 줄 걸세." 그러자 쇼라반테가 말했습니다. "다른 건 필요 없소이다. 그냥 말 한 필만 주면 되오. 공주를 내 앞에 앉혀서 집으로 데려가겠소. 그곳에 하인과 시종이 부족하지 않고, 있을 건 다 있소." 두 사람은 그 문제로 한동안 실랑이를 벌였지만 결국 쇼라반테의 뜻대로 하기로 했고, 쇼라반테는 말에 올라타 아내를 앞에 앉히고 길을 떠났습니다.

붉은 말들이 흰 소들에게 자리를 비켜주는 저녁 무렵, 그들은 어느 방목장에 도착했습니다. 말들을 먹이는 마구간으로 칸네텔라를 데려간 쇼라반테가 말했습니다. "내가 하는 말 명심해. 나는 집에 가야 하는데, 거기 도착하기까지 칠 년이 걸려. 그러니 이 마구간에서 얌전하게 나를 기다리고 있어. 밖에 나가지도 말고, 다른 사람 눈에 띄지도 말고. 내 말을 거역한다면, 네가 건강하게 살아 숨 쉬는 한 언제나 그걸 기억하고 후회하게 만들어주겠다." 그러자 칸네텔라가 대답했습니다. "저는 당신의 종이니 무엇이든 당신의 명령에 따르겠어요. 다만 그동안 무엇을 먹으며 살아야 할지 알고 싶어요." 쇼라반테가 대답했습니다. "저기 말들이 먹고 남은 게 있으니 당신이 살기에 충분할 거야."

　이 말을 들은 칸네텔라의 심정이 어땠을지 생각해보세요. 자기가 내뱉은 말과 그 말을 내뱉은 순간을 저주했을 테지요. 그녀는 추위에 떨어야 했고, 먹을 게 부족하면 눈물을 마셨습니다. 왕궁에서 마구간으로, 향기에서 똥의 악취로, 이슬람 양털 매트리스에서 짚단으로, 산해진미에서 말들이 먹다 남긴 찌꺼기로 추락한 자신의 운명과 불운을 저주했습니다. 그녀는 두 달 동안 이렇게 말들이 남긴 옥수수를 먹으면서 모질게 연명했습니다. 보이지 않는 누군가가 매일 아침 여물통을 채워놓았습니다. 그러던 어느 날 그녀는 작은 구멍을 발견했고, 그 구멍을 통해 아름다운 정원을 보았습니다. 과수 시렁으로 받친 오렌지나무, 여러 동굴을 에워싼 레몬나무, 화단과 과실수와 포도나무 등등, 보고만 있어도 유쾌했습니다. 그렇게 보고 있자니 포도를 한 줌만 먹었으면 하는 갈망이 일었습니다. 그녀는 이렇게 생각했습니다. '아무도 모르게 들어가면 돼. 하늘이 무너진대도 포도를 먹고 말겠어. 백 년이 지나도 아는 사람이 없을 걸. 남편한테 일러바칠 사람도 없잖아? 설령 운 나쁘게 그가 알게 된다 해도 나한테 어쩔 건데? 그냥 포도 한 줌일 뿐인데.' 이렇게 말하면서 그녀는 정원으로 들어갔고, 그동안 굶주림에 시달렸던 영혼을 달래주었습니다.

　그로부터 얼마 후에 약속한 시간보다 일찍 남편이 돌아왔고, 암말들 중 한 마리가 포도를 훔친 칸네텔라의 소행을 일러바쳤습니다. 격분한 쇼라반테는 허리에 찬 칼을 뽑아 들고 칸네텔라를 죽이려고 했습니다. 칸네텔라는 그의 발치에 무릎을 꿇고 울면서 칼을 거두어달라고 애원했습니다. 굶주리면 늑대도 숲에서 뛰쳐나오듯이 자기도 배가 고파서 그랬다며 애걸복걸하자 쇼라반테가 말했습니다. "이번에는 용서해주지. 적선을 베푸는 셈 치고 살려주는 거야. 하지만 또다시 악마의 유혹에 넘어가고 내가 그걸 알게 되는 날에는 토막을 낼 줄 알아. 명심하라고. 이번에 가면 진짜 칠 년이 걸릴 거야. 행동 똑바로 해. 또 그랬다가는 이번 일까지 해서 두 배로 경을 칠 줄 알아." 쇼라반테는 이렇게 말하고 길을 떠났고, 칸네텔라는 하염없이 울면서 손으로 손을 때리고 가슴을 치고 얼굴을 때리고 머리칼을 잡아 뜯었습니다. "이렇게 비참한 신세가 되다니, 차라리 태어나지 않았으면 좋았을걸! 아버지, 왜 저의 숨통을 옥죄셨나요! 아니, 어찌하여 내가 아버지를 원망하는 거지? 이 꼴을 자초한 것은 나 자신이잖아? 이 불행을 만든 건 바로 나 자신이라고. 황금 머리를 원하다가 녹은 납덩어리 속에 떨어져 죽게 된 거야. 어떻게 황금 이를 원한 거지? 그래서 내 이가 누렇게 되어가는군. 인과응보야. 아바마마가 원하시는 대로 따라야 했어. 그렇게 변덕을 부리고 당치 않은 환상을 품는 게 아니었어. 아버지 어머니의 말을 듣지 않는 사람은 누구나 길을 잃게 되는 거야." 칸네텔라는 날마다 흐느끼고 통곡하면서 이렇게 혼잣말을 했습니다. 그녀의 두 눈은 두 개의 분수 같았고, 피부는 누렇게 변했으며, 얼굴은 앙상하게 말라서 보는 이에게 연민을 불러일으켰지요. 사랑스러운 눈길을 주던 그 눈동자는 어디로 갔는가? 그 부드러움과 감미로움은 다 어디로 사라졌는가? 그 미소는? 아버지마저 딸을 알아보지 못할 몰골이었습니다.

일 년이 지난 어느 날, 우연히 왕의 열쇠장이가 그 마구간을 지나갔습니다. 그를 알아본 칸네텔라가 소리쳐 불렀습니다. 열쇠장이는 자신의 이름을 외치는 불쌍한 소녀를 알아보지 못했습니다. 결국 너무도 변해버린 공주의 모습에 어안이 벙벙해졌지요. 공주가 정체를 밝히고 어쩌다가 그리 됐는지 쭉 설명하자, 열쇠장이는 한편으론 측은해서 다른 한편으론 왕의 신임을 얻고 싶은 마음에서, 싣고 가던 짐 중에서 가장 위에 놓여 있는 빈 통에 칸네텔라를 집어넣었습니다. 그리고 노새에 통을 올리고 벨-푸오조를 향해 걸음을 재촉했습니다. 왕국에 도착한 시간은 새벽 네 시. 그는 곧장 왕궁으로 향했습니다. 그가 왕궁 문을 두드리자 궁인들이 창문을 통해 열쇠장이를 알아보고 쌍욕을 해대기 시작했습니다. 그 이른 시간에 와서 소란을 떨어 궁인들을 전부 깨우니 짐승 같은 놈이라는 둥, 돌덩이든 뭐든 집어 던져 머리통을 깨기 전에 어서 도망가라는 둥 말입니다. 그런데 시종에게서 이 소동을 전해 들은 왕은 열쇠장이를 어전으로 들이라 했습니다. 그 이른 시간에 거리낌 없이 궁인들을 깨우는 것을 보면 필시 큰 문제가 생긴 거라고 생각한 것이지요. 어전으로 불려 온 열쇠장이는 짐을 풀고 통에서 칸네텔라를 꺼냈습니다. 그러나 아버지가 딸을 알아보기까지는 말로 하는 설명 이상의 것이 필요했습니다. 칸네텔라의 오른팔에 난 사마귀가 아니었다면 그녀는 떠나온 마구간으로 도로 내쫓겼을 겁니다. 신원을 확인한 왕은

딸을 부둥켜안고 수없이 입을 맞추었습니다. 그리고 칸네텔라를 욕실로 보내어 깨끗이 씻게 하고 공주에게 어울리는 옷을 입힌 뒤에 아사 직전의 그녀에게 절실했던 아침 식사를 함께했습니다. 아버지가 말했습니다. "얘야, 네가 이런 고초를 겪을 줄 그 누가 알았겠느냐? 얼굴이 어찌 이리 상했을꼬? 누가 너를 이렇게 만들었느냐?" 칸네텔라가 대답했습니다. "그러게 말이에요! 그 야만적인 터키인이 저를 심하게 학대했고, 저는 매 순간 죽음을 앞두고 있었어요. 그러나 그 과정은 말씀드리지 않겠어요. 그건 사람이 감당할 수도 없고 믿을 수도 없는 일이니까요. 아버지, 저는 여기 있는 것만으로도 족해요. 다시는 아바마마 곁에서 단 한 발짝도 떨어지지 않을 거예요. 다른 곳에서 여왕이 되느니 아바마마가 계신 이곳에서 하인으로 있겠어요. 아바마마와 멀리 떨어진 곳에서 황금 망토를 걸치느니 이곳에서 손수건을 걸치겠어요. 아바마마가 아닌 사람의 높은 연단에서 제왕의 홀을 들고 있느니 차라리 아바마마의 수라간에서 꼬치구이를 돌리겠어요."

한편, 여행에서 돌아온 쇼라반테에게 암말들이 그간의 일을 말해주었고, 열쇠장이가 칸네텔라를 통에 넣어 데려갔다는 것도 알려주었습니다. 모욕감에 사로잡힌 그는 격분하여 서둘러 벨-푸오조로 향했습니다. 그리고 왕궁 맞은편에 사는 한 노파를 발견하고 말했습니다. "부인, 얼마면 내가 여기서 공주를 볼 수 있게 허락하겠소?" 그러자 노파가 금화 100두카트를 요구했습니다. 쇼라반테는 사냥 가방을 뒤져 금화를 하나씩 세어서 노파에게 건넸습니다. 노파는 그에게 테라스에 올라가도 좋다고 말했고, 그는 거기서 왕궁의 테라스에 나와 머리를 말리고 있던 칸네텔라를 지켜봤습니다. 이상한 느낌에 그쪽을 돌아본 칸네텔라는 누군가 숨어서 지켜보고 있다는 것을 간파하고 계단을 뛰어 내려가 왕에게 달려가서 소리쳤습니다. "아바마마, 지금 당장 쇠문이 일곱 개 달린 방을 만들어주시지 않으면 저는 죽사옵니다!" "그깟 일로 널 죽게 하겠느냐? 어여쁜 공주가 원한다면 내 눈이라도 내놓을 것이야." 왕은 이렇게 말하고 즉시 쇠문을 만들었습니다. 이 소식을 들은 쇼라반테는 다시 노파를 찾아갔습니다. 노파가 말했습니다. "또 뭘 원하나요?" 그가 말했습니다. "그릇이나 연지를 파는 척하고 왕궁으로 들어가시오. 공주의 방으로 들어가 매트리스 사이에 이 종이를 살며시 집어넣고 동시에 이렇게 말하시오. '모두 깊이 잠들고 칸네텔라만 깨어 있으라.'" 노파는 금화 100두카트를 더 받고 그의 요구를 들어주었습니다. 화장품을 가져왔다는 핑계로 나타나는 이런 추하고 섬뜩한 여자들을 집 안으로 들이다니, 이 얼마나 불행한 일인가요! 이런 여자들은 우리의 명예와 인생을 시커멓게 칠해놓으니까요.

　노파가 일을 끝내자마자 왕궁 안에 있는 사람들이 전부 죽은 듯이 깊은 잠에 빠졌습니다. 칸네텔라 혼자만이 초롱초롱한 눈으로 깨어 있었지요. 그때 문들이 흔들리는 소리가 들려 그녀가 비명을 지르기 시작했으나, 도와주러 오는 사람은 아무도 없었습니다. 그사이 쇼라반테는 문을 전부 부수고 침실 안으로 들어와 칸네텔라를 침대에서 끌어냈습니다. 그런데 다행히도 노파가 매트리스 사이에 집어넣었던 종이가 바닥으로 떨어졌습니다.

그러자 종이에 싸여 있던 가루가 밖으로 새어 나오면서 잠들었던 사람들이 전부 깨어났습니다. 그들은 칸네텔라의 비명을 듣고 달려왔는데, 심지어 개와 고양이들까지 합세해 그 오그르를 갈기갈기 찢어 죽였습니다. 오그르는 불운한 칸네텔라에게 놓은 덫에 자기가 걸려든 것이었지요. 그 스스로 이런 옛말을 입증한 셈입니다.

"자기 꾀에 자기가 죽는 것보다 더 비통하고 고통스러운 일은 없다."

손이 잘린 펜타

펜타는 친오빠와의 결혼을 거절하고 자신의 손을 잘라 오빠에게 선물로 보낸다. 오빠는 그녀를 궤짝에 넣어 바다에 던져버리라고 명령한다. 파도가 궤짝을 뭍으로 밀어 올린다. 한 선원이 펜타를 발견하고 집으로 데려가지만, 선원의 아내가 또다시 펜타를 같은 궤짝에 넣어 바다에 던져버린다. 어느 왕에 의해 발견된 펜타는 왕비가 된다. 그러나 또다시 여인의 사악함으로 인해 펜타는 왕국에서 추방된다. 그리고 고단한 시련과 여정 끝에 남편과 오빠의 손에 구출된다.

체차의 이야기를 들은 청중은 너무 세세하게 따지고 변덕을 부린 칸네텔라가 더 나쁜 일을 겪어도 싸다고 생각했다. 그럼에도 칸네텔라가 슬픔을 떨쳐낸 것을 보고 기뻐했다. 그리고 남자들을 다 시시하게 여기던 칸네텔라가 겸손해지고 열쇠장이 앞에 머리를 숙임으로써 고초에서 벗어났다는 사실이 시사하는 바도 있었다. 이때 왕자가 체카에게 이야기를 시작하라고 손짓했고, 체카는 지체 없이 말문을 열었다.

　시련의 시간에 미덕은 시험받고, 선의 촛불은 가장 어두운 곳에서 가장 빛나며, 노고는 공덕을 낳고, 공덕의 중심엔 명예가 있습니다. 승리하는 사람은 뒷짐 진 채 방관하지 않고 부지런히 움직입니다. 프레타-세카('마른 바위') 왕국의 공주가 피땀을 흘리고 치명적인 위험을 무릅쓰면서 행복의 집을 지은 것처럼 말입니다. 지금부터 공주의 행운에 대해 말해보겠습니다.

　왕비와 사별한 프레타-세카의 왕은 혼자 지내다가 사악한 생각을 떠올리게 됐고, 그래서 펜타라는 여동생을 아내로 맞아야겠다고 생각하지요. 그는 여동생에게 단둘이 만나자고 전갈을 보냈습니다. "집 안에 있는 좋은 것을 밖으로 나가게 놔두는 것은 건전한 판단력을 지닌 사람의 행동이 아니다. 게다가 낯선 사람을 집 안으로 들이게 되면 무슨 일이 생길지 모른다. 그래서 오빠가 이 문제를 곰곰이 생각한 끝에 너를 아내로 맞기로 결심했다. 너와 나는 한 핏줄이고 나는 너의 성품을 잘 아니까. 그러니 우리가 부부의 연으로 맺어지는 것에 만족하고 기쁘게 이 조합과 처방을 받아들여서 우리 함께 좋은 일을 도모하자꾸나."

　이 말을 듣고 화들짝 놀란 펜타는 아연실색 멍하니 서 있었습니다. 그녀는 오빠가 이렇게 돌변하리라고는 예상치 못했기에 귀를 의심했습니다. 미치지 않고서야 이럴 수 없다는 생각이 들었습니다. 이 당치 않은 요구에 뭐라고 대답할까 한동안 침묵 속에서 골똘히 생각하던 펜타가 결국엔 인내심의 한계를 느끼고 이렇게 말했습니다. "설령 전하가 이성을 잃었다 해도 저는 정숙함을 잃지 않겠어요! 전하의 입에서 그런 말이 나오다니, 저는 너무도 놀랐어요. 농담치고는 형편없고, 진담치고는 음탕한 악취가 진동하네요. 전하가 그런 천부당만부당한 말을 하니 유감이고 제가 그런 말을 듣고 있어야 하니 유감입니다. 오빠의 아내라니요? 누가 시킨 일인가요? 이게 무슨 추잡한 계략인가요? 사람들이 언제부터 포도주를 섞기 시작했나요? 언제부터 이런 잡탕을 만든 거죠? 우리가 지금 무슨 말을 하고 있는 거죠? 제가 전하의 동생인가요, 아니면 기름에 구운 치즈인가요? 전하의 안전을 위해서라도 정신 차리세요. 다시는 그런 말 하지 마시고요. 또 그러시면 저는 터무니없는 행동을 할 겁니다. 저를 전하의 동생으로서 존중해주지 않는다면, 저 또한 그런 전하를 존경하지 않겠어요." 이렇게 말한 펜타는 자신의 침실로 들어가 문을 잠그고 오빠의 얼굴을 한 달 넘게 보지 않았습니다. 비참해진 왕은 망치로 사타구니를 얻어맞은 남자처럼, 항아리를 깨뜨리고 면박을 당하는 아이처럼, 고양이가 고기를 훔쳐 가는 바람에 어리둥절해진 하녀처럼 얼굴을 붉혔습니다. 한참이 지난 후에 왕이 또다시 음탕한 욕구를 입에 올리자, 펜타는 대체 오빠로 하여금 그런 욕망을 갖게 한 원인이 무엇인지, 혹시라도 자신의 어떤 면이 오빠의 머릿속에 그런 생각을 심어놓은 것은 아닌지 알고 싶었습니다. 그래서 침실에서 나와 왕을 찾아가 이렇게 말했습니다. "오라버니, 거울 앞에서 찬찬히 저의 모습을 살펴봤으나 오라버니에게 그런 사랑을 일으킬 만한 매력도 가치도 발견하지 못했어요. 저는 사람들에게 갈망과 동경을 일으킬 만큼 매력적인 여자가 아니에요." 그러자 왕이 대답했습니다. "펜타야, 너는 머리에서 발끝까지 아름답고 완벽하다. 특히 너의 손은 나의 숨을 멎게 할 만큼 열망을 일으킨단다. 너의 손은 이 가슴에서 심장을 뽑아내는 갈퀴다. 너의 손은 생명의 우물에서 내 영혼의 바구니를 길어 올리는 갈고리다. 그 손은 사랑이 담긴 내 영혼을 붙잡고 있는 집게다. 아, 너의 손, 그 아름다운 손은 달콤함을 퍼 담는 국자이고, 나의 열망과 욕망을 붙잡고 있는 집게이며, 내 심장 속에 흙을 퍼 담는 삽이다!" 왕은 말을 계속하려 했으나 펜타가 끼어들며 이렇게 대답했습니다. "좋아요, 알겠다고요! 잠깐만 꼼짝 말고 기다리세요. 금방 돌아올 테니까요." 자기 방으로 돌아간 펜타는 머리가 그리 좋지 않은 어떤 하인을 불렀습니다. 그리고 그에게 큰 칼과 엽전 한 줌을 주면서 말했습니다. "알리, 내 손을 잘라라. 아무도 모르게 더 아름답고 더 흰 손으로 만들 거니까." 그것이 공주를 기쁘게 하는 일이라고 생각한 하인은 칼을 두 번 내리쳐 두 손을 싹둑 잘랐습니다. 펜타는 잘린 손들을 파엔차 접시에 담아 비단보를 씌운 후에 오빠에게 보냈습니다. 그토록 원하는 것이니 마음껏 즐기시고 부디 건강하시길 빈다는 전갈과 함께.

여동생의 행동에 격분한 왕은 난폭해져서, 당장 궤짝 하나를 만들어 겉에 꼼꼼히 타르를 칠한 뒤 그 안에 펜타를 집어넣어 바다에 던져버리라고 명령했습니다. 이 명령은 실행되었고, 궤짝은 파도에 부딪히며 떠다니다가 어느 바닷가에 닿았습니다. 그

물을 던지던 선원들이 그 궤짝을 발견했고, 보름달보다 훨씬 더 아름다운 펜타를 그 안에서 발견했지요. 선원들의 우두머리이고 누구보다 용감한 남자인 마시엘로가 펜타를 자기 집으로 데려가 아내인 누차에게 잘 보살펴주라고 부탁했습니다. 그러나 의심과 질투가 많았던 누차는 남편이 집을 나가자마자 펜타를 궤짝에 도로 넣어서 다시 바다에 던져버렸습니다. 파도에 부딪혀 이리 저리 표류하던 궤짝은 커다란 배와 마주치는데, 이 배에는 테라- 베르데('녹색 땅') 왕국의 왕이 타고 있었습니다. 떠다니는 궤짝을 발견한 왕은 급히 닻을 내리게 한 뒤, 선원 몇 명에게 작은 배를 띄워 그 궤짝을 가져오라고 명령했습니다. 선원들이 궤짝을 가져와 열어보니, 불행한 여인이 그 안에 들어 있었지요. 망자의 관에서 살아 있는 미인을 발견한 왕은 큰 보물을 얻었다고 생각했습니다. 그토록 많은 사랑의 보물이 담겨 있는 보석 상자에 손 잡이가 없어 마음 한편이 아프긴 했지만 말입니다. 왕은 펜타를 자신의 왕국으로 데려가 왕비의 시녀로 삼았습니다. 펜타는 왕 비를 위해 바느질을 하고 깃에 풀을 먹이고 머리를 빗겨주는 등 몸을 사리지 않고 일했습니다. 선량하고 젊고 아름다운 펜타였기에 왕비는 그녀를 친딸처럼 대했습니다.

한 달 정도 지났을 때 왕비는 천명을 다했다는 운명의 신탁을 받았고, 그러자 왕에게 침대 곁으로 와달라고 청한 뒤 이렇게 말했습니다. "저의 영혼은 부부의 연이 풀어질 때까지 잠시밖에 머물 수 없어요. 그러니 저의 심장에 귀 기울이고 마음 단단히 먹으세요. 전하께서 저를 사랑하신다면, 제가 아쉬움 없이 맘 편히 저세상으로 갈 수 있도록 청 하나만 들어주세요." 왕이 말했습니다. "여부가 있겠소. 내가 생전에 이 큰 사랑을 당신에게 증명할 수 없다면, 죽어서라도 당신을 향한 사랑의 징표를 주겠소." 그러자 왕비가 대답했습니다. "약속하셨으니 제가 하는 말을 잘 들으세요. 제가 눈을 감자마자 전하는 펜타와 결혼해야 합니다. 펜타가 누구인지, 어디서 왔는지는 모르지만, 훌륭한 교양과 세련된 행동거지를 보면 좋은 가문의 후손임을 알 수 있어요." 왕이 대답했습니다. "당신은 백 년을 살 것이오. 그러나 혹여 당신이 내게 작별을 고해야 하는 날이 온다면, 그때는 당신의 뜻대로 펜타를 아내로 맞겠소. 펜타가 손이 없고 말았다고 해도 상관하지 않아요. 언제나 나쁜 상황에서도 차선책을 취해야 하니까." 하지만 마지막 부분은 소리를 낮추어 말했기 때문에 왕비가 듣지 못했습니다. 왕비에게 남은 생명의 촛불이 꺼진 뒤 왕은 곧 펜타를 아내로 맞았습니다. 그리하여 첫날밤을 보냈고 펜타는 임신을 하게 되었습니다. 그러나 얼마 후 왕은 안토-스쿠올리오('높은 절벽') 왕국으로 떠나야 했기에 펜타에게 이별을 고하고 항해에 올랐습니다.

아홉 달이 지나서 펜타가 잘생긴 왕자를 낳자, 도시 전체가 불을 환히 밝히고 왕자의 탄생을 축하하는 잔치를 벌였지요. 대신과 고문관들은 왕에게 이 사실을 알리기 위해 작은 돛단배를 급파했습니다. 돛단배는 항해 중에 폭풍우를 만나 하늘의 별에 닿을 듯이 솟구쳐 올랐다가 바다 밑바닥으로 곤두박질치듯이 떨어지기를 되풀이했습니다. 그러다가 하늘의 도움으로 어느 해변에 닿았는데, 그곳은 펜타가 발견되어 선원들의 우두머리로부터 친절과 연민을 경험했으나 여자의 잔인함에 의해 다시 바다로 내던져진 바로 그 장소였지요. 불운하게도 그 해변에서 아이의 옷을 빨고 있는 여인이 있었으니 바로 누차였습니다. 남의 일에 호기심이 많은 여성의 본능에 충실한 누차는 돛단배의 선장에게 어디서 왔고 어디로 가는지, 또 누가 보냈는지 물었습니다. 선장이 대답했지요. "테라-베르데에서 왔고, 안토-스쿠올리오로 가는 길입니다. 우리 국왕을 만나 서한을 전하는 것이 나의 임무지요. 아마 왕비께서 서한을 쓴 것 같습니다. 하지만 내용이 무엇인지는 정확히 말해줄 수 없어요." 누차가 물었습니다. "그러면 왕비님은 누구신가요?" "내가 듣기로는 젊고 아름다운 분이라고 하더이다. 손이 잘린 펜타라고 불리는데, 두 손이 없기 때문이라더군요. 바다에서 궤짝에 갇혀 떠다니다가 발견됐다고 들었어요. 행운과 운명 덕분에 왕비가 되셨다는데, 내가 시간과 파도를 거슬러 속히 가야 할 만큼 서한에 적힌 화급한 용무가 무엇인지는 모르겠습니다." 이 말을 들은 유대인 여자 누차는 선장을 자기 집으로 초대해 인사불성이 될 때까지 술을 대접했습니다. 그러고는 선장의 주머니에서 편지를 꺼낸 뒤 필경사를 불러 읽게 했습니다. 필경사가 편지를 읽는 동안 그녀는 질투심에 미칠 지경이 되어서 단어 하나하나에 깊은 한숨을 짓더니, 결국 필경사에게 위조 편지를 쓸 것을 요구했습니다. 왕에게 보내는 편지를, 왕비가 개를 낳았으니 어떻게 해야 할지 신하들이 어명을 기다리겠다고 고쳐 쓴 거지요. 그리고 편지를 봉해 선장의 주머니에 집어넣었고, 잠을 깨어서 날씨가 갠 것을 본 선장은 순풍에 돛을 달고 안토-스쿠올리오로 떠났습니다. 선장은 그곳에 도착하자마자 왕에게 편지를 전했고, 이것을 읽은 왕은 왕비의 심기를 잘 살펴서 상심하지 않도록 신경 쓰라고 답장을 썼습니다. 그러한 불상사가 일어난 것도 하늘의 뜻이니, 그것을 거스르려는 것은 선한 사람의 도리가 아니라고 말이지요.

선장은 곧 출항했고, 며칠 뒤에 또다시 그 해변에 도착해 누차의 극진한 대접을 받았습니다. 누차는 최상품의 포도주를 내주었고, 선장은 또 거나하게 취해 잠이 들고 말았습니다. 선장이 깊이 잠들자, 누차는 그의 주머니를 뒤져서 왕의 답장을 찾아냈습니다. 그러고는 이번에도 필경사를 불러 그것을 읽게 한 후에, 테라-베르데의 대신과 고문관들에게 보내는 답장을 조작해달라고 부탁했지요. 어머니와 아들을 즉시 불태워 죽이라고 말입니다. 술에서 깨어 다시 출항한 선장은 테라-베르데에 도착해 신하들에게 왕의 답장을 전했습니다. 답장을 정독한 늙은 현자들 사이에서 웅얼거림과 소곤거림이 일었습니다. 이 문제를 의논한 신하들은 왕이 미쳤거나 누군가 왕에게 주술을 걸었거나 둘 중 하나라는 결론에 도달했습니다. 진주 같은 왕비와 보석 같은 세자를 죽음의 이빨 앞에 내팽개치려 하다니 말입니다. 그래서 신하들은 절충안으로서 왕비와 세자를 왕국에서 멀리 추방해 그들에 관한 일체의 소식도 들려오지 않게 조치하기로 결정했지요. 왕비에게 연명할 정도의 돈을 주고 이 모자를 추방하니, 왕궁에서는 보석 하나가 없어진 셈이요, 왕국에서는 커다란 빛 하나가 꺼져버린 셈이요, 왕에게서는 그의 희망을 북돋워줄 두 개의 버팀목이 사라진 셈이었습니다.

부정한 여인도 아니고 산적 패거리도 아니고 괴팍스러운 학자도 아닌데 왕국에서 쫓겨난 펜타는 갓난아기를 보듬어 안고서 눈물로 아기의 목을 축이고 젖으로 허기를 채우며 떠났습니다. 그녀가 도착한 곳은, 한 마법사가 다스리고 있는 라고-트루볼로('트루볼로 호수')였습니다. 이 마법사는 손이 잘린 채로 브리아레오스*가 백 개의 손으로 치른 것보다 더 격렬한 전쟁을 치러온 이 아름다운 불구의 여인을 보고 연민을 느꼈습니다. 마법사는 펜타에게 그동안 겪은 불운의 내력을 빠짐없이 말해달라고 했습니다. 그녀는 친오빠의 욕정을 거절한 까닭에 물고기의 밥으로 던져진 사연부터 마법사의 왕국으로 들어오기까지의 과정을 말했습니다. 이 슬픈 사연을 듣는 동안 마법사는 하염없이 눈물을 흘렸지요. 그의 귀로 들어온 연민은 한숨이 되어 입 밖으로 나왔습니다. 마침내 마법사는 다정하게 펜타를 위로하면서 말했습니다. "계속 선한 마음을 가져라, 내 딸아. 아무리 영혼의 집이 썩었어도 희망의 버팀목으로 지탱할 수 있단다. 더욱더 커다란 성공의 기적을 만들기 위해 하늘이 종종 큰 시련과 고통을 주는 것이니, 기운을 잃지 마라. 너는 이곳에서 아버지와 어머니를 찾게 될 것이다. 내가 너를 도울 것이다." 착잡한 펜타는 마법사에게 고마움을 전하면서 말했습니다. "이제 아무래도 상관없답니다. 하

• 그리스·로마 신화에 나오는 거인. 백 개의 손과 오십 개의 머리를 가졌다.

늘이 저의 머리에 불행을 비처럼 쏟아도 좋고, 파멸의 폭풍우가 불어닥쳐도 좋아요. 마법사님의 능력과 의지로 이 안식처에서 저를 지켜주신다니, 저는 이제 아무것도 무섭지 않아요. 어린 시절로 돌아간 느낌이에요." 다정한 말과 고마움을 표하는 말이 수없이 오간 뒤에 마법사는 그녀에게 자기 왕궁의 좋은 방을 하나 내주었고, 그녀를 자기 친딸처럼 대하라고 신하들에게 지시했습니다.

다음 날 아침, 마법사는 누구든 왕궁으로 와서 가장 큰 불행에 대해 말하는 사람에게 왕국 하나의 가치가 있는 황금 왕관과 홀을 주겠다고 공포했습니다. 이 소식은 유럽 전역으로 퍼졌고, 브로콜리보다 더 많은 사람들이 큰 부를 얻기 위해 마법사의 왕궁으로 와서 저마다 일생에서 겪은 일들을 이야기했습니다. 어떤 이는 물과 비누와 젊음과 건강까지 잃고서 그 대가로 치즈 한 덩어리를 얻었다고 말했습니다. 어떤 이는 윗사람에게 부당한 일을 당했으나 화를 내지 못하고 그냥 삭여야 했다고 말했습니다. 어떤 이는 전 재산을 배에 실었으나 역풍을 만나 모든 걸 잃었다고 했습니다. 또 어떤 이는 평생 글을 썼으나 변변한 재산을 모으지 못했고, 자신은 무일푼의 실패자가 되었는데 펜과 잉크를 파는 사람은 돈을 벌었으니 한심하고 절망스럽다고 말했습니다.

한편 테라-베르데의 왕이 자신의 왕국으로 돌아왔습니다. 그동안 왕국에서 무슨 일이 벌어졌는지 알게 된 왕은 이성을 잃고 사슬 풀린 사자처럼 마구 날뛰었습니다. 대신과 고문관들이 위조된 왕의 답장을 보여주지 않았더라면 왕은 그들을 전부 죽였을 겁니다. 편지가 위조된 것을 알게 된 왕은 선장을 불러서 항해 중에 무슨 일이 벌어졌는지 물었습니다. 이 사악한 짓을 벌인 것이 마시엘로의 아내임을 간파한 왕은 무장한 갤리선을 준비시킨 뒤에 그 해변으로 향했습니다. 그곳에 도착해 수소문 끝에 누차를 찾아내고는, 좋은 말로 구슬려 스스로 자신의 흉계를 전부 털어놓게 했습니다. 시기와 질투가 이 커다란 불행의 원인임을 확인한 왕은 누차를 단죄하라고 명했습니다. 신하들은 누차의 몸에 밀랍과 수지를 바른 뒤에 장작더미에 올려놓고 불을 질렀습니다. 화마의 붉은 혀가 그 못된 여인을 완전히 집어삼킬 때까지 왕은 지키고 서 있었고, 그런 다음 닻을 올리고 출항하라는 명령을 내렸습니다. 항해하던 왕의 갤리선은 바다 한복판에서 큰 배와 마주쳤는데, 알고 보니 그 배에는 프레타-세카의 왕이 타고 있었습니다. 두 왕은 정중하게 인사를 주고받았고, 이 과정에서 프레타-세카의 왕은 자신이 라고-트루볼로로 가는 중이라고 밝혔습니다. 라고-트루볼로의 마법사가 내린 포고에 대해 알게 되어, 누구보다 슬픈 일을 겪은 불행한 사람으로서 운을 시험해보러 간다는 것이었습니다. 그러자 테라-베르데의 왕이 말했습니다. "그런 일이라면 내가 당신을 앞서거나 최소한 비슷할 것 같소이다. 나는 그 누구보다도 불행한 일을 겪었소. 불행한 사람들 대부분은 그 고통의 양을 숟가락으로 재겠지만, 나의 고통은 커다란 통으로 재야 하니 말이오. 그래서 나도 당신과 함께 갈 것이니, 우리 신사로서 겨루고 누가 이기든 상금을 나눠 가집시다."

이에 프레타-세카의 왕이 대답했습니다. "좋소이다." 두 왕은 서로에게 서약을 하고는 함께 라고-트루볼로에 도착했고, 왕궁으로 가서 마법사를 만났습니다. 그들의 신분을 알게 된 마법사는 왕의 예로써 그들을 맞이해 상단에 앉히고 말했습니다. "환영합니다. 참으로 환영합니다!" 그들이 자신들 또한 비운과 불행을 견주러 왔다고 말하자, 마법사는 대체 얼마나 큰 슬픔이기에 한숨의 폭풍 속에 갇히게 되었느냐고 물었습니다. 그러자 프레타-세카의 왕이 사랑에 대하여, 자신의 혈육에게 한 못된 짓에 대하여, 자신의 여동생이 보여준 정숙한 여인의 고귀한 행동에 대하여, 그리고 그런 여동생을 궤짝에 가두어 바다에 던져버린 그 자신의 비열함에 대하여 말했습니다. 그는 자신의 잘못을 스스로 질책하면서 크나큰 비통함에 빠졌고, 동생을 잃었기에 그 어떤 고통에도 비할 수 없을 정도로 슬픔이 컸습니다. 한편으로는 치욕감에 괴로웠고, 다른 한편으로는 커다란 상실감에 괴로웠습니다. 그는 다른 사람들이 겪는 가장 큰 고통을 다 합해도 지옥과도 같은 자신의 고통에 비하면 별거 아니고, 그 어떤 슬픔도 자신의 심장을 갉아먹는 괴로움에 비하면 아무것도 아니라고 말이지요. 그가 이야기를 끝내자, 테라-베르데의 왕이 말문을 열었습니다. "오호통재라! 당신의 슬픔과 괴로움은 나의 것에 비하면 설탕, 사탕과자처럼 달콤하오. 나는 당신이 말한 바로 그 손 없는 펜타를 그 궤짝에서 발견하고 아내로 맞았으니 말이오. 펜타는 임신을 했고, 내게 아주 잘생긴 왕자를 낳아주었소. 그런데 흉측한 악녀의 시기와 악의로 인해 펜타와 아들이 죽을 뻔했소. 아, 이 가슴을 후벼 파는 모진 발톱, 고통과 괴로움이여, 나는 이 세상에서 평온과 안식을 찾을 수 없소이다! 펜타와 아들은 나의 왕국에서 쫓겨났소. 나는 아무런 의욕도 없고, 왜 이토록 무거운 고통의 짐을 짊어지고도 이 지친 삶을 내려놓지 못하는지 모르겠소."

마법사는 두 왕의 말을 듣고서 그중 한 명은 펜타의 오빠이고 다른 한 명은 펜타의 남편임을 바로 간파했고, 펜타의 아들인 누프리엘로를 불러오게 했습니다. "얘야, 가서 네 아버지이자 왕인 분의 발에 입을 맞추거라." 아이가 마법사의 말대로 했고, 아이의 잘생기고 우아하며 예의 바른 모습을 본 아버지는 아이의 목에 금목걸이를 걸어주었습니다. "잘생긴 아들아, 이번에는 가서 삼촌의 손에 입을 맞추거라." 아이가 이번에도 지체 없이 마법사의 말을 따랐습니다. 아이의 재치와 기백을 보고 크게 놀란 삼촌은 보석 하나를 아이에게 주면서 마법사에게 그의 아들이냐고 물었습니다. 마법사는 그런 것은 아이 엄마에게 물어보라고 했습니다. 커튼 뒤에 숨어서 이야기를 다 듣고 있었던 펜타가 앞으로 나오니, 길을 잃고 헤매다가 며칠 만에 주인을 만난 강아지가 짖고 꼬리를 흔들고 깡충깡충 뛰고 주인의 손을 핥으며 여러 방법으로 기쁨을 표현하는 것과 영락없이 닮은 모습이었습니다. 이렇게 펜타는 기쁨에 겨워 오빠와 남편 사이를 오가면서, 혈육에 끌리기도 하고 사랑에 끌어안기도 했습니다. 세 사람이 서로서로 얼싸안으니, 그들의 기쁨과 즐거움과 행복은 끝이 없었지요. 이것으로 두 왕의 이야기를 갈무리한 후 마법사는 다음과 같은 결론을 내렸습니다. "모두가 행복해하고 펜타 부인이 위로받는 모습을 보니 이 심장이 기쁨으로 두근거립니다. 펜타의 선한 행동은 보답 받아 마땅합니다. 펜타의 남편과 오빠를 이곳으로 데려오려는 계획이 잘 마무리되었으니 나는 여러분의 노예가 되어도 좋습니다. 사람은 자신의 약속에 묶이고 소는 뿔피리 소리에 묶이듯이, 나는 약속을 지키는 사람으로서 테라-베르데의 왕이 실로 가장 슬픈 사연의 주인공이라고 판단하고, 공포한 바대로 그에게 왕관과 홀을 줄 뿐 아니라 나의 왕국도 주려고 합니다. 나는 아내도 자식도 없으니, 여러분이 허락한다면 나는 이 잘생긴 부부를 양자로 삼아 목숨보다 더 소중히 여기려 합니다. 그리고 펜타에게는 따로 남긴 것이 없으니, 펜타가 불구의 손을 다리 사이에 넣었다가 빼면 전보다 더 아름다운 손을 갖게 될 것입니다."

마법사가 말을 끝낸 뒤 그가 말한 바가 다 이루어졌고, 기쁨은 더욱 커져서 모두가 즐거워했습니다. 남편은 마법사에게 받은 왕국보다 펜타의 손을 더 큰 행운으로 여겼습니다. 며칠간의 즐거운 연회가 끝나자 프레타-세카의 왕은 자기 왕국으로 돌아갔고, 테라-베르데의 왕은 처남인 프레타-세카의 왕에게, 돌아가는 길에 자신의 왕국에 들러서 자기 동생에게 왕위를 물려주라는 명령을 전하게 했습니다. 그리고 그와 펜타는 마법사와 함께 남아서, 기쁨과 즐거움 속에서 지난날의 고통을 잊고 다음과 같은 옛말이 진실임을 입증했습니다.

"먼저 쓰디쓴 아픔을 겪지 않고는 달콤하고 소중한 것을 얻을 수 없다."

세 번째 여흥

얼굴

렌차는 커다란 뼈로 인해 죽을 거라는 예언 때문에 아버지에 의해 탑에 갇힌다. 그녀는 왕자와 사랑에 빠지고, 개가 가져온 뼈를 가지고 벽에 구멍을 내어 탈출한다. 그러나 사랑하는 왕자가 다른 여인과 결혼하고 그 신부에게 입 맞추는 모습을 보고는 상심해 죽고 만다. 그 일로 괴로워하던 왕자도 스스로 목숨을 끊는다.

체카가 뛰어난 화술로 이야기를 하는 동안 좌중에는 기쁨과 혐오, 위안과 고통, 미소와 울음이 뒤섞였다. 청중은 펜타의 불행에 울었으나 그녀의 행복한 결말에 웃었다. 펜타가 많은 시련을 겪는 것에 가슴 아파했으나, 마지막에 그녀가 큰 영광 속에서 구원받자 위안을 느꼈다. 펜타가 배반당하는 것에 진저리를 쳤으나 그 후에 이어진 응징에 즐거워했다. 한편 이야기의 화약고에 불을 붙이려고 대기 중이던 메네카가 다음 이야기를 시작했다.

스스로 나쁜 일을 피했다고 믿었던 사람이 그 나쁜 일을 처절하게 다시 마주하게 될 때가 왕왕 있습니다. 그러므로 현명한 사람은 자신의 이해관계를 마법사의 영향력이나 점성술사의 거짓말이 아니라 하늘의 뜻에 맡길 줄 알아야 합니다. 그러지 않고 신중한 사람인 척 모든 위험을 미연에 막으려고 하다가는 오히려 심각한 파멸로 떨어지기 때문이지요. 이 말이 사실이라는 것을 지금부터 들으시게 될 겁니다.

옛날에 푸오소-스트리토('좁은 개천') 왕국의 왕이 살았는데, 그에겐 렌차라는 아름다운 딸이 있었습니다. 왕은 딸의 운명을 알고 싶어서 전국의 마법사와 점성술사와 집시들을 왕궁으로 불러들였습니다. 그들은 렌차 공주의 손금을 보기도 하고 관상을 보기도 하고 몸의 모반을 보기도 하면서 저마다 예언을 했습니다. 그런데 대부분의 의견은, 렌차가 커다란 뼈 하나 때문에 목숨을 잃게 된다는 것이었습니다. 이 말을 들은 왕은 탑을 세우라고 명한 뒤, 공주를 그녀를 시중들 처자 열두 명, 가정교사 한 명과 함께 탑 안에 가두었습니다. 그리고 죽을지도 모른다는 불안감 속에서, 불길한 운명의 예언에서 벗어나도록 공주에게 주는 고기는 전부 뼈를 발라내라고 명령했지요.

렌차는 보름달처럼 자라났습니다. 렌차가 격자창 앞에 서 있던 어느 날, 비냐-라르가('너른 포도원')를 다스리는 여왕의 아들인 체초가 그쪽으로 지나가다가 너무도 아름다운 렌차의 얼굴을 보고는 순식간에 연정이 일어 그녀에게 인사를 건넸습니다. 렌차가 인사를 받아주고 감미로운 미소를 짓는 것을 본 왕자는 용기를 내어 창문 아래까지 다가가 이렇게 말했습니다. "안녕, 당신은 자연이 베푼 모든 은혜의 원형이고 하늘이 하사한 모든 특권의 보고군요." 이 찬사를 들은 렌차는 부끄러움에 얼굴이 발갛게 달아올랐습니다. 그래서 더욱 아름답게 보였으니, 체초의 불타는 연정에 기름을 붓는 격이었지요. 렌차는 친절한 말을 해준 체초에게 지고 싶지 않아서 화상 입은 살에 뜨거운 물을 붓듯 이렇게 말했습니다. "반가워요. 당신은 신의 은총과 모든 미덕을 담은 저장소며, 사랑의 왕래를 관장하는 세관이에요." 그러나 체초는 이렇게 말했습니다. "어떻게 큐피드의 강력한 힘이 탑 안에 갇힐 수 있나요? 어떻게 모든 이들을 노예로 만드는 당신이 이 탑 안에 갇혀 있는 건가요? 어떻게 황금 사과가 이 철창 뒤에 갇힌 건가요?" 그러자 렌차가 자초지종을 말해주었습니다. 체초는 자신은 여왕의 아들이지만 아름다운 렌차의 노예이니, 그녀가 탈출해 자신의 왕국으로 함께 가겠다면 그녀의 머리에 왕관을 씌워주겠다고 말했습니다.

곰팡이의 악취처럼 사면에 갇혀 있던 렌차는 자유의 달콤한 향기를 갈망해 체초의 제안을 받아들였습니다. 그리고 체초에게 간청하길, 여명이 새들을 불러 오로라에 의해 자행된 악행을 목격하게 하는 아침에 다시 들러달라고, 그때 함께 도망가자고 했습니다. 렌차는 창문틀에 꽃병을 올려둔 채 물러났고, 왕자도 숙소로 돌아갔습니다.

렌차는 시녀들을 속일 수 있는 가장 좋은 방법이 무엇일지 곰곰이 생각했습니다. 그때 왕이 탑 앞을 지키는 경비견으로 키우는 개가 커다란 뼈를 물고 렌차의 침실로 들어왔습니다. 렌차는 침대 밑에 숨어서 신나게 뼈를 뜯고 있는 개를 머리 숙여 쳐다봤습니다. 그녀의 입장에서는 마침 필요할 때 기회와 행운이 저절로 찾아온 것 같았습니다. 렌차는 개를 쫓아내고 뼈를 집어 들었습니다. 그리고 시녀들에게 두통이 있어 혼자 쉬겠노라 말하고 침실 문을 걸어 잠근 뒤, 뼈로 돌을 깨고 회반죽을 떼어내는 등 필사적으로 일했습니다. 쉬지 않고 파고 평평하게 만들기를 되풀이한 끝에 그녀는 드디어 벽에 자기가 너끈히 통과할 수 있는 구멍을 뚫는 데 성공했습니다. 그리고 침대 시트를 찢어서 밧줄처럼 꼬았습니다. 오로라의 등장으로 하늘에서 어둠의 장막이 걷히고 밤의 비극의 서막이 올랐을 때, 들려오는 체초의 휘파람을 신호로 렌차는 밧줄의 한쪽 끝을 기둥에 묶고 미끄러지듯 체초의 품으로 내려왔습니다. 체초는 카펫을 감싼 안장에 렌차를 앉히고 당나귀를 몰아 비냐-라르가로 향했습니다. 저녁이 가까워졌을 때 그들은 비소라는 지역에 도착했는데, 거기서 어떤 호화로운 건물을 발견한 체초는 사랑의 농지에 경계를 표시하고 욕망을 채우기 위해 그곳에 묵기로 했습니다. 그러나 이것은 실타래를 헝클어뜨리고 모든 게임을 뒤죽박죽으로 만들고 연인들의 꿈을 산산이 부수어버리는 운명의 속임수였지요. 두 사람의 즐거움이 절정에 달했을 때, 체초의 어머니가 보낸 편지를 전하러 사신이 찾아왔습니다. 체초의 어머니는 자신의 목숨이 경각을 다투고 있으니 속히 체초가 돌아오지 않으면 자신은 이미 죽어 있을 거라고 썼습니다. 이 흉보를 접한 체초는 렌차에게 말했습니다. "상황이 위중하니 나는 전력을 다해 왕국으로 돌아가야겠어요. 그러니 당신은 이곳에 남아서 오륙 일만 기다려줘요. 금방 내가 당신을 데리러 오든가 아니면 사람을 보낼게요." 이 말을 듣고 렌차는 울먹이며 말했습니다. "아, 나의 운명은 왜 이리도 불행한가. 기쁨의 통을 이리도 빨리 비워야 하다니! 즐거움의 항아리는 이리도 빨리 바닥을 보이는구나! 환희의 바구니엔 이제 부스러기만 남았네! 불쌍한 렌차, 희망은 물속에 가라앉았고 계획은 엉망이 됐고 만족은 연기처럼 사라졌구나. 왕족이라는 양념을 입에 대자마자 그 양념이 목에 걸려 숨통을 죄는구나. 이 달콤한 분수에 입을 대자마자 그 물이 쓰디쓴 맛으로 변하다니. 해가 떠오르는 것을 본 게 방금 전인데 이제 밤 인사를 해야 하네." 이런저런 말들이 큐피드의 활처럼 생긴 렌차의 입에서 튀어나와, 날카로운 화살이 되어 체초의 심장에 박혔습니다. "조용, 내 삶의 아름다운 기둥이여. 내 눈을 비추는 깨끗한 빛이여. 내 마음의 히아신스이자 위안이여, 곧 돌아올게요. 우리가 아무리 서로 멀리 떨어져 있어도 나를 당신으로부터 한 발짝이라도 멀어지게 할 사람은 없어요. 아무리 시간이 흘러도 내 기억에서 당신을 지울 수는 없어요. 그러니 진정하고 쉬어요. 눈물을 닦고, 나를 당신의 가슴에 간직해줘요." 이렇게 말한 체초는 말에 올라타 자신의 왕국을 향해 속력을 높였습니다.

잠시 오이처럼 서 있던 렌차는 갑자기 체초가 간 방향으로 뛰어가더니, 초원에서 발견한 말에 올라타 그의 뒤를 쫓기 시작했습니다. 도중에 한 수도사를 만났는데, 렌차는 말을 세우고서 그의 옷을 벗어 자기에게 달라고 부탁했습니다. 그리고 그 대신에 금으로 장식된 자기 옷을 수도사에게 주었습니다. 렌차는 모직 로브를 걸치고 끈으로 허리를 묶어서 사랑의 힘과 올가미를 숨긴 채 다시 말에 올라 박차를 가했습니다. 속력을 높인 결과 얼마 후 체초를 따라잡은 그녀는 이렇게 말했습니다. "안녕하세요, 나리. 만나 봬서 반갑습니다." 그러자 체초가 말했습니다. "어, 꼬마 수도사. 반갑네. 어디서 와서 어디로 가는 길인가?" 렌차가 대답했습니다. "내가 온 곳은 저기 울음소리가 끊이지 않는 곳. 거기 사는 한 여인은 이렇게 말한다오. '오, 나의 흰 얼굴, 슬프도다! 누가 당신을 내 곁에서 떠나게 했나요?'"

체초는 렌차를 어린 수도사로 여기고 이렇게 말했습니다. "미소년과 길동무를 하니 좋구나. 부디 내 곁을 떠나지 말고 마음에 너무도 와 닿는 그 시구를 가끔씩 읊어다오." 이리하여 두 사람은 수다의 부채로 더위를 식혀가면서 비냐-라르가에 도착했습니다. 그런데 그곳에선 여왕이 체초를 어떤 지체 높은 여성과 결혼시키려고 준비해놓고 있었습니다. 체초가 받은 편지는 그를 서둘러 돌아오게 하려는 계략에 지나지 않았습니다. 새 신부는 이미 결혼 준비를 끝내고 기다리고 있었지요. 체초는 어머니에게 길동무였던 청년을 궁전에 머물게 하고 동생으로 삼게 해달라고 간청했습니다. 여왕은 기꺼이 그러라고 했고, 왕자는 청년과 함께 신부와 같은 식탁에 앉았습니다.

여러분은 렌차의 마음이 어땠을지, 그녀가 얼마나 속마음을 꾹 억눌렀을지 짐작할 겁니다. 그래도 렌차는 체초가 아주 마음에 들어 했던 시구를 간간이 되뇌었습니다. 그러나 연회가 끝나자 신랑과 신부는 밀담을 나누려고 내실로 들어갔습니다. 홀로 남아서 마음의 괴로움과 격정을 진정시킨 렌차는 궁전의 정원 한쪽에 있는 과수원으로 들어섰고, 자두나무 아래서 한탄하기 시작했지요. "딱하구나! 잔인한 체초, 이것이 나의 큰 사랑에 대해 고마워하는 것인가! 이것이 내 깊은 애정에 대한 보답인가! 이것이 내 헌신에 대한 보답으로 당신이 내 입술에 준 달콤한 음료인가! 나는 아버지와 집을 떠나 나의 명예를 더럽히면서까지 나 자신을 무정한 개에게 바치고 말았구나. 길을 헤치고 왔건만 문전박대를 당하고, 이제 아름다운 성을 갖게 됐구나 싶었는데 그곳으로 건너가는 도개교는 올라가 버렸구나. 당신의 품속에서 고요히 머무를 거라 생각했건만, 배신당하고 말았구나. 당신과 소꿉놀이를 하고 있는 줄 알았건만, 도박을 벌이고 있었구나. 희망의 씨를 뿌렸건만, 수확한 것은 고작 치즈 한 조각. 소망의 그물을 던졌건만, 걸려든 것은 배은망덕의 모래뿐. 허공에 성을 지었더니 땅바닥에 곤두박질쳤구나. 이것이 내가 받은 보답인가? 이것이 내게 주어진 공평한 교환물인가? 이것이 내게 지불된 금액인가? 우물에 정욕의 물통을 내렸더니 내 손에 남은 건 손잡이뿐. 햇빛에 빨래를 말리려 했더니 장대비가 쏟아지네. 내 생각이 담긴 냄비를 소망의 불로 데우는 동안, 불행의 거미줄이 그 안으로 떨어져버렸구나. 하지만 그대 배신자여, 그 누가 그대의 믿음이 명예롭다고 믿겠는가? 그대의 약속을 담은 통이 저절로 텅 비었다고 누가 믿겠는가? 그대가 만든 자비로움의 빵에 곰팡이가 슬었다고 누가 믿겠는가? 존경스러운 남자의 훌륭한 품행과 고귀한 왕자의 뛰어난 품성이 나를 속이고 기만했으며, 나의 망토를 잘라내 너무도 짧게 만들어버렸구나. 당신이 기쁨의 바다와 즐거움의 세계를 약속하더니 고작 나를 어두운 무덤 속에 던져버렸어. 아, 바람에 날아간 약속이여, 허울뿐인 말이여, 헛된 맹세여! 내가 귀족의 집에 도착한 줄 알았는데, 그곳은 아직도 까마득히 멀리 있구나. 밤에 한 약속은 바람에 실려 간다는 말, 참으로 옳다. 아아! 이 잔인한 남자와 한 몸이라고 생각했건만, 알고 보니 우리는 개와 고양이의 관계였구나. 이 광견병에 걸린 얼간이와 나는 바늘과 실의 관계인 줄 알았건만, 알고 보니 뱀과 두꺼비였구나. 희망의 게임에서 간발의 차로 내 몫을 도둑맞다니 참을 수가 없어. 이렇게 좌절당하다니 견딜 수가 없어. 잘못 인도된 렌차, 너는 어떻게 신의라고는 없는 이 제멋대로인 남자의 말을 믿은 거니. 그런 남자를 믿었다니 불행하고, 그런 남자를 사랑했다니 슬프고, 큰 침대에서 그런 남자와 잠자리를 했다니 비참하구나. 그러나 괜찮아. 아이를 속인 자는 누구든 귀뚜라미처럼 죽으니까. 천상의 은행에는 서류를 가지고 빈둥거리는 사기꾼 은행원은 없으니까. 아무것도 기대하지 않을 때, 바로 그 순간에 나를 위한 날이 올 거야! 나는 이렇게 배신당할 줄 모르고 모든 것을 바쳤건만, 당신은 그런 내게 교활한 수작을 부렸어. 내가 지금 바람에게 하소연하고 있다는 거 알아? 나 혼자 한숨과 헛된 흐느낌 속에서 울고 한탄하고 있잖아! 그 사람은 오늘 밤에 신부와 결산을 보고 챙길 걸 챙기겠지. 반면에 나는 죽음과 결산을 보고 자연에 진 빚을 갚게 될 거야. 그 사람은 하얀 시트가 깔린 향기로운 침대에 누울 것이고, 나는 어둡고 악취 나는 관 속에 눕겠지. 그 사람은 신부와 '술잔 비우기' 게임을 할 것이고, 나는 '친구여, 나는 상처받았어' 게임을 하게 되겠지. 나는 날카로운 막대로 갈비뼈 사이를 찔러 이 비루한 생을 끝내겠지." 렌차가 고통과 슬픔으로 가득한 말들을 뱉어내는 동안 식사 시간이 가까워졌습니다. 그러나 그녀에겐 산해진미가 비소요 쓰디쓴 맛이니, 그녀는 음식 아닌 다른 것에 대한 생각으로 머릿속이 가득했고 식욕을 느끼지 못했습니다. 그녀가 슬픈 얼굴로 생각에 골몰해 있는 것을 본 체초가 말했습니다. "왜 그러니? 왜 아무것도 마시질 않니? 무슨 일이야? 무슨 생각을 하는 거니? 어디가 안 좋니?" 렌차가 대답했습니다. "몸이 안 좋아요. 어지럼증인지 소화불량인지 모르겠어요." 체초가 말했습니다. "한 끼 거르는 것도 괜찮아. 식이요법은 만병에 가장 좋은 치료책이니까. 그래도 의사의 진찰이 필요하다면, 맥을 짚어볼 필요도 없이 얼굴만 보고 병을 알아내는 의사를 불러주마." 렌차가 대답했습니다. "의사의 처방이 필요한 병이 아니랍니다. 항아리의 동요는 그 속을 휘젓는 숟가락이 아니고는 알 수가 없으니까요." 체초가 말했습니다. "나가서 바람이라도 쐬어라." 렌차가 말했습니다. "더 많이 볼수록 마음이 더 아프네요."

식사가 끝나고 잠잘 시간이 됐습니다. 체초는 렌차의 시구를 계속 듣고 싶어서, 신부와 밤을 보내게 될 침실에 렌차를 들게 해 그녀에게 소파 하나를 잠자리로 내주고는 간간이 시구를 읊게 했습니다. 그 시구는 무수한 칼날이 되어 렌차의 심장을 난도질했고, 신부의 귀를 괴롭혔습니다. 결국 신부가 발끈했습니다. "마마는 저 흰 얼굴로 저의 심기를 건드리시는군요. 대체 이게 무슨 음악인가요? 마마가 무슨 병에 걸린 것도 아니고 어째 이리 오래 끄십니까? 조금만 해도 충분해요. 되풀이되는 똑같은 소리에서 대체 뭘 찾으시려는 건가요? 저는 마마와 누워서 음악을 듣게 될 줄 알았지, 이렇게 통곡하는 목소리를 듣게 될 줄은 몰랐습니다. 마마, 제발 그만두게 하세요. 그리고 너, 마늘 냄새가 역겹구나. 잠 좀 자게 해다오." 체초가 말했습니다. "부인, 조용하시오. 우린 지금 말을 멈춰야 하니까." 이렇게 말한 왕자가 아주 멀리서도 들릴 만큼 큰 소리로 아내에게 키스를 했습니다. 그 입맞춤이 렌차의 가슴속에서 천둥처럼 울렸고, 너무도 큰 고통에 모든 기운이 심장을 도우러 몰려가는 것 같았습니다. 그리고 항아리에 너무 많은 것을 채워 넣으면 항아리와 뚜껑이 다 깨져버린다는 옛말처럼, 혈액이 지나치게 심장으로 몰려든 탓에 렌차는 숨이 멎고 말았습니다.

신부와 시시덕거리던 체초가 조용히 렌차를 불러 자기 마음에 쏙 드는 그 시구를 또 읊으라고 했습니다. 그러나 아무 대꾸가 없자 재차 부탁했지요. 역시 아무 말이 없자, 체초가 몸을 일으켜 렌차의 팔을 잡아끌었습니다. 그래도 반응이 없어서 얼굴에 손을 갖다 대니 코가 차가웠고, 그는 그녀의 몸에서 온기가 영원히 사라진 것을 깨달았습니다. 충격과 공포로 벌떡 일어선 그는 다급히 촛불을 켰고, 그녀를 살피다가 젖가슴 사이에서 아름다운 모반을 발견하고 그녀가 렌차임을 알게 됐습니다. 그는 참담하게 울부짖기 시작했습니다. "이 한심한 체초, 네가 지금 보고 있는 게 무엇이냐? 이게 대체 무슨 일이냐? 네 눈앞에 지금 무슨 광경이 펼쳐진 거냐? 네놈의 머리가 어떻게 된 거냐? 아, 나의 꽃이여, 누가 그대를 꺾어버렸소? 아, 나의 빛이여, 누가 그대를 꺼뜨려버렸소? 내 사랑의 항아리여, 그대는 어쩌다가 이렇게 넘쳐흘렀소? 누가 내 모든 행복의 아름다운 보금자리인 그대를 이렇게 파괴했소? 누가 그대를, 내 즐거움의 면허장을 이리 찢어발겼소? 이 심장의 기쁨을 담는 아름다운 그릇, 그런 당신을 누가 깨뜨린 것이오? 아, 나의 사랑이여, 그대가 눈을 감았을 때 화장품과 미용 도구를 파는 장사도 모조리 망한 것이오. 사랑은 망자의 뼈처럼 다리 밑 물속으로 던져졌소. 그대 아름다운 영혼의 죽음으로 아름다움의 명맥도 끊어지고, 매력적인 여성의 표본도 부서져버렸소. 앞으로 나는 달콤한 정욕의 바다를 항해할 수 있는 나침반을 두 번 다시 발견하지 못할 것이오. 돌이킬 수 없는 악, 비할 바 없는 고통, 가늠할 수 없는 파괴. 어머니, 어서 위력을 보여주세요. 저를 이리 망치고 이 아름다운 보물을 잃게 만드셨잖아요! 나는 이제 어찌 될까? 모든 기쁨을 잃고, 식욕을 잃고, 위로를 잃고, 만족을 잃고, 즐거움을 잃었으니. 내가 이 세상에 남을 거라고 믿지 마시오. 그대가 가는 곳이면 사지든 어디든 따라가서 그대를 안을 것이오. 우리는 하나가 될 것이오. 내가 그대를 사랑하여 잠자리의 동반자로 삼았으니, 무덤 속에서도 동반자가 될 것이오. 하나의 같은 묘비가 우리 두 사람에

대해, 우리의 불운에 대해 말해줄 것이오." 이렇게 말을 끝낸 체
초는 못 하나를 낚아채 자신의 왼쪽 젖꼭지 밑을 찔렀습니다. 그
리하여 그의 생명이 꺼져가는 동안, 세자빈은 공포로 차갑게 얼
어붙어 있었습니다. 간신히 정신을 차린 세자빈은 곧장 여왕을
불렀고, 신하들을 거느리고 다급히 달려온 여왕은 렌차와 왕자
의 무시무시한 파국을 목격했습니다. 그리고 이 일의 원인을 전
해 듣고는 머리카락을 잡아 뜯고 얼굴과 가슴을 때리며 물 밖에
나온 물고기처럼 부들부들 떨었고, 이런 섬뜩한 불행을 이 왕국
에 던져준 하늘의 잔인함을 저주했고, 거짓 전갈로 본의 아니게
이 비극을 불러온 자신의 암담하고 우매한 고령을 원망했습니
다. 여왕은 통곡하고 절규하고 신음하면서 두 사람을 같은 무덤
에 묻으라고 명했습니다. 그리고 이들의 삶은 글로 기록되어 보
관되었지요.

한편 렌차의 아버지는 달아난 딸을 찾아서 방방곡곡을 돌아
다니고 있었습니다. 왕은 도중에 렌차에게 옷을 판 수도사를 만
났고, 딸에게 벌어진 일과 딸의 행방에 대해 들었습니다. 왕이 비
냐-라르가 왕국에 도착했을 때는 두 젊은이의 시신 수습을 마치
고 그들을 땅에 막 묻으려는 참이었습니다. 렌차를 본 왕은 곧 자
신의 딸임을 알아보고는 울고 탄식했습니다. 그는 이 파멸의 수
프를 기름지게 한 뼈다귀 하나를 저주했습니다. 딸의 방에서 발
견된 그 뼈가 이 처참한 비극을 부르는 도구로 사용됐음을 알아
챈 것이었지요. 뼈 때문에 렌차가 죽게 된다는 마법사들의 불길
한 예언이 사실로 증명된 셈이었습니다. 그뿐만 아니라 다음과

같은 옛말이 명확해졌지요.

"나쁜 일이 벌어지려면 액운이 작은 문틈으로 들어온다."

끈기의 사피아

사피아는 아버지의 부재중에 언니들의 행실이 바르지 않아도 자신은 정
숙을 지키는 슬기로운 여성이다. 그녀는 구애자를 골탕 먹이다가 앞으
로 자신에게 닥칠 시련을 예견한다. 그리고 그 시련을 용케 극복하고 마
침내 왕자의 아내가 된다.

이야기를 듣는 즐거움은 불운한 연인들의 슬픈 결말로 인해
침울함으로 바뀌었고, 좌중은 방금 여자아이가 태어나기라도 한
것처럼 침묵에 잠겨 있었다. 왕은 톨라에게 유쾌한 이야기로 렌
차와 체초의 죽음으로 야기된 슬픔을 달래주라고 지시했고, 이
에 톨라는 다음과 같은 이야기를 들려주었다.

남자의 훌륭한 판단력은 밝은 등불과 같아서 비탄에 빠진 세
상의 어둠을 밝혀주니, 사람들이 그 빛에 의지해 깊은 계곡을 탈

없이 건너며 어두운 길을 두려움 없이 지날 수 있지요. 그러므로 돈보다는 분별력을 갖는 것이 낫습니다. 돈은 있다가도 없는 것이지만, 분별력은 필요할 때면 언제든 사용할 수 있는 것이니 말입니다. 이것은 끈기의 사피아가 겪은 경험에서도 드러납니다. 그녀는 판단력이라는 확실한 북풍에 의지해 거대한 심연을 건너 안전한 항구에 도착할 수 있었습니다.

옛날에 마르코네라는 아주 부유한 상인이 살고 있었습니다. 그에게는 벨라, 칸출라, 끈기의 사피아라는 아름다운 세 딸이 있었지요. 어느 날, 일 때문에 여행을 떠나게 된 마르코네는 장녀와 차녀가 제멋대로인데다 바람기가 많은 것을 아는지라 창문을 전부 못으로 박고 딸들에게 각각 보석 박힌 반지를 주었습니다. 그 보석은 그것을 손가락에 끼고 있는 사람이 부끄러운 행실을 하면 얼룩으로 뒤덮이는 것이었습니다. 아버지가 빌라-아페르타로 떠나자마자, 두 딸은 창문들을 열려고 했고 쪽문으로 밖을 내다보려고 했습니다. 그러나 가장 나이 어린 끈기의 사피아는 그 집이 행실 나쁜 여자들의 거처도 아니고 오렌지 가게도 아니고 요강 가게도 아니니 이웃들에게 교태를 부리며 희롱하지 말라고 호통을 쳤습니다.

맞은편에 있는 왕궁에 체카리엘로, 그라출로, 토레 이렇게 세 왕자가 살고 있었습니다. 그들은 맞은편의 젊은 아가씨들을 보고 눈짓을 보냈습니다. 눈인사를 받은 마르코네의 두 딸은 입으로 바람을 불어 키스하는 시늉을 했지요. 몸짓이 말이 되고, 말이 약속이 되고, 약속이 기정사실이 되더니 태양이 마지못해 밤과

겨루며 하루의 소득을 가지고 물러나던 저녁 무렵, 세 왕자가 담을 넘어와 마르코네의 집 안으로 들어왔습니다. 두 형은 두 언니를 선택했고, 토레는 연신 뱀장어처럼 빠져나가는 끈기의 사피아를 붙잡으려고 애썼습니다. 결국 사피아는 어느 방으로 들어가 문을 걸어 잠갔고, 그는 도저히 문을 열 수가 없었습니다. 그래서 그 불운한 막내는 형들이 물레방앗간에서 재미를 보는 동안 노새를 지키고 있는 셈이었습니다. 아침이 밝아 새들이 여명의 나팔수처럼 '모두 말에 올라타'라는 노래를 부르자, 욕구를 채운 두 형은 득의만면해 마르코네의 집을 떠났으나, 막내는 악몽 같은 밤을 보낸 탓에 쓸쓸한 모습이었지요.

얼마 후 두 언니는 임신해 힘든 시간을 보냅니다. 끈기의 사피아는 하루가 다르게 배가 불러오는 두 언니를 호되게 꾸짖었습니다. 사피아는 매 시간 두 언니를 비난하면서 늘 같은 말로 끝을 맺었습니다. 북처럼 부푼 언니들의 배가 파멸과 전쟁을 불러올 것이고, 아버지가 돌아오는 날에는 매타작이 있을 것이라는 말이었지요. 한편, 토레의 욕구는 점점 커졌습니다. 사피아의 아름다움 때문이기도 했고, 경멸과 수모를 당한 기분 때문이기도 했지요. 그는 사피아의 두 언니와 상의한 끝에, 사피아가 가장 방심했을 때 그녀를 함정에 빠뜨리기로 의기투합했습니다. 왕궁으로 사피아를 유인해 그녀로 하여금 토레를 찾게 한다는 것이 그들의 계획이었지요. 그래서 어느 날 두 언니가 사피아를 불러 말했습니다. "우리 막내야, 이미 엎질러진 물은 주워 담을 수가 없잖니. 너의 충고를 값으로 따진다면, 아주 비싸고 귀하겠지. 우리가 현명하게 너의 말을 들었다면 이 집의 명예를 실추시키지 않았을 것이고, 지금처럼 배가 불러오지도 않았을 거야. 하지만 이미 끝난 일을 되돌릴 수는 없고, 칼은 칼집에 단단히 박혀 있구나. 이미 멀리까지 와버렸고, 거위의 부리는 이미 생겨버렸어. 그렇다고 해도 너의 분노가 우리를 죽이고 싶을 정도는 아니라고 믿고 싶어. 우리를 위해서가 아니라 아직 태어나지 않은 이 배 속의 생명들을 위해서 우리의 이 슬픈 상황을 가엾게 여겨주렴." 그러자 끈기의 사피아가 대답했습니다. "언니들이 저지른 잘못 때문에 내가 얼마나 슬퍼하는지 하늘은 알고 있을 거야. 지금의 수치를 생각해도 그렇고, 아빠가 돌아와서 이 사달을 알게 됐을 때 언니들이 힘들어질 걸 생각해도 그래. 이 일을 막을 수 있었다면 이 손가락 하나를 걸었을 거야. 하지만 악마가 언니들의 눈을 멀게 했으니, 명예를 더럽히는 일만 빼고 내가 할 수 있는 일이 있다면 말해줘. 피가 우유나 물로 바뀔 수 없듯이, 결국 피붙이인 언니들을 딱하고 안됐다고 여길 수밖에 없으니 내 목숨을 바쳐서라도 이번 사태를 바로잡아 볼게." 사피아가 말을 끝내자 두 언니가 대답했습니다. "네가 우리에게 애정을 가지고 있다는 것만 알면 됐지 다른 걸 원하는 게 아니야. 다만 왕이 먹는 빵을 조금만 구해주면 좋겠어. 너무 먹고 싶어서, 이 욕구를 채우지 못하면 아기들이 코 대신에 빵 부스러기를 달고 태어날까 봐 두려워. 네가 착한 기독교인이라면, 내일 새벽 어스름이 조금 남아 있을 때 우리가 너를 저 창문으로, 그러니까 왕자님들이 올라왔던 저 창문으로 내려줄게. 다른 사람이 너를 알아보지 못하게 변장시켜서 말이야." 배 속의 아기들에 대한 동정심 때문에 끈기의 사피아는 머리카락을 질끈 뒤로 동여 빗으로 고정하고 넝마를 걸친 뒤에 아마포 가방을 가슴께에 맸습니다. 그리고 해가 밤과의 싸움에서 승리한 표시로 빛의 트로피를 들어 올린 시간, 두 언니는 사피아를 창문 밑으로 내려보냈습니다. 왕궁으로 간 사피아는 빵을 구걸했고, 적선을 받는 데 성공하자 왕궁을 빠져나오려고 했습니다. 그때 몸을 숨기고 있던 토레가 이내 그녀를 알아보고 붙잡으려 했습니다. 그런데 사피아가 몸을 획 돌리는 순간 토레의 손이 빗에 부딪혔고, 그 바람에 그의 살이 찢어지고 긁혀 며칠 동안 상처가 남았습니다.

언니들은 사피아가 구해 온 빵으로 식욕을 달랬습니다. 그러나 굶주림은 비참한 토레의 활력을 갉아먹었고, 그와 두 언니는 다시 한 번 모여서 간계를 꾸몄습니다. 이삼 일쯤 지나서 두 언니가 사피아에게 왕궁의 정원에서 자라는 배를 먹고 싶다고 말했습니다. 착한 막냇동생은 또 한 번 변장을 하고 왕궁의 정원으로 갔고, 거기서 토레 왕자와 마주쳤습니다. 그녀를 보고 무슨 일로 왔는지 얘기를 들은 토레는 직접 배나무에 올라가 배 몇 개를 사피아에게 던져주었습니다. 그러나 왕자가 나무에서 내려와 사피아를 붙잡을까 봐 그녀는 사다리를 치워버렸습니다. 왕자는 올빼미들과 함께 나무에 남는 신세가 되었고, 정원사가 양배추와 양상추를 뜯으러 마침 그쪽으로 지나가다가 그를 내려주지 않았다면 나무 위에서 밤을 새워야 했을 겁니다. 어쨌든 격분한 왕자는 손톱을 깨물며 복수를 다짐했습니다.

하늘의 뜻에 따라 사피아의. 두 언니는 각각 잘생긴 아들을 낳았습니다. 그들은 사피아를 불러 말했습니다. "예쁜 막내야, 네가 도와주지 않는다면 우린 망하는 거야. 이제 곧 아빠가 돌아오실 텐데, 이 일을 알게 되면 아무리 못해도 우리의 귀를 자르려고 하실 거야. 그러니 우리가 애들을 바구니에 담아서 내려보낼 테니까 네가 밑에 가 있다가 바구니를 받아서 각자의 아버지를 찾아가. 왕자들이 아기들을 잘 돌봐줄 거야." 두 언니를 사랑하고 측은해하던 끈기의 사피아는 그들의 어리석은 행실로 벌어진 일을 이런 식으로 해결하기는 어렵다고 생각하면서도 결국 언니들의 말대로 하기로 했습니다. 두 언니가 갓난아기들을 내려보냈고, 사피아는 아기들을 데리고 왕자들의 방으로 찾아갔습니다. 아버지인 왕자들이 방에 없기에 사피아는 각자의 침대에 각자의 아기를 올려놓았습니다. 그리고 토레의 방도 찾은 김에 그 침대에는 커다란 돌 하나를 올려놓고 왔습니다. 각자의 방으로 돌아온 왕자들은 아버지의 이름이 적힌 종이와 함께 누워 있는 예쁜 아기를 발견하고 기뻐했습니다. 반면에 토레는 자식도 가질 수 없는 사람으로 취급받는 것 같아서 화가 나고 심란했습니다. 게다가 토레는 자기 방으로 돌아와 벌러덩 침대에 몸을 던지는 순간에 커다란 돌에 부딪혀 멍까지 들고 말았지요.

한편, 여행에서 돌아온 상인 마르코네는 딸들에게 주었던 반지를 확인했는데, 그중 장녀와 차녀의 반지가 얼룩지고 검게 변한 것을 보고 크게 격분했습니다. 몹시 난폭해진 그는 칼을 뽑아 들고 두 딸을 혼내려 했으나, 어찌 된 영문인지 왕자들이 두 딸과의 결혼을 청하는 것이었습니다. 그들 사이에 무슨 일이 있었는지 알 길이 없었던 마르코네는 자신이 조롱당하고 있다고 생각했습니다. 그러나 그간의 일과 두 아기에 대해 전해 듣고서 결국 기뻐했고, 다행히 행복한 결말을 맞았습니다. 결혼식 날 밤, 끈질기게 구애하는 토레를 자신이 괴롭히고 있음을 잘 알고 있던 사피아는 가루 반죽으로 아름다운 조각상을 만들어 바구니에 넣고 옷가지로 덮었습니다. 저녁 무렵, 축제와 무도회가 열리고 흥이 고조되는 시간에 사피아는 피곤해서 쉬고 싶다는 핑계를 대고 남들보다 먼저 침실로 들어갔습니다. 그리고 갈아입을 옷이 들어 있으니 그 바구니를 방으로 가져다 달라고 했지요. 혼자 남게 되자 그녀는 조각상을 꺼내 침대에 뉘고 시트를 덮었습니다. 그러고는 커튼 뒤에 몸을 숨기고 앞으로 벌어질 일을 기다렸습니다. 드디어 신혼부부들이 각자의 침실로 물러갔고, 토레는 사피아가 누워 있으리라 믿고서 자신의 침실로 왔습니다. 그가 말했습니다. "이제 네가 대가를 치를 시간이다. 이 못된 년, 나를 그토록 괴롭히고 능멸했겠다. 코끼리에게 덤빈 귀뚜라미가 어떤 꼴을 당하는지 보거라. 이제 네가 고통을 당할 차례다. 네가 아마포 가방을 멨던 날의 그 빚을 기억하겠지. 네가 나무에서 치워버린 사다리와 그 밖에 나를 능멸했던 속임수들." 이렇게 말한 토레는 옆구리에서 단도를 뽑아 들고 그 조각상의 가슴을 깊숙이 찔렀습니다. 그러고도 성이 차지 않아서 이렇게 말했습니다. "네년의 피까지 마셔버리겠다." 그는 조각상에 박혀 있던 단도를 빼내어 입에 대고 핥았습니다. 그런데 달콤한 맛이 나고 사향 냄새가 나자 그는 큰 충격을 받았고, 그처럼 매력적인 여인을 잔인하게 살해한 것을 후회했습니다. 그는 돌덩어리마저 감동시킬 정도로 슬프게 울면서 한탄의 말들을 쏟아내기 시작했습니다. 이토록 아름다운 여인을 찌르다니 자신의 심장은 원한으로 만들어졌고 그 단도는 악인이 만들었을 거라고 말이지요. 비탄 속에서 울부짖던 그는 절망에 사로잡혀서 그 단도로 자살하려고 했습니다. 그때 사피아가 재빨리 커튼 뒤에서 뛰어나와 그의 손을 붙잡고 말했습니다. "칼을 거두세요. 왕자님이 죽었다고 슬퍼하던 그 여자가 여기 있잖아요. 살아서, 그것도 아주 건강하게요. 저는 씩씩하게 살아 있는 왕자님을 보고 싶어요. 저를 숫양의 가죽처럼 질기고 고집 센 여자로 생각하지 마세요. 왕자님을 화나게 하고 불쾌하게 한 것은 오직 왕자님의 한마음과 진심을 확인하고 싶어서였어요. 이 마지막 속임수로 왕자님의 분노를 치유하고자 하니, 부디 저의 지난 과오를 용서하세요." 토레는 절절한 사랑으로 사피아를 껴안고 나란히 누웠습니다. 두 사람 사이에 화해가 이루어졌고, 고생 후에 맛보는 즐거움은 더욱더 달콤했습니다. 그는 처형들의 헤픈 행실보다는 사피아의 망설임을 더 존경했습니다. 어느 시인도 이렇게 말했으니까요.

"벌거벗은 비너스도 아니고 옷 입은 디아나도 아니고, 그 둘의 중간이 가장 가치 있다."

바퀴벌레, 생쥐, 귀뚜라미

나르디엘로는 아버지의 지시에 따라 매번 100두카트를 가지고 세 번에
걸쳐 뭔가를 사러 간다. 하지만 처음에는 바퀴벌레를 사고 두 번째에는
생쥐를 사고 마지막에는 귀뚜라미를 산다. 그 때문에 그는 아버지한테
내쫓겨 어느 도시로 가게 되는데, 이곳에서 아픈 공주를 자신이 사둔 동
물들을 이용해 고쳐주고 여러 일을 겪은 후에 공주와 결혼한다.

왕자와 청중은 끈기의 사피아가 지닌 훌륭한 판단력을 높이
칭송했다. 그러나 이야기를 마치 눈앞에서 벌어진 것처럼 생생
하게 풀어놓은 톨라의 능력을 더 많이 칭찬했다. 명단의 순서에
따라 다음 이야기는 포파가 할 차례였고, 그녀는 롤랑처럼 동작
을 취하며 말하기 시작했다.

운명의 여신은 현자들을 피하는 완고한 여인입니다. 현자들

은 운명의 회전보다는 책장을 넘기는 데 더 집중하기 때문이지요. 그래서 운명의 여신은 무지하고 보잘것없는 사람들 편에 더 가까이 있습니다. 평민들의 칭송을 얻기 위해서 어중이떠중이들에게 행운 나눠 주기를 망설이지 않지요. 지금부터 제가 하려는 이야기에서처럼요.

옛날 보마로 언덕에 미코네라는 아주 부유한 농부가 살았습니다. 그에게는 나르디엘로라는 이름의 아들이 있었는데, 얼간이 중에서도 상얼간이였습니다. 아들의 우둔함 때문에 불행해진 아버지는 비참하고 암담했습니다. 아들이 남들처럼 할 일을 하면서 제대로 살면 좋으련만, 그렇게 만들 방법도 수단도 아버지에게는 없었습니다. 아들은 선술집에서 친구들과 한잔할 때면 악한들과 어울리다가 덤터기를 쓰곤 했습니다. 헤픈 여자들과 관계를 맺는 경우에는 예외 없이 최악의 육체에 최고의 돈을 냈습니다. 도박을 하러 가는 날이면 사기꾼들이 피자를 만들듯이 나르디엘로를 마음껏 주무르고 짓누르며 쥐어짰습니다. 이렇다 보니 나르디엘로는 아버지 재산의 반을 탕진하고 말았습니다. 그래서 미코네는 집안을 지키기 위해 주먹을 들고 고함을 치면서 으름장을 놓았습니다. "이 방탕한 놈아, 대체 무슨 짓을 하고 돌아다니는 거냐? 이 아비의 재산이 썰물처럼 빠져나가는 걸 모르고 있단 말이냐? 그놈의 선술집엔 가지 마라. 적의 이름으로 시작해서 악행의 서약으로 끝나는 곳이 선술집이다. 그곳은 머리를 괴롭히는 편두통이고, 목에 생긴 부종이고, 설사병처럼 지갑이 줄줄 새게 만든다! 그놈의 도박도 그만둬라. 네 목숨을 위태롭게 만들고, 재산을 까먹고 돈을 잃고 행복을 사라지게 만든다. 주사위는 너를 무일푼으로 만들고, 감언이설은 너를 쇠꼬챙이처럼 말려 죽일 게다. 그리고 나쁜 매춘부와 어울리지 마라. 죄악의 딸들인 그 사악한 족속들 때문에 돈을 물 쓰듯 쓰게 된다. 매춘에 돈을 펑펑 쓰다가는 고생하게 되고, 썩은 고기 한 점 얻겠다고 뼈를 갉아먹는 신세가 된다. 그런 곳에는 얼씬도 하지 마라. 악덕을 버려. 원인을 없애면 결과도 없는 법. 자, 100두카트를 줄 테니 살레르노 시장에 가서 수송아지를 사 와라. 삼사 년 후엔 수소가 된다. 소들을 이용해 밀밭을 갈고 밀이 익으면 수확하자꾸나. 그러다가 기근이 들면, 우리는 돈을 긁어모으게 될 거다. 그다음에는 다들 그러는 것처럼 봉토를 사들여 영주라는 칭호를 다는 거야. 너도 그 칭호를 달게 되는 거지. 머리는 누구든 다 가지고 있어. 하지만 일단 시작하지 않으면 계속할 수도 없는 거야." 그러자 나르디엘로가 대답했습니다. "저한테 맡겨두세요. 이제 셈하는 방법을 안다고요. 다른 것들도 배웠어요." 아버지가 대답했습니다. "그거야말로 내가 바라던 바다." 그는 아들에게 돈을 건넸고, 나르디엘로는 시장으로 향했습니다.

그는 유서 깊은 사르넬리 집안의 이름을 딴 아름다운 사르노 강에 채 닿기 전에 느릅나무 숲에 도착했고, 청량한 물이 계속 돌고 도는, 덩굴로 뒤덮인 어느 커다란 바위 밑에서 한 요정을 발견했습니다. 그 요정은 바퀴벌레와 재미있게 놀고 있었는데, 바퀴벌레가 작은 기타를 어찌나 기막히게 연주하는지 나르디엘로는 세상에서 가장 놀랍고 신기한 일이라고 생각했습니다. 마법에 걸린 것처럼 꼼짝도 하지 않고 이 모습을 지켜보던 나르디엘로는 자기도 모르게 저 영리한 벌레를 가질 수만 있다면 무엇이든 주겠다고 말했습니다. 그러자 요정이 100두카트를 내면 바퀴벌레를 팔겠다고 했습니다. 나르디엘로가 대답했습니다. "이렇게 때를 맞추기도 힘들 겁니다. 마침 돈을 준비하고 있으니까요." 그는 100두카트를 주고 작은 상자에 들어 있는 바퀴벌레를 받았습니다. 그는 기쁨이 뼛속까지 스며들 정도로 기쁨에 겨워 아버지에게 달려왔습니다. "보세요, 아버지. 제가 얼마나 천재인지, 얼마나 일을 잘 처리하는지 보시라고요. 힘들게 시장까지 가지 않고 중간에서 횡재를 했으니까요. 100두카트로 이런 보물을 사다니 얼마나 대단해요." 아버지는 다이아몬드 같은 것을 샀나 보다 하면서 그 작은 상자를 열었지만 바퀴벌레를 보게 되었고, 모멸감과 분노와 돈을 잃은 괴로움으로 고래고래 소리를 지르면서 두꺼비처럼 부풀어 올랐습니다.

나르디엘로는 바퀴벌레의 능력에 대해 말하고 싶었으나 아버지는 한마디도 하지 못하게 하면서 계속 이렇게 말했습니다. "닥쳐. 입 다물어. 끽소리도 내지 마. 이 멍청한 놈. 닭대가리. 백치. 바퀴벌레를 판 사람이 누구든 당장 가서 물러 와라. 그리고 이번에도 100두카트를 줄 테니 송아지를 사서 곧장 돌아오도록 해. 나쁜 사람들의 꾐에 넘어가지 말고. 안 그랬다가는 너의 이로 너의 손을 뜯어 먹게 만들겠다." 나르디엘로는 돈을 가지고 사르노 강을 향해 떠났고, 같은 장소에서 이번에는 생쥐와 놀고 있는 요정을 발견했습니다. 생쥐는 난생처음 보는 귀여운 동작으로 춤을 추고 있었습니다. 나르디엘로는 입을 떡 벌린 채로 서서, 몸을 굽히고 뛰고 돌고 뒤트는 생쥐의 춤사위를 지켜보았고 몹시 신기해했습니다. 그래서 요정에게 생쥐를 팔겠느냐고 물었고 100두카트를 내겠다고 말했습니다. 요정은 그 제안을 받아들여, 돈을 받고서 작은 상자에 들어 있는 생쥐를 나르디엘로에게 건넸습니다. 그는 집에 돌아와 불쌍한 아버지에게 자신이 사 온 멋진 것을 보여주었습니다. 또다시 아버지는 격분했고, 이성을 잃고 미친 말처럼 날뛰었습니다. 한 이웃 사람이 우연히 이 소동의 한복판에 끼어들지 않았더라면 나르디엘로의 어깨는 남아 있지 않았을지도 모릅니다. 미코네는 격분을 삭이지 못한 채 또다시 아들에게 100두카트를 주면서 말했습니다. "명심해라. 더는 장난치지 마라. 세 번째는 안 통한다. 살레르노 시장으로 가서 송아지를 사 오너라. 우리 조상님의 혼을 걸고 맹세하는데, 이번에도 아비한테 장난질을 했다가는 너를 낳아준 네 엄마에게 화가 미칠 것이다." 나르디엘로는 고개를 푹 숙인 채 살레르노 방향으로 슬며시 내빼듯 떠났고, 같은 장소에 도착하니 요정이 이번에는 귀뚜라미와 놀고 있었습니다. 귀뚜라미가 어찌나 감미롭게 노래를 부르는지 듣는 이들은 깊은 잠에 빠져들었습니다. 곤충계의 나이팅게일 앞에서 나르디엘로는 곧바로 귀뚜라미를 사고 싶어졌고, 요정에게 100두카트를 내는 데 동의했습니다. 그러고는 풀과 나무줄기를 엮어 만든 작은 우리에 귀뚜라미를 넣어서 집으로 돌아왔습니다. 이 세 번째 실수를 본 아버지는 마지막 인내심까지 잃어버리고는 곤봉으로 사라센의 용사 로도몬테보다 더 강하게 아들의 어깨를 후려쳤습니다.

아버지의 매질을 간신히 피한 나르디엘로는 세 마리의 작은 동물을 챙겨서 고향 마을을 떠나 롬바르디아 쪽으로 갔습니다. 롬바르디아에는 첸초네라는 강성한 왕이 살았는데, 그에게는 밀라라는 외동딸이 있었습니다. 밀라는 어떤 병을 앓느라 우울해져서 지난 칠 년 동안 한 번도 웃은 적이 없었습니다. 낙담한 첸초네는 온갖 방법을 써보다가, 결국 밀라를 웃게 만드는 자는 누구든 그녀와 결혼시키겠다고 공표했습니다. 이 소식을 접한 나르디엘로는 자신의 운을 시험해보고 싶은 충동이 일었고, 첸초네를 찾아가 밀라를 웃게 만들겠다고 말했습니다. 그러자 왕이 말했습니다. "조심해라. 만약 네가 성공하지 못한다면, 머리가 잘려 나가 너의 두건이 모양 없이 흐물거리게 될 테니." 나르디엘로가 대답했습니다. "두건의 모양도 신발의 모양도 그대로 있을 겁니다. 해보겠습니다. 무슨 일이 벌어져도 상관없으니까요."

왕은 공주를 불러오게 해 연단 아래 앉히고 자신도 자리를 잡았습니다. 나르디엘로가 그들 앞에 서더니 상자에서 세 마리 동물을 꺼내놓았습니다. 동물들이 연주하고 춤추고 노래를 부르는데 어찌나 세련되고 쾌활한지 공주가 꾸밈없이 웃음을 터뜨렸습니다. 그러나 왕은 속으로 눈물을 삼켰습니다. 약속한 바가 있어 보석 같은 공주를 허접스러운 자에게 아내로 주어야 하기 때문이었지요. 약속을 깰 수 없었던 왕은 나르디엘로에게 말했습니다. "공주를 너와 결혼시키고 부동산을 지참금으로 주겠다. 단, 조건이 하나 있으니, 사흘 안에 첫날밤을 치르지 않으면 너를 사자의 밥이 되게 할 것이다. 동의하겠는가?" 나르디엘로가 말했습니다. "상관없습니다. 그 정도 시간이면 공주님뿐만 아니라 이 왕궁까지 기진맥진하게 만들 자신이 있습니다." 그러자 왕이 말했습니다. "너무 서두르지 마라. 좋은 수박인지 알려면 속을 봐야 한다는 말도 있으니까."

결혼 피로연이 열렸고, 하객들은 배불리 먹었습니다. 이윽고 태양이 현장에서 붙잡힌 도둑처럼 머리에 두건이 씌워진 채 서쪽 감옥으로 끌려가 밤이 되었고, 신랑과 신부는 침실에 들었습니다.

이때 왕은 악의적으로 나르디엘로에게 아편을 주었고, 그 결과 나르디엘로는 다음 날까지 요란하게 코를 골며 자는 것 말고는 아무것도 할 수가 없었습니다. 이런 일은 이튿째, 사흘째 밤까지 계속되었고, 왕은 나르디엘로를 사자 우리에 처넣으라고 명령했습니다. 자신이 곤경에 처했음을 깨달은 나르디엘로는 세 마리 동물이 들어 있는 상자를 열고 말했습니다. "내가 불운하여 이 어두운 길로 들어섰지만 너희에게 줄 것이 없구나. 우리 예쁜 이들, 너희를 자유롭게 놔줄 테니 가고 싶은 곳으로 가렴." 자유로워진 동물들이 곧바로 익살을 떨어대며 춤을 추고 연주를 시작하니, 사자들은 석상처럼 굳어서 그 모습을 쳐다봤습니다.

그러는 동안, 생쥐는 금방이라도 숨이 넘어갈 것 같은 나르디엘로에게 말했습니다. "용기를 내세요. 주인님은 우리에게 자유를 주셨지만, 우리는 그 어느 때보다도 주인님의 노예로 있을 겁니다. 그동안 우리를 먹여주고 큰 사랑으로 보살펴주셨을 뿐 아니라 마지막에는 우리를 자유롭게 놔줄 정도로 크나큰 애정을 보이셨어요. 선행을 베푼 사람에게 좋은 일이 생긴다는 말을 믿으세요. 선하게 행하고 그것을 잊으세요. 그리고 우리가 주술에 걸려 있다는 것을 아셔야 해요. 우리가 주인님을 도울 수 있으니, 따라오세요. 이 위험에서 구해드릴게요." 나르디엘로는 동물들을 따라갔고, 생쥐는 곧바로 사람 크기만 한 구멍을 냈습니다. 나르디엘로는 구멍으로 빠져나가 계단을 올라간 뒤에 어느 오두막에 무사히 닿았습니다. 동물들이 나르디엘로를 기쁘게 하는 일이면 무엇이든 할 것이니 원하는 게 있으면 명령해달라고 말했습니다. 그러자 나르디엘로가 말했습니다. "만약 왕께서 밀라 공주를 다른 남자와 결혼시킨다면, 부탁이니, 그 남자가 신혼 첫날밤을 치르지 못하게 만들어줘. 그럼 내가 가장 기쁠 것 같아. 공주가 첫날밤을 치른다면 내 비참한 인생도 끝나버릴 거야." "그걸 원하신다니 별거 아니로군요. 용기를 내세요. 이 오두막에서 기다리세요. 우리가 가서 당장 일을 해결하겠어요." 동물들은 그렇게 말하고 왕궁으로 향했습니다. 그곳에선 왕이 공주를 한 독일인 영주와 결혼시키고 저녁에 축연을 열려는 참이었습니다. 이 소식을 들은 동물들은 신혼부부의 침실로 교묘히 들어가 밤이 되기를 기다렸습니다. 피로연이 끝나자마자 달이 병아리들에게 이슬을 먹이려고 나타났고, 이쯤에서 신혼부부는 침실에 들었습니다. 과음과 과식을 한 신랑은 침대에 눕자마자 죽은 사람처럼 잠이 들었습니다. 신랑의 코골이 소리를 들은 바퀴벌레는 슬금슬금 침대 기둥을 기어오르고 이불 위를 미끄러져서 재빨리 신랑의 항문으로 들어갔습니다. 그러고는 설사를 일으키는 좌약을 넣어두니, 페트라르카의 이런 말이 떠오르는군요. "사랑은 그 사람으로부터 미묘한 액체를 뽑아낸다."

　신부는 내장의 꾸르륵거림과 설사 나오는 소리를 듣고, 미풍과 냄새 그리고 냉기와 음습함을 느껴 남편을 깨웠습니다. 그는 경애하는 공주를 화나게 만든 냄새의 정체를 보고는 죽고 싶을 만큼 수치와 분노를 느꼈습니다. 그는 침대에서 일어나 온몸을 닦은 후에 의사들을 불렀습니다. 의사들은 간밤에 있었던 피로연의 무절제가 이 재난의 원인이라고 말했습니다. 이튿째 저녁, 신랑이 시종들의 조언을 구하자, 모두가 또 민폐를 끼치지 않으려면 온몸에 옷을 껴입으라고 말했습니다. 신랑은 그 조언대로 하고 침대에 누워 곧 잠이 들었습니다. 바퀴벌레가 맡은 임무를 완수하려고 했으나 길이 막혀 있었지요. 그래서 불만스럽게 동료들이 있는 곳으로 돌아온 바퀴벌레는 신랑이 붕대로 방패를 만들었고, 기저귀로 둑을 만들었고, 갖가지 천으로 참호까지 만들었다고 볼멘소리를 했습니다. 이 소리를 들은 생쥐가 말했습니다. "나랑 같이 가자. 훌륭한 공병이 어떻게 길을 내는지 보여줄 테니까." 현장에 도착한 생쥐가 천과 옷을 갉아서 구멍을 냈는데, 그 자리가 다른 구멍과 정확히 일치했습니다. 바퀴벌레가 이번에도 구멍으로 들어가 약물을 주입함으로써 토파즈처럼 누런 액체의 바다가 펼쳐졌고, 방 안은 온통 아라비아 향수 냄새로 진동했습니다. 그 냄새 때문에 잠에서 깬 신부는 네덜란드산 흰색 침대 시트를 베네치아산 물결무늬 천으로 바꿔놓은 누런 홍수에 그만 코를 싸쥔 채 시녀의 방으로 달아났지요. 비참해진 신랑은 시종들을 불러, 이 치욕으로 인해 건물 토대가 온통 미끈거리고 궁전의 웅장함까지 망치게 됐다고 하소연했습니다. 시종들은 그를 위로하면서 사흘째 밤에는 조심하라고 충고했습니다. 그러면서 장에 가스가 찬 환자와 독설가인 의사의 얘기를 들려주었지요. 환자가 방귀를 뀌자 의사가 학자연하며 말했답니다. "사니타티부스." 그리고 환자가 두 번째 방귀를 뀌자 의사가 "벤토시타티부스"라고 응수했지만, 세 번째 방귀에는 의사가 입을 쩍 벌리고는 "아시니타티부스!"라고 했답니다. 그러니까 시종들의 말은 '첫날 신혼 침대를 더럽힌 것은 피로연에서 과하게 먹은 술과 음식 탓으로 돌릴 수 있었고, 둘째 날에 대해서는 속이 좋지 않아서라고 둘러댈 수 있었으나, 셋째 날까지 그랬다간 본디 성품이 고약하고 행동거지가 뻔뻔하기 이를 데 없다고 여겨져 내쫓기리라'는 것이었습니다. 신랑이 말했습니다. "오늘 밤 죽는 한이 있어도 절대 잠을 자지 않겠다. 그리고 중심 관을 틀어막을 방법도 생각해보자꾸나. 그 누구도 '그는 세 번 쓰러졌고, 세 번째에 죽어서 움직이지 않았다'*라고 말해선 안 되니까." 그렇게 약속을 하고 사흘째 밤이 되자, 신랑은 방과 침대를 바꾼 뒤에 하인들을 불러서 세 번째로 몸이 풀리는 것을 막을 것이고 또다시 속임수에 넘어가지 않을 것이라며 조언을 구했습니다. 그는 밤새 깨어 있을 것이고, 어떤 아편에도 잠들지 않겠다고 마음먹었지요. 하

• 베르길리우스의 《아이네이스》에 나오는 말이다.

인 중에 폭약 만드는 재주를 지닌 젊은이가 있었습니다. 모두가 그 젊은이의 재주를 입에 올렸고, 그는 신랑에게 폭죽에 사용되는 것과 같은 나무 마개를 제안했습니다. 그 제안은 곧바로 실행에 옮겨져, 신랑은 나무 마개로 항문을 틀어막은 뒤에 침대에 누웠습니다. 행여 새로운 발명품이 빠지거나 잘못될까 봐 신부와는 몸이 닿지 않으려고 조심했습니다. 눈을 뜨고서, 몸에서 약간의 신호만 있어도 침대 밖으로 뛰쳐나가려고 만반의 준비를 하고 있었지요. 신랑이 잠들지 않는 것을 본 바퀴벌레가 동료들에게 말했습니다. "아이, 이번에는 실패하겠는걸. 우리의 능력이 무용지물이 될 거라고. 신랑이 잠을 자지 않으니 작업할 기회조차 없잖아." 그러자 귀뚜라미가 말했습니다. "잠깐 기다려. 내가 처리해줄게." 귀뚜라미는 감미롭게 노래를 부르기 시작했고, 얼마 후 신랑은 잠이 들었습니다. 바퀴벌레는 곧바로 주사기로서의 임무를 수행하기 위해 기어갔습니다. 그런데 문이 막혀 있는 것을 발견하고 낙담해 돌아와서 동료들에게 상황을 설명해주었습니다.

나르디엘로를 섬기고 기쁘게 하는 것이 유일한 목적이었던 생쥐는 곧장 식료품 저장실로 향했습니다. 거기서 이곳저곳을 쿵쿵거리며 돌아다니다가 마침내 머스터드 단지를 발견하고는 그 속에 꼬리를 적신 뒤 신랑의 침대로 돌아왔습니다. 그러고는 꼬리로 불운한 독일인 신랑의 콧구멍을 간질였습니다. 신랑은 요란하고 강하게 재채기를 하기 시작했고, 그 때문에 마개가 맹렬하게 뽑혀 나오고 말았습니다. 신랑은 신부에게 등을 보이고 누운 상태여서 마개는 신부의 젖가슴 가운데 부분을 정통으로 맞혔는데, 치명적일 정도로 강도가 셌습니다. 신부가 비명을 질렀고, 그 소리에 달려온 왕이 무슨 일인지 물었습니다. 공주는 가슴에 폭탄을 맞았다고 말했습니다. 그러자 왕은 이 황당한 일에 크게 놀랐고 어떻게 가슴에 폭탄을 맞은 공주가 말을 할 수 있는지 의아했습니다. 그래서 이불을 들어 올리자, 왕겨가 폭발한 듯 온통 누런 현장과 공주의 가슴에 또렷한 멍을 남긴 폭탄 마개가 나타났습니다. 공주가 화약의 악취와 포탄의 공격 중 어느 것에 더 질색했는지는 저도 모르겠습니다. 왕은 이 역겨운 광경을 목격한데다가 이것이 세 번째라는 소리를 듣고는 신랑을 왕궁에서 내쫓아버렸습니다. 그리고 이렇게 안 좋은 일이 생긴 것이 모두 나르디엘로를 잔인하게 대한 결과라 여기고 가슴을 치며 후회했습니다. 왕이 자신의 행동에 대해 한탄하는 것을 보고 바퀴벌레가 앞으로 나와 말했습니다. "낙담하지 마세요. 나르디엘로는 살아 있습니다. 그는 전하의 사위가 되기에 충분한 자질을 지니고 있는 사람입니다. 그를 보고 싶으시다면 당장 가서 데려오겠습니다." 그러자 왕이 대답했습니다. "더없이 기쁜 소식이로구나. 그 불쌍한 청년에게 한 짓으로 말미암아 마음이 아팠는데, 너희가 우리를 괴로움의 바다에서 구해주는구나. 그러니 어서 가서 데려오너라. 그를 아들처럼 안아줄 것이고, 공주와 결혼시킬 것이다." 이 말을 들은 귀뚜라미가 폴짝폴짝 뛰고 춤을 추면서 나르디엘로가 있는 오두막으로 갔습니다. 그리고 그동안의 일을 알려준 뒤 그를 왕궁으로 데려왔지요. 왕은 그를 안아주었고, 밀라를 그의 곁으로 이끌었습니다. 세 마리 동물은 나르디엘로에게 주술을 걸었고, 그 결과 그는 잘생긴 청년으로 변했습니다. 그리고 보마로에 있는 나르디엘로의 아버지를 데려와 모두가 함께 행복하게 살았습니다. 다음과 같은 말을 증명하면서 말이지요.

"천 번의 시련과 고통은 백 년보다는 한 시간 안에 일어나기 십상이다."

여섯 번째 여흥

마늘밭

벨루차는 바라에 사는 암브루오소의 딸이다. 그녀는 아버지 말을 잘 듣고 아버지의 지시대로 신중하게 행동해 나중에 부자인 비아실로 구알레키아의 장남 나르두초와 결혼한다. 벨루차의 가난한 언니들도 비아실로의 금전적 지원을 받으면서 그의 다른 아들들과 결혼한다.

불쌍한 신랑이 온통 똥칠을 한 것에 비할 정도는 아니지만 청중도 생쥐의 비책 이야기를 듣고 웃어대느라 오줌을 지렸다. 왕자가 나서서 좌중을 조용히 시키고 안토넬라 부인의 말을 경청하게 하지 않았다면 그 웃음이 다음 날 아침까지 계속됐을 것이다. 준비하고 있던 안토넬라가 이야기를 시작했다.

복종은 안전하게 수익을 가져오는 확실한 상품이고, 계절마다 좋은 열매를 맺게 하는 재산입니다. 이제 여러분이 듣게 될,

가난한 농부의 딸이 아버지의 명령에 복종함으로써 자기 자신뿐 아니라 언니들을 위해서도 좋은 길을 닦고 행복한 결혼에 이르게 된다는 이야기에서도 마찬가지입니다. 옛날 바라 마을에 일곱 딸을 둔 암브루오소라는 촌부가 살고 있었습니다. 그가 가진 재산이자 자식들을 키울 생계 수단이라고는 마늘밭 하나가 전부였습니다. 이 훌륭한 농부는 레시나에 사는 또 다른 농부 비아실로 구알레키아와 돈독한 우정으로 맺어진 사이였습니다. 비아실로는 상당한 재력의 소유자였고 슬하에 일곱 아들을 두고 있었지요. 그런데 그의 장남이자 오른쪽 눈이나 다름없던 나르두초가 중병에 걸렸습니다. 아버지의 지갑은 늘 열려 있었으나 치료 방법을 찾을 수가 없었습니다. 그러던 어느 날 암브루오소가 바실리오의 집을 방문했습니다. 바실리오는 친구에게 자식이 몇이냐고 물었는데, 암브루오소는 딸만 많다고 말하기가 창피해 '4남 3녀'라고 대답했습니다. 그러자 바실리오가 말했습니다. "그렇다면 자네 아들 하나를 이리로 보내서 내 아들의 말동무가 되게 해주게나. 그리 해주면 나로서는 정말 고마울 거야." 암브루오소는 어떻게 대답해야 할지 몰라서 고민하다가, 그러겠다는 의미로 머리를 끄덕였습니다. 바라로 돌아온 그는 친구의 청을 들어줄 방법이 없다는 사실에 죽을 만큼 슬펐습니다. 결국 장녀부터 막내까지 딸들을 한 명씩 불러서, 머리를 자르고 남자 옷을 입어 청년으로 변장하고서 지금 병상에 있는 비아실로의 아들을 위해 말동무가 되어주겠냐고 물었습니다. 이에 장녀 안누차가 대답했습니다. "아버지가 돌아가셨다고 해서 제가 머리를 자르겠어요?"둘째 딸 노라는 "아직 결혼도 하지 않은 제가 곤경에 처하기를 바라세요?"라고 대답했습니다. 셋째 딸 사파티나는 이렇게 대답했습니다. "여자는 바지를 입어선 절대 안 된다고 하던걸요." 넷째 딸 로사는 또 이렇게 대답했습니다. "못 들은 걸로 할게요. 아픈 사람한테 즐거움을 주자고 저더러 의사들도 모르는 치료약을 찾아다니라고 하지 마세요." 다섯째 딸 찬나가 말했습니다. "병자한테 가서 몸조리 잘하고 나쁜 피를 뽑아보라고 하세요. 저는 저의 머리카락 한 올로 남자 백 명의 목숨을 살릴 수 있다고 해도 거절할 테니까요." 여섯째 딸 셀라는 "저는 여자로 태어났으니 여자로 살다가 여자로 죽겠어요. 구태여 남자로 변장해 훌륭한 여자라는 이름을 잃고 싶지 않아요"라고 대답했지요. 수줍음 많은 막내 벨루차는 언니들의 대답을 들을 때마다 무겁게 한숨을 내쉬는 아버지를 보고 이렇게 말했습니다. "남자 옷을 입는 것으로 부족하다면 동물 변장도 하겠어요. 또한 아버지를 기쁘게 하는 일이라면 제 몸을 보이지 않을 정도로 작게 오그라뜨릴 수도 있어요." 그러자 암브루오소가 말했습니다. "고맙구나! 내가 너에게 생명을 주었듯이 너도 이 아비에게 새 삶을 주는구나. 쇠뿔도 단김에 빼라 했으니 시간 낭비 말자꾸나." 그는 사랑의 집행관이 가지고 다니는 황금 밧줄 같은 벨루차의 머리칼을 자르고 그녀에게 낡은 옷을 입힌 뒤 함께 레시나로 향했습니다. 그곳에서 비아실로와 몸져누워 있는 그의 아들이 그들을 크게 환대했습니다.

암브루오소는 그곳에 벨루차를 남겨두고 집으로 돌아갔습니다. 벨루차를 지켜보던 병든 청년은 남루한 옷차림에도 불구하고 너무도 밝은 빛을 보았고, 사람들을 황홀하게 만드는 아름다움을 보았습니다. 보고 또 보기를 반복하다가 그는 생각했습니다. '내 눈이 잘못되지 않았다면 이 청년은 틀림없이 여자야. 저 달콤하고 감미로운 얼굴로 그것을 숨길 수는 없지. 말투를 봐도 여자가 확실해. 게다가 저 우아한 몸놀림까지. 내 심장이 여자라고 말하고 있고, 사랑이 그걸 증명하고 있어. 혹시 남자로 변장해 내 마음을 빼앗고 내게 상처를 주려는 건가.' 이런 생각에 골몰하던 그는 큰 슬픔에 휩싸이고 열병이 도져서, 의사들이 보기에도 상황이 나빴습니다. "얘야, 이 늙은 어미의 눈을 밝혀주는 빛이고 어미의 지팡이이자 목발인 네가 기력을 회복하지 못하고 병이 더 깊어지니 그 이유가 무엇이냐? 앞으로 가는 대신에 불타는 석탄 위에 있는 것처럼 뒤로 물러나는 이유가 뭐냔 말이다. 병의 원인을 말해줘야 고칠 수 있는데 그러지 않고 이 어미를 쓸쓸하게 만들다니 어떻게 이럴 수 있니? 마음을 편히 갖고 어서 말해보렴. 무엇이 필요한지 말만 해. 원하는 건 뭐든 콜라에게 들어달라고 부탁할 거야. 무엇이든 이 엄마가 다 해줄 거야." 이 말을 듣고 용기를 낸 나르두초가 불의 언어로 영혼의 뜨거운 열정을 쏟아내면서 암브루오소의 아들이 여자임이 틀림없다고 설명했습니다. "얘야, 네 머릿속을 사로잡고 있는 그 환상을 가라앉혀라. 한 번 알아보자꾸나. 여자인지 남자인지. 그게 평평한 시골인지 봉긋 솟은 시골인지 알아보자꾸나. 그 청년을 마구간으로 보내서 제일 난폭한 망아지에 올라타라고 하는 거야. 여자라면 그럴 용기가 없을 테니 안색이 변하고 숨을 헐떡일 거야. 그러면 남자인지 여자인지 금세 알아낼 수 있어." 어머니의 말에 아들은 기뻐했고, 두 사람은 벨루차를 마구간으로 데려가 망아지 한 마리를 건네며 올라타라고 했습니다. 그런데 말에 탄 벨루차가 사자처럼 용맹하게 이리저리 말을 몰기 시작하더니, 기막힌 도약과 신기에 가까운 회전, 등약까지 선보이는 것이었습니다. 그리하여 어머니는 나르두초에게 말했습니다. "그 생각일랑 떨쳐버려라. 얘야, 저 청년은 끄떡없이 안장에 앉아 있고, 노련한 기수였던 포르타-레알레보다 낫구나." 그러나 그 증거에도 불구하고 나르두초는 그 청년이 여자라는 말을 계속 했고, 심지어 국민 영웅인 스칸더르베그도 그의 머릿속에서 그 생각을 쫓아내지 못할 것 같았습니다. 어머니가 아들의 머리에서 그런 욕망을 지우고 싶어 하며 말했습니다. "진정해라. 한 번 더 시험해보고 이 문제를 깨끗이 매듭짓기로 하자." 그러고는 화승총 한 자루를 가져오게 하여 벨루차에게 총알을 장전하고 쏴보라고 했습니다. 벨루차는 총에는 화약을, 나르두초의 몸에는 욕망을 장전하고서, 총의 발화 장치와 병든 청년의 가슴에 불을 붙였습니다. 그렇게 총을 발사함으로써 불쌍한 나르두초의 가슴에 갈망과 욕망의 총알을 박아 넣었습니다.

청년으로 보이는 벨루차의 우아함과 민첩함과 매혹적인 동작을 본 어머니가 아들에게 말했습니다. "그런 생각은 이제 접으렴. 여자는 저렇게 하지 못해." 그러나 나르두초는 자신의 믿음을 꺾지 않았고, 이 아름다운 장미에 꽃자루가 없다면 자기 목숨을 내놓겠다고 말하기까지 했습니다. 그러면서 계속 어머니에게 말했습니다. "정말이에요, 어머니. 아름다운 저 사랑의 나무가 이 병자를 낫게 해준다면, 이 병자는 의사들을 조롱해줄 거예요. 그러니 있는 방법을 다 동원해 진실을 알아내기로 해요. 그러지 않으면 저는 끝장날 거예요. 구덩이가 어디 있는지 모르니 다음엔 더 깊은 구덩이에 빠질 거라고요." 그 어느 때보다 완강하게 고집을 피우는 아들의 모습에 침울해진 어머니가 말했습니다. "네가 직접 진실을 확인하고 싶다면 그 청년과 함께 수영을 하러 가거라. 그러면 여자인지 남자인지 알게 될 테지." "좋아요. 정말이지 좋은 생각이에요. 오늘은 그것이 쇠꼬챙이인지 프라이팬인지, 밀방망이인지 조리인지, 실 감는 막대인지 작은 밭인지 알게 되겠죠." 그러나 이 계획을 눈치챈 벨루차는 즉시 아버지의 심부름 꾼 아이 중에서 아주 교활하고 영리한 아이를 불렀습니다. 그리고 아이로 하여금 숨어서 망을 보다가 자기가 물가에서 수영하기 위해 옷을 벗으려는 순간 재빨리 달려와 아버지가 임종을 앞두고 있으니 급히 가봐야 한다고 말하게 했습니다. 아이는 해변에서 나르두초와 벨루차가 옷을 벗기 시작하자마자 약속한 대로 달려와 시킨 대로 말했습니다. 아이의 말을 들은 벨루차는 곧 나르두초와 헤어져 바라로 향했지요. 병자는 고개를 숙인 채 어머니 곁으로 돌아왔는데, 눈은 금방이라도 튀어나올 것 같았고 안색은 노랬고 입술은 창백하게 질려 있었습니다. 그는 일이 틀어져서 마지막 시험을 하지 못했다고 말했습니다. "낙담하지 말아라." 어머니가 대답했습니다. "토끼를 잡으려면 토끼 굴로 가야지. 네가 암브루오소의 집으로 불쑥 찾아가거라. 그리고 암브루오소가 아들을 불렀을 때 그 아이가 금세 내려오는지 시간이 걸리는지를 보면 무슨 술수가 있는지 알아낼 수 있을 게다." 이 말을 들은 나르두초의 안색이 조금 정상으로 돌아왔습니다. 다음 날 아침, 태양이 햇빛을 들고 별들을 쫓아내는 시간, 그는 곧장 암브루오소의 집으로 찾아가서 중요한 일이 있어 암브루오소의 아들과 얘기를 나누고 싶다고 말했습니다. 뭔가 이상한 느낌이 든 암브루오소는 잠시 기다리고 있으면 곧 아들을 데려오겠다고 말했습니다. 현행범으로 발각되고 싶지 않았던 벨루차는 드레스를 바지로 갈아입고 남장을 했습니다. 그러나 너무 서두른 나머지 귀고리 빼는 걸 깜빡했고, 이 모습을 나르두초에게 들키고 말았지요. 당나귀의 귀를 보면 궂은 날씨를 미리 알 수 있듯이, 그는 벨루차의 귀 덕분에 원하는 것을 확인한 것이었습니다. 나르두초는 그녀를 코르시카 사냥개처럼 껴안고 말했습니다. "운명의 여신이 질투하고 화를 낸다 해도 나는 죽음도 불사하고 당신을 아내로 맞겠어요." 나르두초의 성의를 이해한 암브루오소가 이렇게 말했습니다. "자네 부친이 흡족히 여기고 한 손으로 허락한다면, 나는 두 손 두 발 다 들고 허락하겠네." 그리하여 그들은 함께 비아실로의 집으로 갔고, 아들의 행복을 바라는 나르두초의 양친은 벨루차를 흔쾌히 며느리로 맞았습니다. 그러면서 왜 암브루오소가 속임수를 써 벨루차를 남장시켜 보냈는지 궁금해했고, 딸만 일곱을 낳은 한심한 사람으로 밝혀질까 봐 그랬다는 대답을 들었지요. 그래서 비아실로가 말했습니다. "하늘이 자네에게 딸 일곱을, 내게 아들 일곱을 주었으니, 한 번의 여정으로 일곱 일을 치러보세. 가서 자네 딸들을 다 데려오게. 그들에게 각각 혼인 지참금을 나누어 주고 싶네. 다행히 내게는 이 결혼식을 다 치러도 남을 만큼 충분한 돈이 있구먼." 이 말을 들은 암브루오소는 한달음에 달려가 딸들을 비아실로의 집으로 데려왔지요. 그리고 일곱 번의 결혼식과 피로연이 이어지며 음악과 춤이 절정에 달했답니다. 그들은 행복하게 살면서 이 말을 명확히 입증했지요.

"신의 은총은 늦는 법이 없다."

코르베토

왕을 섬기는 코르베토는 고결한 성품 때문에 다른 신하들에게 질투를 사고 여러 위험한 일에 파견된다. 그러나 적들의 농간에도 불구하고 훌륭하게 일을 완수하고 공주와 결혼한다.

청중이 벨루차의 이야기에 어찌나 몰입했던지 그녀가 결혼했다는 대목에서는 마치 친자식의 일처럼 기뻐하고 환호했다. 그러나 출라의 이야기를 듣고 싶은 마음이 환호를 멈추게 했다. 출라의 입술 움직임에 청중이 귀를 쫑긋 세운 가운데 이야기가 시작되었다.

저는 언젠가 유노가 거짓말을 찾아서 칸디아에 갔다는 말을 들었습니다. 하지만 누군가 제게 기만과 사기를 어디서 찾을 수 있냐고 묻는다면, 저는 궁전보다 좋은 곳은 없다고 대답하겠습니다. 트라스툴로의 험담, 그라지아노의 음해, 잔니의 배신, 풀키넬라의 사기 절도 등등 모두가 가면을 쓰고 있는 곳이 바로 궁전이니까요.* 궁전에선 사람들이 자르는 동시에 꿰매고, 찌르는 동시에 약을 바르며, 깨뜨리는 동시에 붙이지요. 지금부터 펼쳐질 이야기 속에 이런 예들이 하나 가득 들어 있답니다.

옛날 시움모-라르고('너른 강') 왕국에 왕을 섬기는 신하들 중 코르베토라는 더없이 훌륭한 청년이 있었습니다. 존경할 만한 그의 행실은 그가 왕의 마음에서 중요한 자리를 얻게 만들었고, 이런 이유로 다른 신하들의 마음에서 증오와 혐오를 일으켰습니다. 그들은 무지한 박쥐들이었으니, 언제나 선행이라는 현금으로 왕의 성은을 사는 코르베토의 빛나는 고결함을 참고 볼 수가 없었습니다. 왕이 그를 향해 불게 한 호의의 미풍은 질투에 사로잡힌 신하들에겐 열풍이 되었습니다. 그들은 언제나 왕궁 구석에 모여 중얼거리고 험담하고 소곤거리고 불평하다가 이 불쌍한 코르베토를 갈기갈기 난도질하며 이렇게 말하곤 했습니다. "저렇게 왕의 사랑을 받다니 대체 저 얼간이가 왕에게 무슨 주술을 건 걸까? 날마다 왕의 새로운 호의를 얻으니, 대체 저놈은 무슨 행운을 타고난 걸까? 그와 반대로 우리는 밧줄 꼬는 사람처럼 계속 뒷걸음질 치고 계속 밑으로만 움직여 좌천을 거듭하는데 말이야. 그런데도 우리는 성은을 입겠다고 개처럼 일하고 땅 파는

---

* 트라스툴로, 그라지아노, 잔니, 풀키넬라는 16세기에서 18세기에 이탈리아에서 발달한 희극, 즉 '코메디아 델라르테Commedia dell'arte'에 등장하는 가면의 이름이다. 코메디아 델라르테의 등장인물은 대부분 정해진 가면과 의상을 걸쳤다고 한다.

사람처럼 땀 흘리고 사슴처럼 뛰어다니잖아. 모름지기 사람은 행운을 타고나야 해. 운이 없다면 차라리 바다에 뛰어드는 게 나아! 결국 우리가 할 수 있는 것이라고는 이 모든 일을 지켜보다가 비명횡사하는 것뿐이지." 그들의 입에서 튀어나온 이런저런 말들은 독화살처럼 코르베토의 파멸을 겨냥하고 있었습니다. 궁전이라는 지옥에 살도록 운명 지어진 사람들은 얼마나 불운한가요! 아첨을 바구니째 팔고, 악의와 악행을 퀸틀 단위로 재고, 기만과 배신의 무게를 톤 단위로 다는 궁전 말입니다. 게다가 코르베토를 미끄러져 넘어지게 하려고 발밑에 깔아놓은 레몬 껍질은 또 얼마나 많은가요? 왕을 알현하러 가는 계단 중간에서 코르베토가 굴러떨어져 목이 부러지게 할 목적으로 칠해놓은 모함의 비누는 또 얼마나 될까요? 코르베토가 걸려들기를 바라며 왕의 머릿속에 기만의 구덩이를 파고 질투라는 환한 가지로 덮어놓은 그 함정에 대해 어느 누가 말해줄 수 있을까요? 그러나 재주가 비상한 코르베토는 적들이 파놓은 함정을 알아챘고, 배반을 간파했고, 사기를 밝혀냈고, 모함과 잠복, 덫과 올가미, 계략과 속임수를 전부 파악했습니다. 그는 신하의 행운이 언제 깨질지 모르는 유리 같음을 잘 알기에 자신의 목숨을 지키기 위해 늘 눈과 귀를 열어놓고 경계를 늦추지 않았습니다. 그러나 이 젊은이의 승진이 계속될수록 다른 신하들의 추락은 가팔라졌고, 그들의 증오 또한 더욱 커져갔습니다. 신하들이 코르베토에 대해 아무리 험담을 해도 왕이 믿어주지 않자, 그를 내쫓을 방법이 없던 신하들은 결국 그를 한껏 칭송하면서 낭떠러지로 유인하여 거기서 던져버리기로(지옥에서 고안되었고 궁전에서 완벽하게 연마된 기술) 결심합니다. 그래서 그들은 다음과 같은 시도를 했습니다.

왕이 통치하는 스코틀랜드에서 17킬로미터쯤 떨어진 곳에 오그르 세계에서도 유례가 없을 정도로 포악하고 거친 어떤 오그르가 살고 있었습니다. 그 오그르는 왕에게 박해를 받았기 때문에 새들도 날아다니지 않는 어느 고적한 숲속 산 정상에 자신만의 성을 지었습니다. 이 숲은 햇빛이 든 적이 없을 정도로 울창했습니다. 오그르에겐 그려놓은 듯 아름다운 말이 한 필 있었는데, 이 말의 무엇보다 큰 장점은 마술에 걸려 인간처럼 말을 할 수 있다는 것이었지요.

그 오그르가 얼마나 사악한지, 그 숲이 얼마나 험한지, 산이 얼마나 높은지, 그 말에게 접근하기가 얼마나 어려운지 잘 아는 신하들이 왕에게 그 말의 완벽함에 대해 자세히 고한 뒤, 왕에게나 어울리는 말이니 오그르의 손아귀에서 그 말을 빼앗아 와야 한다고 아뢰었습니다. 그리고 그 일을 해낼 적임자는 불 속을 통과할 수 있는 유능한 젊은이, 즉 코르베토라고 말했습니다. 신하들의 조언이라는 꽃 속에 독사가 숨어 있음을 모르는 왕은 그 자리에서 코르베토를 불러 말했습니다. "그대가 나를 사랑한다면, 수단과 방법을 가리지 말고 나의 원수인 저 오그르의 말을 가져오라. 그대가 나를 위해 이 일을 완수한다면 그대는 이루 말할 수 없는 행복을 얻게 되리라." 그렇게 수작을 부린 자들이 자신을 음해하려는 신하들임을 알면서도 코르베토는 어명을 받들어 그 산으로 향했습니다. 그리고 조용히 마구간에 잠입해 오그르의 말에 올라타고 두 발을 등자에 단단히 고정시킨 뒤에 문으로 향했습니다. 말은 그곳을 떠난다는 것을 직감하고 소리쳤습니다. "조심, 코르베토가 나를 데려간다." 이 외침을 들은 오그르가 자신이 부리고 있는 동물들을 죄다 거느리고 달려 나왔습니다. 동쪽에는 살쾡이, 서쪽에는 곰, 남쪽에는 사자, 북쪽에는 늑대인간이 코르베토를 찢어 죽일 태세로 나타났습니다. 그러나 코르베토는 박차를 가해 전속력으로 산을 내려와 도시를 향해 달렸고 무사히 궁전에 도착했습니다. 그가 왕에게 말을 바치니 왕은 그를 아들처럼 안아주었고, 지갑을 열어 그에게 금화를 두둑이 하사했습니다. 이로써 신하들의 질투와 증오는 더욱 커졌고, 촛불과도 같았던 분노의 불꽃은 어느새 풀무질을 한 것처럼 부풀어 터지기 직전이었습니다. 코르베토의 행운을 저지하려고 택한 방법이 오히려 그에게 더 큰 복을 가져다주는 포장도로 역할을 했으니 말입니다.

그러나 그들은 전쟁에서 첫 공격으로 성을 함락할 수는 없다는 걸 알고 있었습니다. 그래서 두 번째 방법을 시도하고자 왕에게 이렇게 말했습니다. "좋은 시기에 아름다운 말을 얻으셨으니 실로 왕실 마구간의 자랑거리가 아닐 수 없사옵니다. 하지만 진기한 물건인 오그르의 침대 커버가 있다면 전하의 명성은 세계 도처에 퍼지고 시장마다 자자할 것이옵니다. 그리고 그 누구도 감히 전하보다 많은 부와 재물이 있다고 자랑하지 못할 터이니, 이런 일에 능한 코르베토에게 분부하시어 전하를 돕게 하소서." 귀가 얇고 설탕 묻힌 쓴 과일의 껍질만 먹는 왕이 코르베토를 불러 오그르의 침대 커버를 가져오라 청했습니다. 코르베토는 아무 말 없이 산으로 가, 몰래 오그르의 침실에 들어갔습니다. 그리고 오그르의 침대 밑에 숨어서 밤이 올 때까지, 그래서 별들이 웃으면서 천상의 사육제를 책으로 쓸 때까지 기다렸습니다. 이윽고 오그르가 아내와 함께 잠자리에 들자, 코르베토는 아주 은밀하게 밖으로 나와서 조용히 방 안의 물건들을 싹쓸이했습니다. 그리고 침대 커버를 잡아당겨 바닥에 사뿐히 끌어내리려고 했습니다. 그런데 오그르가 잠에서 깨더니 아내에게 이불을 그렇게 세게 잡아당기지 말라고, 덮을 게 없어서 복통이 있다고 말했습니다. "덮을 게 없는 건 나야. 나한테는 천 조각 하나 남아 있지 않단 말이야." 아내가 대답했습니다. 그러자 오그르가 말했습니다. "그럼 대체 이불이 어디로 간 거야?" 아래쪽을 손으로 더듬던 그는 코르베토의 얼굴을 만지게 됐고, 놀라서 소리쳤습니다. "작은 악마! 작은 악마! 촛불 켜. 빨리!" 이 고함으로 집 안 전체가 아수라장이 됐습니다. 그러나 앞서 싹쓸이한 것들을 전부 창밖으로 던져놓았던 코르베토는 그 물건들 위로 뛰어내린 다음, 그것들을 솜씨 좋게 짐 하나로 꾸려서 도시로 향했습니다. 왕궁에 도착하자 왕이 그를 극진히 대해주었고, 모든 신하들은 분노와 질투로 폭발 직전까지 갔습니다. 그들은 왕이 그 침대 커버에 몹시 기뻐하는 것을 보고 코르베토를 승산 없는 싸움에 끌어들여 파멸시키기로 결심했습니다. 침대 커버는 실크로 만들어진데다 금으로 수가 놓여 있었으며, 이런저런 변덕과 생각을 표현하는 상징과 문자로 장식되어 있었습니다. 이를테면, 제가 제대로 기억

하고 있는지는 모르겠으나, 새벽을 알리는 수탉의 그림과 함께 토스카나어로 쓴 "해야, 내가 너를 보고 있다"라는 문구가 있었지요. 그리고 역시나 토스카나어로 쓴 "해 질 녘"이라는 문구 등등 침대 커버에 표현돼 있는 것이 너무도 많아서, 다 열거하자면 많은 기억과 시간이 필요할 겁니다. 신하들은 앞서 말했듯이 몹시 즐거워하는 왕에게 말했습니다. "코르베토가 전하를 위해 이리도 많은 일을 했으니, 그가 전하께나 어울리는 오그르의 성을 빼앗아온대도 그리 놀랍지 않을 겁니다. 그 성에는 방이 무수히 많아서 군대까지 수용할 수 있사옵니다. 정원, 주랑현관, 로지아, 변소, 굴뚝이 상상을 초월할 정도로 많고, 건축물 자체도 자부심을 느낄 만큼 예술적이어서 자연도 그 앞에서 고개를 숙이고 매우 놀라워하옵니다." 참으로 비옥한 머리를 지니고 있어서 옆에서 생각을 주입하면 곧 착상이 되어버리는 왕은 코르베토를 불러서 오그르의 성을 갖고 싶다고 말했습니다. 그가 지금까지 많은 일을 해왔으니 여기에 성 하나를 더 추가한다면 왕의 기억이라는 벽에 보은의 목탄으로 그 공훈이 적히게 되리라고 했습니다. 발사된 총알처럼 한 시간에 150킬로미터를 가는 코르베토는 즉시 출발했고, 얼마 지나지 않아 오그르의 성에 닿았습니다. 그런데 도착해 보니 오그레스가 예쁜 아기를 낳았고, 남편 오그르는 친구와 친척들을 초대하러 나가고 없었습니다. 오그레스가 침대에서 일어나 잔치 준비를 위해 분주히 움직이고 있을 때 코르베토가 태연한 얼굴로 들어가서 말했습니다. "반갑습니다. 훌륭한 부인, 참 아름다운 분이군요! 그런데 왜 스스로를 혹사하는 거죠? 어제 출산했는데 벌써 힘든 일을 하다니요. 자기 몸을 돌보지 않는 건가요?" 오그레스가 대답했습니다. "나더러 어쩌라는 거야? 아무도 도와주지 않아서 그렇다면 어쩔래?" 그러자 코르베토가 말했습니다. "여기 있잖아요! 제가 부인을 돕고자 합니다." 오그레스가 말했습니다. "그렇다면 잘 왔어. 날 돕겠다고 살갑게 제안했으니, 이 장작을 네 토막으로 잘라줘." "기꺼이 그러죠. 네 토막이 부족하다면 다섯 토막으로!" 코르베토는 방금 갈아놓은 날카로운 도끼를 집어 들어 장작 대신에 오그레스의 목을 쳤습니다. 오그레스는 배나무 쓰러지듯 고꾸라졌습니다. 코르베토는 곧 출입문으로 달려가 아주 깊은 도랑을 판 뒤 그 위를 나뭇가지와 흙으로 덮고서 문 뒤에 숨었습니다. 오그르와 친척들이 도착하자 코르베토는 마당으로 달려가 소리치기 시작했습니다. "너희가 나의 증인이다. 봐라, 저 똥 덩어리를!" 이 뻔뻔한 말을 들은 오그르는 코르베토를 찢어발길 태세로 전광석화처럼 달려들었습니다. 그러나 주랑현관으로 우르르 몰려든 오그르들은 도랑 위에서 허우적거리다가 밑으로 곤두박질쳤습니다. 코르베토는 도랑 속에 바위 세례를 퍼부어 오그르들을 곤죽으로 만들어버렸습니다. 그리고 문을 잠근 뒤 열쇠를 왕에게 갖다 바쳤습니다. 왕은 운명의 농간과 질투의 심술, 그리고 조신들의 모략을 이겨낸 코르베토의 용기와 독창성을 보고 그를 공주와 결혼시킵니다. 질투의 대들보는 코르베토를 위한 굳건한 나루터 역할을 함으로써 그가 인생의 배를 띄우고 신분 상승의 바다로 나아가게 했습니다. 그리고 분노로 심란하고 지친 적들은 촛불 하

나 없이 변소에 가야 했습니다. 왜냐하면 이런 말이 있기 때문이
지요.

"악인에 대한 징벌은 지체될 수는 있으나 그냥 넘어가는 법
은 없다."

여덟 번째 여흥

얼간이

모시오네는 아버지의 심부름으로 물건을 사러 카이로에 간다. 너무나도
우둔한 아들을 자신의 그늘에서 벗어나게 하려는 아버지의 바람에서다.
그는 카이로를 향해 길을 가는 도중에 독특한 능력을 가진 사람들을 만
나고 그들과 동행한다. 그리고 그들 덕분에 금과 은을 가득 싣고 집으로
돌아온다.

왕자를 에워싸고 있던 조신들은 감정을 숨기는 데 익숙한 사
람들이었기에 자신들의 아픈 부분이 들추어져도 분노를 드러내
지 않았다. 또한 그들은 자신들의 책략과 기만이 거리낌 없이 들
춰진 것 때문에 또는 코르베토의 행복에 대한 질투 때문에 상처
를 받았다 해도 말로 표현하지 않았을 것이다. 그러나 파올라가
이야기를 시작함으로써, 언어의 낚시로 자기애라는 깊은 우물에
서 조신들의 영혼을 낚아 올렸다.

덕망 있는 사람들과 교제하는 무지한 사람은 쓸모없는 사람들과 어울리는 현명한 사람보다 언제나 더 찬사를 받습니다. 왜냐하면 덕망 있는 사람들로부터는 조력과 권위를 얻을 수 있는 반면, 쓸모없는 사람들로 인해서는 자신의 재산과 명예를 잃을 수 있기 때문입니다. 햄의 좋고 나쁨을 알아내기 위해 막대기로 찔러볼 줄 아는 사람이라면, 제가 말한 것이 사실임을 지금부터 들으실 이야기를 통해 알게 될 겁니다.

옛날에 재산이 바다만큼 많은 한 아버지가 살았습니다. 그러나 이 세상에서 완벽한 행복이란 불가능하기에, 그에게는 너무도 무지하고 멍청해서 구주콩꼬투리와 오이를 구분하지 못하는 아들이 있었습니다. 이 아들 모시오네의 우둔함을 더는 참을 수 없었던 아버지는 아들에게 은화를 두둑이 주면서 동방으로 가 장사를 해보라고 말했습니다. 여행을 통해 정신적으로 성숙해질 테고, 다양한 사람들과의 만남을 통해 예리한 판단력을 갖게 되고 영리해질 테니까요.

모시오네는 말을 타고 세상의 경이로운 것들이 총집결해 있는 베네치아를 향해 떠났습니다. 베네치아에서 카이로행 배에 오를 생각이었거든요.

하루의 여정이 끝나갈 무렵, 모시오네는 미루나무에 기대어 서 있는 한 청년을 보고 말했습니다. "이봐요, 이름이 뭐죠? 어디서 왔어요? 장기가 뭐예요?" 그러자 상대방이 대답했습니다. "내 이름은 번개, 화살 땅에서 왔어요. 나는 번개처럼 빠르게 달릴 수 있죠." 모시오네가 말했습니다. "뛰는 걸 한번 보고 싶네요." 번개가 말했습니다. "잠깐만 기다려요. 화약인지 밀가루인지 보게 될 테니까."

두 사람이 잠시 서 있는데 사슴 한 마리가 그들 앞으로 지나갔습니다. 번개는 사슴이 지나가게 내버려뒀다가 한참 뒤에 그 뒤를 쫓아 뛰기 시작했습니다. 발이 어찌나 가볍던지 밀밭을 달려가도 발자국이 남지 않았고, 네 번을 뛰어오르는가 싶더니 그는 사슴을 따라잡았습니다. 모시오네는 소스라치게 놀라서 말했습니다. "나와 함께 가지 않을래요? 돈은 넉넉히 줄게요." 번개는 그러자고 했고, 두 사람은 함께 길을 떠났습니다. 7킬로미터쯤 갔을 때 모시오네는 또 다른 청년과 마주쳤고, 그에게 이렇게 말을 걸었습니다. "친구, 이름이 뭐죠? 어디서 왔어요? 장기가 있나요?" 그러자 상대방이 말했습니다. "이름은 토끼귀, 호기심 계곡에서 왔어요. 내가 땅에 귀를 대면, 손가락 하나 까딱 않고도 세상에서 무슨 일이 일어나고 있는지 들을 수 있죠. 어느 곳의 직공들이 독과점을 형성하고 가격 담합을 하고 있는지, 조신들이 불충을 저질렀는지, 뚜쟁이가 무슨 사악한 충고를 했는지, 연인들이 만나기로 한 날은 언제인지 등등 다 알 수 있다고요. 루시안의 수탉도 프랑코의 램프도 내 귀만큼 많은 것을 알지 못해요." 그러자 모시오네가 대답했습니다. "그 말이 사실이라면, 우리 집에서 사람들이 무슨 얘기를 하고 있는지 말해봐요." 그러자 토끼귀가 땅에 귀를 대더니 말했습니다. "한 노인이 아내에게 이렇게 말하고 있군요. '모시오네의 헌 옷처럼 후줄근한 얼굴이 눈앞에서 사라지니 정말 좋구면. 가슴을 할퀴는 손톱 같은 녀석이었는데, 세상을 돌아다니다 보면 남자가 될 거야. 멍청이나 게으름뱅이는 되지 않을 거야.'" 그러자 모시오네가 소리쳤습니다. "그만, 그만. 당신 말이 사실이니 당신을 믿도록 하죠. 나랑 같이 갑시다. 큰 재물을 얻게 될 거예요." 그래서 그들은 함께 걸었고, 17킬로미터쯤 갔을 때 모시오네는 또 청년 한 명과 마주쳤습니다. 모시오네가 그 청년에게 말했습니다. "이름이 뭐죠? 고향은요? 남다른 장기라도 가지고 있나요?" 그러자 청년이 말했습니다. "내 이름은 명사수, 확실한 성에서 왔어요. 쇠뇌를 쏴서 대추알을 쪼갤 수 있죠." 모시오네가 말했습니다. "한번 보고 싶군요." 그러자 상대방이 쇠뇌를 꺼내어 시위를 잡아당기더니 돌 위에 올려놓은 콩 한 개를 명중시켰고, 모시오네는 그 또한 일행으로 받아들였습니다. 그들은 계속해서 또 하루를 걸었고, 사람들이 뙤약볕 아래서 방파제를 만들고 있는 곳에 도착했습니다. 날씨가 무더워서, "가슴이 타들어 가니 포도주에 물 좀 넣어"라고 말할 정도였지요. 모시오네는 일꾼들이 딱하게 여겨져 이렇게 말했습니다. "여러분, 이 폭염을 어떻게 견딜 수 있죠? 물소를 구워버릴 정도로 뜨거운데요." 그러자 한 일꾼이 대답했습니다. "우리는 장미처럼 시원하고 상쾌한걸요. 우리 뒤에서 한 청년이 바람을 불어주고 있거든요. 서풍이 한꺼번에 부는 것 같아요." 모시오네가 말했습니다. "그 청년 한번 볼 수 있을까요?" 그러자 일꾼이 청년을 불렀고, 모시오네가 청년에게 말했습니다. "친구, 이름이 뭐죠? 어디 출신이죠? 무슨 일을 하고 있나요?" 청년이 대답했습니다. "내 이름은 바람돌이고, 바람센 땅에서 왔어요. 나는 입으로 모든 바람을 불 수 있죠. 미풍을 원한다면, 제7천국*으로 보내주는 미풍을 불어줄 수도 있어요. 강한 바람을 원한다면 집을 넘어뜨릴 수도 있고요." 모시오네가 말했습니다. "보지 않고는 믿지 못하겠는걸요." 그러자 바람돌이가 바람을 불기 시작했는데, 처음에는 저녁때 포실리포에서 부는 바람처럼 부드럽더니 갑자기 자두나무들을 뿌리째 뽑아버릴 정도로 맹렬해졌습니다.

이 광경을 본 모시오네는 그 청년까지 일행으로 받아들이고 또다시 긴 여정에 올랐습니다. 그리고 또 다른 청년을 만나게 되어 그에게 말했습니다. "바쁜 당신에게 방해가 안 된다면 이름을 알고 싶네요. 어디에서 왔는지도 알고 싶고요. 물어봐도 된다면, 남다른 장기가 있는지요?" 상대방이 대답했습니다. "내 이름은 힘센 등이고, 발렌티노에서 왔소. 그리고 산을 등에 지고 옮기는 능력이 있소. 내게는 깃털처럼 가벼우니까." 모시오네가 말했습니다. "그 말이 사실이라면 당신은 세관원 짐꾼들의 왕이라고 할 만하고, 5월 첫날 축제에서 상을 타겠어요. 그러나 내 눈으로 직접 보고 싶군요."

그러자 힘센 등이 커다란 돌과 나무통 등등 무거운 물건들을 천 개의 짐마차로도 다 나르지 못할 만큼 많이 등에 짊어졌습니다. 이 모습을 본 모시오네는 그 청년에게도 함께 가자고 제안했지요. 그래서 그들은 함께 여행을 떠났고, 아름다운 꽃 왕국에 도착했습니다. 이 왕국의 왕에게는 바람처럼 빨리 달릴 수 있는 딸

• 유대교와 이슬람교에서 하느님과 천사만이 산다고 여겨지는 최고의 천국.

이 있었습니다. 공주가 어찌나 빨리 달리는지, 브로콜리 밭을 달려가도 발이 너무 가벼워서 꽃 한 송이도 다치지 않을 정도였습니다. 왕은 누구든 달리기로 공주를 이기는 자와 공주를 결혼시키겠다고 공표했습니다. 단, 진다면 머리를 내놓아야 한다는 단서가 붙어 있었지요.

이 왕국에 도착한 모시오네는 그 소식을 전해 들었고, 왕 앞에 나아가 공주와 시합을 하겠다고 밝혔습니다. 공주를 이기지 못하면 머리를 내놓기로 하고 말이지요. 시합은 다음 날로 정해졌고, 새벽이 밝자 그는 왕에게 전갈을 보내 갑자기 병이 나서 직접 뛰지 못하니 다른 젊은이를 대신 보내겠다고 알렸습니다. "누구든 오라고 해. 난 신경 안 써. 누가 오든 내가 이기니까." 찬네텔라 공주가 말했습니다.

광장은 시합을 보러 온 사람들로 가득했습니다. 사람들이 창가에 개미 떼처럼 몰려들었고, 발코니에도 계란들처럼 빼곡히 들어찼습니다. 모습을 드러낸 번개가 광장 한쪽 구석에 서서 출발 신호를 기다렸습니다. 찬네텔라 공주도 나타났는데, 무릎 위까지 오는 짧은 치마 차림에 가볍고 딱 맞는 신발을 신고 있었습니다. 둘은 어깨를 나란히 하고서 트럼펫 소리를 기다렸다가 쏜살같이 달려나갔고, 발뒤꿈치가 어깻죽지에 닿을 정도로 전력을 다했습니다. 마치 사냥개에게 쫓기는 토끼들 같았고, 마구간에서 도망치는 말들 같았으며, 오줌보를 꼬리에 묶은 강아지 같았고, 엉덩이에 막대기가 꽂힌 당나귀들 같았지요. 그러나 번개가 이름값을 하여, 간발의 차로 공주를 이겼습니다. 함성과 비명, 휘

파람과 야유, 박수 소리와 발 구르는 소리가 뒤섞이는 가운데 이런 외침이 들렸습니다. "만세. 외국인 만세." 한편 찬네텔라는 얼굴이 흠씬 두들겨 맞은 학생의 볼기처럼 뻘겋게 달아올랐고, 경기에서 진 것에 수치와 모욕을 느꼈습니다. 하지만 2차전까지 가기로 돼 있었기에, 공주는 어떻게 모욕을 갚아줄까 생각하면서 왕궁으로 돌아갔습니다. 공주는 반지에 주술을 걸어서, 그것을 낀 사람은 다리를 움직일 수 없게 되고 뛰는 것은 고사하고 걷는 것도 힘들어지게 했습니다. 그리고 그 반지를 번개에게 선물로 보내면서, 자신에 대한 사랑의 징표로서 꼭 껴달라고 말했지요.

토끼귀는 왕과 공주 사이에 오가는 대화를 듣고서 상황을 지켜보며 일단 침묵을 지켰습니다. 잠을 깨우는 새들과 더불어 태양이 어둠의 당나귀에 올라타고 밤을 채찍질할 때 모두가 들판으로 나갔고, 출발 신호와 함께 경기가 시작되었습니다. 그런데 찬네텔라가 아탈란타* 같은 반면에 번개는 힘없는 당나귀처럼, 절뚝이는 말처럼, 한 발을 옮기는 것도 힘겨워했습니다. 동료의 위기를 본 명사수는 토끼귀로부터 그 이유를 전해 듣고서 쇠뇌를 들고 번개의 손가락을 겨누었습니다. 총알은 절묘하리만큼 정확하게 주술이 걸려 있는 반지의 알을 맞추어 박살 냈습니다. 그때부터 번개의 다리에 힘이 들어가더니, 그는 염소처럼 단 네 걸음 만에 찬네텔라를 앞지르고 경주에서 이겼습니다.

시합에서 얼간이가 이김으로써 승리가 멍청이한테 돌아가고

---

* 그리스 신화에 등장하는 인물로, 발이 빠른 여자 사냥꾼이다.

성공의 기쁨이 하찮은 녀석에게 허락된 것을 본 왕은 어떻게 해야 할지, 공주를 모시오네와 결혼시켜야 할지 깊은 고민에 빠졌습니다. 그래서 그는 궁전의 원로 회의를 소집했고, 회의에서는 찬네텔라 공주가 하찮은 얼간이와는 어울리지 않는다는 결론이 났습니다. 금화로 보상해준다면 추한 거지로서는 세상의 어떤 여자로 보상받는 것보다 흡족할 것이고 왕이 약속을 어겼다는 오점도 남지 않을 거라는 의견이 제시되었지요.

왕은 이 조언에 기뻐했고, 모시오네에게 전갈을 보내어 약속한 공주와의 결혼 대신에 넉넉한 금과 은을 받는 것이 어떠냐고 물었습니다. 모시오네는 동료들과 의논한 뒤에 대답했습니다. "저의 동료 중 한 명이 등에 지고 갈 수 있을 만큼의 금과 은을 주시길 바랍니다." 왕이 승낙하자, 힘센 등이 나타나 등에 짐을 올리기 시작했습니다. 금화 자루, 은화 자루, 동전 상자, 목걸이와 반지로 가득한 보석 상자 등등 짐을 올릴수록 힘센 등이 오히려 탑처럼 굳건히 버티는 가운데 금고가 바닥났고, 도시의 은행과 환전상들을 동원해도 충족이 되지 않았습니다. 그래서 왕은 모든 기사들을 각지로 보내어 촛대와 수반, 물병과 접시, 쟁반과 바구니, 심지어 은제 요강까지 최대한 빌려 오게 했습니다. 그런데도 힘센 등에게는 무게가 부족했습니다. 결국, 기다리는 것에 지친데다 충분하지는 않아도 그만하면 흡족한 상태라서 모시오네 일행은 왕국을 떠나기로 했습니다.

젊은이들이 왕국의 재물을 싹쓸이해서 가져가자, 왕의 고문관들은 왕국의 부를 전부 가져가도록 놔두는 것은 참으로 어리석은 일이니 병사들을 보내어 어마어마한 보물들을 짊어지고 가는 그 아틀라스의 짐을 덜어야 한다고 왕에게 아뢰었습니다. 왕은 그 조언대로 즉시 무장한 보병과 기병들을 보냈습니다. 그러나 이 조언을 들은 토끼귀가 동료들에게 그 사실을 알렸고, 그들의 막대한 부를 빼앗기 위해 다가오는 병사들이 허공 높이 먼지를 일으키자 바람돌이가 바람을 불기 시작했습니다. 그 바람은 적들을 고꾸라지게 했을 뿐 아니라 거의 2킬로미터 떨어진 곳까지 그들을 날려버렸지요. 여정을 방해하는 다른 장애물이 없자, 그들은 모시오네의 아버지 집으로 향했습니다. 그곳에 도착해 모시오네는 동료들과 재물을 나누었습니다. (도움을 받아 파이를 얻었다면, 도와준 사람에게 파이 한 조각을 나눠 주는 법이니까요.) 행복하고 흡족한 동료들을 떠나보낸 그는 아버지와 함께 금을 잔뜩 실은 당나귀처럼 풍요롭게 살았습니다. 그래서 다음과 같은 옛말이 거짓이 아님을 증명해주었지요.

　"하늘은 이 없는 사람에게 부드러운 과자를 보내준다."

로셀라

위대한 군주의 피로 목욕을 하라고 권유받은 터키 왕이 부하들을 풀어
서 한 왕자를 붙잡아 온다. 터키 왕의 딸은 그 왕자와 사랑에 빠지고 둘
은 함께 도망친다. 터키 왕비는 그들을 뒤쫓다가 왕자에 의해 손이 잘린
다. 터키 왕비는 공주를 저주하면서 비탄에 잠겨 숨을 거두는데, 이로써
공주는 왕자에게 잊히고 만다. 여러 계략과 농간들을 부린 공주는 남편
의 기억을 되살리고 둘이서 행복하게 산다.

파올라의 이야기에 모두가 대단히 즐거워했다. 그리고 모시
오네가 운이 좋아서 다른 사람들의 도움을 많이 받기는 했으나,
어쨌든 아들에게 세상 물정을 가르치고 싶었던 아버지의 방법이
옳았다는 데 의견이 모아졌다. 이번 순서는 촘메텔라로, 그녀가
다음과 같이 이야기를 시작했다.

나쁘게 산 사람이 좋게 죽을 수는 없겠지요. 자신은 예외라고 생각하는 사람은 흰 까마귀일 겁니다. 독보리를 뿌리고 밀을 수확할 수 없고, 등대풀을 심고 브로콜리를 수확할 수 없는 법이니까요. 이 말이 거짓이 아님은 지금부터 제가 하려는 이야기를 통해서 드러날 겁니다. 부디 귀를 크게 열고 입은 다물고 경청해주세요. 여러분을 만족시키기 위해 최선을 다하겠습니다.

옛날에 한센병으로 고생하는 터키 왕이 살았는데, 병을 치료할 방법이 없었습니다. 왕의 끈질긴 치료 요구를 물리칠 방도가 없었던 의사들은 불가능한 일을 제안하고 말 생각으로 위대한 왕자의 피로 목욕하는 것 말고는 방법이 없다고 말했습니다. 이 야만적인 처방을 들은 왕은 건강을 되찾고 싶은 갈망에서 대규모 선단을 출항시켜 세계 곳곳을 철저히 조사하고 탐문하게 하는 한편, 큰 보상을 약속하면서 그 왕자를 손에 넣으라고 명령했습니다. 폰테-키아로('맑은 샘')의 바다를 따라 항해하던 배들은 천천히 움직이는 작은 배 한 척을 발견했습니다. 그 배에 탄 사람은 그 나라의 왕자인 파올루초였지요. 터키 왕의 사람들은 파올루초를 납치해 곧장 콘스탄티노플로 향했습니다. 의사들은 이 불운한 왕자를 보고 별다른 연민을 느끼지 못했으니, 그도 그럴 것이 피의 목욕이 왕의 병을 고치지 못한다면 당장 자신들이 죗값을 치러야 했기 때문입니다. 의사들은 최대한 시간을 끌면서 그 일을 피하고자 왕에게 아뢰기를, 지금은 왕자가 자유를 박탈당한 것에 크게 분노하고 있어서 피가 깨끗하지 않으므로 그 피로 목욕하는 것이 오히려 더 해롭다고 했지요. 그러니 왕자의 우울한 기분이 좀 밝아지고 유쾌해질 때까지 치료를 잠시 미루자고 했습니다. 그뿐 아니라 왕자의 몸에 좋은 피가 돌게 하려면 왕자로 하여금 계속 편안한 마음을 유지하고 영양가 있는 음식을 먹게 해야 한다고도 했습니다. 왕은 왕자의 기분을 풀어주기 위해 언제나 싱그럽고 아름다운 정원으로 그를 보냈습니다. 그곳에서는 분수들이 새들이랑 시원한 산들바람이랑 어울리고 논쟁을 벌이면서 누가 가장 잘 재잘대는지 내기를 하고 있었습니다. 왕은 공주를 보내어 왕자의 말동무가 되게 했고, 두 사람을 결혼시키겠다고 약속까지 했습니다. 로셸라 공주는 잘생긴 왕자를 보고 사랑의 밧줄에 단단히 묶였고, 두 사람은 똑같이 욕망이라는 고리로 자기들을 묶었습니다.

그러나 고양이들이 햇볕을 쬐러 나오고 태양이 숫염소와 양을 싸움 붙이며 장난치는 봄이 되자 왕자의 혈색이 한결 좋아졌습니다. 의사들은 피의 목욕을 더는 미룰 수가 없어서, 왕을 기쁘게 하기 위해 파올루초를 죽이기로 했습니다. 아버지는 로셸라에게 이 일을 비밀로 해왔으나, 그녀는 어머니한테 배운 마술의 힘으로 그 음모를 알아냈습니다. 그래서 왕자에게 검을 하나 주면서 말했습니다. "아름다운 왕자님, 도망가고 싶다면, 나에게 너무도 소중한 당신의 목숨을 구하고자 한다면, 꾸물거리지 마세요. 토끼처럼 뛰어서 바닷가로 가세요. 거기에 배가 한 척 있을 테니 먼저 배에 올라타고 나를 기다리세요. 이 마법의 검이 있으니 뱃사람들이 당신을 왕처럼 떠받들 거예요." 눈앞에 자유로 가는 길이 열려 있음을 알게 된 파올루초는 검을 가지고 해변으로 갔습니다. 거기에 배가 있었고, 그는 뱃사람들로부터 큰 존경을 받으며 배에 올랐습니다.

한편 로셸라는 종이에 주술을 걸어서 그것을 몰래 어머니의 호주머니에 넣었습니다. 그 결과 왕비는 곧 잠에 빠졌고, 머리에서 발끝까지 아무런 감각도 느끼지 못하는 채 잠을 잤습니다. 로셸라는 많은 보석과 귀금속을 챙겨 해변으로 갔고, 곧바로 배가 닻을 올렸습니다. 그런데 정원에 들른 왕이 그곳에 공주도 왕자도 없는 것을 보고 궁 안을 발칵 뒤집어놓더니, 왕비를 찾으러 달려왔습니다. 그러나 소리를 질러보고 코를 잡아당겨 봐도 왕비를 깨울 수가 없었습니다. 왕비가 갑자기 병이 났다고 생각한 왕은 시녀들을 불러 왕비의 옷을 벗기게 했습니다. 왕비의 치마를 벗기자마자 주술이 사라졌고, 눈을 뜬 왕비가 울부짖으며 말했습니다. "아이고, 당신 딸이 우리를 배신하고 왕자와 도망쳤네요. 하지만 걱정 마세요. 공주의 발을 묶어 꼼짝 못 하게 만들 테니까!" 왕비는 이렇게 말한 뒤 바닷가로 달려가 나뭇잎 하나를 바다에 던졌습니다. 나뭇잎은 순식간에 작은 범선으로 변했고, 왕비가 그 배에 올라 빠른 속도로 도망자들을 뒤쫓기 시작했습니다. 어머니의 모습이 보이지는 않았으나 로셸라는 마력으로 자신들에게 닥칠 파멸을 예견하고 파올루초에게 말했습니다. "서둘러요. 그 검을 들고 선미에 가 서세요. 쇠사슬과 갈고랑쇠 소리가 들리면 앞뒤 가리지 말고 무조건 검을 휘두르세요. 누구든 찌르고 베어버려요. 그렇게 하지 않으면 우리는 끝장이고 탈출도 수포로 돌아갈 거예요." 목숨을 잃고 싶지 않은 왕자는 그녀의 말대로 선미에 가 섰고, 왕비의 배가 옆으로 다가와 갈고랑쇠를 던지자 사방으로 검을 휘두르기 시작했습니다. 운 좋게도 단칼에 왕비의 두 손이 잘려 나갔고, 왕비는 미친 듯이 비명을 지르며 딸에게 저주를 내렸습니다. 왕자가 자기 왕국에 발을 딛는 순간 공주를 잊게 되리라는 주술을 건 것이지요. 손이 잘려 나간 왕비는 피를 흘리며 궁으로 돌아왔고, 고통스러운 모습으로 왕에게 말했습니다. "전하, 우린 둘 다 운명의 도박판에서 도박을 하고 있었네요. 전하나 저나 다 잃었어요. 전하는 건강을, 저는 목숨을!" 그 마지막 말과 함께 영혼과 숨이 그녀를 떠났고, 그녀는 흑마술을 가르쳐준 스승에게 은혜를 갚으러 저세상으로 떠났습니다. 왕도 숫염소처럼 아내를 따라 절망의 바다에 뛰어듦으로써 차가운 몸으로 이 세상을 떠나갔습니다.

폰테-키아로에 도착한 파올루초는 로셀라에게, 배에서 잠시 기다리고 있으면 자기가 마차와 신하들을 이끌고 올 테니 그때 당당하게 왕국으로 가자고 말했습니다. 그러나 왕자는 자신의 왕국에 발을 딛자마자 로셀라를 잊어버렸고, 왕궁에 도착해 부모님으로부터 큰 환대를 받았습니다. 왕자를 위한 환영식과 축연과 휘황찬란한 조명은 상상하기 어려울 정도로 대단했습니다. 사흘 동안 오지 않는 파올루초를 기다리던 로셀라는 어머니의 저주를 떠올리고는 미처 해결 방법을 생각해두지 못한 것에 입술을 깨물었습니다. 그녀는 절망에 쫓긴 채 배에서 내려 왕궁으로 향했고, 왕궁 맞은편 저택을 거처로 삼고서 어떻게 해야 왕자의 기억 속에서 자신을 되살릴 수 있을지 궁리하기 시작했습니다. 언제나 어디에든 참견하고 싶어 하는 귀족들과 조신들은 왕궁 맞은편 저택의 새로운 아가씨를 보고는 넋을 빼앗고 놀라움을 안겨주는 그 아름다움을 찬양하더니, 어느새 모기떼처럼 저택 주변에서 득시글거렸습니다. 그 집 주변에서는 날마다 소네트가 읊어졌고, 세레나데와 음악이 귀를 먹먹하게 했습니다. 게다가 엉덩이를 근질거리게 할 정도로 손 키스가 쇄도했습니다. 그들은 자기들끼리는 서로 모르는 채로 오로지 하나의 공통된 목표물에 모든 것을 걸었고, 그 목표물이 사랑의 술에 취하기를 바랐지요. 그리고 배를 어디에 정박해야 하는지 잘 알고 있었던 로셀라는 모두를 유쾌하게 대하고 환대하면서 누구에게든 희망을 주었습니다. 마침내 일을 좀 진척시켜야겠다고 생각한 그녀는 궁정의 한 명망 높은 기사와 밀약을 맺었습니다. 그가 현금 1,000두카트와 멋진 옷들을 가져온다면, 깊고 어두운 밤에 그에게 애정의 증거를 주겠다고 한 것이지요. 이 불쌍한 남자는 몸이 확 달아서 돈을 빌리고 상인으로부터 외상으로 옷을 산 다음, 욕망의 열매를 따기 위해서 해가 달로 바뀌는 시간까지 안달복달하며 기다렸습니다. 밤이 되자 그는 남몰래 로셀라의 저택으로 향했습니다. 그녀가 호화로운 침대에 누워 있는 모습을 보니 꽃밭에 누운 비너스 같았습니다. 그녀는 매력적이고 우아한 자태로 그에게 부탁하기를, 반드시 문을 닫고 침대로 와달라고 했습니다. 기사는 아름다운 보석을 위해서라면 그 정도는 일도 아니라고 생각하며 돌아서서 문을 닫았습니다. 그런데 닫자마자 문이 다시 열리는 것이었습니다. 그는 다시 문을 닫았고, 다시 문이 열렸습니다. 이렇게 닫고 열리고 줄다리기를 하는 가운데 밤이 지나갔고, 어느새 태양이 오로라가 갈아놓은 밭에 햇볕의 씨를 뿌리기 시작했습니다. 그토록 긴 밤 동안 그 빌어먹을 문을 닫지 못한 기사는 로셀라에게 사랑의 쾌락이 담긴 상자만 열려고 했지 문 하나 닫지 못하는 한심한 사람이라는 면박까지 당했습니다. 결국 이 불쌍한 남자는 얼이 빠지고 체면까지 구긴 채, 머리는 뜨겁고 엉덩이는 차가운 상태로 돌아갔습니다.

이틀째 밤, 이번에는 남작과 약속한 로셀라는 그에게도 현금 1,000두카트와 옷을 가져오라고 했습니다. 남작은 쾌락 끝에는 후회가 될 욕망을 채우기 위해 수중에 있는 금과 은을 모조리 유대인에게 저당 잡혔습니다. 밤이 숫기 없는 거지처럼 망토로 얼굴을 가리고 말없이 구걸에 나서는 시간, 로셀라의 저택을 찾아온 남작은 침대에 누워 있는 그녀를 발견했지요. 그녀가 말했습니다. "촛불을 끄고 침대로 와요." 남작은 검을 풀어놓고 옷을 벗은 뒤 촛불을 불었습니다. 그런데 불면 불수록 그의 입은 대장장이의 풀무질과 같은 효과를 가져왔습니다. 그렇게 그는 밤새 촛불을 끄려 하다가 그 자신도 초처럼 녹아내렸습니다. 밤이 인간의 온갖 우둔한 짓을 보지 않으려고 얼굴을 숨기는 시간이 오자, 이 불행한 남작은 앞서 왔던 기사처럼 모욕까지 받고 그곳을 떠났습니다. 사흘째 밤, 세 번째 구애자가 고리로 빌린 1,000두카트와 누군가로부터 착복한 의상들을 가지고 저택에 도착했습니다. 이 귀족은 조용히 계단을 올라와 로셀라의 침실로 들어갔습니다. 그녀가 말했습니다. "머리를 빗지 않고는 침대로 가지 않겠어요." 그러자 귀족이 "내가 빗겨주겠소"라고 대답하더니, 그녀를 앉히고 그녀의 머리를 똑바로 잡았습니다. 그는 속으로 프랑스 옷의 주름을 펴는 일쯤이야 아무것도 아니라고 생각하면서 상아 빗으로 로셀라의 머리칼을 빗기기 시작했습니다. 그런데 빗질을 하면 할수록 머리칼은 자꾸 엉켰습니다. 그는 엉키고 풀기가 반복되는 가운데 밤을 새웠고, 남의 머리를 정리해주려다가 자기 머릿속이 뒤죽박죽 혼란스러워져서 벽에 머리를 찧고 싶은 충동을 느꼈습니다. 태양이 새들이 노래하는 최신 소식을 듣기 위해 나와서 들녘 학교에 떼 지어 몰려든 귀뚜라미들을 햇볕 채찍으로 흠씬 두들겨주려고 할 때, 귀족은 쓰라린 질책과 함께 차갑게 얼어붙은 채로 그곳을 나왔습니다. 며칠 후 이 귀족은 왕궁의 대기실에서 다른 귀족과 대화를 나누고 있었습니다. 여기서 잠깐. 모든 이야기가 잘렸다가 봉합되고, 딸 키우는 모든 어머니들을 상심하게 만들며, 아첨이 부풀려지고 기만의 직물이 짜이고 험담의 악기가 연주되고 무식함이 멜론처럼 잘게 잘려 잘근잘근 씹히는 곳, 그곳이 바로 왕궁의 대기실입니다. 이곳에서 세 번째 구애자인 귀족은 자신에게 일어난 일과 농간에 대해 전부 털어놓았습니다. 이 말을 듣고 두 번째 구애자인 남작이 대꾸했습니다. "조용히 하세요. 아프리카가 운다고 이탈리아가 웃지 않아요! 나도 그 바늘귀를 통과한 사람입니다. 다른 사람과 시련을 나누었다니 즐거움이 반감되는구려." 그러자 세 번째 구애자가 말했습니다. "우리 모두 같은 오명을 뒤집어쓴 겁니다. 그러니 서로 질투하는 게 아니라 악수를 할 수 있겠군요. 그 역적 계집이 우리의 화를 돋운 거예요! 그냥 참고 넘어가지 않겠어. 우리가 사기를 당하고도 가만히 있을 사람들이 아니잖소! 그러니 후회하게 만들어줍시다. 젊은 사람 등쳐먹는 사기꾼 계집!" 그들은 함께 왕을 찾아가 그간의 일을 아뢰었습니다. 그러자 왕은 로셸라를 불러들여서 말했지요. "나의 조신들을 속이고 우롱하다니 그런 나쁜 짓을 어디서 배웠느냐? 내가 너를 납세자 명단에 올리지 않을 거라 생각하느냐?* 이 사악한 것 같으니! 창녀! 방자하고 뻔뻔한 것!" 로셸라는 안색 하나 변하지 않고 말했습니다. "전하, 제가 그런 짓을 한 것은 전하의 궁인 중 하나가 제게 저지른 큰 악행에 복수하기 위해서였습니다. 그렇다 해도 제가 당한 모욕을 보상해줄 수 있는 건 이 세상에 없사옵니다." 그러자 왕은 어떤 모욕을 당했는지 말하라고 명령했습니다. 로셸라는 상대가 누구인지 이름은 밝히지 않고서, 자신이 누군가를 위해 한 일, 그를 노예 상태에서 풀어주고 목숨까지 구해준 일, 그를 마법사의 공격에서 탈출시켜 무사히 고국까지 데려온 일, 그럼에도 배은망덕하게도 그의 배신과 치즈 한 조각으로 보답 받은 일까지 말했습니다. 그리고 그 모든 일은 한 왕국의 공주인 자신의 높은 지위와 위상에 어울리지 않는 것이었다고 덧붙였지요. 그 말을 들은 왕은 존경을 표하면서 그녀를 상석에 앉혔고, 그 배은망덕한 무뢰한의 이름을 밝혀달라고 했습니다. 그러자 로셸라가 손가락에서 반지를 빼면서 말했습니다. "이 반지가 손가락에 딱 맞는 사람이

---

* 17세기경에 나폴리에서 세금을 내는 여자는 일반적으로 창녀였다고 한다.

제게 몹쓸 짓을 한 바로 그 불충한 배신자이옵니다." 그녀가 이렇게 말하고 반지를 던지자, 그것이 그 자리에 배석해 있던 왕자의 손가락 사이로 저절로 미끄러져 들어갔습니다. 그 순간 왕자의 머릿속에 기억이 되살아났고, 그는 달려 나와 로셀라를 껴안았습니다. 그 행복의 꽃병을 아무리 안아도 부족했고, 아무리 입을 맞춰도 지치지 않았지요. 왕자는 자신이 그녀에게 준 시련에 대해 용서를 구했습니다. 로셀라는 이렇게 대답했지요. "왕자님이 원해서 한 일이 아니니 용서를 구하실 필요는 없습니다. 왕자님이 이 로셀라를 잊어버린 이유를 제가 알고 있으니까요. 저의 어머니가 저주를 내렸기 때문이지요. 그래서 저는 왕자님을 용서하고, 왕자님에게 연민을 느낀답니다." 무수한 사랑의 말들이 이어졌습니다. 왕자가 로셀라 공주에게 지켜야 할 의무에 대해 전해 들은 왕은 두 사람을 결혼시키고자 우선 로셀라를 기독교인으로 개종시켰습니다. 이후 결혼한 두 사람은 이 세상에서 결혼의 굴레를 쓴 그 어떤 부부보다 만족스럽게 살았답니다. 다음과 같은 말을 입증하면서요.

"시간과 지푸라기만 주어지면 모과는 익는다."

열 번째 여흥

세 요정

체첼라는 계모에게 학대받고 세 요정에게 환대받는다. 시기심 많은 계모는 자신의 친딸도 요정들에게 보내지만, 그 딸은 요정들에게 모욕만 당한다. 그러자 계모는 체첼라를 돼지우리로 보내버린다. 어느 왕이 체첼라를 보고 사랑에 빠지는데, 계모의 간계와 사악함 때문에 왕은 체첼라와 바꿔치기된 계모의 추한 친딸을 아내로 맞게 된다. 계모는 체첼라를 술통에 가두고 끓는 물을 부어 죽이려고 한다. 이 흉계를 알아낸 왕은 체첼라를 술통에서 꺼내고 그 대신에 계모의 친딸을 집어넣는다. 계모는 술통에 끓는 물을 붓고, 나중에 자신의 친딸이 죽은 것을 알고는 스스로 목숨을 끊는다.

촘메텔라의 이야기는 지금까지의 이야기들 중에서 최고에 속하는 것이었다. 놀라워하며 침묵에 빠져 있는 청중들을 보고 야코바가 말했다.

수레를 끄는 기중기처럼 저를 끌고 온 것은 왕자님과 왕자비님의 명령이고, 만약 제가 두 분의 명령을 따르지 않아도 된다면, 저는 이쯤에서 허짤배기소리를 멈췄을 거예요. 촘메텔라가 달콤한 화술을 자랑하는 것과 달리 얼뜨기 같은 저의 입에서는 대단한 것을 끄집어내는 것이 무리이기 때문이죠. 그러나 전하의 뜻이기에 저는 최선을 다해 한 질투심 많은 여인에 관한 이야기를 해보겠습니다. 의붓딸을 아껴주기보다 짓누르려고 했던 한 여인이 천벌을 받게 되는 이야기입니다.

마르차네세 마을에 질투의 화신인 카라도니아라는 과부가 살았습니다. 그녀는 남이 잘되는 꼴은 절대 보지 못했지요. 아는 사람들에게 좋은 일이 생겼다는 소식을 들으면 몹시 씁쓸해했고, 누군가가 행복해하는 모습을 보면 딸꾹질부터 해댔습니다.

카라도니아에게는 그란니차라는 딸이 있었습니다. 그런데 그란니차는 모든 궤양의 정수였고, 바다괴물의 표본이었으며, 금이 간 배불뚝이 술통의 전형이었습니다. 머리에는 서캐가 가득했고, 머리칼은 부수수했고, 이마는 망치 같았고, 눈은 튀어나올 듯 돌출했고, 코는 얽은 자국과 부스럼투성이였습니다. 이에는 치석이 가득했고, 입은 돔발상어의 입 같았고, 턱은 나막신 같았고, 목은 까치 같았고, 가슴은 두 개의 바람 빠진 공기주머니 같았습니다. 어깨는 지하실의 둥근 천장을 연상시켰고, 팔은 물레처럼 생겼고, 다리는 굽었고, 뒤꿈치는 양배추 같았지요. 머리에서 발까지 오싹한 노파 같은 몰골이었고, 역병의 온상이자 난쟁이에다가 못생긴 거위였으며, 콧물까지 흘렸습니다. 이 모든 것에도 불구하고 이 작은 바퀴벌레는 그녀의 어머니에게는 미인으로 보였지요!

　이 과부는 파네-쿠오콜로 출신의 상당한 부농인 미코 안투오노와 재혼했습니다. 그는 집행관과 시장으로 두 차례나 선출될 정도로 파네-쿠오콜로 주민들로부터 존경과 신망을 받았습니다. 그에게는 체첼라라는 딸이 있었는데, 놀라우리만큼 미모가 출중했습니다. 체첼라의 눈은 보는 이에게 주술을 걸었고, 키스를 위해 빚어진 작고 달콤한 입은 상대를 황홀경에 빠뜨렸으며, 희디흰 목은 보는 이에게 경련을 일으킬 정도였습니다. 그녀는 그야말로 매력적이고 향기롭고 쾌활하고 군침을 흘리게 하는데다 이루 말할 수 없는 우아함과 사랑스러운 자태를 지니고 있었지요. 너무도 매혹적이고 호소력이 강해서 모든 이의 마음을 훔쳐 갔습니다. 하지만 이쯤에서 그만. 아무리 칭찬해도 부족하니까요. 그저 그림처럼 아름다웠다고, 티끌만 한 흠도 없었다고 말하는 것으로 그치는 게 좋겠습니다. 그런데 카라도니아는 자기 친딸이 체첼라와 비교당하는 것을 알게 됐습니다. 벨벳 쿠션 옆의 부엌 행주라느니, 베네치아 거울 앞의 기름 낀 냄비 바닥이라느니, 파타 모르가나 요정과 비교되는 하르피아라느니. 이렇다 보니 카라도니아는 질투와 절망으로 체첼라를 대했습니다. 머잖아 그녀는 가슴에 고인 고름을 뱉어냈고, 스스로 매달려 자학하던 밧줄의 고문을 더는 견딜 수 없어서 그 불쌍한 체첼라를 공공연히 학대하기 시작했습니다. 친딸에게는 가볍고 예쁜 능직 치마를 입히고 의붓딸에게는 집에서 가장 나쁜 누더기 옷을 입혔지요. 친딸에게는 새하얀 빵을 먹이고 의붓딸에게는 딱딱하고 곰팡이 핀 부스러기를 먹였습니다. 친딸은 신줏단지 모시듯이 대하는 반면, 의붓딸은 이리 뛰고 저리 뛰게 하면서 집 안 청소, 설거지, 침대 정돈, 빨래, 돼지 먹이 주기, 당나귀 돌보기, 심지어 요강 비우기까지 시켰습니다. 그런데 이 착하고 순종적인 아가 씨는 이 모든 일을 열심히 또 훌륭하게 해내면서 계모에게 기쁨 을 주려고 무던히 애썼습니다. 운명의 지침에 따라서 가여운 체 첼라는 어느 날 사람들이 쓰레기를 버리는, 집에서 그리 멀지 않 은 낭떠러지에 갔다가 그만 바구니를 떨어뜨렸습니다. 그래서 낭떠러지 밑을 내려다보면서 바구니를 어떻게 가져올까 궁리하 는데, 그때 오싹한 형체 하나가 나타났습니다. 그것이 이솝 우화 에 나오는 괴물인지 아니면 늙은 거지인지 분간하기 어려웠습니 다. 그런데 알고 보니 그것은 고슴도치의 가시처럼 뻣뻣하고 검 은 머리카락을 발까지 늘어뜨린 오그르였습니다. 이마는 주름으 로 가득해서 마치 쟁기로 갈아놓은 깊은 고랑 같았습니다. 눈썹 은 뻣뻣하고 텁수룩했고, 넓은 차양과도 같은 눈꺼풀 밑의 푹 꺼 진 눈은 흡사 두 개의 더러운 작업장 같았습니다. 비틀린 입에서 는 침이 흘렀고, 멧돼지처럼 어금니 한 쌍이 튀어나와 있었습니 다. 가슴은 혹투성이였고, 수북한 털은 매트리스를 채울 수 있을 정도였습니다. 무엇보다 등에도 혹이 높이 솟아 있었고, 배는 둥 글고 다리는 가늘고 발은 굽어 있었습니다. 그 모습을 보면 누구 든 공포로 입이 일그러졌을 것입니다. 그러나 체첼라는 이 사악 한 그림자를 보고도 용기를 내서 이렇게 말했습니다. "어르신, 그 바구니 좀 저한테 건네주시겠어요? 제가 떨어뜨렸거든요. 그리고 부잣집 여자와 결혼하시길 빌게요." 그러자 오그르가 말했습니다. "애야, 이리 내려와서 직접 가져가렴." 착한 체첼라는 뿌리와 돌을 붙잡고 천천히 바닥까지 내려갔습니다. 그런데 황당하게도 거기엔 누가 더 아름답다고 말하기 어려운 요정 셋이 있었습니다. 요정들의 머리칼은 금실이었고, 요정들의 얼굴은 보름달 같았습니다. 눈은 말을 하는 것 같았고, 입술은 더없이 달콤한 키스를 약속하고 있었지요. 더 말해보라고요? 보들보들한 목, 부드러운 가슴, 섬세한 손, 고상한 발, 그리고 완벽한 아름다움의 전형이라고 할 우아함. 아무튼 그들은 체첼라를 친절하게 대하면서 키스하고 애무했습니다. 그러고는 절벽 지하에 있는 왕궁 같은 집으로 그녀를 데려갔습니다. 집에 도착하자마자 요정들은 벨벳 쿠션들이 있는 터키산 카펫에 앉더니 머리를 체첼라에게 기울이고는 머리를 빗겨달라고 했습니다. 체첼라는 물소 뿔로 만든 빗으로 아주 부드럽게 그들의 머리를 빗겨주었지요. 한 요정이 물었습니다. "내 머리에서 뭐가 보이니?" 그러자 체첼라가 공손하게 대답했습니다. "작은 서캐, 작은 벼룩, 그리고 진주랑 석류석이요." 이 사려 깊은 대답에 세 요정은 크게 기뻐했고, 머리를 다 빗자 체첼라를 데리고 그 마법의 궁전을 차근차근 구경시켜주었습니다. 보이는 모든 것이 놀랄 만큼 아름다웠습니다. 밤나무와 서어나무로 만들어서 말가죽을 씌우고 주석을 입힌 책상, 어찌나 반질반질한지 거울처럼 모습을 비춰 볼 수 있는 호두나무 탁자, 꽃으로 수놓은 초록색 식탁보, 높은 등받이가 있는 가죽 의자 등등, 화려한 물건들이 보는 사람을 놀라게 했습니다. 체 첼라는 이 웅장하고 우아한 저택을 음미하면서도 감탄사를 연발 한다든가 입을 헤벌린다든가 하면서 무람없이 굴지는 않았지요.

그들이 마지막에 그녀를 데려간 곳은 화려한 옷이 가득한 의 상실이었습니다. 스페인산 옷감, 어깨 부분이 부풀고 소맷부리 가 좁아지며 가장자리가 금으로 장식된 벨벳 드레스, 작은 에나 멜과 여러 보석으로 수놓은 이불, 태피터로 만든 드레스, 작은 생 화로 만든 베개, 떡갈나무 잎과 조가비와 손톱과 뱀의 혀로 만든 장식 부적, 파란색과 흰색 수정으로 장식한 노리개, 밀 이삭 모 양의 보석, 머리에 꽂는 백합과 깃털 장식, 에나멜과 은으로 씌 운 석류석, 그 밖에도 셀 수 없이 많은 목걸이와 보석류가 있었습 니다. 요정들은 체첼라에게 원하는 것이 있으면 뭐든 고르라고 했습니다. 그러나 검소한 체첼라는 가장 값비싼 물건들은 놔두 고 가치가 거의 없는 낡은 치마 하나만 골랐습니다. 그녀를 지켜 보던 요정들이 말했습니다. "애야, 어느 대문으로 나가고 싶니?" 그러자 체첼라가 땅에 닿을 듯이 머리를 숙이고 말했습니다. "마 구간 문으로 나가면 족해요." 이 말을 들은 요정들은 연거푸 그 녀를 껴안고 입을 맞추었습니다. 그러고는 전체를 금으로 수놓 은 화려한 드레스를 입혀주었고, 스코틀랜드풍으로 머리를 땋아 주고 꽃밭처럼 보일 정도로 많은 리본 장식을 해주었습니다. 그 리고 닭 벼슬 머리로 마무리한 뒤에 커다란 대문으로 데려갔는 데, 대문은 순금으로 돼 있었고 문틀은 석류석을 조각해 만든 것 이었습니다. 요정들이 체첼라에게 말했습니다. "잘 가렴, 체첼라.

좋은 데 시집가길 빌어. 저 문 밑에 섰을 때 위를 올려다보렴. 그러면 뭔가 있을 거야." 체첼라는 허리 굽혀 고마움을 전하고 발걸음을 옮겼습니다. 그리고 대문에 들어섰을 때 고개를 들어 위를 바라봤습니다. 그랬더니 참으로 아름다운 황금 별 하나가 그녀의 이마에 떨어져 말에게 낙인을 찍듯 별 표시를 남겼습니다. 말끔하고 화려한 모습으로 집에 돌아온 그녀는 계모에게 그동안의 일을 빠짐없이 말해주었습니다. 그 이야기는 질투심에 불타는 여인에게는 동화가 아니라 매질이었지요. 계모는 요정들이 사는 곳이 어디인지 알아내어 자신의 못생긴 친딸을 그곳으로 보낸 뒤에야 비로소 마음의 안정을 찾았습니다. 계모의 친딸이 마법의 궁전에 도착하자, 요정들은 그녀를 데리고 가서 제일 먼저 자신들의 머리를 빗기게 한 다음 머리에서 무엇을 봤는지 물었지요. "이는 콩만큼 크고요, 서캐는 숟가락만 하네요." 요정들은 못생긴 촌뜨기의 천박함에 화가 나고 불편해졌지만, 그런 내색은 하지 않고 아침부터 재수가 없구나 생각했습니다. 이어서 그녀를 화려한 의상실로 데려가 원하는 것을 고르라고 하자, 그란니차는 손가락 정도의 작은 것을 선택해야 한다는 것을 알면서도 손바닥만 한 것을 덥석 움켜잡았습니다. 의상실에서 가장 아름다운 옷을 고른 것이었지요. 요정들은 그 모습을 지켜봤고, 여러 물건을 품에 쓸어 담는 것도 봤으나, 아무 말 하지 않고 이렇게 물었습니다. "잘생긴 아가씨, 어느 문으로 나가고 싶니?" 그란니차는 뻔뻔한 얼굴로 대답했습니다. "가장 좋은 문으로요." 이 쓸모없는 여자의 뻔뻔한 모습을 본 요정들은 그래도 아무 말 하지 않고서 그녀를 배웅하며 말했습니다. "마구간 문에 도착하면 얼굴을 들어 위를 쳐다보렴. 너한테 주는 뭔가가 있을 거야." 그란니차는 똥 더미 사이를 지나서 마구간 문에 도착하자 얼굴을 들어 위를 쳐다봤습니다. 그때 그녀의 이마에 떨어져 피부에 찰싹 붙어버린 것은 당나귀의 고환이었습니다. 마치 임신한 어머니가 갈망한 것을 본떠 생긴 모반처럼 말이지요. 이 선물과 함께 그녀는 아주 천천히 어머니 카라도니아의 곁으로 돌아왔습니다.

이 모습을 본 카르도니아는 입에 게거품을 물고서 체첼라의 옷을 허리와 엉덩이만 겨우 가릴 정도의 누더기로 갈아입히더니 그녀를 돼지우리로 보내 돼지를 돌보게 했습니다. 그리고 친딸에게 체첼라의 옷을 입혔지요. 체첼라는 영웅 롤랑의 인내심과 침착함으로 비참한 삶을 견뎠습니다. 아, 얼마나 잔인하던지! 길가의 돌멩이까지도 연민을 느낄 정도였습니다. 사랑의 시어가 어울리는 달콤한 입은 돼지를 부르기 위해 고동을 불어야 했고, "꿀꿀, 이리 온, 꿀꿀" 하고 외쳐대야 했지요. 그리고 가장 고귀한 구혼자들을 끌어모아야 할 그녀의 미모가 돼지들을 상대해야 했고, 백 명의 영혼을 사로잡아야 할 그녀의 손이 막대기를 잡고 백 마리의 돼지를 쫓아다녀야 했습니다. 태양을 피해 공포와 침묵이 숨어든 그 숲으로 그녀를 보내 나무를 해 오게 하던 그 사악한 인간에게 천 번의 저주가 내리기를! 그러나 오만한 자를 짓누르고 겸손한 자를 받들어주는 하늘은 쿠오시모라는 더없이 고귀한 왕을 보내주었습니다. 그는 진창 속에서 보물을, 돼지 사이에서 불사조를, 조각구름 같은 누더기 옷 사이에서 아름다운 태양을 발견하고서 그녀가 누구인지, 어디에 사는지 물었습니다. 그러고는 계모에게 그녀를 아내로 맞고 싶다고, 허락해준다면 수천두카트의 돈을 주겠다고 말했습니다. 이 말을 듣고 자신의 친딸을 생각한 카라도니아는 왕에게 친척들을 초대하고 싶으니 밤에 다시 와달라고 청했습니다. 쿠오시모는 아주 기뻐하면서 그곳을 떠났습니다. 그에게는 해가 갠지스 강변에 마련된 은 침대에 눕고, 그래서 그 자신도 해와 함께 잠자리에 들어 타오른 가슴을 진정시킬 수 있게 될 때까지가 천 년처럼 길게만 느껴졌습니다.

한편 카라도니아는 체첼라를 술통 속에 집어넣고 입구를 막아버렸습니다. 술통에 끓는 물을 부어서 그녀를 삶아 죽일 생각이었습니다. 그녀가 돼지를 돌보지 않게 됐으니, 차라리 그녀를 돼지처럼 삶아버릴 심산이었지요. 어느새 사위가 어두워지고 하늘이 늑대의 입속처럼 검게 물들자, 인내심이 바닥나고 아름다운 체첼라를 꽉 끌어안고 싶어서 미칠 지경이 된 쿠오시모가 드디어 사랑의 짐을 덜어내고자 기쁜 마음으로 연인의 집으로 향하면서 말했습니다. "드디어 사랑이 내 가슴에 심어놓은 나무에서 사랑의 달콤한 수액을 빨아먹을 시간이 왔구나. 행운이 내게 약속한 보물을 캐러 갈 시간이다. 쿠오시모, 꾸물거리지 마! 새끼돼지를 받기로 약속했다면 지체 없이 밧줄을 챙겨서 달려가야지. 아, 행복한 밤이여, 연인들의 친구여, 육체와 영혼이여, 접시와 수저여, 아 사랑이여, 뛰어, 발이 머리에 닿을 정도로 힘껏 뛰어! 그대의 그늘 속에서 지금까지 열기에 시달렸던 이 몸을 쉬게 하고 싶어라." 그런데 그가 카라도니아의 집에 도착해 발견한 것은 체첼라가 아니라 그란니차였습니다. 피리새가 아니라 올빼미였고, 장미가 아니라 잡초였습니다. 그란니차가 체첼라의 옷을 입었다고 하니 혹자는 "옷이 날개라 나무토막도 남작처럼 보이는 법"이라고 생각할지 모르나, 그럼에도 불구하고 그녀는 황금 옷을 입은 바퀴벌레 같았습니다. 어머니가 그녀에게 입술연지와 이런저런 화장품을 처바르고 습포를 붙이는 등 아무리 심혈을 기울여 그녀를 매만지고 가다듬어도 그녀의 머리에서 비듬을 없애지 못했고, 그녀의 눈에서 흐릿함을, 그녀의 얼굴에서 주근깨를, 그녀의 치아에서 치석을, 그녀의 목에서 사마귀를, 그녀의 가슴에서 농포를, 그녀의 발뒤꿈치에서 각질을 없애지 못했습니다. 게다가 그녀의 몸에서 풍기는 악취를 1킬로미터 밖에서도 맡을 수 있었습니다. 그란니차를 본 왕은 이게 무슨 영문인가 싶었고, 사람으로 둔갑한 늙은 뱀을 본 것처럼 흠칫 뒤로 물러서며 생각했습니다. '내가 지금 꿈을 꾸고 있는 건 아니지? 눈이 뒤통수에 달린 건 아니지? 나 제정신이지? 불쌍한 쿠오시모, 네 눈앞에 있는 게 대체 뭐냐? 넌 바지에 똥이라도 싼 거냐? 어제 아침에 나를 사로잡았던 그 얼굴이 아니잖아. 내 가슴에 그려진 그 모습이 아니라고. 어떻게 이런 일이 있을 수 있지? 내 마음을 가져간 그 미녀, 나를 움켜잡았던 그 갈고리, 나를 끌어당겼던 그 낚싯줄, 나를 꿰뚫었던 그 화살은 대체 어디로 간 거지? 여자와 그림은 촛불에 비춰서는 제대로 볼 수 없다는 걸 알지만, 내가 그녀를 본 것은 환한 햇빛 아래서였잖아! 그 아침의 황금이 구리였다니, 다이아몬드가 그냥 유리고 내 수염이 구레나룻처럼 짧다니!'

그는 속으로 이런저런 말을 하면서도 어쩔 수 없이 그란니차에게 키스를 해야 했습니다. 그러나 마치 낡은 항아리에 키스하는 것 같아서 입술을 가까이 가져갔다가 도로 거두기를 세 번이나 한 끝에 간신히 그녀에게 입술을 댔으나, 여인들이 키아이아 해변에 오물을 버리는 저녁 시간에 거기 가 있는 듯한 느낌이 들었지요. 그러나 하늘이 젊게 보이려고 흰 수염을 검게 물들인 야심한 시간인데다 그의 왕국이 꽤 멀리에 있었으므로 그는 그날 밤엔 그녀를 데리고 파네-쿠오콜로 국경에서 가까운 숙소로 가야 했습니다. 그곳에서 두 개의 상자 위에 지푸라기를 깔고 신부와 누웠습니다.

두 사람이 보낸 그 끔찍한 밤에 대해 무슨 말을 할 수 있을까요? 때가 여름이고 그들의 밤은 기껏해야 여덟 시간이었으나 한겨울의 긴긴 밤처럼 느껴졌으니 말입니다. 침대 한쪽에선 신부가 좀처럼 가만있지를 못하고 침을 뱉고 기침을 하다가 이따금 발길질까지 해대고 다시 한숨을 쉬었습니다. 다른 한쪽에서는 쿠오시모가 코를 고는 척하면서 그란니차와 몸이 닿지 않으려고 딱딱한 침대의 가장자리까지 갔다가 그만 밑으로 떨어져 요강에 부딪히고 말았으니, 모든 일이 악취와 곤경으로 끝나버렸지요. 아, 신랑이 태양의 죽음을 얼마나 무수히 저주했던지! 태양이 달콤한 낮의 시간을 가져가 버린 것도 모자라 다시 나타나기까지 늑장을 부려서, 그를 그 갑갑한 곳에 최대한 오래 머물러 있게 만들었으니까요. 밤이 목이 부러지기를, 별이 떨어지기를, 그래서 어서 그 불운한 날이 새로운 날과 더불어 끝나버리기를 그가 얼마나 빌고 또 빌었는지 모릅니다. 여명이 플레이아데스*를 휘이휘이 쫓으면서 나타나 닭들을 깨우자마자 그는 침대를 박차고 나왔고, 바지도 입는 둥 마는 둥 하고서 카라도니아의 집으로 달려갔습니다. 그녀의 딸을 포기하겠다고 선언하고 빗자루의 색다른 용도를 보여주려고 말입니다. 집에 도착해 보니 그녀는 보이지 않았습니다. 사랑의 곤돌라에 있어야 할 의붓딸을 바쿠스의 무덤 속에 가두어놓고 이제는 아예 삶아 죽일 작정으로 땔감을 구하러 숲에 갔기 때문이었지요. 카라도니아를 찾지 못한 쿠오시모는 소리를 지르기 시작했습니다. "대체 어디에 있는 거냐?" 그러자 얼룩 고양이가 잠을 자다가 불쑥 이렇게 말했습니다. "야옹, 야옹, 당신의 아내는 술통 속에 있어요. 야옹, 야옹." 쿠오시모가 술통 가까이 가보니 희미한 신음 소리가 들렸습니다. 그가 난로 옆에 있던 도끼를 들어 뚜껑을 부수자, 마치 무대의 막이 걷히고 여신이 연극의 개막사를 하는 듯한 광경이 펼쳐졌습니다. 이 휘황찬란한 모습 앞에서 왕이 얼마나 놀랐을지 상상도 안 됩니다. 그는 집도깨비와 마주친 사람처럼 한동안 체첼라를 빤히 쳐다보고만 있었지요. 이윽고 정신을 차린 그는 그녀를 와락 껴안았습니다. "오, 나의 보석이여, 누가 당신을 이 오싹한 곳에 가두었소? 나의 희망이여, 누가 당신을 내게서 훔쳐 간 것이오? 이 나무 새장에는 아름다운 비둘기가 있고 내 옆자리에는 괴수 독수리가 있으니, 이게 대체 어찌 된 일이오? 무슨 일이 벌어지고 있

---

* 그리스 신화에 나오는 일곱 자매. 아틀라스의 딸들이다.

는 거요? 예쁜 얼굴이여, 말을 해주시오. 내 영혼을 위로해주시오. 이 가슴의 고통을 덜어주시오." 그러자 체첼라는 그간의 일들을 빠짐없이 이야기했습니다. 계모의 집에 발을 들여놓는 순간부터 감당해야 했던 일과 술통에 갇혀 죽음을 앞두고 있었던 일까지요. 이 말을 들은 쿠오시모는 그녀를 문 뒤에 숨긴 뒤, 술통을 복구해놓고 그란니차를 불렀습니다. 그리고 그녀를 술통에 집어넣고 이렇게 말했습니다. "이 안에 잠깐만 있어요. 당신을 악마의 눈으로부터 보호해주는 부적을 만들어 오겠소." 그는 술통의 뚜껑을 단단히 봉한 후에 아내 체첼라를 말에 태우고 곧장 자신의 왕국인 파스카롤라로 떠났습니다. 얼마 후 땔감을 잔뜩 구해 온 카라도니아는 센 불을 지펴 가마솥의 물을 끓였습니다. 그리고 물이 끓자 그 물을 술통 안에 부음으로써 친딸을 삶아 죽이고 말았습니다. 그란니차는 사르데냐 약초를 먹은 것처럼 이를 악물고 죽었고, 흐물흐물해진 그녀의 살가죽은 뱀이 허물을 벗듯이 떨어져 나갔습니다. 체첼라가 뼛속까지 푹 익은 채 마지막 순간까지 발버둥 치다가 죽었을 거라고 생각한 카라도니아는 술통을 깨서 열었습니다. 아, 얼마나 끔찍한 광경이었을까요! 그녀가 발견한 것은 잔인한 어머니에 의해 데쳐지고 삶아진 친딸이었지요. 카라도니아는 자기 머리를 잡아 뜯고 얼굴을 할퀴고 가슴을 때렸습니다. 두 손을 마구 맞부딪치고 벽에 머리를 찧고 발을 구르니, 그 소리가 어찌나 요란하고 야단스러웠던지 마을 사람들이 전부 달려왔습니다. 그녀는 마을 사람들에게 지금까지 벌어진 황당한 일을 말했으나, 그녀를 위로할 말도, 그녀를 진정시킬 조언도 있을 수 없었지요. 그녀는 우물로 뛰어가 머리부터 거꾸로 몸을 던졌고, 목이 부러져 즉사함으로써 다음과 같은 말이 사실임을 입증했습니다.

"하늘에 대고 침을 뱉으면 자기 얼굴에 침이 떨어진다."

이 이야기가 끝나자 곧 왕자의 명령에 따라 요리사인 잘라이세와 포도주 관리인 콜라 야코보가 옛 나폴리 사람 복장으로 달려 나와 다음과 같은 막간극을 벌였다.

막간극

난로

잘라이세와 콜라 야코보

잘라이세 콜라 야코보, 만나서 반가워!

콜라 야코보 잘라이세, 잘 왔어! 어디서 오는 길인가?

잘라이세 난로에서.

콜라 야코보 이 더운 날에 난로라고?

잘라이세 더울수록 좋지!

콜라 야코보 그 속에서 삐지 않았어?

잘라이세 그 속에 안 들어갔다면 삐었겠지, 친구.

콜라 야코보 그 안에서 뭐가 그리 즐거운가?

잘라이세 화를 내는 것밖에 할 수 없는 이 세상, 그 고통을 덜
어주니 즐겁지. 요즘은 모든 게 잘못돼가고 있으니까.

콜라 야코보 자네가 나를 놀리는 것 같아. 내가 멍청이라 생각

이 짧다고 여기는 거지? 난로랑 이 세상이랑 무슨 관련이 있다고.

잘라이세 자네는 스스로가 생각이 깊다고 여기는군. 그러나 아예 생각이 없는걸! 내가 지금 자네가 작은 방에 틀어박혀 난로 앞에 찰싹 붙어서, 그 열기에 구이가 되어 죽을 때까지 꼼짝 않고 앉아 있는 그런 난로를 말하는 줄 아나? 아냐, 아냐, 내가 말하는 건 다른 거야. 이 괴로운 인생의 모든 고통을 없앨 수 있는 그런 난로를 말하는 거야. 자꾸 그런 생각을 하게 돼.

콜라 야코보 내게는 엄청난 소식이군. 놀랐어! 자네가 겉모습처럼 그리 멍청한 사람은 아니라니!

잘라이세 좋아. 그러니까 이 세상엔 또 다른 종류의 난로가 있고, 그 속으로 선과 악이 조금씩 들어간다는 걸 알아두라고. 그리고 자네는 지금 엄청난 기쁨과 즐거움을 누리고, 큰 위엄과 명예를 얻고 있다고 가정해보세. 그러나 그 모든 것은 결국 싫증이 나고 지루해지지. 이게 사실인지 증명하고 싶으면 귀를 세우고 잘 들어봐. 그러면 위로를 얻게 될 거야. 모든 인간의 즐거움과 위안은 그런 식으로 오니까.

콜라 야코보 자네는 선물을 받을 만해! 어서 말해봐. 내가 이렇게 입을 헤벌리고 듣고 있잖아.

잘라이세 예쁜 아가씨를 예로 들어보자고. 자네는 그 여자한테 호감을 느끼고 중매인을 보내 결혼 준비를 하겠지. 결혼 동의를 하고 서기를 불러와 결혼 서약을 할 거야. 그리고 화려한 복장의 신부에게 키스하겠지. 물론 자네도 왕자처럼 근사하게 차려입었을 거고. 연주자들이 오고, 피로연이 시작되면서 사람들이 춤을 추지. 간단히 말해서, 그 신혼 첫날밤은 뱃사람이 바람을 기다리는 것보다, 법원 필기사가 재판을 기다리는 것보다, 소매치기가 군중을 기다리는 것보다, 의사가 병을 기다리는 것보다 더 절실히 기다려지는 것이지. 그리고 그 불길한 징조의 밤이 상복을 입고 도착하는 거야. 왜겠나, 이 불쌍한 친구야? 자유가 죽었기 때문이지! 마누라가 자네를 꽉 끌어안아도 자네는 그것이 갤리선의 노예를 묶는 쇠사슬임을 모르지. 감언과 애무, 매력과 상냥함은 딱 사흘 가지. 채 나흘도 되지 않아서 자네는 벌써 싫증을 느끼게 되지. 그리고 결혼한 날을 저주하고 결혼에 관여한 사람들을 원망하지. 불쌍한 마누라가 무슨 말을 해도 고깝게 듣고 오만상을 하고 노려보지. 잠자리에 들어서는 머리가 두 개인 독수리처럼 굴지. 아내가 키스를 하려 하면 획 돌아눕는 거야. 집에는 두 번 다시 좋은 일이라고는 생기지 않게 되지.

콜라 야코보 결혼한 남자는 불운한 채소 농사꾼이야! 딱 하루만 즐겁게 씨를 뿌리고, 천 일 동안 고통스럽게 수확하니까.

잘라이세 이번에는 갓난아기를 본 아버지를 예로 들어보자고. 참 기쁘고 즐겁지! 당장 아기를 실크와 솜으로 만든 포대기로 감싸주지. 애지중지 빨고 닦아주고, 어깨에는 온갖 것을 다 장식해주지. 늑대의 이빨, 무화과, 속손톱, 산호, 호부護符, 작은 지갑까지. 그래서 아기를 잡상인처럼 만들어버리지. 아기를 위해 유모를 구하고, 아기 말고 다른 건 안중에도 없게 되지. 게다가 아기한테 말할 때는 귀여운 척까지 하게 되고. "울 예쁜 애기, 우쭈쭈, 기분 좋아용? 아빠가 울 아가 엄청 사랑해용! 아빠의 예쁜 강쥐! 엄마의 예쁜 강쥐!" 그렇게 넋을 잃고 앉아서 입은 헤벌린 채로 "응가", "맘마" 하는 소리를 듣고 있지. 그리고 아기가 분출하는 모든 것은 아빠의 무릎에 쌓이고. 아이는 잡초처럼 자라고 브로콜리처럼 피어나지. 아버지는 자식을 학교에 보내고 교육하는 데 돈을 쓰지. 그리고 자식이 의사가 되는 걸 보고 싶다고 생각하는 순간, 자식은 어느새 아버지의 통제에서 벗어나 버리지. 아이는 나쁜 길을 가게 돼. 창녀와 몸을 섞고, 사기꾼과 거래를 하고, 불량배와 문제아들과 어울려 다니는 거야. 주먹질을 하고, 이발사나 법원 서기와 언쟁을 벌이지. 그래서 아버지는 아이를 정신차리게 만들려고 때리기도 하고 욕하기도 하다가 감옥에 가둬달라고 요청하지.*

콜라 야코보 감옥 말고 뭘 기대하나? 달처럼 쉽게 이랬다저랬다 하는 못된 아들은 결국 갤리선에서 노를 젓거나 교수대에 서게 되는 거야.

잘라이세 예를 더 들어볼까? 심지어 사는 데 꼭 필요한 먹는 일에도 싫증이 나게 돼. 씹다 보면 음식이 삐져나와 코끝에 닿을 정도로 입에 꾸역꾸역 음식을 처넣으면서 배를 채우고 또 채우지. 단 것과 시큼한 것, 살코기와 비계를 입안 가득히 물고서 우적우적 씹는 거야. 연회와 시장에서 시간을 보내고, 결국에는 소화불량으로 위가 꽉 차버리지. 방귀에선 유황 냄새, 트림에선 달걀 썩는 냄새가 나게 되고, 식욕을 잃고 먹는 것에도 지쳐버리지.

• 17세기경에는 말썽 피우는 자식들을 부모의 요청에 따라 성의 지하에 가두었다고 한다.

더 심해지면 고기에서 악취가 난다고 느껴지고 생선은 구역질을 일으키며, 단 것은 쑥과 담즙처럼 쓰고 포도주는 원수가 되니, 목숨을 부지할 정도로 묽은 수프만 조금 먹게 되지.

콜라 야코보 무엇보다도 절제가 부족하면 피똥을 싸게 되고 만병이 입안으로 들어오게 돼!

잘라이세 자네가 카드나 주사위, 마블, 구주희, 파리놀레,* 체스를 한다면, 그러니까 이런 도박에 영혼을 걸고 명예를 위태롭게 한다면, 돈을 남기고 우정을 잃게 될 거야. 푹 자지도 못하고 제대로 먹지도 못하면서 오로지 그 빌어먹을 도박 생각만 하게 되는 거야. 그리고 두 명이 자네를 끼워주고 딴 돈을 반으로 나누자고 하지. 자신이 꼬임에 넘어가 사기당한 것을 알게 되면 자네는 잃는 것에도 싫증이 나게 되고, 도박을 보면 불과 역병을 본 것처럼 놀라게 되지.

콜라 야코보 도박을 멀리하는 사람들에게 축복을! 내가 그 바닥에는 가까이 가지 않기를! 설령 돈을 잃지 않는다 해도 시간을 잃게 되거든.

잘라이세 위험하지도 않고 즐거움도 더 큰 오락들 역시 싫증을 유발하지. 익살극, 희극, 돌팔이들의 만담, 줄 타는 여자, 수염 난 여자, 발로 바느질하는 여자, 당구공을 던지는 저글러, 물레를 돌리는 염소. 간단히 말해서 이 모든 오락도 지겨워진다고. 어릿광대와 익살, 얼간이와 광인 등등 전부 다.

---

* 한쪽 면에만 눈금이 있는 주사위의 일종.

콜라 야코보 그래서 콤파르 비온도가 이렇게 노래하곤 하잖아. "이 세상에 영원한 즐거움은 없다네!"

잘라이세 온몸으로 느낄 수 있는 음악도 마찬가지야. 다양한 장식음과 음계, 트릴, 푸가, 느림, 빠름, 가성, 파사칼리아 등등. 우울한 목소리가 있으면 쾌활한 목소리가 있고, 저음이 있으면 고음이 있어서 아리아, 베이스, 테너 각 영역에 맞춰 노래하지. 건반악기나 관악기가 있고, 줄이나 금속으로 만든 현악기가 있지. 그래도 이 역시 전부 싫증 나게 만들고, 내 기분이 좋지 않을 때는 티오르바*와 류트를 박살내버리지.

콜라 야코보 그래, 내 기분이 좋지 않을 때는 아무리 유명한 가수들이 노래를 해도 장송곡만도 못하게 들려.

잘라이세 춤 얘기까지는 하지 않으려고 했는데 말이야, 라운드 리프와 트릭점프, 카브리올, 사슴 스텝 같은 걸 생각해봐. 한동안은 즐거울 수 있으나 곧 8월의 폭염처럼 지긋지긋해지거든. 스텝 몇 번에도 싫증이 나고, 어서 피날레 댄스가 시작되기를, 그래서 빨리 파티가 끝나기를 기다리게 되지. 그리고 파티에서 휙 빠져나오는데, 발은 무겁고 머리는 욱신거리지.

콜라 야코보 그건 정말 시간 낭비야. 이리 뛰고 저리 뛰고 몸만 축나고 얻는 것도 없잖아.

잘라이세 대화와 사업 모임, 여흥과 친구들과의 회합, 선술집

---

* 영어로는 테오르보teorbo. 16세기부터 18세기까지 널리 연주된 기타와 비슷하게 생긴 악기.

에서 먹고 마시기, 그러다가 매음굴을 돌아다니고 마을 광장을 썩은 쓰레기와 변기 뚜껑으로 난장판으로 만들지. 한순간도 마음은 편치 않고 머리는 빙빙 돌고 가슴은 울렁거리지. 그렇게 피 뜨거웠던 젊은 날의 전성기가 지나고 나면 이 모든 것은 더더욱 지겨워지지. 난로 앞에서 고개를 푹 떨구고 군것질거리를 힘없이 든 채 이런저런 일을 생각하노라면, 어둠 속에서 쾌락을 맛보고 고뇌의 술을 마시던 지난 시절이 그저 지루하게 느껴지지.

콜라 야코보 인간에게 즐거움을 주는 모든 것은 짚불과 같아. 스쳐 가고 파괴되지. 꺼지고 타서 없어지지!

잘라이세 우리 머릿속에 지각이 있다고 해도 그건 변덕으로 가득한 것일 뿐이야. 눈부시고 근사한 물건들, 웅장함, 아름다움, 회화, 볼거리, 화원, 조각, 건물 등등 이런 것들을 감상하는 데 우리의 눈은 점점 지쳐가지. 카네이션, 바이올렛, 장미, 백합, 용연향, 사향, 사향가죽, 양념한 살코기, 로스트비프 등등의 냄새 또한 싫증이 나잖아. 부드럽고 연한 것을 만지는 손의 촉각도, 가장 맛있는 음식을 한입 가득 맛보는 미각도, 새 소식과 공보를 듣는 청각도 지겨워지지. 간단히 말해서, 뭐든 손가락으로 꼽아보라고. 자네가 직접 하고 보고 듣고 하는 모든 것은 그것이 즐겁건 고되건 상관없이 결국 우리를 구역질 나게 만들지.

콜라 야코보 유일하게 천상에 어울리는 피조물이라는 인간이 지상의 일에 너무 집착하고 있어. 원하는 것과 완벽한 만족을 얻었다고 해도, 우리의 입속으로 들어오는 슬픔은 한이 없고, 반면에 즐거움은 한정되어 있지.

잘라이세 싫증이 나지 않고 항상 우리를 힘나게 하고 행복하고 평안히 있게 하는 것이 딱 하나 있지. 바로 부와 결합된 미덕. 그래서 그리스의 시인은 진심으로 제우스에게 이렇게 기도했다지. "신이여, 제게 돈과 덕을 주소서!"

콜라 야코보 자네는 절반은 가진 셈이군. 결코 둘 다 가득 갖지는 못할 테니까. 둘 다 가진 사람이야말로 황금으로 위대해지고 덕으로 영원해지리!

이 막간극은 꽤 고상한 맛이 있어서 청중은 모두 즐겁게 빠져들었고, 그래서 천상의 들판에서 하루 종일 카나리아 댄스를 추느라 지쳐버린 태양이 별들을 보내어 피날레 댄스를 추게 하고 잠옷으로 갈아입었는데도 청중은 이를 의식하지 못하고 있었다. 그들이 사위가 어두워졌음을 알게 됐을 때, 평소처럼 모두 각자의 집으로 돌아가라는 왕자의 지시가 내려졌다.

셋째 날, 끝

넷째 날

수탉의 돌

미니크 아니엘로는 수탉의 머리에서 발견된 돌 덕분에 젊어지고 부자가
된다. 그러나 두 마법사의 농간으로 그 돌을 잃어버리자 도로 무일푼의
늙은이가 된다. 세상을 떠돌던 그는 생쥐 왕국에서 그 돌에 관한 소식을
듣게 되고, 두 마리 생쥐의 도움으로 그것을 되찾는다. 그래서 다시 젊어
지고 부자가 되어 도둑들에게 복수한다.

도둑의 아내가 항상 웃지는 않습니다. 사기 칠 궁리를 하는
자는 그 자신의 파멸을 고안해냅니다. 세상에 들통나지 않는 속
임수란 없고, 밝혀지지 않는 배반 행위란 없습니다. 벽들이 악당
을 염탐하지요. 도둑질과 매춘은 땅까지 틈을 벌려 그 소행에 대
해 이러쿵저러쿵 말하게 만듭니다. 지금부터 들려드릴 이야기에
귀 기울이다 보면 그런 예들을 접할 수 있을 겁니다.
그로타-네그라('검은 굴')라는 도시에 미니크 아니엘로라는

남자가 살고 있었습니다. 그는 모진 운명의 핍박을 받아서, 가진 것이라고는 탈탈 털어도 빵 부스러기를 먹여 키우는 작은 수탉 한 마리가 전부였습니다. 그러나 어느 날 아침 그는 너무도 배가 고파서, (굶주림이 늑대를 숲에서 뛰쳐나오게 만들듯이) 돈 몇 푼이라도 받고 수탉을 팔아야겠다고 생각했습니다. 그래서 수탉을 가지고 시장에 갔고, 두 명의 늙은 마법사를 만나 흥정한 끝에 금화 반 냥으로 합의를 보았지요. 마법사들은 수탉을 자기들 집까지 가져다주면 값을 치르겠다고 했습니다. 그리하여 그들이 앞서 가고 미니크 아니엘로가 그 뒤를 따라가는데, 앞에서 그들이 소곤거리는 소리가 들려왔습니다. "젠나로네, 우리가 이런 횡재를 할 줄 누가 알았겠나? 저 수탉이 그 돌로, 있잖아, 머릿속에 들어 있는 그 돌, 그걸로 틀림없이 우리를 부자로 만들어줄 거야. 돌을 꺼내는 대로 반지를 만들자고. 그러면 원하는 건 다 가질 수 있어." 그러자 젠나로네가 말했습니다. "쉿, 조용히 해, 야코부초. 난 벌써 부자가 된 내 모습이 눈앞에 아른거려. 믿기지가 않아. 어서 저 수탉의 머리를 자르고 가난뱅이들의 면상을 갈겨주고 싶어 미치겠군. 양말도 제대로 신고 말이야. 이 세상에서 돈 없이 고결해봐야 구두 신고 누더기 옷을 입은 꼴이지. 아무리 잘생기고 아무리 평판이 좋아도 소용없어." 여러 곳을 떠돌면서 여러 종류의 빵을 먹어본 미니크 아니엘로는 그쯤에서 엿듣는 걸 그만두고, 곁길이 나오자마자 그리로 줄행랑을 쳤습니다. 그리고 먼지를 일으키며 집까지 달려와서 닭의 목을 비틀고 머리를 열었더니 정말 그 안에 돌이 있었습니다. 그는 곧바로 놋쇠 반

지에 돌을 박아 넣었지요. 그리고 돌의 마력을 시험해볼 겸 이렇게 말했습니다. "나는 열여덟 살 청년이 되고 싶다." 이 말이 끝나기가 무섭게 그의 혈관 속에서 피가 힘차게 흘렀고, 그의 신경이 강해졌으며, 두 다리가 단단해지고 피부가 환해지고 눈에 생기가 돌았습니다. 은발은 금발이 되었고, 황량한 마을 같았던 입에는 치아가 빽빽하게 들어찼고, 텁수룩했던 수염은 새싹처럼 변했습니다. 한마디로 그는 어느 누구보다 잘생긴 젊은이로 탈바꿈했습니다. 그가 또 말했습니다. "나는 으리으리한 궁전을 갖고 싶고, 왕의 인척이 되고 싶다." 그의 눈앞에서 기막히게 아름다운 궁전이 솟구쳤고, 신기한 조각상과 놀라운 기둥과 아연실색하게 만드는 그림들이 가득했습니다. 은이 넘쳐났고, 발을 옮길 때마다 금이 밟혔으며, 온갖 보석들이 얼굴을 환히 비추었습니다. 하인들이 넘쳐났고, 말과 마차는 셀 수 없이 많았습니다. 그가 가진 이 엄청난 부 때문에 왕은 그를 눈여겨보았고, 나탈리차 공주를 그에게 기꺼이 시집보내기로 했습니다.

한편 두 마법사는 미니크 아니엘로의 행운을 알게 된 순간부터 어떻게 하면 그 큰 재산을 빼앗을까 생각했습니다. 그래서 그들은 평형추로 작동하고 춤을 추는 예쁜 인형을 하나 만들었습니다. 상인으로 변장한 그들은 미니크 아니엘로의 딸인 펜텔라를 찾아가 인형을 파는 척했습니다. 예쁜 인형을 본 아이가 말했습니다. "얼마예요?" 그들은 아무리 돈이 많아도 그 인형을 살 수 없지만 자신들의 부탁을 들어주면 인형을 가질 수 있다고 대답했습니다. 그리고 아이의 아버지가 가지고 있는 돌 박힌 반지를 구경하게 해주면 그것과 비슷한 반지를 만들기 위해 본을 뜬 다음 돌려주겠다고 했습니다. 그러면 돈을 받지 않고 그 인형을 주겠다는 것이었지요. "물건 값이 싸다면 그것을 사기 전에 생각하라"라는 속담을 들어본 적이 없었던 펜텔라는 즉석에서 그들의 제안을 받아들였습니다. "내일 아침에 오세요. 아빠한테 반지를 빌려달라고 할게요." 마법사들이 자리를 떠났고, 펜텔라는 아빠가 집에 돌아오자마자 갖은 아양과 애교를 떨면서, 마음이 울적해서 기운을 내고 싶으니 반지를 빌려달라고 부탁했습니다. 다음 날 아침, 태양의 청소부가 하늘의 광장에서 어둠의 찌꺼기들을 쓸어내는 시간에 나타난 마법사들은 반지를 손에 넣자마자 감쪽같이 종적을 감추었고, 펜텔라는 분해서 죽고 싶은 심정이었습니다.

나뭇가지들이 서로 뒤엉켜 꽃 춤을 추고 '뜨거운 빵!' 놀이*를 하기도 하는 숲에 도착한 마법사들은 반지를 향해 미니크 아니엘로가 써먹은 마력을 모두 취소하라고 말했습니다. 그 말이 떨어지기 무섭게, 그 순간 왕 앞에 있던 미니크 아니엘로는 늙어버렸고 백발로 변했습니다. 흰 이마에 깊은 고랑이 파이고, 눈썹은 뻣뻣한 털 같고, 눈은 붉게 충혈되고, 얼굴은 주름으로 가득한 모습이었습니다. 입에는 이가 하나도 없었고, 수염은 가늘어졌고, 등은 곱사등이처럼 굽었고, 두 다리는 부들거렸고, 무엇보다도

---

* 술래잡기의 일종으로 술래 네 명이 불가에 모여 있고, 다른 네 명은 몸을 숨기는데, 술래가 모닥불을 향해 돌을 던지면서 '뜨거운 빵'이라고 소리친다고 한다.

입고 있던 화려한 옷이 넝마로 변했습니다. 왕은 자기와 얘기를 나누고 있는 이 오싹한 거지를 보고는 모욕을 주고 매질을 하여 당장 내치라 명했습니다. 비천한 신세로 떨어진 미니크 아니엘로는 집으로 돌아와 울고 있는 딸에게 이 혼란을 바로잡을 수 있을지도 모르니 반지를 가져오라고 했으나, 딸이 가짜 상인들에게 속아 넘어간 것을 알게 됐지요. 그는 하찮은 인형 때문에 아버지를 늙은 도깨비의 말로를 겪게 만들고 그깟 헝겊 덩어리 때문에 아버지를 거지로 만들었다며 딸의 무지를 원망했고, 절망 속에서 창문 밖으로 몸을 던지려고까지 했습니다. 그러나 그 상인들이 어디에 있는지 소식을 알아낼 때까지 세상을 떠돌기로 마음먹었지요. 그는 어깨에 낡은 망토를 걸치고 투박한 돼지가죽 부츠를 신었습니다. 그리고 배낭을 메고 지팡이를 짚고서, 딸과 냉랭하게 헤어져 절망 속에서 길을 떠났습니다. 정처 없이 걷다가 도착한 곳은 생쥐들이 사는 페르투소-쿠포('검은 구멍') 왕국. 그곳에서 그는 고양이의 밀정으로 오해받아 곧장 생쥐 왕인 로세코네 앞으로 끌려갔습니다. 누구이고 어디서 왔고 이 지역에서 뭘 하고 있었느냐고 심문을 받은 아니엘로는 우선 경의의 표시로서 돼지 껍데기를 왕에게 바쳤습니다. 그러고는 자신의 불운한 인생사를 차근차근 고했고, 자신에게서 너무도 소중한 기쁨을 훔쳐 가고 젊음의 꽃과 부의 원천과 명예의 요새를 앗아 가버린 그 가증스러운 자들이 어디에 있는지 알아내기까지 자신의 육신을 혹사하려 한다고 말했지요. 측은한 생각이 든 로세코네 왕은 그 불쌍한 남자에게 위안을 주고 싶어서, 가장 연로한 생쥐들을 불러 원로 회의를 열고, 미니크 아니엘로의 불운에 대해 의논하는 한편 그 가짜 상인들의 행방을 조사하라고 지시했습니다.

회의에 참석한 생쥐 중에 육 년 가까이 대로변 여인숙에서 생활한, 세상 물정에 밝은 루돌로와 살타리엘로가 있었습니다. 이두 마리 생쥐가 말했습니다. "힘을 내요, 친구분. 당신이 생각한 것보다 일이 더 잘 풀릴 테니까요. 우리가 '뿔 여인숙'의 한 객실에 있던 어느 날, 세상에서 가장 존경받는 고귀한 사람들이 묵으면서 주흥을 즐기는 곳인 그 여인숙에 람피노 성에서 왔다는 두 사람이 묵은 적이 있어요. 그들은 식사를 하고 술잔을 비우고는 그로타-네그라 출신의 한 늙은이에게 사기 친 얘기를 하더군요. 큰 힘을 지닌 어떤 돌을 그 노인한테서 빼앗았다고 했는데, 둘 중 젠나로네라는 사람이 자기는 절대로 그 늙은이의 딸처럼 손가락에서 반지를 빼지 않을 거라고 했어요." 이 말을 들은 미니크 아니엘로는 두 생쥐에게, 자신을 도둑놈들이 있는 곳까지 데려다주고 그 반지를 되찾게 도와준다면 두 생쥐뿐 아니라 로세코네 왕까지 배불리 먹을 수 있는 치즈 한 덩어리와 소금에 절인 고기를 주겠다고 말했습니다. 보답을 하겠다는 말에 두 생쥐는 자기들이 일을 맡아 멋지게 해내겠다고 장담했습니다. 왕의 허락이 떨어지자, 두 마리 생쥐와 미니크 아니엘로는 물을 건너고 산을 넘어 목적지를 향해 갔습니다. 긴 여정 끝에 람피노 성에 도착하자 생쥐들은 미니크 아니엘로에게, 유능한 일꾼의 피를 빨아서 바다로 뱉어내는 거머리처럼 생긴 어느 강의 강둑에서 기다리라고 했습니다. 거기 남아 나무 밑에서 쉬고 있으면 자기들이 가서 두 마법사의 거처를 찾아보겠다는 것이었습니다. 생쥐들은 마법사들의 거처를 찾아냈으나, 젠나로네가 손가락에서 반지를 절대 빼지 않는 것을 보고는 책략을 써서 그것을 쟁취해보기로 결심했습니다. 밤이 햇볕에 탄 하늘의 얼굴을 잉크로 물들이는 시간, 생쥐들은 이 시간을 기다리고 있었고, 젠나로네가 곯아떨어지자마자 루돌로가 그의 반지 낀 손가락을 갉기 시작했습니다. 손가락에 통증을 느낀 젠나로네는 반지를 빼서 침대 머리맡의 탁자에 올려놓았습니다. 이것을 본 살타리엘로가 반지를 입에 물었고, 두 생쥐는 곧 미니크 아니엘로의 곁으로 돌아왔습니다. 아니엘로는 교수형 직전에 사면을 받은 사람보다도 더 기뻐하면서 지체 없이 두 마법사를 당나귀로 만들었습니다. 그리고 망토를 벗어 당나귀 하나의 등에 깔고는 귀족처럼 그 위에 올라탔습니다. 나머지 당나귀에는 돼지고기와 치즈를 싣고서 페르투소-쿠포 왕국으로 향했습니다. 왕국에서 그는 생쥐 왕과 신하들에게 선물을 주었고, 그동안 베풀어준 선의에 고마움을 전하면서 생쥐들이 쥐덫에 걸리지 않기를, 고양이에게 괴롭힘을 당하지 않기를, 쥐약에 고통받지 않기를 기원했습니다. 생쥐들과 작별을 고한 그는 전보다 한층 더 잘생기고 더 화려하게 차려입은 모습으로 그로타-네그라로 향했습니다. 그곳에서 왕과 공주가 그를 극진히 맞아주었지요. 그는 두 마리 당나귀를 산속에 풀어놓으라 지시한 뒤, 더없는 기쁨 속에 공주를 아내로 맞았습니다. 그리고 또다시 파멸의 원인을 불러오지 않도록, 절대로 손가락에서 반지를 빼지 않았답니다. 이런 속담처럼 말이지요.

"뜨거운 물에 덴 강아지는 찬물을 봐도 무서워한다."

두 번째 여흥

두 형제

마르쿠초와 팔미에로는 형제인데, 한 명은 부유하고 사악한 반면 다른 한 명은 가난하고 덕이 있었다. 여러 일들을 겪은 후에 형제가 만났으나, 가난한 동생이 형에게 문전박대를 당한다. 얼마 후 부자였던 형이 가난 해졌을 뿐 아니라 교수형을 당할 상황에 내몰린다. 그런데 마지막 순간 에 그가 결백하다는 것이 밝혀지고, 부자에다 남작이 된 동생의 도움을 받고 재산까지 나누어 갖는다.

미니크 아니엘로의 이야기에 왕자와 왕자비는 크게 흡족해 했다. 왕자 부부는 그 불쌍한 미니크 아니엘로에게 돌을 찾아주 고 마법사들에겐 절망을 안겨준 생쥐에게 고마워했다. 이어서 체카가 나설 준비를 했고, 모두가 침묵의 막대로 입의 문을 막자 그녀가 이야기를 시작했다.

운명의 공격에 미덕만큼 훌륭한 방책은 없지요. 미덕은 불행의 해독제요, 파괴를 막는 요새요, 고난의 바다에 있는 항구입니다. 미덕은 우리를 진흙 구덩이에서 끄집어내고 폭풍우에서 구해주며, 끔찍한 재앙으로부터 우리를 보호해주고 우리가 절망에 빠졌을 때 위로해주며, 필요할 때 우리를 도와주고 죽음으로부터 지켜주지요. 이제 곧 제 입에서 튀어나올 이야기를 듣다 보면 알게 될 겁니다.

옛날에 마르쿠초와 팔미에로라는 두 아들을 둔 아버지가 있었습니다. 자연과의 결산을 마무리하고 삶의 회계장부를 찢어내는 임종을 앞두고 아버지는 두 아들을 불러 말했습니다. "애들아, 시간의 집행관들이 내게 남은 시간의 문을 부수러 오기까지 얼마 남지 않았구나. 나는 너희를 몹시도 사랑하기에, 너희에게 좋은 기억을 조금이나마 남겨주지 않고는 떠날 수가 없구나. 너희가 이 험한 세상에서 좋은 충고라는 북풍을 업고 항해해 안전한 항구에 도착했으면 좋겠다. 그러니 귀 기울여 잘 들어라. 내가 하는 말이 너희에게는 아무짝에도 쓸모없어 보일지 모르지만, 그것은 도둑이 절대 훔쳐 갈 수 없는 보물이요, 지진에도 절대 무너지지 않는 집이요, 벌레들이 절대 파헤치지 못하는 논밭이라는 걸 명심해라. 첫 번째이자 무엇보다 중요한 것은 하늘을 두려워하라는 것이다. 모든 것이 하늘에서 오기 때문이니, 그 길에서 벗어나면 화를 당한다. 먹이통에서 자라는 돼지와도 같은 게으름에 난도질당하지 말아라. 말을 가지고 있다고 해서 누구나 마부라고 불리는 것은 아니다. 스스로 노력해야 한다. 남을 위해 일해야 자신을 위해 먹을 수 있다. 가지고 있는 것이 있을 때 절약해라. 아끼는 것이 버는 것이다. 티끌 모아 태산이다. 수확하는 사람이 얻는다. 재료가 있어야 좋은 샐러드를 만든다. 아껴야 먹을 수 있다. 조금이라도 낭비하지 마라. 친구와 친척도 좋지만, 아무것도 없는 집은 음울하다. 돈이 있는 사람이 짓는다. 바람이 있는 사람이 항해한다. 돈이 없는 사람은 매 순간 고통을 당하는 괴물이고 얼간이다. 얘들아, 버는 것에 맞춰서 사거라. 가능한 한 많은 당나귀를 키우고 땅을 가져라. 치아를 최대한 잘 활용해라. 작은 부엌이 큰 집을 만든다. 혀는 뼈가 없어도 등을 부러뜨릴 수 있으니 말을 삼가라. 평화롭게 살고 싶다면, 귀 기울이고 주의해서 보고 침묵을 지켜라. 보이는 것은 무엇이든 보고, 들리는 것은 무엇이든 들어라. 적게 먹고 적게 말해라. 옷의 따뜻함은 누구도 해코지하지 않는다. 반면에 혀를 따뜻하게 놀릴수록 실수가 잦다. 작은 것에 만족해라. 떨어지고 없는 설탕 절임보다는 누에콩이 낫다. 큰 시련보다는 작은 즐거움이 낫다. 고기가 없으면 수프를 마시면 된다. 선택할 것이 없다면 그냥 마누라와 잠을 자라. 자주 그렇게 하더라도 상관없다. 최대한 수선해가며 살아라. 살코기를 먹을 수 없으면 뼈를 갉아야 한다. 항상 자기보다 나은 사람들과 교제하고 그들을 위해 돈을 써라. 너희가 누구와 어울리는지 보면 너희가 어떤 사람인지 알 수 있다. 다리를 저는 사람과 사귀면 그해가 끝나갈 무렵에는 너 자신이 다리를 절게 된다. 개와 잠을 자는 사람은 벼룩을 피할 수 없다. 사악한 사람에게는 너의 물건을 줘버리고 그냥 제 갈 길로 가게 해라. 악인들은 사람을 교수대로 이끈다.

생각한 다음에 행동해라. 소 잃고 외양간 고치는 건 나쁘다. 통이 꽉 차 있을 때 지체 없이 마개로 막아라. 빈 통에는 마개가 필요하지 않다. 먼저 씹은 후에 삼켜라. 서두르면 고양이도 눈먼 새끼를 낳는다. 천천히 걷는 자가 좋은 하루를 보낸다. 말다툼과 싸움에 휘말리지 말고, 돌다리도 두드려보며 건너라. 한꺼번에 너무 많은 말뚝을 뛰어넘다 보면 결국 말뚝 하나에 엉덩이를 찔린다. 말이 한 번 날뛰면 여러 번 매를 맞는다. 갈고리에 다친 사람은 칼을 맞고 죽는다. 우물에 자주 가져간 물동이는 우물에서 손잡이가 떨어지곤 한다. 교수대는 불운한 자들을 위해 만들어진 것이다. 자만심에 들뜨지 마라. 식탁을 차리는 데는 흰색 식탁보만 필요한 게 아니다. 허리를 숙이고 순응해라. 연기가 새는 집은 절대 좋은 집이 아니다. 훌륭한 연금술사는 증류한 것을 재 속에 넣어서 연기가 가득 피어오르게 하지 않는다. 고로 훌륭한 사람은 오만한 생각을 재로 만들어 자만의 연기에 그을리지 않게 한다. 죽음을 앞에 두고 쓸데없는 참견 마라. 남의 일에 간섭하는 사람은 엉망진창으로 끝난다. 냄비 속으로 들어가는 오이와 소금의 가격을 정해두려고 하는 것은 얼간이밖에 없다. 귀족들과는 관계를 맺지 말고, 궁전에서 일하기보다는 어망을 던지는 것이 낫다. 플라스크에 들어 있는 주군의 사랑과 포도주는 아침에는 좋지만 저녁에는 상해서, 그것으로 얻을 수 있는 것이라고는 달콤한 말과 썩은 사과뿐이다. 궁전에서 일하는 것은 보람이 없고, 계획한 것을 망치며, 희망을 잃게 한다. 혹독하게 땀을 흘리고, 쉼 없이 뛰어다니고, 평온 없이 잠을 자고, 촛불 없이 변소에 가고, 식욕 없이 먹게 한다. 가난해진 부자를 멀리해라. 부자가 된 농부, 절망에 빠진 거지, 교활한 하인, 무지한 왕자, 잇속을 차리는 판사, 질투하는 여인, 무슨 일이든 내일로 미루는 사람, 법원 주변에서 빈둥거리는 사람, 털 없는 남자, 수염 난 여자, 잔잔한 강물, 연기 나는 굴뚝, 나쁜 이웃, 징징대는 아이들, 시기 어린 남자를 멀리해라. 또한, 기술을 가진 사람이 자리를 잡고, 판단력을 지닌 사람이 숲에서 살아남으며, 좋은 말에게는 안장이 필요하지 않은 법이다. 해주고 싶은 말이 많다만, 죽음의 고통이 가까이 와 있고 숨을 쉴 수가 없구나."

이렇게 말한 아버지는 간신히 손을 들어 두 아들을 축복했고, 이내 삶의 돛을 내리고 세상의 모든 시련을 뒤로한 채 안식의 항구로 들어갔습니다.

아버지가 세상을 떠난 직후, 그의 말을 가슴에 아로새긴 마르쿠초는 학업에 매진해 학자들과 논쟁하고 고귀한 주제들에 대해 토론하면서 금세 도시에서 가장 걸출한 학자가 되었습니다. 그러나 미덕을 빨아먹는 진드기인 가난이 지혜의 여신 미네르바의 낙점을 받은 이 남자로부터 행운의 물까지 빼앗아버렸고, 그는 늘 무일푼이고 목이 말라서 '잔인한 마음과 거친 욕망'이라는 노래를 불렀습니다. 그는 공허한 활자를 먹고 빈 프라이팬을 핥는 자신의 모습을 발견하곤 했습니다. 그는 지칠 정도로 법을 공부했으나 정작 그 자신이 법적 도움을 필요로 했고, 늘 굶주리면서도 소화불량에 시달려야 했지요.

팔미에로는 정반대였습니다. 그는 술과 도박에 빠져서 삶을 부주의하게 낭비했고, 미덕이라고는 없이 몸집만 거구가 되어갔습니다. 그런데도 그는 이런저런 방법으로 매트리스를 좋은 짚으로 채울 수 있었습니다. 이것을 본 마르쿠초는 자신이 아버지의 조언을 따른 까닭에 길을 잃었다면서 후회했습니다. 도나투스 문법은 그에게 무엇 하나 준 것이 없었고, 코르누코피아 문법은 그를 비참한 상황으로 몰아넣었으며, 법학자 바르톨루스는 그의 가방에 아무것도 채워주지 않았으니까요. 반면에 팔미에로는 주사위 도박을 즐기면서 좋은 고기를 먹을 수 있었고, 손장난을 치는 것만으로도 식도를 꽉 채울 수 있었습니다. 결국 필요의 가려움을 참을 수 없게 된 마르쿠초는 행운의 여신으로부터 호의를 얻은 형을 찾아가 사정했습니다. 자신들은 같은 피를 나누었고 같은 구멍에서 나왔음을 잊지 말라고요. 어마어마하게 부유해졌음에도 인색해진 팔미에로는 동생에게 말했습니다. "아버지의 유언을 받들어 학문을 추구한답시고 나를 나쁜 사람들과 어울리고 도박을 한다며 늘 비난하던 네가 아니냐. 가서 책이나 갉아 먹고, 나는 그냥 주어진 불행을 감수할 테니 내버려둬라. 너한테 소금 한 톨 내줄 생각이 없어. 지금 가지고 있는 이 적은 재산을 모으려고 내가 얼마나 힘들게 일했는데! 너도 성인이고, 사리 판단력이 있을 게다. 사는 법을 모르는 자는 그 결과를 감당해야 한다. 사람들은 각자 자신을 위하고 신은 만인을 위하라! 뭐라도 가진 게 있다면 그걸로 도박을 해! 배가 고프면 네 다리를 깨물어. 목이 마르면 네 손가락을 깨물어!" 이렇게 말한 형은 돌아서 버렸습니다. 형에게 그런 냉랭한 대접을 받은 마르쿠초는 너무도 절망해서, 자포자기의 산酸으로 육체의 토양에서 영혼의 금을 분리하기로 굳게 마음먹었습니다. 그래서 아주 높은 산이 있는 곳으로 떠났습니다. 그 산은 창공에서 무슨 일이 벌어지고 있는지 보려는 지상의 밀정 같기도 했고, 모든 산을 휘하에 둔 터키 왕처럼 구름 터번을 두르고 달을 찔러서 터키 왕의 상징인 초승달을 이마에 붙이려 하는 것 같기도 했습니다. 마르쿠초는 산을 오르고 몹시 좁고 가파른 오르막을 기어서 마침내 산 정상에 닿았습니다. 눈앞에 펼쳐진 깎아지른 절벽 앞에서 눈의 분수를 여니 눈물이 쏟아졌습니다. 긴 한탄 끝에 그가 몸을 던지려는데 초록색 옷을 입고 금발에 월계관을 쓴 아름다운 여인이 나타나 그의 팔을 붙잡는 것이었습니다. "무슨 짓입니까? 그런 나쁜 마음을 먹고 어디로 몸을 던지려는 겁니까? 당신은 그 많은 등잔 기름을 태우고 잠을 줄여가며 공부를 한, 덕망과 지혜를 갖춘 분이 아니던가요? 오랜 시간 동안 단단히 묶인 채 다듬어지고 연마되어 항해를 앞둔 돛단배처럼 이제 세상으로 나아가 명성을 떨칠 분이 아니던가요? 그 절정의 순간인 지금, 당신은 길을 잃어버린 건가요? 학문의 대장간에서 갈고닦은 무기들을 비참한 악운과의 전쟁에 써보지도 못하고 버리겠단 말인가요? 덕은 가난의 독을 치료하는 해독제요, 질투의 카타르를 잠재우는 담배요, 시간의 병을 이기는 약임을 모르시나요? 덕은 적의의 풍랑 속에서도 현재의 위치를 알려주는 나침반이요, 불쾌의 어둠 속을 걸을 때 불을 밝혀주는 횃불이요, 고통의 지진을 막아주는 견고한 아치임을 모르시나요? 가여운 영혼이여, 정신 차리세요. 당신이 위험할 때 용기를 주고 고민할 때 힘을 북돋워주고 절망했을 때 평온을 준 사람들을 배신하지 말아요. 그리고 하늘이 당신을 이 오르기 힘든, 미덕 그 자체인 산으로 오게 했다는 걸 아세요. 당신이 부당하게 비난한 미덕이 사람의 모습을 띠고서 당신을 눈멀게 한 나쁜 의도들을 없애줄 수 있으니까요. 그럼으로써 당신을 일깨우고 위로하며, 미덕은 늘 선하고 가치 있고 유용한 것임을 당신에게 알려줄 테니까요. 여기 이 종이에 싼 가루를 가지고 캄포-라르고('너른 들녘') 왕국으로 가세요. 거기에 불치병으로 임종을 앞둔 공주가 있을 겁니다. 이 가루를 신선한 달걀에 넣어 공주에게 먹이세요. 숙박을 요구하는 군인처럼 공주의 생명을 빨아먹고 있던 병마가 곧 쫓겨 가는 것을 보게 될 겁니다. 당신은 큰 보상을 받아 가난을 털어버리고, 누구에게도 아쉬운 소리를 하지 않고 살 수 있을 정도로 풍족해질 겁니다."

그때 마르쿠초는 단번에 그 여인의 정체를 알아보고 그녀의 발아래 엎드려 자신의 잘못에 대해 용서를 구했습니다. "제 눈에 낀 흐린 막을 벗겨냈습니다. 모든 이가 미덕을 찬미하면서도 정작 미덕을 따르는 이는 극소수인데, 당신이 바로 그 미덕임을 깨달았습니다. 지성인들로 하여금 똑바로 일어서게 하고, 용기를 갖게 하고, 예리한 판단력을 갖게 하는 그 미덕 말입니다. 고귀한 노동이 환대받게 하고, 노동에 대한 보답으로 제7천국으로 가는 날개를 주시는 분! 당신을 알아볼 수 있습니다. 당신이 제게 주신 무기들을 그릇되게 사용해온 걸 후회합니다. 그리고 약속드립니다. 오늘부터 당신이 주신 해독제를 선하게 사용해 3월의 천둥도 저를 동요시킬 수 없게 만들겠습니다." 그가 그녀의 발에 입을 맞추려는 순간 그녀는 홀연히 사라졌습니다. 그는 가난하고 병든 사람이 위기의 순간을 넘기고 약초와 시원한 물을 얻은 것처럼 큰 위안을 느끼고 있었습니다. 그는 산을 내려가 캄포-라르고로 향했습니다. 왕궁에 도착한 그는 지체 없이 왕에게 공주의 병을 고쳐보겠다고 아뢰었습니다. 왕은 그를 극진히 대한 후에 공주의 방으로 데려갔습니다. 그 불운한 공주는 대소변 등 위생상의 이유로 구멍을 낸 침대에 누워 있었는데, 병마에 기력이 소진되고 지쳐서 뼈와 가죽밖에 남아 있지 않았습니다. 눈은 푹 꺼져서, 눈동자를 보려면 갈릴레오의 망원경이 필요할 것 같았지요. 코는 너무 뾰족해서 관장기로 오인할 정도였고, 뺨은 너무 홀쭉해서 소렌토*의 죽음을 닮아 있었습니다. 아랫입술은 턱까지 늘어져 있었고, 가슴은 까치처럼 납작했습니다. 팔은 살을 깨끗하게 발라놓은 양의 정강이뼈 같았습니다. 간단히 말하자면, 공주는 너무도 야위어서 동정의 잔을 들고 연민을 위해 건배하는 것 같았습니다. 마르쿠초는 이렇게 처참한 상태의 공주를 보고 눈물을 쏟았고, 인간의 나약함이 시간의 횡포와 체질의 변화와 인생의 병마에 얼마나 쉽게 지배당하는지를 생각했습니다. 그는 신선한 달걀을 가져오게 한 뒤 그것을 살짝 덥혀 그 안에 가루를

---

* 피터르 브뤼헐의 그림 〈사순제와 사육제의 싸움〉에서처럼 나폴리 만 연안의 소렌토를 비롯한 여러 곳에서 이루어진 의인화된 풍습을 가리킨다.

뿌렸습니다. 그리고 공주로 하여금 그 달걀을 빨아 먹게 한 뒤 그
녀에게 담요를 덮어주었습니다. 밤이 아직 오지 않은 시간, 환자
가 시녀들을 부르더니 땀으로 흥건한 침대 시트를 갈아달라고
했습니다. 시트를 갈고는 깨끗한 옷까지 요구해 갈아입었는데,
이것은 병에 걸린 지 칠 년 만에 처음 있는 일이었습니다. 시녀들
은 희망을 품고 공주에게 수프를 조금 먹였습니다. 그리고 시간
이 흐를수록 공주는 점점 더 원기를 회복하고 식욕도 나날이 강
해지더니, 일주일이 채 되지 않아서 말짱하게 나은 몸으로 침대
에서 나왔습니다. 이에 왕은 마르쿠초를 의술의 신처럼 떠받들
었고, 그에게 광활한 땅과 더불어 남작의 지위를 주었을 뿐만 아
니라 그를 일급 고문관으로 임명했습니다. 게다가 왕국에서 가
장 부유한 여인과 결혼까지 시켜주었지요.

반면에 팔미에로는 알거지가 되었습니다. 도박으로 번 돈은
쉽게 들어온 것처럼 나가기도 쉬웠고, 도박꾼의 운수 또한 상승
할 때가 있는 만큼 하락하는 경우도 빈번했기 때문이었습니다.
그렇게 돈도 잃고 체면도 잃은 그는 장소를 바꾸어, 운이 바뀔 때
까지, 아니면 그냥 죽어버릴 때까지 계속 걷기로 결심했지요. 걷
고 또 걷기를 반년, 그는 서 있을 힘조차 없을 정도로 기진맥진하
여 캄포-라르고에 도착했습니다. 죽을 장소를 찾기가 어려운데
다 굶주림은 점점 더 심해지고 옷은 너덜너덜해져서 자꾸 흘러
내리는 상황이었습니다. 그는 너무도 절망스러워서, 도시의 성
벽 외곽에서 낡은 집 한 채를 발견하고는 곧바로 양말의 실을 뽑
았습니다. 그리고 그 실을 꼬아 괜찮은 올무를 만든 뒤에 그것을

서까래 하나에 묶었습니다. 그는 작은 돌무더기를 쌓아 올린 뒤 그것을 딛고 올라가 올무를 목에 걸고는 돌무더기를 밀어냈습니다. 그러나 운명의 뜻에 따라, 벌레 먹고 썩은 서까래가 두 동강이 나면서 목을 매고도 살아남은 남자는 돌무더기에 옆구리를 찧어 며칠 동안 욱신거리게 되었지요. 그런데 동강 난 서까래에서 금으로 만든 사슬, 목걸이, 반지 따위가 떨어졌습니다. 그것들은 서까래의 벌레 먹은 구멍에 들어 있었는데, 무엇보다 눈에 띈 것은 말 궁둥이 가죽으로 만든 자루에 가득 든 돈이었습니다. 팔미에로는 자신이 목을 맸다가 단번에 가난의 도랑을 뛰어넘었음을 알게 됐지요. 방금 전에 절망의 끈으로 목을 맸다면, 이제는 행복의 끈에 매달려 있어서 발이 땅에 닿지 않았습니다. 그는 이 행운의 선물을 가지고 거의 바닥난 원기를 회복하고자 선술집으로 달려갔습니다.

그런데 그 귀중품과 돈은 이틀 전 어떤 도둑들이 방금 팔미에로가 들어간 선술집에서 훔쳐다가 자기들이 잘 아는 그 집 서까래에 숨겨놓은 것이었습니다. 나중에 귀중품들은 현금화하고 돈은 환전해 조금씩 쓸 생각이었지요. 팔미에로가 배불리 먹은 후에 자루를 꺼내 값을 치르려 할 때, 그 자루를 알아본 선술집 주인은 마침 손님으로 와 있던 경비병들을 소리쳐 불렀습니다. 팔미에로는 그 자리에서 체포되어 절차에 따라 판사 앞으로 끌려갔습니다. 몸수색에서 증거물들이 나온데다 선술집 주인의 좋은 인품과 비교되어 팔미에로는 유죄로 교수형을 선고받았고, 그리하여 이제 교수대에서 두 다리가 맷돌처럼 돌게 될 운명에 처했습니다. 졸지에 사형 선고까지 받은 이 불운한 남자는 얼마 전에 양말로 만들었던 줄이 곧 밧줄로 바뀌고 썩은 서까래의 리허설이 새로 만든 교수대의 튼튼한 가로대의 고문으로 이어질 것을 깨닫고는, 결백을 밝히기 위해 항소하겠다고 소리치기 시작했습니다. 정의라고는 없는 거리에서, 가난한 사람들의 말은 누구도 들어주지 않는 거리에서, 판결이 자의적으로 내려지는 그 거리에서 그가 소리치고 울부짖고 있을 때, 판사에게 뇌물을 주지 않아서, 법원 필경사의 환심을 사지 않아서, 또 서기관에게 팁을 주지 않아서, 변호사에게 착수금을 주지 않아서 그가 교수대로 보내질 운명에 처해 있을 때, 그는 우연히 동생을 만났습니다. 고문관이자 재판소장이었던 마르쿠초는 집행 절차를 중단하고 팔미에로의 설명을 들었습니다.

그가 자초지종을 자세히 이야기하고 나자 마르쿠초가 말했습니다. "조용히 하시오. 당신은 자신이 얼마나 운이 좋은지 모르고 있군. 첫 번째 시도에서 세 뼘의 올무를 찾았고, 겨우 두 번째 시도에서 벌써 세 걸음 길이의 교수형 밧줄을 찾았으니 말이오! 가서 즐거워하시오. 교수대는 당신의 형제이고, 남들에겐 죽는 곳이지만 당신에겐 지갑을 채우는 곳이잖소!" 팔미에로는 자신이 조롱당하고 있다고 느껴 이렇게 말했습니다. "저는 재판을 받으러 왔지 놀림을 당하려고 온 게 아닙니다! 제가 고발당한 이 사안에 있어서 저는 결백함을 알아주십시오. 비록 이렇게 누더기 차림이지만 저는 명예로운 사람입니다. 옷으로 사람을 판단해서는 안 되는 것입니다. 저는 아버지 마르키온노와 동생 마르쿠초의 말을 듣지 않아서 이런 일에 휘말리게 된 겁니다. 저는 얼마 후면 교수형 집행인의 발아래서 장송곡을 부르겠지요." 마르쿠초는 아버지와 자신의 이름이 언급되는 것을 듣고서 피가 꿈틀하는 것을 느끼고 팔미에로를 빤히 쳐다보았습니다. 형을 알아볼 수 있을 것 같았지요. 마침내 상대가 자기 형임을 확인했을 때, 그는 수치와 애정, 혈육과 명예, 정의와 자비 사이에서 괴로웠습니다. 교수형을 앞둔 범죄자가 자기 형이라고 밝히기가 부끄러웠습니다. 자신의 형제가 이렇게 삶의 종지부를 찍는 것이 고통스러웠습니다. 혈육의 정이 이 문제의 해법을 찾아보라고 갈고리처럼 잡아당기는 반면, 명예심은 사형 선고를 받은 형제 때문에 왕 앞에서 망신당하지 말고 뒤로 물러서라고 밀어냈습니다. 이렇게 머릿속이 복잡하고 생각이 갈리고 있는데, 판사가 보낸 전령이 헐레벌떡 달려와 소리치는 것이었습니다. "중지, 형 집행을 멈추시오! 움직이지 마시오! 가만! 기다려요!" "무슨 일인가?" 고문관이 물었습니다. "믿기 어려운 일입니다. 이 젊은이에게 행운이 찾아왔습니다. 두 도둑놈이 어느 낡은 집의 서까래에 숨겨둔 돈과 금을 찾으러 갔다가 발견하지 못하자 서로 속임수를 쓰고 훔쳐 갔다고 의심했답니다. 그래서 싸움이 났고, 둘 다 치명상을 입었습니다. 그들은 판사 앞에서 자신들의 범죄를 자백했고, 그로써 이 불쌍한 남자의 결백이 입증되었습니다. 그래서 형 집행을 멈추고 죄 없는 이 사람을 풀어주라는 겁니다." 이 말을 들은 팔미에로가 지금까지 두려움에 움츠러들었던 몸을 조금씩 펴기 시작하니, 키가 팔뚝 길이만큼 더 커졌습니다. 형의 명예가 회복된 것을 본 마르쿠초는 가면을 벗어 얼굴을 드러내면서 말했습니다. "형은 악덕과 도박을 통해 파멸을 맞았으니, 이번에는 미덕을 통해 삶의 즐거움과 선함을 맞아보도록 해요. 이제 오로지 형의 의지에 따라 우리 집에 와서 형이 그토록 얕봤던 미덕의 열매를 함께 나누어 먹읍시다. 나는 지난 시절에 형이 나를 멸시했던 건 이미 잊었고, 형은 나의 눈만큼이나 소중한 사람이니까요." 그는 이렇게 말하면서 형을 집으로 데려갔습니다. 그리고 형을 머리부터 발끝까지 제대로 입혔고, 미덕 외에 다른 것은 모두 한낱 바람이라는 것을, 또 다음과 같은 말이 진실이라는 것을 형에게 증명해 보였지요.

"사람은 미덕만으로도 행복하다."

세 동물 왕

베르데-콜레('녹색 언덕') 왕국의 왕자 티토네는 매, 사슴, 돌고래와 각
각 결혼한 세 누나를 찾아 나선다. 긴 여정 끝에 그들을 만나고 왕궁으로
돌아오다가 용에 의해 탑에 갇혀 있는 어느 공주를 발견한다. 티토네가
매형들로부터 받은 마법의 물건들을 이용하자 매형 셋이 모두 나타나
그를 도와준다. 힘을 합쳐 용을 죽이고 공주를 구한 뒤 티토네는 그녀를
아내로 맞고, 누나와 매형들과 함께 자신의 왕국으로 돌아간다.

마르쿠초가 팔미에로에게 보여준 자비에 감동한 청중이 한
둘이 아니었다. 그리고 미덕은 이 세상에 있는 다른 형태의 재산
과는 달리, 시간이 없애버릴 수 없고 폭풍이 날려버릴 수 없고 나
무좀이 갉아 먹을 수 없는 무한 재산임을 모두가 인정했다. 또한
부정하게 얻은 것은 결코 삼 대까지 유지되지 않는다는 것도 인
정했다. 이윽고 메네카가 동화 목록에 다음과 같은 이야기를 추

가함으로써 방금 끝난 두 형제 이야기에 이어 흥을 돋웠다.

옛날 베르데-콜레 왕국에 세 개의 보석 같은 세 딸을 둔 왕이 살았습니다. 세 명의 공주는 벨로-프라토('아름다운 초원') 왕국의 세 왕자로부터 각각 열렬한 사랑을 받았습니다. 그런데 세 왕자는 한 요정의 저주를 받아서 동물로 변해 있었고, 이 때문에 베르데-콜레의 왕은 딸들을 그 왕자들과 결혼시키고 싶어 하지 않았지요. 그러자 왕자 중에서 마법에 의해 아름다운 매로 변해 있던 장남이 되새, 굴뚝새, 꾀꼬리, 검은 방울새, 딱새, 부엉이, 후투티, 종달새, 뻐꾸기, 까치를 비롯해 깃털 달린 조류를 전부 소집했습니다. 그리고 모여든 조류를 베르데-콜레 왕국으로 보내어 그곳의 가장 좋은 나무들만 골라서 꽃도 잎도 남김없이 모조리 못쓰게 만들게 했습니다. 수사슴으로 변한 둘째 왕자는 숫양, 집토끼, 산토끼, 호저를 비롯해 일대의 모든 동물을 소집해, 베르데-콜레 왕국의 농지를 풀 한 포기 남지 않게 황폐화시켰습니다. 돌고래인 막내 왕자는 백 마리의 바다 괴물들과 작당해 왕국의 해변에 태풍을 일으킴으로써, 성한 배는 한 척도 남아 있지 않게 만들었지요. 일이 점점 악화되는 것을 본 베르데-콜레의 왕은 세 명의 짐승 구애자가 야기하는 손상을 회복할 수가 없어서 결국 곤경을 끝내기로 결심했고, 세 공주를 왕자들과 결혼시키기로 허락했습니다. 피로연도 악단의 연주도 원치 않은 신랑들은 저마다 신부를 데리고 왕국을 떠났습니다. 공주들이 떠나기 직전, 왕비 그라촐라는 비슷하게 생긴 반지를 하나씩 나누어 주면서 서로 떨어져 있다가 훗날 다시 만나거나 다른 혈육과 재회할 때 그 반지를 통해 서로를 알아볼 수 있을 거라고 말했습니다. 그렇게 작별을 고하고 공주들은 각자 다른 곳으로 떠났습니다. 매는 공주 중에서 장녀인 파비엘라를 데리고 까마득히 높은 산으로 갔습니다. 산이 어찌나 높은지 봉우리가 구름 위로 솟구쳐 있었고, 이곳엔 비 한 번 내린 적이 없었습니다. 매는 공주를 으리으리한 궁전으로 안내해 그곳에서 여왕처럼 살게 했습니다. 수사슴은 둘째 공주 바스타를 데리고 울창한 숲으로 갔습니다. 숲이 어찌나 빽빽한지 밤이 되면 그곳에 사는 어떤 생명체도 그곳에서 나가는 길을 찾지 못했습니다. 그 숲속에는 세상에서 가장 아름다운 정원이 딸린 놀라운 저택이 있었는데, 그곳에서 왕자와 공주는 동등한 동반자로 살았습니다. 막내 공주인 리타를 어깨에 태운 돌고래는 바다 한복판까지 헤엄쳐 가더니, 아름다운 암초 위에 세워진, 세 명의 왕이 함께 살아도 될 만큼 웅장한 궁전을 보여주었습니다.

한편 그라촐라 왕비는 잘생긴 왕자를 낳고 티토네라는 이름을 지어주었습니다. 티토네는 줄곧 세 공주를 향한 어머니의 한탄을 들으며 자랐습니다. 각자 동물들과 결혼한 뒤 깜깜무소식이라는 누나들 때문에 말이지요. 그가 열다섯 살이 되자, 누나들의 소식을 알아낼 때까지 세상을 돌아다니겠다는 생각을 하게 되었습니다. 그는 줄기차게 그 생각을 얘기하며 아버지와 어머니를 괴롭혔고, 결국 왕비는 공주들에게 준 반지와 비슷한 반지를 왕자에게 주면서 지위에 합당한 장비를 완벽하게 갖추고 수

WARWICK GOBLE

행원들까지 데려가라고 당부합니다. 그는 이탈리아에서 구멍 하나까지, 프랑스에서 동굴 하나까지, 스페인에서 구석구석까지 철저히 뒤졌고, 잉글랜드를 지나 플랑드르를 거쳐 폴란드에 닿는 등 동서양을 누비고 다닌 끝에 수행원들을 전부 선술집 아니면 병원에 남겨둔 채 혼자가 되었고, 주머니엔 동전 하나 남아 있지 않았습니다. 파비엘라와 매가 사는 산 정상에 도달한 것이 바로 그 무렵이었지요. 그곳에 서서 반암의 문설주, 설화석고 벽, 황금 창문, 은제 기와로 이루어진 궁궐의 아름다움을 눈이 빠지게 바라보고 있는데 그런 그를 누나가 발견했습니다. 누나는 그를 불러서 누구이고 어디서 무슨 일로 여기까지 왔느냐고 물었습니다. 티토네가 자신의 왕국이 어디인지, 부모님과 자신의 이름이 무엇인지 말하자 파비엘라는 그가 동생임을 알아챘고, 동생의 반지와 자신이 어머니로부터 받은 반지를 비교해보고는 확신을 얻었습니다. 그녀는 동생을 껴안고 크게 기뻐했으나, 동생의 등장으로 남편이 불쾌해할까 봐 이내 동생을 숨겼습니다. 밖에 나갔던 매가 돌아오자 파비엘라는 혈육이 보고 싶다고 말했고, 매는 이렇게 대답했습니다. "그런 생각일랑 그냥 흘려보내시오. 내가 당신을 보내주고 싶은 상황이 되기 전에는 불가능한 일이니까." "그렇다면 혈육 중에서 한 명만 불러와도 위안이 되겠는데요." 파비엘라가 말했습니다. 그러자 매가 대답했습니다. "누가 당신을 보러 이렇게 멀리까지 오려 할까?" "그래도 누가 온다면, 당신은 불쾌해할까요?" "내가 왜 불쾌해하겠소? 당신의 혈육이라면 누구든 내겐 소중한 사람일 텐데." 이 말을 들은 파비엘라가 기뻐하면서 동생을 불러 인사시키자 매가 말했습니다. "다섯에 다섯을 더하면 열. 장갑을 끼고 있어도 사랑의 감촉은 느껴지고, 물은 장화에서 나오지! 잘 왔어. 처남이 이 궁전의 주인이고, 처남이 원하는 것이 곧 나의 요구이니 부디 편히 있게!" 그러고는 신하들에게 자신을 대하듯이 처남을 존중하고 섬기라고 명령했습니다.

이 산에서 보름 동안 지낸 후 티토네는 다른 누나들도 찾아봐야겠다고 생각했습니다. 그래서 누나와 매형에게 떠나고 싶다고 말하니, 매가 자신의 깃털 하나를 주면서 말했습니다. "이걸 가져가서 소중히 간수하게. 나중에 이걸 보물로 여길 만한 상황이 닥칠 테니까. 잘 가지고 있다가 필요한 상황이 오면 깃털을 땅에 던지면서 이렇게 말하게. '나와라, 나와라.' 나한테 아주 고마워하게 될 거야." 티토네는 종이로 깃털을 싸서 작은 가방에 넣었고, 여러 번의 작별 인사 끝에 그곳을 떠났습니다. 그리고 고된 도보 끝에 도착한 곳은 바로 수사슴과 바스타가 사는 숲이었습니다. 몹시 배가 고팠던 그는 열매를 따 먹으려고 정원에 들어갔다가 누나의 눈에 띄었습니다. 바스타는 파비엘라와 똑같은 방식으로 동생을 알아보고는 그를 남편에게 소개했습니다. 수사슴은 그를 따뜻하게 맞아주면서 왕자에 걸맞게 대우했습니다. 그곳에서도 보름을 지낸 티토네는 또 한 명의 누나를 찾으러 떠나고 싶었고, 수사슴은 그에게 털 한 올을 주면서 매가 깃털을 주며 했던 것과 똑같은 말을 했습니다. 그래서 티토네는 앞서 매가 준 돈에다 이번에 수사슴이 준 돈까지 두둑한 노자를 챙겨가지고 멀리 땅이 끝나는 곳까지 걸었습니다. 바다에 막혀 더는 갈 수 없게 되자, 그는 누나의 소식을 들을 때까지 섬을 모조리 뒤져보겠다는 계획으로 배를 한 척 빌렸습니다. 그리고 돛을 올리고 오랫동안 항해한 끝에 드디어 돌고래와 리타가 사는 섬에 도착했습니다. 그가 뭍에 오르자마자 리타가 두 언니가 그랬던 것처럼 동생을 알아보았고, 이번에도 돌고래 매형이 그를 아주 따뜻하게 맞아주었습니다. 그곳에서 한참을 머무른 티토네가 부모님을 보러 돌아가고 싶어 하자 돌고래는 자기 비늘을 하나 주면서 역시 똑같은 말을 했습니다. 티토네는 말을 타고 출발했지요.

해변에서 1킬로미터를 채 가지 않았을 때, 그는 어둠과 공포의 무법 지대인 어느 숲에 도착했습니다. 호수가 나무의 밑동까지 차올라 나무의 추한 하체를 숨겨주고 있었는데, 그 호수의 한가운데에 커다란 탑이 솟아 있었습니다. 그는 그 탑의 창문 한곳에서 더없이 아름다운 여자를 보았습니다. 그런데 그녀는 잠들어 있는 오싹한 용의 발치에 있었습니다. 티토네를 본 그녀가 연민을 불러일으키는 목소리로 힘없이 말했습니다. "잘생긴 분, 기독교인의 얼굴이라고는 볼 수 없는 이곳까지 저의 불행을 위로하기 위해 하늘이 당신을 보내준 게 아닐까 싶어요. 이 폭군 같은 뱀이 키아라-발레('깨끗한 계곡')의 왕이신 저의 아버지로부터 나를 납치해 이 처참한 탑에 가두어버리니, 저는 이제 죽을 것 같아요. 저를 이 뱀의 손아귀에서 구해주세요!" 티토네가 대답했습니다. "가엾어라, 아름다운 여인이여. 내가 당신을 위해 무엇을 할 수 있을까요? 누가 이 호수를 건널 수 있단 말인가요? 누가 그 탑을 오를 수 있단 말인가요? 무서운 눈알로 당신에게 겁을 주고 공포의 씨를 뿌리며 보는 이에게 설사를 일으키는 저 오싹한 용에게 누가 감히 접근할 수 있단 말인가요? 잠깐만 기다려보세요. 혹시 다른 이의 도움을 받아 저 용을 없앨 수 있을지 알아봅시다. 허풍선이 가라사대 '한 걸음씩 한 걸음씩', 이 주먹에 사탕이 들었게 아니면 바람이 들었게, 알아맞히기!" 그러고는 그는 매형들이 준 깃털과 털과 비늘을 동시에 내던지면서 말했습니다. "나와라, 나와라!" 세 가지 물건이 땅에 닿자마자 매와 수사슴과 돌고래가 여름날의 물방울들이 개구리의 탄생을 가져오듯 한꺼번에 모습을 드러내더니 셋이 함께 소리쳤습니다. "우리가 왔네. 무엇을 원하는가?" 티토네는 아주 기뻐하면서 말했습니다. "제가 바라는 건 딱 하나, 용의 발톱으로부터 저 불쌍한 여인을 구해내는 겁니다. 저 여인을 탑에서 구하고 이곳의 모든 걸 파괴한 뒤 그녀를 아름다운 아내로 맞아 왕국으로 돌아가고 싶어요." 매가 말했습니다. "전혀 기대하지 않은 곳에서 콩이 싹을 틔우는 법. 우리가 용을 꼼짝 못 하게 만들지. 두고 봐, 용이 딛고 서 있을 땅조차 없게 만들 테니까." 그러자 이번엔 수사슴이 말했습니다. "시간 낭비 말자고. 고민거리와 마카로니는 뜨거울 때 해치우는 게 상책이야." 수사슴이 이렇게 말하는 동안 매가 그리핀* 군단을 불러 모았습니다. 그리고 그리핀들에게, 탑의 창문으로 가 여자를 구해서 티토네와 그의 매형들이 있는 곳으로 데려오라고 명령했

• 머리와 날개는 독수리이고 몸은 사자인 상상의 괴조.

습니다. 멀리서 봤을 때 달덩이 같았던 그녀가 가까이서 보니 태양처럼 눈부시게 아름다웠습니다. 티토네가 그녀를 포옹하고 달콤한 말들을 전하는 동안, 용이 잠에서 깨어나 창밖으로 나왔습니다. 그러더니 티토네를 집어삼킬 태세로 호수를 헤엄쳐 오는 것이었습니다. 그러자 수사슴이 사자, 호랑이, 늑대, 살쾡이 등의 동물 부대를 소집해 용을 갈기갈기 찢어놓게 했습니다.

용이 죽자 티토네는 그곳을 떠나고 싶어 했으나 돌고래가 말했습니다. "나도 처남을 돕고 싶어." 그러고는 그 저주스럽고 불쾌한 장소를 기억에서 아예 없애버리고자 높은 파도를 일으켜 탑과 그 일대를 흔적도 없이 휩쓸어버렸습니다. 이 광경을 본 티토네는 매형들에게 진심으로 고마워했고, 미래의 신부에게도 그 큰 위험에서 벗어난 것이 다 그들 덕분이니 역시 고마움을 전하라고 했습니다. 그러나 동물의 모습을 한 매형들은 이렇게 대답했습니다. "오히려 우리가 이 아름다운 여성에게 고마워해야지. 우리를 본래의 모습으로 되돌려줄 분인걸. 우리 어머니가 어느 요정에게 매정하게 군 까닭에 우리는 태어나면서부터 저주에 걸려 이렇게 동물 모습을 하게 된 거라네. 우리가 큰 곤경에 처한 어느 왕의 따님을 구출해내야만 풀리는 저주였지. 그런데 지금 우리가 그토록 원했던 순간이 찾아온 거야! 모든 조건이 완벽하게 갖춰졌거든! 벌써부터 폐에서 새로운 기운이 느껴지고 혈관에서 새로운 피가 느껴지는걸." 이렇게 말하는 동안 그들은 아주 잘생긴 세 명의 청년으로 바뀌었습니다. 그들은 서로를, 또 처남을 번갈아 껴안으면서 기쁨을 나눴고, 곧 새로운 인척의 연으로 맺어질 공주와도 손을 꼭 마주 잡았습니다. 그런데 티토네가 큰 한숨을 쉬며 말했습니다. "아, 아버지와 어머니도 이 기쁨을 나누실 수 있다면 좋으련만. 이렇게 멋지고 잘생긴 사위들을 보면 얼마나 좋아하실까!" 그러자 매형들이 대답했습니다. "아직 밤이 되지 않았잖아. 동물의 모습을 하고 있다는 수치심 때문에 사람들의 시선을 피해왔지만, 이제는 다행히 사람들 속에 모습을 드러낼 수 있게 됐어. 우리가 원하는 건 소중한 아내와 함께 형제들이 한 지붕 아래서 행복하게 사는 거라네. 조금 있다가 길을 떠나자고. 그래서 내일 아침 태양이 동쪽 세관에서 햇빛이 든 보따리를 풀어놓기 전까지 각자 아내를 데려오는 거야."

그곳엔 티토네가 타고 온 배 한 척밖에 없어서 티토네의 매형들이 여섯 마리의 사자가 끄는 근사한 마차를 만들었고, 다섯 명이 전부 마차에 탔습니다. 하루 종일 이동해 저녁에는 한 여인숙에 묵었습니다. 식사 준비를 하는 동안, 그들은 벽에 남아 있는 낙서들을 읽으면서 인간들이 얼마나 한심하고 무지한지 확인하며 시간을 보냈습니다. 티토네와 공주가 식사를 끝내고 잠자리에 들었을 때, 세 청년은 잠을 자러 가는 척해놓고 밤새 분주히 움직였고, 그 결과 처녀처럼 수줍은 별들이 태양에게 모습을 보여주지 않겠다고 한 아침 무렵에는 각자의 아내를 데리고 여인숙에 무사히 모일 수 있었습니다. 이루 형용할 수 없는 기쁨과 포옹이 몇 차례 돌고 돈 후에 여덟 명은 같은 마차에 올랐습니다. 그리고 긴 여정 끝에 베르데-콜레 왕국에 도착했고, 왕과 왕비는 그들을 극진히 맞았습니다. 그도 그럴 것이, 잃어버린 줄 알았던 자식 넷을 한꺼번에 되찾았을 뿐 아니라 미의 신전을 받치는 네 기둥과도 같은 세 명의 사위와 한 명의 며느리까지 얻게 됐으니 까요. 그리고 벨로-프라토 왕국과 키아라-발레 왕국의 왕과 왕비 들이 각각 자신들의 자식에게 벌어진 일을 전해 듣고 축제에 참석하니, 행복의 수프에 기쁨의 고기를 추가하는 격이었습니다. 이로써 다음과 같은 말처럼 지난 고통은 전부 끝난 것이었습니다.

"한 시간의 행복이 천 년의 고통을 잊게 만든다."

네 번째 여흥

돼지껍질 일곱 조각

가난한 늙은 아낙이 돼지껍질 일곱 조각을 먹었다는 이유로 먹성 좋은 딸을 매질한다. 그때 한 상인이 나타나자 늙은 아낙은 자기 딸이 일곱 개의 물레를 돌리는 등 너무 일을 많이 해서 때렸다고 거짓말을 한다. 그러자 상인은 그 말을 믿고 아낙의 딸을 아내로 맞는다. 그러나 그녀는 일을 하고 싶어 하지 않았고, 남편이 출장에서 돌아올 때까지 요정의 도움으로 실을 자아 천을 짜놓는다. 아내가 또 다른 속임수를 쓴 결과, 남편은 그녀가 병들까 봐 더는 일을 시키지 않는다.

아주 멀리서 벌어진 일을 눈앞에서처럼 생생하게 들려준 메네카의 맛깔스러운 화술에 모두가 찬사를 보냈다. 이것은 톨라의 시샘을 자극했고, 그녀는 메네카를 능가하고 말겠다는 욕심에 차서 작은 발로 벌떡 일어섰다. 그리고 목청을 가다듬은 뒤 이야기를 시작했다.

발설된 모든 말은 불완전하거나 완전하거나 둘 중 하나지요. 그래서 누군가 "굽은 얼굴, 곧은 운명"이라고 말한다면 그는 세상 물정을 아는 사람이고, 어쩌면 안투오노와 팔미에로의 이야기를 읽어본 사람일지도 모릅니다. "행운을 빌어, 안투오노. 마음 느긋하게 먹어. 자네는 올가미 없이도 새를 잡을 수 있으니까!" 경험이 우리에게 이렇게 가르쳐주기 때문이지요. 이 세상은 가장 열심히 일한 사람은 가장 적게 벌고, 가장 잘사는 사람들은 마카로니가 입속으로 떨어지기만 기다리는 게으름뱅이의 천국과도 같은 곳이지요. 실제로도 행운의 옷과 발을 얻는 것은 기름칠한 범선이 아니라 망가진 작은 배를 통해서라는 걸 지금부터 제가 하는 이야기를 통해서 여러분이 직접 확인할 수 있을 겁니다.

물레질을 해서 살아가는 늙고 가난한 여인이 있었습니다. 그녀는 거리에서, 또 집집마다 돌아다니면서 구걸을 했습니다. "재주와 속임수로 반년은 살 수 있다." 이런 속담이 있듯이 어느 날 그녀는 정 많고 뭐든 잘 믿는 아낙들을 병약한 딸을 뒷바라지해야 한다는 말로 속여서 돼지껍질 일곱 조각을 얻는 데 성공했습니다. 돼지껍질과 길에서 주운 장작 한 짐을 가지고 집에 돌아온 그녀는 딸에게 불을 지펴 요리를 하라고 일렀습니다. 그리고 자신은 농부들한테서 채소를 조금 얻어다가 수프를 만들겠다며 다시 밖으로 나갔습니다. 그녀의 딸은 돼지껍질을 바삭하게 구운 다음 작은 냄비에 넣고 요리를 하기 시작했습니다. 그러나 돼지껍질은 냄비 속보다 그녀의 위장 속에서 더 맹렬하게 끓었습니다. 냄비에서 피어오르는 냄새에 유혹되고 본래의 식탐에 끌리고 속을 갉아대는 허기에 짓눌려서 그녀는 살짝 맛만 보기로 했습니다. 그런데 맛이 어쩌나 좋은지 그녀는 이렇게 혼잣말을 했습니다. "겁이 많으면 경찰이 됐어야지! 어쩌다 보니 이렇게 된 거니까, 까짓것 먹어버리자! 나한테 얼마든지 천둥이 치고 비가 쏟아지라고 해! 겨우 돼지껍질이잖아? 이게 뭐 그리 대단하다고. 나는 이 돼지껍질 정도는 먹을 만한 자격이 있다고." 그러고는 그녀는 돼지껍질 한 조각을 삼켰습니다. 배 속이 더욱더 굶주림에 요동치자, 돼지껍질을 한 조각 더 먹었습니다. 그리고 또 세 번째, 네 번째 조각을 먹고, 그렇게 일곱 조각을 다 먹어치웠지요. 그러나 일단 난처한 상황에 빠진 그녀는 자신이 저지른 실수를 따져보기 시작했고, 점점 돼지껍질이 막대기처럼 변해서 목구멍을 막아버리는 듯한 기분이 들었습니다. 그녀는 결국 어머니를 속이기로 결심했습니다. 그래서 낡은 신발을 찾아냈고, 그것의 깔창을 일곱 조각 내서 냄비에 넣었습니다.

그러는 동안 어머니가 양배추를 조금 얻어 와서 부스러기 하나 버리지 않으려고 잘게 잘랐습니다. 곧 냄비가 김을 뿜으며 끓어오르자 썬 양배추를 집어넣었고, 마부가 마차에 광을 내고 남았다면서 적선한 기름까지 곁들였습니다. 그러고는 미루나무로 만든 작고 낡은 궤짝에 천을 간 뒤에 곰팡내 나는 빵 조각 두 개를 가져왔습니다. 이어서 접시 선반에서 나무 도마를 가져다가 빵을 작은 조각으로 잘랐고, 냄비의 야채와 깔창 조각을 국자로 퍼서 빵 위에 얹었습니다. 그러나 한입 베어 물기가 무섭게 자신의 치아로는 제화공의 제품을 먹을 수 없다는 것과 마치 새로운 오비디우스의 변신 이야기처럼 돼지껍질이 물소의 창자로 변해버렸다는 것을 알아차렸습니다. 그녀는 딸을 보고 말했습니다. "엄마를 속이다니, 이 망할 돼지 년! 대체 수프에 무슨 쓰레기를 넣은 거냐? 엄마의 위장을 깔창이 필요한 낡은 신발쯤으로 본 거냐? 무슨 짓을 했는지 당장 솔직하게 말해. 안 그랬다간 태어난 걸 후회하게 만들어주마. 네년의 뼛조각 하나 남겨놓지 않을 테니까!" 딸 사포리타는 모든 걸 부인하기 시작했지만, 어머니의 고통스러운 절규가 더 힘을 얻어 결국 사포리타는 음식 냄새 때문에 눈이 뒤집혀 나쁜 짓을 저질렀다고 말했습니다. 음식이 오염된 것이 명확해지자 늙은 아낙은 빗자루를 움켜쥐고서 딸을 도리깨질하듯이 일곱 번 넘게 후려쳤습니다. 우연히 그곳을 지나가던 한 상인이 사포리타의 비명을 듣고 집 안으로 들어왔습니다. 그는 늙은 아낙이 딸을 잔인하게 매질하는 것을 보고 아낙의 손에서 빗자루를 빼앗고 말했습니다. "이 불쌍한 소녀가 대체 무슨 짓을 했기에 죽이려고 드시오? 이게 혼을 내겠다는 거요, 아니면 죽이겠다는 거요? 몰래 남자를 만나다가 들키기라도 한 거요, 아니면 돈을 훔친 거요? 불쌍한 처자를 그리 대하다니 부끄럽지 않소?" "이 애가 나한테 어떻게 했는지 몰라서 그래요. 이 뻔뻔한 계집애는 글쎄 내가 돈이 한 푼도 없다는 걸 알면서도 이렇게 무신경해요. 그냥 의사와 약사에게 돈을 대느라 내가 망하기를 바라는 거죠. 지금도 밖이 너무 더우니까 병이 나지 않으려면 일을 너무 열심히 하지 말라고 내가 그랬어요. 이 애가 병이 나더라도 나는 치료비를 낼 처지가 못 되니까요. 오늘 아침에는 이 이기적인 애가 물레 일곱 개로 실을 잣겠다고 고집을 피우지 뭐예요. 그랬다가는 심장에 무리가 가서 몇 달을 병상에 누워 있어야 할지도 모르는데요." 이 말을 들은 상인은 그렇게 부지런한 여자를 집 안에 들이는 건 요정을 얻는 거나 마찬가지라고 생각하고서 늙은 아낙에게 말했습니다. "진정하세요. 제가 따님을 아내로 맞아 제 집으로 데려감으로써 이 집에서 위험을 덜어 드리려 하니까요. 제 집에 가면 따님을 공주처럼 살게 할 겁니다. 다행히 저는 닭과 돼지와 비둘기를 키우고 있고, 집 안이 꽉 차서 몸을 돌리기도 힘들지요. 하늘이여, 부디 저를 축복하시고 사악한 눈으로부터 멀리 피하게 하소서. 밀을 넣은 통, 밀가루를 넣은 상자, 올리브유 병, 기름 단지, 대들보에 매달아 놓은 라드, 접시 선반을 가득 채운 도자기류, 장작더미, 석탄 더미, 이불 한 궤짝, 새신랑에게 어울리는 침대 등으로 집 안이 꽉 차 있고, 무엇보다 집세와 다른 수입으로 군주처럼 살 수 있지요. 그뿐만 아니라 시장에도 조금 투자를 할 생각이라, 일이 잘 풀리면 곧 지금보다 더 부자가 될 겁니다." 뜻하지 않게 횡재를 만난 늙은 아낙은 나폴리의 관례에 따라 사포리타의 손을 잡아 상인에게 넘겨주었습니다. "여기 신부가 있어요. 오래오래 당신의 아내로 행복하게 살기를. 건강하고 예쁜 자식들을 낳기를." 상인은 사포리타의 목을 껴안은 뒤 집으로 데려갔습니다. 그리고 사야 할 물건이 있어서 장날이 오기를 손꼽아 기다렸습니다.

드디어 월요일 장날이 되자, 일찍 일어난 상인은 시골 사람들이 물건을 내다 파는 장으로 향했고, 거기서 아마 80롤을 샀습니다. 그리고 이것을 사포리타에게 가져다주면서 말했습니다. "이제 당신 하고 싶은 대로 원 없이 물레를 돌리구려. 물레를 돌린다고 뼈를 부러뜨려놓느니 하면서 길길이 날뛰는 장모님 같은 사람은 여기 없으니 걱정 말고. 실을 열 가락 자을 때마다 내가 키스를 열 번씩 해줄게. 그러니 힘내서 일하구려. 내가 스무 날 뒤 시장에서 돌아왔을 때 당신이 아마 80롤을 전부 실로 만들어놨다면 멋진 소매와 녹색 벨벳 장식이 달린 빨간 옷을 사줄게." 그러자 사포리타는 들리지 않게 작은 목소리로 이렇게 말했습니다. "어서 꺼져! 나더러 진짜 물레를 돌리라고? 오냐, 열심히 해봐라. 내 손으로 옷을 만들어주길 바라느니, 차라리 쓰다 버린 종이로 직접 만드는 편이 빠를 거다. 그게 가당키나 하니? 내가 악마의 젖이라도 먹은 줄 알아? 이십 일 만에 아마 80롤을 실로 만들다니. 네놈이 어떤 배를 타고 이 마을로 왔는지 모르겠다만, 그놈의 배에 저주나 내려라! 간에 털이 나고 원숭이한테 꼬리가 나면 그때 그 실을 볼 수 있을 거다."

그러는 사이 남편은 집을 나섰고, 게으름에 뒤지지 않을 만큼 먹성도 좋았던 사포리타는 기다렸다는 듯이 밀가루 자루와 기름이 든 통을 가져다가 튀김을 하고 피자를 구웠습니다. 그러고는 음식들을 아침부터 밤까지 생쥐처럼 뜯어 먹고 돼지처럼 집어삼켰습니다. 그러나 남편이 돌아올 시간이 다가오자, 아마는 이십 일 전의 상태 그대로인데 식재료 궤짝과 항아리들은 텅 비어 있는 것을 발견한 남편이 난리법석을 칠 일을 생각하며 그녀는 슬슬 불안해졌습니다. 그래서 아주 기다란 장대를 가져다가 거기에 아마 20롤을 감고 커다란 머리핀으로 인도 호리병박을 매달 았습니다. 그러고는 그 장대를 테라스 난간에 묶더니, 이 초대형 물레를 테라스에서 땅바닥까지 늘어뜨리기 시작했습니다. 그리 고 마카로니 국물을 담는 커다란 항아리를 물레를 돌릴 때 손가 락을 적시기 위해 필요한 물 접시로 사용했지요. 이렇게 선박용 밧줄만 한 두께로 실을 잣는 동안 그녀는 손가락에 물을 묻힐 때 마다 사순절에 그러는 것처럼 지나가는 행인들에게 물을 튀겼습 니다. 그때 요정 몇몇이 우연히 그쪽을 지나가다가 그 오싹한 광 경을 보고 너무 재미있다며 쓰러질 듯이 웃어댔습니다. 그러고 는 그 대가로 그녀에게 마법을 하나 선사했습니다. 집에 있는 아 마가 전부 순식간에 실로 변할 뿐 아니라 다시 천으로 짜이고 표 백까지 끝나도록 마법을 부린 것이지요. 이 모든 일이 금세 끝나 자, 하늘에서 행운이 억수로 쏟아진 것을 깨달은 사포리타는 기 쁨의 바다에서 헤엄을 치기 시작했습니다. 그러나 남편이 다시 는 일을 하라고 성가시게 구는 일이 없게 할 요량으로 개암 더미 위에 잠자리를 깔고 누웠습니다. 그리고 남편이 돌아오자, 구시 렁대면서 이리 누웠다가 저리 누웠다가 하여 개암 부딪치는 소 리가 뼈 부러지는 소리처럼 들리게 했지요. 남편이 괜찮으냐고 물었고, 그녀는 신음 소리를 내며 기어드는 불쌍한 목소리로 대 답했습니다. "여보, 이렇게 아파보기는 처음이에요. 몸에 성한 뼈 가 하나도 남아 있지 않은 것 같아요. 이십 일 안에 아마 80롤을 실로 만들고 다시 천을 짜다니, 이게 당신 눈에는 양한테 먹일 풀 한 줌 뜯어 오는 것으로 보이나요? 당신 혹시 태어날 때 산파에게 값을 치르지 않아서 어디가 잘못된 거 아니에요? 아니면, 당나귀가 당신의 분별력을 다 먹어치우기라도 한 건가요? 내가 죽거든 우리 엄마한테 다시는 나 같은 자식을 낳지 말라고 전해요. 당신이 또 개처럼 중노동을 시키겠다고 낚아채 갈지 모르니까. 이제 물레라면 신물이 나서 다시는 그 일을 하지 않을 거예요."

남편이 그녀를 쓰다듬으며 말했습니다. "여보, 건강해야지. 이 세상에 있는 천을 다 짜는 물레보다 우리 사랑을 짜는 물레가 더 중요하니까. 지금 보니, 장모님이 너무 열심히 일한다고 당신을 혼낸 것이 옳았구려. 과로로 당신 건강을 해칠 테니까. 기운을 내요. 당신이 다시 건강해진다면 나는 눈과 이도 빼줄 수 있다오. 기다려요. 당장 가서 의사를 불러올게." 그는 명의 카투폴로를 부르러 달려갔습니다. 그동안 사포리타는 개암을 다 까 먹고 껍질은 창밖으로 던졌습니다. 의사가 도착해 그녀의 맥을 짚어보고 안색을 살피고 오줌을 들여다보고 요강의 냄새까지 쿵쿵 맡아보더니, 히포크라테스와 갈레노스의 전통을 이어 이렇게 결론 내렸습니다. 그녀의 병은 혈액은 너무 많고 노동은 너무 적어서 생긴 것이라고 말이지요. 상인의 입장에서는 말도 안 되는 헛소리로밖에 들리지 않았기에 그는 돈 몇 푼 쥐여주고 의사를 불쾌하게 돌려보냈습니다. 그리고 다른 의사를 부르러 가려는데, 사포리타가 그럴 필요 없다며 방금 전의 의사를 본 것만으로 병이 나았다고 말했습니다. 그래서 남편은 그녀를 껴안고는 앞으로는 일을 시키지 않겠다고 말했습니다. 포도와 양배추를 둘 다 키울 수는 없듯이 다음과 같은 말이 있으니까요.

"가득한 술통과 술고래 여자 노예를 동시에 갖기란 불가능
하다."

다섯 번째 여흥

용

미우초는 왕비 때문에 여러 위험에 직면한다. 그리고 그 모든 위험을 마법 새의 도움을 받아 훌륭하게 극복한다. 결국 왕비는 죽고, 미우초가 왕의 아들임이 밝혀지자 그는 갇혀 있던 친어머니를 구해낸다. 친어머니는 왕비의 자리에 오른다.

돼지껍질 일곱 조각은 왕자의 즐거움이 담긴 수프에 어찌나 풍미를 더했던지, 왕자가 사포리타의 무지한 악의와 악의적인 무지를 맛보는 동안 향료가 뚝뚝 떨어지는 것 같았다. 그 정도로 톨라의 이야기엔 맛깔스러움이 가득했다. 그러나 톨라에게 조금도 뒤지고 싶지 않은 포파가 닻을 올려 동화의 바다로 나아가며 이야기를 시작했다.

타인에게 해를 끼치려는 사람은 그 자신의 죽음과 맞닥뜨리고, 제삼자, 심지어 제사자까지 기만과 배신으로 함정에 빠뜨리려는 사람은 종종 자기가 놓은 덫에 자기가 걸려들곤 합니다. 지금부터 제가 하려는 이야기에서 왕비가 자기가 놓은 함정에 스스로 빠져든 것처럼 말입니다.

옛날에 알타-마리나('높은 마리나') 왕국의 왕은 잔인한 폭정을 일삼다가, 결국 어느 날 도시에서 멀리 떨어진 작은 성으로 왕비와 놀러 간 사이에 어느 여자 마법사에게 왕위를 빼앗기고 말았습니다. 왕은 신비한 방식으로 답을 해주는 나무 조각상을 향해 기도를 올렸습니다. 조각상은 그 마법사가 시력을 잃어야만 왕위를 회복할 수 있다고 그의 기도에 답했습니다. 마법사가 왕국을 워낙 잘 수비하고 있는데다가 왕궁의 동정을 살피기 위해 왕이 보낸 밀정들까지 어김없이 찾아내 개처럼 처형하는 통에 왕은 절망에 빠졌습니다. 왕은 마법사에 대한 분풀이로 왕국에서 오는 여자들을 손에 잡히는 대로 능욕했습니다. 불운하게도 왕의 땅으로 길을 잘못 든 수많은 여성들이 몸뿐 아니라 목숨까지 유린당하고 말았습니다.

이 와중에 포르치엘라라는 여자도 이곳에 발을 들여놓게 되었지요. 그녀는 이 세상에서 가장 눈부신 미모를 지니고 있었습니다. 그녀의 머리칼은 사랑의 경관이 사용하는 수갑이요, 이마는 연애의 쾌락을 파는 상점의 가격표를 적어놓은 서판이요, 두 눈은 욕망의 배들을 기쁨의 항구로 인도하는 등대요, 입은 두 개의 장미 울타리 한복판에 있는 꿀벌집이었습니다. 그녀가 왕의 마수에 걸려들었을 때, 왕은 그녀를 능욕한 뒤 다른 여인들과 마찬가지로 그녀도 죽이려고 했습니다. 그런데 그가 단검을 들어 올리는 순간, 새 한 마리가 그의 팔에 뿌리 하나를 떨어뜨렸습니다. 그러자 왕은 부들부들 떨면서 단검을 떨어뜨렸습니다. 그 새는 요정이었던 것입니다. 며칠 전 폭염이 공포의 갤리선처럼 새로이 위세를 떨치는 가운데 그늘 아래서 잠이 들었던 요정은 자신에게 나쁜 짓을 저지르려는 사티로스*가 다가오는 것도 모르고 있었지요. 그런데 포르치엘라의 발소리에 깨어나 위기를 모면했고, 그 은혜에 보답하고자 그녀의 뒤를 따라온 것이었습니다. 왕은 포르치엘라의 미모 때문에 팔을 움직일 수 없었고, 수많은 여자들을 찔렀던 단검도 그녀를 해칠 수 없다고 여겼습니다. 그래서 집안에 미치광이는 한 명으로 족하고 구태여 칼에 피를 묻힐 필요가 없다고 생각한 그는 포르치엘라를 다락방에 가두기로 결정했습니다. 그는 그 불쌍하고 비참한 여인을 네 개의 벽 속에 가둔 뒤, 최대한 일찍 죽게 하려고 먹을 것도 마실 것도 전혀 주지 않았습니다. 새는 곤경에 빠진 포르치엘라에게 인간의 언어로 힘을 내라고, 그녀가 베푼 은혜에 보답하겠다고, 목숨을 바쳐서라도 기꺼이 그녀를 돕겠다고 말하며 위로했습니다. 포르치엘라가 여러 번 물었지만 새는 자기의 정체를 밝히지 않았고, 그저 자기가 그녀에게 빚을 졌고 그녀를 위해서라도 무슨 일이든 하겠다고만 말했습니다. 포르치엘라가 굶주림에 기력을 잃자, 새는 밖으로 날아갔다가 왕의 찬장에서 날카로운 칼을 물고 금

---

* 그리스·로마 신화에 나오는 숲의 신으로, 반인반수의 모습을 하고 있었다.

세 돌아왔습니다. 그리고 칼을 포르치엘라에게 주면서, 다락방의 부엌으로 통하는 쪽 구석에 구멍을 내라고 했습니다. 그러면 그 구멍으로 언제든지 자기가 먹을 것을 가져다주겠다고 말이지요. 포르치엘라는 한참을 씨름한 끝에 새가 드나들 만한 구멍을 팠고, 요리사가 물을 길으러 분수로 간 것을 확인한 새가 구멍을 통해 내려가더니 맛있게 튀겨놓은 햇닭을 가지고 돌아왔습니다. 반면에 마실 것은 가져올 방법이 마땅찮았는데, 식료품실로 날아간 새가 많은 양의 포도가 매달려 있는 것을 보고 포도를 가져왔습니다. 새는 한동안 이런 식으로 먹을 것과 마실 것을 가져다주었지요.

그렇게 시간이 가는 동안 임신했던 포르치엘라가 귀여운 아들을 낳았고, 새의 지속적인 도움을 받아 아기를 키웠습니다. 아이가 커가자 요정은 포르치엘라에게, 구멍을 넓히고 다락방의 판벽을 최대한 떼어내어 아들 미우초가 빠져나갈 수 있게 하라고 충고했습니다. 그런 다음에 새가 물어다 준 줄을 이용해 아이를 내려보내고 판벽을 도로 붙여서 아이가 어디로 나왔는지 모르게 하라고 했지요. 포르치엘라는 새가 시키는 대로 했고, 아들에게는 어디 출신이고 부모님이 누구인지 질문을 받으면 절대 말하지 말라고 당부했습니다. 그러고는 요리사가 밖으로 나갔을 때 아들을 밑으로 내려보냈습니다. 요리사가 돌아와서 잘생긴 소년을 보고는 누구인지, 어떻게 그곳에 들어왔는지, 무슨 일로 왔는지 물었습니다. 어머니의 충고를 마음에 새긴 미우초는 자신은 길을 잃었고 스승을 찾고 있다고 말했습니다. 두 사람이 이런 대화를 하고 있는데 집사가 들어왔다가 아주 쾌활한 소년을 보고는 왕의 시동으로 적격이라고 생각했습니다. 그는 소년을 왕실로 데려갔고, 보석처럼 잘생기고 매력적인 소년을 본 왕은 곧바로 호감을 보였지요. 왕은 미우초를 시동으로 곁에 두었으나 마음속으로는 아들처럼 여겼고, 그가 신사에게 필요한 교육을 전부 받도록 했습니다. 그래서 미우초는 왕궁에서 가장 덕망 있는 인물로 성장했고, 왕은 그런 그를 의붓아들보다 더 아꼈습니다. 이 때문에 왕비는 미우초를 탐탁지 않게 생각했고, 급기야 미워하기까지 했습니다. 왕비의 질투와 적의가 커질수록 왕의 호의와 친절은 점점 더 미우초의 앞길을 탄탄대로로 만들었습니다. 그러나 왕비는 미우초가 누리는 행운의 계단에 비누를 놓아 그를 계단 꼭대기에서 아래로 미끄러뜨리겠다고 마음먹게 됐지요.

어느 날 저녁, 왕과 왕비가 악기를 조율하고 대화라는 음악을 연주하고 있었습니다. 미우초가 허공에 세 개의 성을 지을 수 있다며 허풍을 떨더라고 왕비가 왕에게 말했습니다. 호기심도 동하고 아내를 기쁘게 하고 싶은 마음도 생겨서 왕은 아침이 되어 어둠의 여교장이었던 달이 태양의 축제를 위해 휴교를 결정하자마자 미우초를 불렀고, 장담한 대로 허공에 세 개의 성을 지어보라고 명령했습니다. 해내지 못하면 교수형에 처하겠다고 했지요. 자기 방으로 물러난 미우초는 왕의 은총이 얼마나 덧없고 왕의 호의가 얼마나 쉽게 끝나버리는지 깨닫고 비탄에 잠겼습니다. 그런데 그가 하염없이 눈물을 흘리고 있을 때 홀연히 새가 나타나 말했습니다. "미우초, 용기를 내. 내가 네 곁에 있는 한 두려워할 게 없어. 내가 널 불 속에서 구해줄 테니까." 새는 이렇게 말하고, 그에게 많은 양의 마분지와 풀을 가져다주면서 커다란 성을 세 개 만들라고 했습니다. 그러고는 커다란 그리핀을 세 마리 데려와 성을 하나씩 매달았습니다. 그리핀들이 날아오르자 미우초는 왕을 모시러 갔습니다. 왕과 모든 궁인이 달려 나와 그 장관을 보았고, 그로써 미우초의 독창성이 입증되어 왕은 그에게 더욱더 큰 애정을 보였고 예외적인 찬사까지 아끼지 않았습니다. 이것은 왕비의 질투에 눈덩이를 더하고 그녀의 모욕감에 불덩이를 보태었습니다. 그날 이후 그녀는 낮에는 온종일 눈엣가시인 미우초를 없앨 방법을 궁리하고 밤에는 미우초를 없애는 꿈을 꾸었기 때문입니다. 며칠이 지나서 왕비가 왕에게 말했습니다. "전하, 왕위를 회복하고 일 년 전의 행복을 되찾아야 할 때입니다. 미우초가 그 마법사의 눈을 멀게 해 전하께 잃어버린 왕국을 되찾아주겠다고 제안했으니까요." 아픈 곳을 찔린 왕은 당장 미우초를 불러 말했습니다. "내가 널 얼마나 사랑하는지 생각하면 나 스스로도 놀랍고, 내가 빼앗긴 왕위를 네가 되찾아줄 수 있다니 더더욱 놀랍구나. 그런데 네가 그리 쾌활하게 돌아다니면서도 내가 처해 있는 비참한 상황을 해결하려는 시도를 아직까지 하지 않았다니 그것은 더더욱 의아하구나. 보다시피 나는 왕국에서 이 숲으로, 도시에서 이 작고 초라한 성으로, 많은 사람을 호령하던 자리에서 할 수 있는 것이라고는 빵을 자르고 수프를 푸는 것뿐인 굶주린 몇 명의 하인을 거느린 처지로 굴러떨어졌다. 그러니 내가 불운하기를 원치 않는다면, 너는 당장 달려가 내 것을 강탈한 그 요정의 눈을 멀게 해라. 네가 그 마녀의 상점을 닫게 하는 것이 곧 위대한 나의 창고를 열게 하는 것이다. 네가 그 마녀의 호롱불을 꺼뜨리는 것이 곧 지금은 검게 그을린 내 명예의 등불을 켜게 하는 것이다." 이 말을 들은 미우초는 자신이 했다는 제안에 대해서 왕이 잘못 알고 있으며 자신과 다른 사람을 착각한 것이라고 대답하려 했습니다. 자신은 눈알을 파는 까마귀도 아니고 변소의 막힌 곳을 뚫는 청소부도 아니라고 말입니다. 그러나 왕이 계속 말했습니다. "다른 말은 마라. 그것이 내가 원하는 일이고 이루어져야 할 일이다. 일단 내가 생각한 공평한 천칭에 대해 들어보아라. 요컨대 네가 맡은 임무를 해낼 경우 받게 될 상이 천칭의 한쪽이요, 네가 내 명령을 거부할 경우 받게 될 벌이 천칭의 반대쪽이다." 미우초는 계란으로 바위를 칠 수 없고 지금 자신이 상대하는 사람이 딸 키우는 모든 어머니들을 비참하게 만들 위인임을 생각하면서 그저 구석진 자리를 찾아 절망했습니다. 그때 새가 나타나 말했습니다. "미우초, 어찌 매사에 그리도 의기소침할 수 있니? 내가 죽어도 그렇게 울기만 할 거니? 내가 너의 목숨을 내 목숨보다 더 걱정하고 있다는 걸 모르니? 그러니 낙담하지 마. 날 따라와. 내가 뭘 할 수 있는지 보여주마." 새는 그렇게 말하고 날아갔습니다. 그러고는 어느 숲에 내려앉아 울기 시작하니, 새의 무리들이 주변으로 몰려들었습니다. 새는 다른 새들에게, 마법사의 눈을 멀게 할 수 있는 새에게는 참매와 새매의 발톱에도 무사하고 소총, 활과 화살, 쇠뇌, 사냥꾼의 올무에도 무사할 수 있는 안전장치를 주겠다고 선언했습니다.

　모인 새들 중에 그 왕궁의 서까래에 둥지를 튼 제비가 있었습니다. 마법사는 가증스러운 주술의 일종인 '아래서 연기 쐬기'로 번번이 제비를 내쫓곤 했습니다. 그래서 그녀를 미워하던 제비는 복수를 할 겸, 또 안전장치라는 상을 탈 겸, 자기가 그 일을 하겠다고 나섰습니다. 제비는 전광석화처럼 그 도시로 날아가 왕궁으로 들어갔습니다. 마법사는 소파에서 잠들어 있었고, 두 명의 시녀가 옆에서 부채질을 하고 있었습니다. 제비는 곧장 마법사 쪽으로 낙하해 그녀의 눈 속에 똥을 쌈으로써 시력을 잃게 했습니다. 그녀는 한낮에 밤을 보았고, 시력과 함께 자신의 왕국도 잃어버렸음을 깨닫고는 저주받은 영혼처럼 비명을 질러댔습니다. 그리고 어느 동굴에 틀어박혀서 벽에 머리를 찧다가 생을 마감했습니다.

　마법사가 사라지자 왕국의 대신들은 왕에게 전령을 보내어, 왕국으로 돌아와 다시 왕위에 오르라고 전했습니다. 마법사가 눈이 멀어 이리 좋은 날을 보게 되었다고 했습니다. 전령들이 도착하자마자 모습을 드러낸 미우초는 새가 시킨 대로 왕에게 이렇게 말했습니다. "전하를 위해 임무를 마쳤나이다. 마법사는 눈이 멀었고, 왕국은 전하의 것이 되었습니다. 제가 이번 일로 보상을 받을 수 있다면, 제가 원하는 것은 다시는 이런 위험에 처하지 않고 제 인생을 살아가는 것뿐입니다." 왕은 큰 애정으로 미우초를 껴안은 뒤, 모자를 쓰게 하고* 옆자리에 앉혔습니다. 왕비가 얼마나 격분했는지는 하늘만 알겠지요. 안색의 변화로 보아 그녀가 마음속으로 가여운 미우초를 없애기 위해 구상 중인 파멸의 바람을 눈치챌 수 있었습니다.

그 성에서 그리 멀지 않은 곳에 왕비와 같은 배에서 태어난, 오싹하리만큼 사나운 용이 살고 있었습니다. 왕비의 아버지는 점성술사들을 불러 그 문제에 대해 예언하게 했습니다. 예언은 이러했습니다. 왕비는 용이 살아 있는 한 살 수 있고, 둘 중 하나라도 죽게 되면 나머지도 필히 죽는다는 것이었습니다. 이 경우에 왕비를 살릴 수 있는 유일한 방법은 그녀의 관자놀이와 흉골, 콧구멍, 손목을 용의 피로 문지르는 것이라고 했습니다. 용의 광포함과 힘을 잘 아는 왕비는 미우초를 용의 발톱 속으로 보내기로 마음먹었습니다. 용이 미우초를 꿀꺽 삼켜버려 미우초가 곰의 목구멍에 들어간 딸기의 신세를 면치 못하게 되리라고 확신했던 것입니다. 그래서 그녀는 왕에게 이렇게 말했습니다. "진정 미우초는 전하의 보물이옵니다. 그런 그를 전하께서 사랑하지 않는다면 배은망덕이 될 것이옵니다. 지금 미우초는 용을 죽이고 싶다고 공공연히 말하고 있지요. 그 용은 비록 저의 형제이지만 전하께는 철천지원수이오니, 저는 백 명의 형제보다 남편의 머리카락 한 올을 더 소중히 여기옵니다." 용을 몹시 증오하면서도 그것을 없앨 방법이 없었던 왕은 즉시 미우초를 불러서 말했습니다. "네가 유능하고 나를 위해 많은 일을 했음을 알고 있다. 나를 위해서 한 번만 더 수고해준다면 그다음에는 네가 원

• 왕 앞에서 모자를 쓰는 건 17세기에 관례상 파격적인 대우였다고 한다.

하는 대로 해도 좋다. 즉시 가서 용을 죽여라. 네가 그 큰일을 해 낸다면 나 또한 크게 보상하겠다." 이 말을 듣고 기절할 뻔한 미 우초는 겨우 정신을 차리고 간신히 왕에게 말했습니다. "정말이 지 골치가 아픕니다. 전하 때문에 화가 나옵니다. 저의 목숨이 그 저 흑염소의 젖 정도에 불과한지요? 이리도 횡포를 부리시니 말 입니다. 이것은 전하의 목으로 쑥 넘어가는 껍질 깐 배가 아닙니 다. 발톱으로 전하를 갈기갈기 찢고 머리로 전하의 뼈를 부러뜨 리고 꼬리로 전하의 온몸을 박살 내고 이빨로 전하를 가루 내고 눈빛으로 전하를 마비시키고 숨결만으로도 전하를 죽일 수 있 는 용이란 말입니다. 어찌 전하께서 저를 사지로 몰아넣으려 하 십니까? 이것이 제가 전하께 왕국을 되찾게 해드린 대가이고 연 금입니까? 이런 죽음을 생각해낸 저주스러운 영혼이 누구의 것 입니까? 전하를 현혹해 이런 말씀을 하게 만든 지옥의 아들이 대 체 누구입니까?" 남의 얘기를 들을 때는 풍선처럼 가벼운 팔랑 귀지만 한번 내뱉은 말을 고수할 때는 바위보다 무거운 왕이 완 강하게 말했습니다. "너는 이것저것 많은 일을 했다. 그런데 가장 좋은 상황에서 지금까지 쌓아온 걸 다 잃으려 하다니! 두말할 필 요 없다. 가서 역병과도 같은 그 용을 없애라. 그러지 않으면 너 의 목숨이 없어질 줄 알아라!" 가여운 미우초는 처음엔 호의였다 가 나중엔 협박, 처음엔 얼굴 애무였다가 나중엔 엉덩이 발길질, 처음엔 환대였다가 나중엔 냉대를 받는 자신의 처지를 새삼 깨 달았습니다. 궁전에서의 행운이 얼마나 불안정하고 변하기 쉬운 것인지 돌아보게 되었고, 차라리 왕의 호의를 입지 않는 게 좋았을 거라고 한탄했습니다. 그러나 힘 있고 잔인한 사람들에게 말대꾸를 하는 것은 사자의 수염을 뽑는 것이나 마찬가지여서, 그는 구석 자리로 물러나 고작 자신의 살 날을 갉아먹자고 궁전에 남게 된 운명을 원망했습니다. 그렇게 문간에 앉아서 얼굴을 무릎에 파묻은 채 눈물로 신발을 닦고 한숨으로 체온을 유지하고 있는데, 새가 나타나 부리에 물고 있던 약초를 그의 무릎에 떨어뜨리고 말했습니다. "미우초, 일어나. 지금 너의 목숨을 걸고 '당나귀 짐 내리기' 놀이를 하는 게 아니라 용의 목숨을 걸고 '적군 섬멸' 게임을 하고 있다는 걸 명심해. 그 약초를 가지고 그 소름 끼치는 동물이 있는 동굴로 가. 그리고 약초를 동굴 안으로 집어 던져. 그러면 곧 용이 졸음을 이기지 못하고 깊은 잠에 빠질 거야. 그러면 곧장 용의 엉덩이를 큰 칼로 마구 난도질하고 이곳으로 돌아와. 네가 생각하는 것보다 일이 잘 풀릴 거야. 말 안 해도 알아. 내가 보이지 않게 잘 처리할 테니까 걱정 마. 우리에겐 돈보다 시간이 더 많잖아. 시간을 갖는 자가 삶을 갖는 거야." 새가 말을 끝내자, 자리에서 일어난 미우초는 큰 칼을 차고 약초를 챙겨서 용의 동굴로 향했습니다. 동굴이 어찌나 높은 곳에 있는지, 거인들의 계단 역할을 했다는 세 개의 산들은● 그 허리에도 미치지 못할 정도였습니다. 마침내 동굴에 도착한 미우초가 약초를 안에 던져 넣으니 용이 곧바로 잠들었습니다. 미우초는 곧 고기

● 호메로스의 〈오디세이아〉에 나오는 이야기로, 쌍둥이 거인 형제인 오투스와 에피알테스가 겹겹이 솟아 있던 올림포스 산, 오사 산, 펠리온 산을 오르려 했다.

썰기를 시작했지요. 용을 썰어가는 동안 왕비는 자신의 심장이 잘리는 느낌을 받았습니다. 왕비는 자신의 죽음을 자초했다는 걸 그제야 깨닫고 자신의 실수를 후회했습니다. 그녀는 왕을 불러 점술가들이 했던 예언을 알려주면서 자신의 목숨이 용의 목숨에 달려 있다고 말했습니다. 그리고 자신의 생명이 조금씩 사그라지는 것으로 보아 미우초가 용을 죽인 것 같다고 말했지요. 그러자 왕이 말했습니다. "용의 목숨이 당신의 목숨을 좌지우지한다는 것과 용이 당신의 형제라는 것을 알면서 왜 미우초를 보낸 거요? 이게 누구의 잘못이오? 당신이 화를 자초해놓고 이제 와서 울다니 말이오. 당신이 잔을 깼으니 당신이 그 대가를 치르시오!" 그러자 왕비가 대답했습니다. "그 하찮은 꼬맹이에게 군대와 맞서도 코웃음 치는 그 용을 무찌를 만한 기예와 힘이 있다고는 생각하지 않았어요. 녀석이 동굴에 갔다가 거기서 죽을 줄 알았단 말이에요. 하지만 저의 계산이 틀렸고 계획의 배가 침몰했으니, 제가 당신에게 소중한 사람이라면 부디 부탁 하나만 들어주세요. 제가 죽자마자 용의 피를 스펀지에 묻혀서 저의 온몸을 문질러주세요." "당신을 향한 내 사랑에 비하면 그 정도는 일도 아니오. 그리고 용의 피로 부족하다면 나의 피까지 더하겠소." 하지만 왕비가 고맙다고 말하려는 순간 그 말과 함께 영혼도 그녀의 육체를 떠나버렸습니다. 바로 그 순간 미우초가 용의 도살 작업을 끝냈기 때문이었지요.

미우초가 돌아와 그간의 상황을 보고하기가 무섭게 왕은 다시 가서 용의 피를 가져오라고 명령했습니다. 그리고 미우초가 이룩한 공훈을 직접 보고 싶었던 왕은 그의 뒤를 미행했습니다. 소년이 왕궁 문을 나왔을 때 새가 나타나 말했습니다. "어딜 가는 거니?" "왕이 가라는 곳에 가죠. 내가 북도 아닌데 이리 치고 저리 치고 마음대로 부리네요. 한 시간도 가만히 내버려두질 않으니, 원." "무슨 일로 가는데?" "용의 피를 가져오래요." "아이고, 이 한심한 것! 용의 피는 네게 독의 피가 될 거야. 그 피는 네 몸 안에서 폭발할 거고, 네게 온갖 시련을 안겨주었던 그 나쁜 종자를 다시 살려낼 거야. 매번 목숨을 잃을 수도 있는 새로운 위험 속으로 너를 몰아넣은 게 바로 그 종자니까. 그리고 왕은 그 추한 노파에게 꽉 잡혀서 너를 주사위 던지듯 위험 속으로 집어 던졌지. 자기의 아들이고 피붙이인 너를! 하지만 나는 왕을 용서하겠어. 그는 너의 정체를 모르고 있으니까. 그래도 본능적인 애정이, 너와의 관계에 대해 뭔가 느끼는 것이 있을 거야. 그러니 네가 왕을 위해 진정으로 해야 할 일은 잘생긴 네가 상속자임을 알아보게 하여 네 엄마 포르치엘라, 그 불쌍한 영혼을 왕의 품에 안기게 만드는 거야. 지금으로부터 십사 년 전에 포르치엘라는 산 채로 다락방에 갇혀서 옷장 속에 지어진 미의 신전처럼 지내야 했으니까!" 요정이 이렇게 말하고 있을 때 모든 걸 엿들은 왕이 모습을 드러냈습니다. 그리고 그 상황을 좀 더 정확히 파악할 수 있었습니다. 그는 자기가 임신시킨 포르치엘라의 아들이 바로 미우초고 포르치엘라가 아직 살아 있다는 말을 들었으며, 당장 그녀를 석방해 데려오라고 말했습니다. 포르치엘라는 새의 훌륭한 보살핌 덕분에 어느 때보다 더 아름다웠습니다. 왕은 그녀를 껴안았고, 어머니와 아들을 몇 번이나 번갈아 안고도 성이 차지 않았습니다. 그와 동시에 어머니에게는 자신이 저지른 악행에 대해, 또 아들에게는 그를 사지로 몰아넣었던 것에 대해 각각 용서를 구했습니다. 그러고는 포르치엘라에게 죽은 왕비의 옷 중에서 가장 값진 옷을 입힌 뒤 그녀를 아내로 맞았습니다. 마지막으로, 포르치엘라와 아들이 여러 위험 속에서도 무사히 살아남을 수 있었던 것이 한편으로는 음식을 먹이고 다른 한편으로는 조언으로 인도한 새의 보살핌 덕분임을 알게 되자, 왕은 자신의 왕국과 목숨까지 새에게 바치겠다고 말했습니다. 새는 다른 보상은 바라지 않고, 오직 미우초를 남편으로 맞게만 해달라고 말했습니다. 그런데 그 이야기를 하는 동안 새가 아름다운 여인으로 변했습니다. 왕과 포르치엘라는 크게 기뻐하면서 미우초와 여인을 결혼시켰습니다. 그리하여 죽은 여왕이 무덤에 묻힘과 동시에 두 쌍의 신혼부부가 엄청난 행복을 수확하기 시작했습니다. 그들은 더 성대한 피로연을 위해 원래의 왕국으로 돌아갔고, 그곳에서 큰 환대를 받았지요. 그리고 요정 새에게 선사 받은 그 모든 행복이 포르치엘라의 선행에서 비롯된 것임을 깨달았습니다.

"선행은 결코 헛되지 않다."

세 개의 왕관

마르케타는 바람에 납치되어 어느 오그레스의 집에 닿는다. 그곳에서 여러 일이 있은 후 그녀는 따귀를 맞는다. 남장을 하고 길을 떠난 그녀는 어느 왕궁에 도착한다. 그곳에서 왕비가 그녀를 보고 사랑에 빠지는데, 자신의 사랑이 거절당하자 앙심을 품고 왕 앞에서 마르케타가 자신을 유혹했다고 고발한다. 마르케타는 교수형을 선고받지만 오그레스에게 받은 반지의 마력 덕분에 풀려나고, 왕비가 죽자 그 자리에 오른다.

포파의 이야기는 청중을 아주 즐겁게 만들었고, 포르치엘라의 행운을 기뻐하지 않은 사람이 없었다. 그러나 많은 역경 끝에 행운을 누리게 된 그녀의 운명을 부러워하는 이도 없었으니, 왕비의 신분에 오르기까지 그녀가 한 인간으로서의 존재마저 잃을 뻔했기 때문이었다. 포르치엘라의 시련에 왕자와 왕자비가 침울해지는 것을 본 안토넬라가 그들의 기운을 조금이나마 북돋워주기 위해 다음과 같이 이야기를 시작했다.

마마, 진실은 언제나 기름과 같아서 표면으로 떠오르고, 거짓
은 불과 같아서 계속 숨길 수가 없습니다. 오늘날의 총은 그것을
사용하는 사람을 죽이지요. 자기가 한 말을 지키지 않는 사람을
거짓말쟁이라고 부르는 이유 또한 그러하옵니다. 거짓말쟁이는
자기 마음속에 지니고 있는 미덕과 선함을 모조리 불태울 뿐 아
니라 거짓말 자체를 태우고 그슬기 때문입니다. 지금부터 제가
하는 이야기를 통해 여러분도 이를 인정하게 만들겠습니다.

옛날 옛적에 발레-테스코세('흔들리는 골짜기') 왕국에 자식
이 없는 왕이 있었는데, 그는 시간만 나면 어디에 있든 이렇게 말
하곤 했습니다. "오, 신이여, 저의 왕국에 후계자를 보내주시어
왕궁을 황폐하게 버려두지 마소서!" 한번은 왕이 정원에서 자기
도 모르게 또 한탄하면서 평소처럼 큰 소리로 슬퍼하고 있었는
데 나무 사이에서 이런 말소리가 들렸습니다.

왕이여, 둘 중에 어느 쪽을 원하시오?
그대로부터 도망가는 딸?
그대를 죽이는 아들?

왕은 이 질문에 어리둥절해져서 뭐라고 대답해야 할지 갈피
를 잡지 못했지요. 그래서 왕궁의 현인들에게 자문을 구하기로
마음먹고, 곧바로 고문관들을 호출해 그 문제에 대해 의논케 했

습니다. 고문관 한 명은 생명보다는 명예를 중시하라고 조언했습니다. 다른 고문관은 생명은 본질적인 선인 반면에 명예는 부수적인 선이니 왕의 목숨을 더 중시하라고 말했습니다. 또 누군가는 생명은 흐르는 물과 같으니 그것을 잃는다고 해서 그리 큰 대가를 치르는 것은 아니라고 했습니다. 세상의 모든 것은 운명의 불안정한 유리 바퀴에 세워진 생명의 기둥인 반면에 명예는 지속적이며 명망의 흔적과 영광의 표시를 남기니, 명예를 빈틈없이 지키고 성실히 간직해야 한다는 것이었지요. 또 다른 고문관은 종족을 보존하고 가문의 존엄을 유지시키는 생명이 명예보다 중시되어야 하며, 이는 명예가 미덕에서 파생된 하나의 의견이기 때문이라고 했습니다. 누군가의 잘못이 아니라 운명에 의해 딸을 잃는다면 아비의 미덕이나 가문의 명예가 더럽혀지는 건 아니라고 말이지요. 그러나 가장 많은 고문관들이 내린 결론이 이런 것이었습니다. 명예는 여자의 앞치마 속에서 발견되는 것이 아니고, 공정한 왕자는 특정의 이익보다는 공공의 선에 더 관심을 가져야 하며, 도망간 딸은 아버지의 집안에 작은 오점을 가져올 뿐이나 사악한 아들은 아버지의 집과 왕국 전체에 불을 지르니, 자식을 원하는 왕에게 두 개의 선택지가 주어진다면 의당 왕의 생명과 왕국을 위험에 빠뜨리지 않는 딸을 선택해야 한다는 것이었습니다.

이 의견은 왕을 기쁘게 했습니다. 왕은 다시 정원으로 가서 평소처럼 큰 소리로 푸념했습니다. 그리고 이전과 똑같은 말소리가 들려오자 이렇게 대답했습니다. "딸, 딸." 그날 저녁, 태양이 지구 반대쪽에 있는 피그미족들을 보러 가자며 낮의 시간들을 서쪽으로 데려갔을 때, 궁실로 돌아온 왕은 왕비와 함께 잠자리에 들었습니다. 그리고 9개월 후에 예쁜 딸을 얻으니, 왕은 즉시 아기를 수비가 삼엄한 견고한 곳에 가두었습니다. 아기의 슬픈 숙명을 개선할 여지가 있는지 모든 가능성을 신중히 살펴보기 위해서였습니다. 아기는 공주로서 갖추어야 할 미덕들과 관련해 빠짐없이 교육받으며 성장했습니다. 그리고 공주가 훌륭한 성인이 되자 왕은 피에르데신노 왕국의 왕에게 공주를 시집보내는 것에 대해 상의하기 시작했습니다. 결혼이 결정되자 공주는 난생처음 집 밖으로 나와서 남편에게 보내졌습니다. 그런데 큰 돌풍이 불어닥치더니 공주를 휩쓸고 사라져버렸습니다. 바람은 공주를 한동안 데리고 날아가다가 어느 숲속에 있는 오그레스의 집 앞에 떨어뜨렸습니다. 그 숲은 비단뱀을 죽였다는 이유로 태양을 역병에 걸린 사람인 양 내쫓아버려서 아주 컴컴했습니다.*
공주는 그곳에서 작은 체구의 노파를 발견했는데, 노파는 집에 남아서 오그레스의 물건들을 지키고 있었습니다. 노파가 말했습니다. "아이고, 너의 운명이 가혹하구나. 어디로 가니? 이 집의 안주인인 오그레스가 돌아오는 날에는 넌 큰일 날 거야! 너의 살가죽은 오그레스에겐 서문만도 못하거든. 오그레스는 오로지 사람 고기만 먹고 사는데, 나를 살려둔 것은 내가 필요해서지만, 좀 있으면 심장병이 있고 소화불량이 있고 종양이 가득하고 살가죽만

---

* 독기로 땅을 오염시키는 비단뱀을 태양의 신 아폴론이 화살로 죽였다.

남은 이 불쌍한 늙은이를 잡아먹을 거야. 네가 해야 할 일이 뭔지 알겠니? 옜다, 집 열쇠. 집 안으로 들어가서 방을 정리하고 마지막 물건 하나까지 깨끗이 청소하렴. 그리고 오그레스가 돌아오자마자 몸을 숨겨. 내가 너한테 먹을 것을 가져다주마. 앞날을 누가 알겠니? 하늘이 도울지도 모르고, 인내하면 시간이 큰 선물을 가져다줄지도 모르지. 됐다. 정신 차리고 인내심을 가져라. 그러면 모든 골짜기를 통과하고 모든 태풍을 이겨낼 게야."

이름이 마르케타인 공주는 어쩔 수 없이 열쇠를 받아 오그레스의 집에 들어간 뒤 곧바로 빗자루를 들고 청소를 시작했습니다. 얼마나 깨끗하게 청소했는지 바닥에 떨어진 마카로니를 먹어도 될 정도였습니다. 이어서 그녀는 돼지껍질을 조금 가져다가 호두나무 궤짝들을 윤기 나게 닦았고, 그러자 궤짝들이 거울처럼 비춰 볼 수 있을 정도로 반들반들해졌습니다. 잠자리 정돈까지 마쳤을 때 집으로 돌아오는 오그레스의 발소리가 들려오자 공주는 밀을 담아두는 통 속에 숨었습니다. 집 안이 평소와 다른 것을 본 오그레스는 아주 기뻐하면서 노파를 불러 물었습니다. "누가 이렇게 깨끗하게 청소를 했지?" 그러자 노파는 자기가 했다고 말했습니다. "평소에 하지 않던 일을 하는 자는 상대를 이미 속였거나 앞으로 속이게 되는 법이지! 오늘 참 유별나네그려. 아무튼 평소와 다르게 큰일을 했으니 오늘은 수프를 넉넉히 주지." 그렇게 말하고 오그레스는 식사를 했습니다. 오그레스가 다음번 외출에서 돌아왔을 때는 서까래에 있던 거미줄이 싹 없어지고 구리 식기류가 전부 반짝반짝하며 벽에 가지런히 매달려 있는가 하면, 더러운 옷들은 삶은 빨래를 해놓은 상태였지요. 오그레스는 너무 기뻐서 얼이 빠질 정도였고, 노파를 몇 번이고 칭찬하면서 이렇게 말했습니다. "펜타톨라 부인, 복 많이 받구려! 만사형통하구려! 놀라운 정리정돈으로 인형에나 어울리는 집과 신부에게나 어울리는 침대를 내게 선사했으니까." 노파는 오그레스로부터 새로운 평판을 듣게 되어 뛸 듯이 기뻤고, 마르케타에게 맛있는 음식을 가져다주면서 마치 거세한 식용 수탉을 살찌우듯이 배불리 먹였습니다. 그리고 오그레스가 다시 밖으로 나가자 노파가 마르케타에게 말했습니다. "조용히 해. 저 모자란 괴물을 따라잡아서 너의 운을 시험해보자꾸나. 네가 직접 저 오그레스의 마음에 들 만한 맛있는 요리를 만들어봐. 그리고 오그레스가 제7천국을 걸고 맹세해도 그 말을 믿으면 안 돼. 지나가듯이 세 왕관을 걸고 맹세한다고 할 때, 바로 그때 네가 모습을 보여야 해. 그때부터 일이 술술 풀릴 거고, 내가 엄마 같은 마음으로 충고를 해줬다는 걸 너도 알게 될 거야." 이 말을 들은 마르케타는 포동포동한 오리를 잡아서 다리로는 맛있는 스튜를 만들고, 몸통은 라드와 오레가노와 마늘로 속을 꽉 채운 뒤 불꼬챙이에 꿰었습니다. 이어서 엎어놓은 바구니에 대고 뇨키 반죽을 하고 식탁에 식탁보를 깐 뒤에 장미와 등자나무 가지로 장식했습니다.

집에 돌아온 오그레스가 이 광경을 보고는 입고 있는 옷 속에서 튀어나올 것처럼 놀라서 노파를 불러 물었습니다. "이 놀라운 식사 준비를 누가 한 거지?" "어서 들어요. 더 묻지 말고요. 주인님을 위해 일하고 주인님을 만족시키는 누군가가 있으니 그걸로 된 거죠." 노파가 대답했습니다. 오그레스가 음식을 먹는데 어찌나 맛있는지 온몸에 전율이 일 정도였습니다. 그녀가 말했습니다. "나폴리의 세 단어를 걸고 맹세하는데, 요리를 한 자가 누군지 알아내면 그자에게 내 눈알을 빼주겠어." 그리고 이어서 이렇게 말했습니다. "세 개의 활과 세 개의 화살을 걸고 맹세하는데, 누군지 찾아내면 내 심장 속에 꼭 집어넣고 다니겠어. 밤에 계약서를 쓸 때 켜는 세 개의 촛불을 걸고 맹세해. 교수할 때 필요한 세 증인을 걸고 맹세해. 사형수 목에 거는 세 뼘 길이의 올가미를 걸고 맹세해. 남자를 집에서 나가게 만드는 세 가지, 악취, 연기, 악처를 걸고 맹세해. 집을 거덜 내는 세 가지, 튀김 요리, 따뜻한 빵, 마카로니를 걸고 맹세해. 시골 장이 서게 만드는 세 여자와 오리 한 마리를 걸고 맹세해. 삼 에프F, 튀긴 피시fish(생선), 식은 피시, 뜨거운 피시를 걸고 맹세해. 나폴리의 삼대 가수, 조반니 델라 카레졸라, 콤파르 비온도, 음악의 왕을 걸고 맹세해. 연인들에게 꼭 필요한 삼 에스S, 살리튜드solitude(고독), 설리시튜드solicitude(갈망), 시크러시secrecy(비밀)를 걸고 맹세해. 상인에게 필요한 세 가지, 신용, 용기, 행운을 걸고 맹세해. 매춘부가 데려가는 세 부류, 허풍선이, 젊은 미남, 멍청이를 걸고 맹세해. 도둑에게 중요한 세 가지, 장소를 선정하는 눈썰미, 물건을 낚아채는 악력, 도망치기 위한 빠른 발을 걸고 맹세해. 젊은이를 망치는 세 가지, 도박, 여자, 술집을 걸고 맹세해. 경관의 중요한 미덕 세 가지, 감시, 추격, 체포를 걸고 맹세해. 조신에게 유용한 세 가지, 위선, 냉정, 행운을 걸고 맹세해. 뚜쟁이가 꼭 지녀야 하는 세 가지,

융통성, 허세, 뻔뻔함을 걸고 맹세해. 의사가 확인해야 하는 세 가지, 맥박, 안색, 요강을 걸고 맹세해." 마르케타가 계속 모른 척 하고 있으면 오그레스가 맹세 타령을 내일까지도 계속할 것 같았습니다. 그런데 마침내 그 소리가 들려왔습니다. "세 개의 왕관을 걸고 맹세하는데, 나를 위해 이렇게 멋진 일들을 해준 훌륭한 가정부를 찾아내면 그녀에게 상상을 초월하는 애무와 포옹을 해줄 거야." 마르케타가 모습을 드러내면서 말했습니다. "여기 있어요!" 그녀를 본 오그레스가 말했습니다. "내가 괜한 말을 했어. 네가 한 수 위로구나! 일을 아주 잘하더구나. 그리고 내 배를 맛있는 빵으로 채워서 너 자신의 목숨을 구했구나. 이렇게 많은 일을 할 수 있고 또 내게 즐거움을 주었으니, 너를 친딸보다 더 잘 대해주마. 여기 방 열쇠들이 있으니 네가 마음껏 사용하렴. 딱 한 가지 금할 것이 있는데, 어떠한 경우에도 맨 끝에 있는 방은 열면 안 된다. 어겼다가는 나를 화나게 만들 거야. 나를 정성껏 섬기도록 해. 행운을 빌어줄게. 세 개의 왕관을 걸고 맹세하는데, 너를 위해 아주 성대한 결혼식을 올려주마." 마르케타는 고마움의 표시로 오그레스의 손에 입을 맞추면서 노예보다 더 극진히 섬기겠다고 약속했습니다.

그러나 오그레스가 외출하자 마르케타는 금단의 방에 무엇이 있는지 알고 싶은 호기심을 도저히 억누르지 못하고 그 방의 문을 열었습니다. 그랬더니 황금 옷을 입은 세 소녀가 세 개의 왕좌에 각각 앉아 있었는데, 모두 잠이 든 것 같았습니다. 세 소녀는 모두 한 요정의 딸들로, 마법에 걸려 있었습니다. 엄마인 요정이 딸들에게 마법을 걸었는데, 그 이유는 어느 공주가 그들을 깨우러 오지 않는 한 그들이 크나큰 위험에 빠질 것을 미리 알았기 때문이었지요. 그래서 운명의 위협을 받을 위험으로부터 딸들을 구하고자 그 방 안에 데려다 놓은 것이었습니다. 마르케타가 그 방에 들어서자, 그녀의 발소리에 소녀들이 잠에서 깨어나듯이 의식을 되찾더니 먹을 것을 달라고 부탁했습니다. 마르케타는 곧바로 계란 세 개를 요리해서 소녀들에게 가져다주었습니다. 그들은 기력을 되찾자마자 방 밖으로 나가 바람을 쐬고 싶어 했습니다. 그러나 그때 집에 돌아온 오그레스가 격분하여 마르케타의 따귀를 호되게 때렸습니다. 이에 큰 모욕을 느낀 마르케타는, 그곳을 떠나 세상을 떠돌며 운을 시험해보고 싶으니 당장 떠나게 해달라고 말했습니다. 오그레스가 아무리 좋은 말로 달래고 다시는 뺨을 때리거나 하지 않겠다고 맹세해도 마르케타의 마음을 돌릴 수 없었습니다. 결국 오그레스도 그녀를 떠나보낼 수밖에 없었지요. 그래서 그녀에게 보석 박힌 반지를 주면서, 잘 간직하다가 큰 위험에 빠져서 "반지"라는 말이 메아리치는 소리가 들리게 됐을 때, 반드시 그때에 반지의 보석을 보라고 말했습니다. 오그레스는 마르케타가 부탁한 멋진 남자 옷도 주었습니다. 남자 옷을 입고 변장한 마르케타는 길을 떠났습니다. 방금 내린 서리 때문에 밤이 불을 지피려 나무를 하러 간 시간, 그녀는 어느 숲에 도착했습니다. 그곳에서 사냥을 나온 어느 왕과 마주쳤는데, 잘생긴 미소년을 본 왕이 어디서 왔는지, 어디로 가는지, 무슨 용무인지 물었습니다. 마르케타는 자신이 상인의 아들인데, 어머니가 돌아가신 후 계모의 학대를 못 이겨 도망쳤노라 대답했습니다. 왕은 마르케타의 영민함과 예의범절에 기뻐하면서 그녀를 시동으로 데려갔습니다. 왕궁에 도착했을 때 마르케타를 본 왕비는 첫눈에 그만 그 아름다움의 폭탄에 자신의 열망이 터져버리는 것을 느꼈습니다. 왕비는 며칠 동안 두려움 때문에, 또 미녀의 영원한 동반자인 자존심 때문에 그 사랑의 불꽃과 아픔을 욕망의 꼬리 밑에 숨기려고 했습니다. 그럼에도 불구하고 그녀는 고삐 풀린 열망의 영향으로 일어서기도 힘들 지경이 되었습니다. 그래서 어느 날 마르케타를 곁으로 불러 자신의 괴로움을 드러내기 시작했고, 그의 아름다움을 본 순간부터 젊어지게 됐다는 고뇌의 무게를 말하면서 만약 그가 자신의 소망을 심은 땅에 물을 주지 않겠다면 자신의 희망뿐 아니라 생명도 말라 죽게 될 거라고 했습니다. 또 한편으로는, 마르케타의 아름다움을 칭찬하면서 그가 너무도 많은 매력의 책 속에 잔인함의 잉크 얼룩을 남겨놓는다면 사랑의 학교에서 나쁜 학생이 될 것이고 후회라는 벌을 받게 될 거라고 했습니다. 찬사에 이어 왕비가 그에게 일곱 천국을 모두 걸고 애원한바, 어느 여인이 자신이 운영하는 생각의 가게에 그의 잘생긴 외모를 간판 그림으로 내걸었다면 부디 그 여인을 한숨의 용광로와 눈물의 웅덩이에 빠뜨리지 말라고 했습니다. 이어서 왕비는 제안을 했습니다. 그가 손가락 하나만큼의 즐거움을 준다면 자신은 한 뼘의 혜택을 돌려줄 것이며, 그처럼 잘생긴 고객의 요구를 무엇이든 들어주기 위해 자신이 가진 고마움의 창고를 늘 열어두겠다고 말입니다. 마지막으로 그녀는 자신이 왕비임을 상기시키면서, 자신이 이미 배에 올라탔으니 그가 소용돌이 한복판에서 자신을 구하지 않고 방치해서는 안 된다고 말했습니다. 그랬다가는 자신은 암석과 충돌할 것이고 그는 이에 대한 대가를 치러야 할 것이라고 했습니다. 마르케타는 이 감언과 독설, 약속과 위협, 얼굴 씻겨주기와 망토 빼앗아 가기를 듣고서 자신은 왕비의 행복의 문을 여는 데 필요한 열쇠를 잃어버렸다고 말하고 싶었습니다. 자신은 지팡이를 든 머큐리*가 아니라서 왕비가 원하는 평화를 줄 수 없다고 말하고 싶었습니다. 그러나 정체를 드러내고 싶지 않았기에, 그처럼 훌륭한 왕을 지아비로 둔 왕비가 왕을 배신하고 외도를 하려고 하다니 믿을 수 없다고 대꾸해버렸습니다. 그뿐 아니라 왕비는 스스로의 평판을 무시할 수 있을지 몰라도 왕비를 몹시 사랑하는 왕을 욕보일 수는 없고 그래서도 안 된다고 했습니다.

왕비는 자신의 갈망에 대한 이런 첫 반응을 대하고서 이렇게 말했습니다. "뭐라, 잘 생각하고 처신을 똑바로 해야 할 거야. 왕족이 뭔가를 부탁할 때 그것은 명령이기 때문이지. 왕족이 무릎을 꿇을 때 그다음엔 네 목을 칠 수 있기 때문이야. 신중하게 생각해. 내가 너한테 제안한 것이 얼마나 엄청난 행운인지 알게 될 거야. 더 길게 말할 필요 없다. 다만, 가기 전에 한 가지만 말하겠어. 나처럼 신분 높은 여자가 멸시를 받는다면, 자신의 얼굴에 묻

• 로마 신화에 나오는 신들의 사자使者. 두 마리의 뱀이 휘감고 있고 두 날개가 달려 있는 지팡이를 가지고 다닌다.

은 그 얼룩을 없애기 위해서 멸시한 자의 피로 얼굴을 닦을 수도 있다는 걸." 이렇게 말한 왕비는 위협적인 분노를 띠고서 불쌍한 마르케타를 혼란과 극한의 냉기 속에 남겨둔 채 나가버렸습니다. 그러나 여러 날 동안 아름다운 요새를 향해 무차별 공격을 퍼부었던 왕비는 결국 아무리 애를 써도 시간 낭비고 헛수고라는 것을, 그저 헛되이 말하고 공허하게 한숨짓느라 그토록 고생했다는 것을 깨달았습니다. 그래서 마음의 종잇장을 뒤집어 사랑을 증오로, 사랑하는 대상과 함께하려는 갈망을 복수욕으로 바꾸었습니다. 그녀는 눈물이 그렁그렁한 눈으로 남편에게 말했습니다. "전하, 우리 옷 속에서 독사가 자라고 있을 줄 누가 알았겠어요? 그 하찮은 놈이 그토록 뻔뻔하리라고 누가 상상했겠어요? 이 모든 것은 전하가 그놈에게 과한 친절을 베풀었기 때문이에요. 농부에게 손가락 하나를 주면 그자는 손바닥 전부를 가지려드는 법! 간단히 말해서, 저는 우리가 함께 평화롭게 살기를 원해요. 그러나 만약 전하께서 그놈에게 마땅한 벌을 내리지 않으신다면 저는 친정으로 돌아가겠어요. 그리고 다시는 전하를 보지 않을 것이고 전하의 이름조차 듣지 않겠어요." "그 녀석이 당신한테 무슨 짓을 했소?" 왕이 물었습니다. 그러자 왕비가 대답했습니다. "아이고, 아무것도 아니에요! 그 작은 악당 놈이 제게 세금징수원이라도 되는 양 전하와 제가 맺은 부부의 도리를 원하더군요. 놈이 일말의 존경도 두려움도 부끄러움도 없이 제 앞에 나타나서는 전하의 명예로 씨를 뿌린 이 들판에 자기도 마음껏 드나들겠다고 했답니다." 왕은 더 묻지 않고, 아내의 말이 사실인지도 가리지 않은 채 즉시 마르케타를 잡아들이라고 명했습니다. 왕은 순간의 분노 속에서 변론의 기회 한 번 주지 않고 그녀를 교수대로 보냈습니다. 마르케타는 고문실로 옮겨지면서, 무슨 영문인지, 자기가 무슨 짓을 저지르기라도 한 건지 알 수 없어 하며 이렇게 소리치기 시작했습니다. "아, 하늘이여, 제가 대체 무슨 잘못을 저질렀기에 이 불쌍한 육신의 최후에 앞서 이 불쌍한 목의 장례식까지 치러야 하나요? 절도와 태만 같은 누명 말고 제가 목에 밧줄을 걸고 죽음의 궁전을 지키는 기마 수비대가 되어야 하는 이유가 무엇인지 그 누가 말해줄 수 있나요? 슬프구나, 이 죽음의 길을 가는 동안 그 누가 나를 위로해줄까? 이 위험 속에서 누가 날 도와줄까? 이 교수형 밧줄로부터 누가 날 구해줄까?" 그때 "반지" 하는 메아리가 울렸습니다. 마르케타는 이 메아리를 듣고 손가락에 낀 반지를 생각해냈습니다. 자신이 떠나올 때 오그레스가 반지를 주면서 위험한 상황이 아니면 반지에 박힌 보석을 절대 쳐다보지 말라고 당부했던 것도 떠올랐습니다. 그녀가 반지의 보석을 바라보자 허공에서 어떤 목소리가 이런 말을 세 번 반복했습니다. "그 사람 풀어줘. 그 사람은 여자야!" 이 목소리가 어찌나 무시무시하던지 사형 집행인 옆에 있던 경찰도, 시체 옷을 가져다 파는 장사꾼도 모두 줄행랑을 치고 보이지 않았습니다. 왕도 왕궁의 토대까지 흔들어대는 이 쩌렁쩌렁한 목소리를 듣고서 마르케타를 다시 불러왔고, 그녀의 정체에 대해, 그 왕국에 오게 된 이유에 대해 사실대로 말하라고 했습니다. 마르케타는 어쩔 수 없이 자기 인생에서 벌어진 일들을 모두 말했습니다. 어떻게 태어났는지, 왕궁 안에 갇혀 있다가 어떻게 바람에 납치됐는지, 오그레스의 집에 도착했다가 왜 그곳을 떠나게 됐는지 이야기했고, 오그레스가 한 말, 왕비와의 사이에서 있었던 일, 아무 잘못도 하지 않았는데 교수대에 서게 된 일에 대해서도 이야기했습니다. 왕은 마르케타의 이야기와 언젠가 친구인 발레-테스코세 왕국의 왕으로부터 들은 이야기를 비교해 보고는 마르케타의 말이 사실임을 알게 되었고, 동시에 그녀에게 누명을 씌운 왕비의 사악함을 깨닫게 되었습니다. 그리하여 가차 없이 왕비의 목에 맷돌을 매달아 바다에 던져버리라고 명하고는, 마르케타의 부모를 하객으로 초대해 그녀를 아내로 맞았습니다. 마르케타는 다음과 같은 옛말을 확실하게 증명한 셈입니다.

"신은 재난에 처한 배를 위해 안전한 항구를 찾아준다."

두 개의 케이크

마르치엘라는 한 노파에게 친절을 베풀고 노파로부터 마력을 얻는다. 그러나 그녀의 행운을 질투한 이모가 그녀를 바다에 던져버리고, 인어가 그녀를 오랫동안 감금한다. 마침내 마르치엘라는 오빠에게 구출되어 왕비가 되고, 그녀의 이모는 악행의 대가로 벌을 받는다.

왕자와 왕자비는 출라를 낙담시킬까 봐 걱정하면서도 지금까지의 이야기들을 통틀어 안토넬라의 이야기가 최고라고 단언했다. 쉬면서 혀의 창을 날카롭게 갈았던 출라가 왕자 부부의 즐거움을 위해 다음과 같이 이야기를 시작했다.

저는 늘 호의를 베푸는 사람이 호의를 얻는다는 말을 들어왔습니다. 만프레도니아의 종도 늘 "내게 줘, 그러면 나도 네게 줄게"라고 말하는 듯이 울리잖아요. 애정의 낚시에 예절의 미끼를 달지 않는 사람은 결코 은혜라는 고기를 낚지 못한다고도 합니다. 이 말의 의미를 알고 싶으시다면 제 이야기에 귀 기울여주세요. 그러면 인색한 사람과 관대한 사람 중에서 언제나 누가 더 손해를 보는지 알게 될 테니까요.

옛날에 루체타와 트로콜라라는 자매가 살았는데, 이들에게는 각각 마르치엘라와 푸차라는 딸이 있었습니다. 마르치엘라는 얼굴만큼이나 마음이 고왔습니다. 반대로 푸차는 얼굴과 마음이 병자의 얼굴과 역병의 마음 같았습니다. 사실 푸차는 부모를 닮은 것이었는데, 어머니인 트로콜라는 속은 하르피아이고 겉은 늙은 쭉정이였습니다.

어느 날 루체타는 그린 소스에 넣을 당근을 몇 개 데쳐야 해서 딸에게 말했습니다. "마르치엘라, 분수에 가서 물 한 동이 떠다 주련?" "그러고말고요. 그런데 케이크 작은 조각 하나만 주시면 안 돼요? 깨끗한 물이랑 같이 먹고 싶어요." "주고말고." 엄마는 갈고리에 매달아놓은 빵 자루에서 어제 구워놓은 먹음직스러운 케이크를 한 조각 꺼내서 딸에게 주었습니다. 머리에 똬리를 얹고 그 위에 물동이를 올린 마르치엘라는 분수로 향했습니다. 분수는 떨어지는 물의 음악에 맞춰 대리석 벤치 위에서 약장수 공연을 하는 것처럼 목마른 사람들에게 비밀을 팔고 있었지요. 마르치엘라가 물동이를 채우고 있는데 한 노파가 세월의 비극을 실연해 보여주는 듯한 커다란 혹을 달고 분수의 무대에 나타났습니다. 마르치엘라가 맛있어 보이는 케이크를 한입 베어 물려는 것을 본 노파가 말했습니다. "예쁜 아가, 그 케이크를 내게 조금만 주면 복 받을 게다." 나름대로 여왕 같은 기품을 지닌 마르치엘라가 말했습니다. "여기요, 노부인, 다 드셔도 돼요. 설탕과 아몬드로 만든 케이크가 아니어서 죄송하지만 그래도 기꺼이 드릴게요."

노파는 너무도 사랑스러운 마르치엘라에게 말했습니다. "이 할미한테 이렇게 관대한 애정을 베풀어주다니, 하늘이 널 부자로 만들어주길! 모든 별에게 기도하노니, 네가 늘 행복하고 만족스럽게 살기를! 네가 숨을 쉬면 입에서 장미와 재스민이 나오고, 네가 머리를 빗으면 진주와 석류석이 떨어지고, 네가 땅에 발을 디디면 거기서 백합과 제비꽃이 피어나기를." 마르치엘라는 노파에게 고마움을 전하고 집으로 돌아왔습니다. 그리고 엄마가 음식을 다 만들자 모녀는 식사를 함으로써 자신들의 육체가 자연에 지고 있는 빚을 갚았지요. 그렇게 하루가 저물었고, 다시 아침이 되어 태양이 천상의 들판에서 열리는 시장에다 동양에서 가져온 빛나는 물건들을 펼쳐놓자마자 마르치엘라는 머리를 빗었습니다. 그러자 머리에서 진주와 석류석들이 비처럼 무릎으로 쏟아졌습니다. 그녀는 너무 기뻐서 엄마를 불렀고, 모녀는 보석들을 상자에 주워 담았습니다. 그리고 루체타가 알고 지내는 환전상에게 바로 가서 보석을 처분했습니다.

그때 마침 트로콜라가 언니를 보러 집에 들렀다가 진주를 주워 담느라 부산을 떨고 있던 마르치엘라를 보았습니다. 그래서 언제 어디서 어떻게 보석들을 얻었는지 물었지요. 마르치엘라는 일을 애매하거나 복잡하게 만들 줄도 몰랐고, "능력에 못 미치게 일하고, 먹을 수 있는 것보다 덜 먹고, 가지고 있는 것보다 덜 쓰고, 아는 것보다 덜 말하라"라는 속담도 들어본 적이 없었습니다. 그래서 이모에게 모든 걸 다 말해주었습니다. 트로콜라는 구태여 언니를 기다리지 않았습니다. 이미 집으로 돌아가는 매 순간이 천 년처럼 길게 느껴졌으니까요. 집에 돌아온 그녀는 딸에게 작은 케이크 조각을 주면서 분수에 가서 물을 떠 오라고 했습니다. 푸차 역시 그 노파를 만났고, 노파는 케이크를 조금만 달라고 부탁했습니다. 아주 심술궂은 푸차는 이렇게 대답했습니다. "마치 내가 할멈한테 케이크를 꼭 줄 수밖에 없는 것처럼 말하네요. 듣자 하니 할멈은, 내가 너희 당나귀가 새끼를 배게 해주었으니 가진 걸 내놔라 하는 식이잖아요? 꺼져요. 먹을 것이 친척보다 더 가까운 법이거든요." 이렇게 말한 푸차는 네 입 만에 케이크를 다 먹어치웠고, 그동안 노파는 군침을 흘리고 있었지요. 케이크가 마지막 한입까지 다 사라지는 것을 보고 희망도 끝이 나자, 노파는 격분해서 푸차에게 말했습니다. "네가 숨을 쉴 때 왕진 다니느라 바쁜 의사의 노새처럼 입에 거품을 물기를. 네가 머리를 빗을 때 이가 무더기로 떨어지고, 네가 발을 딛는 땅에서 양치류와 엉겅퀴가 자라기를!"

물동이를 채운 푸차가 집에 돌아오자, 트로콜라는 당장 딸아이의 머리부터 빗기려고 했습니다. 그래서 자신의 무릎에 값비싼 식탁보를 펼친 뒤 딸의 머리를 잡아당겨 빗기기 시작했습니다. 그러자 연금술로 만든 것 같은 이가 물결처럼 줄줄 흘러내리니, 수은으로도* 막을 수 없을 정도였습니다. 이것을 본 트로콜

라는 질투의 눈덩이에 분노의 불덩이까지 더해져, 불꽃을 내쉬
고 코와 입으로는 김을 뿜었습니다.

　그로부터 시간이 꽤 지난 후, 마르치엘라의 오빠인 키옴모는
키운초 왕의 궁전에서 일하고 있었습니다. 어느 날 궁전에서 여
러 여인들의 미모에 대한 이야기가 오갔는데, 아무도 키옴모의
의견을 묻지 않았음에도 그가 앞으로 나오더니 자기 여동생이
그곳에 모습을 드러낸다면 다른 미녀들은 전부 리카르도 다리에
서 뛰어내려야 할 거라고 말했습니다. 소박한 선율과도 같은 영
혼과 결합된 육체적 아름다움을 지녔을 뿐 아니라, 입과 발은 요
정으로부터 받은 마력을 지니고 있기 때문이라고 했지요. 이러
한 찬사를 들은 왕은 키옴모에게 동생을 데려오라면서, 만약 그
의 자랑처럼 정말 동생의 미모가 아주 빼어나다면 그녀를 왕비
로 맞이하겠다고 말했습니다. 이를 놓쳐서는 안 될 기회로 여긴
키옴모는 즉시 자초지종을 설명하는 전갈과 함께 궁인 한 명을
어머니에게 보내어, 이 행운을 놓치지 않으려면 당장 마르치엘
라와 함께 왕궁으로 오라고 전했습니다. 그러나 몸이 많이 아픈
루체타는 늑대의 품에 양을 맡기는 형국인 줄도 모르고, 동생에
게 마르치엘라를 데리고 키운초 왕궁으로 가달라고 부탁했습니
다. 자신이 이번 일을 좌지우지할 수 있게 되었음을 안 트로콜라
는 마르치엘라를 무사히 왕궁까지 데려다주겠다고 언니에게 약
속하고서 마르치엘라와 푸차를 데리고 배에 올랐습니다. 그러나

● 17세기경에는 이를 없애는 데 수은을 사용했다고 한다.

트로콜라는 망망대해에서 선원들이 모두 잠든 사이에 마르치엘라를 바다에 던져버렸습니다. 그런데 오리가 잠수하듯이 마르치엘라가 바닥으로 곤두박질치기 직전에 눈부신 인어가 나타나더니, 마르치엘라를 품에 안고 어디론가 사라졌습니다.

키운초 왕국에 도착한 트로콜라는 푸차를 마르치엘라인 것처럼 속여서 키옴모에게 데려갔습니다. 아주 오랫동안 떨어져 지낸 탓에 키옴모가 동생의 얼굴을 알아볼 수 없었으니까요. 그는 곧 푸차를 데리고 어전으로 갔습니다. 왕이 그녀의 머리를 빗기자, 증인들을 해치려는 진실의 적처럼 무수히 많은 이가 바글바글 떨어지기 시작했습니다. 왕이 그녀의 얼굴을 자세히 들여다보니, 긴 여정의 피로 때문에 거친 숨을 쉬는 그녀의 입가에 세숫대야처럼 비누 거품이 묻어 있었습니다. 그뿐만 아니라, 바닥을 내려다보니 그녀가 선 자리에서 보기만 해도 속이 뒤집어질 정도로 악취가 나는 식물들이 자라고 있었지요. 그래서 왕은 푸차와 그녀의 엄마를 내쫓아버렸고, 노여움 때문에 키옴모를 궁전의 오리나 키우도록 좌천시켰습니다. 왜 이런 일이 벌어졌는지 영문을 모르며 좌절해 있던 키옴모는 오리들을 데리고 교외로 나갔습니다. 그리고 오리 떼를 해변에 풀어놓은 뒤 한 오두막에서 돌아갈 때까지 자신의 불운을 한탄하며 슬퍼했습니다. 그런데 오리들이 날마다 마음껏 해변을 돌아다니는 동안, 물에서 나온 마르치엘라가 오리들에게 특제 아몬드 페이스트를 먹이고 향기로운 물을 마시게 했습니다. 오리들은 무럭무럭 자라서 몸집이 양만큼이나 커졌고, 어찌나 살이 올랐는지 눈알이 살에 파묻혀 앞을 제대로 못 볼 정도였지요. 오리들은 저녁때 왕의 침실 아래 있는 작은 정원으로 돌아와 노래를 하기 시작했습니다.

꽥, 꽥, 꽥,
해는 아름답고 달도 아름다워.
그런데 우리를 돌보는 아가씨는 훨씬 더 아름다워.

저녁마다 오리들의 합창을 듣게 된 왕은 키옴모를 불러 오리를 어디서 어떻게 무엇을 먹여 키우는지 물었습니다. "신선한 풀만 먹입니다." 키옴모의 대답이 시원찮자 왕은 믿을 만한 신하 한 명에게 키옴모의 뒤를 따라가 어디서 오리 떼를 키우는지 알아보라고 했습니다. 미행한 신하는 키옴모가 오두막으로 들어가고 오리 떼는 아무렇게나 방치하는 것을 보았습니다. 오리 떼가 해변으로 향하자 그곳으로 따라간 신하는 때마침 파도를 헤치고 나온 마르치엘라를 보았고, 마치 시인처럼 비너스마저 울게 할 정도로 아름답다고 말했습니다. 멍하니 정신을 차릴 수 없었던 신하는 황급히 왕에게 달려가 바다의 무대에서 자기가 본 아름다운 광경을 아뢰었지요.

신하의 말에 호기심이 동한 왕은 직접 그 미녀를 보고 싶었습니다. 그래서 다음 날 아침, 조류의 선동가인 수탉이 모든 생물은 밤에 맞서 일어나 무장하라고 부추길 때 키옴모가 오리 떼와 함께 여느 때처럼 해변으로 향하자, 왕이 은밀히 그 뒤를 따랐습니다. 키옴모가 오두막으로 들어가자 오리들은 자기들끼리 해변으로 향했고, 왕은 물에서 나온 마르치엘라가 작은 바구니에서 맛있는 과자와 향기로운 물을 꺼내어 오리들에게 먹이는 것을 봤습니다. 그녀는 오리들을 다 먹인 뒤 바위에 앉아서 머리를 빗기 시작했습니다. 그러자 진주와 석류석이 한 움큼 떨어졌고, 그녀의 입에서는 꽃이 한 아름씩 나왔으며, 그녀의 발밑에서 백합과 제비꽃이 아라비아 카펫처럼 펼쳐졌습니다. 이 모습을 본 왕은 키옴모를 불러와 마르치엘라를 가리키며 저 아름다운 여인을 아느냐고 물었습니다. 키옴모는 동생을 알아보고 달려가 그녀를 부둥켜안았습니다. 그리고 왕이 지켜보는 가운데 트로콜라의 배신에 대해, 그 불길하고 흉한 여자가 어떻게 사랑의 불꽃을 바닷속에서 살게 만들었는지에 대해 다 전해 들었습니다. 그토록 아름다운 보석을 얻은 왕의 기쁨이 얼마나 컸는지는 말로 표현할 수가 없답니다. 왕은 키옴모에게 여동생에 대한 그의 찬사가 한 치의 오차도 없이 들어맞으며, 그가 한 말이 적어도 삼 분의 이 이상은 사실임을 알게 됐다고 말했습니다. 또한 설령 마르치엘라가 왕비의 자리에 만족한다고 해도 그녀의 가치는 그 이상이라면서 그녀에게 의향을 물었습니다.

"아, 그것이 하늘의 뜻이라면 그 뜻에 따르겠어요. 궁녀의 자리라 해도 저는 기꺼이 전하를 모시겠어요. 하지만 제 발에 채워져 있는 이 황금 사슬을 보세요. 여자 마법사가 저를 가두어두려고 채워놓은 것이지요. 제가 너무 오랫동안 물 밖에 나와 있거나 해변에 머물러 있으면 그 마법사가 이 사슬을 잡아당긴답니다. 이렇게 마법사는 저를 황금으로 묶어두고서 마음껏 노예로 부리

고 있어요." "무슨 방법이 없겠소? 그 마녀로부터 당신을 구해낼 방법 말이오." 왕이 물었습니다. "소리가 나지 않는 줄톱으로 이 사슬을 끊으면 될 거예요." "내일 아침까지 기다려주시오. 신중하게 이 문제를 해결해 당신을 나의 왕궁으로 데려가겠소. 그곳에서 나의 오른쪽 눈이 되어주고 내 심장과 내 영혼의 일부가 되어주오." 두 손을 마주 잡는 것으로 서로의 연정을 주고받은 후에 마르치엘라는 바닷속으로, 왕은 남은 시간 동안 한순간도 그에게 휴식을 허락지 않은 열정의 불길 속으로 들어갔습니다. 밤이라는 검은 무어인이 별들과 함께 투바 카투바 춤을 추러 나왔을 때 왕은 여전히 잠들지 못한 채 이리저리 오가며 마르치엘라의 아름다움을 곱씹었고, 그녀의 머리칼이 가져온 기적과 발이 보여준 경이에 대해 혼자 토론을 벌이기도 했습니다. 그리고 그녀의 우아함을 상상의 시금석으로 시험한 결과 24캐럿이라고 혼자 판정하기도 했습니다. 그는 별들로 수를 놓는 밤의 손길이 너무도 느려 화가 났고, 어서 빛의 마차에 그가 원하는 물건들을 싣고 와 왕국을 풍요롭게 만들지도 않고 그로 하여금 어서 진주를 보내는 금광이자 꽃을 보내는 진주조개를 가지러 가게 하지도 않는 느린 태양이 원망스러웠습니다. 그러나 그가 바다와 거기에 있을 마르치엘라를 생각하며 정신이 팔려 있는 동안, 태양의 공병 부대가 빛의 군단이 진격하기에 앞서 먼저 길을 개척하기 시작했습니다. 옷을 갈아입은 왕은 키옴모와 함께 바다로 향했습니다. 해변에서 마르치엘라를 발견하자 왕은 가져온 줄톱으로 손수 사랑하는 이의 발에 채워진 사슬을 잘라냈고, 동시에 자신의 가슴속에 그녀를 놓지 않을 더욱더 강한 사슬 하나를 만들었습니다. 그런 다음 그는 마르치엘라를 말에 태우고 왕국을 향해 박차를 가했습니다. 왕궁에서는 먼저 왕이 분부해놓은 대로 왕국에서 가장 아름다운 여성을 왕비로 맞을 준비가 끝나 있었지요. 그들은 결혼식을 올리고 성대한 피로연을 열었습니다. 무수한 통들에 불을 붙이는 볼거리도 있었는데, 이 통들 중에는 마르치엘라에게 저지른 악행의 대가로 트로콜라를 가두어놓은 통도 있었습니다. 왕은 이어서 루체타를 초대했고, 그녀와 키옴모에게 군주처럼 사는 데 필요한 모든 것을 주었습니다. 푸차는 왕국에서 쫓겨나 여생을 거지로 살았습니다. 작은 케이크 한 조각도 양보하지 않았던 그녀는 평생 빵이 모자라 고생했지요. 그것은 다음과 같은 하늘의 뜻이기도 했습니다.

"동정심이 없는 사람은 아무것도 얻을 수 없다."

일곱 마리의 비둘기

일곱 형제는 어머니가 딸을 낳지 않자 집을 떠난다. 마침내 어머니가 딸을 낳았는데, 이 소식과 신호를 기다리고 있던 칠형제에게 산파가 신호를 잘못 보내 그들은 세상을 떠돌게 된다. 막내인 여동생이 자라서 오빠들을 찾아 나서는데, 마침내 그들을 찾고 여러 모험을 겪은 후에 모두 부자가 되어 집에 돌아온다.

두 개의 케이크 이야기는 모두의 미각을 만족시키고 아직까지 손가락을 핥게 할 정도로 정말 맛있는 케이크 같았다. 그러나 파올라가 이야기할 준비를 했고, 왕자의 명령은 늑대의 눈처럼 청중을 숨죽이게 만들었다. 파올라가 이야기를 시작했다.

호의를 베풀면 언제나 호의를 얻지요. 선의는 우정의 갈고리요 사랑의 대못입니다. 뿌리지 않으면 수확할 수 없습니다. 카토는 "식사 중에는 말을 삼가라"라고 했습니다. 이런 맥락에서, 출라의 이야기가 애피타이저였다면 저의 이야기는 디저트입니다. 그래서 여러분이 호의를 베풀어 저의 이야기에 귀 기울여주신다면 만족스럽고 즐거운 결과를 얻을 수 있을 겁니다.

옛날 아르차노 마을에 해마다 아들을 낳아서 칠형제를 둔 착한 아낙이 있었습니다. 칠형제는 하나가 다른 하나보다 조금씩 큰 목신의 피리 일곱 개 같았지요. 칠형제의 젖니가 다 빠졌을 때, 그들은 또 임신한 엄마 얀네텔라에게 이렇게 말했습니다. "엄마는 이렇게 아들만 많이 낳았는데, 이번에 딸을 낳지 않으면 우리는 지빠귀의 새끼들처럼 집을 떠나 세상을 떠돌겠어요." 그러자 얀네텔라는 보석과도 같은 아들들을 잃지 않도록 도와달라고 하늘에 기도했습니다. 출산일이 다가오자 칠형제가 엄마한테 말했습니다. "우리는 맞은편 낭떠러지에 있는 바위에 가 있을게요. 아들을 낳으시면 창턱에 잉크병과 펜을 올려놓고, 딸을 낳으시면 숟가락과 실톳대를 올려놓으세요. 딸이라는 신호를 보면 우리는 평생 엄마의 그늘 아래서 살아갈 거예요. 그러나 우리가 아들이라는 신호를 보게 된다면 엄마는 우리의 이름을 잊고 사시는 게 좋을 거예요." 아들들이 집을 떠났고, 하늘의 뜻에 따라 얀네텔라는 사랑스러운 딸을 낳았습니다. 그러나 신호를 해달라는 부탁을 받은 산파가 어찌나 산만하고 멍청하던지 창턱에 그만 잉크병과 펜을 올려놓고 말았습니다. 이 신호를 본 칠형제는 분연히 일어나 멀리 떠나갔습니다.

그로부터 수년이 지난 후 여독과 허기에 지친 칠형제가 어느 숲에 도착했습니다. 나무들이 강물 소리에 맞춰 꽃춤을 추는 그곳에 한 오그르가 살고 있었습니다. 이 오그르는 예전에 잠을 자다가 어떤 여자 때문에 눈이 찢어진 적이 있어서 여자를 적으로 여기고 보는 족족 잡아먹었습니다. 오그르의 집에 도착한 청년들은 부디 빵 부스러기라도 달라고 부탁했습니다. 그러자 오그르는 먹고살기에 부족하지 않게 해줄 테니 자기를 섬기라고 말했습니다. 하루에 한 명씩 작은 강아지처럼 자기를 인도해 돌아다니기만 하면 된다는 것이었습니다. 이 말을 들은 청년들은 마치 부모라도 만난 것 같은 심정으로 오그르의 제안을 받아들였습니다. 오그르는 곧 칠형제의 이름, 즉 잔그라초, 체키텔로, 파스칼레, 누초, 포네, 페칠로, 카르카베키아라는 이름을 외웠습니다. 그리고 일층의 방을 내주고 그들이 살아가는 데 필요한 것들을 제공했습니다.

그러는 동안, 무럭무럭 자란 그들의 여동생은 산파의 건망증 때문에 일곱 오빠들이 세상을 떠돌게 되었고 그 후 아무런 소식도 없었다는 말을 듣고 그들을 찾아 나서기로 결심했습니다. 딸의 끈질긴 설득과 애원에 진 엄마는 결국 딸에게 여행자의 옷을 입혀주고 떠나도 좋다고 허락하지요. 그녀는 걷고 또 걸었고, 가는 곳마다 일곱 오빠에 대해 수소문했습니다. 그렇게 무수한 마을을 거치며 여행을 계속하던 어느 날 그녀는 마침내 한 여인숙에서 그들에 대한 소식을 들었고, 태양이 빛의 주머니칼로 창공의 종이에서 밤의 얼룩을 지워내는 아침에 그 숲으로 향했습니다. 그녀가 숲에 도착하자 일곱 오빠들이 그녀를 알아보고 크게 기뻐하면서 자신들에게 불행을 가져온 그 잉크병과 펜을 원망했습니다. 일단 여동생을 따뜻하게 맞아준 오빠들은 그녀에게 오그르의 눈에 띄지 않게 방에 숨어 있으라고 말했습니다. 그리고 그 방에 고양이가 한 마리 있으니, 먹을 것을 받으면 반드시 일부를 그 고양이에게 나눠 주라고 당부했습니다. 안 그러면 고양이가 그녀에게 해코지를 할 거라고 했지요. 여동생 찬나는 오빠들의 충고를 마음의 공책에 적어놓았고, 먹을 것이 있으면 아무리 하찮은 것이라도 언제나 공평하게 잘라서 "이건 내 거, 이건 네거, 이건 공주님 거" 하며 고양이와 나눠 먹었습니다.

그러던 어느 날, 오빠들이 오그르를 대신해 사냥을 나가면서 찬나에게 요리를 하라고 병아리콩 한 바구니를 주었습니다. 그녀는 콩을 골라내다가 개암을 하나 발견했는데, 이것은 그녀의 평온한 일상을 깨뜨리는 흉조가 되고 말았습니다. 왜냐하면 그 개암을 고양이와 절반씩 나누지 않고 그냥 자기 입에 넣었고, 그러자 고양이가 난로로 달려가 불이 꺼질 때까지 오줌을 누었기 때문입니다. 어쩔 줄 몰라 하던 찬나는 오빠들의 당부를 저버리고 그 방을 나와, 불씨라도 얻을 요량으로 오그르의 방을 찾아갔습니다. 여자의 목소리를 들은 오그르가 말했습니다. "오냐, 언제든지 환영한다! 잠깐만 기다려. 네가 원하는 걸 줄 테니." 그러고는 숫돌을 가져다가 거기에 기름을 칠하고 자신의 어금니를 갈기 시작했습니다. 일이 잘못됐다는 것을 눈치챈 찬나는 깜부기불 몇 개를 잡아채 자기 방으로 달려와서는, 문을 닫고 의자, 침상, 작은 궤짝들, 돌 따위를 보이는 대로 가져다가 문을 막았습니다.

어금니를 다 간 오그르는 찬나의 방으로 달려왔고, 문이 잠겨 있는 것을 보고 발로 차기 시작했습니다. 이렇게 소동이 벌어지고 있는 중에 칠형제가 도착했습니다. 오그르는 이 와중에 자신의 적인 여자에게 도피처를 제공했다며 칠형제를 비난했습니다. 칠형제 중 첫째로서 동생들보다 더 분별력이 있는 잔그라초는 오그르와의 계약이 어그러졌다고 보고 이렇게 말했습니다. "우리는 모르는 일이에요. 우리가 사냥하러 간 사이에 저 빌어먹을 계집애가 실수로 이 방에 들어갔나 보죠. 하지만 문 뒤에 바리케이드를 치고 있으니, 나랑 같이 가요. 저 여자가 방어하지 못하는 지점을 공격하는 겁니다." 잔그라초는 오그르의 손을 잡고 그를 아주 깊은 도랑으로 데려갔고, 형제들이 힘을 합쳐 그 도랑으로 오그르를 밀어 떨어뜨렸습니다. 그러고는 삽으로 도랑을 메웠고, 여동생더러 문을 열라고 한 후에 화를 자초한 그녀의 실수를 나무랐습니다. 또한 앞으로는 조금 더 현명하게 처신하라고 조언하고는 오그르가 묻혀 있는 곳 주변에서는 절대 풀을 뜯지 말라고 당부했습니다. 그랬다가는 칠형제가 작은 비둘기로 변할 거라고 했지요. "오빠들에게 해를 끼치는 일은 절대 안 해!" 그들은 오그르의 동산과 부동산을 고스란히 차지하고서 겨울이 지나가기를 기다리며 행복한 시간을 보냈습니다. 태양이 황소자리에 들어와 꽃으로 수놓은 녹색 치마를 대지에 선사하는 때가 오면 집으로 돌아가는 여정에 오를 수 있는 것이었지요.

어느 날, 오빠들이 날로 맹위를 떨치는 추위에 대비하고자 산으로 나무를 하러 간 사이에 한 불쌍한 길손이 그 숲에 들어섰습니다. 그가 소나무에 앉아 있는 도깨비를 놀리자, 도깨비는 솔방울을 그의 머리에 던졌습니다. 머리에 엄청나게 큰 혹이 생기자 그는 저주받은 영혼처럼 마구 비명을 질러댔습니다. 시끄러운 소리에 밖으로 나온 찬나는 아파하는 여행객을 측은하게 여겼습니다. 그녀는 곧바로 오그르의 무덤 위에 자란 덤불에서 로즈메리 가지를 꺾었고, 그것을 빵과 소금과 함께 으깨어 길손의 머리에 고약처럼 발라주었습니다. 간단히 식사까지 마친 길손은 다시 제 갈 길을 갔지요. 찬나가 식사 준비를 하면서 오빠들을 기다리고 있는데 일곱 마리의 비둘기가 날아와 이렇게 말했습니다. "아, 이 모든 고난의 원인이 너로구나. 차라리 그 빌어먹을 로즈메리를 따기 전에 네 손이 굳어버렸다면 좋았을 것을. 너 때문에 우리는 바닷가로 날아가게 생겼구나. 고양이 뇌를 삶아 먹은 거니? 어떻게 우리의 경고를 까먹을 수 있니? 오빠들이 이렇게 새로 변해서, 언제 솔개와 새매의 발톱에 붙잡힐지 모르는 처지가 됐잖아. 우리가 딱새, 박새, 검은 방울새, 올빼미, 피리새, 까치, 까마귀, 때까치, 검둥오리, 도요새, 유럽꾀꼬리, 되새, 굴뚝새, 종다리, 딱따구리, 후투티, 논병아리, 왜가리, 할미새, 발구지, 댕기흰죽지, 새끼거위, 홍방울새의 친구가 됐다고! 참 잘했다! 이제 마을에 가면 그물과 올무가 우릴 기다리겠어! 너는 길손의 머리를 치료해주면서 이 오빠들의 머리를 깨버렸구나. 네가 시간의 어머니를 찾아내서 방법을 알아내지 않는 한 우리는 이 고난에서 벗어날 수 없을 거야."

찬나는 자신이 저지른 실수 때문에 털 뽑힌 메추라기처럼 움츠러들었습니다. 그녀는 오빠들에게 용서를 구하며, 세상을 다 뒤져서라도 꼭 그 노파의 집을 찾아내겠다고 약속했습니다. 그리고 나쁜 일이 생기기 않도록 자기가 돌아올 때까지 오빠들은 집 안에만 머물러 있으라고 애원하고서 길을 떠났습니다. 오빠들을 돕고 싶은 열망 때문에 그녀는 쉬이 지치지 않는 노새처럼 시속 5킬로미터의 속력으로 걸었습니다. 바다가 라틴어 숙제의 해답을 알려주지 않는 바위들을 파도로 세게 후려치고 있는 어느 해변에 도착한 찬나는 커다란 고래를 발견했습니다. 고래가 말했습니다. "아가씨, 여기서 뭐하고 있어요?" "시간의 어머니가 사는 집을 찾고 있어요." "어떻게 찾아가는지 알아요? 이 해변을 따라 쭉 가다가 강이 나오면 상류 쪽으로 가세요. 그러면 누군가가 길을 알려줄 거예요. 그런데 부탁 하나 들어주세요. 그 친절한 노부인을 만나게 되면, 내가 바위에 부딪히지 않고 모래사장에 파묻히지 않고 안전하게 헤엄칠 수 있는 방법을 대신 좀 물어봐 주세요." "그런 거라면 나한테 맡겨요." 찬나는 길을 알려준 고래에게 고마움을 전하고 해변을 따라 걷기 시작했습니다. 한참 후 강가에 도착하니, 강은 세무관처럼 은화를 바다의 모래톱으로 집어 던지고 있었습니다. 그곳에서 그녀는 곧장 상류 쪽으로 방향을 잡았습니다. 그리고 초원이 꽃을 흩뿌린 녹색 망토로 하늘을 흉내 내고 있는 아름다운 시골에 도착했는데, 그곳에서 생쥐 한 마리가 그녀에게 말을 걸었습니다. "예쁜 아가씨, 혼자서 어디를 가세요?" "시간의 어머니를 찾고 있어요." "걸어서 한참 더 가야 해요. 하지만 낙담하지 마세요. 모든 것엔 끝이 있기 마련이니까요. 저 산들을 향해 계속 걸어가세요. 저 산들은 들판의 군주처럼 '전하'라고 불리기를 원하지요. 아무튼 저곳에 가면 언제나 원하는 것 이상으로 좋은 소식을 듣게 될 거예요. 하지만 부탁 하나 들어주세요. 아가씨가 찾는 집에 도착하면, 그 친절한 할머니에게 우리 생쥐들이 고양이의 폭거로부터 벗어날 수 있는 방법을 물어봐 주세요. 그러면 나는 아가씨의 노예가 되어 뭐든지 시키는 대로 따르겠어요." 그러마 하고 약속한 찬나는 산을 향해 발걸음을 옮겼습니다. 걷는 내내 산들이 아주 가까이 있는 것처럼 보였으나 실제로 그곳에 도착하기까지는 한참이 걸렸고, 그녀는 기진맥진해 바위에 주저앉고 말았습니다. 그때 개미 떼가 꽤 많은 양의 밀을 운반하고 있었습니다. 개미 한 마리가 찬나를 보고 말했습니다. "누구세요? 어디 가세요?" 누구에게나 공손한 찬나가 대답했습니다. "나는 불운한 사람이에요. 아주 중요한 일이 있어서 시간의 어머니를 찾아가고 있어요." "계속 걸어가세요. 저 산들이 커다란 평원으로 펼쳐지는 곳에서 새로운 정보를 얻게 될 거예요. 그런데 아주 어려운 부탁 하나 들어주세요. 그 할머니를 만나게 되면, 우리 개미들이 좀 더 오래 살 수 있는 방법을 물어봐 주세요. 이 세상의 황당한 일 중 하나는 우리가 열심히 모으고 쌓아놓고도 그걸 다 먹기에는 너무 일찍 죽는다는 거예요. 최고의 낙찰가에서 꺼져버리는 경매인의 촛불처럼 일 년 중 가장 좋은 시절에 우리는 죽는다고요." "걱정 말아요. 나한테 친절하게 대해줬으니 은혜를 갚을게요." 찬나가 그 산들을 넘자 어느새 아름다운 평원이 펼쳐졌고, 한참을 걸으니 고색창연함의 증인이요 행복한 신부의 사탕절임 같은 달콤함을 잃어버린 이 씁쓸한 시대에 아직 남아 있는 커다란 떡갈나무 한 그루가 나타났습니다. 떡갈나무의 줄기는 입술 모양을 띠었고 고갱이는 혀가 되어 찬나에게 이렇게 말했습니다. "아니, 어딜 가기에 그렇게 숨이 차 있지? 내 그늘 밑으로 와서 좀 쉼." 찬나는 몇 번이나 고맙다고 말하면서 시간의 어머니를 급하게 찾아야 한다고 설명했습니다. "그리 멀지 않아. 하루도 안 걸려 산꼭대기에서 네가 찾는 집에 도착하게 될 거야. 한데 네가 아름다운 만큼 마음씨도 곱다면 잃어버린 내 명예를 회복할 방법이 있는지 알아봐 줘. 위대한 인물들의 영양분이었던 내가 지금은 돼지의 먹이로 전락했단다." "그 문제는 이 찬나에게 맡겨두세요. 어떡하면 좋을지 알아볼게요." 그렇게 말한 찬나는 쉬지 않고 걸어서 어느 산기슭에 도착했습니다. 그 산은 구름을 괴롭히기 위해 구름 사이로 머리를 들이밀고 있어서 썩 기분 좋은 곳은 아니었습니다. 그녀는 그곳에서 걷느라 지친 작은 체구의 노인이 건초 더미 속에서 잠들어 있는 것을 봤습니다. 찬나를 본 그는 자기 머리의 혹을 치료해준 사람이라는 걸 금세 알아봤습니다. 그리고 그녀가 무엇을 찾고 있는지 말하자, 그는 자신이 경작한 땅의 소작료를 지금 시간에게 가져다주려는 참이라고 말했습니다. 그리고 시간은 세상의 모든 것을 강탈하는 폭군이고, 특히 자기처럼 나이 든 사람들을 심하게 착취한다고 말했습니다. 노인은 전에 찬나의 도움을 받은 것에 대해 지금 백배로 보답해주고 싶으니, 그 산을 올라가는 동안 조심해야 할 것을 몇 가지 알려주겠다고 했습니다. 그리고 나이가 들어서 오를 때보다도 내려올 때가 더 고역이라 유감스럽게도 찬나와 함께 가지는 못하고, 부득이 산기슭에 남아서 시간의 경리 담당과 삶의 문제와 불운과 병고를 결산하고 자연에 진 빚을 갚겠다고 했습니다.

"순진한 아가씨, 지금부터 내 얘기를 잘 들어요. 이 산꼭대기에는 어떤 인간의 기억보다도 더 오래전에 지어진, 금방이라도 허물어질 듯한 집이 있어요. 벽은 온통 금이 갔고, 토대까지 흔들거리고, 문들은 벌레 먹었고, 가구들은 곰팡이가 슬었다오. 간단히 말해서, 모든 게 쓸 만큼 썼고 망가졌다는 얘기지요. 한쪽에는 부서진 기둥들이 있고, 다른 한쪽에는 깨진 조각상들이 있을 거예요. 문에 있는 문장 외에는 본래의 모습으로 남아 있는 게 없어요. 문장을 보면 자기 꼬리를 물고 있는 뱀, 수사슴, 까마귀, 불사조가 있을 거예요. 그리고 집 안으로 들어가자마자 바닥에는 줄톱, 톱, 낫, 가지 치는 낫, 재로 가득한 수많은 가마솥이 놓여 있을 텐데, 이름이 붙어 있는 약종상의 단지처럼 이 가마솥들에는 코린토스, 사군툼,* 카르타고, 트로이 등 시간의 착취에 의해 멸망해간 수많은 도시의 이름과 함께 각각의 재가 담겨 있어요. 그 집 가까이 가자마자 몸을 숨기고 시간이 나올 때까지 기다려요. 그리고 그가 집을 떠나면, 살그머니 안으로 들어가요. 집 안에서 아주 나이 지긋한 노파를 보게 될 텐데, 노파의 수염은 바닥까지 닿

---

* 자킨토스 섬 출신의 이주민이 건설한 고대 도시.

고 노파의 등에 난 혹은 하늘에 닿을 듯하지요. 머리칼은 회색돈 점박이 말의 꼬리처럼 발뒤꿈치까지 뒤덮었고, 얼굴은 세월의 주름이 깊이 패서 상춧잎처럼 보일 거예요. 노파는 벽에 고정된 벽시계 위에 앉으려 할 테고, 눈꺼풀이 눈을 가릴 정도로 축 늘어져서 아가씨를 볼 수 없을 거예요. 일단 안에 들어가면 곧바로 그 벽시계의 추를 떼어버려요. 그다음에 노파를 불러서 원하는 것을 말해요. 노파는 아마 자기 아들을 불러서 아가씨를 잡아먹으라고 할 거예요. 그러나 노파가 앉아 있는 벽시계의 추가 없어졌으니 그녀의 아들은 걷지를 못하죠. 그래서 노파는 어쩔 수 없이 아가씨가 원하는 것을 들어줄 수밖에 없어요. 하지만 노파가 하는 맹세를 다 믿어서는 안 돼요. 딱 하나, 아들의 날개를 걸고 하는 맹세만 믿어요. 그 맹세를 한 다음에 노파가 시키는 대로 하면 아가씨의 뜻을 이룰 수 있을 거예요." 이렇게 말하는 동안 그 작고 가여운 영혼은 지하 납골당에 있던 유해가 빛에 노출된 것처럼 산산이 부서지고 말았습니다. 찬나는 노인의 유골을 자신의 눈물과 섞어서 묻어주고 고인의 명복을 빌었습니다.

그녀는 가쁜 숨을 몰아쉬며 산 정상에 오른 뒤 시간이 집 밖으로 나오기를 기다렸습니다. 시간은 아주 긴 수염을 기른 노인이었고, 그가 걸치고 있는 망토는 이런저런 사람들의 이름이 적힌 작은 명찰들로 뒤덮여 있었습니다. 또 시간은 커다란 날개를 지녔고, 어쩌나 빨리 달리는지 순식간에 그녀의 시야에서 사라져버렸습니다. 그의 어머니의 집으로 들어간 찬나는 검은 살가죽의 노파를 보고 겁에 질려서 곧장 벽시계의 추를 잡아 빼고 원하는 것을 말했습니다. 노파는 단말마의 비명을 지르고 아들을 불렀습니다. 그러나 찬나가 이렇게 말했지요. "원하신다면 이 벽에 얼마든지 머리를 찧어도 됩니다. 하지만 제가 이 추를 가지고 있는 한 부인은 아드님을 볼 수 없을 거예요." 노파는 방법이 없다는 것을 알고는 찬나를 구슬리기 시작했습니다. "애야, 그 추를 이리 다오. 내 아들의 발길을 막지 마. 지금까지 이 세상에서 인간이 그런 짓을 한 적은 없단다. 그 추를 내게 주면 하늘이 널 도울 게다. 내 아들이 모든 것을 부식시킬 때 쓰는 강산強酸을 걸고 네게 해코지를 하지 않겠다고 맹세하마." "시간 낭비하지 마세요. 이 추를 원한다면 더 괜찮은 말을 하셔야죠." "죽기 마련인 모든 생명체를 갉는 이 이빨을 걸고 맹세하마. 네가 원하는 걸 다 알려주겠다고." "그런 말 해봐야 아무 소용 없어요. 날 속이고 있다는 거 알아요." "알겠다! 어디든 날아갈 수 있는 날개를 걸고 맹세하마. 네가 상상하는 것보다 더 큰 호의를 베풀겠다." 찬나는 추를 돌려주고 곰팡내 나는 노파의 손에 입을 맞추었습니다. 그녀의 예의 있는 행동을 본 노파가 말했습니다. "저 문 뒤에 숨어. 시간이 도착하면 그 아이로 하여금 네가 원하는 것을 말하게 할 테니까. 그리고 한곳에 가만히 있는 법이 없는 그 아이가 또 밖으로 나가면 그때 조심해서 밖으로 나가도 돼. 하지만 절대 그 아이의 눈에 띄거나 소리를 내거나 해선 안 된다. 너무 탐욕스러워서 자기 자식들도 남김없이 먹어치운 아이니까. 나중에는 자기 자신까지 먹어치우고 다시 태어나곤 한단다."

노파가 시키는 대로 찬나가 몸을 숨기자, 시간이 경쾌하고 기민하게 그곳에 도착해서는 자기가 손에 넣은 것에 대해, 심지어 벽에 칠한 회반죽까지 포함해 일사천리로 읊어댔습니다. 그가 밖으로 나가려는데 노파가 찬나에게 들은 얘기를 하면서 우유를 줄 테니 질문에 차근차근 대답해달라고 부탁했습니다. 그는 많은 질문에 다 답한 후에 이렇게 말했습니다. "그 나무는 보물을 뿌리 밑에 두는 한, 사람들에게 결코 소중한 존재가 될 수 없어요. 생쥐들은 고양이의 발에 종을 달아서 가까이 오면 종소리가 들리게 하지 않는 한, 고양이로부터 안전할 수 없고요. 개미는 날지 않고 지낼 수 있다면 백 년은 살 수 있을 거예요. 개미는 죽고 싶을 때 날거든요. 고래는 가시고슴도치갯지렁이와의 우정을 돈독히 하고 가시고슴도치갯지렁이에게 의지하는 게 좋아요. 가시고슴도치갯지렁이는 언제나 고래가 위험에 빠지지 않도록 안내해주니까요. 그리고 작은 비둘기들은 부富의 기둥 위에 둥지를 짓게 되면 원래의 모습으로 돌아갈 거예요." 시간은 말을 끝내고 여느 때처럼 길을 떠났고, 찬나는 노파에게 작별을 고한 뒤 산을 내려왔습니다. 그때 일곱 비둘기가 도착해 여동생의 뒤를 따라왔습니다. 오랜 비행에 지친 비둘기들은 죽은 소의 뿔 위에 앉아서 쉬고자 했는데, 그들이 발을 뿔에 내리자마자 원래의 잘생긴 청년들로 변했습니다. 이에 크게 놀란 형제들은 시간이 해주었다는 대답에 대해 듣고서 그제야 시간이 말한 부의 기둥이 소의 뿔임을 이해할 수 있었습니다. 그들은 여동생과 함께 자축하면서 그녀가 걸어온 길을 되돌아가기 시작했습니다. 그들은 떡갈나무를 발견하고서 시간에게 들은 답변을 알려주었고, 떡갈나무는 자신의 뿌리 밑에 있는 보물들을 가져가 달라고 그들에게 부탁했습니다. 그 보물 때문에 떡갈나무 도토리의 명성을 잃게 됐다고 말이지요. 칠형제는 가까운 밭에서 호미를 발견하고 그것으로 땅을 파기 시작해 금화가 가득 담긴 커다란 항아리를 찾아냈습니다. 그리고 가져가기 쉽게 금화를 8등분했습니다. 여독과 금화의 무게에 고단해진 그들은 어느 산울타리 근처에서 잠이 들고 말았습니다. 그때 그곳을 지나가던 도적 떼가 금화 더미를 베고 자는 형제들을 보고는 그들의 팔과 다리를 나무에 묶어놓고 금화를 가져가 버렸습니다. 형제들은 금화를 잃었을 뿐 아니라 곧 자신들의 생명까지 잃을 수 있는 위험에 처했음을 깨닫고 비탄에 잠겼습니다. 도움을 받을 수 없는 상황에서 그들 자신의 배고픔과 맹수들의 배고픔이라는 이중고에 시달려야 했으니까요.

그들이 불운을 한탄하고 있을 때 생쥐가 나타났습니다. 시간의 답변을 전해 들은 생쥐는 그 대가로 형제들의 팔다리를 묶고 있던 밧줄을 갉아서 그들을 풀어주었습니다. 그들은 그로부터 한참을 걸은 후에 길에서 개미를 만났고, 역시 시간으로부터 들은 충고를 전해주었습니다. 그러자 개미는 찬나에게 왜 그리 힘이 없고 풀이 죽어 있냐고 물었습니다. 찬나가 도적 떼에게 당한 이야기를 하자 개미가 말했습니다. "가만, 당신이 내게 베푼 호의에 보답할 기회가 바로 지금이군요. 땅 밑으로 밀을 옮기다가 그 흉악한 개떼들이 약탈품들을 숨겨놓는 장소를 봤어요. 한 낡은 건물의 바닥을 여러 군데 파놓고 훔쳐온 물건들을 숨겨놓는데,

지금 또 노략질을 나가서 건물에 아무도 없어요. 내가 어디인지 알려줄 테니 잃어버린 것을 되찾으세요." 개미는 어느 폐가로 그들을 이끌고 가더니 입구를 알려주었습니다. 형제들은 가장 용감한 잔그라초를 입구를 통해 내려보냈고, 그는 도둑맞은 돈을 고스란히 되찾아 왔습니다. 그러고는 그들은 해변을 향해 갔습니다.

그곳에서 만난 고래에게 시간의 충고를 전해준 뒤 다시 여정에 오르려는데 갑자기 빈틈없이 무장한 도적 떼가 나타났습니다. 도적 떼가 그들의 뒤를 따라온 것이었지요. 도적 떼를 본 찬나와 오빠들이 말했습니다. "아이고, 이번에는 뼈도 못 추리겠는걸. 저거 봐, 도적들이 무기를 들고 오잖아. 우리를 산 채로 가죽 벗길 거야!" 그러자 고래가 말했습니다. "걱정 말아요. 내게 친절을 베풀어주었으니 그 보답으로 여러분을 위험에서 구해주겠어요. 내 등에 타요. 즉시 안전한 곳으로 데려갈 테니까." 뒤에는 적들, 앞에는 목까지 차오르는 바닷물이 있는 상황에서 형제들은 고래의 등에 올라탔습니다. 고래는 그 해변을 벗어나 나폴리가 보이는 곳으로 그들을 데려갔습니다. 뭍에 오르는 것을 두려워하는 고래는 그들을 해변에 남겨놓는 것은 안전하지 않다고 여겨 이렇게 말했습니다. "아말피 해안 중에서 어디에 내려줄까요?" 그러자 잔그라초가 말했습니다. "가만, 그쪽에는 내리고 싶지 않아서 한번 생각해봐야겠어. 마사에선 '마당발로 계속 가'고 소렌토에선 '소를 몰아'. 비코에선 '비스켓을 조금 가져가.'" 그러자 고래는 잔그라초를 기쁘게 해주려고 진로를 바꾸었고, 소금 바위에 그들을 내려주었습니다. 그리고 그들은 지나가던 고깃배에 부탁해 육지에 도착했지요. 건강하고 멋지고 부자가 되어 고향으로 돌아온 형제들은 부모에게 위로가 되었습니다. 모두가 찬나의 선행 덕분에 행복한 삶을 누렸으니, 다음과 같은 옛말이 진실임을 증명한 셈입니다.

"언제나 선행을 베풀고 그것을 잊어라."

아홉 번째 여흥

까마귀

프라타-옴브로사('그늘진 수풀') 왕국의 왕 밀루초를 기쁘게 해주려고 그의 동생 옌나리엘로는 긴 여정에 오른다. 그리고 왕이 원하는 것을 가지고 돌아와 그를 죽음에서 구해주는데, 정작 옌나리엘로 자신은 사형 선고를 받는다. 자신의 결백을 증명하고 싶었던 옌나리엘로는 기이한 사건으로 인해 대리석상이 되지만, 예전의 모습으로 돌아와 행복하게 산다.

내가 목구멍에 백 개의 갈대 피리를 가졌고 청동의 폐와 천 개의 강철 혀를 가졌다고 해도, 찬나의 선행이 모두 보답 받았다는 파올라의 이야기가 얼마나 청중의 심금을 울렸는지 설명할 수가 없다. 청중은 촘메텔라에게 이야기를 해달라고 더욱더 간청하게 되었으니, 그녀가 왕자의 명령을 따르는 데 있어 자신감을 잃었기 때문이었다. 그러나 명령을 어길 수는 없었고, 여흥도

깨지 않아야 했기에 그녀는 이야기를 시작했다.

구부려서 보되 판단은 곧게 하라는 말은 참으로 훌륭한 것이나 실천하기에는 너무도 어려워서, 정곡을 찌르는 판단력을 지닌 사람은 극히 드물지요. 오히려 인간사의 바다에서는 대부분이 게만 잡아 올리는 서툰 어부고, 자신의 머릿속을 스쳐 가는 것을 좀 더 정확하게 측정할 수 있다고 생각하는 사람들은 대부분 오해를 받기 십상입니다. 그렇다 보니 사람들은 정신없이 돌아다니고, 되는 대로 일을 하고, 뒤죽박죽 생각하고, 분별없이 행동하고, 아무렇게나 판단합니다. 그리고 대부분은 큰 실수를 만회할 수 있는 좋은 해결책마저 걷어차 버리고는 그 흔한 후회를 하게 됩니다. 여러분이 정중함의 초인종을 눌러 겸손의 회전문 안에 있는 저를 불러주신다면, 그리고 조금만 저의 이야기에 귀 기울여주신다면, 지금부터 프라타-옴브로사의 왕이 겪은 일들을 전하겠습니다.

옛날 프라타-옴브로사 왕국에 밀루초라는 왕이 있었는데, 사냥을 너무 좋아해 왕국과 왕궁의 중요한 일들을 방치한 채 산토끼의 흔적이나 종달새의 비행을 쫓곤 했습니다. 이런 생활을 계속하다 보니, 어느 날은 운명에 의해 태양의 말들도 통과하지 못할 정도로 울창한 숲으로 가게 되었습니다. 그런데 그곳에 있는 근사한 대리석 조각상의 꼭대기에 죽은 지 얼마 안 된 까마귀가 남아 있었습니다. 왕이 눈부시게 흰 대리석에 흩뿌려진 새빨간 피를 보고 깊은 한숨을 쉬면서 말했습니다. "아, 까마귀의 깃털처럼 새카만 머리칼과 속눈썹을 지니고 이 대리석처럼 희고 붉은 그런 아내를 얻을 수 없을까?" 왕은 한참 동안 이 생각에 너무도 골몰한 나머지 〈메나에크무스 형제〉를 연상시켰습니다. 그 자신이 그 대리석상을 사랑하는 또 다른 대리석상처럼 보였기 때문입니다. 그리고 이 불길한 공상을 머릿속에 주입하고 욕망의 죽을 먹이로 주니 너무도 쉽게 이쑤시개가 콩 섶으로, 대추나무가 수박으로, 이발사의 워밍팬*이 유리 제조공의 용광로로, 난쟁이가 거인으로 바뀌었습니다. 그래서 그는 심장에 아로새긴 것 같은 대리석상의 모습만 떠올렸습니다. 어디를 봐도 가슴속에 새겨진 모습만 보였고, 다른 일들은 까맣게 잊은 채 그에게는 오로지 대리석상 생각뿐이었습니다. 대리석상은 그의 생명을 가는 맷돌이요, 삶의 색깔을 섞어놓은 반암이요, 영혼의 성냥으로 불붙인 부싯돌이요, 그를 잡아끄는 자석이니, 그는 나날이 야위어갔고 조금씩 쇠약해갔습니다. 결국 대리석상이 그의 쓸개 속에까지 자리를 잡아서 그에게 일말의 휴식도 주지 않았습니다.

왕의 동생인 옌나리엘로는 형이 너무도 야위고 창백한 것을 보고 말했습니다. "형님, 무슨 일이라도 있소? 눈에 고통이 어려 있고 창백한 얼굴에 절망이 가득하니 말이오. 무슨 일이오? 이 동생한테 솔직하게 털어놔 보시오! 밀폐된 방 안의 석탄 냄새가 오장육부를 오염시켜요. 산속에서 응축된 석탄가루에 돌가루가

• 난상기燠床器. 긴 손잡이와 뚜껑이 달린 프라이팬처럼 생겼는데 이 속에 석탄이나 불을 넣는다.

섞여 공기 중에 날아다니니까요. 혈관에 염증이 생기면 피가 썩어요. 몸에 바람이 들면 위장에 가스가 차고 심한 복통이 생겨요. 그러니 지금 몸 상태가 어떠한지 말을 좀 해봐요. 형님을 위해서라면 내가 천 개의 목숨이라도 바치리다." 생각에 잠기어 한숨을 쉬던 밀루초가 동생의 걱정과 관심에 고마움을 전했습니다. 그리고 동생의 애정을 믿어 의심치 않으나 자신의 병을 고칠 방법은 없다고 말했습니다. 자신이 헛되이 소망의 씨를 뿌린 대상이 바로 대리석상이기 때문이라고 말이지요. 그 대리석상을 상대로 해서는 버섯 한 송이만큼의 행복도 꿈꿀 수 없고, 그 대리석상은 산 정상까지 굴려서 올라가면 다시 밑으로 굴러떨어지는 시시포스의 돌과도 같다고 말했습니다. 그렇게 왕은 대리석상에 대한 자신의 사랑을 전부 동생에게 말했습니다. 형의 말을 다 들은 옌나리엘로는 성심껏 형을 위로하면서, 울적한 기분에 끌려다니지 말고 힘을 내라고 격려했습니다. 그리고 세상을 다 뒤져서라도 그 대리석상의 모델인 여성을 찾아내겠다고 말했습니다. 그는 곧 물건이 가득한 대형 상선을 준비시켰고, 직접 상인의 옷을 입고서 이탈리아의 거울이요, 덕망 있는 사람들의 피난처요, 예술과 자연의 기적들이 모인 곳이요, 동양으로 가는 길목인 베네치아로 향했습니다. 그리고 베네치아에서 다시 카이로로 방향을 잡았습니다. 마침내 카이로에 도착했을 때 그는 멋진 매를 가지고 있는 사람을 보았고, 사냥을 좋아하는 형에게 주려고 그 매를 샀습니다. 얼마 후에는 놀라운 말을 가진 사람을 만나서 또 그 말을 샀습니다. 그러고는 항해의 피로를 풀기 위해 여관으로 향했습니다.

다음 날 아침, 별의 군대가 빛의 대군으로부터 공격을 받아 주둔지를 포기한 채 하늘의 제방에 친 군막들을 치울 때 엔나리 엘로는 도시를 돌아다니면서 스라소니처럼 모든 것을 주시했고, 혹여 대리석상과 닮은 여자가 있는지 주의 깊게 살폈습니다. 경관을 두려워하는 도둑처럼 두리번거리면서 정처 없이 돌아다니던 그는 병원의 회반죽이 묻은 누더기 차림의 한 거지와 마주쳤습니다. 거지가 말했습니다. "선생, 무슨 일 있어요? 왜 그렇게 정신 나간 사람처럼 보이나요?" "내가 개인적인 일을 당신한테 일일이 얘기해야 하나요? 차라리 경관에게 당신이 귀찮게 군다고 말하는 게 낫겠군요!" 엔나리엘로가 대답했습니다. "잠깐, 잘생긴 젊은이, 사람을 겉모습으로 판단하지 말아요. 다리우스가 마구간 소년에게 고민을 털어놓지 않았다면 그는 페르시아의 왕이 되지 못했을 거예요. 그러니 선생이 이 불쌍한 거지한테 사정 얘기를 한다 해도 그리 이상한 일은 아니란 말이지요. 이 세상에서 아무리 하찮고 작은 나무라도 이쑤시개로 쓸 수 있으니까요." 이 불쌍한 거지의 말이 논리정연하고 현명하다고 판단한 엔나리엘로는 그에게 그곳까지 온 이유와 그리도 부지런히 찾고 있는 것이 무엇인지를 말해주었습니다. 그러자 거지는 이렇게 말했습니다. "이런, 선생은 지금 세상 사람들을 하나씩 다 확인하고 다니겠다는 거구려. 내 비록 폐물이지만, 그래도 아직은 선생이 품은 희망의 정원을 기름지게 할 정도는 되지요. 잘 들어요. 내가 구걸을 핑계로 저 아름다운 아가씨를 불러낼게요. 마법사의 딸 말이에요. 그러니 눈을 크게 뜨고 그 여자를 꼼꼼히 살펴봐요. 아마도 선생의 형이 찾는 여자일 겁니다." 이렇게 말한 거지가 그곳에서 그리 멀지 않은 어느 집의 현관문을 두드렸고, 리비엘라라는 젊은 여자가 밖으로 나오더니 거지에게 빵 한 덩이를 던져주었습니다. 엔나리엘로는 그녀를 보자마자 밀루초가 말한 대리석상의 모델이 그녀인 것 같다고 생각했습니다. 그는 거지에게 넉넉히 사례했고, 여관으로 돌아와 방물장수로 변장했습니다. 그리고 두 개의 작은 상자를 가지고 리비엘라의 집 근처로 가서 파는 물건들을 소리쳐 알렸고, 마침내 그녀가 그를 부르게 되었습니다. 리비엘라는 아름다운 헤어네트, 베일, 리본, 레이스와 헝겊 조각, 리넨, 허리띠, 여러 종류의 핀, 입술연지, 모자를 살펴보고 다른 상품들까지 구경한 뒤에 다른 물건도 보여달라고 했습니다. 그러자 엔나리엘로가 말했습니다. "아가씨, 이번에는 평범하고 저렴한 물건들을 가져왔으나, 아가씨가 저의 배까지 직접 오신다면 진기한 물건들을 보여드리겠습니다. 제가 위대한 왕에게 어울리는 아름다운 보물들을 가지고 있거든요." 호기심이 부족하지도 않고 여성의 본성을 거스르고 싶지도 않은 그녀가 말했습니다. "아버지가 외출하지 않았다면 배에 들를 수 있을 텐데 아쉽네요." "더 잘됐네요. 아버지가 집에 계셨다면 아가씨가 배에 가서 즐거움을 맛보도록 허락하지 않았을 겁니다. 약속해요. 정신이 나갈 정도로 화려한 물건들을 보여드리겠다고요. 목걸이와 귀고리, 허리띠와 코르셋, 빗, 팔찌, 레이스! 한마디로, 눈알이 튀어나오게 만들어드릴 수 있어요." 이 말을 들은 리비엘라는 친구를 한 명 불러서 함께 배가 있는 곳으로 출발했습니다. 그녀가 일단 배에 오르자 엔나리엘로는 아름다운 물건들을 보여주며 그녀의 정신을 빼놓는 동시에 교묘히 닻을 올리고 돛을 펼쳤습니다. 물건들에 정신이 팔려 있던 리비엘라가 고개를 들었을 때는 그들이 이미 육지에서 멀어져 수킬로미터를 이동한 후였습니다. 뒤늦게 속임수를 눈치챈 그녀는 마치 올림피아*처럼 굴었습니다. 다만 상황은 정반대였으니, 올림피아가 바위에 남겨진 것을 한탄한 반면 리비엘라는 바위가 있는 육지를 떠난 것을 한탄했지요. 엔나리엘로는 리비엘라에게 자신이 누구인지, 그녀를 어디로 데려가고 있는지, 또 그녀에게 어떤 운명이 기다리고 있는지 알려주었고, 무엇보다 밀루초의 잘생긴 외모와 용기와 미덕, 그리고 그녀가 얻게 될 그의 사랑에 대해서도 말해주었습니다. 그가 이런저런 말을 많이 해주자 그녀는 마음의 안정을 찾았고, 심지어 밀루초가 그녀를 위해 펼쳐 보인 스케치의 색깔을 빨리 보고 싶어서, 순풍이 불어 어서 빨리 도착하게 해달라고 기도까지 했습니다.

유쾌하게 항해하던 중에 갑자기 배 밑에서 파도의 속삭임이 들려오기 시작했습니다. 낮은 소리였음에도 그것의 의미를 파악한 선장이 소리쳤습니다. "모두 경계 태세를 취하시오. 태풍이 오고 있습니다. 우리를 구해달라고 신에게 기도합시다!" 선장의 말

---

* 올림피아는 루도비코 아리오스토의 〈광란의 오를란도Orlando furioso〉에 등장하는 인물이다.

은 돌풍의 증언으로 더 확실해졌으니, 곧이어 하늘은 구름으로 뒤덮였고 바다는 큰 파도로 가득했습니다. 남의 일에 호기심이 많은 파도가 초대받지 않은 하객처럼 배로 올라왔습니다. 선원들은 저마다 국자, 작은 물통, 양수기를 동원해 물을 퍼냈고, 생사가 걸린 일이기에 모두가 키를 잡고 돛과 범포를 확인하는 등 분주하게 움직였습니다. 엔나리엘로는 망원경을 가지고 망대에 올라 잠시 정박할 육지가 있는지 살폈습니다.

그가 60센티미터 길이의 망원경으로 먼 곳까지 살피고 있는데, 암수 비둘기 한 쌍이 날아와 돛대에 앉더니 수컷이 "구구구" 했습니다. "여보, 무슨 일이야? 왜 그리 불평하는 거야?" 암컷이 묻자 수컷이 이렇게 대답했습니다. "이 불쌍한 왕자가 매를 샀어. 하지만 매를 형한테 가져다주는 순간 매가 형의 눈알을 파버릴 거야. 그렇다고 매를 가져다주지 않으면 이번에는 동생이 대리석으로 변할 거고." 이렇게 말한 수컷 비둘기가 "구구구" 하고 울었습니다. 그러자 암컷이 또 이렇게 말했습니다. "아직도 불평이야? 다른 게 더 있어?" "문제가 하나 더 있어. 왕자가 말도 한 필 샀거든. 형이 그 말을 타자마자 목이 부러질 거야. 그렇다고 말을 형에게 가져다주지 않으면 동생이 대리석으로 변할 거고. 구구구!" "에이, 여보. 그놈의 구구구 좀 그만해! 다른 건 또 없는 거지?" 그러자 수컷 비둘기가 이렇게 대답했습니다. "왕자가 형의 아내가 될 아름다운 여자를 데려가고 있어. 하지만 함께 잠자리에 든 첫날밤에 둘 다 무시무시한 용한테 잡아먹힐 거야. 그렇다고 여자를 형에게 데려가지 않으면 동생이 대리석으로 변할 거고." 이 말과 함께 태풍은 잠잠해졌고, 바다의 심술과 바람의 분노도 지나갔습니다. 그러나 비둘기의 말로 인해 엔나리엘로의 가슴속에선 훨씬 더 거대한 태풍이 일기 시작했습니다. 모든 것을 다 바다에 던져버림으로써 형에게 파멸을 안겨준다는 원인들을 모조리 버리고 가고 싶은 마음이 굴뚝같았지요. 그러나 한편으로는 그 자신의 안전에 대해, 또 이 모든 일이 애초에 어떻게 시작되었는지에 대해 생각했습니다. 그 물건들을 가져가지 않으면 그 자신이 대리석으로 변한다는 경고를 떠올리면서 두려워했습니다. 그는 결국 자신의 셔츠가 형이 입는 길고 헐렁한 옷보다는 몸에 꽉 끼는 만큼 형의 부르튼 상처보다는 자신의 상처에 더 신경 쓰기로 마음먹었습니다.

그들이 프라타-옴브로사 항구에 도착했을 때, 배가 돌아오는 것을 본 왕이 크게 기뻐하면서 해변으로 마중 나와 있었습니다. 동생이 데려온 여인을 보는 순간 그는 자기 마음속에 새겨진 대리석상의 얼굴과 그녀의 얼굴이 머리카락 한 올의 차이도 없이 일치한다는 것을 깨달았습니다. 그는 너무나 큰 기쁨과 행복을 주체할 길이 없어 숨이 멎을 것만 같았지요. 그는 기쁨에 겨워 동생을 껴안고 말했습니다. "주먹에 올려놓은 그 매는 무엇이냐?" 그러자 엔나리엘로가 대답했습니다. "형님에게 줄 매를 사온 겁니다." "네가 날 진심으로 생각해주는 것이 맞구나. 이 형의 변덕스러운 기분까지 전부 맞춰주려고 하니 말이야. 나한테 보물을 가져다준다면, 이 매보다 더 좋은 것은 없을 게다!" 왕이 매를 건네받으려는 순간, 엔나리엘로는 옆에 차고 있던 큰 칼로 재빨리

매의 머리를 잘랐습니다. 이 행동에 어안이 벙벙해진 왕은 그런 경솔한 짓을 저지르다니 동생이 미쳤나 보다 생각했으나 동생의 귀환이라는 행복을 망치고 싶지 않아서 아무 말도 하지 않았습니다. 왕이 이번에는 말을 보고 누구의 것이냐고 물었고, 그의 것이라는 답이 돌아오자 한번 타보고 싶어 했습니다. 그런데 그가 등자에 발을 올려놓자마자 엔나리엘로가 큰 칼로 말의 다리를 모조리 잘라버렸습니다. 그것은 동생이 악의에서 한 행동으로 보였기에 왕은 분노하고 속이 뒤집히기 시작했습니다. 그러나 시작부터 신부 앞에서 추태를 보이고 싶지 않아서, 화를 내기 좋은 때가 아니라고 생각했지요. 아무튼 그는 신부를 보고 또 봐도 질리지 않았고 손을 잡고 또 잡아도 질리지 않았습니다. 왕궁에 도착하자 왕은 성대한 피로연을 열고 왕국의 영주 부부들을 전부 초대했습니다. 본관에서는 기마병들의 등약과 반회전 등 다양한 무대가 펼쳐졌고, 여자처럼 차려입은 망아지들도 즐거움을 선사했습니다. 무도회가 끝나고 성대한 피로연이 막을 내리자 신혼부부는 침실로 향했습니다. 형의 목숨을 구해야 한다는 일념뿐이었던 엔나리엘로는 신혼부부의 침대 뒤에 숨어서 용이 오는지 망을 봤습니다. 자정이 되자 소름 끼치는 용이 방 안으로 들어왔는데, 눈에서는 불을, 입에서는 연기를 뿜고 있었습니다. 그 모습이 어찌나 무시무시한지, 세상에서 제일 용감한 사람에게서도 약종상의 온갖 약으로도 고칠 수 없는 지독한 설사를 일으킬 정도였습니다. 엔나리엘로는 옷 속에 지니고 있던 다마스쿠스의 칼을 용에게 무섭게 휘둘렀고, 그러다가 강한 일격이 침대의 기둥 하나를 두 동강 냈습니다. 왕은 그 소리에 잠을 깼고 용은 사라져버렸습니다.

밀루초는 엔나리엘로의 손에 들려 있는 칼과 두 동강 난 기둥을 보고는 소리를 치기 시작했습니다. "여봐라, 거기 아무도 없느냐? 여봐라, 내 동생이 반역자다! 나를 죽이려 한다!" 이 고함에 대기실에서 잠들었던 신하들이 달려왔고, 엔나리엘로는 포박되어 곧 감옥으로 보내졌습니다. 다음 날 아침, 태양이 낮의 채권자들에게 빛의 예금을 지불하기 위해 은행 문을 열었을 때, 왕은 회의를 소집해 간밤에 벌어진 일을 알렸습니다. 간밤의 사건은 엔나리엘로가 그를 도발하고자 매와 말을 죽였던 일과도 일맥상통하는 것이었지요. 회의 결과에 따라 엔나리엘로는 사형 선고를 받았습니다. 왕의 분노를 누그러뜨리려는 리비엘라의 탄원도 소용이 없었습니다. 왕은 오히려 이렇게 말했습니다. "왕비여, 그대는 나를 사랑하지 않는구려. 나의 목숨보다 시동생의 목숨을 더 중히 여기니 말이오. 머리카락을 둘로 쪼갤 수 있는 칼로 나를 토막 내겠다고 온 그 암살자 놈을 당신도 두 눈으로 똑똑히 보지 않았소? 그 침대 기둥이 아니었다면, 당신은 지금 과부가 되어 있을 거란 말이오!" 이렇게 말한 왕은 사형 집행을 명했습니다.

사형 집행 명령이 내려졌음을 알게 된 엔나리엘로는 좋은 일을 하고도 처참한 상황에 빠진 자신의 문제를 어떻게 해야 할지 갈피를 잡지 못했습니다. 그가 아무 말도 하지 않는다면 상황이 나쁠 것이고, 그가 무슨 말이라도 한다면 상황이 더 나쁠 것이었습니다. 옴에 걸리는 것은 끔찍하지만 백선에 걸리는 것은 더 끔찍하지요. 그가 어떻게 하든 나무에서 늑대의 입으로 떨어지는 건 마찬가지였습니다. 침묵한다면 칼에 목이 잘릴 것입니다. 말을 한다면 대리석 속에서 생을 마칠 것입니다. 혼자서 이런저런 자문을 해본 결과 그는 결국 모든 것을 형에게 털어놓기로 결심했습니다. 어느 경우에든 죽을 수밖에 없으니 형에게 진실을 알리는 것이 더 낫고, 진실에 대해 함구하고 반역자로 죽느니 결백을 입증하고 생을 마치는 것이 더 좋은 해결책이라고 생각했던 것입니다. 그래서 옌나리엘로는 왕국의 앞날을 위해 긴히 할 말이 있다는 전갈을 왕에게 보냈고, 왕 앞으로 끌려갔습니다. 그는 형에 대한 자신의 한결같은 사랑을 주제로 길게 서론을 늘어놓은 후에 형의 소원을 들어주기 위해 리비엘라에게 속임수를 쓴 일, 그리고 비둘기로부터 들은 사냥매에 관한 이야기와 그 때문에 자신이 대리석으로 변하지 않으려고 매를 형에게 가져온 일, 그러나 형의 눈알이 뽑힐까 봐 비밀을 밝히지 않고 매를 죽인 일을 순서대로 말했습니다. 이 말을 하는 동안 그는 두 발이 딱딱해지면서 대리석으로 변하는 것을 느꼈습니다. 그리고 계속해서 말에 대한 이야기를 하자 그의 허리까지 대리석으로 변하고 비참하리만큼 딱딱하게 굳어서 그는 금방이라도 숨을 거둘 것 같았습니다. 그러나 그의 심장은 아직 울고 있었습니다. 마침내 용의 이야기까지 마치자 그는 완전히 대리석으로 변해 조각상처럼 홀 중앙에 선 채로 남았습니다. 왕은 너무도 착하고 충실한 동생에 대한 자신의 경솔한 판단과 실수를 책망했습니다. 그로부터 일 년 이상을 슬퍼했고, 동생을 생각할 때마다 하염없이 눈물을 흘렸습니다.

한편 그동안 리비엘라는 세상에서 가장 아름다운 두 아들을 낳았습니다. 몇 달이 지난 어느 날 왕비는 시골로 나들이를 가고 왕은 두 아들과 함께 대리석상이 있는 그 작은 홀에 남았습니다. 왕이 헛헛한 눈빛으로 대리석상을 바라보면서 누구보다 훌륭한 남자를 죽게 한 자신의 우둔함을 새삼 떠올리는 동안, 체구가 큰 어떤 노인이 홀 안으로 들어왔습니다. 갈기 같은 머리칼로 어깨를 가리고 수염으로 가슴을 덮은 노인이 왕에게 머리를 숙이고 말했습니다. "전하, 이 훌륭한 동생분이 원래의 모습으로 돌아온다면 그 대가를 얼마나 지불하시겠습니까?" "이 왕국을 다 주겠소." "이것은 재물로 치를 대가가 아닙니다. 생명의 문제이니 또 다른 생명으로 갚아야 합니다." 옌나리엘로에 대한 애정 때문에, 그런 동생에게 해를 입혔다는 자책감 때문에 왕은 이렇게 말했습니다. "노인장, 동생을 살릴 수만 있다면 내 목숨을 내놓겠소. 동생이 그 돌 속에서 나올 수만 있다면 나 자신이 그 돌 속으로 들어가도 좋소." 이 말을 들은 노인이 말했습니다. "전하의 생명을 시험대에 올릴 필요는 없습니다. 한 사람이 진정한 남자가 되기까지는 어려운 반면, 이 아이들의 피를 대리석에 묻히는 것만으로도 동생분을 즉시 살려낼 수 있으니까요." 이 말을 들은 왕이 말했습니다. "아이들이야 언제고 또 낳으면 돼! 이 작은 인형들을 낳은 엄마가 존재하는 한 또 낳을 수 있으니까. 하지만 내게 동생이 또 생길 수는 없기에 동생을 되돌려 놔야만 해." 왕은 대리석상 앞에서 두 아들을 처참하게 희생시켜 그 피를 대리석상에 문질렀습니다. 그러자 곧 동생이 살아났고, 왕은 형용할 수 없는 기쁨으로 그를 부둥켜안았습니다. 그리고 불쌍한 두 아들의 시신은 왕족에 걸맞은 장례식을 위해 입관되었습니다.

한편 왕비가 외출에서 돌아오자, 왕은 동생에게 몸을 숨기라고 한 뒤 왕비에게 말했습니다. "내 동생이 살아날 수 있다면 어떤 대가를 치르겠소?" "이 왕국을 다 주겠어요." "왕자들의 피를 주는 건 어떻소?" "저의 눈을 저의 손으로 빼내라니 그렇게 잔인한 짓은 아니 됩니다." "아아, 이걸 어쩌나. 내가 아이들을 죽여 동생이 살아나게 만들었소. 보시오, 엔나리엘로의 목숨 값이란 말이오." 그는 관 속에 누운 아이들을 보여주었고, 왕비는 그 참담한 광경에 그만 실성한 사람처럼 비명을 지르며 말했습니다. "내 아이들, 아, 내 인생의 버팀목, 내 심장의 눈, 내 피의 분수! 누가 태양의 창문을 이리도 더럽히는가? 누가 의사의 면허도 없이 내 혈관을 잘라냈는가? 아이고, 내 아이들. 깨진 희망아, 구름에 가려진 빛아, 독에 물든 달콤함아. 잃어버린 내 생의 의지여! 너희는 칼에 찔리고 이 어미는 온몸에 고통이로구나. 너희는 피 웅덩이 속에서 숨을 거두었으니, 이 어미는 눈물 웅덩이 속에서 익사하련다. 너희는 삼촌을 살리자고 그 어미까지 죽게 하는구나. 너희 없이는 이 어미도 살 수 없으니까. 이 어두운 삶을 상쇄해 준 사랑스러운 너희가 없이는 살 수 없단 말이다. 폐가 사라졌으니 이제 목소리가 갈라질 것이다. 얘들아, 아, 얘들아. 왜 이 어미가 불러도 대답을 하지 않니? 예전에는 너희 몸속에 피를 넣었던 어미가 지금은 이 눈에서 나오는 피눈물을 너희에게 쏟고 있잖니? 내 기쁨의 분수가 말랐으니 이 세상에 더 살아야 할 이유가 없구나. 어미가 너희 뒤를 따라 곧 찾으러 가마!" 그녀는 이렇게 말하고 창문으로 달려갔습니다. 그녀가 창문 밖으로 뛰어내리려는 순간, 그 창문으로 구름을 휘감은 그녀의 아버지가 들어왔습니다. "멈춰라, 리비엘라. 내가 외출한 사이에 집에서 너를 납치해 간 옌나리엘로에게 세 번의 복수를 행해 퍽 오랫동안 대리석상에 갇혀 있게 했다. 나의 허락 없이 배에 오른 너의 잘못된 행실에 대해서도 두 아들, 아니 두 개의 보석이 그 아비에 의해 살해되게 함으로써 응징을 끝냈다. 또한 임신부처럼 변덕을 일삼았던 왕에게도 처음엔 동생에게 사형 선고를 내리게 하고 그다음엔 두 아들을 처형하게 함으로써 응분의 대가를 치르게 했다. 그러나 나는 너를 혼내주려는 것이지 죽이려는 것이 아니기에, 모든 독을 마지팬*으로 되돌려 놓겠다. 그러니 너는 그 누구보다 예쁜 아이들, 내 손자들을 다시 만나게 될 것이다. 그리고 밀루초, 나를 껴안아 주게. 자네를 사위이자 아들로 받아들이겠네. 그리고 옌나리엘로의 죄를 용서하겠네. 훌륭한 형을 위해 한 일이니까." 그때 두 아이가 들어오니, 할아버지는 그들을 연신 껴안고 입을 맞추었습니다. 수많은 굴렁쇠를 뛰어넘은 끝에 이제야 마카로니 국물 속에서 헤엄치고 있던 옌나리엘로도 그 기쁨에 동참했습니다. 그러나 아무리 큰 즐거움들이 있다 해도 그는 자기가 겪은 위험들을 결코 잊지 못했을 겁니다. 그는 형의 실수를 거

• 아몬드, 설탕, 달걀을 섞어 만든 과자.

울삼아 도랑에 빠지지 않으려면 얼마나 신중해야 하는지 깨달았
으니까요. 다음과 같은 말은 진실이거든요.

"모든 인간의 판단력은 부정확하고 그릇되다."

열 번째 여흥

벌 받은 자존심

.

벨로-파에세('아름다운 땅') 왕국의 왕은 수르코-룽고('긴 밭') 왕국의
공주 친티엘라에게 퇴짜를 맞는다. 왕은 직접 난폭하게 보복에 나서 친
티엘라를 비참한 상황으로 내몬 다음에 그녀를 아내로 맞는다.

촘메텔라가 재빨리 마법사를 등장시켜 불을 끄지 않았다면
리비엘라에 대한 연민에 짓눌려 침울해진 청중은 숨도 쉬기 어
려웠을 것이다. 그러나 청중은 불쌍한 소녀의 행복에 행복해졌
고, 자신들의 영혼이 일단 편안해지자 이제 야코바가 이야기를
가지고 경기장에 들어서기를 기다렸다. 야코바는 청중의 욕구를
겨냥해 이야기의 창을 던졌다.

밧줄을 너무 세게 잡아당기는 사람은 그것을 끊어뜨리고, 구
태여 불운을 찾는 사람은 재난과 곤경을 얻게 되지요. 여러분이

산꼭대기에 올라갔다가 떨어진다면, 그것은 여러분 자신의 잘못입니다. 왕과 왕권을 혐오했기 때문에 마구간으로 떨어져야 했던 한 여인도 그러한 경우인데, 지금부터 그 이야기를 해보겠습니다. 하늘은 사람의 머리를 때리면서도 언제나 고약을 함께 줍니다. 애정을 보이지 않는 처벌이나 빵 없는 몽둥이질은 아무런 소용이 없기 때문입니다.

옛날 수르코-룽고 왕국의 왕에게 달처럼 아름다운 친티엘라라는 딸이 있었습니다. 그러나 친티엘라는 아름다움 1그램당 자존심을 100그램이나 가지고 있어서 그 누구에게도 관심을 주지 않았습니다. 그녀의 안정된 삶을 바란 아버지는 딱하게도 공주의 신랑감을 찾을 수 없었으니, 아무리 훌륭하고 위대한 사람이라도 그녀의 눈에 들지 않았기 때문이었습니다. 공주에게 청혼한 많은 왕자들 중에서 특히 벨로-파에세 왕국의 왕은 친티엘라의 사랑을 얻기 위해 안 해본 것이 없을 정도로 적극적이었습니다. 그러나 그가 공주의 노예임을 강조할수록 더욱더 삐딱한 반응이 돌아왔습니다. 그가 점점 더 큰 대가를 치르면서 사랑을 바칠수록 그녀는 더욱더 무관심해졌습니다. 그의 영혼이 관대할수록 그녀의 마음은 인색해졌습니다. 이 가여운 왕은 날마다 이렇게 외쳤습니다. "아, 잔인한 연인이여, 나는 수많은 희망의 수박이 호박처럼 허옇다는 것을 발견했으니, 그대는 언제쯤 붉게 잘 익은 수박을 맛보게 해줄 것인가? 아, 잔인한 여자야, 언제쯤 그대의 잔인한 태풍을 잠재울 것인가? 나는 언제쯤 순풍을 만나 내 소망의 배를 저 아름다운 항구로 데려갈까? 그대에게 탄원과 애원 공세를 퍼부었건만, 대체 나는 언제쯤 저 아름다운 요새에 사랑의 깃발을 꽂을 수 있을까?" 그러나 그의 어떤 말도 소용이 없었습니다. 친티엘라는 바위도 뚫을 수 있는 눈을 갖고 있었지만 상처 입고 쓰러져 신음하는 그의 슬픔을 들을 수 있는 귀는 갖고 있지 않았으니까요. 오히려 그녀는 그가 나쁜 짓이라도 한 것처럼 불쾌한 표정을 지었습니다. 이런 과정이 계속된 끝에 결국 불쌍한 왕은 자신을 매몰차게 대하는 친티엘라의 잔인함을 확실히 깨닫게 되었고, 가져온 선물들을 모두 철수시켰습니다. 그리고 화난 얼굴로 이렇게 말했습니다. "사랑의 불을 꺼버리겠다." 그는 그 사악한 사라센인에게 복수하겠다고, 그녀로 하여금 자신을 그토록 괴롭힌 대가를 치르게 하겠다고 엄숙하게 맹세했습니다.

왕은 그 나라를 떠나 수염을 기르고 그 밖에 저로서는 알 수 없는 분장술로 얼굴에 변장을 했고, 몇 개월이 지난 뒤 농부로 위장하고서 수르코-룽고 왕국으로 돌아왔습니다. 그리고 뇌물을 먹여 왕궁의 정원사로 들어갔습니다. 최선을 다해 열심히 일하던 그는 어느 날 금과 다이아몬드가 수놓인 으리으리한 드레스를 친티엘라의 방 창문 아래 펼쳐놓았습니다. 시녀들이 그것을 보고 곧 공주에게 아뢰었고, 공주는 시녀 한 명을 시켜 정원사에게 그것을 팔 의향이 있는지 물었습니다. 정원사는 자신은 상인도 아니고 헌 옷 장수도 아니지만 공주의 대기실에서 하룻밤 자게 해준다면 그 드레스를 거저 주겠다고 말했습니다. 이 대답을 들은 시녀들이 친티엘라에게 말했습니다. "공주님, 여왕이나 입을 수 있는 저 드레스를 얻을 수 있는데 정원사의 그깟 청 좀 들어준다고 손해 보실 거 없잖아요?" 그녀는 결국 자기보다 더 현명한 사람들을 낚는 낚시꾼의 바늘에 자진해서 걸려들었고, 정원사의 청을 들어주기로 하고 그 드레스를 받았습니다.

그런데 이튿날 아침, 그는 비슷한 재질로 만든 치마를 펼쳐놓았고, 이것을 본 친티엘라는 사람을 보내어 그것을 팔 의향이 있다면 얼마든 달라는 대로 주겠다고 전했습니다. 정원사는 팔 생각이 없으나 공주님의 곁방에서 자게 해준다면 치마를 공짜로 주겠다고 말했습니다. 그 치마를 갖고 싶었던 친티엘라는 그의 요구를 들어주었습니다. 사흘째 아침, 들녘의 도화선에 불을 붙이기 위해 태양이 모습을 드러내기 직전, 그는 앞의 두 벌의 옷에 버금가는 화려한 재킷을 똑같은 자리에 펼쳐놓았습니다. 그것을 본 친티엘라가 앞의 두 경우에 그랬던 것처럼 이렇게 말했습니다. "저 재킷을 가질 수 없다면 절대 행복해질 수가 없을 거야." 그녀는 정원사를 불러오게 하여 이렇게 말했습니다. "이보게, 정원에서 본 재킷을 내게 팔았으면 해. 그 대가로 내 마음을 줄게!" "공주님, 그 옷은 팔려는 게 아닙니다. 하지만 소인에게 하룻밤 공주님의 방에서 자도록 하락해주신다면, 그 재킷뿐 아니라 다이아몬드 목걸이까지 드리겠습니다." "이놈, 정말이지 무엄하구나! 대기실 다음엔 곁방, 그것도 모자라 나의 침실까지! 조만간 아예 내 침대에 들어오겠다고 하겠구나!" "그럼 저는 그냥 저의 재킷을 가질 테니 공주님은 공주님의 침실을 가지세요. 재킷을 갖고 싶으시다면 방법은 간단합니다. 저는 바닥에서 자도 족합니다. 터키인도 바닥에는 재워주지 않습니까? 그리고 제가 드리려는 목걸이를 직접 보시면 아마 제게 더 좋은 제안을 하실 겁니다." 공주는 한편으로는 탐욕을 이기지 못해, 다른 한편으로는 그 미천한 정원사를 거기까지 끌어들인 시녀들의 권유에 넘어가 그의 요구를 들어주기로 했습니다. 그리하여 그날 밤, 가죽 직공이 무두질 화학제를 하늘의 가죽에 쏟아부은 것처럼 하늘이 검게 변했을 때 정원사는 목걸이와 재킷을 가지고 공주의 침실로 향했습니다. 목걸이와 재킷을 받은 공주가 그를 침실로 들여 한쪽 구석에 앉게 하고서 말했습니다. "거기서 꼼짝도 하지 마. 내 호의를 망치고 싶지 않으면." 그리고 바닥에 목탄으로 금을 긋고 이렇게 덧붙였습니다. "이 선을 넘어오려고 했다간 네 목숨은 거기서 끝이야." 시녀들이 캐노피 침대에 커튼을 드리우자 공주는 침대로 들어갔습니다.

공주가 잠든 것을 확인한 정원사 왕은 지금이 사랑의 들판에서 일하기에 좋은 시간이라고 생각했습니다. 그래서 공주의 옆자리로 파고들었고, 그녀가 잠에서 깨기 전에 사랑의 열매를 따는 데 성공했습니다. 공주가 잠에서 깨어 무슨 일이 벌어졌는지 알아챘으나, 하나의 실수를 둘로 만들고 싶지도 않았고 또 정원사를 죽임으로써 정원을 망치고 싶지도 않았습니다. 그래서 필요에 의해 부득불 그녀 스스로 무질서에 만족했고 실수로부터 즐거움을 취했습니다. 지금까지 왕들마저 경멸해왔던 친티엘라가 털북숭이(왕의 모습은 그렇게 보였고 그녀 자신도 다른 누구로 의심하지 않았습니다)에게 별 거리낌 없이 굴종하는 것이었습니다.

이렇게 시간이 흘렀고, 친티엘라는 임신을 하게 됐습니다. 나날이 배가 불러오는 것을 보고 그녀는 아버지가 이 사실을 알게 되면 자신은 죽을 것이니 방법을 찾아보라고 정원사에게 말했습니다. 정원사 왕은 그 곤경으로부터 벗어나는 유일한 방법은 그곳을 떠나는 것이라고 말했습니다. 자신이 전에 일하던 집을 찾아가면 출산에 필요한 것들을 얻을 수 있을 거라고 했지요. 친티엘라는 자신이 얼마나 추락했는지 깨달았고, 자신이 오만의 죄 때문에 하나의 암초를 피하면 다른 암초가 나타나는 상황에 처했음을 깨달았고, 정원사가 시키는 대로 하고 있는 자신의 모습을 깨달았습니다. 그래서 고향을 떠나 운명의 손에 자신을 맡기기로 결정했지요.

오랜 여정 끝에 정원사 왕은 친티엘라를 자신의 왕국으로 데려갔습니다. 왕국에 도착한 왕은 어머니에게 모든 일을 설명하고, 친티엘라의 오만함에 본때를 보여주고 싶으니 자신의 변장에 협조해달라고 부탁했습니다. 그는 친티엘라를 왕궁의 작은 마구간에서 비참하게 살게 했습니다. 하루는 궁녀들이 빵을 만들고 있는데 왕이 친티엘라를 불러 그들을 돕게 하라고 했습니다. 그와 동시에 친티엘라에게는 빵을 한두 조각 훔쳐 자신들의 배고픔을 달래자고 꼬드겼습니다. 친티엘라가 화덕에서 빵을 꺼내다가 몰래 롤빵 하나를 낚아채어 주머니에 쑤셔 넣었습니다. 그러나 바로 그 순간 변장을 풀고 원래의 모습으로 돌아온 왕이 나타나 궁녀들에게 말했습니다. "저 천한 거지를 누가 이곳에 들이라 했느냐? 저것의 얼굴에 도둑이라고 씌어 있는 걸 보지 못하느냐? 증거를 원한다면 저것의 호주머니를 뒤져보라. 그러면 증거를 발견할 것이다." 궁녀들이 그녀의 호주머니를 뒤져서 빵을 찾아낸 뒤 어찌나 호되게 꾸짖어 그녀를 내쫓았던지 그녀에게서 그 조롱과 소동의 여운이 하루 종일 가시지 않았습니다. 그러나 다시 변장한 왕이 모욕을 당해 의기소침하고 침울해 있는 친티엘라를 찾아왔습니다. 그리고 인류의 폭군은 바로 가난이니 너무 괴로워하지 말라면서 한 토스카나 시인의 다음과 같은 말을 인용했습니다.

굶주리게 되면 그보다 나은 상황에서 잘못이라고 비난했던 남의 행동을 자기가 저지르곤 한다.

그리고 배고픔은 늑대도 숲에서 뛰쳐나가게 만든다는 말이 있듯이, 다른 사람이 그랬다면 잘못이지만 친티엘라는 용서받을 수 있다고 말했습니다. 그는 이번에는 위층 재봉실로 올라가서 도와주겠다고 한 뒤에 옷감 몇 개를 훔쳐 오라고 꼬드겼습니다. 출산일이 가까워질수록 필요한 것이 수도 없다고 하면서요. 친티엘라는 남편(그쯤에서 그녀는 그를 남편으로 여겼습니다)의 말에 반대할 수가 없어서 위층으로 올라갔습니다. 궁녀들과 함께 많은 양의 포대기며 허리띠며 작은 모자며 기저귀를 만들다가 그걸 한 움큼 집어서 옷 속에 숨겼습니다. 그러나 그때 왕이 도착하여 빵 사건 때처럼 또 역정을 내는 것이었습니다. 또다시 왕은 그녀의 몸을 수색하게 했고, 절도품이 발견되자 그녀는 온갖 모욕을 고스란히 감당해야 했습니다. 그러고 나서 다시 마구간으로 내려왔습니다. 왕이 다시 변장하고 마구간으로 내려가니, 친티엘라는 절망에 빠져 있었습니다. 그는 너무 울적해하지 말라고 위로하면서 출산이 임박했고 좋은 계제도 있으니 세 번째 시도를 해보자고 말했습니다. "왕의 어머니께서 왕과 외국의 귀부인을 결혼시키려고 해요. 그래서 며느리 될 사람에게 비단과 황금 옷을 보내고 싶어 하는데, 전부 기막히게 좋은 옷들이죠. 그런데 며느리의 체격이 당신과 똑같아서 당신을 모델로 옷을 만들려나 봐요. 그 옷감의 한두 조각만 가방에 넣어 오면, 그걸 팔아서 우리가 좀 더 오래 버틸 수 있어요." 친티엘라는 남편이 시키는 대로 값비싼 비단의 일부를 훔쳤고, 그때 또 왕이 그곳에 나타났습니다. 그리고 한바탕 소란을 피우고는 친티엘라의 몸을 수색하게 했고, 절도품이 발견되자 모욕 속에서 그녀를 내쫓았습니다. 다시 정원사로 변장한 왕은 마구간으로 뛰어 내려와 그녀를 위로했습니다. 한 손으로는 그녀를 찌르고 다른 한 손으로는 애정과 연민으로 위로함으로써 그녀가 절망에 빠지지 않게 한 것입니다. 그러나 지금까지 벌어진 일로 인한 고통 때문에 가여운 친티엘라는 그 모든 것이 자신의 오만에 대한 천벌이라고 생각했습니다. 그녀는 수많은 왕과 왕자들을 발싸개 취급해왔으나 이제는 그녀 자신이 시시한 누더기 취급을 받고 있었으니까요. 그녀는 아버지의 조언을 야멸차게 무시해왔으나 이제는 그녀 자신이 궁녀들의 비웃음과 경멸에 수치를 느끼고 있었으니까요. 게다가 굴욕에서 비롯된 분노 때문에 산통이 시작되었습니다. 이것을 안 대비大妃가 그녀를 불러오게 하더니 측은해하면서 사면이 금사로 덮인 방에서 황금과 진주로 수놓인 침대에 그녀를 눕게 했습니다. 이것은 그녀를 어리둥절하게 만들었습니다. 마구간에서 왕실로, 똥 더미에서 비싼 침대로 환경이 바뀌었으나 무슨 영문인지 알 수가 없었지요. 출산일에 대비해 임신부의 건강을 챙길 목적으로 최상품의 고깃국과 케이크가 준비되었습니다. 하늘의 뜻이었는지, 친티엘라는 큰 진통 없이 세상에서 가장 눈부시고 아름다운 남아 쌍둥이를 낳았습니다. 그런데 출산을 하자마자 왕이 나타나 어머니에게 말했습니다. "어머니의 그 훌륭한 판단력은 대체 어디로 사라진 겁니까? 저리 좋은 안장 방석이 저 더러운 창녀에게 어울리기나 합니까? 여봐라, 당장 저것을 매질해 침대에서 내쫓고, 로즈메리로 이 악취를 없애고 소독하라."

대비가 말했습니다. "됐다, 됐어. 저 불쌍한 아이에게 이미 충분한 고통을 주었어. 넝마 조각처럼 저리 쪼그라들 정도로 모질게 대했으니, 이제 너도 그만해라. 저쪽 왕국에서 이 아이가 너를 경멸한 것에 아직도 분이 풀리지 않는다면, 이 아이가 너에게 준 저 아름다운 두 개의 보석으로 그 빚을 갚은 셈 치자." 그녀가 두 신생아를 들여보내라고 하자, 세상에서 가장 아름다운 존재들이 나타났습니다. 왕은 그 예쁘고 작은 인형들을 보고 마음이 점점 누그러져서 친티엘라를 껴안았습니다. 그리고 자신의 정체를 밝히고, 지금까지의 모든 일은 왕의 신분인 자신을 그녀가 너무도 멸시한 것에 분노한 결과이나 지금부터는 그 자신보다 그녀를 더 높이 떠받들겠다고 말했습니다. 대비는 친티엘라를 며느리이자 자식으로 안아주었습니다. 친티엘라에게는 지나간 고통을 전부 합한 것보다도 그 순간의 위로가 훨씬 더 커 보였습니다. 그녀는 앞으로 언제나 겸손하게 살겠다고 다짐하면서 다음과 같은 말을 마음에 새겼습니다.

"오만의 딸은 파멸이다."

하루의 이야기가 모두 끝나자, 왕자는 친티엘라의 시련에 울적해진 기분을 달래기 위해 치코 안투오노와 나르두초를 불러들였다. 챙 넓은 모자를 쓰고 검은색 승마 바지와 레이스 달린 꽉 끼는 상의를 입은 두 사람이 화단 뒤에서 앞으로 나오더니 막간 극을 벌이기 시작했다.

막간극

갈고리

나르두초와 치코 안투오노

나르두초 이봐, 치코 안투오노, 돈 좀 빌려주게. 뭐든 저당 잡고 싶은 게 있으면 가져가.

치코 안투오노 맹세코 하는 말인데, 오늘 아침에 물건을 하나 사지만 않았다면 빌려줄 수 있었을 텐데.

나르두초 내가 운이 없네그려. 뭘 샀나?

치코 안투오노 괜찮은 가격으로 새 갈고리를 샀어. 엄청 비싸더라도 샀을 거야!

나르두초 자네는 돈을 쓸 때 생각이 없어. 갈고리는 기껏해야 2카를리니잖아.

치코 안투오노 이 친구야, 자네는 아무것도 몰라. 예끼, 이 사람아! 이 갈고리들이 얼마나 귀한 건지 정말 모르나? 한때는 물통을 낚는 데 사용했지만 지금은 돈을 낚는다고!

나르두초 돈을 낚는다니, 그게 무슨 소리야? 납득이 안 되네.

치코 안투오노 미안하지만, 자네는 멍청이로세. 세상 구경을 처음 하는 사람 같아. 손에 갈고리 하나 가지고 있지 않은 사람이 하나도 없다는 걸 몰라서 그래? 사람들은 갈고리로 생계를 꾸리고 흥청댄다고. 가진 걸 과시하고, 점점 더 살이 찐다고. 방석에 푹신푹신하게 짚을 채우고 돈사에 돼지를 가득 채운다고. 번지르르하게 멋을 내고 배불리 먹는다고. 간단히 말해서, 갈고리로 세상을 지배한다고.

나르두초 자네가 나를 깜짝 놀라게 하네. 황홀할 정도야! 내 장담하는데, 자네는 지금 내게 우물 속에 있는 달을 보여주려고 하는 거야. 갈고리는 진기한 물건, 즉 철학자의 돌이다, 이런 생각을 하게 만들려고 말이야.

치코 안투오노 정확하게 맞혔어. 천재의 증류기에서 나온 돌, 그게 바로 갈고리거든.

나르두초 이봐, 내가 세상 물정을 아니까 솔직하게 말하겠는데, 그런 말은 금시초문일세. 내가 멍청이든가 아니면 자네가 나를 속이려는 거겠지.

치코 안투오노 바보 같으니, 귀를 열고 좀 배우게나. 그걸 갈고리라고 부르는 사람은 거의 없어. 그게 처음 얼핏 봐서는 인상이 나쁘거든. 그래서 훌륭한 사람들이 그 이름을 바꿨어. 요즘 세상엔 모든 게 가면을 쓰고 있으니까. 왕자는 그것을 '선물' 또는 '기증'이라고 부르지. 판사는 '쏠쏠한 보너스' 또는 '유연제' 또는 '기름칠'이라고 부르고, 필경사는 '정당한 보수'라고 불러. 그것이 개의 굽은 등보다 더 굽었다는 건 하늘만이 알 거야. 상인은 그것을 '수입'이라고 부르지. 직공은 '확실한 물건'이라고 부르고, 상점 주인은 '사업'이라고 부르고, 도둑은 '독창적인 발명품' 또는 '한 방'이라고 부르고, 경관은 '손의 감촉'이라고 부르고, 강도단은 '연장'이라고 부르고, 군인은 '보상'이라고 부르고, 밀정은 '사실'이라고 부르고, 창녀는 '선물'이라고 부르고, 포주는 '벌이' 또는 '장갑의 안감'이라고 부르고, 결혼 중매인은 '팁'이라고 부르고, 지방 행정관은 '예비품'이라고 부르지. 간단히 말해서, 해적은 갈고리에다가 '전리품'이라는 색깔을 입히고 선장은 '평화로운 삶'이라는 색깔을 입히지. 그리고 만약 선장이 평화롭지 않다면, 그는 파괴와 혼란을 일으키러 되돌아오는 거야. 장담하는데, 갈고리는 칼보다 더 큰 전쟁을 일으켜. 더 말해줄까? 손에 잡히는 대로 책에서 생각과 단어를 훔치는 시인들, 이를테면 아라트로, 큰 코* 오비디우스, 마파로 같은 사람들은 그걸 '모방'이라고 부르지.

나르두초 무슨 말인지 알겠어. 단언컨대, 자네는 괜찮은 악당이야. 도가니를 잘 다루는 꾀바른 늙은 여우고 교활한 구두닦이지. 그러니까 지금 사람들이 쇠갈퀴를 이용한다고 말하는 건가?

치코 안투오노 쇠갈퀴나 갈고리나 다 같은 거야! 이봐, 갈고리 하나 허리에 차고 다니지 않는 사람이 없단 말이야. 누구는 금 갈

---

* 오비디우스의 별명 중 하나였다고 한다.

고리, 누구는 은 갈고리, 누구는 구리 갈고리, 누구는 쇠 갈고리, 누구는 나무 갈고리 등등 사람의 신분에 따라 제각각이지. 누가 어떤 갈고리를 가지고 다니는지까지 내가 알 턱이 있나? 세계를 정복한 그 위인*은 석류석과 다이아몬드까지 박아 넣은 금 갈고리로 그 많은 왕국들을 낚았지. 키케로를 도와서 그 많은 연설문에 흥을 더한 사람은 은 갈고리를 지니고 다녔다는군. 그 밖에 각자의 판단과 능력에 맞는 갈고리를 가지고 다니지. 중요한 건 모두가 낚시를 한다는 것, 그래서 이 낚시질을 일컫는 다양한 명칭이 있다는 것이지. 붙잡기, 훔치기, 감싸기, 들기, 긁기, 싹쓸이, 떼어내기, 깎기, 날리기, 사취하기, 찢어발기기, 비우기, 따기, 때리기, 당기기, 속이기, 횡령하기, 쓰레받기 비우기, 수도원장 강탈하기, 심벌즈 연주하기, 지갑 털기, 칼 쓰기.

나르두초 그 모든 걸 한마디로 말할 수 있어. 강도와 살인의 도박.

치코 안투오노 자네 참 기억력 나쁘네! 내가 말했잖아, 요즘 세상은 악행을 선행으로 불러준다고. 사람들은 이 갈고리를 사용하는 데 혈안이 되어 있어. 보이지 않게 붙잡고, 소리 없이 잡아당기고, 건드리지 않고 낚아채는 갈고리 말이야. 언제나 빼앗고 낚아채고 긁어모은다고.

나르두초 이봐, 나는 부럽지 않아. 어차피 모든 것은 결국 사라지니까. 나쁜 방법으로 얻은 것은 결코 삼 대까지 가지 않아. 바

• 알렉산드로스 대왕을 가리킨다.

닿없는 부를 가진 사람이 바닥까지 떨어져서, 집안은 망하고 가족은 해체된 채 거지꼴로 부랑자처럼 세상을 떠도는 걸 보게 되곤 하지. 어느 학교 선생이 이렇게 딱 맞는 말을 했다지. "맷돌은 모든 걸 갈아버린다."

치코 안투오노 요즘에는 독실하고 고집 센 위선자들이 굶주림 때문에 교수대에 서곤 하지. 훔치지 않으면 갖지 못하고, 빼앗지 않으면 지푸라기 하나 없어. 낚아채지 않으면 영혼 속엔 늘 고통뿐이고, 낚시질을 안 하면 즐거운 부활절은 꿈도 못 꾸지.

나르두초 혹시 내가 그런 짓을 하거든 세 대만 때려주게! 돈에 탐욕스러운 악한들이 유죄 선고를 받고 원숭이처럼 당나귀에 올라타는 일이 비일비재하잖아. 법원에서 종이 모자를 받고 어느새 처형대가 놓인 시장 광장에 와 있는 자신의 모습을 발견하게 되지. 굶지 않겠다고 악명을 얻었어. 한 시간 진탕 놀아보자고 명예를 잃었어. 푼돈을 벌자고 갤리선의 노를 잡았어. 그러나 이젠 가장 맛있는 음식도 그에겐 소금물에 불과해. 지금 그가 가진 건 손톱으로 긁어댈 교수대 기둥뿐. 깃털 장식은 이제 검은 밧줄이 되었지. 그 많은 빵, 그 많은 곡식, 그 많은 지폐와 동전이 무슨 소용이 있나? 수많은 사례와 시련을 통해서 우리는 알잖아. 아무리 돈이 많아도 결코 만족할 수 없다는 걸.

치코 안투오노 자네가 일단 갈고리를 사용하면, 그것 없이는 살 수가 없게 돼. 갈고리는 옴 같거든. 긁으면 긁을수록 가려워지지. 이 세상의 장사와 직업들을 한번 보자고. 모두가 갈고리를 사용하고 있어. 우선 봉신封臣을 예로 들어보세. 그는 탐색 과정을 거쳐서 돈사 가득 돼지를 기르고 있는 농부를 하나 찾아내지. 그러고는 오늘 그 농부에게 가서 상당히 큰돈을 빌려달라고 부탁하지. 하늘에서 건포도와 마른 무화과가 비처럼 쏟아지는 날에 돈을 갚겠다고 하면서. (한마디로, 그런 날은 오지 않아.) 내일은 또 농부에게 보리 한 포대만 빌려달라고 하지. 추수기에 갚겠다고 하면서. 또 얼마 후에는 궁전에서 쓸 일이 있으니 당나귀나 소를 몇 마리 빌려달라고 하지. 이 성가시고 집요한 요구가 오랫동안 계속되고, 참다못한 농부는 이 봉신에게 욕을 하거나 모욕을 주거나 손을 대고 말지. 아, 불운한 친구 같으니. 차라리 엄마 배속에서 나오지 않았더라면 좋았을걸. 차라리 죽어버렸으면 좋았을걸. 농부는 곧 발에 족쇄를 차고 목에 쇠를 두르고 손에 수갑을 찬 채 도랑에 처박혀. 그리고 그 앞에 이런 포고문이 붙는 거지. "다음과 같이 공포하고 명령함. '접근 금지. 이 남자와 말을 하는 사람은 누구든 6두카트의 벌금에 처함.'" 한마디로 이 농부는 마음껏 소리치고 원하는 대로 탄원서를 보내고 온갖 방법을 다 동원할 수는 있지만, 그랬다가는 엄청난 고통과 고문을 당하게 되고, 큰돈을 써서 타협을 봐야만 거기서 풀려날 수 있게 되는 거야. 그 늑대의 탐욕이 채워진 후에야 농부는 관용이라는 이름하에 풀려나고, 그 일은 그냥 잊히게 되지.

나르두초 빌어먹을 갈고리! 너를 두드리고 담금질한 그 뻔뻔한 대장간에 저주 있으라!

치코 안투오노 내 말 들어봐. 송아지가 다 큰 소에게서 쟁기 끄는 법을 배우듯이, 경관이나 치안판사의 서기가 증인을 매수하고 피고인의 형량을 늘리고 문서를 은폐하고 이유 없이 사람을 감옥에 집어넣으니, 갈고리의 가치는 그야말로 어마어마하지. 그래서 질질 끌려 나가서 벌을 받아야 할 사람이 오히려 맡은 일을 잘하고 근면하고 판단력이 뛰어나다는 평가를 받게 되지.

나르두초 틀림없는 사실이야. 만약 어떤 훌륭한 사람이 자기 양심처럼 지갑도 깨끗한 상태로 집에 돌아온다면(나도 이런 적이 열두 번 정도 있지) 누구라도 이렇게 말할 거야. 그가 그 일을 그만두게 해야 한다고. 그 사람에게 적절한 직업이 아니니, 그에게 면허를 주는 것은 수치라고 말이지. 아무런 이익도 챙기지 못하는 쓸모없는 인간이기 때문이라고.

치코 안투오노 만약 의사가 나쁜 사람이라면 병의 치료를 오래 끌면서 약종상과도 이익을 나눠 갖겠지. 설령 의사가 좋은 사람이라고 해도, 처방과는 별개로 뒤쪽으로 손을 내밀고 뒷돈을 받아내는 비법 정도는 터득하고 있어.

나르두초 이 갈고리에 대해 나쁘게 말해선 곤란해. 적당하고 점잖은 게 갈고리거든. 솔직히 말해서 운명의 보답이라고 불러야지. 뒤처리를 해주면 뒷돈을 줘야 하는 법.

치코 안투오노 상인은 군중 속에서도 자기 모자를 잃어버리지 않아. 그는 곰팡이 슨 물건을 내놓지. 두껍고 무겁게 만들려고 옷감에 풀을 먹이지. 썩은 걸 가지고 새것이라고, 찢어진 걸 가지고 일등급이라고 맹세하고 선서하고 단언해. 좋은 말과 나쁜 행동으로 우리를 속이고 검은 것을 가지고 희다고 호도해. 우리는 물건을 산 다음에 언제나 흠을 발견하게 되지. 그리고 길이를 잴 때면 상인은 아주 우아하고 요란스럽게 옷감을 펼치는데, 나중에 우리가 확인해보면 짧아도 너무 짧아.

　나르두초 그런 상인도 한 번의 실수로 손에 쥔 것을 잃게 되고 하늘이 그에게 등을 돌리게 되니 그럴 만한 거야.

　치코 안투오노 고깃간 주인은 오래되고 상한 숫염소를 일등급 양고기라고, 늙은 소를 어린 암소 고기라고 속여 팔지. 금박과 꽃을 수놓아 진열해놓아서 보는 사람이 군침 돌게 한다고. 그래놓고 뼈를 살코기라고 팔고, 공식 가격을 무시하면서 언제나 손님이 원하는 것보다 몇백 그램 더 저울에 올려놓는단 말이야. 그리고 무게를 잴 때는, 맙소사, 손가락 장난질로 저울 바늘이 쑥 내려가네.

　나르두초 그만, 그 정도로도 폐가 폭발하겠어! 그래서 고깃간 주인들이 축제 때 귀족처럼 보이는 거로군.

　치코 안투오노 석유 장수들도 무게를 달 때 우리를 속이지. 계량컵의 눈금을 속여서 눈금이 자기 곱사등이 혹보다 더 쑥 올라가거든. 그들은 석유의 점성과 색깔을 조작하려고 늘 가루를 섞어. 겉으로 볼 때는 황금 거품이 일지만, 섬세한 병에 넣어 살펴보면 가루의 찌끼가 보이지. 물과 불순물이 섞여 있으니 죄 없는 램프만 불을 켤 때마다 헛방귀를 끼면서 힘들어하지.

　나르두초 깨끗한 건 없어. 만사 좋았던 건 지나간 옛날이지. 지금은 세상이 변했고 썩었어.

　치코 안투오노 여인숙 주인의 유리병은 절반만 채워져 있어. 밤새 장사를 하다가 상하거나 곰팡이 슨 술통을 발견하면, 계란

흰자위를 풀어서 해결하지. 무엇보다, 나쁜 포도주를 좋은 포도주로 둔갑시키고, 식초도 백포도주로 바꿔버리지. 심지어 맹물을 포도주로 만들어버릴 정도라니까. 게다가 늘 유리병의 목 부분을 손으로 잡아 우리의 시선을 가려버리지. 그래서 늘 양이 부족하다는 걸 우리가 모르게 하는 거야.

나르두초 그런 놈들의 속임수에 넘어가는 사람이 불쌍하지. 그놈들이 주는 걸 먹으려면 강철 위장과 황금 식도가 필요해.

치코 안투오노 재봉사는 옷감을 재단할 때 가장 좋은 부분을 자기 몫으로 남겨놓아 부당 이득을 취하지. 실크 대신에 모사毛紗를 사용하고, 손님과 함께 옷감을 사러 갈 때는 가슴에 바늘을 꽂고 가. 그건 손님으로 하여금 옷감을 필요 이상으로 많이 구입하게 해서 서로 이득을 나누자는 상인끼리의 비밀 신호거든. 나중에 손님에게 양해를 구하고서 옷감을 판 상인에게 돌아가 서로 결산을 보는 거지. 이게 다가 아니야. 명세서까지 속이기 때문에, 우리 손님들은 계산서를 확인하다가 좋은 옷 한번 입어보겠다고 결심했던 그 순간을 원망하고 말지.

나르두초 허허, 복 받은 행복한 동물들일세. 그런 족속들은 숲이고 계곡이고 평원이고 산이고 어디든 벌거벗고 돌아다닐 거야. 절대 망하지 않고 사는 족속들이야.

치코 안투오노 이번에는 유대인 지역에서 헌 옷 파는 상인 얘기를 해봄세. 자네가 그 상인들에게 헌 옷을 팔려고 하면, 그들은 한통속이 되어 갱단처럼 몰려와서는 자네의 숨통까지 조르려 들 거야. 또 그들로부터 헌 옷을 사 입으면 입는 순간에 너덜너덜 찢어져버리지. 크리스마스에 옷을 사면 성 스테파노의 날인 12월 26일까지 입을 수 있단 얘기야. 그날로 자네는 모멸감과 함께 우아한 모습에서 경멸스러운 대상으로 추락해버리지. 여러 말 할 필요 뭐 있나? 이 갈고리의 공적을 다 말하고, 이것을 사용해 살이 찌고 부자가 된 여위고 가난한 사람들의 명단을 작성하려면 엄청난 양의 종이가 필요할 거야.

나르두초 명예를 더럽히는 빌어먹을 발명품 같으니. 그놈의 갈고리 때문에 진실은 흐려지고 신뢰는 훼손되잖아!

치코 안투오노 자네 마음대로 지껄이게. 그러나 모두가 이 갈고리를 사용한다니까! 내가 오늘 이걸 하나 더 사지 않는다면 교수형에 처해도 싸지.

나르두초 허허, 차라리 자네가 심장마비에 걸리는 게 낫겠어. 자네가 그 갈고리를 사용했다가는 저 밑바닥까지 갈고리에 끌려 들어갈걸.

오늘 있었던 여흥의 처음과 끝, 그중에서 어떤 이야기가 가장 유쾌했는지 나는 모르겠다. 이 이야기가 맛깔스럽다면 저 이야기가 뼛속까지 감동을 주었기 때문이다. 왕자는 몹시 즐거워하면서 실로 왕다운 관용과 친절을 베풀었다. 의상 담당관을 불러서 할아버지 대부터 물려받은 모자와 옷감을 막간극을 벌인 두 배우에게 상으로 주라고 했다. 그리고 태양이 어둠에 지배당해 빛과 도움을 구하는 지구 반대편의 요청을 받아 서둘러 그쪽으로 갔을 때, 그들은 모두 일어나 각자의 잠자리를 찾아 돌아갔다.

물론 다음 날 아침에 오늘처럼 그 자리에 다시 모이기로 약속하
는 것을 잊지 않고서.

넷째 날, 끝

Tale of Tales

다섯째 날

Pentamerone

첫 번째 여흥

거위

릴라와 롤라가 시장에서 거위를 사 왔는데 이 거위가 금화 똥을 싼다. 한 이웃이 거위를 빌려 갔다가 예상과는 정반대의 결과를 얻자 거위의 목을 비틀어 창밖으로 던져버린다. 아직 숨이 붙어 있던 거위는 볼일을 보던 왕자의 엉덩이를 깨문다. 왕자는 도움을 청하지만 왕국에서 롤라를 제외하고는 어느 누구도 왕자로부터 거위를 떼어내지 못한다. 그 결과 왕자는 롤라를 아내로 맞는다.

"이 세상이라는 건물에는 질투라는 저주받은 거미가 거미줄을 치지 않은 곳이 없으니 직공은 다른 직공을, 청소부는 다른 청소부를, 음악가는 다른 음악가를, 이웃은 다른 이웃을, 거지는 다른 거지를 질투한다." 이런 말을 한 사람은 참으로 대단한 위인입니다. 질투는 우리 동료들의 파멸만을 먹이로 하기 때문인데, 지금부터 제가 하려는 이야기에서 유독 그런 예를 접하시게 될 겁니다.

 옛날에 너무도 가난하여 아침부터 밤까지 물레를 돌리고 실을 팔아 근근이 살아가는 두 자매가 있었습니다. 그러나 비참한 삶에도 불구하고 욕구의 공이 명예의 공을 쳐서 테이블 밖으로 밀어내지는 않았지요. 악을 벌할 때 엄격하듯이 선을 보상할 때 너그러운 하늘이 이 불쌍한 자매의 머릿속에, 비록 없는 형편이지만 시장에 가서 실타래 몇 개 판 돈으로 거위 한 마리를 산다는 생각을 불어넣었습니다. 거위를 사서 집으로 돌아온 그들은 막냇동생 대하듯 애지중지하며 거위를 키웠습니다. 잠도 침대에서 함께 잘 정도였지요. 어느 화창한 날 아침, 그 착한 거위가 금화 똥을 싸기 시작했습니다. 똥 더미처럼 금화 더미가 쌓이니, 자매는 궤짝 하나를 금화로 꽉 채웠습니다. 거위가 금화를 어찌나 많이 싸는지, 두 자매는 늘 숙이고 있던 고개를 들기 시작했고 자신들의 모습이 환해지고 고와진 것을 알아차렸습니다. 그래서 어느 날 친구와 이웃들을 초대하고 속으로 이렇게 말했습니다. '저기 바스타 부인, 얼마 전까지만 해도 굶어 죽을 것 같던 이 릴라와 롤라가 이처럼 잘 먹고 잘 차려입으니 마치 귀부인들이 행차하는 것 같지 않나요? 저 창문가에 늘 가득 쌓아놓은 닭과 이런저런 고기들, 지금 직접 눈으로 보니 어떠세요? 무슨 일이 벌어졌냐고요? 이 두 자매가 정숙의 통을 열었거나 아니면 보물이라도 발견했나 보죠!' "저 애들을 보고 있으니 정신이 멍하네. 얼마 전까지 반송장처럼 발을 질질 끌고 다니던 애들이 벼락출세를 하다니 꿈을 꾸는 것 같아." 페르나가 말했습니다. 이웃들은 이런저런 얘기를 나누다가 질투에 휩쓸려서, 벽에 구멍을 뚫고 두 자매를 훔쳐보면서 저마다 호기심을 조금씩 채웠습니다. 그렇게 이웃들이 오랫동안 염탐하던 어느 저녁, 태양이 빛의 채찍으로 갠지스 강의 배들을 후려쳐 휴식의 시간이 왔을 때, 릴라와 롤라가 바닥에 천을 펼쳐놓더니 거위를 그 위에 올려놓는 것이었습니다. 이웃 여자들은 구멍을 통해 거위가 금화를 줄줄 싸놓는 것을 보고는 눈이 튀어나오고 내장이 튀어나오는 기분이었습니다.

이튿날, 황금 지팡이를 든 아폴론이 어둠에게 물러가라 간청하는 아침이 되자 이웃 여자 중에서 바스타가 자매를 찾아와 이런저런 시답잖은 수다를 떨기 시작했습니다. 그녀는 한참을 빙빙 돌려서 말하다가 마침내 한두 시간만 거위를 빌려달라고 본심을 말했지요. 자기도 새끼 거위 몇 마리를 사 왔는데 릴라와 롤라의 거위를 데려다 놓으면 새끼들이 안정감을 느낄 것 같다고 핑계를 댔습니다. 그녀가 어찌나 달달한 언변으로 그럴듯하게 말을 하는지, 두 자매는 워낙 심성이 착해 거절을 못하는데다가 자꾸 이웃의 의심을 사고 싶지 않다는 생각이 더해져 곧 돌려주겠다는 약속을 받고 거위를 빌려주었습니다. 바스타는 다른 이웃 여자를 만났고, 두 사람은 지체 없이 바닥에 천을 펼치고 거위를 그 위에 올려놓았습니다. 그러나 결과는 새 돈을 찍어내는 조폐국의 위엄을 보여주는 것이 아니라 정화조 관이 활짝 열려서 불쌍한 아낙들의 리넨 천을 누런 오물로 장식하는 것이었습니다. 게다가 축제일에 스튜 냄비에서 나는 누린내 냄새 같은 것이 일대에 진동했습니다. 이 모습을 본 여자들은 거위를 잘 대해

주면 철학자의 돌보다 더 나은 결과를 가져올 거라고 믿고서 구할 수 있는 음식을 모조리 거위의 목에 집어넣었습니다. 그러고는 깨끗한 천을 깔고 그 위에 다시 거위를 올려놓았는데, 처음에는 그저 장이 안 좋은가 싶었지만 이번에는 너무 많이 먹어서 그런지 아예 설사를 하기 시작했습니다. 이에 더욱 격분한 여자들은 거위의 목을 비튼 뒤 거위를 창밖 작은 뒷골목으로 던져버렸습니다. 그 뒷골목은 아무도 왕래하지 않지만 모두가 쓰레기를 집어 던지는 곳이었지요. 하지만 전혀 기대하지 않은 곳에서 콩이 자라게 하는 운명의 뜻에 따라, 사냥을 나온 한 왕자가 그곳을 지나다가 속이 몹시 좋지 않아서 칼과 말을 부하들에게 맡기고는 그 뒷골목으로 들어와 급한 볼일을 해결했습니다. 볼일을 끝낸 왕자는 호주머니에 뒤처리할 종이 한 장 없는 상황에서 죽은 지 얼마 안 되는 거위를 발견하고는 그것을 헝겊처럼 이용했습니다.

그런데 아직 숨이 붙어 있던 거위가 그만 가여운 왕자의 볼기를 꽉 물었습니다. 왕자가 비명을 지르자 부하들이 전부 달려와 거위를 떼어놓으려고 했으나, 털북숭이 헤르마프로디토스와 한 몸이 된 살마키스°처럼 도저히 떼어놓을 수가 없었습니다. 고통을 참을 수 없었던 왕자는 부하들의 노력이 소용없자 자신을 왕궁으로 옮기라고 지시했습니다. 왕궁에 도착해 왕자가 의

• 오비디우스의 《변신 이야기》에 따르면, 호수의 님프인 살마키스는 헤르메스와 아프로디테의 아들인 헤르마프로디토스에게 반해 그와 영원히 떨어지지 않게 해달라고 신에게 빌었고, 그 결과 그와 한 몸이 되었다.

사들을 전부 불렀고, 의사들은 즉석 검진 후 고약, 족집게, 가루약 등 모든 방법을 총동원해 이 재난을 해결하려고 했습니다. 그러나 거위는 수은으로도 떼어낼 수 없는 진드기 같았고, 식초로도 없앨 수 없는 거머리 같았습니다. 결국 왕은 포고령을 내렸습니다. 누구든 왕의 엉덩이에서 고통을 없애준다면 남자일 경우 그에게 왕국의 절반을 주고, 여자일 경우 그녀를 왕자의 아내로 맞겠다는 내용이었습니다. 많은 사람들이 이 일에 한번 참견해보려고 몰려들었습니다. 사람들이 방법을 찾으려 애쓸수록 거위는 이 불쌍한 왕자의 엉덩이를 더욱더 세게 물었습니다. 불쌍한 왕자를 괴롭히려고 명의 갈레노스의 처방도, 히포크라테스의 금언도, 아랍의 명의인 메수아의 치료법도 모조리 힘을 합쳐 아리스토텔레스의 《분석론 후서》에 대항하는 것 같았습니다. 그러나 운명에 의해 정해진 대로, 두 자매 중에서 동생인 롤라가 군중을 헤치고 앞으로 나섰습니다. 롤라는 거위를 보더니 단번에 자기네 거위임을 알아보고 소리치기 시작했습니다. "니오파텔라, 우리 애기, 니오파텔라!" 자기를 사랑해주는 사람의 목소리를 들은 거위는 곧바로 부리를 벌리고 롤라의 무릎으로 뛰어들었습니다. 그러고는 팔짝팔짝 뛰면서 롤라에게 뽀뽀를 해대는 것이었습니다. 물론 거위는 자신이 왕자의 엉덩이와 시골 아가씨의 입을 간접적으로 접촉시키고 있다는 걸 걱정할 리 없었지요. 이 놀라운 광경을 목격한 왕자는 무슨 일인지 알고자 했고, 이웃들의 못된 짓을 알아내고는 그들을 길거리에서 매질하고 왕국에서 추방했습니다. 그리고 롤라를 아내로 맞았고, 거위는 지참금 조로 엄청난 양의 금화를 배설했습니다. 왕자는 릴라에게도 어마어마한 부자 신랑을 소개해 결혼시켰습니다. 그래서 그들은 이 세상에서 가장 행복한 사람들이 되었지요. 이웃들은 하늘이 롤라에게 보내준 부의 도로를 막아버리려다가 오히려 롤라가 왕자비에 오르는 또 다른 길까지 열어주었으니, 결국엔 이런 말을 실감했을 겁니다.

"장애물은 종종 유리하게 작용한다."

열두 달

잔니와 리시는 형제인데 한 명은 부유하고 한 명은 가난하다. 가난한 리시는 부자인 형의 도움을 전혀 받지 못한 채 집을 떠나는데, 우연히 큰 행운을 만나 거부가 된다. 이것을 질투한 형은 동생과 똑같은 행운을 좇지만 모든 것이 잘못되어 동생의 도움 없이는 벗어날 수 없는 큰 불운에 처한다.

왕자가 겪은 불운에 청중이 얼마나 웃어댔는지 모두가 탈장에 이를 정도였고, 체카가 이야기를 시작할 준비가 됐다고 신호를 보내지 않았다면 웃음은 한참 더 계속됐을 것이다. 체카는 청중의 입을 다물게 하고 이야기를 시작했다.

비석의 글자처럼 큼지막하게 써야 할 가치 있는 속담이 있으니, "침묵을 지키는 것은 누구에게나 해가 되지 않는다"라는 속담입니다. 고로 친절한 말이라고는 한 적이 없고 언제나 자르고 꿰매고 토막 내고 찌르는 험담꾼들의 말일랑 귀담아듣지 마세요. 그런 자들은 응분의 대가를 치르게 됩니다. 분명한 것은, 험담 주머니가 비고 나면 언제나 친절한 말이 사랑과 기회를 얻는 반면에 험담은 적과 파멸을 얻는다는 사실이기 때문입니다. 지금부터 제 이야기에 귀 기울이신다면 제가 한 말이 타당하다고 동의하시게 될 겁니다.

옛날에 두 형제가 살았습니다. 백작처럼 안락하게 사는 잔니와 생계조차 꾸리기 힘든 리시였습니다. 동생은 물질적으로 가난했고 형은 정신적으로 궁핍했는데, 형은 동생을 돕기 위해 요강 하나도 내주려고 하지 않았습니다. 그래서 불쌍한 리시는 절망 속에서 집을 떠나 세상을 떠돌았습니다. 어느 날 밤, 리시는 한참을 걸어서 어느 여인숙에 도착했습니다. 그곳에는 열두 명의 젊은이가 난로 주위에 모여 앉아 있었습니다. 그들은 혹한과 부실한 옷 때문에 동사하기 직전인 불쌍한 리시를 보고 자신들과 함께 난롯가에 앉으라고 권했습니다. 온기가 절실했던 리시는 그들의 권유대로 난롯가에 앉아서 몸을 녹였습니다. 그런데 젊은이들 중에서 털북숭이에다 부루퉁한 얼굴로 험상궂은 인상을 한 사람이 리시에게 묻는 것이었습니다. "날씨에 대해 어떻게 생각하세요?" 그러자 리시가 말했습니다. "어떻게 생각하긴요. 열두 달이 저마다 맡은 일을 하고 있다고 보지요. 반면에 우리는 자기에게 필요한 게 뭔지도 모르는 사람들 같아요. 우리는 하늘의 법도까지 무시하려고 합니다. 충동이 좋은 것인지 나쁜 것인지, 유용한 것인지 위험한 것인지 깊이 따져보지 않고 우리 방식대로 원하는 것을 가지려고만 들지요. 겨울에 비가 오면 여름의 폭염을 바라고, 8월에는 폭설을 바라지요. 실제로 그런 일이 생긴다면, 계절이 뒤죽박죽되어서 씨앗이 유실되고 수확은 불가능해지고 우리의 몸은 벌레에 먹히고 자연이 분노하게 될 걸 생각하지 않아요. 그러니 자연의 순리대로 움직이게 놔두어야죠. 나무들은 숲을 이루어 겨울의 추위를 누그러뜨리고, 그 가지들로 여름의 열기를 누그러뜨리기 위해서 자라는 것이니까요." "당신은 마치 단 부족*의 판관인 삼손처럼 말하는군요. 하지만 당신도 이 3월의 날씨가 너무 심하다는 건 부인하지 못할 거예요. 서리와 비, 눈과 우박, 바람과 돌풍, 안개와 폭풍 등등 삶까지 지치게 만들잖아요." 젊은이가 말했습니다. "당신은 이 불쌍한 3월을 너무 나쁘게 말하고 있어요. 하지만 3월의 유용함에 대해선 말하지 않는군요. 3월은 봄에 만물의 자손이 태어나게 하지요." 리시가 대답했습니다. 그 젊은이는 리시의 말을 듣고 몹시 기뻐했습니다. 그가 바로 3월이었고, 여인숙에 함께 있는 젊은이들은 열한 명의 형제였지요. 날씨가 너무 혹독해서 목동조차 입에 올리고 싶어 하지 않는 3월인데, 그에 대해 한마디의 험담도 하지 않는 리시의 선함을 보고 3월은 보답을 해주고 싶었습니다. 그래서 리시에게 작고 귀여운 상자를 하나 주면서 말했습니다. "이 작은

• 단 부족은 출애굽기 시대의 12지파 중 하나인 단지파이다. 단지파 출신의 천하장사 삼손은 12지파를 대표하는 재판장이기도 했다.

상자를 받아요. 원하는 건 무엇이든 상자에 대고 말해요. 상자를 열면 눈앞에서 원하는 것을 보게 될 거예요." 리시는 진심으로 고 마움을 표하고 상자를 베개 삼아 잠들었습니다. 그리고 태양이 햇빛 빗자루로 밤의 그림자들을 청소하러 온 시간, 리시는 잠에 서 깨어 젊은이들과 작별하고 길을 떠났습니다.

여인숙에서 오십 보도 채 가지 않아서 리시는 작은 상자를 열 고 말했습니다. "안에 양털을 대고 작은 난로가 들어 있는 가마를 하나 가질 수 있을까? 이 눈 속을 따뜻하게 갈 수 있으면 좋겠는 데." 그 말을 끝내기가 무섭게 눈앞에 가마와 가마꾼들이 나타나 더니 그를 태웠습니다. 그는 가마꾼들에게 자기 집으로 가자고 말했습니다. 점심시간이 되자, 그는 상자를 열고 말했습니다. "먹 을 것 나와라." 곧바로 하늘에서 온갖 음식이 떨어졌는데, 열 명 의 왕이 만찬을 즐기고도 남는 양이었습니다.

저녁 무렵, 리시 일행은 어느 숲의 어귀에 도착했는데, 이 숲 은 태양마저 수상한 동쪽—터키인과 야만인들의 노략질이 성행 하는 동쪽—에서 왔다는 이유로 출입을 막고 있는 곳이었습니 다. "강물이 강변의 돌과 자갈에 기대어 놀고 시원한 미풍의 노 래가 있는 이 아름다운 곳에서 오늘 밤을 묵고 싶구나." 그러자 곧 주홍색 캐노피 침대와 깃털 매트리스, 스페인산 이불과 공기 처럼 가벼운 시트에 이르기까지 모든 것이 밀랍을 바른 천막 안 에 자리 잡았습니다. 이어서 먹을 것을 요청하자 왕에게나 어울 리는 은 식기류가 나타나고 또 다른 텐트 안에 식탁이 차려지니, 음식 냄새가 100킬로미터 밖까지 풍겼습니다. 리시는 식사를 끝

내고 잠자리에 들었습니다. 그리고 태양의 밀정인 수탉이 노련한 군인처럼, 어둠의 힘이 약해지고 지쳤으니 그 뒤를 쫓아 박살낼 적기라고 주군에게 아뢰는 시간에 그는 상자를 열고 말했습니다. "근사한 옷이 있으면 좋겠다. 오늘 형을 만나는데, 형이 군침 흘리는 모습을 보고 싶거든." 이 말이 끝나자마자, 그는 붉은 낙타의 털로 옷깃을 만들고 노란 펠트 안감을 대고 아름다운 자수가 가득해 마치 꽃밭처럼 보이는, 멋진 검은 벨벳 상하의를 입은 신사로 변모해 있었습니다. 리시는 그 옷차림으로 가마에 들어갔고, 얼마 후 집에 도착했습니다.

잔니는 화려한 옷을 입고 온갖 호화로운 물건들에 둘러싸여 나타난 동생을 보고 어떤 행운을 만나 그리 됐는지 알고 싶어 했습니다. 동생 리시는 여인숙에서 젊은이들을 만났고 그들로부터 선물을 받았다고 말했으나, 그중 한 젊은이와 나눈 대화는 비밀로 했습니다. 한시라도 빨리 리시와 헤어지고 싶어 안달이 난 잔니는 피곤해서 쉬어야겠다는 핑계를 대고는 곧장 길을 떠났습니다. 잔니는 그 여인숙에 도착했고, 역시 젊은이들이 거기 있었습니다. 그는 그들과 얘기를 나누기 시작했는데, 3월에 대해 어떻게 생각하느냐는 질문을 받자 큰 소리로 이렇게 말했습니다. "에이, 매독에 걸린 사람들에겐 그야말로 빌어먹을 3월이죠.* 원수 같은데다 목동들이 질색하고 기분을 잡치게 만들고 몸을 망가뜨리는 달! 누군가에게 파멸을 선언하고 싶다면 3월을 인용하면

---

* 바실레가 작품을 집필한 17세기에는 3월에 매독이 유행한다는 믿음이 퍼져 있었다.

그만이죠. '넌 끝이야, 3월에 걸렸으니까!' 이런 식으로요. 또 누군가에게 도를 넘게 건방지다고 말하고 싶을 때도 3월이 제격이죠. '너 진짜 3월의 괴짜로구나!' 간단히 말해서 3월은 세상에 행운을, 땅에도 행운을, 모든 사람에게 부를 가져다주죠. 단, 3월이라는 달 자체가 사라져준다면 말이지요." 3월은 자신을 깎아내리는 잔니의 말을 듣고도 다음 날 아침까지 아무 일 없는 듯이 행동했습니다. 잔니가 작별 인사를 하자 3월은 그에게 멋진 도리깨를 주면서 말했습니다. "원하는 게 있으면 이렇게 말해요. '도리깨야, 그걸 백 개 다오!' 그러면 진주가 한꺼번에 몰려올 거예요." 잔니는 젊은이에게 고맙다고 말한 후 박차를 가해 빠르게 달렸습니다. 집에 도착하기 전에는 도리깨를 시험해보고 싶지 않았거든요.

집에 도착해 발이 땅에 닿기 무섭게 그는 도리깨에서 얻은 돈을 저장해둘 요량으로 한 밀실로 들어가 이렇게 말했습니다. "도리깨야, 그걸 백 개 다오!" 도리깨는 그의 다리와 얼굴을 사정없이 후려쳤고, 그의 비명에 리시가 달려왔습니다. 야생마처럼 날뛰는 도리깨를 멈추게 할 방법이 없자, 리시는 작은 상자를 열어 그것을 멈추게 했습니다. 리시는 잔니에게 어떻게 된 일인지 물어 자초지종을 들은 후, 뿔을 얻겠다고 귀를 잃은 낙타처럼 굴었으니 형 자신의 탓이지 다른 누구의 탓도 아니라고 형에게 말했습니다. 그리고 또 그런 일이 생긴다면 말을 조심하라고, 불운의 창고의 문을 여는 열쇠가 바로 실언임을 알라고 덧붙였습니다. 그리고 만약 형이 그 젊은이에 대해 좋은 말을 했다면 자기처럼 행운을 얻었을 거라고 말했지요. 누군가를 좋게 말하는 것은 비용은 전혀 들지 않으나 믿을 수 없는 수익을 가져다주는 상품이라고요. 리시는 계속해서 형을 위로했습니다. 하늘이 준 것 이상을 바라지 말라고, 자신의 작은 상자는 서른 채의 가난한 집을 채울 정도에 불과하다고, 그 자신의 모든 재산은 형의 것이라고 말했습니다. 관대한 사람의 재무 관리자는 바로 하늘이기 때문이라고 말입니다. 형이 비참한 상황에 있던 자신을 그토록 냉혹하게 대하고 미워했으나, 그럼에도 불구하고 형의 야박함이 번영의 바람이 되어 자신을 이 항구까지 데려온 것이라 믿는다고도 했습니다. 그래서 형에게 고마움을 전하고 싶고, 형의 은혜를 인정하겠다고 했습니다. 동생의 말을 들은 잔니는 자신의 지난 행동에 대해 용서를 구했습니다. 형제는 한마음 한뜻이 되어 하늘이 준 행운을 함께 누렸습니다. 그 후로 잔니는 아무리 나쁜 것에 대해서도 늘 좋게 말했습니다. 이런 속담 때문이었지요.

"뜨거운 물에 덴 강아지는 찬물도 무서워한다."

세 번째 여흥

핀토 스마우토

베르타는 결혼하기를 거부하다가 결국 자기가 원하는 남편을 직접 빚어 만든다. 그런데 남편을 여왕에게 빼앗긴다. 베르타는 여러 시련을 겪은 후에 남편을 되찾아 집으로 돌아온다.

체카의 이야기에 모두가 즐거워했고, 다음 순서를 준비하던 메네카는 청중이 귀를 쫑긋 세우고 있는 것을 보고 자신의 이야 기를 시작했다.

새로운 것을 얻기보다 이미 얻은 것을 지키기가 더 어렵지요. 때로는 운명의 여신이 불공평하기 때문이기도 하고, 때로는 머리를 써야 하기 때문이기도 합니다. 그래서 생각 없이 부자가 되었다가 분별력 부족으로 다시 추락하는 사람들을 종종 볼 수 있습니다. 여러분이 충분한 이해력만 있다면, 지금부터 제가 하려는 이야기에서 그런 예를 명확하게 보시게 될 겁니다.

슬하에 외동딸을 두었고, 그 딸이 결혼해 안정된 가정을 꾸리기를 간절히 바라는 한 상인이 있었습니다. 그러나 그가 결혼 얘기를 꺼낼 때마다 딸 베르타가 그의 의향과는 천리만리 동떨어져 있음을 알 수 있었습니다. 그녀는 자신의 영역이 통행금지 구역이나 사유 수렵지라도 되는 양 남자들의 접근을 금했지요. 바라는 것이라고는 늘 시장이 서는 것, 늘 학교가 방학인 것, 늘 축제가 열리는 것뿐이었지요. 상황이 이렇다 보니 아버지는 세상 누구보다 괴롭고 절망스러웠습니다.

그러던 어느 날 아버지가 시장에 가면서 베르타에게, 필요한 것이 있으면 사다 주겠다고 말했습니다. "아빠, 절 사랑하신다면, 팔레르모 설탕 50파운드, 최고급 암브로시안 아몬드 50파운드, 향수 네 병 내지 여섯 병, 사향이랑 호박琥珀을 조금 사다 주세요. 또 진주 40개, 사파이어 두 개, 석류석이랑 루비 두세 개씩, 금실도요. 특히 반죽 그릇이랑 은제 칼을 잊으시면 안 돼요." 아버지는 딸의 과한 요구에 깜짝 놀랐으나 반박하고 싶지는 않아서, 오는 길에 딸이 말한 것들을 빠짐없이 사 왔습니다. 물건을 받은 베르타는 방 안에 처박혀서 엄청난 양의 아몬드 반죽에 설탕과 장미 향수를 섞더니 멋진 청년의 모습을 빚어냈습니다. 그러고는 금실로 머리카락을, 사파이어로 눈을, 진주로 치아를, 루비로 입술을 만든 후에 이런저런 근사한 특징들을 추가했습니다. 유일하게 빠진 것이 있다면 말하는 능력이었지요. 키프로스의 어느 왕이 기도로 조각상에 생명력을 주었다는 피그말리온 얘기를 들

은 적이 있어서 그녀도 오랫동안 사랑의 여신에게 기도를 했습니다. 그러자 조각상이 눈을 떴고, 그녀가 더욱더 열성으로 기도하자 이번에는 조각상이 숨을 쉬기 시작했습니다. 숨 다음에는 말이 가능해졌고, 그리고 마침내 조각상이 팔다리를 움직여 걷기 시작했습니다.

왕국을 얻은 것보다 더 기뻤던 베르타는 청년을 껴안아 입을 맞추었고, 청년의 손을 잡고 아버지한테 가서 말했습니다. "아빠, 언제나 제가 결혼하는 걸 보고 싶다고 말씀하셨잖아요. 아빠를 기쁘게 해드리려고 이렇게 제 맘에 쏙 드는 신랑감을 골랐어요." 들어가는 모습을 본 적이 없는데 딸의 방에서 나온 이 잘생긴 청년을 본 아버지는 한동안 할 말을 잃었습니다. 이윽고 정신을 차린 그는 돈을 받고 보여줄 정도로 기막히게 잘생긴 이 청년과 딸의 결혼을 승낙하고 성대한 피로연을 준비했습니다. 피로연에 온 하객들 중에 정체를 숨긴 여왕이 있었는데, 그녀는 완벽한 아름다움을 지닌 핀토 스마우토(그림처럼 잘생겼다는 의미에서 베르타가 지어준 이름이었지요)를 보고 반해버렸습니다. 세상의 악의와 교활함을 향해 눈을 뜬 지 겨우 세 시간밖에 안 된 핀토 스마우토가 세상의 혼탁함을 알 리 없었지요. 그는 신부가 시키는 대로 계단에 서서 결혼을 축하하러 오는 여자 하객들을 맞이하고 있었습니다. 그는 여왕도 다른 하객과 똑같이 맞았는데, 여왕이 그의 손을 잡고는 뜰에서 대기 중이던 6두 마차로 데려가 태웠습니다. 그리고 마부에게 왕국으로 돌아가라고 명령했고, 그곳에 도착한 핀토 스마우토는 어떻게 된 일인지도 모르는 채 여왕의 남편이 되었습니다.

한참을 기다려도 핀토 스마우토가 돌아오지 않자, 베르타는 사람을 보내어 혹시 뜰에서 누구와 얘기를 하고 있는지 살펴보게 했습니다. 또 다른 사람을 테라스로 보내어 바람을 쐬고 있나 확인했지요. 아니면 중요한 생리 현상을 해결하고 있는 건 아닐까 싶어서 화장실 안도 살펴봤습니다. 그런데도 그를 찾지 못하자, 불현듯 너무나 잘생긴 그를 누군가 훔쳐 갔다는 생각이 들었습니다. 사람을 찾는다고 포고했으나 그의 행방을 아는 사람은 나타나지 않았습니다. 결국 그녀는 거지로 변장하고서 직접 그를 찾아 나서기로 결심했습니다. 몇 달을 떠돌다가 도착한 어느 집에서 다정한 노파가 베르타를 따뜻하게 맞아주었습니다. 노파는 베르타의 불운에 대해 듣고서, 게다가 베르타가 임신까지 한 것을 알고서 몹시 측은한 마음에 세 개의 주문을 가르쳐주었습니다. 첫 번째 주문은 "트리케 바를라케, 집에 비가 내리니", 두 번째는 "아놀라 트라놀라, 연못에 조각", 세 번째는 "타파로 에탐무로, 조각과 콩꼬투리와 캐러웨이 열매".* 노파는 이 주문들을 꼭 필요할 때 사용한다면 크게 이로울 것이라고 말했습니다. 베르타는 이 하찮은 선물에 의아해하면서도 속으로 이렇게 생각했습니다. '나를 도와주는 사람은 내가 죽기를 바라지 않는 거야. 그리고 도움을 받고서 성가시게 해선 안 돼지. 아무리 작은 거라도 도움이 될 거야. 이 주문 속에 행운이 숨겨져 있을지 누가 알

---

* 이 주문들은 17세기에 아이들의 놀이에서 사용된 의미 없는 단어들로 이루어져 있다.

아?' 그녀는 노파에게 고맙다고 말하고 다시 길을 떠났습니다.

베르타는 기나긴 여정 끝에 몬테-레툰노('둥근 산')라는 아름다운 도시에 도착했습니다. 그녀는 곧장 왕궁으로 가서, 출산일이 임박했으니 마구간에서라도 묵을 수 있도록 신의 은총을 베풀어달라고 애원했습니다. 이 말을 들은 젊은 시녀들은 계단참에 있는 작은 방을 베르타에게 내주었습니다. 그 방에서 쉬고 있던 불쌍한 베르타는 마침 그쪽으로 지나가는 핀토 스마우토를 보게 되었고, 너무나도 기뻐서 그만 숨이 멎을 뻔했습니다. 아주 절박한 상황인지라 그녀는 노파의 첫 번째 주문을 시험해보기로 했습니다. "트리케 바를라케, 집에 비가 내리니." 이렇게 주문을 외자, 온통 보석으로 뒤덮인 근사한 작은 황금 마차가 나타나 저절로 방 안을 빙빙 돌았습니다. 이 놀라운 광경을 본 시녀들이 여왕에게 알렸고, 여왕은 지체 없이 베르타의 방으로 달려왔습니다. 그러고는 그 아름다운 물건을 팔 의향이 있는지 베르타에게 물으면서 얼마를 원하든 다 주겠다고 말했습니다. 베르타는 자신이 비록 거지 신세이긴 하나 세상의 어떤 금은보화보다 자신의 즐거움을 더 중시하니, 만약 여왕이 그 작은 마차를 원한다면 자신이 여왕의 남편과 하룻밤 자게 해달라고 대답했습니다. 여왕은 누더기 차림으로 떠돌면서도 일시적인 충동 때문에 엄청난 보물을 포기하겠다고 하는 이 불쌍한 여인의 황당한 요구에 크게 놀랐지요. 그러나 이 횡재를 낚아채기로 마음먹었고, 핀토 스마우토를 아편에 취한 상태로 불쌍한 베르타에게 넘겨줌으로써 그녀가 행복할지는 모르나 크게 손해를 보게 할 생각이었지요.

어둠이 짙어져서 별들이 하늘에 모습을 드러내고 반딧불이가 땅에 나타났을 때, 여왕은 시키는 대로 하는 핀토 스마우토에게 수면제를 먹이고 베르타의 옆에서 자게 했습니다. 그는 침대에 눕자마자 겨울잠에 든 쥐처럼 잠들었습니다. 지난 고생을 그날 밤에 전부 보상받을 수 있을 거라 생각했던 베르타는 그의 잠든 모습을 보고는 큰 소리로 들어줄 이 없는 하소연을 시작했습니다. 핀토 스마우토를 위해 해야 했던 그간의 모든 일 때문에 그를 원망했지요. 이렇게 상심한 여인은 한시도 입을 다물지 않았고, 잠든 남자는 단 한 번도 눈을 뜨지 않았습니다. 태양이 나타나 바다를 가르고 빛에서 어둠을 떼어놓을 때까지요. 여왕이 내려와 핀토 스마우토를 데려가면서 이렇게 말했습니다. "그래 행복하더냐?"

'그런 행복은 당신이나 평생 실컷 즐기세요. 나는 오래 기억하고 싶지 않은 악몽의 밤을 보냈으니까.' 베르타는 속으로 이렇게 말했지요. 그러나 그리움과 번민에 저항할 수 없었던 이 불행한 여인은 두 번째 주문을 외었습니다. "아놀라 트라놀라, 연못에 조각." 그랬더니 황금 새장이 나타났습니다. 새장 안에서 황금과 보석으로 만들어진 아름다운 새가 나이팅게일처럼 노래하고 있었습니다. 이것을 본 시녀들이 여왕에게 고하자, 여왕은 부리나케 달려와 그 새장을 팔겠느냐고 물었고, 베르타는 전과 똑같이 대답했습니다. 여인은 이 수상쩍은 여자의 대답을 미리 예상하고 있었기에 남편과 자게 해주겠다고 약속했지요. 그렇게 새장과 새를 가져간 여왕은 밤이 되자 수면제를 먹인 핀토 스마우토를 베르타의 침실로 보냈습니다. 베르타가 멋진 침대까지 준비해놓았으나 핀토 스마우토는 송장처럼 잠이 들고 말았습니다. 또다시 베르타가 한탄하고 통곡하니, 길가의 돌마저 측은하게 생각할 정도였습니다. 그녀는 비탄과 통곡 속에서 자신의 가슴을 잡아 뜯으며 고통으로 가득한 밤을 지새웠지요. 날이 밝자마자 여왕은 남편을 데리러 왔고, 불운한 베르타는 싸늘하게 굳은 채 자신을 향한 조롱을 곱씹으며 손을 물어뜯었습니다.

그날 아침, 무화과를 따러 정원에 갔던 핀토 스마우토는 왕궁 밖에서 늙은 신기료 장수를 만나게 되었습니다. 그 노인은 베르타의 옆방에 묵고 있었는데, 그 불쌍한 거지 여인의 통곡과 한탄을 한마디도 빼놓지 않고 여왕의 남편에게 아뢰었습니다. 이미 조금씩 지각 능력이 발달하기 시작한 핀토 스마우토는 노인의 말을 듣고서 무슨 일이 벌어진 게 틀림없다고 생각했고, 또 한 번 그 불쌍한 여인과 잠자리를 하게 된다면 그땐 여왕이 주는 수면제를 먹지 않겠다고 다짐했지요. 한편 베르타는 결국 세 번째 주문까지 사용하게 됩니다. "타파로 에탐무로, 조각과 콩꼬투리와 캐러웨이 열매." 그러자 황금 조가비로 수놓은 비단과 금띠가 가득 나타났으니, 여왕이 수를 놓아 만들어낼 수 있는 것보다 훨씬 더 아름다운 것들이었습니다. 시녀들이 이 광경을 보고 여왕에게 고했고, 여왕은 앞의 두 사례에서처럼 흥정을 시도했습니다. 여왕은 이번에도 역시 베르타로부터 물건을 원한다면 부군과의 잠자리를 허락해달라는 답변을 듣고 생각했습니다. '이 물건들을 빼앗기 위해 이 천박한 여자의 청을 들어준다 한들 내가 잃을 건 없잖아?' 여왕은 베르타의 호화로운 물건들을 가져갔고, 밤이 되자 잠자리와 휴식이라는 계약의 완성을 위해 핀토 스마우토에게 수면제를 주었습니다. 그러나 그는 그것을 삼키지 않고 입안에 물고 있다가 오줌을 누러 가는 척하면서 다른 방에 뱉어버렸지요. 그가 베르타의 옆에 눕자 그녀는 똑같은 어조로, 설탕과 아몬드를 섞어서 그를 손수 빚어낸 일, 그에게 금실로 머리칼을 만들어주고 진주와 다른 보석들로 입과 눈을 만들어준 일, 그녀의 기도 덕분에 그가 생명력을 얻게 된 일, 그를 강탈당한 일, 그리고 임신한 몸으로 그를 찾아다니며 이 세상의 어떤 기독교인도 감당하기 어려운 시련을 겪은 일을 이야기했습니다. 그리고 두 개의 보물과 맞바꾼 두 번의 밤과 한마디 말도 나누지 못했던 그와의 잠자리에 대해서 이야기했고, 이번이 그녀의 희망과 인생의 마지막 밤이 될 거라는 이야기도 했습니다. 깨어서 그녀의 말을 듣고 있던 핀토 스마우토는 꿈결처럼 그간의 모든 일을 기억해내기 시작했고, 최대한 따뜻하게 그녀를 안아주고 위로했습니다. 그리고 밤이 별의 무도회를 열기 위해 검은 가면을 쓰고 나타난 시간에 조용히 일어나 여왕의 침실로 들어갔습니다. 여왕은 곤히 잠들어 있었고, 그는 베르타의 물건들뿐 아니라 여왕으로 인해 자신이 겪은 시련에 대한 보상으로서 다른 보물들과 돈까지 챙겨서 아내의 곁으로 돌아왔습니다. 두 사람은 곧바로 그곳으로부터 도망쳐 왕국의 국경을 벗어날 때까지 쉬지 않고 걸었습니다. 그런 다음 어느 안락한 여인숙에서 베르타가 사랑스러운 아들을 출산할 때까지 묵었습니다. 베르타가 몸을 추스르자 그들은 베르타의 집으로 향했고, 건강한 아버지와 재회했습니다. 딸을 만난 아버지는 얼마나 기뻐하고 반가워하는지 열다섯 소년처럼 신이 난 모습이었지요. 그리고 그들 모두 행복하게 살았습니다.

남편도 거지 여인도 보석들도 찾을 수 없었던 여왕은 자학하면서 괴로워했습니다. 그러자 이렇게 말하는 사람들이 적지 않았습니다.

"남에게 사기를 친 사람은 자기가 사기를 당해도 불평하면 안 된다."

네 번째 여흥

황금 줄기

가난한 농부의 딸인 파르메텔라는 행운을 얻었으나 과도한 호기심 때문에 그 행운을 잃고 만다. 여러 시련을 겪은 후에 마침내 오그레스의 집에서 그녀의 아들을 남편감으로 찾아내는데, 큰 위험을 극복하고 모두가 곤경에서 벗어나 행복하게 산다.

맘에 꼭 드는 남편이나 아내를 만들어 가질 힘을 갖고 싶어 하는 사람이 한둘이 아닐 것이다. 특히 왕자는 표독스러운 바위 덩어리보다는 달콤한 설탕 반죽을 곁에 두고 싶어 할 터였다. 그러나 다음 차례인 톨라가 호명을 기다리지 않고 다음과 같이 이야기를 시작했다.

지나치게 호기심이 많고 너무 많은 것을 알고 싶어 하는 것은 성냥을 들고 운명의 화약고에 불을 붙이려는 것과 같습니다. 남

의 일에 신경 쓰면서 정작 자신의 일에는 그렇지 않은 예가 비일
비재합니다. 과한 호기심을 품고 보물을 캐려 하는 사람들의 상
당수가 자신이 판 도랑에 얼굴을 처박곤 하지요. 지금부터 제가
이야기해드릴 어느 농부의 딸에게 벌어진 일처럼 말이지요.

　옛날에 아무리 열심히 일을 해도 입에 풀칠하기도 빠듯한 채
소 농사꾼이 살았습니다. 그는 세 딸에게 각각 새끼 암돼지를 주
어 키우게 했습니다. 돼지가 자라면 팔아서 작으나마 딸들을 시
집보낼 밑천으로 쓸 요량이었지요. 첫째와 둘째인 파스쿠차와
치카는 새끼 돼지를 좋은 목초지로 데려가 풀을 뜯게 하면서도
막내인 파르메텔라와는 함께 가지 않았고, 그녀에게는 다른 데
가서 돼지에게 풀을 먹이라고 했습니다. 그래서 혼자 돼지를 데
리고 나간 파르메텔라는 어둠이 태양의 공격에 맞서 싸우고 있
는 어느 숲에 도착했고, 곧 목초지를 찾아냈습니다. 그 목초지 한
복판에서는 청량한 물을 뿜는 분수가 마치 선술집 여주인처럼
서서 은빛 혀로 한잔하라고 길손들을 부르는 것 같았습니다. 바
로 그곳에서 파르메텔라는 황금 잎이 나는 나무를 발견했지요.
그녀는 잎을 하나 따서 아버지에게 가져갔습니다. 아버지는 몹
시 기뻐하면서 그것을 팔아 20두카트를 벌었고, 그 돈으로 집에
난 구멍들을 메웠습니다. 아버지가 그 황금 잎을 어디서 얻었는
지 묻자 파르메텔라가 대답했습니다. "참으세요, 아빠. 더 알려고
하지 마세요. 괜히 행운을 망치게 된다고요." 다음 날에도 그녀는
잎을 따 왔습니다. 그렇게 계속해서 잎을 땄고, 결국 나무는 바람
에 휩쓸린 것처럼 잎이 다 떨어져 벌거숭이가 되고 말았지요. 가

을이 지나자 파르메텔라는 나무의 커다란 줄기 일부가 황금으로 된 것을 알게 되었고, 그것을 손으로 뽑아내려다가 여의치 않자 집에서 도끼를 가져다가 나무 밑동 주변의 뿌리를 잘라내기 시작했습니다. 그리고 능력껏 정성을 다해 줄기가 다 보이도록 파냈을 때, 그 밑에 아름다운 반암 계단이 나타났습니다. 그녀는 호기심을 참지 못하고 그 계단을 따라 내려갔습니다. 이어서 크고 어두운 동굴을 걸어가니, 끝에 멋진 평원이 펼쳐져 있었고 그 한가운데 아름다운 궁전이 솟아 있었습니다. 왕궁에서는 발에 밟히는 것이 금과 은이요, 보이는 것이 진주와 보석이었지요. 파르메텔라는 휘황찬란한 보물들을 보면서 어안이 벙벙했는데, 그토록 아름다운 곳에 움직이는 그림자 하나 보이지 않았습니다. 어느 방에 들어서니 아름다운 것들을 그린 회화들이 즐비하게 걸려 있었습니다. 특히 현자인 척하는 남자의 무지, 정의의 천칭을 들고 있는 사람의 불의, 천벌을 받는 악행들이 너무나 사실적이고 생생해서 놀라웠습니다. 그리고 그 방엔 근사한 식탁이 차려져 있었습니다.

파르메텔라는 배에서 꼬르륵 소리가 나는데다가 주위에 보이는 사람도 없어, 백작처럼 식탁에 앉아서 음식을 먹기 시작했습니다. 더없이 즐거이 음식을 먹고 있는데, 난데없이 잘생긴 노예 하나가 들어오더니 이렇게 말했습니다. "가만, 가지 마세요. 당신을 아내로 맞고 싶어요. 당신을 세상에서 가장 행복한 여자로 만들어주겠어요." 무서워서 움츠러들었던 파르메텔라는 이 그럴싸한 약속을 듣고 용기를 냈고, 노예가 하자는 대로 하기로 승낙했습니다. 그러자 홀연히 다이아몬드 마차가 나타났는데, 마차를 끄는 네 필의 황금 말에는 에메랄드와 루비로 된 날개가 달려 있었습니다. 마차가 그녀를 싣고 창공으로 높이 데려가니 참 즐거웠습니다. 그리고 그녀의 몸종으로 임명된 수많은 원숭이들이 황금 제복을 입고 나타나 곧바로 그녀를 머리부터 발끝까지 거미처럼 우아하게 단장해주니 그녀는 영락없는 여왕의 모습이었습니다.

　말파리의 방해를 받지 않고 갠지스 강변에서 잠을 자고 싶은 태양이 햇빛을 꺼버린 밤이 오자 노예가 그녀에게 말했습니다. "여보, 잠을 자고 싶으면 이 침대에 누워요. 그러나 이불을 덮고 촛불을 끈 후에는 내가 말한 대로 해야 해요. 일을 그르치고 싶지 않다면." 파르메텔라는 그의 말대로 했고, 잠기운을 느낀 그녀의 눈꺼풀이 무겁게 눈을 덮은 순간 노예는 잘생긴 청년으로 변하더니 그녀의 곁에 누웠습니다. 잠을 깬 그녀는 자신의 머리칼이 빗이 없는데도 빗겨지는 것을 느끼고 무서워서 죽을 뻔했으나, 별일 아니라고 마음먹고 꿋꿋하게 참아냈습니다. 그러나 새벽이 자신의 오랜 연인을 달래주기 위해 신선한 달걀을 찾으러 나오기 전, 노예는 침대에서 뛰쳐나가 검은 겉모습으로 돌아갔고, 그동안 파르메텔라는 자기처럼 예쁘고 어린 닭의 첫 계란을 빨아먹은 대식가가 누굴까 몹시 궁금해했습니다. 다음 날 밤, 그녀는 전날 밤처럼 침대에 누워 촛불을 껐고 잘생긴 청년이 그녀의 곁에 누웠습니다. 그가 유희를 즐기다가 지쳐서 잠들자, 그녀는 미리 준비해둔 부싯돌을 부싯깃에 쳐서 촛불을 켰습니다. 그리고 이불을 들추니, 흑단이 상아로, 캐비아가 희디흰 우유로, 석탄이 흰 도료로 변해 있었습니다. 그 아름다운 모습에 그녀는 입을 벌리고 서서 자연이 기적의 캔버스에 가한 가장 아름다운 붓놀림을 음미하고 감탄했습니다. 그런데 그 아름다운 청년이 잠에서 깨더니 파르메텔라를 저주하기 시작했습니다. "아, 너 때문에 이 지긋지긋한 고행을 칠 년 더 해야 하잖아. 네가 그놈의 호기심 때문에 내 비밀을 알려고 드는 바람에 말이야. 당장 꺼져. 꺼져버려. 사라져버리라니까. 다시 거지꼴로 살아. 너는 자신의 행운도 몰라보니까!" 그는 이렇게 말하고 홀연히 사라졌습니다.

이 딱한 아가씨는 차갑게 굳은 채 남아 있다가 고개를 푹 숙이고 왕궁을 떠났지요. 그녀가 동굴 밖으로 나왔을 때 요정 하나가 그녀를 보고 말했습니다. "아이고 얘야, 너의 불운 때문에 눈물이 나는구나. 너는 도살장으로 보내진 거야. 지옥 중간에 놓여 있는, 머리카락처럼 가는 다리를 건너야 하니까. 불쌍한 것! 위험에서 벗어나려면 이 일곱 개의 물렛가락과 일곱 개의 무화과, 이 꿀단지, 그리고 쇠 구두 일곱 켤레를 가져가렴. 쇠 구두가 다 닳을 때까지 절대 쉬지 말고 계속 걸어야 한다. 그러고 나면 어느 집 발코니에서 일곱 여자가 땅까지 실을 잣고 있는 게 보일 거야. 실에는 죽은 사람의 뼈가 감겨 있을 거야. 그때 네가 뭘 해야 하는지 아니? 조용히 엎드려서 실이 내려오기를 기다렸다가 송장의 뼈를 떼어내고 그 자리에 꿀 바른 물렛가락을 매다는 거지. 물렛가락의 손잡이 대신에 무화과를 다는 것도 잊지 말고. 여자들이 실을 잡아당겨 꿀맛을 보면 이렇게 말할 거다. '내 입에 이 달콤한 맛을 준 사람이 누구든 그에게 달콤한 행운이 있기를.' 그런 다음에 여자들이 이런 식으로 한마디씩 할 거야. '누가 나한테 요 달콤한 것을 줬는지 모습 좀 보여줘!' 그러면 이렇게 대답해. '나를 잡아먹을 테니까 싫어요!' 그러면 그들이 말할 거야. '널 잡아먹지 않을 거야. 내 숟가락을 걸고 맹세해!' 너는 흔들리지 말고 버텨야 해. 그러면 그들이 또 말할 거야. '너를 잡아먹지 않을 거야. 내 쇠꼬챙이를 걸고 맹세해!' 그래도 너는 잠자코 있어야 해. 그들이 계속해서 말할 거야. '너를 잡아먹지 않는다니까. 내 빗자루를 걸고 맹세해!' 그런 말 절대 믿지 마. 이런 식으로 말해도 믿지 마. '널 잡아먹지 않을게. 요강을 걸고 맹세해!' 너는 입을 꾹 다물고 끽소리도 내지 마. 그랬다간 네 목숨은 끝나는 거야. 결국 그들이 이렇게 말할 거야. '천둥번개를 걸고 맹세해. 잡아먹지 않을게!' 그 말이 나와야 위로 올라가는 거야. 그러면 그들이 너한테 아무런 해코지도 못하거든." 요정의 말을 들은 파르메텔라는 계곡을 지나고 산을 넘고 들판을 가로질러 칠십칠 년이 걸려 쇠구두가 전부 닳을 때까지 걷고 또 걸었습니다. 그리하여 지붕에 발코니가 있는 대저택에 도착했지요. 그곳에서 일곱 여자가 실을 잣고 있었습니다. 그녀는 요정이 시키는 대로 했습니다. 수없는 까꿍 놀이와 술래잡기 끝에 천둥번개를 건 맹세가 나왔고, 그제야 그녀는 여자들이 있는 곳으로 올라갔지요. 여자들이 그녀에게 말했습니다. "이 배신자 년, 너 때문에 동굴에서 칠 년을 버틴 우리 동생이 또다시 칠 년 동안 우리와 떨어져 노예의 몸으로 거기 있어야 하게 됐잖아! 하지만 됐어. 네가 우리의 맹세로 우리를 꼼짝 못 하게 만들긴 했지만, 기회만 생기면 이번 일까지 두 배로 네게 갚아줄 테니까! 지금은 우리가 시키는 대로 해야 할 거야. 저 찬장 뒤에 숨어. 우리 엄마가 올 텐데, 너를 보면 틀림없이 잡아먹을 거야. 그러니까 숨어 있다가 엄마의 등에 올라타서 엄마가 안장주머니처럼 어깨에 올려놓고 다니는 젖꼭지를 움켜잡아. 그러고는 엄마가 천둥번개를 걸고 맹세할 때까지 젖꼭지를 놓지 마. 그러면 엄마가 너한테 아무 짓도 못할 거야."

파르메텔라는 그들의 말대로 했습니다. 그들의 엄마가 부삽, 물레, 옷걸이, 접시 선반 등등 다음에 마지막으로 천둥번개를 걸고 맹세하자, 그제야 젖꼭지를 놓고 오그레스 앞에 모습을 보였습니다. 오그레스가 말했습니다. "괜히 말했네! 이 배신자야, 똑바로 구는 게 좋을 거야. 첫비가 내리기만 하면 널 도랑에다 처박아버릴 테니까!" 그때부터 파르메텔라를 잡아먹으려고 호시탐탐 기회를 엿보던 오그레스는 어느 날 자루 열두 개를 가져왔습니다. 그 자루에는 병아리콩, 누에콩, 완두콩 등등 여러 종류의 콩이 뒤섞여 있었지요. 오그레스가 파르메텔라에게 말했습니다. "배신자야, 이 콩들을 종류별로 분류해서 담아놔. 저녁때까지 끝내놓지 않으면, 서푼짜리 튀김처럼 널 먹어치울 테니까." 불쌍한 파르메텔라는 콩 자루 옆에서 울먹였습니다. "아이고, 그 황금 줄기 때문에 너무 큰 대가를 치르네. 이번엔 진짜 큰일이야! 이 검게 탄 가슴이 누더기가 되었네. 이게 다 검은 얼굴이 흰 얼굴로 바뀐 것을 봤기 때문이야. 아이고! 난 망했네. 끝났어. 방법이 없어. 냄새나는 오그레스의 위 속에 들어가는 일만 남았나 봐.

날 도와줄 사람도, 내게 조언해줄 사람도, 날 위로해줄 사람도 없어." 그녀가 그렇게 괴로워하고 있는데 천둥번개(이것이 바로 오그레스의 아들의 이름이었습니다)가 홀연히 그녀 앞에 나타났습니다. 그의 유배 기간과 저주가 끝난 것이었지요. 비록 파르메텔라에 대한 화가 풀린 것은 아니었지만, 그의 몸에도 당연히 물이 아닌 피가 흐르고 있었기 때문에 그는 울고 있는 그녀를 보고 말했습니다. "배신자야, 왜 우는 거니?" 그녀는 그의 엄마가 얼마나 못되게 구는지, 또 자기를 잡아먹으려고 얼마나 벼르고 있는지 말했습니다. 그러자 그가 대답했습니다. "일어서. 용기를 내. 그런 일은 없을 테니까." 그는 콩을 전부 바닥에 쏟고는 개미 떼를 불러 모았습니다. 개미들이 콩을 분류하기 시작했고, 파르메텔라는 손쉽게 종류별로 콩을 모아 자루에 담았습니다. 집에 돌아온 오그레스는 그녀가 일을 다 끝내놓은 것을 보고 절망하여 말했습니다. "천둥번개, 이놈이 농간을 부렸구나. 하지만 다른 걸로 갚게 해주마. 이 천들을 받아. 매트리스 열두 개를 만들 천이다. 오늘 저녁까지 천에 깃털을 채워놔. 안 그러면 너를 토막 내버릴 테다." 불쌍한 파르메텔라가 매트리스 천을 들고 바닥에 주저앉아서 울고불고 하니, 두 눈에서 두 분수처럼 눈물이 쏟아졌지요. 그때 천둥번개가 나타나서 말했습니다. "울지 마, 배신자야. 내게 맡겨. 내가 알아서 할 테니까. 우선 너의 머리칼을 헝클어뜨리고 매트리스 천을 바닥에 펼쳐. 그리고 큰 소리로 울면서 이렇게 말해. '새들의 왕이 죽었네.' 그다음에 무슨 일이 벌어지는지 지켜보기만 하면 돼." 파르메텔라가 그의 말대로 하자, 허공에 새들이 새

카맣게 몰려들더니 날개를 부딪쳐 엄청난 양의 깃털을 떨어뜨렸습니다. 그 결과 한 시간 만에 매트리스 천에 깃털이 가득 찼지요.

오그레스가 집에 돌아와 상황을 보고는 격분하여 이렇게 생각했습니다. '천둥번개 이놈이 자꾸 화를 돋우는구나. 하지만 두고 봐라, 내가 저것을 덫에 걸려들게 하는지 못 하는지. 못 한다면 내가 원숭이 꼬리에 묶여 질질 끌려 다니겠어.' 그러고는 파르메텔라에게 말했습니다. "내 동생네 집에 서둘러 가라. 가서 악기를 가져와. 내가 천둥번개를 결혼시키고 왕처럼 피로연을 열어줘야 하니까." 오그레스는 한편으로는 동생에게 전갈을 보내어, 배신자 계집이 악기를 가지러 가거든 죽여서 요리를 해놓으라고 일렀습니다. 나중에 자기가 갈 테니 그때 함께 요리를 즐기자고 했지요. 이번에는 한결 쉬운 일을 맡게 되자 파르메텔라는 드디어 좋은 시절이 시작되나 싶은 생각에 기분이 퍽 좋았습니다. 아, 인간의 판단력은 얼마나 잘 틀리는지! 그녀는 서둘러 가다가 천둥번개와 마주쳤습니다. 천둥번개가 바삐 가는 그녀를 보고 말했습니다.

"불쌍한 것아, 어딜 가니? 지금 도살장에 가고 있다는 걸 모르니? 너를 옭아맬 족쇄를 네 손으로 만들고 너를 죽일 칼을 네 손으로 갈고 있다는 걸 모르니? 너를 죽일 독을 네 손으로 타고 있는 걸 모르냐고? 지금 오그레스에게 가면 잡아먹힌다는 걸 모르냐고? 내가 하는 말 의심 말고 잘 들어. 이 빵 덩어리랑 건초 더미랑 돌을 가져가. 네가 이모 집에 도착하면 너를 보고 짖으면서 물려고 하는 사냥개가 있을 거야. 개한테 이 빵을 던져주면 잠잠해질 거야. 개를 통과하면 이번에는 고삐 풀린 말이 너를 차고 짓밟으려고 들 거야. 이 건초를 주면 말굽을 묶어둘 수 있어. 그리고 문에 도착하면, 문이 계속해서 쾅쾅 닫힐 거야. 이 돌을 문틈에 끼워놓으면 조용해질 거야. 그리고 이층으로 올라가면 이모가 아기를 안고 있을 거야. 이모는 너를 구우려고 오븐을 데우고 이렇게 말할 거야. '이 아기 좀 안고 있으렴. 가서 악기를 가져올 테니 잠시만 기다려.' 하지만 그건 너를 갈기갈기 찢어놓기 위해 이를 뾰족하게 갈러 가는 것임을 명심해. 그러니 이모의 딸아이를 인정사정없이 오븐 속에 넣어버려. 그 아이도 어차피 오그르의 새끼니까. 그리고 문 뒤에 있는 악기를 가지고 이모가 돌아오기 전에 빠져나와. 안 그랬다가는 끝장이야. 그리고 경고한다. 그 악기들은 상자 안에 들어 있는데, 말썽을 일으키고 싶지 않으면 그 상자를 열지 마."

파르메텔라는 연인이 시키는 대로 했으나, 악기를 가지고 돌아오는 길에 상자를 열고 말았습니다. 그러자 갑자기 이쪽에는 플루트, 저쪽에는 백파이프, 그 너머에는 오보에, 저 너머에는 바순 등등 수많은 악기들이 허공을 날아다니기 시작했습니다. 파르메텔라는 악기들을 쫓아다니느라 얼굴이 긁히고 찢어졌습니다. 한편, 아래층으로 내려온 오그레스는 파르메텔라의 모습이 보이지 않자 창가로 가서 문을 향해 소리쳤습니다. "저 배신자를 뭉개버려!" 그러자 문이 대답했습니다. "저 불쌍한 여자를 해코지하고 싶지 않아요. 나를 돌로 받쳐서 열어주었거든요." 오그레스가 이번에는 말을 향해 소리쳤습니다. "저 사기꾼을 짓밟아버려!" 그러자 말이 대답했습니다. "저 여자를 짓밟고 싶지 않아요. 나한테 건초를 줬거든요." 오그레스가 마지막으로 개를 불러서 말했습니다. "저 겁쟁이를 물어!" 그러자 개가 대답했습니다. "저 불쌍한 것을 그냥 보내줘요. 나한테 빵을 줬다고요."

파르메텔라는 큰 소리로 울면서 악기들을 쫓아다니다가 천둥번개를 만나 호되게 야단을 맞았습니다. "야, 배신자야. 그놈의 호기심 때문에 이렇게 사달이 나다니, 직접 대가를 치르고도 도무지 깨우치질 못하는 거냐?" 그는 그렇게 말한 뒤 악기들을 불러 모아 도로 상자에 넣고는 파르메텔라에게 상자를 가지고 어머니에게 가라고 말했습니다. 그녀를 본 오그레스는 큰 소리로 울부짖었습니다. "아, 잔인한 운명아, 동생마저 내게 반기를 들고 호의를 베풀기를 거절하다니!"

한편 천둥번개의 아내가 될 젊은 여인이 도착했습니다. 그녀의 코는 들창코요 이는 뻐드렁니이니, 그녀의 생김새는 역병이고 종양이며 하르피아고 사악한 그림자였습니다. 그뿐 아니라 올빼미고 금이 간 배불뚝이 술통이고 뻣뻣한 막대기였으니, 그녀를 수많은 꽃과 화환으로 치장한다면 흡사 신장개업한 선술집처럼 보일 만했지요. 오그레스는 신부를 위해 성대한 피로연을 준비했습니다. 그러나 즐거움의 가면 뒤에 악감정을 숨기고 있었기에, 우물 가까이에 잔칫상을 차려놓고서 일곱 딸에게 횃불을 하나씩 들려준 반면에 파르메텔라에게는 두 개의 횃불을 주고 우물 가장자리에 앉게 했습니다. 졸다가 우물 속으로 떨어지게 만들려는 속셈이었지요.

음식들이 들고 나고 포도주가 돌면서 흥이 오르기 시작했습니다. 신부와 파르메텔라 사이에 앉아 있던 천둥번개가 파르메텔라에게 말했습니다. "어이 배신자야, 나를 사랑하니?" 그러자 파르메텔라가 대답했습니다. "하늘만큼 땅만큼 사랑해요." 그가 말했습니다. "나를 사랑한다면 키스해줘." 그러자 파르메텔라가 대답했습니다. "에구머니! 그건 안 되죠! 그 좋은 것들은 신부를 위해 남겨둬야죠. 건강하게 아들딸 많이 낳고 백년해로하시길!" 이번에는 새신부가 말했습니다. "내가 백 년을 산다고 해도 당신이 세상에서 가장 딱한 사람이라는 생각에는 변함이 없을 거야. 이렇게 잘생긴 청년에게 키스하는 걸 거절하다니. 나는 말이야, 밤알 두 개만 받고도 목동에게 키스를 허락했거든." 이 말을 들은 신랑은 분노로 두꺼비처럼 부풀어 올랐고, 음식이 목구멍에 걸렸습니다. 그러나 그녀에 대해선 나중에 대가를 치르게 하기로 마음먹고서 화를 꾹 참았습니다. 음식상이 치워지고 어머니와 누이들이 잠을 자러 가자, 그와 새색시와 파르메텔라 이렇게 셋만 남았습니다. 그는 파르메텔라에게 자기 신발을 벗기게 하고 신부에게 말했습니다. "여보, 이 까칠한 여자가 나한테 키스하기를 거절하는 거 봤지?" 그러자 신부가 대답했습니다. "이 여자가 틀린 거예요. 당신처럼 잘생긴 남자에게 키스를 안 하다니. 나는 밤 두 알을 받고 목동에게 키스를 허락했는데."

천둥번개는 더는 참을 수 없어서 경멸의 번개처럼 칼을 뽑아 들고는 전광석화처럼 신부의 목을 벴습니다. 그리고 지하실에 구덩이를 파 그녀를 묻었습니다. 그런 후 그는 파르메텔라를 껴안고 말했습니다. "당신은 나의 기쁨이고, 여자 중에서도 최고의 꽃이고, 정숙한 여인의 거울이야. 그러니 나를 바라보고 내 손을 잡아. 내게 입술을 주고 나와 심장을 맞대. 이 세상이 존재하는 한 나는 당신의 남자니까." 그는 이렇게 말하면서 그녀를 데리고 침실로 향했습니다. 그리고 태양이 물의 마구간에서 불의 말들을 풀어 새벽이 씨를 뿌린 들판으로 풀을 뜯으러 보낼 때까지 두 사람은 즐거운 시간을 보냈습니다. 오그레스가 신혼부부를 격려할 생각으로 신선한 달걀을 가지고 와서 이렇게 말했습니다. "결혼으로 맺어져 내 며느리가 된 인연을 축하한다." 그런데 아들의 팔에 안겨 있는 여자가 파르메텔라임을 알게 된 그녀는 자초지종을 들은 뒤 서둘러 동생의 집으로 달려갔습니다. 동생과 작당해 아들의 도움 없이 눈엣가시를 없애버릴 생각을 하면서 말입니다. 그런데 동생의 집에 도착해 보니, 딸아이가 오븐 속에서 구워진 일로 슬퍼하던 동생이 역시 오븐 속에 스스로 몸을 던진 후였습니다. 살이 타는 냄새가 주변에 진동했습니다. 이 오싹한 광경을 본 오그레스는 정신이 나가서 통곡하고 한탄하다가 너무도 절망스러워서 숫양으로 변했습니다. 그러고는 집을 빙빙 돌면서 머리를 벽에 찧어댔고, 결국엔 머리가 깨지고 뇌가 흩뿌려졌습니다. 천둥번개는 시누이들과 파르메텔라를 화해시켰고, 모두가 함께 행복하고 흡족하게 살았습니다. 다음과 같은 말이 진리임을 입증하면서 말이지요.

"굳건히 버티는 자가 승리한다."

다섯 번째 여흥

해와 달과 탈리아

작은 아마 조각 때문에 죽은 탈리아가 어느 궁전에 남겨지는데, 이곳을
지나가던 왕이 그녀를 발견하고 두 아이를 임신시킨다. 두 아이는 질투
심 강한 왕비에게 맡겨지는데, 그녀는 아이들을 요리로 만들어 아버지
에게 주고 탈리아는 불태우라고 명령한다. 요리사는 아이들을 구해주
고, 탈리아는 왕에 의해 풀려난다. 왕은 탈리아를 죽일 목적으로 준비된
불 속에 왕비를 집어 던진다.

그 오그레스의 이야기는 약간의 연민을 자아낼 여지가 있었
으나 그래도 즐겁기만 했다. 모두가 파르메텔라에게 예상보다
더 좋은 일이 생긴 것에 행복해했기 때문이다. 다음 순서는 포파
였고, 이미 만반의 준비를 하고 있던 그녀가 이야기를 시작했다.

잔인한 사람에게는 그 잔인함이 자신을 처형하는 집행관이

되고 하늘을 향해 침을 뱉으면 그 침이 자신의 얼굴에 떨어진다는 것은 누구나 경험으로 알 수 있지요. 반대로 무화과나무의 새싹처럼 순진무구한 사람이 쉽게 꺾이기도 합니다. 그리고 잔인한 칼끝이 몸속에 남아 있어서, 죽었다고 여겨져 매장되었던 불쌍한 사람이 자신의 몸과 피 그대로 되살아나는 경우도 있습니다. 여러분에게 이런 예를 보여드리기 위해 지금부터 저의 혀끝으로 기억의 상자에서 이야기를 꺼내겠습니다.

옛날에 위대한 왕이 있었는데, 탈리아라는 딸이 태어나자 왕국에 있는 현자와 점쟁이들을 모두 불러 딸의 운명을 예언하게 했습니다. 그들은 많은 모임을 가진 후, 탈리아가 작은 아마 조각 때문에 큰 곤경에 처할 거라고 결론 내렸습니다. 왕은 그 재앙을 피하기 위해 금지령을 내렸으니, 이제 아마든 삼이든 그와 비슷한 것들은 절대 왕궁으로 들여올 수 없었습니다.

젊고 아름다운 여인으로 성장한 탈리아는 어느 날 창밖을 내다보다가 그곳을 지나가는 실 잣는 노파를 보았습니다. 실톳대와 물렛가락 같은 것을 본 적이 없던 탈리아는 무척 재미있어하고 신기해하면서 노파를 안으로 올라오게 했습니다. 그리고 실톳대를 잡고서 실을 잣기 시작했지요. 그런데 실수로 작은 아마 조각이 그녀의 손톱 밑에 들어가는 바람에 그녀는 숨을 거두고 쓰러졌습니다. 이 모습을 본 노파는 냅다 도망쳐, 나이에도 불구하고 계단을 뛰어 내려갔습니다.

사고 소식을 접한 불운한 아버지는 눈물 한 통을 쓰디쓴 포도주 들통에 섞어 마신 후에 죽은 딸을 시골의 한 궁전에 안치했습니다. 그러고는 문을 닫아버리고 너무도 큰 슬픔의 원천인 그 궁전을 영원히 버려둠으로써 그 불행한 기억을 완전히 잊고자 했지요.

한참이 지난 후, 사냥 나온 어느 왕이 매 한 마리를 잃어버렸는데, 알고 보니 그 궁전의 한 창문으로 날아 들어간 것이었습니다. 매를 불러도 돌아오지 않자 왕은 안에 사람들이 있을 것으로 생각하고 궁전의 문을 두드렸습니다. 한참을 두드린 후에 왕은 궁전 안에 무엇이 있는지 직접 살펴보고자 신하들에게 포도 수확용 사다리를 가져오게 했습니다. 왕이 사다리를 타고 안으로 들어가 샅샅이 뒤졌으나 사람의 그림자라고는 발견할 수 없었습니다. 마침내 탈리아가 마술에 걸린 것처럼 앉아 있는 방에 도착한 왕은 여자가 잠들어 있다고 생각했습니다. 그래서 불러보기도 하고 소리를 질러보기도 했으나, 아무리 해도 그녀는 깨어나지 않았습니다. 그런데 그녀의 아름다움에 그만 몸이 달아오른 왕은 그녀를 안고 침대로 가서 사랑의 열매를 수확했지요. 왕은 탈리아를 침대에 둔 채 자신의 왕국으로 돌아갔고, 오랫동안 그 일을 까맣게 잊고 지냈습니다. 그로부터 아홉 달이 지나서 탈리아는 두 개의 진기한 보석 같은 아들과 딸을 출산했습니다. 그 궁전에 나타난 두 요정이 아기들에게 엄마의 젖을 물려주곤 했습니다. 그러던 어느 날, 젖을 먹으려던 아기들이 젖꼭지를 찾지 못해 탈리아의 손가락을 한참 동안 빨아댔고, 그 덕에 그녀의 손톱 밑에 박혀 있던 아마 조각이 빠져나왔습니다. 긴 잠에서 깬 듯한 기분을 느낀 탈리아는 곁에 있는 두 개의 보석을 발견하고는

젖을 물리고 자신의 목숨처럼 소중히 안아주었습니다. 탈리아는 자신에게 무슨 일이 벌어졌는지, 어쩌다가 자기가 두 아기와 함께 홀로 궁전에 남아 있는 것인지, 또 먹을 것을 가져다주는 보이지 않는 이들이 누구인지 알지 못했습니다.

한편 탈리아를 기억해낸 왕은 사냥을 간다는 구실로 그 궁전에 들렀고, 깨어난 탈리아와 예쁜 두 아기까지 발견하고는 크게 기뻐했습니다. 그는 탈리아에게 자신이 누구이고 어떻게 그녀를 발견했는지, 그리고 무슨 일이 있었는지를 말해주었습니다. 두 사람은 친구가 되어 돈독한 우정으로 맺어졌고, 며칠 동안 함께 머물렀던 왕은 다시 돌아와 그녀를 데려가겠다는 약속을 남기고 떠났습니다. 왕국으로 돌아온 왕은 시도 때도 없이 탈리아와 아기들 얘기를 했고, 심지어 음식을 먹을 때도 탈리아와 해와 달(그가 아기들에게 지어준 이름이 이러했지요)을 입에 달고 있었답니다. 잠자리에 들어서도 그들의 이름을 불렀고요. 사냥 나갔던 왕이 예정보다 늦게 돌아왔을 때부터 조금 의심을 품었던 왕비는 쉴 새 없는 탈리아, 해, 달 타령에 그만 햇빛이 아닌 다른 것에 의해 확 타올랐습니다. 그래서 시종을 불러 이렇게 말했습니다. "잘 들어라. 너는 지금 스킬라와 카리브디스* 사이에 있고, 문설주와 문 사이에 있고, 곤봉과 철창 사이에 있다. 네가 전하께서 누구와 사랑에 빠졌는지 솔직히 고한다면 너를 부자로 만들어주겠다. 그러나 네가 사실을 숨긴다면, 너를 산 것도 아니고 죽은 것도 아

---

* 스킬라와 카리브디스는 그리스 신화에 나오는 괴물이다.

닌 상태로 만들어주겠다." 시종은 잔뜩 겁을 먹었고, 그의 탐욕은 공포보다 더 강했습니다. 그래서 그는 명예에 눈을 감고 정의를 덮어버리고 믿음을 저버리고서 모든 것을 일러바쳤습니다. 왕비는 시종을 탈리아에게 보내 왕명이라며 왕이 아이들을 보고 싶어 한다고 전했습니다. 탈리아는 무척 기뻐하면서 시종에게 아이들을 딸려 보냈습니다. 메데이아*의 심장을 지닌 왕비는 요리사에게 아이들의 목을 베고 그 인육으로 맛있는 다양한 요리를 만들어 가여운 왕의 식탁에 올리라고 지시했습니다. 그러나 착한 성품의 요리사는 두 개의 아름다운 황금 사과 같은 아이들을 자기 아내에게 맡겨 숨기게 했고, 그 대신에 새끼 염소를 가지고 백 가지 다양한 소스를 가미해 요리를 만들었습니다. 왕이 돌아오자 왕비는 입맛을 다시면서 그 요리를 내오라고 했지요. 왕 또한 기분 좋게 먹으면서 감탄했습니다. "기막히게 맛있군! 내 조상님을 걸고 말하는데, 진짜 맛있어!" 그러자 왕비는 거듭 이렇게 말했습니다. "실컷 드셔요. 전하의 것을 드시고 있는 거니까요." 왕은 왕비의 이 말을 두세 번까지는 그냥 넘겼으나, 이 말이 계속 반복되자 결국 이렇게 말했습니다. "내 것을 먹고 있는 거 알아. 당신이 이 왕궁에 올 때 뭐 하나 가져온 게 없으니까!" 홧김에 벌떡 일어난 왕은 화를 풀기 위해 가까운 교외로 나갔습니다.

한번 저지른 악행으로는 성이 차지 않았던 왕비는 다시 탈리아의 궁전에 시종을 보내, 왕이 그녀를 몹시 그리워하면서 기다

• 그리스 신화에 나오는 마녀.

리고 있다고 전하게 했습니다. 이 전갈을 받자마자 탈리아는 자신의 빛을 보고 싶은 마음에 지체 없이 떠났습니다. 자신을 기다리고 있는 것이 불이라는 걸 모르는 채 말이지요. 그녀가 나타나자 왕비는 네로처럼 격노한 납빛 얼굴로 말했습니다. "어서 오너라, 이 창녀야! 네년이 바로 전하와 놀아난 쓰레기고 잡것이로구나! 네가 내 머리가 돌아버리게 만든 그 더러운 년이로구나! 오냐, 지옥에 잘 왔다. 네년이 내게 준 고통을 그대로 갚아주마!" 이 말을 들은 탈리아는 그것은 자기 잘못이 아니라고, 자신이 잠자는 주문에 걸려 있는 동안 왕이 자신의 궁전에 무단으로 들어온 것이라고 말하며 용서를 구했습니다. 그러나 변명을 들어줄 의향이 없었던 왕비는 궁전 뜰에 큰 불을 지피게 한 뒤 탈리아를 그 불 속에 집어 던지라고 명했습니다. 상황이 나빠지는 것을 본 탈리아는 여왕 앞에 무릎을 꿇고서 입고 있는 옷이라도 벗게 시간을 달라고 애원했습니다. 왕비는 불쌍한 탈리아에게 연민을 느껴서가 아니라 금과 진주로 수놓은 옷이 탐나서 말했습니다. "옷을 벗어라. 허락하겠다." 탈리아는 옷을 벗기 시작했고, 옷을 하나 벗을 때마다 비명을 질렀습니다. 치마와 재킷을 벗었고, 페티코트를 벗으려는 순간 마지막 비명을 질렀지요. 그러고는 카론*의 궁둥이를 덥혀주는 군불 신세가 되려고 신하들에게 질질 끌려갔습니다. 바로 그 순간 왕이 달려와 그 광경을 보고는 자초지종을 낱낱이 고하라고 명했습니다. 이어서 왕이 아이들에 대해 묻자, 왕

• 그리스 신화에 나오는, 망자를 저승으로 데려다준다는 뱃사공.

비는 자신을 배반했다며 왕을 비난했고 왕이 어떻게 자기 자식들을 먹었는지 말했습니다. 불행한 왕은 이 말을 듣고 절망에 사로잡혀 울부짖었습니다. "내가 내 새끼들을 먹어치운 늑대인간이로구나! 아, 어떻게 자기 핏줄도 몰라봤을까? 너, 반역자 터키년, 대체 무슨 흉악한 짓을 한 거냐? 썩 꺼져라, 네가 브로콜리 밭의 퇴비로 인생의 종지부를 찍으려 하는구나. 아니, 나는 이 폭군의 얼굴을 콜로세움으로 보내 속죄할 기회를 주지 않겠다!" 왕은 탈리아를 불태우기 위해 피워놓은 불 속에 왕비를 던져버리라고 명령했습니다. 그리고 이 참혹한 게임의 도구이자 사악한 계획의 창안자였던 시종도 함께요. 또한 요리사가 아이들을 토막 냈다고 생각해 요리사까지 불에 던지려 했는데, 요리사가 왕의 발 아래 몸을 던지고 말했습니다. "전하, 사실 소인은 전하를 위해서 석탄으로 가득한 용광로보다는 상을 받아 마땅한 일을 했사옵니다. 제게는 항문에 막대기를 꽂는 형벌보다는 장려금이, 불 속에서 그을리고 오그라드는 것보다는 여흥이, 왕비의 재와 요리사의 재를 섞는 것보다는 더 나은 이득이 있어야 합니다. 전하의 자식들을 죽여 전하의 옥체 일부를 다른 옥체로 대신 채우려 했던 몹쓸 개의 겁박에도 불구하고 제가 왕자님과 공주님을 구한 것에 대한 대가로서 그리 대단한 건 아닐 겁니다." 이 말을 들은 왕은 꿈을 꾸고 있다고 생각했고, 자신의 귀를 의심했습니다. 이윽고 왕이 요리사에게 말했습니다. "네가 내 자식들을 구했다는 것이 사실이라면 너는 쇠꼬챙이를 돌리는 일에서 해방될 것이다. 그리고 내 너를 내 마음의 수라간에 있게 하여 내가 원하는 것을 네 마음대로 돌리고 비틀게 할 것이다. 그리고 네가 세상에서 가장 행복한 사람임을 자처할 수 있을 정도로 네게 큰 상을 내리겠다!" 왕이 이렇게 말하는 동안, 남편을 위해 나설 적당한 시기를 기다리고 있던 요리사의 아내가 해와 달을 데리고 왕 앞으로 나아갔습니다. 왕은 탈리아와 아이들과 신나게 장난을 치면서 세 사람에게 번갈아 키스를 퍼부었습니다. 그리고 요리사에게 큰 상과 함께 시종의 직위를 내렸습니다. 탈리아는 남편과 아이들과 함께 오래오래 행복하게 살았답니다. 결국 그녀의 시련은 이런 말을 입증한 셈입니다.

"행운아에게는 그들이 잠들어 있을 때조차 축복이 내린다."

여섯 번째 여흥

지혜로운 여인 사피아

남작부인의 딸 사피아는 알파벳도 모르던 카를루초 왕자를 현명한 남자
로 만든다. 한편 카를루초는 사피아에게 뺨을 맞은 일에 대해 복수할 생
각으로 그녀와 결혼한다. 여러 시련을 겪는 중에 그는 자기도 모르는 상
황에서 세 아이의 아버지가 되고, 나중에 사피아와 화해한다.

왕자와 왕자비는 탈리아의 행복한 결말을 듣고 크게 기뻐했
다. 태풍의 한복판에서 탈리아가 안전한 항구를 찾아내리라고는
전혀 예상치 못했기 때문이었다. 이어서 준비하고 있던 안토넬
라가 이야기를 시작했다.

세상에는 세 종류의 바보가 있는데, 누가 더 멍청한지는 막상
막하입니다. 알지 못하는 자, 알려고 하지 않는 자, 자기가 안다
고 생각하는 자, 이렇게 세 종류이지요. 제가 이제 얘기하려는 바

보는 두 번째 부류에 속하는 바보입니다. 알려고 하지 않을뿐더러, 자신을 가르치려 하는 사람들을 증오하고 현대의 네로처럼 그들의 생계 수단까지 끊어버리려 하니까요.

옛날에 카스티엘로-키우소('닫힌 성')의 왕이 있었는데, 그의 아들은 알파벳을 모를뿐더러 누군가가 읽기와 배움에 관해 말만 꺼내도 불같이 화를 내는 바보였습니다. 그를 가르치려고 소리를 지르고 때리고 겁을 줘도 소용이 없었습니다. 부왕은 분노로 두꺼비처럼 부풀어 올랐습니다. 맘루크*의 손에 왕국을 넘겨주지 않으려면 아들이 아둔함에서 벗어나야 하는데, 어찌해야 할지 방법을 알 수가 없었습니다. 무지와 통치는 융화될 수 없는 법이거든요. 같은 시기에 첸차 남작부인의 딸은 십삼 년간 쌓아온 큰 지식 덕분에 '지혜로운 여인', 즉 사피아라는 이름을 얻었습니다. 남작부인의 품성이 뛰어나다는 소문이 왕의 귀에까지 들어왔고, 왕은 왕자를 그 남작부인에게 맡겨서 사피아로 하여금 왕자를 가르치게 한다는 생각을 했습니다. 사피아와의 교제와 경쟁이 긍정적인 효과를 가져오리라고 생각한 거지요. 그래서 왕자는 남작부인의 집으로 보내졌고, 사피아는 그에게 십자가의 의미부터 가르치기 시작했습니다. 그런데 왕자가 그 아름다운 말들에 대해 나 몰라라 하고 좋은 충고마저 한 귀로 듣고 한 귀로 흘려버리자, 사피아는 도저히 참을 수가 없어서 왕자의 뺨을 호

---

* 중세 때의 이슬람 군대를 가리킨다. 노예로 구성된 이 군대는 많은 승리를 이끌었고, 폭력을 통치의 수단으로 삼곤 했다.

되게 후려쳤습니다. 왕자인 카를루초는 이 따귀에 큰 모멸감을 느낀 나머지, 지금까지 그녀가 격려와 친절로 권해도 거절했던 것을 치욕과 앙심 때문에 받아들이기 시작했습니다. 그 결과 불과 몇 달 만에 그는 읽는 법을 배웠을 뿐 아니라 문법 공부에서도 일취월장했습니다. 부왕은 너무도 기뻐서 하늘을 걷는 기분이었고, 왕자를 남작부인의 집에서 데려와 이번에는 좀 더 중요한 공부를 시켰습니다. 마침내 왕자는 왕국 전체에서 가장 총명하고 박학다식한 사람이 되었습니다. 그러나 사피아에게 따귀를 맞은 일은 그의 뇌리에 강하게 남아 있어서, 그가 깨어 있을 때는 그일이 눈에 선하고 잘 때는 꿈에 나올 정도였습니다. 그는 죽거나 복수하거나 둘 중 하나를 선택하겠다고 결심했습니다.

그동안 사피아는 결혼 적령기에 이르렀고, 복수의 기회를 엿보던 왕자는 아버지에게 이렇게 말했습니다. "저를 낳아주신 아버님의 은혜가 하늘과 같사옵니다. 그런데 제게 훌륭한 삶을 준 사피아에게도 그런 은혜를 입었으나, 그 큰 빚을 어떻게 갚아야 할지 몰랐습니다. 허락해주신다면 사피아를 아내로 맞고 싶습니다. 그렇게 한다면 아버님은 저를 위한 빈틈없는 후견인을 한 명 두시는 셈입니다." 왕은 아들의 결심을 듣고 이렇게 대답했습니다. "사피아의 신분이 너와 어울리진 않으나 그녀의 미덕은 왕족의 일원이 되기에 부족함이 없으니 혼사를 결정해도 좋겠구나. 그래서 네가 행복하다면 이 아비 또한 좋은 보답을 받은 것이다." 남작부인이 왕명을 받고 왕궁에 들어오자, 카를루초는 그녀와 결혼에 대해 상의하고 왕자에게 걸맞은 축연을 베풀었습니다. 그 후 왕자는 왕에게 왕자비와 함께 머물 수 있는 독립된 공간을 마련해달라고 부탁했습니다. 아들의 행복을 중시한 왕은 따로 호화로운 왕궁을 준비해주었습니다. 그곳으로 사피아를 데려간 카를루초는 어느 방에 그녀를 가두고는 먹을 것은 물론 마실 것도 거의 주지 않았습니다. 무엇보다 그는 그녀의 은혜에 보답하기를 거부했고, 세상에서 가장 비참한 신세가 된 사피아는 그 궁에 들어서는 순간부터 시작된 이 학대의 이유가 무엇인지 이해할 수가 없었습니다. 어느 날 사피아가 보고 싶어진 왕자는 그녀의 방을 찾아가 어떻게 지내는지 물었습니다. "저의 배에 손을 대보시면 제가 지금 어떤 상태인지 아실 거예요. 저는 이렇게 개처럼 취급받을 만한 어떤 짓도 하지 않았어요. 저를 이렇게 노예보다도 못한 신세로 만들 거면서 저와 결혼하겠다고 한 이유가 뭔가요?" "모욕한 자는 그것을 허공에 쓰고 모욕을 받은 자는 그것을 대리석에 새긴다는 걸 모르는가? 그대가 내게 읽기를 가르치면서 한 짓을 기억하라. 내가 그대를 아내로 맞은 건 오로지 내가 받은 모욕에 대해 보복하기 위함이라는 걸 알아두길." "그렇다면 저는 씨를 잘 뿌렸으면서도 수확은 잘 못한 셈이군요. 제가 마마의 따귀를 때린 것은 마마께서 바보였기 때문이고, 그리함으로써 마마를 깨우칠 수 있다고 생각했기 때문입니다. 마마를 사랑하는 사람은 마마를 울게 만들고, 마마를 사랑하지 않는 사람은 마마를 웃게 만든다는 걸 아소서." 지금까지 과거에 따귀를 맞은 것에 분개하고 있었던 왕자는 이제 자신의 우둔함을 비난하는 말에 격분했습니다. 사피아가 잘못을 뉘우칠 거라고 생각했던 왕자에게 그녀가 싸움닭처럼 맞받아친 것이 상황을 더 악화시켰습니다. 왕자는 그녀를 전보다 더 나쁜 상황에 놔두고 그 자리를 떠나버렸습니다. 그리고 한참이 지난 뒤 다시 그녀의 방을 찾아갔는데 그녀의 태도에 변함이 없자 왕자는 처음보다 훨씬 완고해졌습니다. 그래서 사피아를 끓는 물에 넣은 문어처럼 만들고 흠씬 매질하겠다고 결심했습니다.

한편, 왕이 세상을 떠남으로써 이제 왕자가 왕국의 새 주인으로 등극했습니다. 왕자는 직접 왕권과 재산을 상속받기 위해 부왕의 왕궁으로 행차하기로 마음먹었습니다. 그래서 기마대와 기사들의 행렬을 준비시키고 그들과 함께 출발했습니다. 소문으로 들어 딸의 고단한 삶을 알고 있었던 남작부인은 그 궁지에서 벗어날 신중한 해결책을 모색했습니다. 우선 왕궁 밑으로 지하 터널을 만들어 불쌍한 사피아에게 음식물을 가져다주었습니다. 그리고 왕자의 행차를 며칠 전에 알아낸 남작부인은 화려한 마차와 말을 준비하고 사피아를 완벽하게 차려 입힌 후, 그녀가 다른 여성들과 함께 지름길로 가 왕자 일행보다 하루 앞서 목적지에 도착하게 만들었습니다. 사피아는 왕궁 맞은편 저택에 거처를 정했고, 그녀의 더없이 우아한 자태가 창밖으로 훤히 보였습니다. 왕궁에 도착한 새 왕은 꽃 중의 꽃을 보고 한눈에 반하고 말았습니다. 그리하여 모든 방법을 총동원해 사피아를 손에 넣었고, 임신까지 시켰습니다. 그는 사피아에게 사랑의 증표로 아름다운 목걸이를 선물했습니다. 왕은 왕국의 다른 도시들을 방문하러 떠났고, 사피아는 원래 있던 궁으로 남몰래 돌아왔습니다.

그리고 아홉 달 후에 사랑스러운 아들을 낳았습니다. 왕국의 수도로 돌아온 왕은 사피아가 이미 죽었을 거라 생각하고 그녀의 방을 찾았습니다. 그런데 그녀는 전보다 더 쌩쌩할 뿐 아니라 왕의 얼굴에 다섯 개의 손가락 자국을 남긴 것은 바보를 현자로 만들기 위한 일이었다고 더 완강하게 말하는 것이었습니다. 격분한 왕은 다시금 왕국을 벗어나 또 다른 여정에 올랐고, 사피아는 어머니인 남작부인의 충고에 따라 첫 여정 때와 똑같이 대처해 남편과 즐거움을 나누고 이번에는 보석 달린 모자를 사랑의 증표로 받았습니다. 이번에도 임신을 한 사피아는 왕궁으로 돌아와 예정일에 순산했지요. 이런 과정이 또 한 번 반복되어 세 번째가 되었을 때 왕은 사피아에게 딸을 임신시키고 보석 박힌 황금 팔찌를 선물했습니다. 남작부인은 딸에게 수면제를 먹이고 왕이 여행에서 돌아오는 시기에 맞춰 딸이 죽었다고 소문을 퍼뜨렸습니다. 묘지로 보내진 사피아는 무덤에서 재빨리 탈출해 몸을 숨겼습니다. 왕은 재혼하기로 한 귀부인을 왕궁으로 데려와 성대한 피로연을 열었습니다. 으리으리한 피로연이 한창 무르익을 무렵, 사피아와 보석과도 같은 세 자녀가 본관에 모습을 드러냈습니다. 사피아는 왕의 발아래 몸을 던져, 세 아이는 왕의 혈통이니 부디 죽이지 말아달라고 애원했습니다. 왕은 한참 동안 꿈꾸는 사람처럼 멍하니 서 있었습니다. 마침내 사피아의 지혜가 하늘까지 닿았다는 것과 전혀 예상치 못한 시점에 세 자식을 선물로 받은 것을 깨닫고는 조금씩 마음이 누그러졌습니다. 그래서 재혼하기로 했던 귀부인은 자신의 동생과 결혼시키고, 그들에게 왕국의 일부를 주었습니다. 그리고 사피아를 왕비로 맞으니, 모든 이가 이런 말을 실감했습니다.

"지혜로운 사람은 별을 지배한다."

다섯 아들

파초네는 무슨 일이든 배우라고 다섯 아들을 세상에 내보내고, 그들은 각자 나름의 경험을 쌓고 고향으로 돌아온다. 그들은 오그르에게 납치된 공주를 구하러 가는데, 여러 모험 끝에 공주와 함께 돌아오지만 가장 큰 공을 세워 공주와 결혼할 사람이 누구인지에 대해 논쟁이 벌어진다. 그러자 왕은 모든 가지가 뻗어 나온 근원이라며 오형제의 아버지를 공주와 결혼시킨다.

안토넬라의 이야기가 끝나자 다음 차례는 출라였다. 의자에 앉아 편안한 자세를 취한 출라는 주위를 한번 둘러본 뒤 우아하게 이야기를 시작했다.

난롯가에 앉아 있기를 좋아하는 사람들은 우매하고 부주의한 경향이 있지요. 걷기를 좋아하지 않으면 볼 수 있는 것이 없습니다. 볼 수 없다면 배울 수 없지요. 배울 수 없다면 길을 잃어버립니다. 연습은 의사를 만들고, 침대를 박차고 나와야 깨어 있을 수 있습니다. 지금부터 그런 교훈이 담긴 왕족의 시련에 대해 이야기해보겠습니다.

옛날에 다섯 아들을 둔 파초네라는 훌륭한 남자가 있었습니다. 그런데 다섯 아들은 너무도 서툴러서 잘하는 일이 없었습니다. 그래서 불쌍한 아버지는 더는 아들들을 부양할 수 없었고, 어느 날 골치 아픈 문제를 해결하기 위하여 다섯 아들을 불러 말했습니다. "얘들아, 내가 너희를 얼마나 사랑하는지는 하늘이 안다. 너희는 나한테서 태어난 자식들이지만 이 아비는 이제 늙었단다. 그래서 일을 거의 하지 못하고, 먹성 좋은 너희를 더는 예전처럼 먹여 살릴 수가 없구나. 모두 스스로 최선을 다하고 나머지는 하늘에 맡기는 법! 그러니 모두 바깥세상으로 나가 직접 스승을 찾고 무슨 일이든 일하는 방법을 배워라. 그러나 어떤 경우든 일 년 안에 마치고 돌아오너라. 나는 너희가 무엇을 배워 오는지 그 시간에 맞춰 집에서 기다리고 있겠다." 아버지의 이러한 결심을 들은 자식들은 갈아입을 옷만 챙겨서 각자 자신의 운명을 찾아 길을 떠났습니다. 그리고 그해가 끝나갈 무렵, 약속대로 모두가 아버지의 집에서 다시 만났습니다. 서로 부둥켜안고 반가움을 나눈 후에 아버지는 곧 자식들을 위해 식탁을 차렸습니다. 모두가 게걸스럽게 먹고 있는데 새의 울음소리가 들렸고, 오형제 중 막내가 그 소리가 나는 곳으로 나가봤습니다. 막내가 다시 들어왔을 때, 식사는 끝나고 아버지 파초네가 아들들에게 이렇게 묻고 있었습니다. "자, 너희가 배워 온 것이 뭔지 한번 들어보자 꾸나." 그러자 장남인 루초가 말했습니다. "저는 훔치는 기술을 배웠어요. 그래서 음흉한 놈들의 우두머리이자 절도술의 대가가 되었을 뿐 아니라 건달 협회의 임원이 되었어요. 어디 가서도 그런 사람들 찾기 힘들죠. 외투를 슬며시 잡아 빼서 착착 접는 기술이나 세탁물을 싸서 가져가는 기술은 저를 따라올 자가 없어요. 호주머니 털기, 가게 싹쓸이, 소매치기, 금고털이까지 제가 한번 떴다 하면 귀신같은 손재주를 보여주죠." 그러자 아버지가 대답했습니다. "야, 거참 대단하구나. 장사꾼처럼 카드 게임을 하는 걸 배웠어. 그놈의 손가락 기술 때문에 채찍을 맞고, 열쇠를 돌리다가 갤리선 노예가 되어 노를 젓고, 창문 올라가기를 하다가 교수대에 올라가는 법이지. 아, 슬프구나! 차라리 내가 너한테 물레 돌리는 걸 가르치는 건데. 그랬다면 지금처럼 이 아비가 창자까지 얼어붙어서 공포의 실을 잣지는 않을 텐데 말이다. 금방이라도 네가 종이 모자를 쓰고 법원 한복판에서 채찍을 맞을 것만 같구나. 아니면 네가 금이라고 생각한 것이 금박을 입힌 구리로 밝혀지고 너는 갤리선으로 끌려가겠지. 설령 네가 갤리선에서 탈출한다고 해도 너를 기다리는 건 교수대의 밧줄이고!" 아버지는 이번에는 차남인 티틸로에게 물었습니다. "너는 무엇을 배워 왔는고?" "저는 배 만드는 기술을 배웠어요." "그건 꽤 괜찮은 기술 같구나. 생계를 꾸릴 수 있는 훌륭한 직업이지. 그다음엔 렌초네, 너는 무엇을 배웠느냐?" "저는 쇠뇌를 정확하게 쏠 수 있어서 병아리의 눈알까지 파낼 수 있어요." "흠, 그거 대단하구나. 사냥을 할 수 있으니 적어도 굶어 죽지는 않겠어." 넷째 아들에게도 똑같은 질문을 하자, 기아쿠초가 대답했습니다. "저는 죽은 사람도 살려낼 수 있는 약초를 찾아낼 수 있어요." "착하구나. 이번이 우리가 가난에서 벗어날 수 있는 기회다. 멸망한 도시 카푸아보다 더 오래 살자꾸나." 마지막으로 막내 메네쿠초에게 무엇을 배웠는지 묻자, 막내가 이렇게 대답했습니다. "저는 새들의 말을 알아들을 수 있어요." "그것도 요긴하겠구나. 우리가 식사를 하는 동안 너는 저 참새의 쩍쩍 소리를 들어봐라. 새들의 말을 알아들을 수 있다고 자랑만 하지 말고 저 참새가 뭐라고 하는지 아비한테 말해보렴." "저 새가 그러는데, 아우토골포('높은 만') 왕국의 공주가 오그르한테 납치되어 어느 암초로 잡혀갔대요. 그런데 그 후로 공주의 소식을 전혀 알 수 없어서, 왕이 누구든 공주를 찾아 데려오는 자에게 공주를 시집보내겠다고 공포했대요." 그러자 루초가 큰 소리로 말했습니다. "그게 사실이라면 우리는 부자가 될 거야. 내가 용감하니까 그 오그르한테서 공주를 구해 올 수 있어." 이번엔 오형제의 아버지가 말했습니다. "그렇게 자신 있다면, 당장 왕을 찾아뵙고 그게 사실인지 확인한 후에 공주를 구해 오자꾸나."

모두가 좋다고 동의하자 티틸로가 곧바로 멋진 배를 만들었고, 모두 배에 올라 출발했습니다. 아우토골포에 도착하자 그들은 왕의 앞으로 나아가, 공주를 구해 온 대가에 대한 왕의 약속을 확인받았습니다. 그러고는 그 암초를 찾아 나섰는데, 그들이 그곳에 도착했을 때 운 좋게도 오그르가 일광욕을 즐기며 찬나 공주의 무릎을 베고 잠들어 있었습니다. 배가 다가오는 것을 본 찬나는 너무 기뻐서 벌떡 일어서려고 했으나, 파초네가 가만있으라는 손짓을 보냈습니다. 그들은 찬나의 무릎을 대신해서 큰 돌로 오그르의 머리를 받쳐놓고 공주를 일으켜 배에 태웠습니다. 그리고 노를 젓기 시작했는데, 그리 멀리 가지 않았을 때 오그르가 잠에서 깼습니다. 오그르는 공주를 찾아 두리번거리다가 물가를 내려다보았고, 그녀를 태우고 가는 배를 발견했지요. 그러자 곧 먹구름으로 변신해 배를 쫓아 허공을 질주했습니다. 오그르의 마술을 익히 알고 있었던 찬나 공주는 구름에 숨어서 다가오는 오그르를 알아챘으나 너무도 겁에 질려서 파초네와 그의 아들들에게 그것을 알려주기도 전에 그만 의식을 잃더니 숨을 거두고 말았습니다. 렌초네는 점점 가까이 다가오는 구름을 보고는 쇠뇌를 꺼내 들었습니다. 그리고 오그르의 눈알을 정확히 맞혔고, 오그르는 큰 고통 속에서 우박처럼 떨어지더니 쿵하고 땅에 부딪혔습니다. 모두가 깜짝 놀라서 구름을 뚫어지게 쳐다보다가 찬나는 뭘 하고 있는지 보려고 그쪽으로 시선을 돌렸습니다. 그런데 찬나는 사지를 늘어뜨리고 죽어 있었지요. 이 모습을 본 파초네는 수염을 잡아 뜯으며 울먹이기 시작했습니다. "우린 이제 돈과 잠을 잃었구나. 노력은 헛수고가 되고 희망은 수포로 돌아갔어. 공주가 저세상으로 갔으니 우리는 굶어 죽겠구나. 공주가 잘 자라는 밤 인사를 했으니 우리는 영원히 자게 생겼구나. 공주가 생명줄을 잘랐으니 우리는 희망의 줄을 자르게 생겼어. 확실한 건 불쌍한 사람의 계획은 절대 성공하지 못한다는 거야. 쉽게 증명되는 건 불운하게 태어난 사람은 불행하게 죽는다는 거야. 그렇고말고. 공주를 구해 아우토골포에 돌아가면 그녀를 아내로 맞고 왕의 찬사를 받으며 권력을 쥐는 건데, 지금 우리는 죽은 목숨이로구나."

아버지의 넋두리와 만가를 듣고 있던 기아쿠초는 그것이 너무 길다고 생각했습니다. 게다가 아버지 파초네가 고통의 류트 연주에 맞춰 만가를 계속 이어갈 듯하자 기아쿠초가 말했습니다. "아버지, 잠시만요. 아우토골포에 돌아가면 예상보다 큰 행복과 만족이 기다리고 있을 거예요." "터키 황제는 만족하겠지! 찬나의 시체를 왕 앞에 가져가 봐라. 왕이 우리를 위해 셈을 치러주겠지만, 그건 돈이 아닐 게다. 혹자는 얼굴에 미소를 머금고 죽는다지만, 우린 얼굴에 비명을 새기고 죽을 거야." "쉿! 대체 정신이 있으신 거예요? 제가 무엇을 배웠는지 말씀드렸잖아요. 우선 아우토골포에 도착하면 생각해둔 약초를 찾아낼 거고, 그다음엔 어마어마한 일이 벌어질 테니 두고 보시라고요." 이 말에 용기를 낸 아버지는 기아쿠초를 껴안고는 희망을 끌고 가듯 힘차게 노를 젓기 시작했고, 얼마 후 그들은 아우토골포 해변에 도착했지요. 기아쿠초는 배에서 내려 약초를 찾아낸 후에 재빨리 돌아왔습니다. 그가 약초의 즙을 내서 찬나의 입에 넣어주자, 그녀는 개의 동굴에 있다가 아냐노 호수에 던져진 개구리*

• 개의 동굴은 나폴리 인근에 있는, 탄산가스가 가득 찬 동굴이다. 이곳에 동물을 집어넣어 의식을 잃게 한 뒤에 근처의 아냐노 호수에 던져 살아나는지 실험하곤 했다고 한다.

처럼 금세 살아났습니다. 그들은 크게 기뻐하며 왕궁으로 향했고, 왕은 공주를 연신 부둥켜안고 입을 맞추면서 그녀를 구해 온 사람들에게 고마움을 표했습니다. 그러나 그들이 약속을 이행해달라고 청하자 왕이 말했습니다. "찬나를 누구와 결혼시켜야 할꼬? 밤 케이크가 아니니 잘라서 나눠 줄 수도 없는 노릇이고. 케이크의 콩을 먹을 사람은 딱 한 명, 나머지는 이쑤시개를 하나씩 가져가는 수밖에." 그러자 똑똑한 장남이 말했습니다. "전하, 보상은 각자의 노력에 맞게 돌아가야 합니다. 매력적인 공주님을 얻을 자격이 누구에게 있는지, 전하께서 판단해주시옵소서." "너는 전사 롤랑처럼 말하는구나. 그렇다면 너희가 한 일을 말해보거라. 그래야 내가 부정하지 않고 공평하게 판단할 수 있을 테니까." 형제들이 각자 한 일을 말하자 왕이 파초네를 보며 말했습니다. "자네는 이번 일에서 어떤 역할을 했는가?" "소인이 생각하기에는 큰 역할을 했다고 봅니다. 아들들을 키우고 강하게 교육시켜 각자 기술을 익히게 했습니다. 소인이 그렇게 하지 않았다면 이 아이들은 지금의 아름다운 과일이 아니라 그저 빈 바구니에 불과했을 것이옵니다." 이쪽저쪽의 말을 들어보고 어떻게 해야 합당한지 이리저리 곰곰이 생각해보던 왕은 마침내 찬나가 파초네의 아내가 되어야 한다고 결론 내렸습니다. 파초네가 공주의 구출을 가져온 원뿌리라면서요. 왕명이 내려지고 그대로 시행되었으니, 아들들은 각자 생계를 꾸리기에 넉넉한 돈을 받았고, 그들의 아버지는 행복에 겨워 열여섯 살 소년으로 돌아간 것 같았습니다. 그러고 보니 파초네에게는 이런 속담이 딱 어울립니다.

　"둘이 싸우면 제삼자가 이득을 본다."

여덟 번째 여흥

넨닐로와 넨넬라

전처와의 사이에 두 남매를 둔 얀누초는 재혼을 하지만, 계모가 두 아이를 몹시 싫어한다. 그래서 얀누초는 아이들을 데리고 숲으로 가고, 그곳에서 남매는 서로 헤어진다. 그 후 넨닐로는 어느 왕자의 신뢰받는 조신이 되고, 넨넬라는 바다에 나갔다가 마법에 걸린 물고기의 배 속으로 들어간다. 넨넬라는 물고기와 함께 바위섬에 닿았는데, 이곳에서 오빠와 재회하고 부유한 왕자와 결혼하게 된다.

출라가 이야기를 끝내자, 다음 경주에 나설 준비를 마친 파올라가 목청을 가다듬고 손수건으로 입을 훔치더니 다음과 같이 이야기를 시작했다.

전처소생들을 계모가 잘 보살펴주기를 바라는 남자는 불행합니다. 그는 집에 파멸의 기계를 들여놓는 셈이지요. 다른 여자의 자식에게 친절한 눈길을 주는 계모가 있을 리 없기 때문입니다. 설령 어쩌다가 그런 사람을 만난다고 해도, 속속들이 뒤집어 보지 않으면 그것이 흰 까마귀인지 아닌지 확신할 수 없는 법입니다. 여러분이 많이 들어봤음 직한 파렴치한 계모 이야기를 해보겠습니다. 여러분도 아마 이 여자가 벌을 받아 마땅하다고 생각하실 겁니다.

넨닐로와 넨넬라라는 남매를 애지중지하는 얀누초라는 아버지가 살았습니다. 그러나 죽음이 세월이라는 줄톱을 이용해 아내의 영혼이 들어 있는 창살을 부수고 그녀를 데려가 버린 후 얀누초는 추하고 못된 여자와 재혼을 했습니다. 이 가증스러운 여자는 그의 집에 발을 디디기가 무섭게 마구간을 혼자 다 쓰려는 말처럼 굴기 시작했습니다. "내가 다른 여자의 자식들 서캐나 없애주려고 여기 온 줄 알아? 이 코찔찔이 꼬맹이들 뒤치다꺼리나 하라고? 아이고, 이 지옥에 오기 전에 죽어버렸어야 하는 건데. 먹을 건 형편없고, 이 성가신 벌레들 때문에 잠도 못 자! 누가 이런 생활을 견뎌? 내가 여기 마누라로 온 거지 하녀로 왔어? 해결책을 찾아. 이 해충들을 다른 곳으로 옮기지 않으면 내가 떠나겠어. 백 번 창백하게 질리는 것보다 한 번 얼굴 붉히는 게 나을걸. 이번을 마지막으로 이 결혼 문제를 해결하자. 뭔가 대책을 마련하든지 아니면 완전히 끝내버리든지 둘 중 하나야." 이 여자에게 약간의 애정이 생기기 시작한 불쌍한 남편이 말했습니다. "여보, 화내지 마. 당신을 위해서 내일 아침 닭이 울기 전에 당신을 힘들게 만드는 원인을 없앨게." 다음 날 아침, 새벽이 벼룩을 없애려고 붉은 스페인산 이불을 동쪽 창가에 널기 전, 얀누초는 아이들 손을 붙잡고 먹을 것이 가득한 바구니를 옆구리에 낀 채 숲으로 갔습니다. 그들의 그림자를 미루나무와 너도밤나무가 군대처럼 포위했습니다. 얀누초가 말했습니다. "얘들아, 여기 있어야 해. 신나게 먹고 마시렴. 필요한 게 있으면 아빠가 뿌려놓은 이 재의 흔적만 잘 보고 따라오면 돼. 저 재는 미로를 빠져나올 수 있는 실이니까 금방 집에 돌아올 수 있단다." 그는 남매에게 뽀뽀를 하고 울면서 집으로 돌아왔습니다.

그러나 밤의 집행관이 모든 동물들을 소집해놓고 그들에게 필요한 휴식을 위해 자연에 세금을 지불하는 문제를 상의하는 동안, 돌에 부딪치는 강물 소리가 로도몬테마저 무서워 떨게 만들 것 같은 그 으슥한 곳에 있는 게 무서워진 아이들은 재가 뿌려진 작은 오솔길을 소리 없이 걷기 시작했고, 그들이 아주 느린 속도로 집에 도착했을 때는 이미 자정이 돼 있었습니다. 아이들을 본 계모 파스코차는 여자라기보다는 지옥에서 온 복수의 여신처럼 굴었습니다. 하늘에 닿을 듯 비명을 지르는가 하면 발을 구르기도 하고 마구 손뼉을 쳐대기도 했고, 겁먹은 말처럼 콧김을 불어 거칠게 숨을 쉬면서 말했습니다. "이 물건들은 또 뭐야? 이 코찔찔이 꼬맹이들이 어디서 튀어나온 거지? 이 집에서 수은으로도 없앨 수 없는 게 있다니, 말이 돼? 이것들을 계속 여기서 키우고 싶어서 내 심장을 터뜨리겠다는 거야? 당장 이것들을 내 눈앞에서 치워버려. 수탉이 울 때까지, 암탉이 눈물을 흘릴 때까지도 기다릴 생각이 없어! 아니면, 오늘 밤 나랑 자면서 이가 다 뽑힐 테니까 각오해. 그리고 내일 아침에 난 친정으로 갈 거야. 당신은 나랑 살 자격이 없으니까. 내가 아직까지 이 집에 좋은 가구를 들여놓지 않은 건 저 꼬맹이들 똥냄새가 밸까 봐 그랬던 거야. 내가 넉넉한 결혼 지참금을 당신한테 주지 않은 것도 당신이 내 자식이 아닌 저것들의 노예가 될까 봐 그랬던 거고." 이미 배는 떠난 셈이고 불길을 잡기에도 이미 늦어버려서 가엾은 얀누초는 지체 없이 어린 남매를 데리고 숲으로 돌아갔습니다. 그곳에서 이번에도 먹을 것이 담긴 작은 바구니 하나를 아이들에게 주면서 말했습니다. "얘들아, 아내라는 여자가 너희를 이리도 싫어하고 증오하니 어쩌겠니. 그 여자가 집에 들어오고부터 너희를 망치고 이 아빠의 가슴에 못을 박는구나. 그러니까 이 숲에 있어. 인정 많은 나무들이 너희의 천장이 되어 햇빛을 막아줄 거야. 다정한 강이 독을 타지 않은 깨끗한 물로 너희의 목을 축여줄 거야. 친절한 땅은 너희에게 위험하지 않은 침대가 되어줄 거고. 그리고 먹을 것이 다 떨어지면, 이 아빠가 뿌려놓은 저 왕겨를 따라오너라." 그는 아이들이 자신의 눈물과 슬픔을 보지 않게 하려고 고개를 돌렸습니다.

어린 남매는 바구니에 들어 있는 음식을 다 먹자 집에 가려고 했지요. 그런데 불운의 자식인 당나귀가 땅에 뿌려진 왕겨를 다 먹어치우는 바람에 남매는 길을 벗어나 며칠 동안 숲을 헤매며 땅에 떨어진 도토리와 밤을 주워 먹었습니다. 그래도 하늘은 늘 순진한 아이들에게 도움의 손길을 보내나 봅니다. 그 숲에 우연히 한 왕자가 사냥을 하러 왔으니까요. 사냥개들이 짖는 소리에

넨닐로는 너무 무서워서 밑동이 움푹 들어간 나무에 숨었습니다. 반면에 넨넬라는 정신없이 달리기 시작해 얼마 후 숲을 벗어나 해변에 닿았습니다. 그런데 마침 그곳에 배를 대고 땔감을 구하던 해적들에게 납치되고 말았습니다. 해적 우두머리가 그녀를 자기 집으로 데려갔고, 얼마 전에 어린 자식을 저세상으로 떠나보낸 그의 아내는 그녀를 친딸처럼 대해주었습니다. 한편, 개들이 나무에 숨어 있던 넨닐로를 에워싸고 시끄럽게 짖어대는 바람에 왕자는 곧 어떤 상황인지 알게 됐습니다. 사랑스러운 남자아이는 아버지와 어머니가 누구인지 말할 수 없을 정도로 너무 어렸기에 왕자는 아이를 짐말에 태워 왕궁으로 데려갔습니다. 그리고 아이를 정성껏 돌보고 왕궁의 법도를 가르치라고 지시했습니다. 무엇보다 넨닐로는 고기 써는 기술을 배웠는데, 삼사 년이 채 지나지 않아서 그의 솜씨를 따라올 자가 없게 되었습니다.

이번에는 넨넬라가 어떻게 됐는지 알아보도록 하지요. 넨넬라를 데리고 있던 해적은 해상에서 노략질을 해왔기 때문에 언제든 붙잡히면 감옥에 갈 처지였습니다. 그래서 그는 법원 필경사들과 친분을 맺고 그들에게 뇌물을 먹여서, 자신을 체포하려는 수배와 검거의 과정 전반을 미리 알아냈습니다. 그러나 바다에서 저지른 죄는 바다에서 벌을 받게 하는 것이 하늘의 뜻이었나 봅니다. 그가 배를 타고 바다 한복판으로 들어서자마자 돌풍과 높은 파도가 배를 강타했습니다. 배가 뒤집히고 모두가 죽음을 맞았으나, 노략질과 무관했던 넨넬라 혼자만이 그 위험에서 벗어날 수 있었습니다. 그 순간 마법에 걸린 커다란 물고기가 근처에 있다가 동굴 같은 입을 쩍 벌려 넨넬라를 삼켰기 때문입니다. 이렇게 죽는구나 생각했던 넨넬라는 물고기의 배 속에서 놀라운 것들을 발견했습니다. 운치 있는 시골 풍경, 놀랄 만한 정원들, 온갖 편의 시설을 갖춘, 왕에게나 어울리는 저택. 그녀는 그곳에서 공주처럼 지냈습니다. 그러던 어느 날 물고기가 그녀를 입에 물고 어느 모래톱으로 데려갔습니다. 계절은 여름이었고, 습도가 높고 폭염이 절정에 달한 터라 왕자도 시원한 바람을 쐬고자 그 모래톱을 찾아왔습니다. 대규모 연회가 준비되는 동안, 넨닐로는 모래톱의 암반 위에 세워진 궁전의 한 발코니에 나와서 칼을 갈고 있었습니다. 그는 그 일을 사랑했고 명예롭게 생각했지요. 넨넬라는 발코니에 있는 오빠를 발견하고는 물고기의 목구멍을 통해 목멘 소리로 이렇게 외쳤습니다. "오빠, 오빠! 칼이 잘 들고 음식상이 차려져도 나는 오빠가 없으면 이 물고기의 배 속에서 살고 싶지 않아." 넨닐로는 그 목소리에 별 관심을 두지 않았으나, 또 다른 발코니에 나와 있던 왕자는 그쪽을 쳐다보다가 물고기를 발견했습니다. 여자의 목소리가 되풀이해서 들리자 왕자는 신기한 듯 그 물고기를 바라봤습니다. 그는 신하들을 그쪽으로 보내어 물고기를 잡아서 해변으로 끌어낼 방법이 있는지 알아보라고 지시하는 한편, 되풀이되는 "오빠, 오빠" 소리를 듣고는 그곳에 와 있는 사람들에게 일일이 혹시 잃어버린 여동생이 있는지 물었습니다. 넨닐로는 꿈을 꾸듯, 숲속에서 왕자를 만났을 때 여동생과 함께 있었으나 그 후 소식을 알 수 없었다는 것을 기억해냈습니다. 왕자는 그에게 어쩌면 행운이 찾아온 것일 수 있으니 물고기가 있는 쪽으로 가서 무슨 일인지 알아보라고 말했습니다. 넨닐로가 바위 한곳에 머리를 대고 있는 물고기 쪽으로 다가가자, 150센티미터 크기로 벌어진 물고기의 입에서 넨넬라가 빠져나왔습니다. 그녀는 마법사의 주술에 걸린 동물이 원래의 모습으로 돌아온 것처럼 너무도 아름다웠습니다. 왕자가 대체 어떻게 된 일이냐고 묻자, 넨넬라는 아버지의 이름도 집이 어딘지도 기억하지 못했지만 그럼에도 남매에게 닥친 곤경과 계모의 증오심에 대해서 말하기 시작했습니다. 그러자 왕자는 포고령을 내려, 누구든 숲에서 넨닐로와 넨넬라라는 이름의 남매를 잃어버린 사람은 아이들에 관한 희소식이 있을 터이니 왕궁으로 오라고 알렸습니다.

남매가 늑대에게 잡아먹혔다고 생각해 늘 마음이 무겁고 슬펐던 얀누초는 부리나케 왕궁으로 달려가 자기가 그 아이들의 아버지라고 말했습니다. 그가 어쩔 수 없이 남매를 숲으로 데려간 사연을 말하자, 왕자는 칠칠치 못하게 여자한테 꼼짝 못 하고 두 개의 보석 같은 남매를 내다 버리기까지 하는 멍청하고 한심한 인간이라고 무섭게 호통을 쳤습니다. 얀누초의 머리를 부숴버릴 기세로 호되게 꾸지람을 하던 왕자는 이내 남매를 보여줌으로써 이번엔 그를 위로해주었습니다. 아버지는 삼십 분 동안이나 멈추지 않고 남매를 안고 뽀뽀를 했습니다. 왕자는 얀누초를 수수한 외투를 벗고 신사처럼 차려입게 만들고는 그의 아내를 불러들였습니다. 그리고 그녀에게 두 개의 황금 나무와도 같은 남매를 보여주면서 누군가 그들에게 해코지를 하고 그들을 죽음의 위험에 빠뜨린다면 어떻게 해야겠느냐고 물었습니다. 그러자 남매의 계모가 대답했습니다. "저라면 그자를 밀폐된 통에 집어넣고 산 위에서 굴러떨어지게 하겠나이다." "바로 그거로구나! 염소는 자기한테 뿔을 겨누기도 하지. 오냐, 네가 스스로 판결을 내린 셈이다. 이토록 사랑스러운 의붓자식들에게 그렇게 모진 증오심을 보이다니, 그 대가를 치르라." 왕자는 그녀 스스로 판결한 대로 형을 집행하라고 명했습니다. 그리고 봉신 중 하나인 아주 부유한 귀족을 찾아내 넨넬라를 아내로 맞게 하고 넨닐로에게는 또 다른 귀족의 딸을 아내로 맞게 했고, 그들과 얀누초까지 먹고살기에 충분한 수입을 보장해주었습니다. 다시는 누군가의 도움이 필요 없게 말이지요. 한편 통 속에 갇힌 계모는 목숨을 잃었고, 숨이 붙어 있는 동안엔 통의 구멍에 대고 이렇게 소리쳤다고 합니다.

"불행을 자초하는 사람에게는 당연히 불행이 닥치고, 그것을 전부 보상해주는 행운도 찾아온다."

아홉 번째 여흥

세 개의 시트론

아내를 원하지 않았던 첸출로는 리코타 치즈를 자르다가 손가락을 베이고는 치즈와 피가 섞인 것처럼 희고 붉은 피부를 가진 여자와 결혼하고 싶어 한다. 그래서 그런 여자를 찾기 위해 세상을 떠돌다가 세 오그레스의 섬에서 세 개의 시트론*을 얻는다. 시트론 하나를 자르자, 가슴속의 열망과 딱 들어맞는 아름다운 요정이 나타난다. 그러나 이 요정은 노예에게 살해되고, 그는 이 흑인 노예를 대신 취하게 된다. 이 배신이 밝혀지자 노예는 죽음을 맞고, 되살아난 요정은 왕비가 된다.

파올라의 이야기가 청중에게 얼마나 큰 즐거움을 주었는지는 표현할 길이 없다. 그러나 차례를 기다리던 촘메텔라가 왕자의 손짓을 받고 이야기를 시작했다.

---

* 레몬보다 껍질이 두껍고 레몬만큼 시지 않은 감귤류 과일.

세 개의 시트론   613

"알고 있는 것을 다 말하지 말고, 할 수 있는 것을 다 하지 말라." 이것은 어느 현자의 정곡을 찌르는 말입니다. 신중하지 않은 말과 행동은 미지의 위험과 예기치 못한 파멸을 가져오기 때문이지요. 지금부터 제가 하려는 여자 노예(왕자비 마마께 감히 존경을 바치오며)의 이야기처럼 말입니다. 그녀는 할 수 있는 모든 악행을 어느 불쌍한 여인에게 저지름으로써 정작 자신의 실수를 재판해야 하는 입장에 처했을 때 스스로를 변호하지 못한 채, 죄에 합당한 벌을 받아야 한다며 자기 자신을 단죄하게 됩니다.

토레-롱가('높은 탑') 왕국의 왕에겐 자신의 오른쪽 눈처럼 소중한 아들이 있었습니다. 왕으로서는 모든 희망의 토대인 아들에게 훌륭한 배필을 찾아주고 손자도 보고 싶은 마음이 간절했습니다. 그런데 왕자는 너무 냉담하고 무관심해서 결혼 얘기를 꺼낼 때마다 고개를 저었고 결혼을 다른 세상의 일처럼 여겼습니다. 아들이 결혼을 마뜩잖아하고 완강히 거부하는데다 왕의 혈통을 잇는 일까지 대수롭지 않게 여기자, 왕은 손님을 잃은 매춘부보다, 파산한 동업자를 둔 상인보다, 당나귀를 죽게 만든 농부보다 더 큰 분노에 휩싸였습니다. 아버지의 눈물에도 아들의 마음은 움직이지 않았고, 가신들의 탄원에도 그의 냉소는 누그러지지 않았으며, 현자들의 충고에도 그는 요지부동이었습니다. 그를 세상에 있게 해준 부왕의 소원도, 그를 끝으로 왕족의 혈통이 끊길지 모른다는 그 자신과 직결된 문제뿐 아니라 백성의 절박함도 전혀 소용이 없었지요. 오히려 왕자는 늙은 노새처럼 고집스레, 손가락 네 개를 합친 것만큼 두꺼운 낯짝으로 완강히 버티면서 귀를 틀어막고 마음을 닫아버리니, 전쟁이 일어난대도 결심을 바꾸지 않을 것 같았습니다. 그러나 백 년 후는 고사하고 한 시간 후의 일도 모르는 것이 인생사니 "나는 절대 저 길로 가지 않을 거야"라고 말해서는 안 되는 법이지요. 어느 날 모두가 식탁에 앉아 있을 때였습니다. 리코타 치즈를 반으로 자르려던 왕자는 날아다니는 까마귀에 정신이 팔려서 그만 손가락 하나를 베었습니다. 두 개의 핏방울이 치즈에 떨어졌고, 그 결과 치즈의 색과 핏빛이 섞여서 아주 아름다운 색깔을 만들어냈습니다. 그것이 그를 기다리고 있던 사랑의 벌이었는지, 아니면 거친 망아지 때문에 마음고생을 하고 국사 때문에 고단한 아버지를 위로하려는 하늘의 뜻이었는지는 모르겠으나, 왕자는 피 묻은 리코타 치즈처럼 희고 붉은 피부를 지닌 여인에 대해 환상을 품게 되었습니다. 왕자가 왕에게 말했습니다. "아바마마, 이런 피부의 여자를 만나지 못한다면 저는 끝이옵니다! 어떤 여자도 저의 마음을 움직이지 못했으나, 지금은 저 자신의 피를 닮은 여자를 원하옵니다. 그러니 허락해주소서. 제가 건강하게 살아 있기를 바라신다면, 제가 마음 편히 세상을 떠돌며 이 리코타 치즈처럼 아름다운 여인을 찾을 수 있게 허락해주소서. 아니면 저는 생을 끝내고 죽음을 택하겠나이다." 아들의 잔인한 결심을 들은 왕은 자신의 어깨 위에서 왕국이 무너지는 듯한 기분을 느꼈습니다. 굳은 표정과 불안한 낯빛을 하고 있던 왕이 간신히 정신을 차리고 이렇게 말했습니다. "내 영혼의 중심이요 내 심장의 눈이요 내 고령의 버팀목인 아들아, 대체 무슨 망상에 사로잡힌 거냐? 정신이 나갔느냐? 머리가 어떻게 된 거냐? 극과 극이로구나! 아내를 원치 않을 뿐 아니라 혈통까지 잇지 않겠다던 네가 지금은 아내를 너무도 간절히 원하여 아예 이 아비를 죽이겠다는 거냐? 집을 떠나 인생을 허비하면서 길 잃은 동물처럼 대체 어디를 떠돌겠다는 거냐? 이 왕실과 안락한 난롯가와 안식을 떠나서? 여행자가 맞닥뜨리는 시련과 위험이 얼마나 큰지 모르느냐? 얘야, 그런 변덕일랑 떨쳐버려라. 이 아비가 죽고 이 왕궁이 무너지고 이 왕국이 산산이 부서지게 만들지 말아다오." 그러나 이런저런 말을 해봐도 왕자는 한 귀로 듣고 한 귀로 흘려버리니 아무 소용이 없었지요. 불쌍한 왕은 왕자가 종루의 까마귀처럼 귀가 먹은 것을 알고는, 육신에서 영혼이 떨어져 나오는 것 같은 심정으로 아들에게 큰돈과 두세 명의 하인을 주고 떠나게 했습니다. 왕은 발코니에 서서 잘린 포도나무처럼 눈물을 흘리며 아들의 뒷모습을 시야에서 사라질 때까지 눈으로 좇았습니다.

아버지를 슬픔과 비탄 속에 남겨두고 떠난 왕자는 들판과 숲을 지나고 산과 계곡을 넘고 평원과 언덕을 가로질렀습니다. 많은 마을을 보고 각양각색의 사람들을 상대하면서도 그의 두 눈은 언제나 자신의 목표물을 찾고 있었습니다. 넉 달 만에 프랑스의 한 항구에 도착한 그는 발병이 난 하인들을 그곳의 병원에 놔둔 채 홀로 제노바행 연안 무역선에 올랐습니다. 그리고 지브롤터 해협에서 더 큰 선박으로 갈아타고 인도로 향했습니다. 왕국에서 왕국으로, 지방에서 지방으로, 육지에서 육지로, 길에서 길로, 집에서 집으로 구석구석 돌아다니며 마음속에 그려진 아름다운 모습과 정확히 들어맞는 원본을 찾으려고 했습니다. 다리는 부들거리고 발은 부르튼 채로 그가 도착한 곳은 오그레스의 섬이었습니다. 이곳에 닻을 내리고 뭍에 오르니 아주 추한 얼굴의 깡마르고 늙은 여자가 있었습니다. 왕자는 그곳까지 오게 된 이유를 말했고, 노파는 왕자의 순진한 충동과 별난 망상뿐 아니라 지금까지 겪은 고난과 위험에 대해서도 다 들은 뒤 깜짝 놀라면서 말했습니다. "젊은이, 여기서 도망쳐. 내게 사람 고기를 먹는 아들이 셋 있는데, 그 아이들 눈에 띄었다가는 젊은이는 파리 목숨이야. 반은 산 채로, 반은 구워진 채로 프라이팬을 관으로 삼게 되고 아이들의 배 속을 무덤으로 삼게 되겠지. 그러니 토끼처럼 뛰어. 그리 멀지 않은 곳에서 운명을 만날 테니까." 이 말을 듣고 겁에 질려 시체처럼 굳어 있던 왕자는 인사 한마디 없이 그대로 줄행랑을 쳤고, 신발 밑창이 닳도록 뛰었습니다. 그렇게 어느 곳에 도착했을 때, 처음 본 노파보다 더 추하게 생긴 노파와 마주쳤습니다. 왕자에게 자초지종을 들은 노파가 이렇게 말했습니다. "당장 이곳을 떠나. 안 그러면 자네는 내 오그르 아들들의 간식거리가 될 테니까. 곧 밤이 오고 조금만 더 가면 운명을 만날 거야." 이 말을 들은 불쌍한 왕자는 꼬리에 불이라도 붙은 것처럼 정신없이 내달렸고, 중간에 또 다른 노파를 만났습니다. 수레바퀴 하나를 깔고 앉아 있던 그 노파는 아기자기한 사탕과자로 가득한 바구니를 들고 있었습니다. 가까운 강둑에서는 한 무리의 당나귀들이 뛰어다니면서 가여운 백조들에게 발길질을 하고 있었는데, 노파는 그 당나귀들에게 사탕과자를 먹이로 주었습니다. 왕자는 노파를 향해 이마에 손을 대고 절을 하는 인도식 인사를 수없이 한 뒤 자신이 방랑하고 있는 사연을 말해주었습니다. 노파는 다정한 말로 그를 위로하면서 아주 맛있는 음식을 주었고, 그는 손가락까지 핥으며 맛있게 먹었습니다. 이윽고 그가 자리에서 일어서자 노파는 방금 따 온 것처럼 싱싱한 시트론 세 개과 멋진 칼을 주면서 말했습니다. "젊은이는 이제 이탈리아로 돌아가도 돼. 이미 소원을 성취해 원하는 것을 찾아냈으니까. 그러니 이제 떠나. 왕국에서 멀지 않은 곳까지 갔을 때 처음 눈에 띄는 분수에서 시트론 하나를 잘라봐. 그러면 요정 하나가 나와 이렇게 말할 거야. '마실 것을 주세요.' 그럼 즉시 물 같은 마실 것을 주구려. 그걸 마신 요정은 감쪽같이 사라질 거야. 젊은이가 재빠르게 두 번째 요정을 붙잡을 수 없다면 다시 세 번째에 도전해봐야겠지. 요정을 붙잡을 수 있는 상황에서 마실 것을 줘야 해. 그러면 젊은이가 마음속으로 원하던 아내를 얻게 될 거야." 왕자는 기쁨에 겨워서, 호저의 등처럼 털이 난 노파의 손등에 수없이 입을 맞추었습니다. 그러고는 노파와 헤어져 배를 타고 지브롤터 해협으로 향했고, 수많은 태풍과 위험을 겪고 나서 드디어 항구에 도착했습니다. 그곳에서 그의 왕국까지는 하루의 여정으로 충분한 거리였습니다. 왕자는 태양에 노출되는 것을 꺼리는 초원을 숨겨주기 위해 나무 그림자들이 궁궐처럼 에워싸고 있는 작고 아름다운 숲에 도착했습니다. 그곳에서는 분수가 목을 축이고 가라며 사람들에게 수정 혀로 휘파람을 불고 있었습니다. 말에서 내린 왕자는 풀과 꽃이 페르시아 카펫처럼 펼쳐진 곳에 앉았고, 칼집에서 칼을 꺼내 첫 번째 시트론을 자르기 시작했습니다. 그러자 매혹적이고 아름다운 여인이 번개의 섬광처럼 나타났습니다. 우유처럼 하얗고 딸기처럼 붉은 여인이 말했습니다. "마실 것을 주세요." 왕자는 소스라치게 놀라서 입을 다물지 못했고, 요정의 아름다움에 얼이 빠져 있었습니다. 그 결과 그녀에게 제때 물을 주지 못했고, 그녀는 순식간에 사라져버렸습니다. 왕자는 몽둥이로 머리를 얻어맞은 듯한 기분이 들었습니다. 애타게 찾고 있던 굉장한 무언가를 일단 손에 넣었다가 놓쳐버린 사람만이 이해할 수 있는 그런 기분 말이지요.

그가 두 번째 시트론을 잘랐을 때 처음과 똑같은 상황이 재현되었습니다. 이 두 번째 충격이 너무도 커서 그는 물을 뿜어내는 분수처럼 헛되이 눈물을 쏟으며 이렇게 한탄했습니다. "빌어먹을, 한심한 놈 같으니! 손에 관절염이 있는 것도 아닌데 두 번씩이나 놓쳤잖아. 풍을 맞아도 싼 놈! 움직이는 건 바윗덩어리처럼 느리면서 도망칠 때는 사냥개처럼 빠르지. 봐라, 일을 참 잘해놨네! 정신 차려, 이 딱한 놈아. 이제 시트론은 하나 남았고, 왕은 세 번째에 이기는 법이다. 이 칼이 요정을 데려오든가 죽음을 가져오든가 둘 중 하나야." 그는 세 번째 시트론을 잘랐습니다. 세 번째 요정이 나와서 역시 같은 말을 했습니다. "마실 것을 주세요." 왕자는 즉시 물을 내미는 동시에, 응유와 유장*처럼 부드럽

• 응유는 우유가 산이나 효소에 의해 응고된 것이고, 유장은 젖 성분에서 단백질과 지방 성분을 빼고 남은 맑은 액체다.

고 희며 얼굴엔 아브루초 햄이나 살라미 소시지처럼 보이는 홍조가 있는 그 여자를 붙잡았습니다. 형용할 수 없는 아름다움과 상상을 초월하는 희디흰 피부, 모든 사람을 압도하는 우아함까지, 실로 세상에서 처음 보는 미인이었습니다. 주피터가 그녀의 머리칼에 황금 비가 내리게 했고, 큐피드는 그 금발로 화살을 만들어 보는 이의 심장을 꿰뚫었습니다. 큐피드는 또 그녀의 얼굴에 유혹을 색칠해 순진한 영혼들이 욕망의 교수대에서 목을 매게 했습니다. 태양은 그녀의 두 눈동자 속에 깃든 빛의 잔에 불을 붙임으로써 그녀를 바라보는 모든 사람의 가슴속에 탄식의 불꽃을 일으켰습니다. 비너스는 그녀의 입술에 장미처럼 붉은 색을 입힘으로써 그녀에게 반한 영혼들을 장미의 가시처럼 수없이 찌르게 했습니다. 유노는 그녀의 가슴에 자신의 젖을 짜놓음으로써 인간의 욕망을 달래주게 했습니다. 요컨대 그녀는 머리에서 발끝까지 이 세상에서 가장 완벽한 미인이었고, 왕자는 자신에게 무슨 일이 벌어진 건지 실감하지 못했습니다. 그는 그 아름다운 시트론을, 그 과일로 빚어낸 아름다운 여인을 넋 놓고 바라보다가 이렇게 말했습니다. "오 첸출로, 이게 꿈이냐 생시냐? 헛것을 보는 것이냐 아니면 눈이 뒤집힌 것이냐? 노란 껍질 밖으로 저리도 희디흰 것이 나오다니! 시큼한 시트론에서 달콤한 사탕이 나오다니! 조그마한 씨앗에서 이리도 튼튼한 새싹이 나오다니!" 마침내 꿈이 아니라 현실임을 확인한 왕자는 요정을 껴안고 백 번 또 백 번의 키스를 퍼부었고, 달콤한 키스와는 또 색다른 사랑의 말을 조용한 선율처럼 그녀와 천 번씩 주고받았습니다. 이윽고 왕자가 말했습니다. "당신처럼 아름다운 사람에게 걸맞은 옷과 여왕에게 합당한 행렬 없이는 당신을 아버님 앞으로 데려갈 수 없어요. 그러니 작은 방처럼 천연의 구멍이 나 있는 이 떡갈나무에 올라가서 내가 돌아올 때까지 기다려줘요. 여기 뱉어놓은 침이 마르기도 전에 날듯이 돌아와서 당신에게 어울리는 조건을 갖춘 채 나의 왕국으로 데려갈 테니." 그는 작별 의식을 치른 후에 길을 떠났습니다.

한편, 한 흑인 노예가 여주인의 심부름으로 물동이를 들고 그 분수를 찾아왔습니다. 그런데 물결에 비친 요정을 보고는 그것이 자신의 모습인 줄 알고 매우 놀라서 말했습니다. "봐, 불운한 루차, 이렇게 예쁜 너한테 여주인은 물을 길어 오라고 했으니, 이걸 참아야 해?" 그녀는 물동이를 깨버리고 그냥 돌아갔습니다. 여주인이 왜 일을 제대로 하지 않느냐고 묻자 그녀는 이렇게 대답했습니다. "작은 분수에 갔는데, 물동이가 돌에 부딪혀 깨졌어요." 여주인은 그 데데한 변명을 곧이듣고서 다음 날 튼튼한 물통을 노예에게 주며 물을 길어 오라고 했습니다. 노예가 다시 분수를 찾아와 수면에 반짝이는 아름다운 모습을 보고는 크게 한숨을 쉬고 말했습니다. "나는 입술이 두꺼운 노예가 아니야. 엉덩이 춤을 추는 무어인도 아니야. 이렇게 아름다운 나한테 물을 떠 오라고?" 노예는 이번에도 물통을 박살 냈습니다. 집에 돌아간 그녀는 툴툴거리면서 여주인에게 말했습니다. "지나가던 당나귀가 물통에 부딪치는 바람에 땅에 떨어져 부서졌어요." 이 말을 들은 여주인은 더는 참지 못하고 빗자루로 노예를 흠씬 패주었고, 노

예는 며칠 동안 아파서 고생을 했지요. 며칠이 지난 후 여주인은 염소 가죽으로 만든 자루를 노예에게 주면서 말했습니다. "뛰어, 이 거지 같은 노예 년, 안짱다리, 멍청이. 뛰어. 꾸물거리지 마. 이 가죽 자루에 물을 채워서 곧바로 돌아와. 그러지 않으면 네년을 낙지처럼 잡아서 도저히 잊지 못할 정도로 두들겨 팰 테다." 노예는 이미 한 번 혼쭐이 난 터라 전력을 다해 달려갔습니다. 그런데 염소 가죽 자루를 채우다가 또 그 아름다운 자태를 보고는 이렇게 말했습니다. "물을 길으러 오다니 내가 정말 멍청한가 봐. 노예가 되느니 결혼을 하는 게 나아. 나 같은 미인이 화를 내다 죽어선 안 되고, 혼혈인 여주인을 섬겨서도 안 돼." 그녀가 머리에서 긴 머리핀을 빼 염소 가죽 자루를 찌르기 시작하자, 정원에 설치하는 장식 분수처럼 여러 갈래로 물이 뿜어져 나왔습니다. 그 모습을 본 요정이 웃음을 터뜨렸습니다. 노예는 고개를 들어 숨어 있는 요정을 발견하고는 이렇게 혼잣말을 했습니다. "내가 두들겨 맞은 게 너 때문인데, 정작 너는 신경도 안 쓰고 있군!" 그러고는 요정을 향해 말했습니다. "예쁜 아가씨, 그 위에서 뭘 하고 있죠?" 공손함을 타고난 요정이 왕자와 있었던 일을 하나도 빠짐없이 말해주었습니다. 그리고 곧 왕자가 의상을 챙겨 수행원을 거느리고 나타나 자기를 왕궁으로 데려갈 것이고, 그곳에서 함께 즐겁게 살 거라는 말도 했지요. 이 말을 들은 노예는 자기가 그 행운을 차지할 생각으로 요정에게 말했습니다. "남편을 기다리고 있다니, 내가 올라가서 아가씨의 머리를 빗겨줄게요. 그러면 더 아름다워질걸요." "그래준다면 5월의 축제처럼 좋고말고요!" 노예가 나무를 타고 올라가자 요정이 작고 흰 손을 내밀었습니다. 노예의 검은 두 손이 요정의 흰 손을 붙잡으니, 그 모습이 흡사 흑단 틀에 들어 있는 수정 거울 같았습니다. 노예가 요정의 머리칼을 매만지면서 핀으로 콕콕 찔렀습니다. 따가움을 느낀 요정이 소리쳤습니다. "비둘기, 비둘기!" 요정은 곧 비둘기로 변해 창공으로 사라졌습니다. 노예는 옷을 벗은 뒤 그 누더기를 둘둘 말아서 멀리 던져버렸습니다. 그러고 나서 그 나무 위에 자리를 잡고 앉으니, 에메랄드 집 안의 흑석 조각상처럼 보였습니다.

얼마 지나지 않아서 대규모 수행원단과 함께 돌아온 왕자는 우유 통을 놔두고 간 자리에 검은 캐비아 통이 놓여 있는 것을 보고는 한동안 할 말을 잃었습니다. 마침내 그가 말했습니다. "내가 가장 행복한 나날을 기록하려고 했던 왕의 종이에 누가 이런 잉크 자국을 남겨놓았는가? 내가 온갖 즐거움을 누리려고 했던 산뜻하고 흰 집에 누가 검은 휘장을 드리워놓았는가? 내게 부와 축복을 선사할 은광을 남겨두었건만, 그 자리에서 검은 시금석을 발견하게 만든 자가 누군가?" 노예는 왕자의 놀라는 모습을 보고 이렇게 말했습니다. "왕자님, 놀라실 거 없어요. 저는 마법에 걸려서 일 년은 백인으로, 일 년은 흑인으로 지낸답니다." 왕자는 난처한 상황을 해결할 방법이 없음을 알고 그 석탄처럼 검은 노예를 나무에서 내려주었습니다. 그리고 머리부터 발끝까지 새 옷을 입히고 꽃단장시켰습니다. 목구멍에 혹이 생긴 것처럼 거북하고 분노로 인해 폭발하기 직전인 상태로 왕자는 자신의 왕국을 향해 출발했습니다. 왕과 왕비가 왕국 밖 10킬로미터까지 그들을 친히 마중 나왔는데, 아마도 부모의 심정은 피 말리던 교수형 집행 명령이 떨어진 죄수의 심정과 비슷했을 겁니다. 세상 멀리까지 흰 비둘기를 찾겠다고 떠난 아들이 검은 까마귀를 데려온 미친 짓거리를 보고 있어야 했지만, 그래도 아들 없이는 살 수 없는 왕과 왕비는 왕자에게 왕위를 물려준다고 공포하고 그 섬뜩한 검은 노예의 머리에 황금 관을 씌워주었습니다.

성대한 피로연과 호화스러운 연회가 준비되는 동안, 요리사들은 오리의 털을 뽑고 어린 돼지의 목을 째고 새끼 염소의 가죽을 벗기는 등 분주히 움직였고, 수탉 구이와 민스미트를 비롯해 맛있는 음식들을 만들었습니다. 그때 예쁜 비둘기 한 마리가 주방의 작은 창문에 나타나 이렇게 말했습니다.

주방에서는 요리를 하고
왕은 사라센 여자와 무엇을 하고 있지?

요리사들이 아무런 관심을 보이지 않자, 비둘기는 두 번 세 번 다시 창문으로 돌아와 같은 말을 되풀이했습니다. 한 요리사가 그 소리를 듣고 왕비에게 달려가 비둘기 일을 알렸습니다. 왕비는 당장 그 비둘기를 잡아서 그라탱 요리에 넣으라고 지시했습니다. 요리사는 간신히 비둘기를 붙잡는 데 성공했고, 심술궂은 흑인 마마의 분부대로 하기 위해 비둘기를 데친 후 털을 뽑았습니다. 그리고 데친 물과 깃털을 발코니의 화분에 뿌렸습니다.

사흘이 채 지나지 않아서 그 화분에서 작고 아름다운 시트론 나무가 솟아오르더니 금세 자랐습니다. 창밖을 내다보던 왕이 발코니 한곳에서 전에 본 적이 없는 시트론 나무를 발견하고는 요리사를 불러서 누가 언제부터 나무를 키웠느냐고 물었습니다. 주방장에게 자초지종을 들은 왕은 석연찮은 생각이 들어서, 그 나무를 정성껏 돌보라 명하고 그 나무를 건드리는 자는 누구든 사형에 처하겠다고 말했습니다. 며칠이 지나자 나무에서 세 개의 탐스러운 시트론이 열렸는데 오그레스가 왕에게 주었던 것들과 비슷했습니다. 왕은 열매가 익기를 기다렸다가 세 개를 다 따서 자신의 침실로 가져왔습니다. 그리고 커다란 물병을 가져다 놓고, 늘 차고 다니던 칼로 시트론을 자르기 시작했습니다. 첫 번째, 두 번째 열매를 잘랐을 때 예전과 똑같은 상황이 되풀이되었고, 마지막 세 번째에서 왕은 요정이 달라는 물을 주고 요정을 붙잡아두었습니다. 그런데 그 요정은 나무에 올려두고 왔던 그 여인과 똑같은 모습이었습니다. 왕은 그녀에게서 노예가 저지른 악행을 낱낱이 전해 들었습니다.

왕이 그 행운의 여인을 앞에 두고 느꼈을 환희를 일부라도 제대로 설명할 수 있는 사람이 과연 있을까요? 그가 흠뻑 젖어든 환희, 즐거움, 기쁨, 만족을 그 누가 설명할 수 있을까요? 그냥 이렇게 이야기해두겠습니다. 그는 달콤함의 바다에서 헤엄쳤고, 살가죽을 벗고 튀어나올 듯이 가만히 있지를 못했고, 제7천국을 향해 황홀경 속에서 두둥실 떠다녔다고 말입니다. 그는 여인을 꼭 껴안은 후에 그녀의 머리부터 발끝까지 좋은 옷을 입혔습니다. 그리고 그녀의 손을 붙잡고, 왕국의 조신과 백성들이 모여서 축제를 즐기는 본관 한가운데로 향했습니다. 왕은 그곳에서 사람들을 하나씩 불러 이렇게 물었습니다. "말해보시오. 만약 누군가 이 아름다운 여인에게 해코지를 했다면 그자에게 어떤 벌을 내려야겠소?" 교수형에 처해야 한다는 사람, 바위를 매달아 바다에 던져버려야 한다는 사람, 메로 계속 때려야 한다는 사람, 맷돌을 목도리처럼 목에 끼워야 한다는 사람, 부랑자 무리에게 야유와 돌팔매질을 당하게 해야 한다는 사람 등등 대답이 각양각색이었습니다. 왕이 마지막으로 검은 왕비를 불러서 같은 질문을 하자 그녀는 이렇게 대답했습니다. "불태운 뒤 유골을 성 꼭대기에서 집어 던져야죠." 그러자 왕이 말했습니다. "너의 불행을 너 스스로 기록했구나. 네 손으로 도끼를 들어 너 자신의 발을 잘랐구나. 너를 옭아맬 사슬을 네 손으로 만들었고, 너를 벨 칼을 네 손으로 날카롭게 갈았고, 너를 독살할 독을 네 손으로 탔구나. 이 추한 계집아, 이 여인에게 너보다 더 큰 악행을 저지른 자가 없지 않으냐? 이 아름다운 여인을 핀으로 찌른 자가 바로 네가 아니더냐? 이 어여쁜 비둘기의 목을 따서 요리에 넣으라고 한 자가 바로 네가 아니더냐? 어떻게 생각하느냐? 어디 변명해보아라. 너는 죽은 목숨이다! 너는 옴짝달싹할 수 없어. 악행을 저지른 자는 자기 자신에게 돌아오는 악행을 감당해야 하고, 나뭇가지를 태워 음식을 하는 요리사는 연기를 참아야 하는 법." 왕은 노예를 산 채로 화형대에 세워 불태우게 하고 유골은 성벽에서 바람에 흩날리게 했으니, 다음과 같은 옛말이 입증되었습니다.

"가시나무를 심는 사람은 맨발로 가지 마라."

에필로그

초차는 자신의 불행에 대해 이야기한다. 상황이 심상찮다는 것을 직감한 노예 출신의 왕자비가 초차의 말을 끊고 이야기를 끝내려고 한다. 그러나 왕자가 초차의 이야기를 듣겠다고 함으로써 왕자비의 배신이 탄로난다. 왕자는 만삭의 왕자비를 죽이고 초차를 아내로 맞는다.

모두가 촘메텔라의 이야기에 몰입해 있었다. 일부는 그녀의 화술을 칭찬한 반면, 나머지는 그녀의 분별력과 판단력에 문제가 있다고 비난했다. 이야기의 주제가 노예 출신의 왕자비 앞에서 취하기에 적절치 않은 것이었고, 왕자비와 너무도 비슷한 등장인물의 불명예와 악명을 공개적으로 언급했기 때문인데, 이로써 촘메텔라가 여흥을 망칠 위험까지 초래했다고도 했다. 그리고 실제로 루차처럼 행동한 진짜 루차는 이야기를 듣는 동안 내내 온몸을 들썩거림으로써 그녀의 마음속에서 태풍이 일고 있음을 여실히 보여주었다. 그녀 자신의 배신과 악행이 이야기 속의 흑인 노예를 통해서 그대로 재현되었기 때문이었다. 그녀는 중간에 이야기를 중단시킬 수도 있었다. 그러나 한편으로는 타란툴라에게 물려서 음악과 춤을 멈출 수 없는 사람처럼* 인형의 마술에 의해 이야기에 대한 욕망이 그녀의 영혼에 심어져 있었기 때문에, 또 한편으로는 타데오에게 일말의 의혹도 일으키고 싶지 않았기 때문에, 당장은 꾹 참고 넘어갔다가 적당한 시기와 장소를 택해 분노를 표출하고 복수를 하기로 마음먹었다. 그런데 청중의 반응에 재미를 느끼기 시작한 타데오가 초차에게 사연을 얘기해보라고 손짓했다. 그러자 초차가 우아하게 인사를 한 뒤에 이야기를 시작했다.

"전하, 진실은 언제나 증오를 낳는 어머니이기에, 전하의 명령을 따르되 지금 이곳에 있는 누군가를 공격하고 싶지는 않습니다. 저는 이야기를 지어내거나 우화를 만들어내는 데 익숙하지 않습니다. 그러므로 천성적으로, 또 우연한 일로 인해 부득이 진실을 있는 그대로 말할 수밖에 없습니다. '의사에게는 오줌과 시시한 것까지 있는 그대로 보여줘라'라는 옛말이 있긴 하나, 진실이 군주 앞에서 언제나 환영받는 것은 아님을 알기에 전하의 격노를 불러올 수도 있는 이야기를 하게 될까 봐 두렵습니다." 그

---

* 타란툴라는 대형 거미의 일종인데, 이탈리아 남부의 타란토 근처에서 서식해 타란툴라라는 이름이 붙었다. 이 명칭에서 다시 '타란텔라'라는 춤과 음악이 유래했는데, 14세기경에 사람들이 거미에 물리는 일이 자주 발생하자 거미에 물리더라도 쓰러질 때까지 춤을 추면 살아남을 수 있다는 믿음이 퍼졌었다고 한다.

러자 타데오가 말했다. "마음껏 말하시오. 그 아름다운 입에서 나올 수 있는 것이 꿀과 설탕 말고 또 뭐가 있겠소." 이 말은 노예의 가슴에 꽂히는 단도였고, 그녀의 검은 얼굴이 흰 얼굴처럼 마음을 보여주는 책이었다면 그녀의 표정에도 고통스러운 기색이 드러났을 터였다. 그녀는 그 이야기를 중단시킬 수만 있다면 손가락이라도 내놓았을 것이다. 그녀의 심장은 얼굴보다 더 까맣게 변했고, 아침부터 시작된 불길한 예감처럼 촘메텔라의 이야기가 다가올 재앙의 전조가 되진 않을까 그녀가 두려워하고 있었기 때문이다.

그사이 초차는 자신의 시련과 슬픔의 전말을 감미로운 말로 풀어내어 청중을 매료시키기 시작했다. 그녀는 나중에 벌어진 일들의 불길한 전조였던 천성적인 우울증부터 이야기했다. 그 우울증은 그녀로 하여금 억지웃음이라도 짓는 날에는 어김없이 많은 눈물을 흘리게 만들었을 뿐 아니라 오싹한 불행의 모진 뿌리가 되었기 때문이었다. 이어서 그녀는 노파의 저주, 고단하기 짝이 없었던 방랑길, 분수에 도착해 하염없이 흘린 눈물, 그리고 자기도 모르게 잠들어 파멸을 자초한 일까지 말했다. 초차가 에둘러 말하면서도 계속 앞으로 나아가며 문제의 핵심에 접근하자, 왕자비는 이야기의 항로가 위험한 방향으로 접어들었다고 판단해 이렇게 소리쳤다. "조용히 해, 입 다물어. 닥치지 않으면 이 배를 때려서 어린 왕손을 죽이겠어." 이야기의 바다에서 이제 막 육지를 발견한 타데오는 더는 침착함을 유지하지 않고 가면과 굴레를 벗어던졌다. "끝까지 말하게 내버려두시오. 어린 왕손

WARWICK GOBLE

이니 큰 왕손이니 하는 소리는 그만하시오. 어차피 나는 독신으로 남진 않을 테니까. 당신이 만약 내게 수작을 부릴 생각이라면, 차라리 수레바퀴에 깔려 죽는 게 나을 것이오." 그는 아내의 반대에도 불구하고 초차에게 이야기를 계속하라고 명령했고, 오로지 그 명령만을 기다리고 있던 초차는 텅 빈 물통과 자신의 행운을 가로채 간 노예의 속임수에 대해 말했다. 이야기를 하는 동안 그녀가 어찌나 구슬피 우는지, 좌중에서 따라 울지 않는 사람이 없었다.

타데오는 초차의 눈물과 벙어리가 되어버린 노예의 침묵으로 미루어 사건의 진실을 이해하고 간파했다. 그래서 당나귀를 벌줄 때보다 더 호되게 노예를 매질한 뒤 그녀로 하여금 죄를 자백하게 했다. 그리고 즉시 그녀를 머리만 땅 밖으로 나오게 하여 산 채로 매장하라고 명함으로써 그녀가 더욱 고통스럽게 죽음을 맞게 했다. 그는 초차를 껴안고 그녀에게 자신의 아내이자 왕자비라는 명예를 주었다. 또한 발레-펠로사 왕국에 전령을 보내어 초차의 아버지에게 결혼식에 참석해달라고 청했다. 이 새로운 결혼식과 함께 노예가 누렸던 고귀한 신분도, 이야기 잔치도 끝을 맺었다. 여러분의 행운과 건강을 빈다. 나는 꿀 한 숟가락 입에 물고 한 발 한 발 사뿐히 떠나가련다.

옮긴이의 말

여기 동화의 지형 또는 퍼즐이 있다. 샤를 페로, 그림 형제, 안데르센, 신데렐라, 잠자는 숲속의 미녀, 라푼첼……. 이들은 익숙하고 맞추기 쉬운 퍼즐 조각들이다. 그런데 퍼즐을 완성하려면 꼭 필요하지만 선뜻 제 위치를 가늠할 수 없는 조각들도 있다. 그중에서 가장 크고 낯선 조각이 잠바티스타 바실레Giambattista Basile 와 그의 작품《펜타메로네, 테일 오브 테일스*The Pentamerone, Tale of Tales*》(이하《펜타메로네》)일지 모르겠다. 샤를 페로보다 50년, 그림 형제보다는 200년 앞서 신데렐라의 원형을 제시하고 그 밖에 잠자는 숲속의 미녀, 라푼첼 등 익숙한 동화들을 선보인 작가가 바실레다. 페로와 그림 형제에 버금가는 마땅한 명성과 인기를 누리기보다는 무명과 무관심의 그늘에 더 오래 남겨져왔던 작품이《펜타메로네》다. 그래서 바실레와《펜타메로네》는 신데렐라를 있게 하는 동시에 그 자체로 문학사의 신데렐라가 되었다는 말에 공감할 수 있을 것 같다.[*] 구박받던 신데렐라는 어떻게 화려하게 등장했을까?

1575년경에 나폴리 외곽의 포실리포라는 마을에서 태어난 바실레는 이탈리아의 격동기에 봉건 귀족을 보필하는 전형적인 조신의 삶과 동화 문학사의 기념비적인 저자라는 두 겹의 삶을 살았다. 젊은 시절에 후원자인 영주를 찾아 여러 곳을 떠돌던 조신으로서의 삶은 나중에 그의 작품 전반에 잘 드러났다. 다시 나폴리로 돌아온 그는 조신 생활과 집필 활동을 병행하면서 하층민들로부터 두루 전해 들은 민담을 집대성해보기로 결심한다. 그리하여 민담에 바로크 양식을 입혀서 나폴리 방언으로 공들여 완성한 작품이 바로 바실레의 걸작《펜타메로네》다. 이 작품은 바실레 사후에 당시 국민 가수로 추앙받았다는 그의 여동생 아드리아나에 의해 1634년에서 1636년까지 '이야기 중의 이야기, 어린이를 위한 여흥Lo cunto de li cunti overo lo trattenemiento de peccerille'이라는 제목으로 한 권씩 출간되었고, 나중에는 '펜타메로네Il pentamerone'라는 제목으로도 출간되었다.

《펜타메로네》는 보카치오의《데카메론》과 함께 자주 언급되는데, 실제로 바실레가《데카메론》에서 영감을 얻기도 했고 두 작품의 구성상의 유사성도 크다.《데카메론》은 열 명의 남녀가 열흘 동안,《펜타메로네》는 열 명의 여성이 닷새 동안 하루에 한

• Nancy L. Canepa, *From Court to Forest : Giambattista Basile's Lo Cunto de Li Cunti and the birth of the literary of fairy tale*(Detroit, MI : Wayne State University Press, 1999), 11쪽.

편씩 이야기를 하는 구조다. 본편 49편과 그 자체로 동화이면서 전체 이야기를 열고 닫는 액자소설을 합해 총 50편으로 구성된 《펜타메로네》는 작가에게 '이탈리아의 셰익스피어' 또는 '지중해의 셰익스피어'라는 찬사를 안겨주었고, 17세기 남부 이탈리아 산문의 최초이자 최고의 전범으로 평가받았다. 무엇보다 《펜타메로네》는 유럽 최초의 동화집이자, 동화가 세계적으로 성공을 거두고 독립된 문학 장르로 자리 잡는 데 초석이 된 기념비적인 작품으로 꼽힌다. 《펜타메로네》는 출간 당시 선풍적 인기를 얻었고, 당연히 후대 동화 작가들에게 미치는 영향력과 파급력이 대단했다. 그러나 사실 《펜타메로네》가 이렇게 주목을 받고 인기를 얻은 시간보다는 그러지 못한 시간이 훨씬 더 길었다. 신데렐라처럼 계모를 만난 셈이다.

《펜타메로네》를 오랫동안 망각의 그늘로 밀어 넣은 요인에 대해서는 독자마다, 또 학자마다 견해가 다양하다. 그중에서 동화에 대한 이해 부족과 최근 수십 년 전까지 지속되었다는 바로크 문학에 대한 부정적 평가, 나폴리 방언이라는 언어적 장벽을 요인으로 보는 견해가 설득력 있다. 이런 요인들이 사라지거나 개선되면서 바실레에 대한 재평가에 이어 《펜타메로네》의 연구와 출간이 활발해진 것이 그 방증이다. 동화가 문학 장르로 자리 잡고 인정받기 시작한 것은 18세기 후반에서 19세기 초이고, 그보다 훨씬 전에 나온 《펜타메로네》는 한동안 아이들을 위한 그저 그런 시시한 이야기 정도로 치부됐다. '어린이를 위한 여흥'이라는 이 작품의 부제도 이런 부정적인 측면을 부추기는 데 한 못했다. 그런데 이 지중해의 셰익스피어가 꾼 '한여름 밤의 꿈'은 꽤나 색다른 것이었다. 그는 오그르 아니면 마녀를 잔뜩 끌고 나와서 공포 분위기를 자아내는 건 예사고, 여기에 믿거나 말거나 식의, 그러면서도 그로테스크한 매력의 메타포들을 쏟아부음으로써 숭고미와 상스러움을 버무려놓았다. 그렇다 보니 동심을 위해서라면 오히려 멀리해야 할 내용과 비속어뿐 아니라 바로크 산문 특유의 무수한 메타포로 인해 다양한 해석이 가능한데, 왜 구태여 그런 부제를 붙였는지에 대해서도 설왕설래가 있었다. 그래서 부제의 'peccerille'가 당시에는 '어린이little'라는 뜻이 아니라 '순박한simple 사람'이라는 뜻으로 쓰였을 수도 있다는 주장*도 나왔다.

　　바실레의 '유리 구두'(〈고양이 첸네렌톨라〉)에 따르면 정확히는 '슬리퍼')는 베네데토 크로체Benedetto Croce였다. 이탈리아가 낳은 걸출한 철학자이자 비평가인 크로체는 나폴리 방언으로 된 《펜타메로네》를 최초로 이탈리아어로 번역함으로써(그 정도로 두 언어가 이질적이었다고 한다) 언어 장벽을 허무는 데 물꼬를 텄고, 《펜타메로네》가 모방할 수 없는 유일무이한 바로크 문학의 걸작으로 자리매김하는 데 기여했다. 이 저작이 원제뿐 아니라 '펜타메로네'라는 제목으로도 많이 알려지게 된 것 역시 크로체의 언급 때문이었다. 크로체는 《펜타메로네》가 세련되고 지적인 성인

• Carmela Bernadetta Scala, *Fairytales—A World between the Imaginary : Metaphor at Play in Lo Cunto de Li Cunti by Giambattista Basile*(Newcastle upon Tyne : Cambridge Scholars Publishing, 2014), 3쪽.

을 위한 것이기에 '어린이를 위한 여흥'이라는 부제를 곧이곧대로 받아들여서는 안 된다고 충고했다.

　바실레 연구자들은《펜타메로네》에서 쏟아지는 엄청난 양의 메타포를 주목하고 좋게 평가한다. 물론 메타포의 과잉과 부자연스러움이 불편하고 거북하다는 의견도 적지 않다.《펜타메로네》의 메타포에 크게 매료된 크로체는 특히 낮과 밤의 변화를 묘사하는 다양한 표현을 높이 샀다. 그는《펜타메로네》를 지배하는 바로크적 일면을 이렇게 지적했다.

　이 때문에《테일 오브 테일스*Lo cunto de li cunti*》는 강렬한 작품이고, 우리가 지금까지 많이 접해온 시칠리아 동화나 토스카나 동화 또는 베네치아 동화의 단순한 모음집과는 다르다. 반대로 이 작품은 예술적인 이탈리아 문학과 이상적으로 연결되어 있다……《테일 오브 테일스》는 어떤 면에서 이런 문학 전통의 마지막 표본이고, 르네상스 시대가 아닌 1600년대 바로크 시대에 나폴리에서 나왔다. 작품 전체에 바로크가 퍼져 있다. 바실레는 단순히《데카메론》의 전통적인 방식으로 오그르와 요정들의 위엄을 찾아주는 것에 만족하지 않는다……이 이야기들 속에서 태양은 그저 뜨고 지는 것이 아니다. 바실레는 언제나 이 순간을 묘사하기 위해 새롭고 기괴한 메타포를 찾아낸다.*

• Benedetto Croce, *The Pentamerone of Giambattista Basile*(Westport, CT : Greenwood Press, 1979), Introduction.

"지정된 날, 달의 여신 디아나가 새벽을 깨워서 곧 태양이 행진할 거리를 장식하라고 지시하는 시간, 여인들이 모두 지정된 장소에 모였다"(《프롤로그》), "다음 날, 아침이 밝아 밤의 어둠이 태양의 경관에게 쫓겨 갔을 때, 바르디엘로는 석고상이 서 있는 집의 마당으로 가서 말했습니다"(《바르디엘로》), "아침이 되어 태양이 죽지 않고 살아 있음을 과시하고 하늘이 상복을 걷어 가자"(《비올라》) 등등,《펜타메로네》에서 해와 달은 생동감 있는 의인화를 통해 나폴리 주민들의 일상처럼 뜨고 지고 활동한다.

《펜타메로네》의 바로크적 특징이 호불호가 갈리게 하는 요소라면, 이 작품을 보다 흥미롭게 만드는 요소는 아마 익숙한 동화의 낯설게 읽기일 것이다.《펜타메로네》는 신데렐라(《고양이 첸네렌톨라》), 잠자는 숲속의 미녀(《해와 달과 탈리아》), 라푼첼(《페트로시넬라》), 헨젤과 그레텔(《넨닐로와 넨넬라》), 장화 신은 고양이(《갈리우소》)* 등 우리가 알고 있던 동화와는 다른, 어쩌면 전혀 다른 뭔가를 보여주고 있다.

번역 대본은 영국의 뛰어난 학자이자 모험가이고 작가인 리처드 버턴 경Sir Richard Francis Burton의 나폴리 방언의 영역으로는 최초의 완역본《펜타메로네, 테일 오브 테일스Pentamerone or, Tale of Tales》다. 언어 능력이 비상했던 버턴 경은 나폴리에 장기간 체류

---

* 〈장화 신은 고양이〉의 원형은 바실레의 선배 작가이자 동화 문학에서 역시 한 획을 그은 작가인 조반 프란체스코 스트라파롤라Giovan Francesco Straparola(1480~1557?)의《유쾌한 밤Le Piacevoli Notti》(1551)에 나타나 있다.

하면서 나폴리 방언을 익힌 덕분에 언어적으로 접근하기 쉽지 않은 《펜타메로네》를 영역할 수 있었다. 옮긴이는 버턴 경의 영역본을 토대로 번역하되, 시기적으로 이보다 먼저 영역된 (발췌본이자 축약본인) 테일러John Edward Taylor의 *Pentamerone, The Story of Stories*와 크로체의 이탈리아어 번역본을 가지고 영역한 펜저 Norman N. Penzer의 *The Pentamerone of Giambattista Basile*를 비교 대조하는 방식으로 번역했다.

2016년 11월
정진영

옮긴이 **정진영**

홍익대 영문학과를 졸업했다. 현대 호러의 모태가 되는 고딕 소설과 장르 문학에 특히 관심이 많다. 국내에 잘 알려지지 않은 걸작들을 소개하려고 노력하고 있다. 옮긴 책으로는 《세계 호러 걸작선》 시리즈, 《아울크리크 다리에서 생긴 일》, 《러브크래프트 전집》, 《좀비 연대기》 등이, 필명(정탄)으로 옮긴 책으로는 《해변에서》, 《내가 샤일로에서 본 것》, 《언데드 백과사전》 등이 있다.

테일 오브 테일스
펜타메로네

지은이	잠바티스타 바실레
옮긴이	정진영
펴낸이	김현태

펴낸날	초판 1쇄	2016년 11월 25일
	초판 9쇄	2020년 1월 2일

펴낸곳	책세상
주소	서울시 마포구 잔다리로 62-1, 3층(04031)
전화	02-704-1251(영업부), 02-3273-1334(편집부)
팩스	02-719-1258
이메일	bkworld11@gmail.com
홈페이지	chaeksesang.com
등록	1975. 5. 21. 제1-517호

ISBN   979-11-5931-091-1   03880

* 잘못되거나 파손된 책은 구입하신 서점에서 교환해드립니다.
* 책값은 뒤표지에 있습니다.

이 도서의 국립중앙도서관 출판시도서목록(CIP)은 서지정보유통지원시스템 홈페이지
(http://seoji.nl.go.kr)와 국가자료공동목록시스템(http://www.nl.go.kr/kolisnet)에서
이용하실 수 있습니다.(CIP제어번호 : CIP2016027352)